Le Renard et la Couronne

Le Renard et la Couronne

YANN FASTIER

talents hauts

À la mémoire de Madeleine Brent.

Illustration de couverture : Katerina Bazantova.
Conception graphique : Marie Rébulard.
Mise en page : Marina Smid.

ISBN : 978-2-36266-238-6
Loi n°49-956 du 16 juillet 1949 sur les publications destinées à la jeunesse.
Dépôt légal : juin 2018.

PARTIE I

Chapitre 1

La *bora* soufflait sans discontinuer depuis deux jours. Ses brusques rafales faisaient battre la porte délabrée et vaciller la flamme de la petite lampe à huile, au chevet de Grand-mère. Assise au bord de la paillasse, je regardais se tordre cette flamme minuscule. Sans cesse, elle semblait sur le point de s'éteindre, puis elle crachotait, grésillait et se redressait courageusement à la première accalmie. On avait beau être au début de l'été, je frissonnai et resserrai le châle autour de mes épaules. La *bora* est un vent froid, un vent du nord qui glace et dessèche tout sur son passage. Grand-mère disait qu'il venait de Russie, un grand pays tout au nord du monde, couvert de neige et de forêts immenses. Grand-mère savait beaucoup de choses.

Près de sa tête, à côté de la lampe, un bol de soupe achevait de froidir. J'avais renoncé à la réchauffer. De toute façon, Grand-mère ne pouvait rien avaler. Depuis le matin, elle n'avait pas repris connaissance et je commençais à réaliser qu'elle allait peut-être mourir.

Jamais, jusqu'alors, je n'aurais cru cela possible. Je n'y avais même jamais pensé. Grand-mère avait toujours été là, elle le serait toujours. Elle était de toute éternité, comme la mer, le soleil et les rochers. Du plus loin qu'il me souvienne, je la revoyais telle qu'en elle-même, d'année en année, courte et massive dans sa jupe de paysanne, chaussée de gros bas de laine et de sandales de cuir. Solide et infatigable, capable de marcher sur des kilomètres le long des mauvais sentiers de la côte.

Était-ce bien elle, à présent, cette vieille femme au teint cireux dont le souffle précipité livrait au vent un combat désespéré ? À la lueur incertaine de la lampe, ses yeux clos se creusaient d'une ombre qui, déjà, semblait annoncer la mort. Je lui pris la main. Elle était glacée. En vain, je soufflai dessus pour la réchauffer. Elle n'eut pas la moindre réaction, comme si elle se trouvait déjà très au-delà de ce triste pays de ciel et de cailloux. Au-delà de cette petite chambre misérable, où logeaient à peine une table, deux chaises et la dure paillasse où nous dormions côte-à-côte.

Au-delà de moi.

Grand-Mère ne s'était pas réveillée ce matin-là. Elle qui était toujours la première à se lever, la première à ranimer le feu pour préparer la bouillie d'orge qui nous tenait lieu de petit déjeuner, elle n'avait pas bougé quand je l'avais appelée. J'avais fini par la secouer, doucement d'abord, puis de plus en plus fort.

Je n'avais alors que dix ans et n'avais jamais été confrontée à une telle situation. Voyant que rien n'y faisait, j'avais couru chercher la voisine, une robuste veuve appelée Rosina.

Elle avait toujours été la seule du village à nous témoigner quelque sympathie, peut-être parce qu'elle-même, en tant qu'Italienne, avait eu à subir l'ostracisme d'une population très majoritairement slave.

Rosina n'avait rien pu faire. Ni compresses ni tisanes n'avaient tiré Grand-mère de sa léthargie. Il y avait un docteur à Almissa. Nous n'avions pas beaucoup d'argent mais suffisamment, peut-être, pour le payer ? Quoi qu'il en soit, il fallait essayer. Rosina avait accepté de veiller Grand-mère jusqu'à mon retour. Almissa était à plus d'une heure de marche. J'avais couru sur le chemin. Lorsque j'étais arrivée en bas, la petite ville s'éveillait à peine, les commerçants ouvraient leurs boutiques et sortaient leurs étals. À l'un d'eux, j'avais demandé l'adresse du docteur et m'y étais rendue tout droit. C'était une maison cossue dont la porte cloutée de bronze avait puissamment résonné lorsque j'avais actionné le marteau. Une servante m'avait ouvert, méfiante devant cette petite fille pieds nus, en nage et poussiéreuse.

– Ma grand-mère, elle est malade...

– C'est que... le docteur ne reçoit pas. Pas encore, m'avait-elle répondu en italien.

J'avais insisté. Devant mes yeux qui se mouillaient, elle avait fini par accepter de transmettre ma requête.

– Il viendra tout à l'heure, cet après-midi, quand il aura le temps.

– Mais il faut venir tout de suite ! Je...

– Tu entends ce que je te dis ? Il viendra plus tard. Allez, va-t-en.

Avant qu'elle eût pu réagir, je m'étais faufilée par la porte et m'étais précipitée à l'intérieur.

Le docteur déjeunait. C'était un homme replet, dont la lèvre supérieure s'ourlait d'une fine moustache aux pointes relevées. Il était en train de se beurrer une tartine. À mon irruption, il avait suspendu son geste et nous étions restés une seconde à nous regarder dans le blanc des yeux, aussi surpris l'un que l'autre.

La servante m'avait rejoint et m'empoignait déjà par le bras.

– Petite peste, tu vas voir !

– Laissez, Maria.

Le docteur s'était levé. Debout, il était beaucoup plus grand que moi et sa bedaine tendait sa robe de chambre. Un filet retenait ses cheveux plaqués sur son front.

– Eh bien jeune fille, il paraît que votre grand-mère est malade ?

– Oui monsieur. Je n'arrive pas à la réveiller, je...

– Où habitez-vous ? m'avait-il interrompue.

– Le Mont, là-haut. La première maison. Je peux vous y emmener.

– Ah ! Dans la montagne ! Autant dire chez les sauvages... Et vous vous imaginez, jeune fille, que je vais aller me tordre les chevilles dans les cailloux pour les beaux yeux d'une sauvageonne aussi mal élevée que vous l'êtes ?

– Excusez-moi, monsieur. C'est qu'elle va très mal.

– Et qu'en savez-vous ? Vous êtes médecin, peut-être ? Eh bien c'est parfait ! Vous n'avez donc pas besoin de moi.

– Mais...

– Il n'y a pas de mais ! Je serais *peut-être* venu si votre insolence ne m'incitait à vous offrir la leçon qu'elle mérite.

Je n'irai donc pas. Au reste, il ne s'agit probablement que d'une indisposition passagère. Ces vieilles paysannes sont solides comme le roc. Allez ! Vous pouvez partir, maintenant.

– Mais... avais-je répété, sans bien comprendre.

– Allez, vous dis-je ! et, me prenant par l'épaule, il m'avait fait faire demi-tour.

Avant que j'aie pu dire un mot, Maria m'avait jetée dehors.

Je ne repensais pas sans rougir à cet épisode. Par ma faute, le docteur n'était pas venu. S'il arrivait quelque chose à Grand-mère, ce serait à cause de moi. À cause de ma bêtise et de mon entêtement. J'étais rentrée honteuse, les pieds en sang, épuisée par la course mais non sans m'être bercée d'espoir tout au long du chemin. Sans doute Grand-mère allait-elle mieux. Après tout, le docteur avait parlé d'une indisposition passagère. Je m'étais affolée pour rien, je la trouverais debout.

Hélas ! À mon retour, rien n'avait changé.

Depuis lors, je n'avais plus quitté son chevet que pour traire nos quatre chèvres et les faire sortir. Malgré le vent, le soleil était radieux et cette avalanche de lumière m'avait paru profondément injuste. Grand-mère était malade, au fond de son lit, elle allait peut-être mourir, et le soleil brillait quand même, indifférent à tout ce qui ne célébrait pas son éclat. J'avais alors regardé autour de moi, en quête d'un improbable soutien. En vain. Il n'en viendrait ni de la dizaine de bicoques blanchies à la chaux qui faisaient tout le village, ni des maigres cyprès courbés par le vent en bordure de l'enclos, ni de la mer scintillante, au loin, où croisaient déjà quelques barques de pêche. Nous ne pouvions compter que sur nous-mêmes.

À midi, Rosina était revenue et m'avait forcée à avaler la polenta qu'elle avait apportée. Il n'était venu personne d'autre. De temps en temps, j'apercevais par la fenêtre ouverte une voisine passant sur le chemin. Elle tournait brièvement une tête curieuse vers la maison avant de croiser mon regard et de presser le pas.

Le village ne nous avait jamais acceptées. C'était comme ça. Je ne me souvenais pourtant pas avoir jamais habité ailleurs et Grand-mère n'en parlait pas. Nous étions d'ici. Si l'on m'avait demandé d'où je venais, qu'aurais-je pu répondre d'autre ? Mais on ne me le demandait pas. Au village, personne ou presque ne nous adressait la parole. Grand-mère ne s'en offusquait pas. On aurait même dit, parfois, que cela l'arrangeait. Elle ignorait les commérages et je ne l'avais jamais vue chercher à prendre langue avec quiconque.

Nous étions deux et c'était le monde. Elle prenait soin de moi et je l'aidais de mon mieux. Tout ce que je savais, je le lui devais. Elle m'avait tout appris : à coudre, à cuisiner, à biner et à sarcler l'étroite bande de terre caillouteuse qu'il fallait bien appeler notre potager et puis, bien sûr, à fabriquer les quelques fromages que, chaque semaine, nous allions vendre au marché d'Almissa. Mais, par dessus tout, elle m'avait appris à lire et à écrire. Le reste, n'importe quelle paysanne aurait pu me l'enseigner. Mais Grand-mère n'était pas une paysanne ordinaire. Si elle ne parlait jamais de sa jeunesse, à l'une ou l'autre remarque, à certaines allusions qu'il lui arrivait de laisser échapper, je devinais néanmoins qu'elle n'avait pas toujours connu cette vie de privations. J'entrevoyais dans son passé je ne sais quels fastes que, dans mon âme d'enfant, j'associais au temps légendaire des contes de fées. Avions-nous été victimes de l'une de ces malédictions qui changent les princes en crapauds ? Je n'en savais rien, bien entendu mais, si petite et ignorante que je fusse, je n'en avais pas moins le très fort sentiment de notre différence. Nous n'étions pas comme les autres. Nous étions en exil.

De cet *Il était une fois* ne nous restait qu'un seul trésor : une langue, le français.

Dans toutes les occasions de la vie courante, au village, au marché, nous parlions comme tout le monde un mélange d'italien, de croate et d'allemand. Mais, entre nous, nous ne parlions que le français. C'était notre langue secrète, avec laquelle nous nous entendions le mieux parce qu'elle n'appartenait qu'à nous. C'était une langue magique, douce à l'oreille, qui ressemblait un peu à l'italien, sans en avoir les éclats parfois tonitruants. Grand-mère le parlait couramment. Elle racontait qu'il y avait eu des Français, ici, il y a longtemps. Ils étaient venus conquérir les Provinces illyriennes au nom de l'empereur. C'était des soldats aux uniformes chamarrés, des gens pleins de prestance et de gaieté. Ils avaient fait beaucoup de bien au pays : ils avaient rétabli la justice, construit des hôpitaux et tracé des routes. Et puis un jour, ils étaient repartis et les Autrichiens les avaient remplacés. Nous n'avions pas particulièrement à nous plaindre des Autrichiens, mais Grand-mère plaçait la France au-dessus de tout. À l'entendre, c'était le plus beau pays du monde et Paris, sa capitale, une succession de palais merveilleux où vivaient en harmonie des dames et des messieurs d'une politesse et d'une élégance exquises. Je la croyais d'autant plus volontiers que je ne situais pas très bien la France. C'était très loin, vers le couchant, au-delà de Venise et de l'Italie. Autant dire au bout du monde, en un ailleurs qui me serait resté à jamais inaccessible si je n'en avais possédé la clé.

Cette clé, c'était un livre. Le seul, d'ailleurs, que j'eusse jamais vu, avec le missel des dimanches. Grand-mère en prenait un soin jaloux, digne de la plus précieuse relique. C'était un très vieux livre, dont la reliure de cuir brun gondolait et se déchirait par endroits. Il s'ouvrait tout d'abord sur un papier de couleur dont les tourbillons et les volutes faisaient une eau si miraculeuse qu'elle me semblait chatoyer à la façon des vitraux des églises. Puis venait le titre, dont les lettres alignées formaient la plus belle des parades et me rappelaient immanquablement ces beaux soldats de l'Empire dont parlait toujours Grand-mère. Ces lettres, les années passant, je les déchiffrais désormais sans peine mais je me plaisais tellement à les dire à haute voix que j'avais fini par les connaître par cœur : « *L'art de plaire dans la conversation* par Feu M. de Vaumorière, Quatriéme Edition, augmentée de deux Entretiens, l'un ſur le Jeu & l'autre ſur le Genie & le propre Caractere de la plûpart des Dames. A Paris, rue S. Jacques, chez Jean & Michel Guignard, devant la Ruë du Plâtre, à l'Image S. Jean. M. DCCI, avec privilège du Roi ».

Mais le plus merveilleux, c'était encore la gravure qui ornait la page de gauche. On y voyait six personnages devisant aimablement, assis dans des fauteuils. Les hommes portaient de longues perruques frisées et les femmes des robes si extraordinaires qu'elles ne pouvaient convenir qu'à des princesses ou à des fées. Comme il devait s'agir des personnages du livre, je leur avais attribué un nom à chacun : il y avait Dorante, Lisidor, Cléonice, Éraste, Philémon… Ces noms, imprégnés de douceur et de noblesse, incarnaient à eux seuls l'idée que je me faisais de la France.

J'avais appris à lire dans ce livre. J'en connaissais des morceaux entiers. Nous le reprenions presque tous les soirs, Grand-mère et moi. L'hiver, à la lueur de la lampe ou bien l'été, assises devant la maison, elle me demandait de lui en lire des passages. Elle m'expliquait les mots difficiles et m'enseignait les bonnes manières *à la française*. Lorsque je lui demandais comment elle savait tant de choses, elle se contentait de hocher la tête en souriant.

Un mouvement qu'elle fit me sortit brusquement de ma rêverie.

– Grand-mère ?

Aussitôt, je fus à son chevet. Elle se débattait faiblement, luttant contre l'invisible ennemi qui ne lui laissait aucun repos. Des larmes me montèrent aux yeux. Je les refoulai. Grand-mère n'aimait pas qu'on pleurniche.

M'efforçant au calme, je lui parlai doucement. Elle retomba bientôt sur l'oreiller, les traits peut-être un peu plus tirés, la respiration plus sifflante qu'auparavant.

Quelle heure était-il ? Impossible de le savoir. Ni elle ni moi ne possédions de montre. Dehors, il faisait nuit noire. La *bora* soufflait toujours en rafales qui faisaient cliqueter les tuiles du toit.

J'étais épuisée et je craignais de m'endormir. Un feu de sarments couvait toujours dans la cheminée. J'allai le raviver pour faire bouillir de l'eau. J'y jetai quelques feuilles de sauge et m'efforçai de boire le plus chaud possible. Je ne sais si cela fut efficace, mais je parvins longtemps à me maintenir dans un état de demi-veille où le moindre bruit me faisait bondir. La fatigue dut cependant avoir raison de moi car je dormais bel et bien, recroquevillée sur ma chaise, quand la voix de Grand-mère, trouant mon sommeil, m'éveilla en sursaut.

– Grand-mère ! Grand-mère ! Je suis là.

Ce n'était qu'un faux espoir. J'avais dû rêver ou bien s'était-elle brièvement agitée comme il arrive qu'on parle en dormant. Cette fois, le désespoir menaçait bel et bien de me submerger.

– Grand-mère, parle-moi ! Oh, réveille-toi, je t'en supplie..., ne pus-je m'empêcher de gémir.

M'entendit-elle ? Sa tête bougea sur l'oreiller et sa respiration s'accéléra. Elle essayait de parler mais n'y arrivait pas. Un cep de vigne éclata dans la cheminée et, soudain, la voix de Grand-mère s'éleva. Elle parlait sans presque bouger les lèvres. Sa voix n'en paraissait que plus lointaine et sifflante, mais c'était bien la sienne.

Tout d'abord, je ne compris pas. Elle répétait quelque chose, une phrase dont je ne saisis pas le sens avant de me rendre compte que c'était du français. Elle s'arrêta brusquement, eut un hoquet et sa main agrippa la mienne. Elle reprit, mais plus bas, comme si elle sentait décliner ses forces. Je me penchai sur elle, les tempes battantes, tétanisée par la peur et l'espoir.

–... le feu de Judas... Dans le feu de Judas, où se retirent les eaux, un astre trouveras... Écoute... le feu...

Elle délirait. C'était sans importance. Elle parlait, cela seul comptait. Elle parlait, elle allait se réveiller et tout serait comme avant. Le docteur avait raison, ce n'était qu'un malaise passager. Grand-mère est forte, elle ne peut pas mourir. Pas maintenant. Elle se reposera. Je lui ferai à manger et puis elle se lèvera et nous reprendrons notre vie, comme avant. Pour toujours.

– Pour toujours, Grand-mère...

Je laissai aller ma tête sur sa poitrine et continuai à lui parler. Je n'ai plus le moindre souvenir de ce que je lui dis cette nuit-là. C'était sans importance. Je parlais, parlais, puisqu'elle ne disait plus rien, pour ne pas comprendre, pas tout de suite, pour ne pas entendre que son cœur avait cessé de battre.

Chapitre 2

Il n'y eut pas de pleureuses à l'enterrement de Grand-mère. À vrai dire, il n'y eut personne, sinon la vieille Rosina et moi. Durant les quelques jours qui avaient suivi la mort de Grand-mère, la brave femme ne m'avait pas mesuré son aide. Ensemble, nous avions fait la toilette de la défunte et l'avions vêtue de ses meilleurs vêtements, ensemble nous l'avions veillée tandis qu'au dehors se déchaînait la *bora* triomphante. Puis Rosina s'était chargée de faire fabriquer et transporter le cercueil jusqu'au petit cimetière, au-dessus du village.

Je ne garde presque aucun souvenir de cette matinée. Je vivais en somnambule depuis trois jours, oubliant de boire et de manger, ne dormant qu'à peine. Aussi, ce matin-là, me trouvais-je comme absente à moi-même et je vécus cette scène tel un rêve dont on ne conserve au réveil qu'une impression vague. Le vent avait fini par se calmer et, même à dix heures du matin, il faisait une chaleur accablante. Cigales et criquets menaient un tintamarre assourdissant. Un peu à l'écart, le fossoyeur attendait en fumant qu'on lui permît de refermer la tombe.

Je ne pleurai pas. Je n'avais plus de larmes pour les avoir déjà toutes répandues sur la poitrine de Grand-mère la nuit de sa mort. La tête couverte d'un foulard sombre, les pieds comprimés dans des chaussures trop petites, j'étouffais dans ma robe des dimanches. Tandis que la sueur me dégoulinait dans le dos, j'écoutais à peine un curé réticent faire le minimum et expédier une cérémonie à la hauteur de ce que je pouvais payer. Grand-mère n'avait jamais été la plus assidue de ses paroissiennes. Elle n'allait jamais à confesse et ne communiait qu'en de très rares occasions. C'était peut-être une raison supplémentaire à la méfiance que nous témoignait le village dont la population, très catholique, subissait à longueur de journée l'influence des prêtres.

Une nouvelle difficulté se présenta quand il s'agit d'inscrire un nom sur la croix. Je réalisai que je ne connaissais pas le véritable nom de Grand-mère. Le lui avais-je jamais demandé ? Je ne m'en souvenais pas et, quoi qu'il en soit, sans doute avait-elle éludé. Pour moi, elle était « Grand-mère ». Je ne doutais pas qu'elle le fût pour de bon. Aussi, en désespoir de cause, fis-je graver mon propre nom de famille sur le bois. Je m'appelais alors Ana Horvath. Comme tout le monde, pourrait-on dire, tant le nom se trouvait répandu dans la région. Je n'avais jamais connu mes parents. Grand-mère m'avait expliqué qu'ils étaient morts tous les deux, qu'elle avait alors pris soin de moi, comme le devoir et l'amour l'exigeaient. Mais, je ne devais jamais les oublier, ni croire qu'ils ne m'aimaient pas.

S'il m'arrivait en effet de penser à eux, je dois avouer que l'impossibilité où j'étais de me les représenter me forçait à les ranger au rayon des êtres mythiques, aux côtés des Français de mon livre, dont ils revêtaient d'ailleurs bien des aspects.

Je dis « mon livre » car il était désormais à moi, comme tout ce qui avait appartenu à Grand-mère. Nul homme de loi pour en décider, c'était ainsi. Ce tout ne représentant que fort peu de choses, nul ne parut pour me le contester et c'est ainsi que je pris possession de quatre chèvres, d'un carré de choux, de quelques hardes et d'une poignée d'ustensiles de cuisine.

De retour du cimetière, je repris avec soulagement mes vêtements de tous les jours. Puis je restai un long moment assise sur le lit, tâchant de rassembler des pensées qui me fuyaient. Le soleil de midi laissait dans l'ombre la chambre au sol de terre battue. Sur la table, une cruche, quelques fruits dans une assiette de faïence raccommodée. Les murs, blanchis à la chaux, étaient nus. Un coffre ouvragé, dans la niche, contenait toutes nos richesses. Nos vêtements de rechange, les rares bijoux de Grand-mère, une paire de boucles d'oreilles en corail qui m'appartenait. Bien qu'il m'en coûtât, il me faudrait revendre les effets de Grand-mère. À partir de ce jour-là, chaque sou comptait. Nous n'avions jamais eu beaucoup d'argent, mais la maison nous appartenait. Du moins le pensais-je. Je n'avais jamais vu Grand-mère payer un quelconque loyer et Rosina n'avait pu me renseigner sur ce point. Quoi qu'il en soit, il restait les chèvres et le jardin. En m'y prenant bien, peut-être pourrais-je augmenter mon cheptel d'un chevreau ou deux et de quelques poules. Les poules, ce sont des œufs, je pourrais les vendre...

Ainsi, Grand-mère à peine enterrée, étais-je déjà en train de calculer, de supputer, d'organiser ma nouvelle vie sans elle. Sans elle. J'aurais dû m'effondrer, pleurer, l'appeler... Mais c'était comme si quelque chose en moi me commandait de ne pas le faire. Une voix qui m'ordonnait de ne pas me laisser aller, d'être forte.

Dans le feu de Judas, où se retirent les eaux, un astre trouveras...

C'étaient ses derniers mots. Ils n'avaient guère de sens mais, par crainte de les oublier, je voulus les inscrire à jamais dans mon livre. Je choisis une belle page blanche au revers du titre et, au crayon, les calligraphiai du mieux que je pouvais.

Dans le feu de Judas, où se retirent les eaux, un astre trouveras...

Mes yeux se mouillèrent. Je refoulai mes larmes. J'en avais assez versé à la mort de Grand-mère. Je ne pleurerais plus jamais.

Plus jamais.

La question de mon avenir ne se posait d'ailleurs pas. Je continuerais comme avant. La philanthropie n'avait point alors étendu ses grandes mains maternelles sur nos montagnes, je pouvais être tranquille, aucune institution charitable n'aurait vent de mon cas. Lorsque je lui faisais part de mes intentions, la vieille Rosina me regardait d'un air de doute mêlé de pitié. J'ignorais alors combien la condition d'une fille seule était précaire et la prédisposait à devenir la proie de quiconque estimait avoir des droits sur elle.

J'en eus pourtant un aperçu dès les jours suivant la mort de Grand-mère lorsque, croisant sur le chemin un groupe de jeunes paysans, je sentis peser sur moi leurs regards lourds de sous-entendus. J'eus peut-être le tort de les soutenir, ces regards, car j'entendis dans mon dos des rires dont je devinai l'obscénité plus que je ne la compris. J'en éprouvai une peur rétrospective mêlée de culpabilité. J'ignore si j'étais jolie ou provocante en quelque manière – je ne le pense pas – mais je sus dès lors que j'aurais à me faire oublier. Dans un village d'une vingtaine de feux, ce ne serait pas chose facile.

Je pris l'habitude de me barricader. La porte n'avait pas de serrure mais pouvait être barrée de l'intérieur au moyen d'une lourde pièce de bois que je peinais à soulever seule. Je n'hésitais cependant plus à le faire, poussée par un instinct obscur qui se trouva justifié lorsque, une nuit, j'assistai, terrorisée, aux vains efforts qu'un inconnu fit pour ouvrir la porte.

Ainsi passai-je quelques semaines inquiètes et solitaires, jusqu'au jour où, rentrant du marché, je trouvai la maison béante et son contenu pillé. Quelqu'un était entré et avait fait main basse sur tout ce qui pouvait lui servir. Les chèvres, bien sûr, mais aussi la literie, les meubles, le linge et jusqu'aux légumes du jardin. Le pot contenant nos maigres économies était brisé, ses débris répandus sur le sol, près de mon livre qu'on avait jeté là, ne le jugeant d'aucune utilité.

Le cœur battant, je me précipitai chez Rosina. Elle me reçut sans interrompre sa besogne, l'air dur et fermé.

– Qui ?

Un silence buté accueillit ma question.

– Qui a fait ça, *signora* Rosina ? Dites-le moi.

Levant enfin les yeux de son ravaudage, elle répondit avec rudesse.

– Je ne te le dirai pas. Eh ! Ça servirait à quoi ? Qu'est-ce que tu comptes faire ?

– Je… je ne sais pas, je…

– Tu ne feras rien du tout. Alors mieux vaut que tu ne saches rien.

Voyant mon désarroi, elle posa son ouvrage et me fit signe d'approcher. Lorsque je fus près d'elle, elle me prit les mains et, les serrant dans les siennes, ajouta :

– Écoute, *carissima mia*, j'ai fait ce que j'ai pu pour les empêcher. Tout ce que j'ai pu. Mais je suis vieille, ils m'ont ri au nez. Qu'ils soient maudits pour toute l'éternité ! Détrousser une orpheline ! Ça ne leur portera pas bonheur.

– Mais, je n'ai plus rien, je dois…

– Ça ne servirait à rien, crois-moi. Qu'à t'attirer de nouveaux ennuis, peut-être pires.

– Que dois-je faire, alors ?

Elle hésita un instant, puis se résigna à me dire le fond de sa pensée.

– Ma petite Ana, écoute bien ce que je vais te dire… Ton avenir n'est pas dans ce village. Tu dois t'en aller. Moi, je t'aurais bien prise avec moi mais ce n'est pas possible. Je n'ai rien… et puis tu es en danger, ici. Tu dois partir.

– Mais où ? Je n'ai nulle part où aller.

– Je ne sais pas. Almissa, Spalato… Tu trouveras sûrement à t'employer, là-bas. Il y a des fabriques, des auberges. Tu pourras sûrement te placer. Tu es vive et débrouillarde, je suis sûre que tu feras ton chemin.

Au fond de moi, je savais bien qu'elle avait raison. Qu'aurais-je encore fait dans ce village où, réduite à la mendicité, j'étais plus que jamais indésirable ? Je devais tenter ma chance ailleurs.

Une fois ma décision prise, je ne voulus pas la différer.

Les voleurs avaient tout pris, je ne serais guère encombrée. Je n'avais plus à moi que la robe que je portais, un vieux chapeau de paille et la musette rapiécée dans laquelle j'avais serré les quelques sous que m'avait rapporté le marché. Je ramassai mon livre, l'époussetai avec soin et sortis sans refermer la porte.

Je montai tout d'abord au cimetière. Une boule dans la gorge, j'enlevai quelques herbes folles de la tombe de Grand-mère, avec la certitude qu'après moi, plus personne ne le ferait. À mi-voix, je lui racontai les derniers événements, comment j'étais à présent contrainte de m'en aller, au risque de ne plus jamais revenir.

Rosina m'attendait en bas, sur le chemin. Elle me fit signe de la rejoindre et me mit dans les mains un morceau de pain et un gros oignon.

– C'est tout ce que je peux faire, *carissima*...

Je le savais et c'était déjà trop. Coupant court à mes protestations, elle me traça rapidement un signe de croix sur le front et murmura :

– Que Dieu te protège, mon enfant.

Trois heures sonnaient à l'église Saint-Michel lorsque je franchis la Cetina et entrai dans la ville, en proie à un étrange dépaysement. Grand-mère et moi n'allions à Almissa que les jours de marché et rentrions sitôt nos fromages et nos quelques légumes vendus. Le matin même, j'avais quitté une ville bruyante et animée, je la retrouvais quelques heures plus tard écrasée de soleil, vide et silencieuse.

Cette solitude acheva de faire tomber ma résolution. Sur le chemin, je m'étais sentie prête à embrasser l'avenir et le monde entier : assise au bord de la fontaine, sur la place du marché déserte, je ne savais plus quoi faire ni par où commencer.

Pour me donner une contenance, je recomptai ma fortune : trente-quatre Heller en pièces de bronze et deux pièces de un Kreuzer, soit trente-huit Heller. Pas même une Couronne. Autant dire peu de choses. Je me rappelais le mal qu'avait Grand-mère à faire ses comptes depuis la réforme de 1892. J'avais beau lui expliquer qu'un Florin valait deux Couronnes et cent Heller, elle confondait toujours Heller et Kreuzer. Aussi préférait-elle souvent que je tienne la caisse au marché, si l'on peut parler de caisse pour une vieille boîte de pastilles que je n'avais jamais vue pleine. Quoi qu'il en soit, avec si peu d'argent, je n'irais pas loin. Il me fallait trouver du travail et rapidement.

L'après-midi tirait à sa fin, la ville sortait peu à peu de sa léthargie. Les boutiques rouvraient leurs portes. Où allais-je tenter ma chance ? La ville comptait trois ou quatre auberges. Peut-être voudrait-on bien m'y employer pour servir ou bien faire la vaisselle. Je commencerais donc par là.

La première, la plus importante, était tenue par un couple d'Italiens dont la principale occupation semblait être de se disputer. La femme, une belle brune en nage, me reçut entre deux bordées d'insultes dont la moindre eût fait rougir une dizaine de charretiers.

– Qu'est-ce que tu fais là, toi ? Tu veux quoi ?

– Je…

Je fus interrompue par un grand bruit de verre cassé venant de la cave, aussitôt suivi d'un chapelet d'imprécations :

– *CAZZO DI MERDA* ! Agostina ! Tu pouvais pas les ranger mieux, les bouteilles, non ? Ça y est, tu cherches à me tuer ?

Elle me fit signe d'attendre et se pencha sur la trappe.

– *Stronzo* ! Si je voulais te tuer, il y a longtemps que ce serait fait, répliqua-t-elle sur le même ton. Qu'est-ce que tu as encore cassé, espèce d'ivrogne ? Mais on dirait que tu la cherches, à la fin, la ruine ! Tu veux me mettre sur la paille, c'est ça, hein ? Pour mieux t'enfuir avec une de tes putains !

– Je me suis coupé ! Je pisse le sang, là !

– Eh bien au moins tu fais quelque chose, pour une fois !

– *Troia* ! Attends un peu que je remonte t'en barbouiller la figure !

– Ah ben je voudrais bien voir ça, tiens ! hurla-t-elle en rabattant la trappe.

– Ça lui apprendra, à ce lèchefigue ! conclut-elle en bouclant le lourd panneau de bois. Tiens, aide-moi, petite, et dis-moi ce que tu veux… Travailler ? Ah ça, le travail, ce n'est pas ce qui manque, surtout quand on est mal secondée comme je le suis, philosopha-t-elle sans se préoccuper des coups sourds qui ébranlaient la trappe.

– Tu m'as l'air d'une brave petite. Je t'aurais bien prise à l'essai, malheureusement il y a déjà cette fille, là, la Santina, une idiote et une fainéante, si tu veux mon avis, et que je renverrais bien si je n'avais pas promis à sa sainte femme de mère de la préserver du trottoir... Ah *porca madonna* ! Tu es là, toi ? jura-t-elle en direction d'une adolescente grassouillette qui se tenait dans l'ombre de la porte. Eh bien, ma fille, ne reste pas plantée là comme une endive ! Tu vois bien que le maître est blessé ! Va me chercher de l'eau et un torchon propre au lieu d'écouter aux portes.

La fille me lança un regard sournois et fila sans demander son reste.

– Ah ! Cochonnerie, va. Je te dis qu'il faut surveiller son dos, dans cette maison. Celle-là, je ne lui donne pas un an avant de se faire engrosser !

Un peu étourdie, je ressortis dans la rue. La patronne de l'auberge m'avait donné deux autres adresses où tenter ma chance. Je n'eus pas davantage de succès, ni auprès de la première, tenue par une jeune femme triste et taciturne, ni auprès de la seconde, dont le maître me chassa comme une mendiante.

Je me retrouvai sur le port, où les premiers pêcheurs commençaient à rentrer. J'assistai au débarquement du poisson et à la criée. Mes trois échecs successifs m'avaient désemparée, je me sentais plus perdue que jamais au milieu de cette foule qui m'ignorait et menaçait de me piétiner à chaque instant.

On courait, on se pressait d'une barque à l'autre, on riait beaucoup, se hélait, on s'invectivait parfois, sans méchanceté.

Les pêcheurs étalaient leurs filets, dans lesquels étaient parfois restés pris de petits poissons encore frétillants, des crabes ou des étoiles de mer. J'encombrais, on me bousculait.

– Attention, petite, tu vois bien que tu gênes, là...

Tristement, je me repliai vers la vieille ville, dont les petites rues pavées escaladaient les flancs de la colline. J'errai dans un dédale de ruelles de plus en plus sombres et étroites. On y respirait un mélange d'odeurs de cuisine et de saleté. Du linge pendait aux fenêtres, qui ne sécherait jamais, faute de soleil. Les femmes, sur le pas de leur porte, un marmot dans les bras, deux autres accrochés à leurs jupes, me regardaient d'un air de soupçon. Le pavé était gras, beurré parfois d'une boue suspecte et nauséabonde dans laquelle j'étais bien forcée de piétiner, le cœur au bord des lèvres.

Je m'apprêtais à rebrousser chemin quand une enseigne attira mon regard. C'était une *trattoria* d'aspect misérable dont la porte s'ouvrait sous un porche lézardé. À travers la grille de la fenêtre, on distinguait en contrebas une salle sombre et enfumée, une grosse table et des bancs de bois brut. Une inscription au charbon indiquait quelques chambres à louer. J'y vis une dernière chance de trouver le gîte et le couvert, peut-être même un vrai travail. Prenant mon courage à deux mains, je poussai la porte, qui ne négligea pas de grincer.

La pénombre était telle que, tout d'abord, je ne vis rien. Il n'y avait personne, semblait-il. Pourtant la porte était ouverte. J'hésitais à appeler quand, soudain, une voix d'homme me fit sursauter.

– Que veux-tu, petite ? grasseya-t-elle en italien.

– Je… je cherche du travail, *signore,* répondis-je en cherchant d'où venait la voix.

– Du travail ? s'étouffa-t-elle avec un petit rire. Tiens donc… Et qu'est-ce que tu sais faire, toi, hein ?

– Je peux faire le service, et puis la vaisselle, bien sûr. Je sais un peu cuisiner, aussi. Et puis je peux faire le ménage. J'ai vu que vous aviez des chambres…

– Eh bien ! Tu sais en faire des choses. Mais ce n'est peut-être pas suffisant, tout ça. Approche, que je te voie mieux…

– Où êtes-vous ?

– Par ici. Voilà. Tiens-toi un peu dans la lumière…

Je m'avançai jusqu'au soupirail. Il en tombait une lumière blafarde dans laquelle je me sentis aussitôt prise au piège. L'homme était assis en retrait, dans un renfoncement de la pièce. Je pus enfin le voir. Très gros, il se tenait avachi dans un vieux fauteuil de tapisserie, une bouteille à ses pieds et dégageait une vague odeur d'urine. Une chemise d'un blanc douteux s'ouvrait sur une forêt de poils gris. Il me regardait par en-dessous, de ses petits yeux enfouis sous des sourcils broussailleux. Les mèches grasses de ses cheveux lui retombaient sur le front. Un seul de ses bras reposait sur l'accoudoir. L'autre était absent. À la manche repliée et tenue par une épingle, je compris qu'il était manchot.

– Hum… Et pourquoi cherches-tu du travail, dis-moi, ce sont tes parents qui t'envoient ?

– Ma grand-mère est morte, *signore.* Je suis toute seule.

– Toute seule, hein… *Porca miseria* ! Moi aussi, je suis tout seul. Et j'aurais bien besoin d'aide, avec mon bras. Alors, tu as besoin de travailler, hein ?

– Oui, *signore,* répondis-je encore, le cœur battant à l'idée d'être si vite embauchée.

– Et… tu aimes travailler, au moins ? Tu n'es pas une de ces fainéantes qui se laissent engraisser sans rien faire ?

– Oh non, *signore* !

– C'est bien. Tu m'as l'air d'une bonne petite. Quel âge as-tu ?

– Dix ans, *signore.* Bientôt onze.

– *Va bene…* Je crois que nous allons bien nous entendre, tous les deux. Approche encore un peu. Mes vieux yeux n'y voient plus très clair, tu sais.

Fascinée, je fis malgré moi un pas en avant. Il me faisait pourtant de plus en plus peur, telle une grosse araignée livide tapie dans l'ombre.

– Hum… Tu es jolie… Très jolie. Est-ce que tu es gentille, aussi ? Et obéissante ?

– Je… je crois, répondis-je en rougissant sans bien savoir pourquoi.

– Oui, je suis sûr que tu es bien gentille. Une gentille et jolie petite fille… *Va bene.*

Sa voix se fit soudain plus rauque et sifflante.

– Approche encore. N'aie pas peur.

Cette fois, je voulus reculer. Son bras jaillit de l'accoudoir et m'agrippa le poignet.

– Viens là, ma beauté… haleta-t-il. N'aie pas peur. Je ne te demanderai pas grand-chose. Juste d'être gentille. Bien gentille. Je te donnerai des sous…

D'une saccade, il m'attira à lui. Je tombai sur ses genoux.

– *Bellissima* ! N'aie pas peur. Je ne suis pas méchant…

Il parvint à me plaquer contre son torse. Je me débattais mais il était bien plus fort que moi. Il cherchait à m'embrasser. Son haleine empestée me soulevait le cœur. Son poignet se trouva soudain à portée. Je n'hésitai pas, je le mordis jusqu'au sang. Il hurla et me lâcha. Je bondis et m'écroulai aussitôt sous son croc-en-jambe. Il voulut se lever, se prit les pieds dans sa propre bouteille, retomba en arrière. Avant qu'il ait pu se relever, j'étais debout et fuyais de toutes mes forces en direction de la porte.

À toutes jambes, je dévalai de ruelle en ruelle, sans me retourner, de peur de le voir sur mes talons. À tout instant je sentais sa main moite m'attraper le bras, son souffle chaud dans mon cou. Hors d'haleine, je débouchai sur la place du marché. À cette heure-ci, elle était à nouveau noire de monde. Aux cafés, les terrasses étaient pleines, les gens prenaient le frais sur le pas des portes et des boutiques. Un gendarme autrichien traversait lentement la place. J'eus un instant la velléité d'aller me placer sous sa protection. Mais quelle protection quelqu'un comme moi pouvait-il espérer ? On me confronterait au manchot, qui nierait... C'était un commerçant, un bourgeois et moi, je n'étais rien. Personne ne voudrait me croire. On m'accuserait, peut-être, de l'avoir provoqué, de vouloir lui soutirer de l'argent. On me mettrait en prison ou, pire, dans un orphelinat. Comme fait exprès, mon regard croisa celui du gendarme. J'y lus de la suspicion envers cette gamine un peu louche, qui avait tout d'une petite voleuse à la tire, avec ses pieds sales et sa musette. Je pris mes jambes à mon cou. Je l'entendis me héler mais, le temps qu'il fende la foule, j'étais déjà loin. Dès qu'il fut hors de vue, je m'efforçai au calme et cessai de courir. J'évitai le port, encore trop plein de badauds et me dirigeai vers la porte de l'est. Mon intention était alors de sortir de la ville et de trouver un refuge quelconque, quand il se présenta de lui-même.

Les grilles du vieux cimetière n'étaient pas encore fermées. Je connaissais le cimetière Notre-Dame pour l'avoir jadis visité avec Grand-mère. Il était très ancien, vieux de plusieurs siècles et s'étageait au bas de la falaise, planté d'arbres et de buissons, autour de l'église Sainte-Marie. Les vieilles tombes, alignées sur plusieurs niveaux, formaient un dédale compliqué qui fournirait un abri idéal.

J'attendis la nuit sous un buisson, à l'ombre de la chapelle. D'ici, on ne voyait presque plus la ville, je pouvais me sentir en sûreté. Seule dominait encore la tour de la vieille forteresse qu'on appelait la Mirabella, mais je n'imaginais pas qu'on pût me voir de là-haut. Je pus enfin m'asseoir et me reposer.

La peur me revint en même temps que le souffle. Je passai un long moment à trembler, recroquevillée, les genoux entre les bras. Je n'étais pas alors très avertie de ces choses, mais je devinais avoir échappé de justesse à quelque chose de terrible. L'image de l'aubergiste manchot me terrifiait, je me sentais sale à un point que je n'avais jamais connu. J'aurais voulu me plonger tout entière dans un bain qui m'aurait nettoyée de tout cela, mais quelle eau me libérerait jamais du souvenir ?

Peu à peu, je finis cependant par m'apaiser et même par avoir faim. Sagement, je ne mangeai que la moitié de ce que m'avait donné Rosina, en prévision d'un avenir qui s'annonçait sous de bien sombres couleurs. Qu'allais-je bien pouvoir faire, maintenant ? J'avais espéré trouver du travail dans cette petite ville que, malgré tout, je connaissais un peu. Cela m'était désormais interdit. L'idée même d'avoir à côtoyer cet affreux manchot, de le croiser dans quelque ruelle suffisait à me donner la chair de poule. Spalato ? C'était très loin, sûrement très grand. Qu'y trouverais-je, sinon de nouvelles rebuffades, de nouveaux dangers ?

La nuit tombait et, avec elle, apparurent les chats. Ils n'avaient plus rien des souverains débonnaires qui, le jour, hantaient les places et bords de fenêtres de la ville. À cette heure-ci, ils étaient déchaînés. Le grand tourment de l'amour les jetait les uns contre les autres en batailles sanglantes dont les vainqueurs se répandaient en horribles cris de bébés. Ils devenaient parfois si agressifs que je dus lever le camp à plusieurs reprises et trouver un nouveau refuge où, couchée en chien de fusil, la tête sur ma musette, je tentais en vain de prendre un peu de repos.

Je dormis très mal, d'un sommeil entrecoupé de cauchemars et d'alarmes qui me laissaient le souffle suspendu, l'oreille tendue vers les bruits de la nuit, me bâtissant des romans où le gros aubergiste, parti à ma recherche, avait soudain pensé au vieux cimetière… Un caillou déplacé par un mulot devenait un pas, le chuintement d'une effraie la respiration lourde d'un ivrogne.

La nuit s'avançant, elle devenait de plus en plus fraîche. J'eus bientôt trop froid pour dormir. Je n'avais sur moi qu'une robe d'été, bien trop légère pour passer la nuit dehors. J'eus beau me recroqueviller le plus possible, ma propre chaleur me fuyait, il ne fut bientôt plus question de rester immobile sur la pierre nue. Je dus me lever pour marcher. J'arpentai le cimetière en tout sens. Une demi-lune l'éclairait d'assez haut, donnant aux pierres tombales une allure fantomatique qui finit par tellement m'impressionner que je terminai la nuit en claquant des dents, debout contre la porte de l'église.

Cette veille forcée eut au moins un effet positif : lorsque parurent enfin les toutes premières lueurs de l'aube, ma décision était prise. J'irais à Spalato.

Chapitre 3

Je n'attendis pas le jour pour partir. Au chant du merle, je franchis le mur du cimetière et, après m'être rapidement débarbouillée à la première fontaine, traversai de nouveau la ville en direction de l'ouest. Un enchanteur voulant couvrir ma fuite eût jeté un sort sur les rues qu'elles n'eussent pas été plus tranquilles et silencieuses. Je ne croisai pas même un chien errant. Quelques lumières brillaient seules aux fenêtres, derrière lesquelles se mouvaient les ombres ensommeillées des boulangers et des servantes. Quelqu'un chantait, du côté du port, et sa lointaine chanson me servit d'adieu. Pour la dernière fois, je passai la Cetina et, au lieu de reprendre le chemin du village, je m'engageai sur la grand-route.

Je n'en avais jamais vue d'aussi large. Deux chariots s'y seraient croisés de front sans ralentir. Je me demandais s'il s'agissait de l'une de ces routes construites autrefois par les Français. C'était un beau chemin empierré, presque droit, qui s'élançait du pied de la montagne et plongeait tête la première dans les collines que rosissait le soleil levant. Le long du coteau poussait de la vigne, dont le feuillage dessinait une verte portée sur la pâleur de la terre nue. De temps à autre, un champ planté d'oliviers mettait une note argentée entre les chênes verts et les pins parasols.

Des pins parasols qui, d'ailleurs, eussent gagné à être plantés plus près du bord : le soleil brilla bientôt si fort que la route ne tarda pas à se changer en un ruban d'une blancheur éblouissante, au-dessus duquel vibrait l'air surchauffé de ce mois de juillet, tout grésillant de chaleur et d'insectes.

Je dus bientôt ralentir le pas. Le manque d'eau se faisait sentir. J'avais compté boire aux fontaines des villages, mais je n'en avais pas encore rencontré un seul. Aussi loin que portât le regard, on n'apercevait nul clocher, pas la moindre maison. La vigne avait fait le plus souvent place à la roche nue, semée çà et là de myrtes et de cyclamens. Sans doute n'y avait-il pas en réalité de vraies raisons de s'alarmer mais l'ignorance où j'étais des distances, la fatigue et les émotions de la veille me mirent peu à peu dans un état d'inquiétude qu'il m'était de plus en plus difficile de contenir. Pleurnicher ne servirait pourtant à rien, il fallait avancer, avancer toujours, la route menait forcément quelque part, j'étais tout sauf perdue.

Combien d'heures avais-je déjà marché ? Je n'aurais su le dire. Trois ? Plus sûrement quatre. Mon ombre se faisait plus courte d'une minute à l'autre, comme si elle cherchait à se rassembler sous mes pieds pour fuir les rayons brûlants du soleil. De temps en temps, un arbre me fournissait un abri provisoire, dont je profitais quelques minutes avant de repartir, de plus en plus assoiffée et fatiguée. J'avais beau me persuader que je n'étais plus très loin, désormais, que Spalato m'apparaîtrait au prochain tournant, que le monde ne pouvait décidément pas être si vaste, mon espoir était toujours déçu. Mon horizon, cependant, se faisait de plus en plus restreint. J'avançais dans une brume indistincte, comme un automate, somnolente et la bouche pleine de laine sèche. Sans doute fut-ce pour cela que je ne vis le chien qu'au dernier moment, quand il fut presque sur moi.

Il s'arrêta, grondant, à quelques pas à peine de l'endroit où je m'étais figée. C'était un énorme dogue noir dont la gueule s'ouvrait sur des crocs impressionnants. Désespérément, je cherchai une pierre assez grosse à lui lancer. Il y en avait à mes pieds, sur le bas-côté de la route. Si je me penchais pour en prendre une, il en profiterait à coup sûr pour bondir et me mettre en pièces. Il n'y avait pourtant rien d'autre à faire.

Sans mouvements brusques, je fléchis les genoux. La sueur qui me brûlait les yeux ne m'empêchait pas de surveiller le chien, tandis qu'en me penchant le moins possible, j'allongeai le bras pour saisir une pierre. Elle n'était pas aussi lourde que je l'avais espéré… Tant pis. Lentement, je levai le bras. Le mâtin se ramassa sur lui-même, oreilles rabattues, poil hérissé, prêt à l'attaque.

– Paix, Sultan !

Le chien se détendit aussitôt, cessa de gronder et attendit, langue pendante, la tête tournée vers son maître, qui arrivait au trot de sa monture. C'était un homme d'une quarantaine d'années, l'un de ces rudes paysans croates qui arborent fièrement leur costume traditionnel, quelles que soient les circonstances. Malgré la chaleur, il avait gardé veste et gilet, tous deux richement brodés d'argent avec leurs rangées de boutons filigranés, ses culottes bouffantes maintenues à la taille par une large ceinture de laine rouge, et il n'avait négligé ni les bas ni les guêtres ni bien sûr les *opanke* de cuir dont le bout disparaissait dans les étriers. Comme la plupart des paysans l'étaient encore à cet époque en souvenir de l'occupation turque, il était armé jusqu'aux dents, de poignards, de pistolets et d'un méchant petit mousquet dont on apercevait la crosse dépassant d'un étui. Juché sur un gigantesque cheval de trait, l'homme était impressionnant de calme et de force. Il me dévisagea sans animosité, avec curiosité plutôt. Une grosse moustache blonde lui barrait le visage, un visage tanné qu'éclairaient de magnifiques yeux bleus. Il rappela son chien et s'apprêtait à me dépasser. Bien que mon aventure de la veille m'incitât à la prudence, je ne pouvais laisser passer pareille occasion.

– *Gospodín*, s'il vous plaît ?

Il tira sur les rênes et tourna la tête.

– Je... savez-vous si Spalato est encore loin ?

Il me considéra en silence.

– Tu vas à Split ?

C'était le nom que les Slaves donnaient à la ville.

– Oui... Et puis, savez-vous où je pourrais trouver de l'eau, aussi ?

Toujours sans répondre, il prit une outre de peau accrochée à la selle et me la tendit.

– Tiens, bois.

J'hésitai une seconde mais la soif était trop grande. Jamais eau ne me parut plus fraîche !

– Bois tout ton soûl, n'hésite pas.

– Je te connais, reprit-il. Tu es cette fille qui vient au marché, avec ta grand-mère.

À mon tour, je le reconnus. Je l'avais souvent aperçu à Almissa, traversant le marché et causant avec l'un ou l'autre. Il ne nous avait jamais rien acheté, mais il était d'une stature et d'un maintien suffisamment remarquables pour que je m'en souvienne. Il paraissait jouir d'un grand prestige parmi les Slaves de la région et même parmi les commerçants italiens.

– J'ai appris pour ta grand-mère… et pour ce qui a suivi. C'est une grave injustice que tu as subie.

Je ne sus que répondre. Je lui rendis sa gourde, tandis que le chien reniflait à présent le bas de ma robe avec curiosité.

– Et maintenant, tu vas à Split…

Il sembla balancer une question en lui-même.

– Écoute, décida-t-il enfin. Suis la route pendant une vingtaine de minutes, jusqu'à ce que tu trouves un gros chêne tordu sur ta droite. Derrière s'ouvre un chemin. Prends-le, et suis-le jusqu'à ce que tu arrives à une ferme. Présente-toi là-bas de ma part, dis que c'est maître Dranje qui t'envoie. Là-bas, on te fera manger et tu pourras te reposer. Tu en as besoin. Je serai de retour ce soir.

– Mais…

– Split est encore loin.

Il siffla son chien et partit sans se retourner.

Je me rendis soudain compte que, pas une seconde, je n'avais lâché ma pierre. Je la jetai sur le bas-côté et repris ma route.

L'arbre était bien là où l'avait annoncé le voyageur, et le chemin derrière lui. Je l'empruntai en me promettant toutefois de rester sur mes gardes, en souvenir du manchot de la veille. La ferme n'était pas très éloignée de la route mais une butte couverte de myrtes rabougries la dissimulait entièrement. On aurait pu passer à côté cent fois sans la voir. Pourtant, son toit, passé à la chaux, étincelait au soleil au point que le platane, à côté, en paraissait noir. Ce n'était pas un très grand domaine, mais il dénotait une certaine aisance. Il semblait propre et bien tenu. Nul tas de fumier odorant au milieu de la cour bien balayée où ne traînait rien qui ne puisse être utile au travail quotidien. À cette heure-ci, la ferme aurait pu paraître inhabitée sans une légère fumée blanche qui s'élevait de la cheminée. L'idée que l'on cuisinait là-dedans réveilla ma faim. J'avais fini depuis longtemps mes maigres provisions. maître Dranje avait dit que l'on me ferait manger... Et puis, après tout, j'avais tout de même de quoi payer mon assiette.

J'achevai de descendre le sentier et entrai dans la cour. Un autre chien aboya sans se lever de la niche où il s'abritait du soleil. Une femme apparut à la porte ouverte et me jeta un regard inquisiteur. Je ne pouvais plus reculer.

– Bonjour *gospađa*.

Le seul nom de son mari fut à la femme un sésame suffisant et elle ne me posa pas la moindre question. L'heure du repas était passée, mais elle me servit elle-même une écuelle d'une soupe épaisse, dans laquelle nageaient de gros croûtons de pain. Les mains dans son giron, elle attendait que je termine en jetant sur moi des regards timides et curieux. Elle était un peu plus jeune que son mari et n'avait pas comme lui cet air d'autorité qui m'avait tant impressionnée. Je lui demandai si je pouvais me reposer un moment, en attendant le retour de maître Dranje et elle acquiesça avec empressement. Ne voulant pas rester inactive, je lui demandai de l'ouvrage mais elle refusa absolument : j'étais leur hôte et l'on ne fait pas travailler ses hôtes. Je restai donc accroupie sous la treille une bonne partie de l'après-midi, sombrant peu à peu dans un demi-sommeil à peine troublé par les jeux de deux petits enfants blonds qui marchaient à peine.

Le soleil était déjà bas sur l'horizon des montagnes lorsque revint maître Dranje. Sa femme sortit à sa rencontre et je me levai pour l'accueillir. Quand il m'aperçut, cette fois, Sultan me fit fête, ce qui ne le rendait pas moins terrifiant. Après s'être rafraîchi au puits, maître Dranje s'assit avec nous à la table et se versa de l'eau. Posant sa *kapa*, il fourragea dans ses cheveux, taillés au bol comme il était d'usage chez les paysans slaves.

– Quelle chaleur ! soupira-t-il. Enfin, l'affaire est démêlée, c'est le principal. Mais, vrai, ces ronds-de-cuir sont désespérants !

J'appris qu'il s'était rendu à Almissa pour y régler un différend avec un voisin auprès de l'administration autrichienne. Cela ne laissa pas de m'étonner : tels que je connaissais la plupart des paysans – au nombre desquels ceux qui m'avaient dépouillée – l'affaire se serait plus simplement réglée à coups de couteau dans un coin désert.

Il se tourna vers moi.

– Je me suis aussi renseigné par rapport à ton affaire. Il y aurait certainement moyen de faire quelque chose, mais cela coûterait cher, il te faudrait un avocat.

– Je... je n'ai pas d'argent pour cela, *gospodin.*

– Je m'en doute et c'est pour cela que j'enrage que des paysans, des Slaves comme moi, tes voisins, aient pu te voler de la sorte. S'il ne dépendait que de moi, je leur ferais rendre gorge, tu peux m'en croire.

– Vous n'y êtes pour rien, *gospodin.* Et je ne vous remercierai jamais assez de m'avoir accueillie aujourd'hui, votre épouse et vous-même.

– Maigre compensation. En attendant, tu dormiras ici cette nuit. Il est trop tard pour repartir.

Il y avait un lit dans l'étable. J'y dormis d'un bon et long sommeil, sous une couverture que m'avait apportée la jeune femme, avec de l'eau chaude pour faire ma toilette.

Le lendemain, je me levai à l'aube, pour découvrir qu'elle avait en outre bourré ma musette de pain, de fruits, d'olives et de fromage. Il y avait aussi des allumettes et même une bouteille pleine d'eau, de l'eau fraîche à peine tirée du puits.

– Je ne pourrai jamais vous la rendre, *gospođa.* C'est trop !

Elle eut un bon sourire.

– Eh, ce n'est jamais qu'une vieille bouteille, voyons ! Et puis tu reviendras nous voir quand tu seras riche ! Ce n'est pas *si* loin, Split.

À ce sujet, maître Dranje voulut me donner quelques dernières recommandations. Il me prit à part dans la cour, juste avant que je me mette en route.

– Il te faut partir maintenant, si tu veux y arriver avant la nuit. Mais avant... je voulais te dire, tu as été très courageuse, hier, face à Sultan. Bien d'autres se seraient enfuis, à ta place. Ce qu'il ne faut jamais faire.

– Je… je ne sais pas…

– Tu es une fille très courageuse, Ana. Et, je te le répète, j'ai honte pour mes compatriotes. Aussi, une dernière chose…

Il me tendit un objet qu'il avait gardé dans sa poche. C'était un couteau dans son étui.

– Prends cela. Ça pourra t'être utile.

C'était une arme magnifique à la poignée ouvragée, à la lame affûtée comme celle d'un rasoir. Et l'étui, qui pouvait s'accrocher à la ceinture, était d'un cuir délicatement travaillé et clouté.

– Je ne peux pas accepter, *gospodin.*

– Prends-le. Le monde est dur aux orphelins, Ana. Ne t'en sers que si tu le dois vraiment mais, si tu le dois, sers-t'en sans hésiter.

Je me remis en route, armée d'une confiance toute neuve. Il faisait beau et chaud, mais j'avais de quoi boire et mon voyage se déroula sans incidents notables. Le soleil monta, monta puis passa vers l'ouest et amorça sa descente. La mer, que je gardais toujours à main gauche, disparaissait parfois derrière les collines, pour réapparaître un peu plus loin, chaque fois un peu plus rouge, un peu plus scintillante. Il y eut de nouveau des fermes, des maisons. Je croisai des charrettes, des gens qui rentraient chez eux, chargés de paniers et même une élégante voiture à cheval qui me dépassa, se dépêchant de regagner la ville avant la tombée de la nuit.

Mille questions recommencèrent à s'agiter dans ma cervelle, à commencer par la plus urgente : où allais-je la passer, cette nuit ? Fallait-il entrer dans la ville ou bien me trouver un abri un peu à l'extérieur, sur la plage, par exemple, entre deux rochers ? Je pourrais peut-être même faire un petit feu, avec du bois flotté.

Depuis quelque temps, la route s'était rapprochée de la mer, qu'elle longeait maintenant en suivant le dessin capricieux des criques. Le soleil se couchait, c'était un spectacle magnifique mais je n'en profitais guère. Le faubourg était de plus en plus dense, il augurait d'une ville immense. Plus grande, en tout cas, que je n'en avais jamais vue. Le souffle coupé, j'observais des enfilades de maisons qui se perdaient à l'infini. De belles villas se succédaient à présent le long de la côte, rendant difficile l'accès à la plage. La route bifurqua brusquement, m'entraînant dans des quartiers d'habitations où je me perdais. Cependant, de crochet en crochet, je revins en effet si bien vers la mer que je tombai droit sur le port.

J'étais donc au cœur de la ville, telle que maître Dranje me l'avait brièvement décrite. Le port et, derrière lui, les hautes façades de la vieille ville.

Exténuée, j'allai m'asseoir sur un coin de quai. Après la chaleur accablante de l'après-midi, il commençait à faire bon. La mer apportait une brise agréable qui gardait de nombreux badauds hors de chez eux. Malgré la tombée de la nuit, la longue promenade des quais grouillait de monde. On entendait surtout parler italien, mais il s'y mêlait d'autres langues, beaucoup d'autres, dont certaines m'étaient inconnues. La nuit était presque là. Des dizaines et des dizaines de lumières se reflétaient et dansaient sur les flots noirs et les coques des navires, dont les mats et les cordages craquaient et grinçaient doucement dans le crépuscule. Il y en avait de toutes tailles, de la plus humble barcasse au paquebot du Lloyd qui venait d'accoster, déversant son contenu de voyageurs et de marchandises qui, aussitôt, se trouvaient pris en charge et transportés, les uns vers les hôtels et les auberges de la ville, les autres vers de lointains entrepôts où elles seraient classées, inventoriées et redistribuées parmi les commerçants les mieux achalandés. À l'époque, je ne savais évidemment rien de tout ça. Je me contentais d'observer ce ballet, l'esprit vide, jambes ballantes au-dessus de l'eau, sans chercher à rien y comprendre. Pour me soulager l'épaule, j'avais posé ma musette à côté de moi.

Un frôlement, soudain, dans mon dos.

Je me retournai.

Mon sac avait disparu.

Chapitre 4

Le temps que je me lance à sa poursuite, mon voleur était déjà loin. C'était un gamin de sept ou huit ans, un blondinet en haillons qui filait comme une flèche à travers l'esplanade en se faufilant parmi la foule. J'eus beau courir de toutes mes forces, il avait trop d'avance. Dans l'affolement, je n'eus même pas la présence d'esprit de crier qu'on l'arrête. Il disparut dans un passage obscur qui trouait le pied de la façade imposante de la vieille ville.

Je m'y engouffrai derrière lui. C'était un boyau étroit, sous une voûte sombre et humide, dans lequel deux hommes n'eussent pu se croiser sans se heurter. Long d'une dizaine de mètres, il débouchait dans une ruelle populeuse et à peine éclairée où je commençai par me fourvoyer. Le cœur battant, je cherchai de tous côtés, tâchant en vain d'apercevoir la tignasse blonde du gamin. Mais rien ! rien ! Je revins sur mes pas, me trompai de nouveau et finis par tomber sur une sorte de place encombrée d'échoppes, où résonnaient les voix d'une foule joyeuse qui faisait cercle autour d'un petit orchestre. J'en fis le tour, désespérant de ne pouvoir me hausser par-dessus toutes ces épaules indifférentes qui dérobaient peut-être le voleur à ma vue.

Et soudain, je l'aperçus, là, en arrêt devant l'éventaire d'un marchand de tabac. Mais il avait les mains vides ! Qu'avait-il fait de mon sac ? Dans ma hâte de le rejoindre, je bousculai une grosse commère qui, m'attrapant par le bras, se mit à m'insulter en italien. Alerté par le bruit, le gamin se retourna, me vit et s'enfuit à nouveau. Je me dégageai d'une ruade et m'élançai dans un autre passage. Il menait à une étrange place ronde, entourée de hauts murs et creusée de niches, que je pris tout d'abord pour une ancienne église. Là encore, il y avait beaucoup de monde et toutes sortes de baraques en planches dressées contre la paroi mais, cette fois, je n'eus aucun mal à repérer mon voleur. Il m'attendait à l'autre bout, un sourire narquois sur les lèvres. Il ne chercha même pas à fuir lorsque je l'empoignai par le col de sa chemise en lambeaux.

– Mon sac ! Rends-moi mon sac ! Voleur !

Il se contenta de me rire au nez, tandis qu'une douzaine de mains m'agrippaient, qui se mirent à me pincer, me griffer et me tirer les cheveux.

– Lâchez-moi, au secours !

Mais j'eus beau crier, nul passant n'allait se soucier d'une bagarre entre gamins. Ils étaient au moins cinq ou six après moi, filles et garçons, qui s'acharnaient à me faire tomber en me bourrant de coups de pied et de poing. Lorsque je fus trop sonnée pour pouvoir encore me défendre, ils me relevèrent et, me tordant les bras, me traînèrent vers un côté de la rotonde où béait une ouverture noire.

– À la fosse ! À la fosse ! piaillaient-ils en riant.

On me fit descendre une volée de marches. Une bouffée d'un air pestilentiel me souleva le cœur. Un nouvel accès de panique me rendit quelques forces. Je parvins à me dégager en partie et à remonter quelques degrés, toute la meute accrochée à ma robe, dont le bas se déchira brusquement. J'en profitai pour gagner encore quelques mètres avant d'être reprise aux chevilles et entraînée vers le bas.

– À la fosse !

Je ruai. Mon pied toucha quelque chose, il y eut un cri mais cela ne servit qu'à accroître leur fureur. Il me tirèrent brutalement en bas de l'escalier. Ma tête heurta l'une des marches et j'en restai à moitié assommée. L'un d'eux m'empoigna par les cheveux et je fus traînée sur le sol gras du souterrain. Dans une brume d'inconscience, j'entendis soudain une voix claire leur ordonner de cesser et de me lâcher. Ils obéirent. Je me redressai péniblement tandis qu'une silhouette descendait l'escalier, se détachant sur l'ombre plus pâle de l'entrée.

– Qu'est-ce que vous foutez ? Je vous ai déjà interdit de venir ici !

Piteux, les autres se défendirent faiblement.

– C'était pour rire, Dunja. On voulait pas vraiment le faire...

– Vous ne vouliez pas vraiment faire quoi ?

La voix était dure et sèche. La bande de gosses n'en menait pas large.

– C'est la fille, là... On voulait juste lui faire peur.

– Qui c'est, cette fille ? Qu'est-ce qu'elle vous a fait ?

– Ils... ils m'ont pris mon sac, intervins-je. C'est tout ce que j'ai...

– C'est vrai ? Et il est où, ce sac ? demanda celui qu'ils appelaient Dunja.

– Je l'ai passé à Laticello, répondit une voix penaude qui devait être celle du petit blond.

– Bon, on va voir ça. Mais d'abord, on se tire de là. Viens, toi... me commanda-t-il.

Il m'aida à me relever.

– Ça va ? Tu peux marcher ?

– O... oui...

Nous remontâmes à l'air libre et je les suivis comme une somnambule à travers le dédale des ruelles. La nuit était complètement tombée, à présent, on n'y voyait pas à trois pas mais Dunja se dirigeait sans hésitation. Nous fîmes bientôt halte devant une maison dont la porte était condamnée par des madriers. Cela n'arrêta pas notre guide qui, soulevant une planche, se glissa avec adresse à travers l'étroite ouverture et me fit signe de le suivre.

– Allez viens, n'aie pas peur. Tu n'as rien à craindre.

Toute la bande entra à son tour et nous nous retrouvâmes dans un vestibule obscur dont le carrelage, jonché de gravats, craquait sous les pas. Il fallut encore monter à tâtons un escalier de pierre avant de parvenir à une longue galerie ouverte sur une cour intérieure dans laquelle se déversait la lumière de la lune. Tout le long de la galerie, c'était un entassement de hardes et de paillasses, desquelles émergeaient de nouvelles petites silhouettes. Dunja craqua une allumette et enflamma un nid de chandelles plantées dans une vieille assiette. Il le souleva à hauteur de mon visage et l'examina avec attention.

– Ben dis donc, ils t'ont pas ratée, hein ! Comment tu t'appelles ?

Je me passai la main sur la figure et la retirai poisseuse de sang à demi-coagulé.

– Ana... soufflai-je en regardant à mon tour l'inconnu.

C'était une fille. Je l'avais d'abord prise pour un garçon, à cause de ses cheveux coupés courts et de ses vêtements, mais c'était bien une fille, une grande de treize ou quatorze ans dont le teint clair trahissait les origines slaves sous une épaisse tignasse aile de corbeau.

– Moi c'est Dunja. Attends, je vais t'arranger ça...

Elle trempa un chiffon dans une cruche et me le tendit.

– Tiens, lave-toi. Alors, ce sac ? demanda-t-elle aux autres.

On le lui fit passer de main en main.

– C'est bien celui-là ?

– Oui...

Elle l'ouvrit, sans faire mine de me le rendre. Le contrecoup m'atteignit brusquement. Je me mis à trembler et à claquer des dents. Elle s'en rendit compte mais ne fit aucune remarque. L'une après l'autre, Dunja sortait mes affaires et les posait devant elle, à la lumière. Je fus étonnée de voir combien cela faisait peu de choses. Elle soupesa mon couteau et le sortit de sa gaine. Elle en éprouva le fil en connaisseuse et émit un petit sifflement.

– Et ça, c'est quoi ? s'étonna-t-elle en ouvrant mon livre. Tu sais lire ?

– Je sais lire et écrire, parvins-je à balbutier.

Un éclat de rire général accueillit ma réponse. Toute la bande semblait trouver du plus haut comique qu'une fille comme moi connût l'alphabet.

– Vos gueules, bande d'abrutis ! Ça n'a rien de drôle, les gourmanda leur chef.

Elle posa le livre et me demanda d'un ton bourru :

– Tu m'apprendrais ?

La question me prit de court. Je m'attendais à tout sauf à cela.

– Je… oui…

– Bien. Tu sais où crécher ?

– Crécher ?

– Dormir.

– N… non.

– Bon. Tu peux rester avec nous. Une seule règle : ici, on partage. Le fric et la bouffe, c'est tout. Le reste, ça t'appartient, personne n'y touchera. Ça te va ?

– Ça me va.

– Parfait. On va te trouver une couverture et un matelas. Iva ! Y a du rab ?

– Je vais voir, répondit une forte fille rousse.

– Tu as mangé ? reprit Dunja.

– Non.

– Bon ben alors on va faire honneur à tes provisions. Mais d'abord… ben on va faire les présentations.

Ils étaient une douzaine d'enfants dont l'âge allait de quatre à treize ans, filles et garçons en nombre à peu près égal. Outre Dunja et Iva, qui la secondait, il y avait Patrizio, mon beau petit voleur, un grand dadais un peu simplet surnommé Laticello ou Petit-lait, Čika et sa petite sœur Zrinka, dite Cracra, aussi adorable qu'elle était d'une saleté repoussante. Quirino, un garçon de mon âge, taciturne et renfermé, faisait office de cuisinier. Un autre, Veto, se présenta lui-même comme le meilleur voleur de la ville. Il se vantait aussi d'être le plus gai et celui qui chantait le mieux. « Après Dunja » ajouta-t-il à l'hilarité générale, dont je ne compris le sens que la première fois où j'entendis chanter Dunja. Il y avait encore Ramona, que tout le monde appelait Colombe et qui boitait bas, la jolie Hrvojka, qui allait sur ses douze ans et ne séparait jamais de son chat Leone, Goran, un petit garçon de six ans dont le vocabulaire ordurier semblait sans limites et, enfin, les deux plus petits, Lucia et Božo dont la paillasse et les vêtements empestaient l'urine en permanence.

Ce soir-là, en l'honneur de mon entrée dans la bande, on ne se refusa rien : mes provisions furent mises à mal avec allégresse, ainsi que deux grosses saucisses que Veto était parvenu à dérober à l'étal d'un boucher. Même Leone en eut sa part, égale à celle des autres. Encore étourdie par tant d'aventures, je n'avalai pas grand-chose et me contentai surtout de les regarder. Ils dévoraient bruyamment, avec toute l'avidité de qui ne mange pas tous les jours à sa faim. Je me sentais désorientée. Ils étaient sales, mal embouchés et certainement couverts de poux. Grand-mère m'eût certainement défendu de les fréquenter. Et pourtant leur insouciance, leur gaîté faisaient plaisir à voir. Malgré toute leur cruauté, ils n'étaient pas méchants et m'avaient adoptée aussi vite qu'ils eussent été prompts à me dépouiller de tout, et sans plus d'arrière-pensées.

La plus calme était sans conteste Dunja. Elle mangeait posément, sans bruit, n'intervenant que rarement dans les bavardages décousus qui faisaient l'essentiel de la conversation. Elle avait de longues mains fines et nerveuses aux ongles rongés. Le col déchiré de sa chemise d'homme s'ouvrait sur une poitrine maigre, prolongée par un cou flexible que mettaient en valeur ses cheveux courts. Seules ses oreilles, un peu trop décollées, l'empêchaient d'être vraiment jolie quand un nez droit et des traits énergiques lui donnaient une allure que bien des jeunes filles mieux nées lui eussent enviée. Ses dents, en particulier, étaient magnifiques. D'une blancheur de lait, elles étaient remarquablement bien plantées, à l'exception d'une seule, une incisive, qui chevauchait légèrement sa voisine. Ce détail ne suffisait cependant pas à l'enlaidir. Il donnait au contraire à son sourire une indulgence, une douceur inattendue qui démentait la férocité de canines aussi petites mais aussi pointues que celles d'un furet.

Depuis quand s'était-elle aperçue que je la regardais ? Elle me rendit mon regard, lesté d'un sourire narquois qui me fit rougir. La petite Lucia, en me tombant dessus, vint heureusement me tirer d'affaire. Voyant que je ne mangeais guère, elle entreprit de me fourrer dans la bouche des morceaux de pain. Elle y mettait autant de candeur que de petits doigts dégoûtants, mais je me contraignis à avaler sans trop faire la difficile, sous les applaudissements de toute la troupe.

On ne me posa nulle question, ni maintenant ni plus tard. L'histoire de chacun ne concernait que lui et je ne sus jamais rien des drames qui avaient conduits les uns et les autres à vivre dans la rue. Certains, je crois, avaient encore des parents, qu'ils voyaient de temps en temps mais dont ils ne parlaient jamais. Il arrivait parfois que l'un ou l'autre disparût, pendant quelques jours ou bien de façon définitive. On pensait à lui quelque temps, on lui souhaitait bonne chance et puis on l'oubliait. De toute façon, il serait bientôt remplacé, comme j'avais certainement moi-même pris la place de quelqu'un d'autre.

C'était à tout cela que je pensais un peu plus tard, étendue sans pouvoir dormir sur ma paillasse. À tout cela, et à bien d'autres choses : trop de changements étaient intervenus trop rapidement dans ma vie pour que je puisse me reposer, malgré la fatigue que je sentais peser dans chacun de mes membres. J'étais épuisée, j'avais mal partout mais je ne dormais pas. Je songeais à ce qui serait dorénavant ma vie, ici, à Spalato, parmi ces enfants auxquels je ressemblerais bientôt. Peut-être même leur ressemblais-je déjà… J'étais déjà des leurs, ils ne s'y étaient pas trompés. Comme eux, j'étais orpheline, pauvre, sale… et libre. Mais je ne resterais pas avec eux. Ce n'était que provisoire. Je saurais bien, moi, trouver du travail, j'aurais bientôt mon propre toit, une petite chambre claire et propre où je serais seule et…

En pleine nuit, je me réveillai pour découvrir que quelqu'un était venu se blottir contre moi. À la lumière de la lune, je reconnus les cheveux blonds de mon joli voleur… Je n'eus pas le cœur de le repousser et le laissai dormir, pelotonné comme un petit chien sous ma couverture.

Le jour était déjà levé depuis longtemps lorsque nous nous réveillâmes. L'un après l'autre, les enfants repoussaient leurs couvertures et s'asseyaient dans leur lit, se frottaient les yeux ou grattaient quelque morsure de punaise, dont je ne tarderais pas à me rendre compte que les paillasses étaient infestées. Par cette chaleur, la plupart dormaient nus. N'ayant vécu qu'avec Grand-mère, je n'avais jamais vu de garçons. Ceux-ci s'exhibaient cependant avec un tel naturel et une telle absence de pudeur que, ma curiosité, une fois satisfaite, s'émoussa bien vite et je n'y prêtai plus attention.

J'étais encore en train d'essayer de démêler mes cheveux quand Dunja se planta soudain devant moi.

– Alors ?

Je la regardai sans comprendre.

– Ben, tu m'apprends à lire ou quoi ?

– C'est que... pour commencer, il faudrait des livres, risquai-je prudemment.

– Des journaux, ça irait ? demanda-t-elle.

– Oui, bien sûr. Vous en avez ?

– On en a plein. On s'en sert pour mettre sous nos habits, l'hiver. Et pour allumer le feu, ajouta-t-elle avec un sourire sardonique.

Elle alla en chercher une pleine brassée et les déversa devant moi. Ils soulevèrent une telle poussière que je ne pus m'empêcher d'éternuer, à la grande joie de toute la bande, agglutinée autour de nous. Dunja toisa ses troupes et, sèchement, leur jeta :

– Et alors, vous autres ? Vous n'avez rien de mieux à foutre ? On n'a pas besoin de chandelles ! Allez hop, filez !

Une volée de moineaux ne se fût pas plus vite dispersée. En un clin d'œil, tout le monde acheva de sauter dans ses hardes et dévala l'escalier, les plus grands portant les plus petits.

– Bon, alors ça, par exemple, qu'est-ce que ça veut dire ?

Elle désignait la manchette d'un journal italien.

– Attends, ce n'est pas comme ça ! Il faut commencer par le commencement.

Ses yeux noirs me lancèrent un regard lourd que j'eus cependant le cœur de soutenir. Elle pesa le pour et le contre, hocha la tête et reprit d'un ton plus amène :

– D'accord. C'est toi la cheffe. Allez, montre-moi…

Toute ma vie, je me souviendrai de ce premier jour. L'air matinal était si paisible et doux que je me croyais revenue dans notre petite maison villageoise. Le roucoulement des pigeons, le claquement de leurs ailes repoussaient en arrière la rumeur lointaine de la ville. Et le soleil, en franchissant la barrière des toits, donnait par-dessus l'épaule de Dunja, comme s'il voulait lui aussi profiter de ma leçon. J'avais extrait de ma besace un petit bout de crayon qui me servait pour mes additions, au marché. Je montrai à Dunja comment le tenir et, spontanément, elle le prit de la main gauche. Ce détail, je ne sais pourquoi, me toucha. Une à une, patiemment, je lui montrai les différentes lettres et la façon de les former. Elle se révéla tout de suite une élève extrêmement déliée, douée d'une mémoire visuelle étonnante et d'une intelligence aiguë. Je puisais mes exemples dans un vieux numéro d'une gazette italienne. Elle comprit très bien la façon dont les lettres se combinaient pour donner des syllabes, puis des mots auxquels elle accorda bientôt une attention fascinée. Cependant, j'étais en plein dans une explication quand elle se leva brusquement, mettant fin d'elle-même à la leçon.

– J'ai à faire, on continuera demain. Je te laisse avec Patrizio ! jeta-t-elle d'un ton goguenard.

En effet, sans que je le remarquasse, mon petit voleur était revenu. À demi dissimulé dans l'embrasure de l'escalier, il attendait que nous ayons fini, les mains chargées de petits pains encore tièdes. Il me fut très vite évident que j'avais gagné un chevalier-servant.

Ce fut lui qui me montra la ville et, avec ses mots, me l'expliqua. Ce n'était pas une ville, en réalité, mais un palais. Celui qu'un très vieil empereur s'était fait construire pour abriter sa retraite et son tombeau. Puis le temps avait passé et, un jour, pour fuir un quelconque envahisseur, les habitants de la cité voisine s'étaient réfugiés derrière les hautes murailles du palais déserté. Ils s'y étaient installés à demeure et c'était toute une nouvelle ville qui avait poussé à l'intérieur. Les corridors devinrent des rues où passaient des voitures, les appartements abritèrent des maisons qui, s'appuyant contre les vieux murs, s'entassaient et se chevauchaient de manière inextricable.

Il me raconta tout cela tandis que nous allions à travers les petites rues, qui s'animaient maintenant pour moi de tout un peuple mythique. Je ne savais rien de l'histoire de Rome, encore moins de ce Dioclétien dont je ne sus le nom que bien plus tard, mais ces antiques colonnes que l'on croisait au détour d'une rue, ces larges baies ouvertes sur la mer me faisaient penser à la gravure de mon livre. Je n'en revenais pas : je vivrais donc désormais là où avaient vécu Dorante, Cléonice, Lisidor et les autres... J'en étais à tel point persuadée que je ne pus résister à la tentation un peu facile d'épater le naïf Patrizio en lui mettant mon livre sous le nez.

– Tu vois, ça ce sont des Français. Ce sont eux qui ont construit Spalato. Regarde…

Il voulut bien me croire sur parole.

Comme nous repassions dans l'étrange salle ronde où nous nous étions « rencontrés », je lui demandai :

– C'est quoi, cette fosse dont vous parliez hier ?

Il se troubla un peu avant de répondre.

– C'est des souterrains. Comme de grandes caves, si tu veux. En fait, c'est là que les gens qui habitent au-dessus jettent toutes leurs ordures. Ça pue, c'est dégoûtant !

– Et vous l'auriez fait ? Vous m'auriez vraiment jetée dedans ?

– Ben… oui, avoua-t-il avec candeur.

Nous arrivâmes à la grande place qu'on appelait Place du Dôme parce qu'elle était au pied de la cathédrale. Nous y retrouvâmes une bonne partie de la bande, assise à l'ombre sur les marches usées d'un ancien temple païen. Lucia, Božo et Cracra se tenaient quant à eux au milieu de la place, entre deux grands cafés, dont ils tentaient d'apitoyer la clientèle ou bien sollicitaient les passants qui, revenant du marché, leur donnaient souvent un petit quelque chose. Comme je m'étonnai de voir mendier les plus petits, les autres m'expliquèrent que c'était beaucoup plus facile pour eux et qu'avec leur petite bouille chiffonnée, ils étaient de loin les meilleurs mendiants du groupe. Passé six ou sept ans, on cessait de faire pitié pour devenir un fainéant et un parasite, qui préférait mendier que travailler.

– Tu veux essayer, pour voir ? me demanda Veto, moqueur.

Je me contentai de rougir. Je ne m'imaginais pas le moins du monde en train de mendier. Serais-je capable de voler ? Il m'apparut soudain que j'aurais peut-être du mal à trouver ma juste place au sein du groupe. Si je ne mendiais ni ne volais, comment pourrais-je me rendre utile ? Décidément, je devais trouver du travail.

Čika se chargea de faire tomber mes illusions.

– Du travail ? Tu rigoles ? Pour trouver du boulot, même comme bonniche, il faut être recommandée, avoir des parents qui puissent répondre de toi ou bien sortir d'un orphelinat. T'as aucune chance.

De fait, m'expliquèrent-ils, il arrivait souvent qu'on travaillât, qui comme cireur de souliers, qui comme porteur d'eau ou de paniers, ou bien encore comme saute-ruisseau pour quelque boutiquier. Les garçons, souvent, allaient chercher de l'embauche sur le port, au débarquement des bateaux. Mais dans tous les cas, on était payé à la pièce ou en nature, sous forme de nourriture que l'on s'empressait de mettre au pot commun. Dunja collectait l'argent, qui servait essentiellement en cas de disette ou d'urgence.

Elle n'était pas là, et Iva non plus. J'appris qu'elles s'absentaient souvent ainsi dans la journée, pour ne retrouver les autres que le soir, parfois même à la nuit tombée. Elle avaient des affaires de grandes dont elles ne revenaient jamais les mains vides. Quoi qu'il en soit, évoquer Dunja, c'était lâcher la bonde à un torrent d'éloges dont la petite bande semblait ne jamais devoir tarir. Il n'était guère de sentiment plus ancré chez les déshérités que nous étions que la justice. Dunja l'incarnait à sa manière un peu fruste, mais elle l'incarnait jusqu'au bout des ongles. En cela, elle était le meilleur des chefs, tout le contraire d'un tyran. Si son allure garçonne et son franc-parler pouvaient parfois la faire paraître dure, il n'était personne qui ne respectât ses décisions, qui étaient sans appel. Du plus petit au plus grand, tout le monde la révérait, et n'en parlait qu'avec un respect qui confinait à l'adoration. Moi-même, au cours des semaines qui suivirent, je ne devais pas tarder à tomber sous le charme de cette fille à la fois brusque et tendre qui nous servait de grande sœur. Je ne compris que bien plus tard les sacrifices qu'elle devait s'imposer pour nous venir en aide. Elle s'en serait bien mieux tirée toute seule. Grâce à elle, à son courage et sa débrouillardise, nous avions un toit au dessus de la tête, de quoi nous chauffer et de quoi manger tous les jours.

Manger était notre grande affaire. Pour cela, tous les moyens étaient bons et, dès cette première journée, je ne tardai pas à en connaître l'étendue. Sous les dehors nonchalants du farniente, nous étions en réalité toujours en éveil, à l'affût de la moindre opportunité de nous procurer de quoi survivre. En apparence, nous ne faisions rien. En réalité, notre petit groupe se faisait et se défaisait sans cesse, en fonction de l'heure et des occasions. Tel connaissait bien ce patron de cantine qui, après le service, nous laissait récupérer ses restes, tels autres attendaient la fin du marché pour aller glaner quelques légumes ou des fruits abîmés. D'autres allaient à la chasse. Je compris assez vite de quoi il s'agissait pour en avoir été victime. Cela se pratiquait à trois. Le premier se chargeait du repérage et avertissait le second, qui effectuait le vol et s'empressait de passer discrètement le butin au troisième afin de ne pas être pris avec en cas d'arrestation et de fouille. Les plus forts à ce jeu étaient naturellement Veto et Patrizio, qu'assistait Colombe, dont la boiterie inspirait confiance. Il ne s'agissait presque toujours que de petits larcins, de vols à l'étalage des épiciers, mais il arrivait parfois que l'on repère un plus gros poisson, un touriste, le plus souvent, un Anglais en voyage débarqué du paquebot et découvrant la vieille ville. Dans ces cas-là, on laissait faire Veto et l'étranger se trouvait rapidement soulagé d'un portefeuille ou d'une montre qu'il avait un peu trop imprudemment exhibé sous nos yeux. Les bijoux et objets de valeur étaient systématiquement remis à Dunja et Iva qui se chargeaient de les écouler auprès de gens que nous ne connaissions pas.

Bien entendu, les premiers temps, je ne pris jamais part à ces dangereuses « chasses » qui demandaient un savoir-faire que j'étais loin d'avoir. Je dois avouer, par contre, que mon sens moral n'en fut guère offusqué bien longtemps : nous vivions dans des conditions si précaires et entourés de tant d'indifférence qu'il me parut bientôt tout à fait justifié d'attraper tout ce que nous pouvions de ce qui tombait de la grande table des riches, quitte à l'y aider un peu. Mon seul souci, au début, fut de me rendre utile. Là encore, je n'eus pas à choisir et c'est par des voies inattendues que je gagnai le respect du groupe.

Ma robe déchirée me gênait. Je n'en avais pas d'autre et craignais de l'abîmer davantage en la laissant en l'état. Je demandai donc, un soir, si quelqu'un avait par hasard une aiguille et du fil. Tous me regardèrent, les yeux ronds :

– Tu sais coudre ?

– Eh bien… oui, m'étonnai-je.

– Décidément, petite Ana, tu sais faire plein, plein de choses…, persifla doucement Dunja.

Le lendemain soir, j'avais une boîte de couture au grand complet, toutes sortes d'aiguilles et de fils de couleurs différentes, un dé, un œuf à repriser ainsi qu'une magnifique paire de ciseaux toute neuve. Je ne demandai pas d'où venait un tel trésor mais, de ce jour, je devins la couturière attitrée de la bande et passai une bonne partie de mes journées à repriser les haillons de mes camarades. Ils étaient dans un triste état et, toujours, d'une saleté innommable. Je passai donc très vite à l'étape suivante et entrepris de les laver.

Comme la plupart ne possédaient que ce qu'ils portaient sur le dos, je devais profiter des nombreuses séances de baignade pour collecter leurs vêtements et les porter au lavoir. Dunja m'avait acheté un gros savon et un battoir et, chaque semaine, je passais un bon moment à frotter et essorer des hardes dont bien des gens n'auraient pas même voulu comme torchons. Puis je les rapportais jusqu'à la plage où s'ébattaient mes compagnons, les mettais à sécher sur les rochers en attendant qu'ils pussent les récupérer au sortir du bain.

Moi-même, je ne me baignais pas. J'avais une vilaine tache de naissance derrière l'épaule et Grand-mère m'avait toujours bien recommandé de ne la montrer à personne, sous peine de ne jamais trouver de mari. Elle avait toujours tellement insisté qu'il ne m'était tout simplement pas possible de me déshabiller devant les autres. Je me contentais donc d'assister avec envie à leurs ébats ponctués de rires et d'éclaboussures. Ne comprenant pas ma réticence, ils voulurent un jour me forcer. Ils me tombèrent dessus à plusieurs et tentèrent de m'arracher ma robe pour me mettre à l'eau. Je me débattis tellement et poussai de tels cris que Dunja dut intervenir pour qu'ils me laissent tranquille. Ils étaient cependant presque arrivés à leurs fins et, avant que je puisse me couvrir, elle avait vu la tache.

– C'est à cause de ça que tu ne te baignes pas ? me demanda-t-elle.

Vexée et furieuse, je ne répondis pas, me contentant de serrer ma robe sur mes épaules.

Elle non plus ne se baignait pas avec les autres. À treize ans, elle commençait à avoir des formes et répugnait à se mettre nue devant nous. Elle se baignait tard le soir, seule ou avec Iva, dans une petite crique à l'écart. Elle m'y invita plusieurs fois, afin que je pusse me laver sans avoir à subir la curiosité de toute la bande. Plus tard, un jour que nous étions seules sur la galerie, elle demanda à revoir la marque. J'avais une telle confiance en elle – et, je le confesse, un tel désir de lui plaire – que je ne refusai pas, ni ne lui demandai pourquoi. Je me retournai et défis les premiers boutons de ma robe avant de la faire tomber de mon épaule. Elle resta un long moment à la regarder et, à un moment, y passa même les doigts. Elle en suivait le contour, comme pour mieux s'en souvenir. Je ne sais pourquoi, cette idée me fit frissonner et je me mis à rougir. Elle s'en aperçut et, avec délicatesse, referma elle-même ma robe. Nous reprîmes la leçon et il ne fut plus jamais question de cela entre nous.

En quelques semaines, Dunja fut bientôt capable de déchiffrer et d'écrire des textes simples. J'étais fière de mon élève et, en même temps, je redoutais un peu le moment où elle décréterait qu'elle savait lire et n'avait plus besoin de mes services. Je le redoutais d'autant plus qu'Iva se montrait de plus en plus jalouse de nos leçons du matin.

Il faut préciser qu'à l'intérieur de notre petit groupe, comme parmi l'équipage d'un navire, se nouaient tout naturellement de très fortes amitiés. Laticello et Ramona, Goran et Veto, Čika et Hrvojka formaient de véritables couples. Ils faisaient tout ensemble et partageaient tout : si l'un trouvait de la nourriture, il en gardait la meilleure part pour l'autre, ils dormaient ensemble et ne se séparaient jamais. Moi, j'avais Patrizio, qui s'était attaché à moi au point de ne plus me quitter. De lui-même, il avait décrété que personne d'autre que lui ne dormirait avec moi et il avait pour moi toutes les petites attentions qu'un amoureux a pour sa fiancée. Je me prêtais à ce jeu avec d'autant plus de complaisance qu'il ne me déplaisait certes pas d'avoir un si joli cavalier. Mais la place la plus enviée était sans conteste celle d'Iva. Elle n'était pourtant pas très belle, cette rouquine de treize ans, un peu massive et trapue. Elle jouissait cependant de la confiance de Dunja et cela suffisait pour l'auréoler d'une gloire que nous enviions tous. En toutes circonstances, elle était sa confidente et sa complice, elle mangeait avec elle et dormait à ses côtés. Elle seule était admise à ces expéditions mystérieuses, dont nous ne savions rien et dont elle ne ferait rien pour trahir le secret. D'elle-même, nous connaissions peu de choses, sinon qu'elle était forte comme un Turc et, surtout, d'un dévouement total à notre cheffe. Ce dévouement n'allait pas sans une certaine exclusive. Pour Dunja, Iva eût fait n'importe quoi, mais elle acceptait mal qu'un autre le fît. Aussi me prit-elle comme une rivale potentielle quand elle me vit seule capable d'apprendre à lire à son amie. Je ne cache pas m'être sentie fière d'être ainsi distinguée et peut-être, malgré moi, laissais-je transparaître quelque gloriole car Iva se chargea bien vite de me rabattre le caquet.

C'était un soir de très grande chaleur, vers la mi-août. La journée avait été brûlante et, même à la nuit tombée, la fraîcheur avait du mal à se frayer un chemin dans notre cour. Tout le monde était énervé et les petits se montraient particulièrement horripilants. Occupée à repriser une culotte à la lueur d'une chandelle, je ne m'en inquiétais guère, mais Iva, moins patiente et sans prévenir, attrapa soudain Božo par un bras et, de toute la main, lui décocha une mornifle à assommer un jeune veau. Le sang coula, le petit hurla. Je ne pus m'empêcher de protester :

– Tu lui as fait mal !

Iva se retourna, l'œil mauvais.

– Qu'est-ce qu'elle a, madame Je-sais-tout ? me lança-t-elle. Elle veut la même ?

Le ton me surprit. Une telle agressivité était inhabituelle chez Iva.

Je choisis de ne pas répondre, mais elle s'entêta.

– Oh, oh ! La madame fait celle qui n'entend pas. Non mais regardez-la, l'autre pimbêche, avec sa petite aiguille... T'aime ça, hein, faire la bonniche ! Et que j'astique, et que je raccommode ! Ça t'empêche pas d'avoir des poux comme tout le monde, petite fée de mes fesses !

Humiliée, ne sachant comment réagir, je baissai les yeux sur mon ouvrage.

– Eh ouais, des poux. Cheveux d'or a des poux. C'est bête, hein ! Et p'têt bien des morpions, par là-dessus, si seulement t'avais du poil au cul !

Le ton s'était fait ricanant. Je lançai un regard à Dunja. Elle ne bougerait pas. C'était entre Iva et moi.

– Mais de toute façon, ce que t'as pas au derrière, tu l'as sur la tête, hein, face de fion ! Ça, c'est de la touffe ! Ça gratte pas trop, là-haut, dans l'étable à totos ?

Mes doigts se crispèrent sur l'aiguille. J'avais encore de très longs cheveux, que je tenais le plus souvent en chignon et dont je me montrais assez soigneuse. Le silence s'était fait sur la galerie. Chacun attendait la prochaine provocation d'Iva. Et ma réaction.

Encouragée par mon mutisme, Iva continua :

– Mais si ça se trouve, je me trompe, hein ? Si ça se trouve, quand madame Je-sais-tout se gratte la tête, nous, on croit que c'est les poux mais c'est juste une nouvelle idée qui se pointe, hein ? C'est qu'il y en a des idées, dans cette petite tête de rat… De toutes sortes : des rondes, des pointues, des carrées, des qui-puent-la-merde… C'est ça qui sent sous tes ongles, Ana ?

Sans crier gare, j'attrapai ma paire de ciseaux. Il y eut un mouvement de recul dans l'assistance. Mais je ne les plongeai pas dans l'œil de ma rivale, comme j'eusse peut-être dû le faire. Au lieu de cela, j'empoignai mes propres cheveux et, posément, sans l'apparence d'une hésitation, les coupai ras, jusqu'à ce qu'il ne me reste plus sur la tête qu'une sorte de chaume désordonné.

Je ne prononçai pas une parole et retournai à mon ouvrage. Iva se tut, elle aussi. Malgré le sourire narquois qu'elle affichait, je vis qu'elle accusait le coup. Elle avait espéré voir triompher ma vanité, elle en était pour ses frais. Et moi pour mes cheveux.

Soudain, Veto se mit à rire et s'exclama :

– Bravo Ana ! Tu en tireras au moins une Couronne chez le tondeur de chien !

Tout le monde lui emboîta le pas et l'ambiance en fut tout de suite allégée. C'était à qui trouverait l'usage le plus lucratif à ma tignasse. N'empêche, ce qui devait arriver arriva : dès le lendemain, Dunja me prévenait qu'elle se passerait désormais de mes leçons.

Chapitre 5

Je ne regrettai pas trop ma belle chevelure. Elle me tenait chaud, de toute façon, et puis elle était d'un entretien difficile. J'avais bien réagi, je crois, face aux insultes d'Iva et, sur un plan symbolique, la perte de mes cheveux signa mon entrée définitive dans la bande. Pour avoir volontairement gommé le dernier trait qui me différenciait d'eux, j'étais enfin des leurs. J'avais renoncé depuis belle lurette à mes projets d'indépendance et j'y gagnai une toute nouvelle sécurité qui, d'une certaine façon, compensa le sentiment d'injustice que je n'avais pu manquer d'éprouver après la décision de Dunja.

Je rentrai donc dans le rang, à la satisfaction d'Iva qui, désormais, me ficha la paix.

L'été acheva de s'écouler ainsi, entre baignades, fous-rires et farniente et les soirées étaient si douces que l'on aurait pu croire qu'il en serait ainsi pour toujours. Mais bientôt ce fut octobre et les premiers froids eurent tôt fait de nous rendre à la réalité. Cela faisait déjà plusieurs mois que j'avais rejoint la bande et j'étais désormais assez aguerrie pour savoir que l'hiver est dur aux pauvres et que nous avions tout à craindre de ces jours sombres où la *bora*, s'engouffrant en tempête dans les couloirs qui servaient de rues à la ville, viderait cette dernière, en ferait un désert dont nous aurions le plus grand mal à tirer de quoi survivre.

Les autres n'en parlaient pas mais, sous leur apparente insouciance, je les devinais aux aguets, scrutant plus longtemps le ciel où, déjà, le soleil soulevait moins haut sa chaleur bienfaisante, resserrant le soir autour de leurs épaules de pauvres châles qu'il fallait parfois partager à deux. Les baignades se firent plus rares et, si nous fréquentions toujours assidûment la plage, c'était dorénavant pour ramasser tout ce que nous pouvions emporter de bois flotté. Nous ne rentrions plus chez nous sans une pleine brassée de petit bois – débris de caisses ou chutes mendiées aux menuisiers de la ville – ou sans un paquet de ces vieux journaux qui, chaque fois, me rappelaient les heures lumineuses que je passais seule avec Dunja. Faute de hache et de scie, nous n'avions pas droit aux bûches qui nous auraient assuré une nuit entière au chaud. Nos feux étaient à notre image : maigres, inconstants et toujours affamés.

Nous ne dormions plus sur la galerie. Les pièces vides ne manquaient pas dans la grande maison abandonnée mais, d'instinct, nous évitions celles du bas, froides et infestées de rats. Nous avions jeté notre dévolu sur un long grenier au plafond bas, mieux apte à garder la chaleur que les pièces d'apparat de l'étage du dessous. Dunja nous avait forcés à la balayer soigneusement avant d'y transporter nos couvertures et nos paillasses. Les carreaux manquaient à l'unique fenêtre qui s'ouvrait à l'opposé de la cheminée. Nous les remplaçâmes par du papier huilé, qui donnait encore assez de lumière pour jeter dans la chambre un jour incertain et une idée de l'heure et du temps. La cheminée tirait mal, faute d'avoir été ramonée. Au moins ne fumait-elle pas et permettait-elle à Quirino de cuisiner notre unique repas de la journée.

Tous ces préparatifs me rassuraient un peu. Après tout, mes camarades avaient déjà connu plusieurs hivers et ils n'en étaient pas morts. Et puis Dunja, surtout, était prévoyante. Durant toute la belle saison, elle avait suffisamment économisé sur le fruit de ses « affaires » et de nos larcins pour nous assurer de ne mourir ni de froid ni de faim.

Du moins le croyais-je comme les autres, jusqu'à ce jour de novembre, où les deux grandes disparurent sans crier gare.

Sur le moment, nous ne nous inquiétâmes pas trop. Il leur arrivait parfois de ne pas reparaître un ou deux soirs d'affilée. Mais elles finissaient toujours par rentrer, les bras chargés de victuailles et de cadeaux qui nous faisaient promptement oublier leur absence.

Mais, cette fois-ci, c'était différent. Nous en étions déjà au quatrième jour sans nouvelles. Les petits furent les premiers à formuler l'angoisse qui nous tenaillait.

– Elles sont où, Iva et Dunja ? demanda soudain Božo, tandis que, serrés autour de la cheminée, nous avalions la polenta qui nous tenait lieu d'ordinaire.

Personne ne répondit. Tout le monde s'était arrêté de manger et me regardait en silence, comme s'il m'incombait, à moi, de répondre à la question que nous nous posions tous.

– Elles… elles vont revenir, ne t'inquiète pas.

– Elles sont où ?

Que pouvais-je dire de plus ? Je me tus et nous finîmes de manger en silence. Un silence qui ne nous était pas habituel.

À mesure que les jours passaient, il fut bientôt évident qu'il ne faudrait plus compter sur les deux filles. Que leur était-il arrivé ? Tentée d'imaginer le pire, je m'efforçais de n'y pas penser. Nous avions plus urgent à faire : il fallait vivre. Et pour vivre, il fallait de l'argent. Nous savions que cet argent existait, mais où était-il ? Même si chacun avait son idée, personne n'en savait rien et nous eûmes beau entreprendre une fouille systématique de la maison, nous fîmes chou blanc.

Veto ne décolérait pas :

– Vacherie ! Quand je pense à tout ce pognon qui dort, bien planqué ! Pourquoi elle dit jamais rien, aussi, Dunja, elle a pas confiance ? Merde ! Après tout, j'en ai ramené une bonne partie, moi, de c't'artiche.

– Il ne peut pas être bien loin… risquai-je.

– Qu'est-ce qu'on en sait ? Si ça se trouve, elle a une planque à elle, quelque part.

– Ce serait risqué, non ?

– Ouais, t'as raison. Moi, je serais elle, je l'aurais planqué dans la maison, c'est plus sûr. Mais où, bordel ?

– On devrait peut-être demander aux petits… Ils ont toujours un œil qui traîne, ils savent peut-être quelque chose ?

– Ben y a qu'à leur poser la question.

Je n'espérais pas qu'ils me disent où était caché l'argent : ils avaient fouillé la maison en même temps que nous, en vain.

Mais peut-être l'un d'eux avait-il vu quelque chose qu'il ne savait pas lui-même interpréter, quelque indice, un signe… Je les interrogeai donc un par un, avec douceur, mais aucun ne sut rien me dire. Aucun, jusqu'à Goran…

– Moi, une fois, j'ai vu Dunja qui fouillait dans la cheminée… avoua-t-il, hésitant.

Mon cœur fit un bond dans ma poitrine.

– La cheminée ? Laquelle, Goran ? Tu te rappelles ? Celle-ci ?

– Non, pas celle-là. C'était en bas…

– En dessous ?

– Non, tout en bas, dans la petite maison.

Ainsi appelions-nous une sorte de loge qui faisait saillie dans la cour. Elle était sombre et humide et ne recelait rien qui pût nous intéresser.

– On a fouillé, là aussi. On n'a rien trouvé, intervint Veto.

– Moi, un jour, j'ai vu Dunja qui fouillait dans la cheminée…, insista le petit.

– Bon écoute, on va aller voir et tu vas nous montrer où tu l'as vue, et ce qu'elle faisait, d'accord ?

À cette heure-ci de la journée, la « petite maison » était un gouffre noir qui n'avait rien d'engageant. Le bois de la porte avait travaillé et nous ne pûmes jamais l'ouvrir suffisamment pour avoir assez de lumière à l'intérieur. Nous dûmes nous diriger à tâtons pour atteindre la cheminée.

– Bon alors, maintenant, dis-moi… Elle faisait quoi, Dunja, où est-ce qu'elle fouillait ?

– En haut…

– En haut de quoi ? Dans le conduit, à l'intérieur ?

– Oui, à l'intérieur.

– Attends, je vais voir, dit Veto.

La cheminée n'était pas très grande, il eut un peu de mal à s'y glisser et dut se tordre l'épaule pour explorer le conduit.

– Y a rien, là-dedans... T'as rêvé, Goran, c'est tout.

– Je l'ai vue...

– Ouais, ben y a rien. À moins que... attendez, il y a une brique, là... on dirait qu'elle bouge. Oui, elle s'enlève ! Et il y a quelque chose derrière. Du papier, c'est lourd. Attendez...

Tout excités, nous sortîmes à la lumière. Certains nous avaient rejoints dans la cour, les autres regardaient depuis la galerie. Veto défit avec précaution l'épaisse liasse de papier journal qui entourait le paquet. Soudain, il poussa un cri et lâcha le tout d'un air dégoûté. Un gros rat crevé s'écrasa sur le sol avec un bruit mou, tandis que Goran éclatait d'un rire triomphant.

– Sale petite vipère ! hurla Veto. Je vais te le faire bouffer, tu vas voir !

Il leva la main pour le frapper. Le petit se réfugia derrière moi.

– Ne le touche pas !

Il s'arrêta, interloqué, la main toujours levée. Il faisait bien une tête de plus que moi, mais je devais avoir quelque chose d'une chatte en colère qui l'arrêta.

– Ne le touche pas. C'était une mauvaise blague, c'est tout.

– Enlève-toi de là, Ana, je vais lui faire son affaire à ce petit con.

– Non ! Je ne te laisserai pas le toucher.

– Écoute-le, il me nargue !

– Ce n'est qu'un gamin…

– Pousse-toi, Ana, je vais lui flanquer la correction de sa vie !

– On est ensemble, Veto. On doit rester ensemble. C'est le seul moyen de s'en tirer. S'il te plaît…

Je ne bougerais pas et il le comprit.

– Oh, et puis démerdez-vous ! Vous rigolerez moins quand vous crèverez la dalle ! Et faudra pas compter sur moi pour vous filer ma part.

D'un coup de pied, il envoya valdinguer le rat et sortit d'un pas rageur.

Goran continuait à rire sous cape. Je lui allongeai une bonne gifle.

– Tiens, ça t'apprendra à faire des blagues !

Curieusement, Veto ne m'en voulut pas de lui avoir tenu tête. Au contraire, il ne m'en respecta que davantage et ce respect, de la part du plus grand, du plus fort et du plus faraud d'entre eux, gagna toute la bande. Ainsi, sans que rien ne fût décidé, pris-je implicitement la place des deux grandes, moi, la dernière arrivée, la plus ignorante de la vie et certainement la plus naïve d'entre nous. Peut-être, tout simplement, leur instinct de survie leur soufflait-il de se fier à la plus platement raisonnable d'entre eux.

Il fallut donc renoncer à l'argent et tâcher de s'organiser au mieux. Comme par un fait exprès, le froid se déchaîna dès les jours suivants. Le vent du nord prit la ville d'assaut, en avant-garde d'une pluie glacée qui dura plusieurs jours et transforma les rues en bourbier dans lequel nul ne s'aventurait qu'en rasant les murs. Il pleuvait nuit et jour, en brusques rafales qui fouettaient les carreaux et ne tardèrent pas à se frayer un chemin jusqu'à notre refuge. Il plut bientôt dans notre grenier. Ce fut d'abord une goutte, puis deux puis dix infernales gouttières qui nous obligeaient à nous déplacer sans cesse sur le plancher. Ce dernier, faute de récipients, fut bientôt tout gorgé d'eau et chargé de vapeurs malsaines que faisait lever la maigre chaleur dégagée par le feu.

Le manque de vêtements chauds se fit rapidement sentir. La plupart d'entre nous ne possédaient que ce qu'ils avaient sur le dos et allaient pieds nus. Les plus petits, surtout, en souffraient. J'avais beau leur envelopper les pieds dans des chiffons, ils se crevassaient d'engelures qui les faisaient pleurer et les rendaient si insupportables que nous préférions encore les porter à tour de rôle que de traîner derrière nous de tels braillards.

Nous ne quittions plus nos couvertures. Certains s'en étaient même fait une sorte de manteau qu'ils serraient d'une corde autour de la taille. Il arrivait qu'une commère eût pitié quand nous passions en tremblant dans la ruelle et nous jetât quelque harde que nous nous disputions avec âpreté. Songeant à ce qu'aurait dit Grand-mère de tels combats de chiens, je laissais le plus souvent passer mon tour et poursuivais ma route, en proie à cette sorte d'hébétude que procure la faim.

Car nous avions faim. Une faim dévorante et permanente, que rien, semblait-il, ne pourrait jamais assouvir. En comparaison, les mois précédents nous apparaissaient comme une suite ininterrompue de festins. Festins que, soir après soir, nous rappelions inlassablement en avalant la maigre portion de riz qu'à force de plaintes nous avions réussi à arracher à l'épicier. Seul le chat Leone prospérait, nourri d'innombrables rats et de souris qu'il partait chasser la nuit dans les étages du bas. Nous n'en parlions pas mais, aujourd'hui, je suis bien sûre de n'avoir pas été la seule à l'envier…

Nous qui, d'habitude, supportions mal d'avoir un toit au-dessus de nos têtes, devions nous forcer à sortir. Encore formions-nous un triste cortège dans les rues froides. Nous recherchions les places où les marchands ambulants vendaient des châtaignes grillées, non pour en acheter, bien sûr, mais pour profiter de la chaleur de leurs braseros. La plupart ne nous aimaient guère – nous faisions fuir la clientèle – et nous auraient volontiers chassés s'ils n'avaient craint de se voir pris à partie, leur marchandise renversée et pillée. Aussi préféraient-ils acheter notre bienveillance en distribuant quelques cornets brûlants que nous allions nous partager un peu plus loin. Les dépôts d'ordures étaient notre autre rendez-vous de prédilection. Il y avait toujours quelque chose à récupérer, quelque chose à brûler ou à revendre. Les chiffonniers de profession nous craignaient et nous détestaient à l'égal d'une bande de chiens errants et, d'une certaine façon, c'était bien ce que nous étions, nous autres de « la bande à Dunja ».

Je pensais souvent à elle. Qu'eût-elle dit, qu'eût-elle fait à ma place ? Cette période me permit d'apprécier tout son talent de meneuse et d'organisatrice. J'avais quant à moi du mal à mobiliser mes troupes. Plus nous nous enfoncions dans l'hiver, plus il était difficile de les faire lever des paillasses où nous dormions en tas. J'étais toujours debout la première. Sans bruit, je soulevais un bras posé sur ma poitrine, dénouais une jambe qui s'était enroulée autour des miennes et me glissais hors des couvertures. Le feu s'était éteint, il fallait le rallumer. En prévision, la veille, j'avais entassé du papier et du petit bois. Rien d'autre, et surtout pas de charbon. Le feu ne durerait que le temps de faire chauffer assez d'eau pour cuire quelques pâtes. Au moins le froid affaiblissait-il la terrible odeur de crasse que ne manquait pas de dégager une douzaine de corps mal lavés. Moi-même je devais puer. J'y étais tellement habituée que je ne sentais plus rien.

Au premier glouglou de l'eau bouillante, les autres se levaient enfin. L'un ou l'autre se redressait en se frottant les yeux, puis un autre et les premières disputes commençaient. Elles étaient permanentes et opposaient chacun à chacun. Du matin au soir, c'était un cortège de récriminations, de plaintes et d'injures qui ne dégénéraient cependant que rarement mais entretenaient un climat de tension plutôt épuisant. Je devais être partout à la fois, consoler les uns, morigéner les autres et, parfois, les séparer. On venait me voir pour un oui pour un non et, quand je n'arbitrais pas un litige, c'était une manche ou une culotte que je devais recoudre en soufflant sur mes doigts gourds, tout en écoutant le babil des petits qui, le matin, avaient coutume de rester dans mes jupes. Ainsi, jour après jour et sans le vouloir, en étais-je venue à exercer sur la bande un ascendant dont je ne me serais jamais crue capable.

La seule qui m'échappait et – je dois le dire – me laissait désarmée, c'était Hrvojka. À douze ans, c'était de loin la plus jolie d'entre nous et elle le savait parfaitement. Ses formes naissantes promettaient d'en faire une magnifique jeune fille dont les grands yeux noirs sauraient rendre fou plus d'un homme. En attendant, elle s'exerçait sur les garçons de la bande. Veto, Quirino et même Laticello se disputaient ses faveurs. Ils intriguaient pour dormir auprès d'elle, prenaient systématiquement sa défense en cas de dispute et Quirino lui aurait même réservé les meilleurs morceaux si je n'y avais mis bon ordre. Elle m'agaçait, je l'avoue, avec ses allures de princesse et ces inquiétants rires de gorge qui la secouaient lorsque, pour jouer, l'un ou l'autre de ses soupirants la chatouillait sur sa paillasse, devant tout le monde. Car elle n'avait aucune pudeur et, malgré le froid, ne négligeait jamais de se découvrir une épaule ou de lever très haut sa jupe quand elle dansait au son de l'harmonica de Patrizio. Moi qui n'avais encore ni seins ni hanches, elle me laissait impuissante, je n'osais rien lui dire. Elle sentait cependant ma réprobation et l'accueillait avec des sourires narquois et des clins d'œil qui me désignaient clairement aux autres comme l'oie blanche de service.

J'eus cependant très vite bien d'autres sujets de préoccupation car l'humidité malsaine de notre galetas ne tarda pas à porter ses fruits : Goran puis, surtout, Ramona tombèrent malades. Si, pour tous les deux, cela s'annonça par de violents maux de gorge, Goran en fut quitte pour une nuit de fièvre avant que sa forte constitution ne reprenne le dessus. L'état de Ramona, en revanche, ne fit que s'aggraver. Son front était brûlant et, même enfouie jusqu'au cou sous tous les vêtements et toutes les couvertures dont nous pouvions nous passer, elle ne cessait de gémir et de grelotter que pour plonger dans une inconscience qui m'effrayait bien davantage. Nous avions beau nous relayer à son chevet et renouveler sur son front des compresses d'eau froide, nous ne pouvions rien pour elle et cette impuissance me révoltait et me désespérait. Grand-mère m'avait enseigné les herbes qui font tomber la fièvre, mais nous étions en hiver, il n'était pas question d'aller en cueillir et, de toute façon, nous n'avions par d'argent pour l'apothicaire. Jamais je n'avais autant ressenti notre pauvreté qu'en ces jours de grande misère et de froid où nous dûmes regarder la pauvre Ramona se débattre contre son mal qui, chaque jour, empirait un peu plus. La fièvre augmentait, en effet, au point que l'on put désormais craindre pour sa vie. Elle n'avait même plus de ces brusques élans qui, soudain, la faisaient se dresser et se raccrocher à moi comme à un rocher dans la tempête qui la disloquait en dedans. Elle gisait désormais, écrasée par la fièvre, les yeux clos dans un visage de craie qui l'aurait fait passer pour morte n'était une respiration hachée, courte et sifflante.

Nous n'osions plus parler, rire encore moins. Toute gaieté nous avait quittés – cette gaieté qui, bien souvent, nous tenait lieu de repas. Nous avions couché Ramona près du feu, le plus près possible et, toute la journée, je restais près d'elle et la veillais, tandis que les autres s'en allaient chercher de quoi nous faire vivre.

Un soir, Hrvojka rentra plus tard que d'habitude. Nous entendîmes son pas lourd dans l'escalier avant de la voir surgir, pâle et silencieuse comme un fantôme. Sans un mot, elle jeta une poignée de pièces sur la couverture de Ramona et s'assit près du feu, repoussant le bol que lui tendait Quirino. Nous ne lui posâmes pas de questions mais n'avions aucun mal à deviner ce qu'elle avait fait. Le cœur chaviré, je pris l'argent – pas grand-chose mais ce qui m'apparut alors comme une fortune – et courus chez l'apothicaire. Il allait fermer. Fut-il effrayé de voir surgir de l'ombre une gamine aussi mal fagotée ? Il fit mine de me fermer la porte au nez. Je lui montrai les pièces et, d'un seul tenant, lui réclamai la décoction d'aurone et d'écorce de bouleau dont ma petite sœur avait besoin. Il s'exécuta en maugréant, non sans me jeter de fréquents regards soupçonneux. Avec ce qui restait de monnaie, je rachetai de la semoule de maïs à l'épicier qui rentrait son étal et rentrai en courant à travers les rues désertes.

Je retrouvai les autres en cercle autour de Ramona.

À leurs yeux, je compris que j'arrivais trop tard.

Ils s'écartèrent et, comme en rêve, je m'agenouillai près d'elle. Son visage était paisible. Elle avait les yeux clos, mais sa tête légèrement basculée en arrière, ses lèvres décolorées qui s'ouvraient sur des dents petites et mal plantées disaient assez l'ultime combat qu'elle avait livré et perdu. Je ne pleurai pas, j'en étais incapable déjà. Je laissai tomber la potion inutile et me frottai le visage. J'avais beau faire, j'eus beau m'efforcer de convoquer le chagrin, seules me venaient à l'esprit des questions pratiques : qu'allions-nous faire du corps de Ramona ? Y avait-il quelqu'un à prévenir, des démarches à entreprendre ?

Il n'y en avait pas. Comme nous, Ramona n'avait pas de famille ou, plutôt, nous étions sa seule famille et nous n'avions pas de quoi lui payer un enterrement, même le plus pauvre.

Il nous restait quelques chandelles. Nous les disposâmes aux quatre coins de sa couche et je récitai une prière qui me restait de Grand-mère. C'était tout. C'était tout ce que nous pouvions faire. La petite Ramona-patte-folle, qui boitait bas mais que cela n'avait jamais empêché de rire ni de gambader n'eut pas d'autre cérémonie. Ni toilette ni pleureuses. Nous la veillâmes le reste de la nuit, jusqu'à ce que les bougies s'éteignent d'elles-mêmes. Je fus la dernière à ne pas céder au sommeil, avec Hrvojka, qui tisonnait le feu. Obstinément, elle remuait les braises, avec une sorte de colère rentrée. Elle avait vieilli, d'un seul coup, elle était soudain bien plus âgée que moi, que n'importe lequel d'entre nous. En la regardant, j'eus un frisson au souvenir de l'aubergiste d'Almissa. Tous les autres dormaient. Bêtement, maladroitement, je lui soufflai :

– Je suis désolée, Hrvojka... Ça n'a pas dû être facile.

Elle redressa la tête et me cloua d'un regard dur.

– Au contraire, Ana. Tu ne comprends pas ? C'était facile. C'était bien trop facile.

Le lendemain, le corps de Ramona n'était plus qu'un cadavre. Il avait acquis la densité d'une chose. Une chose dont nous devions nous débarrasser. Pour les plus grands, ce n'était pas la première fois. Il fut résolu d'attendre la nuit tombée pour la déposer devant le portail du cimetière. Là, les services municipaux se chargeraient de lui faire une petite place dans quelque fosse commune où l'attendaient peut-être déjà ses parents. À la voirie, comme un chien, un chat errant, comme nous finirions tous. Ce n'était pas vraiment un problème, plutôt l'ordre des choses.

Les grands s'en chargèrent. Je les entendis rire en descendant l'escalier, gênés par leur fardeau. En d'autres temps, ces rires m'auraient choquée. Aujourd'hui, ils m'apparaissaient plutôt sains. Non pas indifférents mais comme l'affirmation de la vie, opiniâtre et tenace, en dépit des épreuves.

Malgré tout, quelque chose en moi s'était cassé. La mort de Ramona, le sacrifice inutile de Hrvojka, ma propre impuissance... Je ne pouvais plus continuer ainsi. Je n'étais pas le chef de notre petite communauté, je ne le serais jamais tant que je serais un tel poids mort, tant que je ne servirais à rien.

Patrizio était près de moi. Accroupi dans la poussière, il s'occupait à tourmenter avec un brin de paille un gros scarabée qu'il avait trouvé endormi entre deux lattes du plancher. Voyant que je le regardais, il m'encouragea d'un sourire intrigué.

– Patrizio, il faut absolument que tu m'apprennes à voler.

L'art du vol à la tire ne s'acquiert pas en un jour, j'en fis la douloureuse expérience dans les semaines qui suivirent. Il exige dextérité, rapidité, sang-froid et, surtout, un grand sens de l'observation. Patrizio ne vit aucun inconvénient, bien au contraire, à m'enseigner tout ce qu'il savait de cet art subtil et si décrié. Mais si la théorie de la « pince » et de la « fourche » n'eut très vite plus de secrets pour moi, je me rendis tout aussi rapidement compte que rien ne remplaçait la pratique. S'agissant de mes doigts, l'usage quotidien du fil et de l'aiguille leur avait donné une certaine souplesse. Patrizio me montra comment en décupler la sensibilité en en passant le bout au papier de verre. À force d'exercice, doucement, patiemment, je devais être capable de compter les grains sur un carré d'un centimètre de côté. Cela me prit une bonne semaine à raison de plusieurs heures de travail par jour mais je finis par y parvenir sans me tromper. C'était une sensation extraordinaire, comme si s'ouvrait à moi un sens nouveau, que j'avais toujours ignoré. Je me pris d'une telle passion pour la « tire » que j'y consacrais désormais tout mon temps. Plus rien ne comptait d'autre, je passais mes journées les mains dans les poches d'une vieille veste dont j'avais revêtu une sorte de grossier mannequin confectionné à l'aide de bouts de planches et de ficelle. J'y avais cousu des grelots, qu'il s'agissait de ne pas faire sonner. Patrizio me montrait les meilleurs angles de prise, comment sortir un mouchoir de soie en tirant légèrement sur le bas du vêtement pour prévenir toute déformation de la poche, comment, surtout, travailler uniquement au toucher, sans jamais regarder l'endroit que l'on fouille. Il m'enseignait les bons gestes, en fonction de ce que l'on cherche : on ne subtilise pas une montre comme on tire un portefeuille ou une bourse.

Naturellement, les autres n'ignoraient pas mes efforts et, même, ils s'y intéressaient. Le plus enthousiaste était bien sûr Veto. Chaque jour, il venait constater mes progrès et ne manquait jamais de m'encourager ni de féliciter Patrizio pour ses talents de professeur. Il en profitait à chaque fois pour me donner un petit truc supplémentaire, l'un de ces petits riens qui font toute la différence entre le gâcheur et l'artiste. Ce fut lui qui me montra, par exemple, comment toucher du bout de son pied nu le talon du « client » de façon à sentir à l'avance toute velléité de mouvement.

– Tu poses ton pied comme ça, légèrement en avant, et tu ne quittes pas sa nuque des yeux. S'il doit se retourner, c'est par là que ça commencera… Les pieds, la nuque. Tu vois ?

Ensemble, avec Patrizio, ils me firent la démonstration des différents types de bousculade et je dus m'entraîner avec eux jusqu'à ce qu'ils avouent n'avoir absolument rien senti quand je leur avais pris l'épaisse liasse de papier ficelé qui nous servait pour l'exercice.

– Le secret, tu vois, c'est de ne pas bouger. Ce n'est pas à toi de tirer le portefeuille. Toi, tu te contentes de l'attraper et c'est le client, en s'en allant, qui le laisse entre tes doigts.

C'était des maîtres sévères, qui ne m'épargnaient rien, ni moqueries ni réprimandes. Souvent, lorsque j'avais l'impression de n'arriver à rien, je fus sur le point d'éclater en sanglots mais je ne me décourageai jamais et eux non plus. Ils me faisaient répéter les mêmes gestes, inlassablement, jusqu'à ce qu'ils soient parfaits.

L'avantage, c'est que je ne vis pas passer le reste de l'hiver. Les journées défilaient, toutes semblables et, même si je devais souvent souffler sur mes doigts pour chasser l'onglée, ma nouvelle passion exigeait un engagement tel qu'il me fit oublier la faim et le froid, même aux jours les plus durs. Voler sans me faire prendre était devenu un combat personnel et je m'y entraînais sans relâche, toute ma volonté tendue vers ce seul but, comme si j'avais une revanche à prendre. Je n'ai pas d'autre mot que celui de revanche, tant je mettais une sorte de hargne froide à posséder jusqu'au bout des ongles l'art de dépouiller le bourgeois. Si j'avais pu garder quelque scrupule en la matière, la mort de Ramona m'en avait définitivement débarrassée.

L'hiver passa donc, et, un beau matin du mois de mars, alors que nous attendions la fin du marché, assis au premier soleil de l'année, Veto vint nous rejoindre et me glissa :

– J'ai un client pour toi, Ana. Le gros type, là-bas, celui avec le gilet vert. Poche droite. Une bourse de cuir.

Mon cœur se mit à battre à grands coups. Cette fois, ce n'était plus un jeu, c'était la chasse, la vraie. Jusqu'ici je n'avais jamais volé que quelques fruits à l'étalage, un foulard dans un panier, rien de bien glorieux. Cette fois-ci, il allait falloir soulager de sa bourse un citoyen qui faisait bien trois fois mon poids. Si j'échouais, je perdais ma liberté et, plus grave encore, le respect de mes compagnons.

– Va te poster, on s'occupe du reste.

Je fis tout le tour du marché avant de revenir me placer derrière l'homme. Pour une première fois, Veto m'avait choisi une cible facile. J'avais peur mais, curieusement, je ne ressentais pas la moindre pitié envers ma victime. C'était un bonhomme ventru, à la physionomie à la fois naïve et empreinte d'un air de satisfaction qui ne le rendait pas sympathique. Un petit fonctionnaire, probablement, qui profitait de sa pause-déjeuner pour faire un tour au soleil. Il marchait lentement, d'un air de propriétaire. Quand j'arrivai derrière lui, Goran et Quirino étaient déjà sur son chemin, donnant toutes les apparences d'une vive dispute. Au moment précis où il passait devant eux, ils se bousculèrent et Goran affecta de lui tomber dessus. L'homme poussa une exclamation et s'effaça sur la gauche, mettant sa poche droite à ma portée. Ce fut l'affaire d'une seconde. J'oubliai instantanément tout ce que je savais et laissai mon corps agir pour moi. Mes doigts se refermèrent sur la bourse et l'homme, en reprenant son aplomb, me l'abandonna dans la main. Du même geste, je la laissai tomber dans le panier de Hrvojka, qui venait en sens inverse. Déjà l'homme s'éloignait, le nez en l'air, sans se douter de rien.

Nous nous dispersâmes et, chacun par un chemin différent, gagnâmes une petite plage où nous avions nos habitudes. Là, à l'ombre d'un pin parasol, sous examinâmes notre prise. Elle était bonne : la bourse contenait exactement quatre Couronnes et vingt-cinq Heller, autant dire une fortune. Les garçons jubilaient. Ils se jetèrent sur moi et me firent rouler dans le sable.

– Voleuse ! Voleuse ! Sainte Ana est une voleuse !

Forte de ce premier succès, je ne voulus pas en rester là. Le lendemain, je volai sans coup férir une belle montre en or dont Veto m'avait prévenue qu'elle serait difficile à prendre. Peut-être était-ce un simple coup de chance, mais il me donna des ailes et, dès lors, je ne connus plus de limites. Notre terrain de chasse s'étendait sur toute la vieille ville, que je connaissais maintenant de fond en comble, de la Porte de bronze, au sud, par laquelle j'y étais entrée pour la première fois, à la Porte d'or, au nord et de la Porte d'argent à la Porte de fer où nous nous tenions souvent. Nous écumions les marchés mais aussi le port, toujours encombré d'une foule bruyante et joyeuse qui m'ouvrait ses poches avec une insouciante générosité. Je m'enhardis à tel point que, bientôt, je n'hésitai plus à travailler en solitaire, quitte à prendre des risques inconsidérés. Je faillis me faire prendre à plusieurs reprises et même, une fois, ne dus mon salut qu'à la vitesse de mes jambes. Veto lui même ne tarda pas à me reprocher ma témérité. Il m'enjoignit de cesser d'agir seule et exigea que je me conforme à la discipline qu'il m'avait enseignée. Je fus tentée de lui rire au nez : je rapportais maintenant beaucoup plus d'argent que lui !

– Peut-être, mais si tu continues comme ça, tu vas tous nous faire pincer ! Tu te prends pour qui, Ana ? Ce n'est pas un jeu.

Je dus lui promettre de faire attention. Ce ne fut pas chose facile. Les tentations étaient nombreuses et je me sentais si sûre de moi que c'était un crève-cœur de laisser filer de si belles prises au prétexte que Veto les trouvait trop risquées. Je le trouvais pusillanime et finis par me demander s'il n'était pas un peu jaloux. J'avais beaucoup appris en quelques semaines, sous sa direction et celle de Patrizio, et je m'étais montrée très douée, ils me l'avaient dit. Maintenant, l'élève dépassait le maître et il ne le supportait pas. Je m'en ouvris à mon Patrizio qui, pour une fois, ne fut pas d'accord.

– Veto, jaloux ? Tu dis n'importe quoi ! Écoute Ana... Il a raison. Même moi, tu me fais peur, des fois. C'est vrai que tu es douée mais pas *tant* que ça non plus. Excuse-moi...

Il était si gêné de me le dire que je me sentis ébranlée.

– Euh... tu m'en veux ? demanda Patrizio.

Je ne répondis pas.

– J'aime pas quand tu es comme ça, Ana...

– Hein ? Comment je suis ?

– Je sais pas, tu me regardes mais c'est comme si tu me voyais pas... Comme si tu regardais à travers moi. Comme si tu n'étais plus là.

– Mais si, voyons, je suis là !

Il hésita un peu, avant de reprendre :

– Un jour, tu partiras, Ana. Tu me quitteras.

J'aurais voulu lui crier que non, que je ne le quitterais jamais, que nous resterions ensemble pour toujours, lui et moi. Mais au moment de le dire, ma gorge se serra brusquement et je ne pus articuler un mot.

À l'autre bout du marché venait d'apparaître Iva.

Chapitre 6

Elle venait vers nous sans hâte, en croquant dans une galette de maïs. Les autres l'entourèrent en piaillant. Ils lui sautaient au cou et l'embrassaient. Elle riait, leur rendait leurs accolades et se mit à distribuer d'autres galettes. Elle avait donc de l'argent, notai-je au passage. Où était Dunja ?

– Salut…

L'hiver lui avait été profitable, elle s'était remplumée. Sa tignasse rousse était propre et nouée en chignon. Elle portait une robe grise qui, à défaut d'être neuve, ne ressemblait en rien à nos loques habituelles. D'où sortait-elle ?

Elle éludait nos questions, se contentait d'en rire, comme si sa disparition – leur disparition – n'avait jamais été qu'une bonne blague. Je mis les pieds dans le plat.

– Tu sais quoi ? Colombe est morte cet hiver.

Iva se tut et fit signe aux autres d'en faire autant. Elle paraissait sincèrement touchée.

– Elle est morte ?

– Elle est tombée malade et elle est morte. Si vous aviez été là…

– On pouvait pas être là.

– Où étiez-vous ? Et où est Dunja ?

Elle plissa les yeux, cherchant à m'évaluer.

– Dis-donc, tu me causes sur un autre ton, Ana… Je t'ai dit qu'on pouvait pas être là.

– Et Dunja ?

– Ben elle est pas là, comme tu vois.

– Elle est morte ? demanda soudain Goran de sa drôle de petite voix éraillée.

Soulagée de cette diversion, Iva se tourna vers lui.

– Mais non, tête d'œuf ! Elle va bien. Elle… reviendra bientôt. En attendant, je dois m'occuper de vous.

– C'est un peu tard, non ? insistai-je.

Le silence retomba une nouvelle fois, lourd de la réprobation de toute la bande. Iva, cependant, s'efforçait encore au calme.

– Je sais pas ce que tu cherches, Ana… mais fais gaffe, je te préviens, parce que tu vas le trouver. Je t'ai rien fait. On pouvait pas être là cet hiver, je te l'ai déjà dit et je te le répète.

– Mais où étiez-vous ?

– Je peux pas te le dire.

– Pourquoi ?

– Dunja me l'a interdit.

– Ça ne suffit pas.

– Eh ben il va bien falloir que ça te suffise, *carissima*, parce que tu sauras rien de plus. Eh, vous autres ! Ça vous dirait du poisson grillé ? C'est moi qui régale !

Iva savait décidément leur parler. Poussant des cris de sauvages, ils filèrent tous vers le port. Patrizio hésita un instant, l'air suppliant. Je lui fis signe d'aller. La tête dans les épaules, il courut derrière les autres.

Je restai seule.

Bien sûr, j'avais faim mais mon orgueil m'interdisait de les rejoindre. Je ne voulais rien accepter d'Iva, voilà tout. Elle nous avait lâchés tout l'hiver et maintenant elle revenait, la bouche en cœur, se pavaner avec son argent… Quel argent, d'abord ? D'où sortait-il ? Était-ce celui qu'elle et Dunja avaient caché ? Si bien caché que Ramona en était morte ?

Toute la journée, j'errai à travers la ville. Je l'explorai en tous sens et d'un bout à l'autre. Je découvris même des endroits que je ne connaissais pas. Je réalisai soudain combien notre univers se révélait étroit, alors même que nous nous croyions libres et sans attaches. Certes, nous en connaissions le moindre recoin, mais nous ne sortions guère de la vieille ville et du port. Le monde était pourtant beaucoup plus vaste. Il est si facile de l'oublier dans la chaleur d'une bande…

Je ne rentrai qu'à la nuit tombée. Sur la galerie, que nous avions réinvestie, je fus accueillie par une bonne odeur de pommes de terre et de lard. Du lard ? Où avaient-ils donc déniché du lard ? Mon estomac criait famine. De la journée, je n'avais avalé qu'une poignée de figues sèches et un peu d'eau claire. Toute colère retombée, je n'étais plus que fatiguée et mortifiée. Ils me firent place comme si de rien n'était et l'on me tendit mon écuelle, généreusement remplie de pommes de terre écrasées. J'avalai voracement, sans un mot et sans prêter attention aux habituelles disputes de la petite bande. À Iva de s'en débrouiller, à présent !

Je dois avouer qu'elle s'en tirait fort bien, mieux que moi sans doute, à l'exemple de Dunja dont – même absente – elle tenait une autorité que je n'avais jamais eue.

J'entendis soudain prononcer mon nom.

Iva tenait une belle montre en or et Veto lui expliquait que c'était moi qui l'avais volée.

– Elle est douée, tu croirais pas ! Elle a pigé le truc en quelques semaines ! Regarde-moi ça, ça va chercher dans les combien un truc pareil ?

Iva l'ouvrit et en examina soigneusement le poinçon.

– Pas mal, c'est sûr. Pas mal. Mais faut pas compter la vendre par ici, c'est un coup à se faire pincer… Je m'en occupe, conclut-elle en remballant le bijou dans un vieux bout de torchon. Elle me regarda d'un air goguenard.

– Alors, sainte Ana se laisse enfin pousser les cornes ? On va faire quelque chose de toi, finalement, on dirait…

Je rougis, partagée entre la honte et la fierté.

– C'était un coup de chance… marmonnai-je.

– Ben tu nous en remets deux ou trois par mois, des coups de veine comme celui-là, et on rachète la baraque !

– C'est vrai ? s'exclamèrent Goran et Zrinca.

– Ouais, c'est vrai et même qu'on y mettra une vraie baignoire pour vous décrasser tous les deux, avec une bonniche pour vous frotter le dos, en plus !

– Ana ! s'écrièrent-ils en chœur.

– Mais non, bande de benêts ! Une vraie bonniche qu'on paiera juste pour ça. Ana, elle sera trop occupée à chourer des larfeuilles pour vous décrasser la couenne !

– Elle en aura plus besoin puisqu'on sera riches, intervint Patrizio. C'est elle qui commandera la maison, la cuisinière, les bonnes, le ménage, la couture, tout ! On paiera des gens pour ça.

– Pas besoin de cuisinière puisque je serai là ! fit remarquer Quirino. J'aurai une vraie cuisine, comme chez mon oncle, autrefois, avec des couteaux, des casseroles de toutes les tailles au mur...

– Et puis on aura chacun notre chambre, poursuivit Patrizio. Moi et Ana on prendra celle-là, là-bas, la petite, dit-il en désignant l'autre côté de la galerie. On la peindra en bleu...

– Moi, celle-là, avec Quirino ! Avec un vrai lit, un grand ! s'exclama Laticello d'un air si extatique qu'il acheva d'enflammer tout le monde. Ce fut un brouhaha invraisemblable où chacun prit possession de l'une des innombrables pièces de la vieille bâtisse.

– Moi, celle-ci ! Moi, celle-là !

– Moi, j'en veux une pour moi toute seule, murmura Hrvojka. Avec Leone...

– Et toi, Iva ?

– Je sais pas... C'est Dunja qui décidera.

– C'est quand qu'elle revient, Dunja ?

– Bientôt, je vous ai dit.

– Avant qu'on rachète la maison ? insista l'un des petits.

– Ah ça, je sais pas, répondit Iva. Ça dépendra d'Ana...

– La pousse pas trop, Iva, intervint Veto. Déjà qu'elle prend des risques...

– Des risques ? Ah ben décidément, c'est vrai qu'on nous l'a changée ! Qu'est-ce que tu en penses, Ana, tu dis rien ? Tu préfères continuer à plumer le bourgeois ou t'occuper du ménage ?

Prudemment, j'éludai.

– Nous n'avons pas encore racheté la maison, Iva…

– Oh, oh ! Nous-n'a-vons-pas-en-core-ra-che-té-la-maison… Comme tu causes bien, dis-donc ! Décidément, rien à faire, moi, je te vois mieux avec un tablier et un petit bonnet sur la tête que les doigts dans le gilet d'un notaire…

– Ne te moque pas de moi !

– Je me moque pas ! Je rends hommage à tes nombreuses compétences.

– Tu… tu es jalouse, c'est tout !

– Jalouse, moi ? Et de qui ? De toi ?

Je me sentis blêmir.

– Parfaitement ! De moi. Qu'est-ce que tu fais pour nous, toi, à part suivre Dunja comme un petit chien ? Tu as déjà ramené une montre, toi ?

Il y eut un silence. Les yeux d'Iva s'étrécirent.

– Ne parle pas de ce tu ne connais pas, Ana… Et surtout pas de Dunja. Je te défends de parler de Dunja.

Sa voix était dangereusement calme. Malgré moi, je rentrai la tête dans les épaules.

– Je parlais pas de Dunja…, marmonnai-je.

– Eh ben continue comme ça et on sera copines, d'accord ? D'accord, Ana ?

– D'a… d'accord.

– On fait comme ça alors.

Les discussions reprirent et l'on parla de choses et d'autres. Trop occupée à dissimuler le tremblement de mes mains, je n'écoutais plus. Tremblaient-elles de colère ou bien de honte ? Iva m'avait humiliée. J'avais été lâche. Mais elle avait changé depuis son retour. Il y avait en elle une dureté, une violence réelle qui m'avait fait peur.

Je me jurai qu'il n'y aurait pas de seconde fois.

Il y en eut pourtant, et de nombreuses. À compter de ce jour, Iva n'eut de cesse de me provoquer. Elle ne m'épargnait plus aucune moquerie, aucune allusion plus ou moins blessante à mes allures de petite fée du logis. Habilement, elle savait doser la méchanceté de ses piques de façon à toujours mettre les rieurs de son côté. Je ne pouvais rivaliser avec elle ni me défendre sans me couvrir de ridicule. De jour en jour, elle me repoussait un peu plus dans un rôle qui ne convenait plus, comme si rien n'avait changé depuis sa disparition.

Le plus fort, c'était que les autres suivaient. En quelques semaines, il était redevenu de bon ton de se moquer d'Ana et même les petits, même Patrizio qui m'aimaient pourtant pour de bon, ne pouvaient se retenir de rire et de reprendre les « sainte Ana » et les « petite mère » d'Iva. Des habitudes avaient été prises et l'on ne me demandait même plus comme un service de coudre ou de laver : on entassait sur ma paillasse le linge sale ou déchiré et l'on s'étonnait qu'il ne fût pas sitôt rendu propre et reprisé. Quand je ne torchais pas les petits, j'avais les mains dans la lessive et l'aiguille à la main.

Je supportais tant bien que mal cette situation. Je faisais le dos rond sous les moqueries. J'avais choisi de ne pas répondre aux provocations d'Iva et sans doute avais-je eu tort car, se sentant le champ libre, elle allait toujours plus loin. Elle me trouva un nouveau surnom. Eu égard à ma petite taille et à mon nez pointu, elle m'appelait désormais Trotte-menu, que les petits s'empressèrent de changer en Crotte-menu. Tout le monde l'adopta et ne m'appela plus bientôt que sous ce nom-là. Sachant que toute tentative de rébellion ne ferait qu'empirer les choses, je me laissais faire encore une fois. Jusqu'à ce qu'un matin, la mesure fût enfin comble.

Quelque chose m'avait réveillée. Un bruit de voix. Des ricanements étouffés dans mon dos. Sans y prêter attention, je me retournai. Machinalement, ma main se porta vers mon livre, que j'avais placé près de ma tête, comme tous les soirs. Mon cœur s'arrêta. Il n'y était plus ! Horrifiée, je me réveillai tout à fait. Il faisait suffisamment clair pour que je les voie, à l'autre bout de la galerie. Iva et quelques autres. Elle tenait mon livre ouvert sur ses genoux et feignait de faire la lecture aux autres qui pouffaient en regardant dans ma direction.

Sans craindre de bousculer ceux qui dormaient encore, je me précipitai.

– Mon livre, rends-le moi !

Comme je tentai de le lui reprendre, Iva le mit hors de portée.

– Taratata ! Tu peux bien nous le prêter un peu, non ? Moi aussi, j'ai envie de lire des belles histoires.

– Tu ne sais même pas lire !

– Mais si, je sais lire. Tiens, écoute !

S'étant levée, elle ouvrit le livre au hasard et ânonna :

– Il était une fois une petite fille qui s'appelait Crotte-menue. En vrai, elle s'appelait Ana mais on l'appelait comme ça parce qu'elle faisait de toutes petites cro-crottes avec son petit cul-cul…

– Arrête ça ! Rends-moi mon livre ! Tu n'as pas le droit…

– Tu n'as pas le droiiit..., singea-t-elle en imitant à la perfection le ton quelque peu geignard que j'avais eu malgré moi.

Elle agitait en riant le livre au-dessus de ma tête. À chaque fois que j'allais l'atteindre, elle le retirait, me forçant à sautiller de façon ridicule.

– Hop, comme au manège ! Attrapez la queue du singe !

Je craignais plus que tout qu'elle l'abîme, à force de le secouer ainsi.

– Rends-le moi ! S'il te plaît !

– Ah, je sais pas... Qu'est-ce que tu me donnes pour que je te le rende ?

– Allez !

– Eh, les gars, qu'est-ce qu'on lui demande en échange, hein ? Hop-là ! fit-elle en m'échappant encore une fois.

Ils n'eurent pas le temps de répondre. Une feuille s'échappa soudain du livre et tomba aux pieds d'Iva.

– Tiens, qu'est-ce que c'est que ça ? Voyons voir...

Iva ne savait pas lire, mais elle n'était pas bête. Elle sut tout de suite reconnaître une feuille de gazette soigneusement découpée et identifier les signes maladroits tracés à la main qui en remplissaient les marges et le moindre espace blanc. Elle pâlit brusquement et me questionna d'une voix dure :

– C'est quoi, ça, hein ?

– C'est rien...

– C'est Dunja, hein ? C'est l'écriture de Dunja ?

– Je...

– Réponds !

– Oui..., soufflai-je, rouge de confusion.

– Qu'est-ce qu'il y a écrit ? Réponds ! Réponds, petite salope, ou je t'étrangle !

– Elle… elle a écrit son nom.

– Son nom, hein… Et à côté, là, c'est le tien ! C'est ça, hein ?

Il faut croire que la jalousie ne rend pas toujours aveugle, car c'était vrai. J'avais précieusement conservé ce témoin des premiers efforts d'écriture de Dunja. J'aurais pu nier, tenter de lui faire croire que le second prénom était le sien, ou bien n'importe quelle banalité mais c'eût été trahir Dunja. Et cela, je ne le pouvais pas.

– Oui… C'est le mien.

Iva eut un cri étrange, un glapissement presque animal.

– Tu le veux, ton livre ? Tiens, va le chercher !

Et elle le lança par dessus la rampe.

Ce fut mon tour de crier. Toutes griffes dehors, je me ruai sur elle.

Elle ne s'y attendait pas et, dans un premier temps, nous roulâmes à terre. Mais elle était plus grande, plus lourde et bien plus forte que moi. Très vite, elle reprit le dessus et se mit à me rouer de coups. Tout le monde était bien réveillé, à présent, et nous entourait en vociférant. Il ne serait venu à personne l'idée de nous séparer, bien au contraire : ils nous encourageaient, sifflaient et nous excitaient tant qu'ils pouvaient. Je n'en avais pas besoin, j'étais déjà hors de moi. Toute la rancœur et la rage accumulées ces derniers jours débordaient d'un seul coup. J'essayai de la saisir par les cheveux, mais ils étaient trop courts, je manquai de prise et elle m'asséna un coup de tête qui me laissa à demi-assommée. Un goût de sang m'emplit la bouche tandis qu'elle me bourrait de nouveaux coups dont j'avais à peine conscience. Ma robe s'était déchirée et, à moitié nue, je m'empêtrai dans ses débris. Elle en profita pour se remettre debout et me traîner jusqu'à un endroit où manquait la balustrade et où la galerie donnait directement sur la cour, trois étages plus bas. M'agrippant par ce qui restait de ma robe, elle me poussa au-dessus du vide et grinça :

– Tu veux le rejoindre, ton bouquin ? Tu veux le rejoindre ? Je te balance ! Je te jure que je te balance. C'est ça que tu veux ?

– Non !

Affolée, je tentai de m'accrocher à quelque chose mais ne rencontrai que le vide. Seule Iva me retenait encore de tomber. Elle tenait ma vie entre ses mains.

– Tu ne touches pas à Dunja, tu m'entends ? Tu n'y touches pas, petite pute ! Tu entends ? Demande pardon, tout de suite !

– Pardon, pardon !

Je criais. Je ne savais plus ni qui j'étais ni où j'étais. Je me voyais tomber, mon corps s'écraser avec un choc sourd dans la cour mal pavée, jonchée de tessons et d'ordures. Quelque chose céda brusquement dans mon bas-ventre.

– La vache, elle s'est pissée dessus, la garce !

J'entendis les autres s'esclaffer tandis que, me ramenant sur le plancher de la galerie, Iva s'écartait avec dégoût. Je restai un long moment prostrée, le souffle coupé, avant de songer à m'éloigner du vide. Une main se posa sur mon épaule. C'était Patrizio.

– Laisse-moi… LAISSE-MOI !

Des larmes me brouillèrent la vue. Un instant seulement, le temps de les ravaler avec fureur. Je ne pleurerais pas. Jamais.

Je ne leur ferais pas ce cadeau. Je rampai vers le mur, pour m'éloigner le plus possible du gouffre et me plaquai à la paroi, comme pour faire corps avec elle. Les autres s'en allèrent, soudain gênés. Seuls les petits ricanaient encore, sans savoir pourquoi. Iva passa près de moi. Elle s'arrêta. Craignant un coup de pied, je me recroquevillai. Elle se contenta de se racler la gorge et de me cracher dessus d'un air méprisant. Déjà, par petits groupes, la bande avait oublié l'incident et dévalait l'escalier, savourant d'avance une journée qui s'annonçait chaude et belle. Bientôt, nous fûmes seuls, Patrizio et moi.

– Euh… ça ira ?

– Je t'ai déjà dit de me laisser… Tu n'as rien fait. Pourquoi tu n'as rien fait ? demandai-je d'une toute petite voix.

– Ben…

– Elle a voulu me tuer !

– Mais non… Elle ne l'aurait pas fait. C'était juste pour te faire peur. Elle est jalouse, faut comprendre…

– De toute façon, je m'en fiche. Je m'en vais.

– Tu t'en vas ? Comment ça ? Tu peux pas nous laisser comme ça !

– Je m'en vais. J'en ai assez !

– Ana…

– Fiche-moi la paix ! Tu es comme les autres…

– Mais…

– Iva a raison. Je ne suis pas faite pour vivre avec vous.

– Mais tu vas aller où ?

– Je ne sais pas, je trouverai.

– Si tu pars, je viens avec toi…

– Non. Toi, tu restes avec les autres. Je ne veux plus te voir, tu es comme eux !

– Mais, Ana…

– Fiche le camp, va les rejoindre ! Allez, fiche le camp ! Je ne veux plus te voir, je t'ai dit.

J'attendis qu'il soit parti pour me redresser. Mes oreilles bourdonnaient. Déchirée en trois endroits, ma robe ne tenait plus qu'à peine sur mes épaules et tout le bas en était taché d'urine. Prudemment, je me tâtai le visage. Mon nez me faisait mal. Le coup de tête d'Iva l'avait fait saigner mais il n'avait pas l'air cassé. En revanche, j'avais la lèvre fendue et un œil à demi fermé par l'enflure de ma pommette. L'une de mes dents bougeait et je m'étais mordu l'intérieur de la joue. Je fus soudain prise de nausée. Je voulais vomir mais rien ne vint qu'une série de spasmes qui me laissèrent un peu plus épuisée. Dans un état second, la tête sonnante, je descendis chercher mon livre. Il gisait, ouvert, sur un tas de gravats. Quelques pages étaient pliées et la reliure s'était un peu relâchée mais il n'était pas trop abîmé. J'essuyai la couverture poussiéreuse et remontai péniblement en le serrant sur mon cœur.

De retour là-haut, je raccommodai ma robe tant bien que mal, en me piquant beaucoup les doigts, puis j'entrepris de réunir mes maigres possessions. En fouillant dans ma besace, je tombai sur mon couteau. Je le sortis de son étui. Un instant, je m'imaginai rattraper Iva dans la rue et le lui planter dans le cœur. « Ne t'en sers que si tu le dois vraiment… » La voix de maître Dranje était si nette qu'il aurait pu se tenir à côté de moi. Je rangeai le couteau.

Ce ne fut qu'une fois dehors, dans la chaude lumière du matin, que je réalisai ce que j'étais en train de faire. Pourtant, je ne regrettais rien, j'étais résolue à m'en aller et je m'en irais.

Je m'avisai soudain de la façon dont on me regardait. Les passants me dévisageaient ou bien, au contraire, se détournaient avec dégoût. Je devais donner un bien triste spectacle, en loques et défigurée par les coups. À nouveau, je fus prise de vertiges et dus m'adosser à la muraille. Il ne fallait pourtant pas rester là. Les autres allaient peut-être revenir, me ramener de force. J'avais mal, et c'est en boitant que je m'éloignai le plus vite possible à travers les petites rues. De ruelle en ruelle, je franchis ainsi la Porte d'or pour me retrouver dans les quartiers les plus excentrés de la ville.

Je me souvenais d'une fontaine. Je la retrouvai sans difficulté et m'y baignai le visage avec soulagement. L'eau fraîche me rendit ma lucidité, pour le meilleur mais aussi pour le pire : tant que j'étais avec les autres, je n'avais eu qu'à suivre et m'adapter. À partir de maintenant, je devrais voler de mes propres ailes et l'ampleur de la tâche m'effrayait un peu.

– Une chose à la fois..., murmurai-je en français. Comme chaque fois, l'usage de ma langue secrète me rasséréna. Le français était une source d'optimisme, j'y puisais de nouvelles forces.

Une chose à la fois : la première était de trouver quelque chose à manger et, pour cela, rien de mieux que les églises. Il y en avait une, non loin de là. Un an passé dans la rue m'avait fait perdre toute timidité et j'avais une tête à faire peur, autant en profiter. La messe n'était pas tout à fait terminée lorsque je me postai sous le porche et j'eus le temps de me composer l'allure la plus misérable possible avant la sortie des fidèles. Ceux-ci, en pleine semaine, n'étaient ni très nombreux ni très généreux mais je m'y attendais et redoublai d'ardeur pour leur arracher quelques liards.

– À vot' bon cœur, *gospodin* ! Dieu vous le rendra, *signora* !

Les yeux révulsés, j'affichais un sourire idiot qui, joint aux boursouflures de mon visage, achevait de faire de moi la parfaite enfant d'ivrognes, porteuse des plus ignobles tares et dégénérée à souhait. Pour faire bonne mesure, je me balançais d'avant en arrière tandis que les commères passaient en se signant, non sans avoir lancé une piécette ou deux à mes pieds, dans l'espoir sans doute vain d'échapper au mauvais œil que je ne manquerais pas de leur jeter.

Le dernier fidèle sorti, je ramassai les pièces et m'assis sur les marches pour les compter. Sept Heller... Je n'irais pas loin, mais c'était un début.

– Qu'est-ce que tu fous là, toi ?

Je relevai la tête. Devant moi se tenaient un garçon et une fille de mon âge, les plus crasseux et misérables qu'il m'ait jamais été donné de voir.

– Ben t'as perdu ta langue ?

– Elle est de la bande à Dunja, je la reconnais...

Mon cœur se mit à battre à grands coups. Une autre bande... J'étais fichue.

– T'as pas le droit d'être ici !

– Ouais, c'est chez nous !

– T'as mendié ? T'as pas le droit de mendier ici, c'est notre église. Donne l'argent !

Je serrai la poignée de pièces dans mon poing fermé.

– Donne, je te dis !

– Non !

Le garçon tenta de m'attraper le poignet. Je me mis debout. Ma position élevée me donnait l'avantage. Je grimpai quelques marches et il essaya de me suivre. Je lui décochai un coup de pied.

– Mika, va chercher les autres. Tu vas voir, toi, on va te saigner !

Je tentai de fuir par le côté. Il me bloqua le passage. Il ne cherchait plus à m'atteindre, se contentait de m'empêcher de redescendre en attendant les renforts. La porte de l'église était toujours ouverte. Je m'y précipitai. La pénombre m'engloutit et, venant du plein soleil, je fus aveugle pendant quelques secondes. J'entendis une exclamation sur ma gauche, un bruit de chaises remuées.

– Eh, là !

Le garçon avait voulu me suivre et le bedeau l'avait attrapé. L'autre se secouait comme un beau diable et le bonhomme avait du mal à le tenir. Je ne m'attardai pas. Je courus dans l'allée centrale jusqu'au transept et obliquai vers la droite vers une petite porte entrouverte. Je l'ouvris à la volée. C'était la sacristie. Je passai sous le nez d'un gros curé éberlué et me jetai dans la rue.

Je courus le plus vite et le plus loin possible et ne m'arrêtai que lorsque tout danger fut écarté.

Hors d'haleine, je m'adossai à un mur. Je l'avais échappé belle. Tomber aux mains d'une bande rivale était le pire sort que l'on pût redouter. Chaque bande avait son territoire et malheur à qui transgressait les frontières ! Ma propre bande, celle de Dunja, occupait le port et la vieille ville. Nous y étions craints et respectés. Mais les autres quartiers nous étaient interdits. Pour l'avoir oublié, je risquais gros, très gros. C'était du moins ce que racontaient les grands, à la veillée. Ils connaissaient toujours quelqu'un qui, un jour, avait été fait prisonnier et se répandaient en histoires horribles, avec des détails à faire dresser les cheveux sur la tête. J'avais toujours cru qu'ils en rajoutaient pour faire peur aux petits. Aujourd'hui, je n'en étais plus si sûre…

Quoi qu'il en soit, je devais me faire discrète. Avec mon argent, je commençai par m'acheter une grosse boule de pain dont je mangeai un morceau à l'abri d'un porche, tout en scrutant les alentours.

Que faire ensuite ? J'étais rassasiée et la chaude sécurité de la bande commençait déjà à me manquer. Je fus un instant tentée de refaire le chemin en sens inverse et d'aller retrouver les autres. Puis je revis le regard qu'avait eu Iva lorsque j'étais suspendue au bord du vide. Un instant, elle avait vraiment *voulu* le faire, elle avait vraiment voulu me tuer, j'en étais certaine. Je ne pouvais pas revenir. Je ne le pouvais plus. Elle me tuerait ou bien continuerait de plus belle à me traiter comme une esclave, ce qui ne valait guère mieux. Oui mais… si Dunja revenait ? Elle me protégerait, elle… Et si elle ne revenait pas ? Si tout cela n'était qu'un mensonge d'Iva ? Et si…

– Une chose à la fois.

Je passai le reste de la journée à explorer mon nouveau domaine, prudemment, de façon à éviter toute mauvaise rencontre. Les rues en étaient plus larges et moins peuplées, les maisons plus espacées. Après tous ces mois passés dans l'espace confiné de la vieille ville, tout ici me paraissait démesurément grand. J'en eus cependant assez rapidement fait le tour et repéré les points les plus intéressants : arrières de restaurants, place du marché, poste de gendarmerie...

Il me fallait maintenant un endroit où dormir : la journée avait été chaude, je me résolus à coucher dehors. Il y avait un parc non loin de là. Un assez grand parc aux allées bien ratissées, que traversait même une rivière artificielle. Je m'y introduisis juste avant la fermeture, dans le dos d'un immense gardien aux moustaches en guidon de vélo qui faisait sa ronde en agitant une cloche. Pendant que les promeneurs se dirigeaient vers la sortie, je me cachai sous un buisson pour attendre la nuit.

Nous n'étions encore qu'en avril, elle ne tarda pas à tomber. Dès qu'il fit assez sombre, je sortis de ma cachette et courus vers le ruisseau. À l'abri d'un grand arbuste couvert de fleurs, je me déshabillai entièrement et entrai dans l'eau. Elle était glaciale et je dus me faire violence pour m'en asperger et me laver à l'aide du petit bout de savon que j'avais emporté. J'aurais aimé laver ma robe également mais, désespérant de la faire sécher pendant la nuit, j'y renonçai. Encore toute mouillée, je la renfilai donc et regagnai mon abri. Hérissée de chair de poule et secouée de frissons, je m'enroulai dans ma couverture jusqu'à ce qu'ils se calment. J'avais à nouveau faim. Je prélevai un second quart de pain que je mâchai en le faisant durer le plus possible. Enfin, n'ayant plus rien à faire, je mis mon sac sous ma tête et, la main sur mon couteau, j'attendis le sommeil.

Il fut long à venir. Je n'avais pas l'habitude de dormir à la belle étoile et, surtout, les bruits familiers de mes compagnons me manquaient. Leur respiration, leurs ronflements et jusqu'aux bruits les plus incongrus contre lesquels j'avais tant pesté me manquaient !

Je fus réveillée par des pigeons, occupés à roucouler à quelques centimètres de ma tête. Je ne bougeai pas tout de suite, afin de conserver la chaleur que j'avais réussi à accumuler dans la couverture. Dans les arbres, au-dessus, les oiseaux menaient un tintamarre assourdissant. Il faisait à peine jour, le jardin n'ouvrirait pas avant une bonne heure, j'avais tout mon temps.

Trop de temps. Ce deuxième jour fut long à s'étirer et les suivants plus encore. Seule, je n'avais plus rien à faire. Pour la première fois de ma vie, je m'ennuyais.

Je quittais ma cachette à l'ouverture des grilles et ne la regagnais qu'à la nuit tombante, pour ne pas être repérée par les gardiens. Le reste de la journée se passait à survivre. Ce n'était pas si facile. Comme il n'était plus question de mendier, trouver chaque jour à manger s'avérait une question épineuse. J'étais dans un état de tension permanent, m'attendant à tout instant à voir fondre sur moi une meute hurlante qui m'entraînerait dans sa tanière et… Je n'avais jamais vraiment mesuré jusque-là combien vivre dans la rue était dangereux. Grâce à Dunja, nous avions toujours eu un toit et, la plupart du temps, de quoi manger. Sous son autorité, nous avions même gardé un semblant de propreté et d'organisation. Je sais que, parmi les enfants des rues, nous passions pour des sortes d'aristocrates.

J'avais été chassée de ce paradis et n'aspirais plus qu'à y retourner. Que je le veuille ou non, mes pas finissaient toujours par me ramener au seuil de la porte que j'avais franchie… combien de jours auparavant ? Cela semblait déjà si loin.

Peut-être Dunja était-elle revenue, maintenant ? Il faisait si beau. Si elle était revenue, je pourrais lui parler, elle comprendrait, elle. Elle empêcherait Iva de se moquer de moi, de me traiter comme… Et puis, après tout, je savais voler, maintenant. C'était utile, ça. Et puis, les petits me manquaient. Patrizio aussi. Si Iva n'était pas revenue…

Du matin au soir, je remuais des idées de ce genre et me cherchais des raisons.

Si bien qu'un matin, alors que le soleil n'atteignait pas encore les marches du Duomo, je me trouvais postée au coin de l'église où n'entraient encore que de vieilles bigotes auxquelles je ne songeais même pas à demander l'aumône.

Non loin de là, les garçons du café Luxor installaient leur terrasse en prévision du prochain coup de feu. Les yeux mi-clos, je laissais mon regard errer sur la place. J'attendais Patrizio ou l'un ou l'autre de mes anciens camarades. J'espérais que ce serait Patrizio. Ou bien peut-être Dunja elle-même… Soudain, quelque chose attira mon attention. C'était un homme, un vieux monsieur barbu, tout vêtu de blanc. Un étranger, très certainement. Il sortait du Luxor en rempochant quelque chose. Un portefeuille. Épais, donc bien garni. Mais j'étais seule. Déjà, avant, Veto ne voulait plus que je travaille seule. Trop dangereux, disait-il. Mais là… Le monsieur était âgé, il marchait avec difficulté, c'était un coup facile. Les doigts m'en démangeaient. Il s'éloignait déjà, il fallait prendre une décision, et vite. Si je leur ramenais ce portefeuille, ils seraient bien forcés de… même Iva ne pourrait rien dire…

Je suivis le vieil homme du regard. Pour continuer, il devait traverser un petit attroupement à l'entrée de la Via del Vescovado Vecchio. Pas de temps à perdre : je le devançai en passant par le jardin de la cathédrale. Au coin de l'église San Filippo, je le guettai. Avec son chapeau blanc, sa silhouette était aisément reconnaissable. Sans hâte, je me portai à sa rencontre et me mêlai discrètement à la cohue engendrée par deux voitures de livraisons qui se disputaient la priorité. Il était forcé de passer près de moi. En un clin d'œil, à la faveur d'une légère bousculade, je m'emparai de son portefeuille et m'apprêtai à m'éloigner en sens inverse quand je l'entendis s'exclamer tout à coup :

– *Mon portefeuille ! On m'a volé mon portefeuille !*

Je m'arrêtai net. Tout en moi criait que c'était de la folie, que je devais continuer, faire celle qui n'a rien entendu, m'en aller.

Cela me fut impossible.

Le vieux monsieur parlait *français.*

Chapitre 7

– *Mille pardons, monsieur, mais cet effet de maroquinerie ne ferait-il point l'objet de vos doléances ?*

Le vieux monsieur me regardait, éberlué, sans même prendre le portefeuille que je lui tendais. Avais-je mal prononcé ?

– *Votre bien, monsieur, que vous perdîtes tantôt...*, rectifiai-je en rougissant.

Je le lui mis dans les mains. Il le rempocha, perplexe, sans vérifier son contenu et s'apprêtait sans doute à me récompenser de quelque menue monnaie quand il parut soudain réaliser quelque chose.

– Qu'avez-vous dit ?

– Votre bien...

– Non, je veux dire : vous parlez français ?

– Si fait, monsieur, je le parle en effet. N'est-ce pas la propre langue de la Raison et l'unique réceptacle de la Clarté ?

C'était une citation de mon livre et j'étais très fière de pouvoir la placer, même sans bien savoir ce qu'elle signifiait.

Amusé, il me considéra de nouveau de la tête aux pieds.

– Saperlipopette…, murmura-t-il pour lui-même.

Nous étions arrêtés en pleine rue. Un voiturier, voyant cet étranger aux prises avec une gamine des rues, voulut me faire dégager.

– Ne vous laissez pas faire par cette vermine, *signore*, c'est tout voleurs et compagnie !

– Voleur toi-même, *cornuto* ! De quoi je me mêle ? me défendis-je en criant plus fort que lui.

Il voulut me secouer mais le vieux monsieur s'interposa.

– Allons, allons mon ami ! Tout va bien. Tenez…, dit-il en lui glissant une pièce. Quant à vous, jeune fille, allons dans un endroit plus tranquille, nous avons à causer…

Tout en parlant, il me ramenait à la terrasse du Luxor. Un garçon en long tablier blanc se précipita, indigné.

– *Signore !* Si je puis me permettre…

– Taratata ! Cette fillette est mon invitée. Vous lui servirez une citronnade. Et une autre pour moi.

Je me tortillai sur ma chaise, mal à l'aise. Certes, la place du Dôme était un peu notre quartier général, mais non pas vue d'une table du Luxor. J'avais bien conscience de mes guenilles et n'étais pas loin de partager la réprobation du serveur. Le monsieur n'en tint aucun compte.

– Eh bien, jeune fille, vous allez m'expliquer comment il se fait que vous parliez un si bon français. Seriez-vous Française, par exemple ?

– Oh non, monsieur, je n'ai point cet honneur ! Mais vous, l'êtes-vous tout de bon ?

– Assurément. Français de France. En douteriez-vous ?

– C'est que... vous n'avez ni poudre ni perruque...

Il ouvrit à nouveau des yeux étonnés.

– De plus amples explications me seront nécessaires, je le crains, mon enfant..., soupira-t-il en dissimulant un sourire. Comment donc avez-vous appris à parler notre langue ?

Le plus simple était de lui montrer mon livre. Il défit avec le plus grand soin le morceau de toile dans lequel je l'avais enveloppé et l'ouvrit avec un respect qui dénotait une longue habitude des choses rares et anciennes. Je ne le quittais pas des yeux pendant tout ce temps. La couronne de cheveux blancs qui auréolait son visage poupin, l'expression à la fois douce et bienveillante de ses yeux derrière le lorgnon qu'il ajustait d'une main, le pli concentré de ses lèvres sous une barbiche encore mélangée de noir, tout en lui annonçait quelque brave et savant homme. Et, par dessus tout, il était Français. Je décidai de lui faire confiance et lui racontai tout, sans rien omettre, bien sûr, que le petit talent prohibé par la loi qui m'avait permis de faire sa connaissance. Mon histoire n'était pas bien longue, il m'écouta sans m'interrompre. C'était une sensation étrange : j'étais à nouveau une petite fille. Je n'avais pas eu de véritable conversation avec un adulte depuis des mois et, soudain, je me retrouvais assise les pieds dans le vide sur une chaise trop haute, face à un adulte qui, désormais, en savait plus long sur moi que quiconque et n'osant toucher à la boisson qu'il m'avait fait servir.

Lorsque j'eus terminé, il ne reprit pas tout de suite la parole mais resta plongé quelques minutes dans une intense réflexion. Pour me donner une contenance, je m'enhardis à prendre le verre, des deux mains, crainte de le briser, et à y tremper les lèvres. Je n'avais jamais rien goûté d'aussi bon. Toute ma vie, je me souviendrai de cet instant où le vieux monsieur me demanda, tandis que j'avalais la première gorgée de citronnade :

– Dites-moi, Ana... Qu'attendez-vous de votre vie ?

S'il me l'avait demandé en italien, sans doute aurais-je prosaïquement répondu : de quoi manger tous les jours, un toit, un lit, peut-être trouver du travail, comme servante ou comme couturière, grandir, me marier, avoir des enfants, vieillir... Mais il me l'avait demandé en français et cela changeait tout.

Sur le moment, j'en restai sans voix. Nulle réponse satisfaisante ne se présentait à mon esprit qui restait désespérément vide. Le vieux monsieur posait sur moi un regard sans impatience.

J'avalai ma salive. J'y retrouvai, fugitive, l'acidité du citron. Cela me fit penser au soleil. Un clair soleil matinal. Celui qui tombait parfois sur le visage de Dunja pendant nos leçons.

– Je voudrais apprendre, soufflai-je.

Je l'avais dit sans y penser, et sans bien savoir dans quel sens je l'entendais. Le vieux monsieur ne réagit pas. Sûrement, j'avais proféré une ânerie et seule sa gentillesse l'empêchait de se moquer. Apprendre ? Moi, une petite pouilleuse ? Et apprendre quoi ? À voler des portefeuilles ? Mes mains se crispèrent sur le verre. Je me troublai. Il s'en rendit compte.

– Je dois m'en aller. Écoutez, Ana, j'aimerais vous revoir. Pensez-vous pouvoir être ici, demain à la même heure ?

Ce fut mon tour d'hésiter. Je considérai un instant ces yeux candides, ces cheveux blancs...

– Oui, monsieur. J'y serai. Je vous le jure par la Vierge et tous les saints anges.

Il héla le garçon, paya et se leva.

Je descendis de ma chaise comme si le métal me brûlait.

– Demain, à la même heure au clocher de l'église... N'oublie pas.

L'air préoccupé, il s'en alla, me laissant tout étourdie. Je n'avais pas fait trois pas que que Patrizio, surexcité, m'attrapait par le bras.

– Qu'est-ce que tu fichais ? C'est qui ce vieux ? Quand je t'ai vue lui rendre le portefeuille, j'ai cru que tu t'étais fait choper. Qu'est-ce qu'il te voulait ?

– Je... je ne sais pas.

– Comment ça tu ne sais pas ? J'ai cru que...

Je le regardai sans comprendre. Même après plusieurs mois dans la rue, j'étais encore de loin la plus innocente de toute la bande. Même les plus petits se montraient parfois bien plus au courant de la chose que l'oie blanche que j'étais.

– Cru quoi ?

– Ben...

Il eut une mimique à la fois tellement obscène et si drôle que je ne pus m'empêcher de rire malgré ma confusion.

– Tu es trop naïve, commenta Patrizio.

– Et toi, tu m'espionnes ! Qu'est-ce que tu fais là ?

– Ce serait plutôt à moi de te le demander ! Tu as complètement disparu. Où t'étais ?

– Par là..., fis-je, évasive. Dunja est rentrée ?

– Pas encore. Iva dit qu'elle ne tardera pas, maintenant… Tu vas revenir avec nous ?

– N… non, écoute, je ne crois pas.

– Tu sais, j'ai parlé à Iva, elle…

– Non, ce n'est pas ça…

– Ah bon ? Ben c'est quoi, alors ? Ton vieux ? Qu'est-ce qu'il voulait ?

Je ne pouvais rien lui dire, ne sachant pas bien moi-même. Je n'avais jamais dit à personne que je parlais français. Patrizio m'en voudrait s'il apprenait soudain que je le lui avais caché. Et puis j'aurais eu l'impression de trahir ce vieux monsieur si gentil. C'était la première fois que quelqu'un paraissait s'intéresser sincèrement à moi. En parler, c'eut été galvauder cette chance unique.

– Il ne m'a rien demandé… Il m'a juste payé une citronnade parce que je lui ai rendu son portefeuille.

– *Toi*, tu lui as rendu son portefeuille ? Attends, ça fait des jours qu'on te dit que tu prends trop de risques et maintenant tu redistribues les morlingues ? T'es folle ou quoi ?

– Il… il m'a fait de la peine. Il avait l'air gentil.

– Alors tu n'avais qu'à pas commencer par lui piquer son pognon. C'est bien ce que je dis, tu es folle !

– Oh, et puis zut à la fin ! Je n'ai rien fait de mal.

Il n'était pas possible de rester fâchée très longtemps contre Patrizio. Insouciant comme toujours, il ne me posa pas plus de questions et n'essaya même plus de me convaincre de les rejoindre. Par contre, il ne voulut pas me laisser et nous passâmes ensemble le reste de la journée. Cette distraction fut la bienvenue car elle m'empêcha de trop penser à mon étonnante rencontre. Les heures filèrent et, à la nuit tombante, il fallut nous séparer.

– Tu es sûre que tu ne veux pas rentrer ?

– Patrizio, n'insiste pas…

– Bon, bon… On se revoit demain alors ?

– Non, je… J'ai rendez-vous, demain.

– Avec ton vieux ?

– Ce n'est pas « mon » vieux !

– Mais qu'est-ce qu'il te veut ?

– Je ne sais pas. Il m'a demandé de venir, c'est tout.

– C'est louche, ça…

– Non, je ne crois pas. Il est vraiment gentil, Patrizio…

– Mouais… Sois prudente, en tout cas. Et puis, en cas de besoin, tu sais où nous trouver, hein !

Il s'éloigna en sifflotant. J'attendis encore un instant, afin d'être sûre qu'il était bien parti, et je regagnai mon repaire.

Le lendemain, à l'heure dite, j'étais au pied de la cathédrale. Le cœur battant, je m'efforçais de maîtriser mon impatience.

Enfin, le vieux monsieur parut. Il m'aperçut de loin et me fit signe avec sa canne. Je courus à sa rencontre et, spontanément, lui pris la main. Il en parut à la fois surpris et touché.

– Eh bien, ma chère Ana, il me semble que non content de parler à la perfection la langue de Molière, vous avez fait vôtre l'adage selon lequel l'exactitude est la politesse des rois !

Je ne savais rien de ce monsieur Molière mais j'étais ravie : le simple fait d'entendre parler un si bon français me mettait dans un état proche de l'extase. Nous revînmes au Luxor, où le garçon semblait s'être déjà fait une philosophie à mon égard. Le vieux monsieur commanda pour moi un grand café au lait et se contenta de m'observer jusqu'à ce qu'on nous l'apporte. J'étais un peu nerveuse, craignant que survînt l'un ou l'autre de la bande et peut-être se méprit-il car il commença, sitôt que le garçon se fut éloigné :

– Tout cela doit vous paraître très déroutant, Ana. Après tout, vous ne savez rien de moi...

Il s'éclaircit la gorge et continua.

– Mon nom est Roland, Jean-Baptiste Roland et, comme vous l'avez deviné, je suis français. Je suis ce qu'on appelle un naturaliste – j'étudie la nature, si vous préférez et tout particulièrement les plantes. Je suis attaché au Muséum d'histoire naturelle de Paris. Comprenez-vous ?

– O... oui. Vous êtes un savant homme.

– Si on veut..., sourit-il. En tout cas, je suis venu dans votre pays pour mon travail. Il s'agit pour moi de compléter un inventaire de la flore méditerranéenne que j'ai commencé il y a déjà de nombreuses années. Le Muséum a bien des correspondants dans la région mais rien ne vaut l'observation directe...

Il s'interrompit un instant et fixa sur moi un œil inquisiteur.

– C'est d'ailleurs à ce sujet que je voudrais vous faire une proposition, ma chère Ana...

Il se tut à nouveau, hésitant.

– Voyez-vous, comme vous avez pu vous en rendre compte, je ne parle que quelques mots d'allemand et d'italien, et pas un mot de serbo-croate. Or, vous parlez ces deux dernières langues à la perfection, en plus du français bien sûr. Vous me paraissez en outre une petite fille fort mûre pour votre âge, et fort débrouillarde… oui ?

– Je ne comprends pas « débrouillarde »…

– Ah oui, bien sûr. Eh bien, disons… que vous m'apparaissez comme une jeune personne fort capable et bien assez déliée pour se tirer des imbroglios les plus inextricables et des plus affreux traquenards. Me trompé-je ?

– Je l'ignore, Monsieur, avouai-je en rougissant. Je mène un train fort simple et n'y ai certes aucun mérite. Je n'ai guère d'autre souci que de me sustenter…

– Oui, c'est à peu près le sens de ce que je disais… Bref, Ana, vous me semblez convenir à merveille à l'emploi de guide et d'interprète que je voulais vous proposer.

– Un emploi ? Moi ?

– Oui. Bien entendu, vous serez payée. Je vous propose une Couronne par jour. Cela vous convient-il ?

– Une Couronne ! Mais c'est beaucoup trop !

– C'est le prix. En échange, vous devrez m'accompagner dans mes recherches et m'aider à ramasser et à porter mes échantillons. Comme vous le voyez, je n'ai plus mes jambes de vingt ans. Sommes-nous d'accord ?

Si j'étais d'accord ?

– Pardieu, monsieur, je suis votre homme !

Il fallut encore régler certaines questions matérielles. Monsieur Roland tint absolument à me donner une avance sur mon futur salaire afin, me confia-t-il d'un air amusé, que je pusse « pallier toute contingence relative à mon nouvel état ». Je lui assurai qu'il n'y en avait guère, mais il ne voulut rien savoir et me mit dans la main quelques pièces. Je n'avais pas le souvenir d'en avoir jamais tant vu à la fois.

– Où logez-vous, à propos ?

– Oh ! Quelque part par là..., éludai-je, peu pressée de lui apprendre que je dormais sous un buisson.

– Mais encore ? insista-t-il.

Rouge de honte, je ne répondis pas.

– Hum... Verriez-vous alors un inconvénient à ce que nous vous trouvions quelque logement plus proche du mien, afin de faciliter nos rencontres ? Nous devrons partir tôt, chaque matin...

– Je ne sais point, monsieur... J'en ferai tout à votre aise.

– En ce qui me concerne, je suis descendu au Troccoli, piazza dei Signori, que vous connaissez sans doute...

C'était le plus bel hôtel de la ville, et ses alentours l'un de nos terrains de chasse favoris.

– Bien. Nous allons donc vous trouver une chambre dans les environs, ce sera plus pratique.

– Ce n'est peut-être point la peine, monsieur. Je saurai certainement me « débrouiller » et...

– Taratata ! Jeune fille, vous êtes désormais mon employée et, de ce fait, me devez obéissance. Venez, fit-il en empoignant sa canne, et mettons-nous en quête de quelque mansarde d'un confort convenable pour une jeune personne de qualité !

Ce ne fut pas une si mince affaire. Les chambres à louer ne manquaient pas mais nous essuyâmes pour commencer plusieurs refus indignés de la part de matrones qui soupçonnaient visiblement monsieur Roland d'avoir sur moi des vues du même genre qu'imaginait Patrizio. L'une d'elle menaça même d'appeler la police et nous chassa sous un tel déluge d'insultes qu'il nous fallut fuir au plus vite pour ne pas être pris à partie par la foule qu'elle ameutait contre nous. Une autre, et ce fut pire, ne voyait au contraire aucun inconvénient à nous louer à l'heure un infâme galetas qu'elle nous ouvrit avec un clin d'œil vicieux. Ce fut au tour de monsieur Roland de s'indigner et je n'eus pas le temps de traduire ses protestations que nous étions dans la rue. Furieux, il donnait de grands coups de canne sur le pavé et je peinais à le suivre.

– Vous voyez… Sans doute devrions-nous renoncer, Monsieur.

– Renoncer ? Jamais ! Dussé-je louer la suite impériale du Troccoli, nous te trouverons une chambre ! s'exclama-t-il, oubliant de me vouvoyer. Allons, essayons encore ici. On va voir ce qu'on va voir, nom d'un petit bonhomme en bois !

Une affichette, à la porte d'une maison de bonne apparence, annonçait une chambre à louer. Sans hésitation, monsieur Roland fit jouer le marteau. Une vieille domestique vint nous ouvrir. Sans lui laisser le temps d'ouvrir la bouche, monsieur Roland lui fit appeler sa maîtresse.

– Madame, attaqua-t-il lorsqu'elle parut devant nous, j'espère que vous ne me ferez pas l'affront de soupçonner mon honnêteté comme l'ont fait jusqu'ici nombre de vos concitoyennes. Je désire louer une chambre au bénéfice de cette jeune fille, que je viens d'engager afin de m'assister dans mes travaux en qualité de secrétaire, guide et traductrice. Sachez, madame, que cette enfant ne doit ses apparences qu'aux tribulations dans lesquelles l'a entraînée le décès de sa regrettée grand-mère, une femme de bien qui a su donner à sa petite-fille une éducation et une moralité que pourraient lui envier bien des familles mieux nées. C'est précisément pour préserver ces belles vertus que je désire l'arracher à la pauvreté et, pour dire les choses avec franchise, à la rue. Aussi vous prierai-je non seulement de ne voir dans ma démarche qu'une œuvre de charité purement chrétienne mais aussi de veiller sur cette enfant comme la mère que vous êtes peut-être.

Je traduisais tout au fur et à mesure, tandis que l'expression de la brave femme passait du soupçon à l'étonnement puis à la franche admiration devant un tel bagout venant d'un monsieur si distingué. Madame Da Glionni savait apprécier l'éloquence. Elle était Italienne et veuve d'un officier dont le portrait, tout en bottes et en moustaches, trônait dans le salon où elle nous recevait. Définitivement séduite, elle ne fit pas la moindre difficulté à nous faire visiter une très jolie petite chambre arrangée avec beaucoup de goût. Un lit de fer surmonté d'une courtepointe vieux-rose occupait l'essentiel de la pièce. Ses boules de cuivre, parfaitement astiquées, luisaient doucement dans l'ombre chaude d'un store vénitien fermé aux rayons du soleil. Près de la fenêtre, un meuble de toilette et, en face, une petite table sous une image de la Vierge au coin de laquelle était fixé un rameau de buis béni.

– Cela vous conviendra-t-il, Ana ? demanda monsieur Roland.

Je n'eus pas à répondre : mon expression parlait pour moi.

– L'affaire est donc conclue !

Prenant la main de notre hôtesse, il mit à la lui secouer avec une ferveur qui la fit rire.

– Ah, la fameuse *furia francese* ! Feu mon mari m'en parlait souvent. Il admirait beaucoup votre nation, *signore*...

– Elle ne le mérite pas toujours, madame, assurément moins qu'elle ne doit de reconnaissance à la vôtre.

– Et toujours cet art si français du compliment ! Venez, monsieur, laissons cette jeune fille s'installer tandis que nous réglerons les derniers détails en bas. Quant à vous... euh... Ana, n'est-ce pas ? Je vais vous faire porter de l'eau chaude si vous désirez faire un brin de toilette.

M'installer ne me prit guère de temps, je n'avais rien. Comme je n'osais guère m'asseoir sur le lit, ce fut debout au milieu de la pièce que j'attendis la servante. Elle déposa un grand broc d'eau chaude au pied du meuble de toilette avant de revenir avec des serviettes.

Je passai l'heure suivante à me laver, désespérant de jamais me débarrasser des multiples couches de crasse qui ternissaient l'eau savonneuse. Lorsque je fus enfin propre, rhabillée et coiffée tant bien que mal, je m'assis en attendant que revienne la domestique. On n'entendait pas un seul bruit dans la maison. Où était monsieur Roland ? Qu'étais-je censée faire, maintenant ?

Quelques minutes plus tard, on toqua à la porte. C'était madame Da Glionni, les bras chargés de paquets.

– Ce n'est que moi, mon enfant. Je venais simplement vous dire que le *signore* Orlando est parti. Ah ! Il porte bien son nom, cet homme. Un véritable *cavaliere* ! C'est rare, de nos jours... Il repassera ce soir à six heures pour vous emmener dîner. En attendant, il m'a chargée de quelques courses à votre intention. Bien entendu, si cela n'allait pas, il est toujours possible de changer...

Elle posa les paquets sur le lit et entreprit de les défaire. Les plus grands contenaient une casaque gris souris à boutons prune et une jolie robe vert d'eau semée de roses imprimées qu'elle tint devant moi d'un air appréciateur.

– Je crois qu'elle vous ira bien, décida-t-elle. Il y a aussi des jupons, des bas et une paire de souliers. Je vous laisse essayer tout ça. N'hésitez pas à m'appeler si vous avez besoin de quelque chose.

Et elle sortit, me laissant à ma stupéfaction.

Monsieur Roland revint à l'heure dite. Je l'attendais depuis une bonne heure déjà, assise toute droite sur ma chaise, sans oser le moindre mouvement de peur de froisser ma nouvelle robe. Il frappa, entra et dut essuyer ma plus parfaite révérence.

– Mazette ! s'exclama-t-il. Voilà qui est tout à fait Grand Siècle. Une véritable princesse du sang ! Cette robe vous convient à merveille, ma chère Ana. Vous voilà la plus jolie et authentique petite Parisienne qui n'ait jamais arpenté les Champs-Élysées.

Rouge de plaisir, je lui emboîtai le pas dans l'escalier.

– Notre table est dressée au Troccoli, c'est à deux pas.

Il me donna le bras avec galanterie et nous prîmes le chemin du restaurant. Une autre surprise m'y attendait. À peine eûmes-nous passé la porte qu'une petite fille en robe vert d'eau vint à ma rencontre, si vraie qu'il me fallut quelques secondes pour comprendre qu'il s'agissait bien de mon propre reflet dans le grand miroir de Venise placé là pour présider aux ultimes rectifications des élégances. Je tombai en arrêt devant la glace. Je ne m'étais jamais vue que dans de méchants bouts de miroirs de rencontre et jamais aussi complètement. Cette blondinette un peu trop petite, un peu trop maigre, un peu trop pâle, était-ce bien moi ? M'appartenaient-ils vraiment ces grands yeux noirs, ces taches de rousseur, ce museau de petit animal effrayé ? Je ne pus m'empêcher de toucher le miroir du bout des doigts, comme pour en éprouver la véracité. Monsieur Roland toussota. Je me secouai : le maître d'hôtel nous attendait pour nous placer. Je rougis de ce qu'il pouvait prendre de bonne foi pour une manifestation de ma vanité et me hâtai de rejoindre mon guide.

Heureusement, j'eus bientôt l'occasion de corriger ce que cette première impression pouvait avoir eu de fâcheux. À table, je pus enfin mettre en pratique les leçons de Grand-mère et déployer tout l'éventail de mes bonnes manières. J'épatai les serveurs par ma science des couverts, ne me nouai pas la serviette autour du cou, ne confondis pas un instant couteaux à beurre et fourchettes à poisson et tendis le bon verre au sommelier qui se contenta toutefois de me verser de l'eau minérale. Je mangeai peu : je n'y étais pas habituée et n'étais du reste pas si à l'aise que je m'efforçais d'en avoir l'air. En vérité, je serrais consciencieusement les fesses dans mes jupons tout neufs, crainte de commettre l'impair qui eût compromis mon entreprise ou de faner d'une tache de sauce les roses de mon *négligé*.

Monsieur Roland n'était dupe de rien et souriait avec bonté de mes efforts. Nous causâmes d'un peu tout et de ces mille riens charmants qui font l'essentiel d'une conversation *à la française.* Je lui posai moult questions sur la France, ses paysages et ses habitants. Elles étaient souvent fort naïves et, ce soir-là, monsieur Roland dut avoir le plus grand mal à ne pas trop me décevoir. Non, l'Assemblée nationale n'avait que peu de choses à voir avec le mont Olympe et le président Félix Faure n'avait rien de Jupiter Tonnant… Aussi, dès que se fut un peu tarie ma curiosité, il en profita pour passer à des sujets plus prosaïques :

– Eh bien, ma chère Ana, êtes-vous satisfaite de votre nouveau logement ?

– Si fait, monsieur ! Oncques n'en ai connu de meilleur et mon hôtesse est fort civile.

– Vous m'en voyez fort aise. Ainsi que de vos manières exquises : votre grand-mère était une femme étonnante !

– La meilleure qui fut jamais, soyez-en assuré.

– Je n'en doute pas un instant. Prendrez-vous un sorbet ?

– À votre fantaisie, monsieur.

– Ils en font d'excellents, ici. Je vous recommande l'abricot.

L'abricot expédié, monsieur Roland m'aida à revêtir ma casaque et me raccompagna chez ma logeuse. Une fois dans la rue, je ne fus plus si tranquille. Plus que tout, je craignais une intervention de mes anciens camarades. Iva, toute à son esprit de vengeance, était tout à fait capable de s'en prendre à monsieur Roland. Ce dernier me laissa sur le pas de la porte et sur un baise-main parfaitement exécuté.

– Eh bien, à demain, donc, ma chère Ana. Je passerai vous prendre à huit heures. Une bonne nuit en attendant.

– Soyez prudent sur le chemin du retour, monsieur, m'inquiétai-je. Il est tant de malandrins…

– N'ayez crainte, je garderai cette fois la main sur mon portefeuille…, sourit-il avant de s'éloigner dans la nuit.

Je garde des jours qui suivirent le souvenir ébloui de longs jours de vacances débordant de soleil. Monsieur Roland passait me prendre chaque matin et nous partions en expédition pour la journée, dûment pourvus en vivres de toutes sortes par mon hôtesse qui, définitivement tombée sous la charme de ce vieux *signore* si poli, s'était vue confier par lui la charge considérable de m'engraisser.

Le plus souvent, nous prenions une voiture qui nous menait jusqu'aux faubourgs, puis nous nous enfoncions dans les collines en quête des échantillons dont avait besoin monsieur Roland. Sitôt dans la campagne, je retroussais ma robe – l'ancienne, bien sûr – l'épinglais au-dessus des genoux et m'empressais de retirer mes chaussures pour ne pas les abîmer. Cela ne me gênait pas : à force de marcher pieds nus, j'avais la plante des pieds aussi dure et solide qu'une semelle de cuir. Je portais d'autre part son attirail de botaniste, un long étui de tôle émaillée, ainsi qu'une sacoche garnie d'instruments étranges : loupes, pinces, mètre pliant et lancettes coupantes comme des rasoirs. Nous allions lentement, parmi les lauriers et les sauges, les myrtes, les cistes, les acanthes et les dizaines de plantes dont je ne soupçonnais même pas l'existence. Le printemps était déjà bien avancé et tout cela crissait d'insectes et bourdonnait d'abeilles. Des myriades de papillons de toutes formes et de toutes couleurs s'envolaient sur notre passage pour se poser un peu plus loin en agitant leurs ailes, tels de légers funambules cherchant leur équilibre. De temps à autre, monsieur Roland s'arrêtait pour se pencher sur tel ou tel spécimen. Je m'accroupissais alors près de lui et lui donnais les instruments dont il avait besoin, que j'avais rapidement appris à reconnaître. Toujours, il me faisait observer un détail et me donnait des explications sur telle ou telle plante, telle ou telle fleur dont la corolle s'épanouissait en coupe ou en carène, s'étalait largement face au soleil ou bien, au contraire, se refermait de façon si étroite et discrète qu'il fallait une forte loupe pour y distinguer des merveilles si complexes qu'elles ne pouvaient appartenir qu'à un autre univers.

Le soir, nous rentrions exténués mais heureux. Chez ma logeuse, il fallait encore trier les plantes, les étaler, les mettre à sécher entre de grandes feuilles de papier-buvard. Monsieur Roland avait fait de ma chambre son laboratoire. Il préférait, disait-il, confier ses spécimens à ma garde plutôt que de les laisser à la merci de quelque domestique toujours susceptible de les jeter ou de les abîmer. Madame Da Glionni, consultée pour la forme, n'avait guère opposé de résistance : c'était pour la science et les beaux yeux du *cavaliere* Orlando.

Nous partions chaque jour. Le temps se montrait clément depuis maintenant plusieurs semaines et nous n'eûmes jamais rien à affronter de plus méchant que de rares et brèves averses qui, lavant et rafraîchissant le paysage, exaltaient le parfum des plantes de façon presque enivrante. Nous trouvions toujours un arbre ou une cabane de berger pour nous abriter et en profitions pour prolonger une conversation toujours reprise et jamais terminée. Parfois, monsieur Roland sortait sa boîte d'aquarelles et « croquait » le paysage en quelques taches aussi légères que les ailes des papillons. Comme tout naturaliste qui se respecte, c'était un assez bon dessinateur et les merveilles qu'il parvenait ainsi à faire jaillir d'une douzaine de godets minuscules ne laissaient pas de me fasciner.

Il voulut un jour faire mon portrait.

Nous nous étions arrêtés dans une petite auberge pour échapper à la chaleur de midi. Le repas était terminé et nous traînions un peu à table en attendant de repartir dans les collines. Il sortit son carnet, ses couleurs, ses pinceaux et me demanda de ne plus bouger. Intimidée, j'étais si attentive à garder la pose que j'en oubliais de respirer. Le temps s'était soudain arrêté. On n'entendait que le bruit des cigales, le léger crissement du crayon sur le papier et le son étouffé d'une conversation à l'intérieur de l'auberge. De temps à autre, monsieur Roland faisait tinter son verre en égouttant son pinceau. J'étais bien.

– Et voilà, c'est terminé, je suppose...

À regret, je sortis de ma torpeur. Il poussa le petit cahier vers moi. L'aquarelle était encore humide. Sur le moment, je ne vis que des taches de couleurs. Puis, peu à peu se détacha l'image d'une belle jeune fille. La treille sous laquelle nous nous tenions mettait des ombres sur sa robe et son visage. Son regard se perdait au loin.

– Ce... ce n'est point moi. Cela ne peut pas être...

– Tu veux dire que ce n'est pas ressemblant ?

– Si. Non, je veux dire... Elle est si belle.

Je ne pouvais en détacher mon regard. Monsieur Roland eut un bon sourire.

– Ana… Tu seras bientôt une très jolie jeune fille. Tu l'es déjà.

– Oh non ! Cela ne se peut ! Je ne suis qu'un laideron, je le sais bien, mais ce n'est pas bien grave. Les autres disaient toujours que je ressemble à une souris.

– Laisse-les dire… Sais-tu que mes étudiants me comparent à un vieux chien ?

– Un chien ? Qu'ils se tiennent seulement devant moi, ils verront, ces vilains drôles, si je leur laisserai proférer si grande vilenie !

– Ah ça, s'esclaffa-t-il, je suis bien persuadé que tu saurais leur clouer le bec !

– Cela pourrait bien arriver, d'ailleurs…, acheva-t-il comme pour lui même.

Il se resservit un peu de vin et, songeur, le but en silence.

– Ana, reprit-il au bout d'un moment. Ana, je voudrais te parler de quelque chose…

Il se racla la gorge, soudain ému.

– Vois-tu, cela fait déjà trois semaines… Mon séjour va bientôt se terminer.

Je le savais. J'y pensais déjà depuis plusieurs jours. J'avais voulu m'y préparer sans rien dire mais voici que, le moment venu, toutes mes bonnes résolutions s'effondraient d'un coup. Monsieur Roland allait partir, je serais seule, à nouveau.

– Je suis obligé de partir. Je ne puis rester plus longtemps. À vrai dire, je devrais déjà être rentré. Mais avant, je voulais te dire… Ces trois semaines ont été pour moi… extraordinaires. Jamais je n'avais rencontré quelqu'un d'aussi… Quelqu'un comme toi, Ana. Aussi… Écoute-moi bien. Je voulais te demander… Voilà : cela te plairait-il d'aller vivre en France ?

J'étais assise, sans quoi j'en serais tombée de saisissement.

– En… en France ?

– Oui.

– Vous vous moquez, monsieur, ce n'est pas bien…, soufflai-je, un peu peinée.

– Non, Ana. Je ne me moque pas. Je te propose de venir vivre en France.

– Avec vous ?

– Avec moi et mon épouse. Je lui ai écrit, Ana. Je lui ai parlé de toi. Alors, qu'en penses-tu ?

– Si… si vous dites vrai, monsieur, alors j'aurai la plus extrême félicité à me mettre tout entière à votre service. Je sais coudre et laver le linge et tenir une maison. Je puis également m'occuper d'enfants en bas âge. Je saurai être diligente, obéissante et discrète, je vous jure que vous n'aurez jamais à vous plaindre de moi. Je serai pour vous la plus humble et la plus fidèle des servantes…

Il m'arrêta d'un geste.

– Il ne s'agit pas de cela, Ana. Il ne s'agit pas de te prendre à notre service. Vois-tu, ma femme et moi, nous sommes déjà âgés. Nous n'avons jamais eu d'enfant et nous en avons souffert, je l'avoue. Je ne te propose pas un emploi de domestique. Je me propose de t'adopter. Je te propose de devenir notre fille. Le veux-tu ?

Le vieux monsieur me regardait, un espoir immense au fond des yeux.

– Je… je le veux bien, monsieur.

– Réfléchis bien, tout de même. Tu perdras tes amis, ici, tous ceux dont tu m'a parlé, tu sais. Tu ne reverras peut-être jamais ton pays… Ce sera comme une autre vie, une vie toute neuve.

En un éclair, je vis défiler les visages de Patrizio et des autres. Je vis ce qu'était notre existence, ici, l'avenir de misère qui nous attendait. Je revis Iva, j'entendis ses moqueries, toutes les petites cruautés dont elle m'accablait. La petite Zrinka, ses baisers quand elle était contente de se sentir propre. Dunja, son indifférence un peu hautaine et que je rêvais feinte. Je me sentis lâche, faible et, en même temps, terriblement heureuse. Je me redressai sur ma chaise et, les yeux bien plantés dans ceux de mon bienfaiteur, répétai fermement :

– Oui, monsieur. Je le veux.

Ce soir-là nous rentrâmes en silence. J'étais heureuse au-delà des mots et, en même temps, inexplicablement triste. Monsieur Roland, heureusement, ne me laissa pas le temps de penser. Maintenant que la chose était décidée, il choisit de précipiter le mouvement. Nous partirions dès le lendemain par le bateau qui ralliait Pola puis, de là, Trieste et Venise. Nous voyagerions ensuite en train jusqu'à Nice puis, enfin, Paris. Tous ces noms n'étaient rien pour moi : monsieur Roland aurait aussi bien pu m'annoncer que nous nous envolerions pour la Lune. Mais ils distillèrent aussitôt dans mon esprit un parfum d'aventure qui ne me laissa plus l'esprit en repos. Il fallut encore m'acheter quelques effets supplémentaires. Madame Da Glionni s'en chargea, une fois de plus, avec beaucoup de goût et j'eus bientôt de quoi boucler une petite valise.

Tout fut assez vite prêt, je n'avais plus qu'une seule chose à faire.

Je m'en ouvris à monsieur Roland, qui se proposa de m'accompagner. Je refusai.

Il ne me fallut que quelques minutes pour parvenir à notre ancien refuge mais c'était quitter un monde pour passer dans un autre. Comment deux endroits si différents pouvaient-ils être si proches et si bien s'ignorer ? D'une certaine façon, j'étais déjà passée de l'autre côté, sans même m'en rendre compte. Cette pensée ne fit que renforcer ma détermination.

Prenant bien garde de ne pas me salir ni d'accrocher ma robe, je soulevai le panneau mobile et me faufilai à l'intérieur. Il y faisait sombre, comme toujours, mais je m'y dirigeai d'un pas sûr et fus bientôt sur la galerie. Elle était déserte, comme toujours en plein midi. Je revis avec émotion nos affaires en désordre, les couvertures en tas sur les paillasses, le raccommodage que j'avais laissé en plan. L'aiguille était encore plantée dans la toile. C'était l'une des deux camisoles de Čika. La connaissant, elle ne finirait pas le travail. Je n'en aurais que pour deux minutes... Non. Ce temps-là était fini et je n'étais pas là pour ça. Là-bas, au bout de la galerie, il y avait les affaires de Dunja.

Mon cœur battait fort. Elle était là, elle était revenue...

J'avais pris mon couteau avec moi. « *Ne t'en sers que si tu le dois vraiment mais, si tu le dois, sers-t'en sans hésiter* » m'avait dit Maître Dranje. Je n'avais jamais eu à m'en servir mais, aujourd'hui, je n'hésitai pas : je le déposai sur la paillasse de Dunja.

Je parcourus du regard les autres matelats.

– Je ne vous oublierai jamais... Jamais, murmurai-je.

Et je descendis vers ma nouvelle vie.

PARTIE II

Chapitre 1

Il était encore tôt. Le soleil n'émergerait pas avant au moins une heure de l'épaisse couche de brume qui noyait la campagne. Je marchais d'un bon pas le long du chemin creusé d'ornières. De temps à autre le brouillard y faisait naître des fantasmagories, des spectres familiers et tordus qui se dressaient soudain sur ma route en tendant vers moi leurs griffes couvertes de lichens et de mousses. Je les saluais poliment et passais sans m'attarder. Je n'avais pas peur : je ne risquais rien de plus grave qu'un rhume. En ce début de septembre, le brouillard annonçait cependant déjà l'automne et, toute au plaisir de frissonner, je remontai un peu mon col. J'en profitai pour repousser une mèche humide et la ranger sous le vieux chapeau de paille dont j'avais coutume de me coiffer pour mes « sorties ». Je ne pus m'empêcher de sourire en pensant à ce que n'eût pas manqué de dire madame Roland si elle m'avait vue quitter la maison de si bonne heure et dans un tel accoutrement. « Un tel accoutrement... » C'étaient précisément les mots qu'elle employait, ne manquant jamais d'ajouter que nous n'étions pas des romanichels et que nous avions les moyens de nous habiller d'autre chose que de ces vieilles nippes. Mais c'est que je les aimais, moi, mes vieilles nippes ! Une simple robe de coton, mille fois ravaudée et rapiécée, une antique veste de gros velours côtelé qui avait appartenu à monsieur Roland et sentait encore bon la pipe et le feu, une paire de bottines éculées ; je n'avais besoin de rien d'autre.

Et encore, les bottines... À peine étais-je hors de vue de la maison que je me déchaussai. Au grand effroi de la bonne madame Roland, je n'avais jamais pu me résoudre à porter des chaussures si je n'y étais pas strictement obligée par l'une de ces étranges conventions qui exigent que l'on confine ses orteils pour ne pas passer pour impolie. Or, polie je l'étais, mais plus encore amoureuse de mes aises et peu m'importait de ressembler à l'une de ces jeunes paysannes que je croisais parfois, le matin, partant au marché, leurs souliers à la main pour ne pas les user sur les pierres du chemin. Après tout, j'avais été l'une d'elles...

De même, n'avais-je pu me plier à la loi du corset, ce moderne cilice qui ravalait la femme au rang de la guêpe. Du reste, je n'en avais guère besoin : à presque vingt-et-un ans, j'avais encore la taille naturellement fine et une simple camisole suffisait à contenir le peu de poitrine qui m'était poussée par mégarde. Comme j'étais plutôt petite, on me prenait souvent pour bien plus jeune que mon âge et cela m'arrangeait. Je n'envisageais pas de rivaliser d'élégance avec ces jeunes femmes pomponnées comme des poupées de porcelaine que nous croisions au théâtre, si sûres d'elles-mêmes et de leur beauté. Qu'importaient les apparences ! Elles cherchaient un mari : moi, je vivais pour l'Art.

Et plus particulièrement l'aquarelle.

C'était ma toute dernière lubie et la raison pour laquelle je me levais aux aurores. Je voulais profiter au mieux de cette lumière ouatée que fait la brume sur le plateau crayeux où se dressait notre maison. Depuis quelques jours, j'avais pris mes habitudes au bord désert d'un petit lac, à deux ou trois kilomètres de chez nous, en aval de la rivière.

C'était à vrai dire une ancienne carrière, l'une de ces innombrables carrières dont le pays est troué et que la pluie, jointe à quelque source inopinée, finit fatalement par changer en étangs. Certains sont d'ailleurs très profonds et réputés dangereux pour qui ne sait pas nager. C'était mon cas et j'avais bien garde de rester sagement au bord, au sommet d'une petite falaise qui en dominait la surface d'une dizaine de mètres. C'était là que j'avais établi mon avant-poste, d'où je m'efforçais de surprendre avec mes pinceaux l'effet très particulier que faisait ici le lever du soleil à travers la brume. Jour après jour, j'avais entrepris de suivre chaque étape de ce duel de la vapeur et de la lumière et, jusqu'ici, le temps m'avait favorisée par sa constance. Chaque matin, le paysage reprenait la pose, avec l'indulgente complaisance de qui sait que tout cela n'aura qu'un temps.

J'avais été déjà sujette à tant de grandes passions !

Je n'avais pas dit toute la vérité à monsieur Roland lorsque j'avais déclaré vouloir apprendre : en réalité, je voulais tout savoir et, en quelques années, il ne demeura guère de domaine des Sciences et des Arts sur lequel je n'eusse, à son tour, jeté mon dévolu. Des papillons aux coquillages, des graines au minéraux, je devins dès l'abord une collectionneuse ardente et jamais rassasiée. Du jour au lendemain, ma chambre se changeait en cabinet de curiosités où se côtoyaient moules d'eau douce et gales du chêne, fossiles plus ou moins authentiques, crânes de rongeurs, carapaces d'insectes et divers échantillons desséchés de mousses et de fougères. Naturellement, madame Mathilde, la femme de charge, poussait régulièrement de hauts cris en découvrant ma nouvelle marotte : bocaux pleins d'araignées vivantes ou boîte à chaussure abritant une limace envers laquelle j'affichais un dévouement de jeune accouchée. Le comble fut atteint, je crois, lorsque je ramenai à la maison un énorme nid de frelons, chef-d'œuvre d'architecture en carton, certes déserté par ses laborieux habitants mais encore pourvu d'un nombre assez significatif de larves momifiées dans leur loge. Sous le regard amusé de monsieur Roland et celui quelque peu affolé de son épouse, je passais ainsi d'une science à la suivante avec une régularité de métronome.

En pédagogue avisé, monsieur Roland avait cependant entrepris de mettre un peu d'ordre dans cette caboche enthousiaste. Naturellement, il n'était pas question de me mettre à l'école. Ni mon âge, ni ma vie ne me prédisposaient à revêtir à heures fixes une blouse grise pour scander *rosa, rosae* sous la férule d'une maîtresse qui, sans le vouloir, m'eût rendue très malheureuse. Je n'allai donc pas à l'école, ne fis jamais de latin et je fus très heureuse.

Sous la direction de monsieur Roland, j'étudiai bien entendu la botanique, mais aussi les mathématiques et les autres sciences, la littérature, l'histoire et la géographie. Cette dernière, surtout, me ravissait. Peut-être parce que je venais de loin, j'aimais tout particulièrement compulser les atlas, déplier des cartes, suivre du doigt le tracé des fleuves, imaginer de grands voyages. Je passais des heures dans les gros volumes de la *Nouvelle géographie universelle* d'Élisée Reclus, parmi des peuples étranges, aux mœurs parfois barbares. J'aimais tout particulièrement les Indiens d'Amérique et le Japon. Une grande mappemonde, dans la bibliothèque, fut mon premier ballon. Elle était si ancienne - monsieur Roland disait qu'elle avait l'âge de mon livre - que certains continents n'y étaient même pas encore tracés et n'y figuraient que sous la forme de grands espaces vides, derrière la ligne côtière où s'égrenait comme une formule magique la liste interminable des ports. Pour la première fois, je vis d'où je venais. Spalato... Ce point minuscule sur l'Adriatique, comme il paraissait loin et perdu ! Je le regardais souvent, au début. Puis, avec le temps, il s'éloigna chaque fois davantage, devint de plus en plus petit à mesure que je devenais une autre.

Mais avant toute chose, monsieur Roland voulut me réapprendre à parler français. C'était bien sûr le plus urgent, comme je ne tardai pas à m'en apercevoir sitôt que j'eus d'authentiques Français à portée de mon vocabulaire. Monsieur Roland avait bien tenté de me prévenir des déconvenues auxquelles je m'exposais mais il parlait lui-même une langue si châtiée que je ne compris pas bien ce qu'il voulait dire. J'en eus cependant un aperçu la première fois où, dans le train de Nice à Paris, je tendis mon billet au contrôleur :

– Tenez, monsieur, nos sauf-conduits. Je puis toutefois vous assurer qu'ils sont en règle : nous avons acquitté le prix de notre voyage il n'y a pas même une heure sur la foi de beaux écus trébuchants…

Le brave homme me lança un regard si stupéfait que je crus avoir commis une faute de grammaire. Monsieur Roland intervint alors, précisant que je venais d'un pays où l'on parlait un français un peu… différent.

– Ah ? Vous venez du Canada, peut-être ? Parce que j'ai moi-même un cousin qui…

– Oui, du Canada, précisément, le coupa monsieur Roland qui peinait à dissimuler un sourire. Je n'osai le contredire.

– Mon enfant, reprit-il lorsque l'homme fut sorti du compartiment, je crois que vous ne mesurez pas bien que le français que vous parlez avec une aussi déconcertante facilité a plus de deux siècles et qu'il est passé depuis pas mal d'eau sous le pont Henri IV et quelque révolutions par-dessus… Comprenez-vous ?

– Point tout à fait…

– Ana, on ne parle plus ainsi depuis longtemps. Tu vas devoir simplifier. Ainsi, que dirais-tu si tu as soif ?

– Si je suis assoiffée ? Eh bien, je dirais par exemple : « Holà, l'hôtesse ! Verse-nous de ton meilleur vin ! » Non ? Vous riez !

– Non, non, je ne ris pas ! Je ne ris pas ! s'étrangla-t-il. Eh bien, Ana, outre que tu es sans doute un peu jeune pour demander du vin, à ta place je dirais plutôt : « Pourrais-je avoir un verre d'eau, s'il vous plaît ? »

– Ce n'est pas très différent…

– Pas tellement, au fond mais, vois-tu, ton français est celui de l'aristocratie du XVIIe siècle. Or nous sommes presque au XXe. Beaucoup de choses ont changé. Il y a une langue écrite et une langue parlée. Celle que tu parles est une langue savante, essentiellement pratiquée à l'écrit. De plus, je ne sais pas si tu t'en rends compte mais tu as un accent, certes assez chantant, mais très marqué.

– Un accent, moi ?

Je tombai des nues. Ainsi, ce français que nous parlions avec Grand-mère et qui nous mettait sur un pied d'égalité avec les plus beaux esprits que la terre ait portés, ce français ne serait plus qu'une langue morte, une langue en quelque sorte périmée ? Et en plus, j'avais un accent !

– Ne t'inquiète pas, Ana, tu t'y feras vite, j'en suis persuadé. En attendant, pense seulement à bien écouter comment l'on parle autour de toi et à en retenir le plus possible.

Nous étions alors à l'arrêt dans une petite gare. Un porteur, passant sous notre fenêtre fit tomber des bagages et y alla d'un retentissant « Bordel de Dieu ! »

– Bordel de Dieu, répétai-je, docile.

Souriant – bien qu'un peu confuse – à ce souvenir, j'ouvris mon carnet de croquis. Il était temps. Vers l'est, le ciel s'ourlait déjà de ce rose impossible qui me faisait enrager depuis quatre jours. D'où je me tenais, je dominais le champ de brume qui s'étalait telle une mer fantastique semée d'îlots roux, gris et vert-bleu. Quelques nuages paresseux glissaient lentement dans le ciel où l'on distinguait encore des étoiles. En quelques traits rapides, j'esquissai au porte-mine les grandes lignes d'un paysage que je connaissais par cœur et, bien décidée à ne pas m'en laisser conter, j'attaquai par un jaune très pâle dans lequel, sans attendre qu'il fût sec, je fis infuser une pointe de violet de cobalt. Je disposais maintenant d'un répit de quelques minutes que je mis à profit pour lancer ma cavalerie sur le flanc gauche (l'histoire napoléonienne avait brièvement figuré au nombre de mes tocades) sous les espèces de petites touches appliquées à sec d'un gris vert assez soutenu, destiné dans mes prévisions les plus optimistes à faire chanter mon rose futur. Un barrage d'eau pure, leur offrant un obstacle inattendu, défit le bel ordonnancement des premiers rangs et les contraignit à refluer vers le lac, où elles donnèrent dans le piège que je leur avais tendu à l'aide d'un gris à peine coloré de bleu. Je n'eus pas le loisir d'en admirer l'effet : l'urgence commandait que je revinsse au ciel. Je mouillai à nouveau le papier, sans regarder à la dépense et le balayai d'un voile orangé qui, sur le moment, me parut un vol d'archanges. Une mince bordure alizarine les retint brièvement par les pieds. Ce n'était pas suffisant : je brisai encore un peu leur élan en inclinant vers moi la feuille. L'orangé, pas assez sec, se mêla au rose en un clin d'œil pour aussitôt dégouliner en soleil couchant. Le plus infâme soleil couchant qui eût jamais sombré sur mes espoirs d'aquarelliste amateur. C'était raté.

Ce n'était pas la première fois. Aussi, plutôt que de courir m'engager dans la Légion étrangère, me contentai-je de nettoyer mes lunettes en soupirant. Car j'avais des lunettes, à présent. Elles m'étaient arrivées un peu après mes treize ans, à l'âge où d'autres ont leurs premières « affaires » de femme. Moi, j'étais devenue brusquement myope. Pas tout à fait comme une taupe, mais tout de même suffisamment pour réattribuer la quasi totalité des peintures du Louvre à William Turner. Monsieur Roland s'en aperçut, madame Roland s'en désola. Preuve était faite que je lisais trop, s'écria-t-elle, tout près de reprocher à son mari de m'inculquer des passions contre-nature. Telle que je la connaissais, sans doute voyait-elle surtout s'éloigner encore un peu la perspective du beau mariage qui la rendrait enfin grand-mère. D'avance elle assistait, impuissante, à la désertion en masse de l'armée déjà peu fournie des prétendants disposés à s'encombrer d'un tel bas-bleu, affligé, qui plus est, d'une seconde paire d'yeux. Épouvantée, elle les regardait s'éloigner, devenir aussi petits (et aussi flous) que les plus petites lignes chez l'oculiste où l'on m'avait menée tambour battant. Quant à moi, je n'étais pas si mécontente. Mes petites lunettes rondes me donnaient enfin une physionomie un tant soit peu intéressante. Elles me faisaient un air étonné qui me semblait correspondre à l'état d'esprit où je n'avais cessé d'être depuis mon arrivée en France...

Tout cela n'était pas si loin, après tout, que je n'en gardasse un souvenir assez vif. D'autant plus vif, d'ailleurs, que j'avais alors bien cru mourir. Je n'avais jamais mis les pieds sur un bateau, la mer était mauvaise, jamais je ne fus aussi malade. Croyant me consoler, des marins admiratifs m'assurèrent que l'on eût pu nous suivre de Spalato à Trieste rien qu'au sillage que je laissai derrière la poupe. À Trieste, tandis que je me remettais dans la chambre d'hôtel, monsieur Roland régla les diverses formalités relatives à ma sortie de l'Empire. Il était honorablement connu, j'étais une orpheline non répertoriée, cela lui fut assez facile. Il fallut ensuite reprendre un vapeur jusqu'à Venise. Lorsque nous fûmes en vue du dôme de Saint-Marc, je consentis à faire quelques pas hors de la cabine, jusqu'au pont. Des barques de pêche nous entouraient en grand nombre. Les pêcheurs nous hélaient au passage et nous proposaient du poisson. Leur gaieté insouciante me rappela brusquement mes compagnons et je me rendis compte que, trop occupée à vomir tripes et boyaux, je n'avais pas pensé à eux un seul instant.

La seule vue d'une gondole suffisant à me faire perdre mes couleurs, nous ne visitâmes pas la ville. Du reste, monsieur Roland était pressé. Il avait télégraphié à son épouse pour annoncer notre arrivée et ne voulait plus perdre une minute. Plus le temps passait, et plus il était ému et nerveux. Il était aux petits soins avec moi, d'une façon parfois si maladroite qu'il en était touchant et pour la première fois, je crois, je me rendis compte que je pourrais l'aimer comme un père. Nous prîmes un train de nuit à la gare de Venise, bruyante et confinée. Je ne vis pas grand-chose des paysages que nous traversâmes. La nuit passa. Il y eut une journée, accablante de chaleur, puis une autre nuit et puis, au matin, c'était la France.

La France... Bien sûr, monsieur Roland m'en avait parlé, je n'en étais plus à la croire peuplée de fringants officiers d'Empire et de belles dames portant perruque, mais, tout de même, j'étais si persuadée d'entrer au Paradis que les douaniers m'apparurent soudain au fond du couloir comme les Archanges de ce Royaume céleste venus me signifier qu'il y avait erreur. Ils passèrent, cependant, sans me jeter un simple coup d'œil. On entrait donc au Paradis comme dans un moulin ? Qu'importe ! J'y étais, c'était l'essentiel. On parlait français autour de moi, on chantait français, on riait français, on mangeait et on buvait français. Le moindre geste, l'acte le plus quotidien se parait à mes yeux d'une grâce délicate et d'une aura de distinction. Une soue devenait un palais, les pauvres de Marseille n'étaient que princes grimés et moi, je rejouais Cendrillon. De verre était ma pantoufle et la France entière me la chaussait.

Toute à mes souvenirs, j'avais laissé passer le temps. Le soleil était tout à fait levé, à présent, je ne ferais plus rien de bon. Je regardai à nouveau mon aquarelle. En séchant, elle avait pris un satiné qui ne la rendait plus si mauvaise. Cependant, j'étais encore loin, bien loin du résultat escompté. Il faudrait travailler, encore et encore.

Je remisai le carnet de croquis et les aquarelles dans ma sacoche. C'était toujours la même sacoche, celle que j'avais rapportée de… là-bas. C'est drôle, je n'avais jamais vraiment eu de nom pour mon pays. À l'époque, je m'étais contentée d'y vivre ou, plutôt, d'y survivre. Depuis, bien sûr, j'avais appris ce qu'était la Dalmatie, son histoire et où elle se situait, mais tout cela restait très vague. Ma véritable patrie, au fond, c'était ici. Ici, dans cette campagne de France, à quelques trente kilomètres au nord-ouest de Paris, non loin de Pontoise, dans le Vexin français.

Mais d'abord, il y avait eu Paris.

Il faisait nuit lorsque nous y arrivâmes. Aussi compris-je immédiatement ce que signifiait l'expression « ville-lumière ». Je n'avais jamais rien vu d'aussi grand ni d'aussi effrayant. D'abord la banlieue, interminable et noire et puis l'arrivée, gare de Lyon, le bruit, la bousculade des passagers à travers les nuages de vapeur, les employés qui se hélaient. Je serrais très fort la main de monsieur Roland, de peur de le perdre dans cette cohue. Pour nous rendre gare Saint-Lazare, nous prîmes un fiacre qui nous fit traverser tout Paris. C'était une heure de grande affluence et les quais encombrés, les lumières aveuglantes, la foule sur les trottoirs, les cris des cochers joints à la tenace odeur de fumée qu'un ciel bas maintenait sur la ville, me firent songer à l'enfer. Un enfer étrange et survolté, où tout le monde se précipitait en tous sens, plein d'une sinistre gaieté. Je fus, je l'avoue, un peu effrayée par cette démesure et ce ne fut qu'au bout de quelques années que je parvins à apprivoiser un peu ce monstre de pierre et d'acier.

La minuscule gare d'Osny, en comparaison, était un havre de paix. Fernand, le cocher, était venu nous attendre. C'était un grand et gros homme, qui faisait également office de jardinier. Au premier abord, il m'impressionna, surtout lorsqu'il me souleva comme une plume pour me jucher sur le siège arrière de la voiture. Il ne m'adressa pas la parole et il en fut presque toujours de même par la suite. Vis-à-vis de moi, il fit toujours preuve de la même réserve, que je pris longtemps pour de l'inimitié. Je dus reconnaître plus tard qu'il n'en était rien…

La Héronnière était une grande maison bourgeoise, bâtie un peu à l'écart du village. Pour marquer mon arrivée, madame Roland l'avait illuminée de haut en bas, sans regarder à la dépense. Mon cœur battait très fort lorsque nous remontâmes l'allée au pas tranquille de la vieille jument. Madame

Roland nous attendait sur le perron, emmitouflée dans un châle. Je m'étais longuement préparée à cette rencontre mais, sitôt que je fus devant elle, j'oubliai mon compliment, m'empêtrai dans les participes et les imparfaits et ne parvins qu'à émettre un vague borborygme qui pouvait passer pour un « bonsoir madame ».

– Ana ? demanda-t-elle, aussi émue que moi.

Ne sachant comment continuer, elle m'ouvrit ses bras.

– Bienvenue, mon enfant… Bienvenue à la maison, continua-t-elle, la gorge serrée.

Elle me tint longtemps embrassée ainsi, sur le perron, tandis que monsieur Roland allait et venait autour de nous, s'occupant des bagages et parlant pour trois. Puis madame Roland m'entraîna dans la maison et je pus mieux la voir à la lumière du gaz.

C'était une femme d'une cinquantaine d'années, à la constitution fragile et dont la douce physionomie se tissait, quand elle souriait, d'un fin réseau de rides qui ne parvenaient pas à la vieillir. Elle me contemplait, en extase, à tel point que j'en fus gênée. Monsieur Roland m'avait expliqué qu'elle avait longtemps souffert de ne pas avoir eu d'enfant. Celui qui lui tombait ainsi du ciel devrait bien prendre garde à ne pas périr étouffé. Car, je le confesse, autant mon affection pour monsieur Roland ne s'assombrit jamais du moindre nuage, autant je dus apprendre à me défendre de celle de son épouse. Je l'aimais, pourtant, car elle était aimable et dévouée. Mais elle avait, dès avant ma venue, certaines idées bien arrêtées sur ce que devait être une petite fille bien élevée. À ce titre, sans doute était-il déjà trop tard pour moi, je ne pus jamais vraiment répondre à ses attentes, quels que fussent mes efforts. J'essayai, pourtant. J'essayai de toutes mes forces de ne surtout pas la décevoir. Les premières semaines, pour lui complaire, je fus une pâte molle entre ses doigts. J'acceptai tout, et de bon cœur. J'acceptai de me laisser repousser les cheveux, je me laissai habiller, récurer sous tous les angles, parfumer, chausser et pomponner. D'une politesse exquise et d'une absolue docilité, je comblais ses espérances.

Puis vint le temps où elle me jugea prête pour mes premières visites...

Nous étions maintenant au mois d'août, il faisait une chaleur étouffante. Madame Roland et moi prîmes la calèche pour nous rendre chez la marquise de C***, qui passait l'été dans son château des environs de Pontoise. Les pieds à l'étroit dans des souliers neufs, j'étrennais en outre une jolie petite robe bleue très empesée qui me grattait horriblement et bruissait de façon désagréable au moindre mouvement. N'importe : terriblement excitée à l'idée de rencontrer une véritable marquise, j'aurais aussi bien supporté des brodequins de fer rouge.

À peine étions-nous introduites qu'une grosse bonne femme trop maquillée roulait vers nous en gloussant, toute poitrine dehors. Je mis quelques secondes à comprendre qu'il s'agissait de la marquise : pour ma part, je l'eusse plutôt mise à crier le poisson sur le marché de Spalato.

– Ah ! Chère, chère madame Roland. Vous nous amenez donc votre petite merveille ! Approchez, approchez voyons, je vous en prie.

Elle se pencha sur moi d'un air de gourmandise à peine tempéré par la crainte des poux.

– Ainsi tu t'appelles Ana, n'est-ce pas ? Comme elle est blonde ! C'est curieux pour une Grecque, non ? Alors Ana, tu es contente de venir en France ? Ça doit te changer de ton pays, n'est-ce pas ? Et alors, c'est beau, la Grèce ?

Je la regardai bouche bée, au risque de passer pour une idiote.

– Hum, Ana est dalmate, en réalité…, toussota madame Roland.

– Ah, Dalmate ! Ça change tout, évidemment, se reprit la dondon, qui situait probablement la Dalmatie du côté du lac Baïkal. Et la pauvre enfant ne parle probablement pas français, suis-je bête…

Là, c'en était trop pour moi.

– Que nenni, madame ! Sachez que toute ma prime éducation fut faite en bon français auprès d'une préceptrice excellente qui m'enseigna les tours et détours d'une langue que je révère à l'égal des plus beaux monuments de l'esprit…

J'avais tout lâché d'une traite, très vite et en roulant les r.

– Ah, euh…, dut en convenir la marquise.

Elle préféra changer de pièce et de sujet et nous passâmes au petit salon, où nous attendaient une autre dame – toute sèche, celle-là – et son petit garçon.

Le jeune Antoine avait mon âge ou peu s'en fallait, mais ses culottes courtes et son costume marin le faisaient paraître plus jeune. C'était un curieux spécimen de légume de cave, hâve et tout en nez, qui se mit à m'observer d'un air chafouin sitôt que je fus assise en face de lui.

On servit le thé et une assiette de petits-fours. Ces dames se mirent à papoter sans plus nous accorder la moindre attention. J'avais trop chaud dans cette pièce confinée qui sentait la sueur aigre et le renfermé. Je me sentis devenir somnolente.

Peut-être la marquise s'en rendit-elle compte ou bien voulut-elle se débarrasser de nous car elle s'écria soudain :

– Et ces enfants qui s'ennuient pendant que nous bavardons ! Mais allez donc jouer au jardin, mes petits. Allez ouste, allez vous amuser !

Je sautai sur l'occasion. Antoine, maussade, me suivit en traînant les pieds.

Nous entreprîmes de faire le tour du jardin. Même s'il était plus grand, il n'était pas aussi beau que celui de la Héronnière et n'offrait d'autre agrément qu'un long bassin où achevaient de blanchir une douzaine de poissons rouges. Nous suivîmes un moment leurs évolutions puis Antoine se tourna vers moi.

– Ma mère, elle dit que t'es une gitane...

– Non point : en vérité, je viens de Dalmatie.

– De Dalmatie ? Comme les dalmatiens ? Les chiens, là, avec des taches noires ? T'as des taches, alors ?

– Je... je n'ai point de taches. Je ne comprends pas ce que vous dites.

– T'es une dalmatienne, oui ou non ?

Sous la mèche grasse qui lui barrait le front, il me regardait d'un air méchant.

– Veuillez cesser, monsieur. S'il vous plaît !

– T'es qu'une sale gitane avec des taches..., siffla-t-il encore.

– Je vous enjoins de cesser, monsieur, sans quoi vous devrez en répondre !

– De quoi ? Je voudrais bien voir ça... Tiens !

Il me décocha un coup de pied.

Je lui flanquai mon poing dans la figure.

Il perdit l'équilibre, alla buter contre le bord du bassin et tomba dans un jaillissement d'éclaboussures. De l'eau jusqu'à la taille, hébété, il cligna trois ou quatre fois des yeux, le temps de comprendre ce qu'il faisait là, le nez en sang, entouré de poissons curieux venus en amis.

– Mamaaaaaaan ! se mit-il soudain à hurler.

Mordious ! pestai-je intérieurement.

Inutile de préciser que le retour fut assez froid. J'étais profondément désolée d'avoir déçu madame Roland dès ma première sortie. Elle m'en voulait certainement beaucoup. Je voulus m'expliquer, elle me fit taire. Nous étions parties précipitamment, après qu'un domestique eût sorti le jeune maître du bassin où il s'obstinait à jouer du clairon.

– Mon chéri ! Mon chéri ! Mon Dieu mais que s'est-il passé ? criait sa mère tout en tâchant d'étouffer ses mugissements sur sa maigre poitrine.

– Elle m'a battu ! nasilla le marin d'eau douce.

– Battu ! Mon Dieu, mais c'est infâme ! Je le savais. Je le savais qu'on ne pouvait pas faire confiance à cette... cette petite métèque ! Vous devriez avoir honte, madame ! Mais nous n'en resterons pas là, j'irai devant les tribunaux. On vous retirera cette graine d'assassin. Au bagne, nous l'enverrons au bagne !

Voyant la tournure que prenaient les choses, madame Roland m'avait prise par le bras et traînée sans ménagements jusqu'à la voiture.

Elle m'enferma dans ma chambre jusqu'au soir. J'eus tout le temps de m'imaginer chassée de la maison, errant sur les chemins, si les gendarmes ne venaient pas me chercher tout de bon pour m'emmener au bagne, comme l'avait promis cette mégère. À son retour, monsieur Roland vint me voir. Il dut me trouver un air bien piteux car il ne cria pas, ni ne s'emporta. Il s'assit près de moi et je pus enfin lui donner ma version des faits. Ce soir-là, monsieur et madame Roland eurent une longue discussion dans la bibliothèque. Madame Roland en sortit les yeux un peu rouges, mais je fis mine de ne m'apercevoir de rien et il ne fut plus jamais question de marquises ni de visites.

Pauvre madame Roland. Je n'avais jamais été à la hauteur de ses espoirs, soupirai-je en me levant. Je secouai ma robe et m'apprêtais à replier mon siège quand se produisit une sorte de choc sourd, en contrebas de la falaise. Je n'eus pas le temps de m'interroger sur sa nature car, l'instant d'après, le sol s'effondrait sous mes pieds.

Chapitre 2

Je levai la tête et ce seul mouvement m'arracha un cri. Une douleur fulgurante m'avait traversé tout le bras, de l'épaule au bout des doigts. Des étoiles dansèrent une gigue endiablée devant mes yeux. Je luttai pour ne pas m'évanouir. Je ne pouvais assurément pas me le permettre, car le peu que j'avais vu m'avait suffi à prendre la mesure de la situation. J'étais suspendue entre ciel et terre, à mi-chemin de la falaise.

Au-dessous de moi, l'eau était blanche de craie et secouée de gros remous.

La falaise s'était effondrée et j'étais tombée.

Pas tout à fait tombée. Quelque chose m'avait retenue.

Mon sac.

La courroie de mon sac. Prise dans une pierre en saillie.

Courroie qui me passait sous le menton, me comprimait la jugulaire et menaçait de m'étrangler.

L'épaule me faisait un mal de chien.

Harponnée jusqu'à l'os par les crocs d'un molosse enragé.

L'autre bras était libre. Le droit.

Prudemment, lever la main, saisir la bride. L'écarter de mon cou.

Ce simple geste imprima à tout mon corps un mouvement de pendule qui me donna la nausée. Mais respirer, enfin.

Puis soulager la courroie, avant qu'elle ne cède.

Tendre le pied en avant, aussi loin que possible. La paroi était là, je pouvais la toucher de la pointe des orteils. De la pointe seulement. Trop loin.

Se laisser tomber à l'eau ? Non. Je ne savais pas nager. Donc, non.

La paroi. La paroi juste là, pleine de creux, de bosses...

Lever la main, à nouveau. Paume à plat contre la pierre. Respirer. Laisser la douleur irradier, refluer. Respirer encore. Lentement. Profondément tout en tendant le bras. Lentement. Posément. Centimètre après centimètre, m'écarter de la paroi, bras tendu au maximum. La courroie pouvait céder à tout moment. Ne pas y penser. Fermer les yeux. Respirer. Lâcher. Maintenant.

Tout mon corps retomba d'un coup, aspiré par la falaise. S'accrocher. De la main, des pieds. Trouver un appui.

Main droite. Pied gauche. Pied droit. Je me retournai les ongles, les enfonçai dans la roche friable. Maintenant plaquée à la muraille, la joue contre la pierre. La craie, fraîche, humide. Jamais je n'oublierai cette odeur.

J'étais encore retenue par la bride de mon sac.

Quitte à serrer les dents, autant les serrer sur quelque chose. Je mordis la lanière et, à petits coups de tête, la dégageai de la saillie. Trois fois. Quatre fois... Elle céda.

Le sac retomba contre ma cuisse Avec mon bras gauche. Douleur intense mais je m'y attendais. La laisser se calmer. Respirer. Réfléchir.

Attendre ? Attendre quoi ? Les secours ? Personne ne viendrait peut-être avant des heures. Ne verra rien. Sinon mon corps, répandu dans l'eau blanche.

Remonter ? C'eût été le plus court. Mais la roche faisait surplomb, là-haut. Impossible de passer.

Descendre, alors. Le bord de la carrière allait en s'incurvant et descendait en pente douce vers la rive. Une vingtaine de mètres. Peut-être trente, comment savoir ?

Deux pieds, un bras, c'était tout ce qui me restait. L'autre ne serait qu'un poids mort, sans compter la sacoche qui risquait de me déséquilibrer.

Tant pis. Mon pied gauche, de lui-même, quitta son appui pour en trouver un autre, plus sûr. Je fis basculer tout mon poids dessus. Du coup, mon côté droit était libre. J'explorai d'abord de la main. Une faille, minuscule, un peu au-dessus de ma tête. Je l'agrippai fermement avant de déplacer mon pied droit. J'eus plus de mal à trouver un appui. Je finis par élire celui qu'avait occupé mon pied gauche. Je me retrouvai en équilibre précaire, le buste beaucoup trop incliné vers la droite. En tâtonnant, je parvins à rétablir la situation. Je respirai. J'avais gagné cinquante bons centimètres.

Combien de temps cela dura-t-il ? Je ne le sus jamais vraiment. Le soleil montait toujours. Il me brûlait l'arrière du crâne et la nuque. Sous la grosse veste de velours, ma robe était trempée de sueur. Il m'en coulait dans les yeux. Qu'importe. Je ne me fiais bientôt plus qu'à mon toucher. Pied gauche. Main droite. Pied droit. J'avançais.

Une vie à tâter du pied. J'avais cessé de réfléchir ou, plutôt, tout mon esprit, toute ma conscience et mon instinct s'étaient portés dans mes doigts et mes orteils.

Pied gauche, main droite, pied droit…

Très vite, ils apprirent à discerner à des riens, à des détails imperceptibles, la qualité de telle ou telle fissure, de telle corniche ou pierre en saillie.

Pied gauche, main droite, pied droit…

J'eus bientôt les doigts en sang. Je m'en rendis compte aux traces qu'ils laissaient sur la roche blanche.

Pied gauche, main droite, pied droit…

Ma robe me gênait.

J'enviais les garçons, à qui il était au moins permis de porter des vêtements commodes. Et qui n'en profitaient même pas pour escalader les falaises.

De temps à autre, je risquais un coup d'œil vers le bas. La surface de l'eau était encore loin.

Je n'en pouvais plus. Chaque geste était une torture qui menaçait de me jeter à bas de mon perchoir. J'avais soif. Une soif dévorante qu'attisait l'ardeur du soleil, la poussière de craie dont j'étais farinée, dont ma bouche, ma gorge même étaient tapissées…

Tout se brouilla soudain. Une nuée d'images folles me défila dans le crâne à toute vitesse. Se laisser tomber, advienne que pourra…

Non !

C'était trop bête. De toute ma volonté, je rassemblai ce qui me restait de forces et me remis en route. Pied gauche, main droite, pied droit…

Uniquement préoccupée d'assurer la prochaine prise, je n'avais cependant pas prévu la nouvelle difficulté qui devait bientôt survenir. Le surplomb qui m'empêchait de remonter se prolongeait en réalité jusqu'à la surface de l'eau. Je sentis mes cheveux se dresser. Comment avait-je pu l'ignorer ? Seul un défaut de perspective avait dû me le cacher, ce n'était pas possible autrement. La falaise, en vérité, s'achevait *sous* la rive, dont l'eau, depuis des années, avait suffisamment rongé les bords pour former une sorte d'entonnoir ou de tunnel devant lequel je fus bientôt arrêtée, les pieds au ras de la surface.

Impossible de continuer sans se mettre à l'eau.

Après l'été, le niveau de celle-ci était naturellement bas, rehaussant d'autant plus la rive et la mettant hors de portée.

Si près du but.

J'en aurais pleuré.

Puis, tout aussi véhément, l'espoir rejaillit. Les roseaux.

Les roseaux le long de la rive. S'il y avait des roseaux, le fond ne devait pas être bien loin, j'aurais sûrement pied, je pourrais sûrement longer la berge jusqu'au premier passage, quelque effondrement qui pourrait me servir d'échelle, quelque abreuvoir naturel creusé par les vaches...

Prudemment, j'abaissai le pied jusqu'à toucher l'eau. Elle était glaciale, mais ce n'était pas le moment de chipoter. J'essayai de me représenter le relief de la carrière au-dessous de la surface. À l'aplomb d'où je me tenais, probablement la falaise continuait-elle à pic jusqu'au fond, plusieurs mètres plus loin. L'endroit où poussaient les roseaux ne constituait certainement qu'une bande étroite, une sorte de corniche ou de gradin au-delà duquel le sol s'enfonçait à nouveau plus ou moins brusquement. Pas question, donc, de rater la cible...

Inutile d'y penser davantage. Je pris une bonne inspiration puis, ployant autant que possible sur mes jambes raides, je bondis sur le côté, en direction du bord.

Je retombai tête la première au milieu des roseaux.

Le monde s'abolit. Je fus soudain plongée dans un autre, où les sons étaient assourdis, où tout baignait dans une lumière verdâtre, traversée de soleil et de chapelets de bulles. Je me vis moi-même, soudain détachée de mon propre corps, me mouvoir avec lenteur, comme dans un rêve. Je n'avais pas peur. Je n'eus pas le temps d'avoir peur.

L'eau me rejeta comme une balle.

Je tendis le bras, de manière à embrasser le plus possible de roseaux. La Fontaine avait raison : ils plièrent mais ne rompirent point.

Et la rive était là.

Un mètre à peine au-dessus de ma tête... C'eût été à pleurer de rage, si je n'avais été si occupée à claquer des dents. Après avoir eu si chaud, le froid me coupait le souffle. L'épaule, réveillée par le mouvement, me lançait de nouveau. Une longue épine de glace enfoncée en pleine chair.

J'entrepris de me rapprocher du bord.

Avec prudence. Le moindre faux-pas me précipiterait dans le gouffre. Tout comme je l'avais fait sur la falaise, je ne lâchais pas une prise avant d'avoir assuré ma position sur le fond. Ce n'était pas si facile. Ma robe se prenait sans cesse entre les longues tiges des roseaux et j'avais le plus grand mal à conserver mon équilibre dans l'eau noire.

C'est alors que je le vis.

Cet arbre avait poussé là pour mon salut. Un petit aulne (*Alnus glutinosa*, merci monsieur Roland), qui m'appelait de toutes ses feuilles bruissantes, de tout l'enchevêtrement de ses racines mises à nu par un récent effondrement de la rive.

Au risque de boire le bouillon, je me jetai en avant. J'agrippai une racine, le plus haut possible. De toutes mes forces, je me hissai hors de l'eau tout en tâtant du pied, sous la surface, à la recherche d'un point d'appui assez stable. Après plusieurs tentatives, je finis par en trouver un qui me permit d'aller plus haut et d'embrasser la base du tronc. Je me hissai de nouveau, dans un effort douloureux qui m'arracha un gémissement. Je crus ne jamais y parvenir. J'étais trop lourde. Mes vêtements gorgés d'eau me tiraient en arrière. Enfin, je parvins à me mettre à plat ventre dans l'herbe humide. Sans me préoccuper des ronces qui me déchiraient les joues et s'accrochaient à ma robe, je rampai suffisamment loin du bord, riant et pleurant de joie.

Je voulus me relever. Sortir de ce boqueteau, gagner la route… Je retombai lourdement sur le côté. Mes dernières forces, anéanties, m'avaient abandonnée.

Sur le ventre et sur les genoux, je me frayai un chemin entre les arbres, dans la boue de la rive. Au bout d'un temps infini, je débouchai du couvert et m'écroulai dans l'herbe haute, au soleil, enfin. Au chant des oiseaux et au bourdonnement des insectes se mêlait un curieux bruit de machine où je finis par identifier mon propre souffle. La chaleur du soleil se répandit sur moi comme une couverture bienfaisante. À travers mes yeux clos, il déployait un jeu complexe de taches multicolores dont le spectacle mouvant m'entraînait vers le sommeil. Une ombre s'interposa soudain. J'entr'ouvris les yeux, à regret. Un grand cheval noir se tenait au-dessus de moi, dans le contre-jour, monté par un cavalier tout aussi noir, auréolé de la lumière de midi. Je voyais flou. Je n'avais plus mes lunettes. À quel moment les avais-je perdues ? Les avais-je encore sur la falaise ? Ou bien les avais-je perdues en plongeant ? Et que dirait madame Roland ?

– Mademoiselle ? Vous m'entendez, mademoiselle ?

J'ouvris à nouveaux les yeux. Plus de cheval ni de cavalier. Un homme me tapotait les joues en répétant :

– Réveillez-vous, mademoiselle. Mademoiselle ? Vous vous sentez mieux ?

Incapable d'articuler un mot, je me contentai de soupirer. Je voulais dormir, juste dormir.

– Mademoiselle, s'il vous plaît, réveillez-vous !

Les claques finirent par faire leur effet. Je murmurai :

– Oui...

– Ah, voilà ! Vous m'avez fait peur...

– J'en suis marrie, monsieur, fort marrie... Vous me surprenez en bien piètre équipage..., gémis-je d'une voix presque inaudible.

– Pardon ? Que dites-vous ?

– Que la pauvreté de ma mise ne vous incite à méjuger, monsieur... J'ai dû quelque peu négliger mes atours, je le crains. La situation l'exigeait...

– Je ne vous comprends pas très bien, mademoiselle. Que vous est-il donc arrivé ?

– Je suis tombée, monsieur.

– Dans l'étang ? Mon Dieu, mademoiselle, vous êtes trempée ! Je vais vous ramener chez vous. Pouvez-vous marcher ?

– Je ne sais... Non.

– Je vous porterai, dans ce cas. Mon automobile n'est pas très loin. Laissez-moi faire...

– Ah... mon bras !

– Oh, pardon ! Excusez-moi. Je vais faire attention. Là... comme ça...

Je me sentis soulevée de terre, emportée comme une plume par des bras puissants.

– Où... est votre cheval ?

– Mon cheval ? Je ne comprends pas, mademoiselle. De quel cheval parlez-vous donc ?

– Un grand cheval noir, à l'instant...

– Sans doute avez-vous rêvé. Vous étiez évanouie...

– Évanouie ? Je ne...

– C'est sans importance. Tout va bien, maintenant. Regardez, voici ma voiture.

Une élégante automobile grise était rangée au bord de la route. Le jeune homme m'y porta sans effort apparent et me déposa sur la banquette arrière.

– Je vous installe à l'arrière, vous serez mieux... Ça ira, pour votre bras ? Vous êtes bien ?

– O... oui.

– Je vais rouler doucement. Dites-moi seulement où je dois vous amener.

– La Héronnière... à la sortie d'Osny. Chez monsieur et madame Roland.

– La Héronnière. Parfait. Je trouverai.

Il claqua la portière et alla démarrer le moteur. Il partit en pétaradant au premier tour de manivelle et la voiture se mit à vibrer doucement. Il revint se placer derrière le volant et démarra.

– Ça va, mademoiselle ? Bravo, vous êtes très courageuse. Tenez bon, nous y serons vite…

De la position que j'occupais, je ne voyais que l'arrière de sa tête et de larges épaules qui remplissaient un complet de belle coupe. De temps à autre, il tournait vers moi un profil régulier, qu'agrémentait une paire de fines moustaches soigneusement taillée.

– Au fait, je ne me suis même pas présenté, pardonnez-moi. Anatole de Clerc, pour vous servir, mademoiselle… Roland, je suppose ?

– Ana, Ana Roland. Q… quelle heure est-il, s'il vous plaît ?

– Onze heure et quart. Vous savez, vous m'avez fait une belle peur. J'ai bien cru un instant que vous étiez morte.

– Je… je suis désolée, répondis-je en claquant des dents.

Il passa un bras par dessus la banquette et me prit doucement la main.

– Mais vous êtes glacée ! Heureusement, nous arrivons, je crois. J'aperçois un clocher. C'est Osny, je suppose. La Héronnière, dites-vous ?

Nous roulâmes encore un moment. Dans un état de demi-conscience, je vis la voiture passer la grille et défiler les grands tilleuls de l'allée.

– En tout cas, l'aquarelle, c'est terminé…, murmurai-je avant de m'évanouir pour de bon.

Chapitre 3

Ma pâmoison eut au moins l'avantage de m'épargner une pénible scène de panique familiale. Je ne me souviens de presque rien : j'étais déjà inconsciente lorsque Anatole de Clerc stoppa devant le perron. Monsieur Roland, inquiet, s'apprêtait justement à venir à ma rencontre. Monsieur de Clerc, me raconta-t-il plus tard, s'était montré fort efficace. Tandis que monsieur Roland téléphonait au docteur Louviers, à Pontoise, il m'avait lui-même portée jusqu'au salon et déposée sur un sofa. Il avait rassuré madame Roland, proche de l'hystérie, mieux que n'aurait su le faire son mari lui-même, tout en réclamant des sels et des serviettes à la femme de charge. Avant de se retirer pour permettre aux deux femmes de me dévêtir et de me sécher, il n'avait pas négligé de leur recommander mon épaule gauche, qui était sans doute démise. Bref, il avait été parfait.

J'avais brièvement repris connaissance sous l'effet conjugué des sels et de la poigne de madame Mathilde. Ce fut d'abord pour tenir des propos délirants au sujet d'un certain cavalier noir. Puis, sans transition, d'une petite voix, j'avouai la perte de mes lunettes.

– Ce n'est pas grave, ma chérie, ce n'est pas grave ! me consola madame Roland, en pleurs.

C'est là mon seul véritable souvenir. Je me revois encore, enroulée dans une grande serviette douce, la tête reposant dans son giron. Elle me répétait « ce n'est pas grave, ce n'est pas grave » en déversant des flots de larmes sur mon front brûlant. Rassurée, je m'étais pâmée derechef.

Mon bain forcé n'avait pas été sans conséquences. La fièvre s'y mit et je restai, paraît-il, plusieurs jours entre la vie et la mort. Accouru de toute la vitesse que lui permettait un âge avancé, le docteur Louviers avait diagnostiqué une pneumonie fulgurante. « L'une des plus belles de ma carrière » m'avait-il félicité lorsque, la fièvre ayant suffisamment baissé, j'avais enfin cessé de le confondre avec un gros ours brun venu me dévorer le foie.

Non seulement mon foie était intact, mais le vieux médecin avait même profité de mon évanouissement pour me remettre l'épaule en place. Je n'avais rien senti.

– Maintenez-lui le bras au repos pendant une vingtaine de jours au moins, avait-il prescrit à mes parents. La tête de l'humérus est restée trop longtemps hors de sa cavité, plusieurs heures… Je ne vous cache pas qu'elle gardera certainement toujours une faiblesse à l'épaule gauche et qu'il y a de forts risques de récidive en cas de choc violent ou de trop grand effort.

– Tu m'entends, Ana ? Il faudra me ménager ce joli bras, hein ! me répéta-t-il lorsque je fus en état de lui répondre.

C'était un brave homme, mais il me parlait toujours très fort et de manière un peu niaise, comme si j'étais sourde ou demeurée. C'était chez lui que madame Roland m'avait amenée, dix ans auparavant, afin de s'assurer que je n'étais pas malade ou porteuse de quelque tare qui eût terni sa joie de jeune maman. Il m'avait examinée de la tête aux pieds. Il avait un peu tiqué sur ma tache de naissance mais n'avait fait aucun commentaire. En revanche, il m'avait jugée sous-alimentée de façon chronique et en avait déduit que je resterais fragile et de petite taille. S'il ne s'était pas trompé sur ce dernier point, ce fut le cas pour tout le reste car je fis toujours preuve d'une santé de fer, en dépit des efforts de madame Roland pour m'enfermer dans un cocon d'édredons et de tisanes. N'ayant par conséquent pas eu l'occasion de me voir grandir, le docteur Louviers me traitait toujours en gamine, avec une bonhomie qui forçait toutefois la sympathie.

Si le gros de la fièvre passa relativement vite, je fus cependant quatre bonnes semaines avant de guérir tout à fait. Je dus garder le lit et prendre mon mal en patience jusqu'à ce que je fusse assez remise pour aller me promener dans le jardin ou descendre à la salle à manger. Je n'avais jamais souffert que d'indispositions passagères, tout au plus une petite grippe. Aussi, rester couchée toute la sainte journée m'était-il particulièrement odieux, d'autant que madame Roland, triomphant pour une fois de son mari, m'interdisait toute fatigue cérébrale prolongée et, partant, toute lecture un peu plus passionnante que celle du *Petit écho de la mode.* Dans un premier temps, j'avais bien essayé de me rebeller. Hélas ! Ma première tentative pour gagner en secret la bibliothèque s'était achevée sur le tapis. Impossible de me relever ! Accourue au bruit que j'avais fait, madame Roland m'avait morigénée comme une enfant et fait promettre de ne pas recommencer. Les journées, dès lors, s'étiraient, interminables, dans un ennui seulement coupé de lourds sommeils desquels je sortais plus fatiguée qu'avant. Heureusement, j'avais un allié dans la place...

Monsieur Roland passa la tête par l'entrebâillement de la porte.

– Toc-toc, fit-il avec un bon sourire. Alors ? On s'ennuie, paraît-il ?

– Pas du tout ! J'étais justement en train de recompter mes doigts. C'est une occupation très intéressante. Je ne m'en lasse pas.

– Oh, oh ! Et tu trouves toujours le même résultat, j'espère...

– Eh non ! C'est bien ce qui m'inquiète. Et c'est pour ça que je recompte...

Il rapprocha son fauteuil de mon lit.

– Trêve de plaisanterie, ma jeune amie. Du sérieux, du sérieux ! D'abord, as-tu dormi ?

– Et redormi. J'en sors à peine.

– Bien. Quant à moi, vois-tu, je rentre de Paris. Mais, avant tout, j'ai quelque chose pour toi...

Il sortit un étui de sa poche et l'ouvrit.

– Oh, des nouvelles lunettes !

– Oui, j'avais conservé la formule des verres, on ne sait jamais. J'avais bien fait, tu vois.

– C'est le cas de le dire ! plaisantai-je tout en les chaussant. Vous savez, je m'en veux encore de les avoir perdues. C'est trop bête...

– Taratata ! Je préfère que tu aies perdu tes lunettes plutôt que de t'avoir perdue, toi. À ce propos, puisque tu as de nouvelles lunettes, je t'ai aussi apporté de quoi t'en servir...

– *L'espionne du Grand Lama*... Oh, un Gustave Le Rouge ! Merci, c'est un nouveau ?

– Oui, tout frais. Je l'ai lu dans le train, il est excellent ! Par contre, cache-le bien, hein, je ne veux pas d'ennuis avec ta mère !

Qui eût jamais soupçonné un savant si austère et respecté de nourrir une telle passion pour les romans populaires ? Il me l'avait transmise, entre mille autres choses. Je l'ai déjà dit, lui et moi étions des lecteurs acharnés. Bien sûr, les classiques avaient droit à tout notre respect, mais que pesaient Racine ou Corneille face à Michel Zevaco ? Alexandre Dumas, Jules Verne, Ponson du Terrail, Gustave Aimard et tant d'autres, c'était le souffle de l'aventure qui, passant par la cheminée auprès de laquelle nous lisions le soir, nous emportait vers les pampas lointaines, sur des mers en furie, parmi les fauves et les sauvages dont les mœurs n'avaient plus aucun secret pour nous. Ensemble, nous complotions au cœur de profondes forêts, armés de torches et d'épées, nous explorions de sombres souterrains où dormaient de terribles secrets ; nous arpentions, escopette à l'épaule, le sentier des contrebandiers avant que de rentrer dans notre héritage (un vieux castel en Écosse, hanté comme il se doit). Entre tous, mon favori était Paul Féval. Nul mieux que lui ne savait enchevêtrer une intrigue, l'assortir de comparses hauts en couleur et de notes délibérément parodiques qui faisaient un chef d'œuvre même de ses livres les plus mineurs. Plus encore que *Le bossu*, j'aimais ses *Habits noirs*, qui me faisaient regretter de n'avoir pas connu le vieux Paris, ce Paris louis-philippard, celui de Vidocq et d'Eugène Sue, ce Paris où, dans les assommoirs enfumés, se parlait l'argot de Villon et dont les pavés résonnaient encore du cliquetis des rapières et de l'agonie des gardes du Cardinal.

– Bien… À part ça, Ana, comment te sens-tu après tes propres aventures ?

– Un peu honteuse, avouai-je à regret.

– Honteuse ? Et pourquoi donc ? s'étonna-t-il.

– J'ai été ridicule, n'est-ce pas ?

– Je ne comprends pas. Que veux-tu dire ?

– Avouez que c'est bête. Ce n'est même pas une aventure, ce qui m'est arrivé, tout juste une mésaventure. Un peu comme tomber dans les escaliers… Et moi, coincée là-haut comme une idiote. Je devais avoir l'air fin. Heureusement que personne ne m'a vue…

– Et que voulais-tu faire d'autre que ce que tu as fait ?

– Je ne sais pas… N'importe qui se serait laissé tomber et aurait nagé jusqu'à la rive.

– Avec une épaule démise ? Je ne crois pas, non. Je crois plutôt que n'importe qui, à ta place, aurait attendu qu'on vienne le secourir en criant comme un cochon qu'on égorge ! Moi-même...

– Mais ce n'était pas si difficile ! Ce n'est même pas une très haute falaise.

– Bien suffisante pour se tuer. J'y suis allé voir. Je n'imagine même pas comment tu as pu faire pour ne pas te rompre le cou cent fois. Un chamois n'aurait pas fait mieux. Non, Ana, écoute-moi bien : tu as montré un courage exemplaire et je suis très, très fier de toi.

– C'est vrai ?

– Parole de Membre de l'Académie des Sciences. Cela dit, tu nous as quand même fait une belle peur...

– Et monsieur de Clerc ? Qu'aura-t-il donc pensé, lui ?

– Tout d'abord, il ne sait pas tout. Il croit que tu es simplement tombée dans l'étang.

– Vous ne lui direz rien, n'est-ce pas ?

– Et pourquoi donc ?

– Je... je ne sais pas. Je préfère...

L'œil de mon père adoptif se fit malicieux.

– Qu'il continue à se croire ton sauveur ?

– Oh non ! Ce n'est pas ça, je... Écoutez, ce n'est pas indispensable de lui raconter tout ça, n'est-ce-pas ? Qu'a-t-il bien pu penser de moi ? Trempée et toute sale, couverte de boue, échevelée... Je n'oserai jamais le revoir !

– Et pourtant, il a déjà téléphoné deux fois pour prendre de tes nouvelles et il a d'ores et déjà annoncé sa venue pour dans quelques jours ! Ta mère est ravie. Elle raffole de ce jeune homme.

Je me sentis rougir, sans bien savoir pourquoi.

– Qui est-ce ?

– Oh ! Je ne sais pas grand-chose. Il vit à Paris. C'est une affaire d'héritage, je crois, qui l'amenait à Pontoise, l'autre jour. Une succession un peu difficile à démêler et qui le conduit à faire de fréquents allers-retours.

– Et vous ? Que pensez-vous de lui ?

– Moi ? Eh bien, c'est un garçon très poli, dirais-je, très bien élevé. Au premier abord, il me serait plutôt sympathique. Et puis il est plutôt bel homme, non ?

Je rougis encore plus violemment.

– Je l'ai à peine vu ! Je ne sais même plus ce que je lui ai raconté. J'ai dû lui paraître tellement godiche...

– Mais non, voyons. Tu t'inquiètes pour rien du tout, ma chérie, je t'assure. Allons ! Je te laisse avec le Grand Lama... Je reviendrai te voir après dîner.

Monsieur Roland se leva et m'embrassa sur le front.

– Godiche... Tsss ! conclut-il en refermant la porte.

Il faisait nuit noire lorsque je m'éveillai. Je ne me souvenais même pas m'être à nouveau endormie. Sur la table de nuit, une petite veilleuse était allumée, qui mettait au mur des ombres fantastiques. J'avais la bouche pâteuse. L'espionne du Grand Lama s'était mêlée à mes rêves. J'étais prisonnière de je ne sais plus quels bandits. Ils m'avaient liée sur un fauteuil et laissée seule dans une minuscule pièce noire, ignorante du sort qui m'attendait. Après un long temps d'angoisse, j'avais entendu des pas se diriger vers mon cachot. Ne sachant s'ils étaient amis ou ennemis, je n'osais appeler. Les pas s'étaient arrêtés devant la porte et... je m'étais réveillée. Je tendais le bras pour attraper mon verre d'eau quand, soudain, je sentis mes cheveux se dresser sur ma tête.

Les pas avaient repris !

Non pas devant ma porte mais sous la fenêtre, dans le gravier de l'allée. Un rôdeur ? Mais le pas n'avait rien de furtif et ne cherchait pas à se dissimuler... C'était le pas tranquille et plein de bonne conscience d'un flâneur du dimanche. Je consultai mon réveil. Deux heures et demie. Ce ne pouvait pas être monsieur Roland, il dormait à cette heure-ci et j'aurais reconnu sa façon de marcher entre mille. Mon premier mouvement eût été de m'enfouir sous les couvertures, si la curiosité ne m'avait plus encore tenaillée que la peur. Le danger que l'on redoute étant toujours pire que celui que l'on affronte, je résolus d'y aller voir.

Je ne tenais pas encore très bien sur mes jambes et dus me cramponner aux meubles pour arriver jusqu'à la fenêtre. Je l'ouvris en m'efforçant de ne pas faire grincer la poignée. L'air vif de la nuit me fit frissonner. J'étais en chemise et pieds nus. Les contrevents étaient clos mais l'inclinaison de leurs fentes permettait d'apercevoir l'allée et une partie du jardin. Tout d'abord, je ne vis rien. Nul bruit ne se faisait d'ailleurs plus entendre. Je devais avoir rêvé ou bien ne s'agissait-il que de souris courant dans le grenier...

J'allais refermer lorsque le pas reprit. Il venait de la droite, cette fois. On revenait. Je collai mes lunettes aux fentes du volet. Il y avait de la lune, ce soir-là, suffisamment pour bien distinguer une silhouette qui émergeait maintenant de l'ombre. De taille moyenne, vêtu et botté de noir, l'inconnu portait une tenue de cavalier. Mon cœur battait la chamade.

Je n'avais donc pas rêvé, l'autre jour ! J'avais bel et bien déjà vu ce mystérieux cavalier ! Et que tenait-il à la main ? Était-ce bien un revolver ? Soudain il s'arrêta et leva la tête... Avais-je fait du bruit ? Une toque et un foulard lui dissimulaient le visage. Je reculai brusquement, craignant d'avoir été vue. La main sur le cœur, j'attendis quelques minutes, n'osant retourner à la fenêtre. Les pas reprirent. Surmontant ma frayeur, je ne revins toutefois à mon poste que pour apercevoir l'inconnu s'éloigner à grands pas à travers le jardin.

Je retournai me coucher, secouée de frissons, la tête pleine d'idées folles. Qui était donc cet homme ? Et que me voulait-il ? Devais-je en parler à mes parents ? Madame Roland brandirait le thermomètre... Monsieur Roland, lui, me croirait, mais que pourrait-il faire ? Avais-je le droit de l'inquiéter ? Pour rien peut-être ? Déjà, je n'étais plus si sûre d'avoir bien vu. Et si j'avais rêvé ? Avec ces fièvres, on ne sait jamais... J'en avais vu bien d'autres au cours des premiers jours de ma maladie. Tourmentée par un déluge de pensées contradictoires, je fus longue à me rendormir cette nuit-là.

Monsieur de Clerc tint parole et revint nous voir le surlendemain. Madame Roland, toute rose de plaisir, vint m'annoncer sa visite en début d'après-midi. Non sans agacement, je ne pus me défendre moi-même d'une certaine fébrilité. Je vérifiai vingt fois que ma chemise était boutonnée jusqu'en haut et me hâtai de remettre un peu d'ordre dans mes cheveux. Au dernier moment, après une courte hésitation, j'enlevai mes lunettes et les dissimulai sous les draps. Il était temps car, déjà, la porte s'ouvrait.

–… ces fleurs, en cette saison ! Vous n'auriez pas dû. Elles ont dû vous coûter horriblement cher !

Mme Roland entra la première, les bras chargés d'un énorme bouquet.

– Regarde, ma chérie, ce que t'apporte monsieur de Clerc. Regarde comme elles sont belles !

– Oh, oh ! *Gladiolus communis*, pensai-je en reconnaissant des glaïeuls. En effet, il avait dû les payer le prix fort.

– Ah ! fit monsieur de Clerc en me voyant. Et voici notre imprudente petite baigneuse ! Eh bien, comment vous sentez-vous, mademoiselle ?

– Mieux, monsieur, je vous remercie. Tout comme j'aimerais vous remercier, pour l'autre jour. Si vous n'aviez pas été là…

– Allons, allons, ce n'était rien, c'était tout naturel.

Avec ma permission, il s'assit à la tête du lit, dans le fauteuil qui servait à mes rares visiteurs. Tandis que madame Roland allait chercher un vase, nous échangeâmes quelques banalités d'usage. À vrai dire, ce fut lui, surtout, qui fit les frais de la conversation. Pour ma part, je me contentais de rosir en cherchant désespérément dans l'arrière-fond de mes ressources quelque répartie un tant soit peu spirituelle. À ma décharge, je ne le voyais pas assez flou pour ne pas reconnaître qu'il émanait de lui un certain charme non dénué de prestance…

C'était un homme d'une trentaine d'années, peut-être moins. Des traits énergiques, un teint hâlé sous des cheveux clairs et bouclés achevaient de lui donner l'allure d'un de ces fiers *condottieres* comme l'on en voit dans les tableaux de la Renaissance italienne. Deux beaux yeux bruns et rieurs adoucissaient heureusement ce que cette figure virile pouvait avoir de trop martial.

– Puis-je vous poser une question, monsieur ?

– Mais bien sûr, mademoiselle...

– Voilà : n'y voyez nulle indiscrétion de ma part, mais je serais curieuse d'apprendre comment vous m'avez trouvée... Dans quelles circonstances, j'entends.

– Oh ! Il n'y a rien là de bien indiscret. Voyez-vous, je m'étais arrêté pour satisfaire un besoin, euh... disons, naturel.

– Oh, pardon ! l'interrompis-je avec confusion.

– Il n'y a pas de quoi, s'esclaffa-t-il. Je m'étais un peu avancé dans le chemin et je vous ai aperçue, de l'autre côté des arbres. J'avais d'abord pensé à quelque paquet de linge, sauf votre respect...

– Je ne valais guère mieux, en vérité...

– Il est vrai que vous aviez mauvaise mine. Qui aurait pu reconnaître une jeune fille aussi charmante sous une si pauvre apparence ?

Je rougis sous le compliment. C'était sans doute l'effet recherché. Était-il sincère ou bien se contentait-il d'être galant ? Je ne sus qu'en penser. Il n'y avait en tout cas nulle trace d'ironie dans sa voix chaude et bien timbrée.

– Et... vos affaires, avancent-elles comme vous voulez ? demandai-je le temps de me redonner une contenance.

– Assez bien, je vous remercie. D'ailleurs, si elles continuent de ce train, nous serons peut-être bientôt voisins. J'ai hérité d'un petit domaine, non loin d'ici. Une surprise totale. J'ignorais jusqu'à l'existence de cette lointaine cousine. À ce propos, mademoiselle Roland, je voulais vous demander... Vous connaissez-vous des ennemis dans le pays ?

– Des ennemis ? fis-je, interloquée. Mais... pourquoi ?

– C'est que, voyez-vous... Mais je ne voudrais pas vous inquiéter.

– Vous en avez déjà trop dit, monsieur.

– C'est juste. Eh bien, je suis retourné à l'endroit de votre accident... Quelque pressentiment, sans doute, me poussait à y aller voir de plus près. J'ai donc fait le tour de l'étang, pour chercher le meilleur point de vue sur l'effondrement et quelque chose m'a intrigué dans la nature de celui-ci. Il y avait une barque en assez bon état sur le bord. Je l'ai prise et suis allé me placer directement sous la falaise. Ce que j'y ai vu a achevé de me convaincre...

– Et qu'avez-vous donc vu ?

– Elle ne s'est pas effondrée d'elle-même, mademoiselle. La roche avait été minée.

– Minée ? Mais qu'est-ce que cela signifie ?

– Cela signifie, mademoiselle, que quelqu'un avait bien l'intention d'en provoquer l'éboulement. Je m'y connais un peu, ayant fait quelques études à l'École des Mines. La roche avait été creusée à la tarière et une charge d'explosif y avait été placée. N'avez-vous pas entendu d'explosion ?

– Mon Dieu, maintenant que vous le dites, peut-être, en effet. Juste avant ma chute, il y a eu comme un grand bruit...

– Voilà. Une charge assez faible, sans doute, mais suffisante pour faire tomber tout un pan de roche, pourvu que la dynamite soit posée comme il faut.

– Mais... pourquoi ?

– C'est la question, en effet. Et c'est pour cela que je vous demandais si vous ne vous connaissiez pas d'ennemi.

– Comment en aurais-je ? Je ne sors guère et puis, un moyen aussi extravagant…

– Extravagant, je vous l'accorde, mais discret. Ces vieilles carrières sont assez dangereuses, on aurait vite conclu à l'accident.

– Mais ce n'était peut-être qu'une ancienne mine, du temps de l'exploitation de la carrière, justement ?

– J'y ai pensé, bien entendu. Malheureusement, le travail dans la roche était très récent, c'était manifeste.

– Alors, quelque mauvais plaisant…

– C'est sans doute ce qu'il nous faudra conclure, mademoiselle. Toutefois, cela m'étonne. Je ne saurais trop vous conseiller d'être prudente dans vos déplacements futurs.

– Vous m'inquiétez, monsieur…

– Allons, je suis impardonnable ! Et vous qui êtes à peine convalescente ! Je n'aurais sans doute pas dû vous parler de tout ceci.

Et moi, devais-je lui parler du cavalier noir ? Devais-je l'entretenir de ce mystérieux visiteur que, par deux fois, j'avais croisé sur mon chemin ? Je ne sais pourquoi, je n'osai l'évoquer. Crainte, sans doute, qu'il ne veuille pas me croire et se moque de moi. Quoi qu'il en soit, il ne me laissa pas le loisir d'en dire davantage. Il s'était levé brusquement et faisait les cent pas dans la chambre. Il s'arrêta pour examiner l'étagère où s'empilaient une partie de mes livres.

– Je vois que vous aimez lire, mademoiselle. C'est un beau vice que je partage, je l'avoue. Hum… Dickens, Mlle Austen, Jules Renard, Gérard de Nerval…

Il se tordit le cou pour lire d'autres titres.

– Jules Laforgue ! Vous avez du goût, mademoiselle Roland, beaucoup de goût. Et pas le moindre Paul Bourget ! Décidément, vous n'êtes pas une jeune fille ordinaire.

Je me tus, ne sachant que répondre. Je n'avais pas l'habitude de m'ouvrir aux étrangers et ma bibliothèque faisait à tel point partie de moi-même que j'avais l'impression d'être livrée toute nue à son examen. C'était une sensation étrange, un peu gênante sans être tout à fait désagréable.

– Avez-vous lu Rachilde ? Maupassant, bien sûr. Et Flaubert, oui, les voici d'ailleurs… L'abbé Prévost ! s'exclama-t-il. Et Octave Mirbeau ? Ah, il faut absolument lire Mirbeau ! Tout n'est évidemment pas à mettre en toutes les mains mais saviez-vous qu'il fut l'un des tout premiers défenseur des impressionnistes ? Aimez-vous les impressionnistes ? Oui, n'est-ce pas ?

J'acquiesçai timidement, un peu étourdie par ce déluge d'enthousiasme.

– Ah, j'en étais sûr ! Je tiens Monet pour l'un des plus grands peintres de… Oh ! Mais me voilà encore parti sur l'un de mes dadas, je vous fatigue, je le vois bien. Votre mère va m'en vouloir. Je… je vais prendre congé.

Il revint vers le lit et me prit la main.

– Accordez-moi seulement la permission de vous revoir. Et de vous apporter des livres ! Vrai ? Permission accordée ?

Ses lèvres effleurèrent mes doigts.

– Je me sauve, alors… Au revoir, mademoiselle Ana.

Il ouvrit la porte et, au moment de sortir, parut sur le point de dire quelque chose. Il y renonça finalement, sourit et sortit sur une parodie de révérence Grand Siècle.

Je restai longtemps songeuse, à contempler le bout de mes doigts. Comme la chambre semblait soudain vide, maintenant qu'il était parti et si brusquement... Je ne savais que penser. Entre ses révélations sur un possible attentat et... Et quoi, d'ailleurs ? D'où me venait donc cette subite sensation de chaleur lorsque j'évoquais son image ? Ce mélange incongru de courtoisie et de familiarité presque indiscrète. Et cet élan, cette gaieté avec laquelle il passait de l'une à l'autre. Je l'imaginai en uniforme d'Empire. Oui, c'était cela : il me faisait penser à un hussard. L'un de ces joyeux hussards français que rien n'arrête jamais et qui traverse la mitraille en sifflant un air gaillard.

Et il voulait me revoir.

Pensive, je repris mes lunettes et mon livre. Il voulait me revoir... En aurait-il eu tellement envie s'il avait pu me surprendre ainsi telle qu'au naturel, souriceau binoclard dévorant des romans à deux sous ? Pour la première fois, j'eus un peu honte de mes lectures. Et je détestai un peu plus encore ce physique de vieille petite fille, et cet air précoce d'institutrice de province qui désespérait tant ma mère adoptive. J'avais envie de pleurer et, en même temps, me sentais toute pleine d'un bonheur inconnu, d'un sentiment étrange qui me donnait envie d'envoyer promener édredon et courtepointe pour me mettre à danser au milieu de la chambre.

Il voulait me revoir.

Nous nous revîmes. Il fut là dès le lendemain, avec des fleurs nouvelles, et ne manqua pas de revenir chaque jour. Il prévenait le matin et, en début d'après-midi, qu'il pleuve ou qu'il vente, déboulait dans ma chambre de malade avec la même pétulance de suppositoire.

– Mademoiselle Ana, je vous salue !

D'autorité, il prenait ma main et la baisait.

– Comme vous voilà joyeux, monsieur...

– La hâte de vous revoir, mademoiselle.

– Vous êtes donc venu tout spécialement pour moi ?

– Et pourquoi non ? Vous êtes bien plus intéressante qu'une vieille cousine décédée.

– Qui vous laisse tout de même un manoir.

– Pff, un tas de vieilles pierres que je m'empresserais de revendre s'il ne m'était prétexte de vous voir plus souvent.

– Monsieur de Clerc, vous n'êtes qu'un flatteur.

– Non, mademoiselle. Je dis les choses sans ambages, voilà tout et...

Il s'était levé et, comme chaque fois, s'était mis à faire les cent pas dans la chambre. Il s'arrêta de nouveau devant les livres, inspecta le bois de l'armoire et tâta le coin du bureau. Il souleva le presse-papier, examina mes plumes, mes pinceaux. Mon bloc de papier à aquarelle était resté sur le sous-main, là où madame Roland l'avait posé pour le faire sécher après mon bain forcé. Machinalement, il s'en saisit, le parcourut...

– C'est vous qui avez fait cela ?

Je me mordis les lèvres de dépit. J'avais pensé à tout, à mes lunettes, à mes cheveux, à mes vêtements, mais pas à... ça.

– Je... oui, oh ! Ce ne sont que des essais, je ne...

– Vous peignez ?

– Oui, enfin...

– Vous en avez d'autres ?

– Euh, oui, c'est-à-dire...

– Je peux les voir ?

Comment résister ? Je lui indiquai le petit secrétaire où je rangeais mes pauvres tentatives. Elles formaient un petit tas plus ou moins gondolé, qu'il étudia en connaisseur.

– Oh, mais tout cela est fort joli ! Vous êtes une artiste, mademoiselle Ana !

– Oh non, pas du tout ! C'est très mauvais, au contraire...

– Taratata ! Vous êtes une artiste, je persiste et signe.

– Vous aimez donc la peinture, monsieur de Clerc ?

– C'est assez peu dire que je l'aime. Je l'adore. Vous êtes déjà allée en Italie ?

– J'y suis passée...

– Passée ? Vous n'avez rien vu, alors. Véronèse ! Le Titien ! Botticelli ! Avez-vous visité les Offices ?

– Euh... non.

– Il le faut absolument. Je vous y emmènerai. La Toscane. C'est le seul endroit pour la lumière, mademoiselle Ana. Avec certains coins de Hollande. Nous verrons cela. En attendant... Écoutez : êtes-vous déjà allée au Salon d'Automne ?

– N... non.

– C'est en ce moment, au Petit Palais. Il faut que je vous y amène. Il y a là de jeunes peintres tout à fait prometteurs. Avez-vous entendu parler de Matisse ? Derain ? De Vlaminck ? Marquet ?

– Non, jamais...

– Il *faut* voir cela. C'est tout à fait intéressant. L'avenir de la peinture ! Pouvez-vous vous lever ?

– D'ici quelques jours, c'est certain… Je vais beaucoup mieux.

– Bien. Je vous y amène.

– Mais, je ne sais pas… mes parents…

– Allons, vous n'allez pas rester enfermée dans cette chambre toute votre vie ! Prendre un peu d'exercice vous fera du bien.

– Certainement, mais…

– Tut tut ! Pas de mais. Je me charge de convaincre votre mère.

– Oh ! Vous en êtes sûrement capable ! ne pus-je m'empêcher de sourire. Elle ne jure que par vous.

– N'est-ce pas ? sourit-il en retour. Je suis un spécialiste des vieilles dames. Alors, ce Salon d'Automne, c'est d'accord ?

Il s'était penché sur moi et m'avait pris les mains. Les siennes étaient grandes et chaudes, rassurantes. Je sentis fondre ma volonté.

– D… d'accord.

Il me baisa le bout des doigts et se rapprocha encore.

– Alors je vais bassement profiter de ma position de force pour vous demander une nouvelle faveur…

– Laquelle, monsieur ? haletai-je.

– Laissez tomber ces « monsieur » et appelez-moi simplement Anatole, vous me ferez plaisir. Ne suis-je pas votre ami ?

– Oui, mons… euh…

– Anatole. Répétez après moi…

– Anatole.

– Ana et Anatole. Cela sonne bien, n'est-ce pas ?

– Anatole et Ana… Plutôt, oui, je n'y avais pas pensé.

– Voilà. Nous sommes donc faits pour nous entendre, ma chère Ana. Bien. Je vais être obligé de m'absenter quelques jours. Vous en profiterez pour vous remettre sur pied et nous irons ensemble au Salon d'Automne. Je viendrai vous chercher en automobile et je vous ramènerai. Allez… je me sauve. Au revoir, ma très chère Ana.

Il me baisa de nouveau la main et se leva.

– Au revoir… Anatole.

À peine fut-il parti que madame Roland lui succéda. Ses yeux brillaient d'excitation lorsqu'elle me demanda :

– Alors ?

Je retombai sur terre.

– Alors quoi ? répliquai-je, un peu trop brusque.

Elle eut un petit rire qui acheva de m'agacer.

– Ce jeune homme est décidément charmant ! Dès que tu iras mieux, nous l'inviterons à déjeuner. Qu'en penses-tu ?

– Oh, je ne sais pas…

– Tu ne sais pas ! Oh là là, qu'est-ce tu peux être difficile, à la fin ! C'est un monsieur très bien, très agréable.

Je me retins de lui conseiller de l'épouser, si elle le trouvait si à son goût. Et comme je ne trouvais rien à dire à la place, je me tus. Madame Roland avait réussi à me gâcher tout mon plaisir. Tout cela était un peu ridicule, au fond. « Ana et Anatole… » Je ne croyais pas aux signes et puis, je ne le connaissais pas. Bien sûr, au premier abord, il semblait sympathique et n'avoir rien à cacher, mais… De toute évidence, madame Roland cherchait à me marier et je n'aimais pas qu'on décide à ma place.

Je ne pus cependant empêcher monsieur de Clerc – Anatole – d'occuper mes pensées les jours suivants, que j'employai par ailleurs à guérir. M'y aida-t-il ? Dès le lendemain, je me levais, pour des périodes de plus en plus longues, jusqu'à ce qu'il ne demeurât plus de ma maladie qu'une certaine langueur dans les membres, une mélancolie légère que je ne savais devoir attribuer à ma faiblesse ou bien au souvenir lancinant des lèvres d'Anatole sur mes doigts, de son haleine chaude tout près de mon visage, de sa voix... Anatole et Ana. Mon nom tout entier contenu dans le sien, comme entre des bras puissants et protecteurs. Comme lorsqu'il m'avait portée, ce jour-là... Je me laissais aller à de longues rêveries, desquelles je ne sortais qu'à regret, avec un léger sentiment de honte qui ne m'empêchait cependant pas d'y replonger avec délices sitôt que j'étais seule.

D'autant qu'il ne donnait aucune nouvelle. Chaque sonnerie du téléphone me jetait dans les transes. J'accourais mais, chaque fois, madame Roland, les yeux malicieux, me faisait signe que ce n'était pas encore pour moi. Je détestais ce regard qui me perçait à jour et, en même temps, je lui étais reconnaissante de me révéler ainsi à moi-même, de me signifier par le truchement d'un autre ce que je n'osais pas encore m'avouer : était-ce donc cela, être amoureuse ?

Madame Roland, elle, n'en doutait manifestement pas. Souvent, le soir, je les surprenais, elle et son mari, en grands conciliabules qui, comme par magie, cessaient à mon approche. J'étais bien consciente qu'ils dressaient des plans pour moi et, si je n'en laissais rien paraître, je n'en étais pas moins prodigieusement excitée. Contre toutes mes habitudes, je passais désormais des heures devant ma glace, à chercher la meilleure façon de coiffer une chevelure désespérément rebelle, à scruter chaque centimètre de ma peau en quête de quelque bouton disgracieux, d'une rougeur inopportune à faire disparaître sous un nuage de poudre. Je me trouvais tour à tour trop maigre ou trop grasse, le cou trop court ou l'air d'une girafe pour peu que je le dégage un peu trop. J'avais les sourcils trop peu fournis, trop de duvet sur les bras, les seins trop petits, le visage couvert de son et un soupçon de moustache. Comment pourrait-on jamais m'aimer ? Comment Anatole…

Voilà que la seule évocation de son nom me faisait rougir et naître un sourire idiot sur ma face de rat. Mais après tout, c'était peut-être cela qu'il aimait, chez moi ? Ce côté petit rat, précisément… Et voilà que je me découvrais de nouveaux attraits, que je n'aurais jamais soupçonnés et que me venaient des espérances… Un jour, après avoir vérifié que la porte de ma chambre était bien fermée, j'allai jusqu'à embrasser mon propre reflet, en imaginant que ces lèvres ne fussent pas les miennes et point si froides ni si dures que le verre du miroir.

Les jours passaient et mon attente se changeait peu à peu en véritable désespoir. Que faisait donc monsieur de Clerc et pourquoi ne donnait-il plus signe de vie ? Que s'était-il passé ? J'imaginais les feuilletons les plus tragiques, les épisodes les plus rocambolesques. Ou bien quelque maladie subite qui l'aura emporté en trois semaines ? Ou pire, une rivale, l'une des ces femmes-vampires qui, dit-on, harponnent les hommes du monde et les laissent exsangues, ruinés, délestés de leurs derniers écus avant de s'envoler pour Monte-Carlo. Je m'imaginais alors, le visage dissimulé sous un voile noir, m'enquérir auprès d'une concierge mal embouchée de la soupente obscure où, malade, il eût trouvé refuge pour se cacher du monde et de moi. Je me voyais monter les marches branlantes, frapper à la porte disjointe. Une voix faible me disait d'entrer. Il serait là, gisant sur son grabat, sous une couverture mitée. Je me pencherais sur lui. Grelottant de fièvre, il me demanderait : « Qu… qui êtes-vous ? » Je ne répondrais pas. Je me contenterais de soulever mon voile et…

La sonnerie du téléphone me sortit de mes élucubrations. J'envoyai promener mon roman et me précipitai dans l'escalier dont j'atteignis la dernière marche pour entendre madame Roland dire : « Je vous la passe… » Je lui arrachai plus que je ne lui pris le combiné des mains.

– Allô ? croassai-je.

– Allô Ana ? Ah ! Vous ne sauriez concevoir combien je suis heureux de vous entendre. Vous êtes enfin debout, donc. Comment allez-vous ?

– B… bien, je vous remercie, monsieur.

– Anatole, je vous l'ai déjà dit !

– Oui, oui.

– Pardonnez-moi de vous avoir fait attendre si longtemps. J'étais en province, du côté de Limoges, où mes affaires m'ont appelé plus longtemps que prévu. Vous n'imaginez pas la sauvagerie de ces gens-là, de véritables brutes ! Et tous socialistes, évidemment. Il n'y a décidément rien à tirer de ces gens-là. Tant qu'on ne les aura pas tous exterminés…

– Oui…

– Enfin… je suis enfin de retour ! Et prêt à tenir mes promesses. Vous n'avez pas oublié la vôtre ?

– Non, non.

– Par contre, il y a un petit problème. Je ne pourrai pas venir vous prendre. Mon automobile est chez le garagiste, pour une bonne semaine, je le crains. Mais nous pourrions nous donner rendez-vous à Paris, qu'en pensez-vous ?

– Oui…

– Nous pourrions donc y aller après-demain. Voyons, nous serons le 6… À onze heures, cela vous conviendrait-il ?

– Oui, oui…

– Donnons-nous rendez-vous dans un endroit connu, cela nous évitera de nous chercher. Que penseriez-vous des jardins du Palais-Royal ? Côté rue Neuve des Petits-Champs. Nous prendrons ensuite une voiture…

– Oui…

– Parfait. Alors c'est entendu ? À dans deux jours, Ana ?

– Oui…

– Allons ! Je vous baise respectueusement la main et je vous dis à mercredi. Au revoir !

– Au… revoir.

Il avait déjà raccroché.

Je me précipitai dans ma chambre avant que madame Roland pût me demander quoi que ce soit. Ridicule. J'avais été ridicule. « Oui, oui… » Je me serais giflée. J'avais attendu ce coup de téléphone pendant des jours et, le moment venu, je ne savais qu'ânonner des « oui, oui… » de première communiante. Quelle idiote ! Qu'allait-il penser de moi, maintenant ? Je surpris soudain mon reflet dans la glace. J'étais écarlate et rayonnante. Oui, je souriais. Et je n'en revenais pas, de ce sourire. J'aurais voulu monsieur de Clerc… Anatole ici même, à l'instant. Je me serais jetée dans ses bras. Je l'aurais serré, à l'étouffer. Comme j'aurais voulu à cet instant sentir ses bras se refermer sur moi, me presser longuement contre sa large poitrine. Puis il me renverserait en arrière… Son visage tout près du mien… Son visage…

Restait le plus difficile. Au déjeuner, entre la poire et le fromage, je pris soudain une bonne inspiration et lâchai tout à trac :

– Monsieur-de-Clerc-m'invite-à-visiter-le-Salon-d'Automne-à-Paris. J'ai-accepté-nous-avons-rendez-vous-après-demain-au-Palais-Royal.

Un ange voleta d'un petit air gêné sous l'œil stupéfait de mes parents adoptifs.

– À Paris ? Mercredi ? Mais enfin Ana, tu aurais pu nous en parler…

– Je ne l'ai su que ce matin, quand il a appelé tout à l'heure. Il m'avait dit qu'il vous en parlerait…

– Mais il ne l'a pas fait. Enfin, c'est bien aimable à lui, mais tout de même… ce monsieur de Clerc, quel phénomène ! Il aurait pu… Enfin, je ne sais pas… Quoi qu'il en soit, c'est très bien, évidemment. Je viendrai avec toi, bien sûr. Mercredi matin, dis-tu ?

– Mais… je peux très bien y aller toute seule !

– Voyons, tu relèves juste de maladie, tu ne vas tout de même pas aller te promener toute seule à Paris !

– Je ne serai pas toute seule, il y aura An… monsieur de Clerc.

– Eh bien justement, parlons-en de ce monsieur de Clerc. Quel toupet ! Ignore-t-il que tu es mineure ? Nous ne pouvons pas…

– Mais j'aurai vingt-et-un ans dans moins d'un mois !

– Oui, mais en attendant, nous sommes responsables de toi et…

Monsieur Roland intervint enfin, d'un ton définitif.

– Écoutez, ma chère, je dois me rendre moi-même à Paris, mercredi matin. Ne vous dérangez pas. Je l'accompagnerai, moi.

Madame Roland ne vit certainement pas l'imperceptible clin d'œil qu'il me lança.

Le jour venu, monsieur Roland m'accompagna en effet, mais seulement jusqu'au Pont Royal, où nous nous séparâmes.

– Alors entendu, n'est-ce pas ? Tu me retrouves à treize heures au muséum. Si monsieur de Clerc peut venir, ce sera encore mieux. Ta mère n'a pas tout à fait tort, Ana, il aurait dû nous en parler.

Ne sachant que répondre, je tenais mon sac à main devant moi, comme un bouclier. Conciliant, monsieur Roland reprit cependant :

– Enfin, tout ça n'est pas bien grave. Le principal, c'est que tu sois contente. Es-tu contente, Ana ?

– Oui, bien sûr. Mais je ne voulais pas vous déplaire…

– Allons, tout va bien, alors. Allez, embrasse ton vieux père, ma petite Ana !

Je l'embrassai de tout mon cœur et le regardai s'éloigner le long du quai, en direction du Jardin des Plantes. Il me fit un signe avec sa canne et s'en fut sans se retourner.

Je n'étais pas si rassurée que j'avais voulu le faire croire. L'on trouvera peut-être étrange qu'une enfant telle que moi, ayant vécu dans la rue et, qui plus est, tant rêvé de cette ville, ne se fût pas davantage acclimatée à la capitale. Mais Paris m'avait fait peur. Spalato n'était qu'une bourgade en comparaison et, l'une des toutes premières fois que monsieur Roland m'avait amenée à Paris, j'avais justement aperçu quelques-uns de ces enfants laissés à eux-mêmes, de ces gavroches comme il les appelait. J'avais reconnu chez eux tous les stigmates de notre petite bande. Une certaine gaieté, bien sûr, une réelle insouciance, mais plus encore la misère et la maladie. Tous avaient l'air souffreteux, tous étaient d'une pâleur de légume de cave, ces caves ou, probablement, ils trouvaient à s'abriter. Je ne voulais plus de cela, je ne voulais même plus le voir. La grande ville était un gouffre, un monstre qui dévorait ses enfants et je craignais par-dessus tout de retomber entre ses griffes. Plus encore que le confort, j'avais trouvé la sécurité. Une sécurité dans laquelle, je l'avoue, je m'étais un peu enfermée depuis dix ans. Aussi n'allais-je presque jamais à Paris qu'accompagnée. Madame Roland m'y traînait parfois pour faire les magasins, ce dont j'avais horreur. Le plus souvent, c'était avec monsieur Roland, pour aller au théâtre ou visiter mes chers musées et quelques librairies où j'avais mes habitudes. Le reste du temps, je le passais dans notre campagne et, mis à part quelques séjours à la mer, je m'accommodais fort bien de cette retraite studieuse, loin de la rumeur d'une ville que, depuis le tout premier jour, je n'étais pas loin de regarder comme une nouvelle Babylone.

Il me fallut donc tout mon courage pour traverser la Seine et les Tuileries en direction du Palais Royal. Je marchais d'un bon pas. Le ciel d'automne était blanc et il faisait un froid vif. Tout dormait dans le jardin. La fontaine à jet d'eau avait été coupée et le grand bassin vidé, les arbres sagement alignés sur les côtés dressaient vers le ciel le treillis de leurs branches nues taillées au cordeau. Mon pas résonnait sur le gravier de l'allée. Ici, les bruits de la ville ne parvenaient qu'étouffés, derrière les galeries et les colonnades qui, dit-on, abritaient autrefois tout ce que Paris pouvait accueillir de débauche. Mais cela, c'était avant, du temps de Restif et de Vidocq et, depuis longtemps déjà, le Palais Royal avait cessé d'être un de ces hauts-lieux du crime qui enchantaient mes lectures. Cela restait tout de même un bel endroit chargé d'histoire et me faisait souvenir d'un autre palais où j'avais passé moi-même une partie de mon enfance, en compagnie des seuls amis que j'eusse jamais eu. Enfin… mis à part monsieur de Clerc – Anatole – bien sûr. Mais était-ce bien un ami ? N'était-ce pas, déjà… un peu plus ?

Je n'allais pas tarder à le revoir. À cette idée, mon cœur battit un peu plus fort. J'espérais seulement qu'il mettrait ma rougeur sur le compte du froid. Et mes lunettes ? Devais-je les garder ? Mon premier mouvement fut de les ranger dans leur étui mais je n'y verrais plus rien et puis… Et puis il était temps de jouer franc-jeu. S'il m'aimait, comme je le pressentais, s'arrêterait-il à un détail si vain ? Il m'aimerait comme j'étais, voilà tout. Myope. Et si cela ne lui plaisait pas…

Crânement, je relevai le menton. Ce fut pour voir une silhouette disparaître derrière une colonne.

Avais-je rêvé ? Je regardai autour de moi. À cette heure-ci, le jardin n'était pas très fréquenté et les galeries étaient désertes. On n'apercevait pas même un gardien. Sans le vouloir, je pressai le pas en direction de la sortie. Anatole m'avait donné rendez-vous côté rue des Petits-Champs. J'avais consulté un plan de Paris dans la bibliothèque. C'était à l'entrée du jardin, au nord. Entre le Conseil d'État, la Bourse et la place des Victoires, le quartier était bien loin d'être mal famé mais je ne pouvais me défaire d'une sourde inquiétude. De nouveau, je me retournai. Personne. J'étais nerveuse, j'avais certainement rêvé.

Anatole n'était pas à l'entrée du jardin. Je ne m'en étonnai pas. J'étais en avance et puis, à la réflexion, il ne m'avait pas exactement fixé de point de rendez-vous. Devais-je l'attendre à la grille ou bien dans le jardin ? Incertaine, je revenais déjà sur mes pas lorsque j'aperçus à nouveau mon suiveur, avant qu'il eût le temps de se dissimuler.

Cette fois-ci, plus de doute, c'était après moi qu'il en avait. En voulait-il à mon argent ? Je n'avais pas grand-chose, mais ne parlait-on pas de rôdeurs prêts à tuer pour quelques francs ? Pour le peu que je l'avais vu, l'individu m'avait paru des plus patibulaires. Sans doute avait-il reconnu en moi quelque proie facile et attendait-il le moment propice pour m'arracher mon sac, s'imaginant peut-être, dans ce quartier, qu'il contenait quelque papier de valeur, actions ou emprunts russes.

Quoi qu'il en soit, je ne pouvais pas l'attendre sans rien faire. Puisque l'accès au jardin m'était désormais interdit, je résolus de faire quelques pas dans la rue, à la recherche de passants qui eussent pu dissuader mon assaillant. Par un extraordinaire concours de circonstances, il n'y avait personne. Combien aurais-je donné pour voir Anatole surgir à cet instant ! Mais il ne venait toujours pas et j'étais seule dans une rue étrangement déserte.

À peine avais-je parcouru une vingtaine de mètres que l'homme sortit du jardin et vint dans ma direction. Son air farouche ne me laissa plus de doute. C'était l'un de ces « apaches » dont la presse avait si souvent dressé le funeste portrait : vêtu en ouvrier, foulard rouge autour du cou, l'œil charbonneux noyé dans l'ombre d'une casquette et le visage barré d'une épaisse moustache à la gauloise. Courant presque, je me dirigeai vers la galerie Colbert dont, je ne sais pourquoi, je m'imaginais pouvoir me faire un refuge. À l'époque, la Galerie Colbert commençait déjà de tomber en désuétude et la plupart des échoppes y étaient fermés. À peine m'y étais-je engagée que je vis à l'autre bout un second individu venir à ma rencontre. Je me retournai. Le premier s'était engagé à ma suite et approchait à pas comptés. Malgré le contre-jour, je vis briller dans son poing fermé la lame d'un couteau à cran d'arrêt. L'autre arrivait toujours, les pouces passés dans la ceinture, sûr de son coup. Instinctivement, je me rapprochai du mur, dans lequel s'ouvraient de nombreuses portes. J'essayai la première. Fermée. Muette de terreur, je les regardais se rapprocher. Le second, le plus grand, n'était plus qu'à trois ou quatre mètres. Déjà, un sourire mauvais sous la moustache, il tendait les bras pour me saisir quand, soudain, le mur s'ouvrit derrière moi. Je n'eus pas le temps de crier. Je me sentis tirée en arrière tandis qu'une main se plaquait sur ma bouche.

Chapitre 4

– Ranko ! *Hajde* !

Ce ne fut l'affaire que d'un instant. Une ombre gigantesque se glissa avec souplesse dans l'entrebâillement de la porte et se jeta sur mes assaillants. Boudiné dans un costume trop petit, la tête entièrement rasée et nanti d'une énorme moustache en crocs, l'homme était une véritable montagne de muscles. Une fois, deux fois, sa petite matraque plombée s'abattit sur la tête de ses adversaires, qui s'écroulèrent aussitôt. Avant d'avoir compris ce qui se passait, je fus repoussée sans violence et la porte se referma derrière moi.

Les deux voyous gisaient sur le dallage, inconscients. Affolée, je pris mes jambes à mon cou et m'enfuis vers la sortie.

Je jaillis comme une balle de la bouche de la galerie et faillis me faire renverser par un fiacre. Le cocher me lança une bordée d'injures et je reculai précipitamment sur le trottoir. À peine la voiture fut-elle passée que j'aperçus Anatole devant les grilles du jardin. Lui aussi m'avait vue. Il courut vers moi et je me jetai contre sa poitrine.

– Ana ? Mais... Que se passe-t-il ?

– Là... là ! haletai-je en désignant la galerie.

– Là ? Mais que s'est-il passé ? Ana, calmez-vous, je vous en supplie !

– Deux hommes ! Ils étaient deux, ils ont voulu m'attaquer et puis... et puis...

– Vous attaquer ? Mon Dieu, Ana ! Êtes-vous blessée ?

– Non ! Parce que... parce qu'il y a eu...

– Quoi ? Qu'est-ce qu'il y a eu ? Je vous en prie, Ana, reprenez votre sang-froid !

– Quelqu'un, un homme... s'est battu contre eux... et puis... et puis...

J'avais agrippé ses revers et m'accrochais à lui comme à une bouée. Avec douceur, il me prit par les épaules et me força à le regarder.

– Quelqu'un est intervenu et vous avez pu fuir, c'est cela ? Mon Dieu ! Et moi qui n'étais pas là ! Je vais voir.

– Non ! Restez avec moi, je vous en supplie !

– Allons, je n'en aurai que pour un instant...

– Alors je viens avec vous.

Prudemment, nous avançâmes jusqu'à l'entrée de la galerie. Elle était vide.

– Ils étaient là... par terre.

– Ils se seront réveillés et enfuis par la rue Vivienne. Les lâches ! S'en prendre à une jeune fille seule. Comment étaient-ils ?

Je le les lui décrivis sommairement.

– Des apaches, évidemment ! Ces voyous se montrent décidément de plus en plus audacieux. En plein jour, et dans ce quartier ! À Montmartre ou du côté des Halles, encore, je ne dis pas, mais ici, à deux pas de la Bourse... Mais que fait la police ? Le gouvernement n'est pas assez ferme avec cette racaille ! Le bagne n'est pas encore assez bon pour...

– Oh, là ! Là, l'homme en noir !

Une silhouette était apparue au coin de la rue. C'était le même homme que, par deux fois, j'avais aperçu dans d'aussi dramatiques circonstances.

– L'homme ? Lequel ? Vous voyez bien que c'est une femme !

C'était une femme, en effet. Une jeune femme élancée, coiffée d'une toque de fourrure noire qui me l'avait fait confondre avec mon mystérieux cavalier. Elle nous lança un regard curieux avant de partir dans le sens opposé.

– J'a... j'avais cru...

– Allons, ce n'est rien, Ana. Vous êtes choquée, c'est normal. Voulez-vous que nous remettions notre visite ?

– Oh non ! S'il vous plaît, je... Ça va aller, maintenant, je vous le promets. Excusez-moi, j'ai eu peur, vous comprenez et...

– Je comprends, bien sûr. Vous avez été très courageuse, au contraire et c'est plutôt moi qui m'en veux de ne pas avoir été là pour vous défendre. Mais... mais, dites-moi, dit-il soudain avec un sourire malicieux, vous portez donc des lunettes ?

– Ah, o... oui, c'est vrai, avouai-je en rougissant. Cela vous déplaît, n'est-ce pas ?

– Au contraire. Je vous trouve... eh bien, je trouve que cela vous va à ravir. Vous êtes... tout simplement ravissante.

C'était la première fois que je le voyais si décontenancé. Je sentis ma rougeur s'accentuer.

– La plus jolie petite aquarelliste qu'il m'ait jamais été donnée de rencontrer. Je… allons ! s'ébroua-t-il. Nous devrions nous avancer un peu sinon nous allons finir par être en retard.

Il me donna le bras et nous prîmes la direction de la plus proche station de métro.

Le Petit Palais avait été construit quelques années auparavant, à l'occasion de l'Exposition universelle de 1900, et il abritait depuis les collections d'art de la Ville de Paris. J'avais déjà visité ces dernières en compagnie de monsieur Roland, aussi connaissais-je l'endroit.

C'était, à vrai dire, un édifice d'un abord un peu prétentieux, bâti dans un style néoclassique surchargé, loin des hardiesses de verre et d'acier de l'Art nouveau. L'intérieur me plaisait davantage, tout en grandes baies et en verrières qui laissaient passer la lumière du jour. Elle était particulièrement belle en cette matinée d'automne : le ciel blanc diffusait une lumière douce qui se répandait sur les œuvres exposées et mettait particulièrement en valeur les plus colorées d'entre elles. C'étaient précisément celles dont m'avait parlé Anatole, les peintures de messieurs Matisse, Marquet, Derain… Lorsque nous entrâmes dans la salle n°VII, j'en eu presque le souffle coupé. J'eus soudain honte de mes pauvres tentatives à l'aquarelle. Comme elles semblaient ternes à côté de ces tableaux dont les couleurs me parurent chanter pour de bon, de ce même chant étrange et joyeux dont résonnait la volière tropicale du Jardin des plantes. J'étais inexplicablement émue. Je m'accrochai plus fort au bras d'Anatole, qui eut le bon goût de se taire tandis que nous faisions lentement le tour de la salle. Au milieu, un petit buste de marbre – un portrait d'enfant – faisait un contraste étonnant avec les toiles audacieusement chatoyantes qui l'entouraient de tous côtés. Un monsieur bien habillé se tenait devant, un carnet à la main, prenant de temps en temps des notes. En passant près de lui, nous l'entendîmes murmurer : « Donatello dans la cage aux fauves… » J'en fus un peu offusquée. Cette manière si nouvelle, si claire et si fraîche, une ménagerie ? Ce type n'avait rien compris ! Il verrait si dans quelques années, l'on parlerait encore de « fauves » au sujet de cette nouvelle école !

Quoi qu'il en soit, ces jeunes artistes écrasaient un peu le reste du Salon, malgré Cézanne et Renoir, et j'eus un peu plus de mal à me concentrer sur ce que je voyais. La mystérieuse attaque dont j'avais été l'objet me préoccupait. *Hajde…* « Allons »… La voix s'était exprimée en croate. Cela pouvait-il n'être qu'une coïncidence ? Et puis d'abord, qui étaient ces gens qui avaient pris ma défense d'aussi étrange façon ? Comme s'ils m'attendaient, eux aussi. Comme s'ils n'avaient été là que pour me protéger. Et puis, cette voix, la main sur ma bouche. C'était une femme. Alors, cette jeune femme en noir qui avait tourné au coin de la rue… Je ne l'avais pas bien vue mais… Était-il possible qu'elle fût également cette cavalière que j'avais aperçu par deux fois ? Je n'étais plus sûre de rien.

– Ana ?

– Ana, qu'avez-vous ? Vous êtes toute pâle !

– Oh, pardon ! Rien... je pensais. Je... La visite est terminée, n'est-ce pas ? Sortons, s'il vous plaît.

Quelques minutes plus tard, nous étions dans la rue. Elle me parut soudain extraordinairement animée et bruyante.

– Allons, c'est le contrecoup de cette agression, bien sûr. J'aurais dû m'en douter. Allons nous asseoir dans ce café. Vous avez besoin d'un cordial...

– Un café ? Je ne sais pas, je dois retrouver mon père au Muséum. Il est déjà un peu tard...

– Alors je vous accompagne. Voyons, quelle heure est-il ? Voulez-vous que j'appelle un fiacre ? Ou bien préférez-vous le métro ?

– Je préférerais marcher un peu, je crois.

– Marchons, en ce cas !

Tout naturellement, il reprit mon bras et, tout naturellement, je le lui donnai.

Nous prîmes par les Tuileries, déjà encombrées de promeneurs et d'employés qui déjeunaient sur les bancs puis, passé le Louvre, nous fûmes aux Halles. À cette heure-ci encore, les rues grouillaient de toute une foule affairée de chalands et de commissionnaires, de tout un peuple mélangé où l'aristocrate frayait avec les nombreux « biffins » et clochards à l'affût de quelques sous pour se payer leur vin. Celui-ci ne manquait pas. D'innombrables caboulots, dont la clientèle débordait sur le trottoir, soufflaient leur haleine de vinasse et de pot-au-feu dans les petites rues tortueuses. J'avais beau être une demoiselle, maintenant, je ne pouvais me défendre d'aimer encore ces ambiances populaires. L'odeur d'un bon ragoût suffisait à me mettre l'eau à la bouche et le parfum du laurier qu'on y faisait mijoter me renvoyait dix ans en arrière, lorsque j'aurais donné une main pour pouvoir y plonger l'autre et ramener mon bol plein. Seuls ceux qui ont déjà eu faim me comprendront sans doute et peut-être était-ce le cas d'Anatole car, me voyant renifler avec délices, il me confia, amusé :

– Voilà qui me rappelle ma folle jeunesse d'étudiant sans le sou !

– Vous habitiez donc le quartier ?

– Non, mais j'y venais souvent, avec deux ou trois camarades. À Paris, c'est encore ici que l'on mange pour le moins cher et j'avoue qu'il m'est également arrivé d'y finir la nuit devant une soupe à l'oignon !

– Vous étiez donc ce que l'on appelle un viveur ?

– Oh ! un viveur, non ! Disons que j'avais une certaine santé... Les viveurs, nous les croisions, au petit matin, bien souvent dans un triste état. Il nous est même arrivé de ramener chez lui un comte, qui prenait le Châtelet pour la place Vendôme ! Eh bien figurez-vous qu'il nous a offert le petit déjeuner. C'était bien la première fois de ma vie que je buvais mon chocolat dans une tasse armoriée. Je l'ai toujours, d'ailleurs...

– Vous l'avez donc volée ?

Anatole se mordit les lèvres et fit une mine contrite.

– Hum... j'étais jeune et un peu fou, en ce temps-là. Nous avions fait une nuit blanche et... je ne sais pas ce qui m'a pris. J'ai souvent pensé à la rendre mais... Et puis, vous savez, je ne suis même pas certain qu'il s'en soit rendu compte. Vous n'imaginez même pas la richesse de ces gens-là. Une tasse de porcelaine, ce n'est rien, pour eux !

– Je ne vous juge pas, Anatole.

J'en étais même bien loin. Qu'aurait-il dit, *lui*, s'il avait su qu'à onze ans, je dérobais montres et portefeuilles en vraie professionnelle ? Mieux valait changer de sujet.

– Et cette fameuse soupe à l'oignon, c'est si bon que ça ? Vous n'allez pas me croire mais je n'y ai jamais goûté.

Nous traversâmes la Seine au pont de Sully, face à la Halle aux vins. Le Jardin des Plantes était juste derrière. Combien j'avais adoré ce lieu ! J'y avais passé des heures merveilleuses en compagnie de mon père adoptif ou seule, lorsque je venais l'attendre le soir. J'avais naturellement mes entrées à la ménagerie et ne manquais jamais d'aller dire un petit bonjour à mes amis les singes.

Aujourd'hui, nous n'avions pas le temps. Nous avions un peu traîné en route et il était déjà presque treize heures. Nous prîmes l'allée centrale jusqu'au département de botanique. Le vieux concierge passa la tête par la porte de sa loge :

– Ah c'est vous mam'zelle Ana ? Vous v'nez chercher vot'papa ? Il ne va plus tarder, à c't'heure. Mais j'vois qu'vous avez pris d'quoi vous occuper !

Je ne m'offusquai pas de sa familiarité. Je connaissais bien le vieux Nestor. Les premiers temps, mon français grand-siècle l'avait beaucoup diverti et, depuis, il s'était fait un point d'honneur de m'enseigner l'argot.

– Faut jaspiner l'jar pour faire carrière à Pantruche, mam'zelle Ana. Croyez-moi, vous trouverez pas d'meilleur grand'pendu qu'mézigue. Une vraie fleur-de-pavé, la seule qui n'se cultive pas icigo ! Sûr qui n'y a que du beau linge, dans cette tôle de profs à rallonge, mais pas un qui vous affranchira comme bibi...

Il avait un accent parigot à couper au surin que je n'étais jamais tout à fait parvenue à imiter.

– Salut Nénesse ! Ouais, j'ai rencart avec le daron. Le môssieur m'accompagne. Mais pas d'gourance, hein ! C't'un aminche, c'est pas mon régulier !

– Ah ! C'que j'en dis, moi, mam'zelle Ana, vous faites bien comme vous voulez ! Ma pomme, on fait pas dans l'cancan. C'la dit, le gonze en question c't'un beau morceau, à vot'place j'irais pas pleurer misère !

– Gi ! J'y sorbonne et j't'en recause, mon poteau !

Nous achevâmes de monter l'escalier en silence. Anatole semblait préoccupé. Arrivés sur le palier, je m'assis sur une petite banquette au cuir fendillé. Il resta debout, appuyé à la rampe. Il ne disait toujours rien. Je l'interrogeai du regard.

– Ana..., finit-il par dire doucement. Ana, vous m'étonnerez donc toujours ?

Il se tut à nouveau, les yeux perdus au loin.

– Ana, et si je vous demandais... d'être ma régulière, et plus seulement une aminche ?

Une brusque chaleur m'envahit. J'en restai sans voix, le souffle coupé.

– Vous y « sorbonneriez » ?

– Anatole, c'est... si soudain.

– Dites oui, Ana...

Je ne sus que hocher la tête, à petits coups de plus en plus décidés.

– Oui, Anatole. Oui, je veux bien.

Et après ? Fallait-il se lever ? Aller vers lui ? L'embrasser ?

Je ne bougeai pas et lui non plus. La porte s'ouvrit soudain et déversa un flot bruyant de savants barbus, parmi lesquels se trouvait mon père adoptif.

– Ah, tu es là, Ana. Et monsieur de Clerc, vous êtes là aussi ! Pardonnez-moi de vous avoir fait attendre… Mais qu'avez-vous ? s'alarma-t-il. Vous êtes tout drôles…

– Monsieur Roland…, commença Anatole.

Il s'éclaircit la voix :

– Monsieur Roland, j'ai l'honneur de vous demander la main de votre fille, Ana, ici présente.

C'était au tour de monsieur Roland d'être tout drôle.

Nous étions tous trois attablés dans un petit restaurant proche du Muséum, où les professeurs avaient leurs habitudes. Je m'en voulais un peu. Monsieur Roland semblait avoir vieilli d'un coup, tassé sur sa chaise comme un petit vieillard. La carte, qu'il consultait depuis trop longtemps tremblait un peu dans sa main. L'autre était posée sur la nappe à petits carreaux rouges et blancs. Je la pris dans les miennes. Il abaissa la carte et se composa un sourire. Anatole, quant à lui, avait repris tout sa contenance et je lui en voulais vaguement, tout en lui étant reconnaissante de faire ainsi diversion. Il parlait, parlait, de tout et de rien, établissait déjà des projets pour notre vie commune.

– Évidemment, rien ne presse. J'aimerais d'abord rendre la propriété dont j'ai hérité un peu plus habitable. Cette vieille cousine providentielle était semble-t-il confite en dévotion et n'avait plus pour les choses de ce monde qu'un intérêt médiocre. Il y aura quelques travaux, nécessairement. Le domaine, par contre, est exceptionnel, vous verrez. Car vous viendrez visiter, n'est-ce pas ? Après tout, ce n'est qu'à deux pas de La Héronnière, nous ne serons pas bien loin les uns des autres. Nous nous installerons là-bas, naturellement. Je ne garderai qu'un pied-à-terre à Paris. D'ailleurs, depuis quelque temps, toute cette agitation m'assomme. Je n'aspire plus qu'au calme de la campagne ! Et puis, ce sera plus commode aussi pour Ana. Pour sa peinture, je veux dire. Il y a de belles verrières, vous verrez, de quoi faire un atelier tout à fait pratique et charmant... Ah ! Voilà le garçon, peut-être serait-il temps de commander, non ? Je vous propose de commencer par une flûte de champagne. Qu'en pensez-vous ?

Nous n'en pensions rien, aussi nous le laissâmes prendre les choses en main. Le repas se déroula dans le calme. Même Anatole se remit à parler de façon normale, sans cette exubérance un peu factice qui m'avait agacée un peu auparavant. Monsieur Roland reprit tout son empire sur lui-même et trouva même la force de plaisanter. D'un commun accord, avec Anatole, nous avions décidé de ne pas lui parler de l'agression dont j'avais été victime. Cela n'aurait fait que l'inquiéter pour rien et je préférais de loin lui raconter notre visite du Salon.

Les « fauves » nous occupèrent ainsi jusqu'au café. Anatole insista pour payer l'addition et nous nous levâmes pour partir. Il eut toutefois la discrétion de ne pas nous accompagner à la gare : il se doutait que nous aurions bien des choses à nous dire.

Nous ne les dîmes pas tout de suite. Ce ne fut qu'une fois installés dans notre compartiment que, me regardant dans les yeux, monsieur Roland me demanda :

– Es-tu heureuse, ma chérie ?

Je fis semblant de ne pas comprendre.

– Au sujet de ces nouveaux peintres ? Eh bien...

– Je voulais dire au sujet de monsieur de Clerc, Ana...

– Oh ! Eh bien je... je ne sais pas. Je suis heureuse bien sûr mais à l'idée de ce que cela signifie, qu'il faudra partir, même si ce n'est pas loin...

– Je ne te dirais pas que cela ne me fait rien, à moi. La maison me paraîtra bien vide, surtout au début. Mais c'est de ton avenir qu'il s'agit. Tu n'as pas à sacrifier ta vie à deux vieux comme nous. Ce qui compte, c'est que tu sois heureuse.

– Mais je suis heureuse. Et en même temps, ça me rend un peu triste...

– Ah, c'est peut-être une définition du bonheur, ça... Tu l'aimes, donc ?

– Je ne sais pas. Je crois. Oui...

– Il faut être sûre. Ce n'est pas une affaire de réflexion. Tu dois le sentir, au fond de toi.

– Il est gentil. Et beau, aussi. Et puis... je suis flattée, je crois, qu'il m'ait remarquée malgré... malgré...

– Malgré quoi ?

– Eh bien je ne suis pas très jolie, n'est-ce pas ?

– Qu'est-ce que tu racontes là ?

– Je ne plais pas beaucoup aux garçons.

– Qu'en sais-tu ? En connais-tu, des garçons ?

– Pas tant que ça, c'est vrai... Je n'y pense pas beaucoup.

– Hum… Tu devrais peut-être prendre un peu de temps pour réfléchir…

– Oh non ! Je ne voudrais pas décevoir monsieur de Clerc… Anatole. Il a toujours été si gentil pour moi. Je lui dois beaucoup et…

– Ne va pas t'engager avec lui uniquement parce que tu penses lui devoir quelque chose, Ana…

– Ce n'est pas ça. Pas que ça. C'est vrai qu'il a quelque chose qui… mais je ne sais pas parler de ces choses-là, terminai-je en rougissant.

– Allons, tu es une jeune femme, Ana. Même un vieux bouchon comme moi peut se souvenir d'avoir été jeune et de ce que l'on peut éprouver à cet âge. Comme à tout âge, d'ailleurs. Tu as un cœur, Ana, et il ne demande qu'à aimer. C'est bien normal.

– Tout cela est si nouveau pour moi. Si étrange… Je dois vous paraître bien bête…

– Bête ? Non.

– Quand je pense… si je ne vous avais pas rencontré, quelle vie aurait été la mienne ? Et maintenant, maintenant, tout cela… C'est à vous que je le dois. Oh, comme j'aimerais pouvoir vous prouver ma reconnaissance !

– Tu n'as rien à prouver du tout, Ana. Tu ne mesures pas combien tu nous as rendus heureux, ta mère et moi, depuis toutes ces années. Et combien tu continues à nous rendre heureux et fiers.

– Je ne sais pas. J'ai toujours l'impression de ne pas mériter ce qui m'arrive. Vous savez… Il faut que je vous fasse un aveu. Quand nous nous sommes rencontrés, votre portefeuille… Eh bien, c'était moi qui vous l'avais volé.

– Ha ha ha ! s'esclaffa monsieur Roland. Je m'en suis toujours douté !

– Et... vous m'avez quand même fait confiance ? demandai-je d'une petite voix.

– Bien sûr. Je t'ai fait confiance dès le début. Tu étais tellement... Eh bien, je ne sais pas, c'était évident, voilà tout.

Bouleversée, je me jetai dans ses bras.

– C'est vous que j'aime le plus, lui murmurai-je en l'étreignant. Je n'en aimerai jamais aucun autant que vous !

– Allons, allons... Ne dis pas cela, voyons. Tu es une femme, maintenant. Tu dois voler de tes propres ailes, rencontrer d'autres gens...

– C'est égal. Ce ne sera jamais pareil..., promis-je en me redressant. Mais, c'est bien vrai, vous ne m'en voulez pas de vous avoir pris votre portefeuille ?

– Puisque cela m'a permis de te rencontrer !

– Alors je vous le rends à nouveau. Votre montre, aussi.

Éberlué, il se tâta les poches en regardant sans y croire le gros portefeuille que je lui tendais.

– Alors ça... ça ! Mais, comment as-tu fait ? Je n'ai rien senti ! s'exclama-t-il.

– C'est le métier...

– Tu... tu as donc continué, pendant toutes ces années ?

– Je n'ai plus jamais rien volé, je vous le jure ! J'ai juste continué à m'entraîner. Un peu. Pour ne pas trop perdre la main. Je... je ne sais pas. Je me suis toujours dit que ça pouvait servir, un jour ou l'autre. Peut-être.

– Ah ça, tu as bien raison ! s'esclaffa-t-il à nouveau. On n'est jamais trop prudent ! Eh bien on peut dire que c'est réussi. Voyez-moi ce petit tire-laine ! Tu sais, Ana..., reprit-il, soudain sérieux. Il y a une chose que tu m'as volé, ce jour-là, à Spalato, et que tu ne m'as jamais rendu...

– Laquelle ? fis-je, brusquement alarmée.

– Mon cœur, voyons. Mon vieux cœur... Et celui-là, je te le laisse bien volontiers. Pour toujours, ma petite fille.

L'anniversaire de mes vingt-et-un ans fut également l'occasion de célébrer les fiançailles. Il n'y eut pas de grand tralala. Les Roland ne fréquentaient guère dans le pays et il semblait qu'Anatole fût à peu près orphelin. Il vint seul, en tout cas, tout plein de cette belle prestance qui en imposait tant à ma mère adoptive. C'était elle, et de loin, la plus excitée. Pour l'occasion, je l'avais laissée me pomponner. Coiffée, poudrée, maquillée, je me sentais plus gauche que jamais, mal à l'aise dans une robe de soie toute neuve que nous avions passé des heures à choisir dans une grande maison de couture du faubourg Saint-Honoré. Par défi – et surtout parce que cela ne paraissait pas déplaire à Anatole – j'avais gardé mes lunettes et je le regrettais presque, à présent, chaque fois que je devais affronter mon reflet dans le grand miroir du salon.

C'était une belle journée d'hiver, très froide et ensoleillée. Dans la cheminée, de grosses bûches brûlaient depuis le matin et il faisait bon dans la salle à manger où la table avait été dressée. On nous avait placés l'un à côté de l'autre, Anatole et moi. De temps à autre, son soulier frôlait le mien, comme par inadvertance et j'aimais ce petit jeu ignoré des autres convives, prometteur d'intimités bien plus troublantes. Par bonheur, je n'eus pas trop à me mettre en avant, Anatole faisant l'essentiel des frais de la conversation, qu'il avait brillante et pleine d'humour, comme à son habitude.

Au dessert, je déballai mes cadeaux. Des livres, bien sûr, dont une très belle édition anglaise de Peter Pan, illustrée par monsieur Rackham, ainsi qu'un très beau nécessaire à peinture importé du Japon : plusieurs pinceaux, de toutes tailles, dont un très gros que je pouvais à peine tenir, des godets de porcelaine, de l'encre de couleur en bâton et une pierre à broyer… Je n'osai avouer à Anatole que j'avais à peu près renoncé à l'aquarelle. Après que j'eus déposé du rouge à lèvres sur toutes les joues, ce fut le moment, plus solennel, de mes fiançailles officielles avec monsieur de Clerc. Nous nous levâmes et Anatole me prit la main. Plus émue que je voulais bien l'admettre, je me laissai passer la bague au doigt. Une très jolie bague, par ailleurs, très fine, en or et sertie d'un saphir. Après quoi il éleva mes mains à hauteur de ses lèvres et les baisa avec tendresse. Égayé par le vin, monsieur Roland fit un petit discours plein de verve et madame Roland versa quelques larmes. Ensuite de quoi Anatole proposa de nous mener tous trois en automobile afin de visiter le domaine dont il venait d'hériter.

Nous nous couvrîmes chaudement et embarquâmes dans le véhicule pétaradant. C'était la première fois que madame Roland montait en automobile. Elle en fit tout un roman, poussant de petits cris mourants à chaque tournant pris un peu vite, sursautant à chaque nid de poule, à la grande hilarité d'Anatole qui lui donnait déjà du « belle-maman ».

Le Clos de la Mesnie n'était qu'à une quinzaine de kilomètres de la maison mais je n'en avais jamais entendu parler. Je fus à la fois un peu effrayée et soulagée en découvrant cette grande demeure austère et froide au bout d'une allée de chênes centenaires. Effrayée parce qu'elle semblait si peu accueillante au premier abord, soulagée parce qu'il y aurait tant de travaux à prévoir que nous n'emménagerions pas avant de longs mois. Pas avant notre mariage, en tout cas, prévu pour la mi-mai. Du mieux que me le permettait mon imagination, je m'efforçais de me voir habiter cette maison. Je n'y parvenais pas. Même une fois refaits peintures et papiers peints, poncés et cirés les parquets vermoulus, les fenêtres lavées et débarrassées de leurs toiles d'araignée, cette maison me regardait de haut et me rejetait. Jamais elle ne me reconnaîtrait pour sa maîtresse, moi, l'étrangère, la va-nu-pied, la petite voleuse des rues de Spalato...

– Je pense que nous pourrions faire ici notre chambre..., me glissa Anatole en s'effaçant pour nous laisser entrer.

Ici ? Dans cette grande pièce aux allures de glacière ? C'était déjà une chambre, il y avait un lit au milieu. Un grand lit à baldaquin, très haut et poussiéreux, mieux fait pour recevoir un mort qu'un couple de jeunes mariés. Je me vis brusquement morte, allongée sur ce lit et cette idée me fit frissonner. Se rendit-il compte de mon malaise ? Anatole écourta la visite et nous ramena vers le parc. Sans être aussi beau et bien pensé que le nôtre, celui-ci avait bien plus de charme que la maison, même en hiver et à l'abandon. Il m'était beaucoup plus facile de m'imaginer m'y promener ou m'y installer pour lire à l'ombre d'un grand tilleul dont le soleil déclinant de décembre découpait sur le sol la silhouette endormie.

Il était plus de seize heures lorsque Anatole nous ramena. Nous prîmes le thé tous ensemble puis Anatole se leva pour partir.

– Ma chérie, pourquoi ne raccompagnerais-tu pas ton fiancé ? suggéra finement madame Roland. Comme elle l'avait sans doute prévu, Anatole proposa de faire quelques pas dans le parc envahi peu à peu par le crépuscule.

Nous marchâmes tout d'abord l'un à côté de l'autre puis Anatole s'enhardit à me prendre la main. Insensiblement, il me guidait vers une partie du jardin qui échappait aux regards depuis la maison. Mon cœur battit un peu plus fort.

Nous nous arrêtâmes. À nouveau, il prit mes mains et les baisa.

– Vous ne m'avez pas accordé mon baiser de fiançailles, Ana…

– Je… il faut me pardonner, Anatole. Je suis si ignorante de toutes ces choses… Vous devez me trouver bien godiche.

– Au contraire, Ana. Je vous aime telle que vous êtes. Vous ne ressemblez à personne.

– Tant mieux pour les autres, alors…

– Ne dites pas cela. Vous n'êtes pas seulement jolie, vous êtes belle. À votre façon mais vous êtes très belle…

– Anatole…

– Ana, ma chérie !

Il m'attira soudain à lui et ses lèvres se posèrent sur les miennes. Je ne résistai pas. D'abord hésitant, son baiser se fit passionné. Je le lui rendis avec ardeur et, pour la première fois de ma vie, je connus l'étreinte d'un homme.

Il faisait presque tout à fait nuit, lorsque nous nous lâchâmes enfin.

– Je t'aime, Ana. Depuis le premier jour, je t'aime..., murmurait-il en me caressant les cheveux, tandis que je restais blottie contre sa poitrine.

– Je ne puis attendre que nous soyons mariés. Je t'aime plus que ma vie. Je te veux...

Ses mains, contre mon dos, sur mes hanches se firent plus insistantes.

– Non, Anatole... vous êtes fou ! Il ne faut pas ! Pas ici, pas comme ça...

Un nouveau baiser me ferma la bouche. Je fus emportée par un tourbillon de sensations inconnues où je ne maîtrisais plus rien. Lui donnai-je toutes les autorisations ou bien s'en empara-t-il de lui-même ? Dans mon souvenir, notre union fut bien davantage une lutte qu'un transport amoureux. Il obtint ce qu'il voulait. Ce fut plutôt furtif et rapide. Je n'eus le temps que d'avoir mal. Pas autant que je le redoutais mais assez pour m'arracher un gémissement. Il m'avait renversée sur le banc de pierre et pesait sur moi de tout son poids. M'avoir ainsi à sa merci le galvanisa. Il se fit plus brutal, s'acharna un instant et, dans un grognement, acheva de se soulager en quelques secondes. Lorsqu'il eut repris ses esprits, il se rendit compte qu'il me serrait encore les poignets et les lâcha avec un petit rire bête. Je me relevai et, en silence, entrepris de défroisser ma robe. J'étais triste. Était-ce tout ? Était-ce cela, le mariage ? Dans le noir, je l'entendais se rajuster avec des soupirs d'aise. Je ne pus m'empêcher de sursauter quand il me prit par les épaules.

– Ana... Me pardonnes-tu ? C'est que je suis un homme, tu comprends, Ana ? Dis-moi que tu me pardonnes. Nous serons bientôt mariés, de toute façon...

– Je vous pardonne, Anatole, je vous pardonne. Au reste, il n'y a rien à pardonner...

– Ana... ma petite Ana ! Dis-moi que tu m'aimes, tu ne me l'as jamais dit, Ana !

– Je... vous aime. Je... je crois que je vais rentrer, à présent, Anatole. J'ai froid...

– Bien sûr... bien sûr. Je te raccompagne.

– Non. Je ne préfère pas. S'il vous plaît, Anatole.

– Alors un baiser. Un dernier, pour me prouver que tu ne m'en veux pas. Allons, ma petite caille...

Je le lui accordai. Il mit dans cette dernière étreinte un caractère de possession triomphante qui ne fit qu'accroître mon malaise. Je le quittai presque en courant.

Je m'arrangeai pour ne pas croiser mes parents adoptifs avant l'heure du dîner. Je pus quitter ma robe et la brosser et puis surtout me laver, avec une rage intérieure que je ne m'expliquais pas bien. Après tout, je ne devais rien à quiconque et n'avais trahi personne sinon, peut-être, moi-même. Et encore, n'avais-je pas voulu ce qui s'était passé ? Je n'en étais pas sûre. J'avais aimé embrasser Anatole mais... le reste... Je n'avais rien senti. Presque rien. Étais-je donc anormale ou bien n'était-ce que... ça ? Je n'avais personne à qui parler de ces choses. Je me sentais ignorante. Déçue. Flouée. Salie.

Bien entendu, je ne laissai rien paraître devant mes parents. Nous passâmes une soirée aussi agréable que possible. Je voulais profiter au mieux des derniers mois qui me restaient avant mon mariage. Je ne savais pas encore que cet heureux temps se terminerait beaucoup plus tôt que prévu.

Nous allâmes nous coucher vers onze heures. Je ne me mis pas au lit tout de suite, je voulais prendre quelques notes dans un livre que j'avais lu. Surtout, je me sentais incapable de dormir. Au cours de la soirée, le désarroi avait peu à peu fait place à la colère. Il m'avait forcée. Je lui avais dit non. Je n'avais cessé de lui dire non, mais il n'en avait pas tenu compte. Ma volonté n'était donc rien pour lui. Devrais-je être désormais son esclave ? Je ne pouvais l'accepter. Pas une seconde. Il m'avait forcée. Je ne voulais pas et il m'avait forcée...

J'étais encore assise à mon secrétaire à ressasser tout cela lorsqu'on frappa doucement à la fenêtre. Mon cœur bondit dans ma poitrine. Si c'était lui ? Les volets n'étaient pas fermés, je tentai en vain de percer les ténèbres. On frappa de nouveau. Je me levai, les jambes tremblantes, regrettant de ne pas avoir une arme à portée de la main. Quoi qu'il en soit, si c'était lui, je me sentais de force à rompre les fiançailles. Et à le faire tomber de son échelle, par dessus le marché ! Ce... osait donc revenir sur les lieux de son forfait, quel culot ! On allait voir ce qu'on allait voir !

Lorsque je fus près de la fenêtre, un visage apparut au carreau. Un visage souriant. Un jeune garçon. Il me fit signe d'ouvrir la fenêtre. Quelque chose dans sa physionomie m'incitait à lui faire confiance. Je tournai l'espagnolette. L'air glacé de la nuit s'engouffra dans la pièce.

– Prenez une petite laine, mam'zelle Ana, quelqu'un voudrait bien vous voir ! chuchota le gamin, juché sur son échelle.

– Quelqu'un ? Mais qui donc ? Et comment connais-tu mon nom ? questionnai-je sur le même ton.

– Ben c'est le quelqu'un en question qui me l'a dit. Une quelqu'une, en fait. Moi, par contre, je connais pas son nom.

En tout cas, faut pas avoir peur, elle ne vous veut pas de mal, juré-craché !

– Et comment le sais-tu, toi, d'abord ?

– La quelqu'une m'a dit aussi de vous donner ça, que quand vous le verrez, vous me suivrez sans faire de pet, aussi sûr que deux et deux font… euh…

Il me tendit un paquet oblong. Je défis le linge qui l'entourait. C'était un couteau. Celui que m'avait donné maître Dranje.

Le couteau de Dunja.

Chapitre 5

– Salut, Ana ! Monte vite, il fait froid…

Elle m'attendait dans une voiture couverte, sur la petite route qui passait au fond du jardin.

– Dunja, c'est bien toi ? Je n'arrive pas à y croire…

– Eh oui ! C'est bien moi… Tu es surprise ? Tu ne m'avais pas reconnue, l'autre jour, à Paris ?

Comment eussé-je pu la reconnaître ? Comment passer, après plus de dix ans, d'une gamine ébouriffée, maigre et en haillons, à cette grande jeune femme élégante qui me regardait, un sourire amusé sur les lèvres ? Comme elle était devenue belle ! Vêtue en cavalier, chaussée de hautes bottes luisantes et d'un long manteau noir à soutaches, coiffée d'une toque d'astrakan, elle avait toutes les allures d'une reine cosaque, d'une altière princesse barbare que l'on eût mieux vue courir la steppe sur son étalon que stationnant en pleine nuit dans un fiacre au pied d'une maison bourgeoise. Mon ébahissement la fit rire.

– N'aie pas peur, je ne suis pas un fantôme !

– Non… Mais alors, le cavalier noir, c'était toi aussi ?

– Sans doute. Probablement. Je m'habille en noir et je fais du cheval, donc…

– Mais… comment ?

– Ah ! ça, c'est une longue histoire. Et c'est en partie pour te la raconter que je voulais te voir. Alors monte une bonne fois pour toutes et ferme-moi cette foutue portière, on se gèle !

Le jeune garçon qui m'avait menée là avait rejoint le cocher sur le siège. Une lourde et massive silhouette engoncée dans un énorme manteau. Peut-être mon « sauveur » de l'autre jour, ce Ranko. Dunja me prit les mains et me hissa dans la voiture.

– Là. Tu n'as pas changé, petite Ana. Tu es comme au tout premier jour de notre rencontre, dans le souterrain, tu te souviens ? Un petit animal pris au piège…

Dans le doute de ce qui allait suivre, je me contentai de renifler.

– Mais il n'y a pas de piège. Je suis heureuse de te revoir, petite Ana. Pas toi ?

– Si bien sûr, mais…

– Mais tu te demandes comment je t'ai retrouvée. Ça, ça n'a pas été trop difficile… Tu t'imagines que ton Patrizio t'aurait laissée filer sans savoir au minimum avec qui ?

– Patrizio ! Comment va-t-il ? Il est ici, lui aussi ?

– Bien, il va très bien. Enfin, la dernière fois que je l'ai vu. Il n'est pas là. Pas en France, je veux dire. Tu te souviens de lui ?

– Comment pourrais-je vous oublier ? soufflai-je. Je me souviens de vous tous. Et… et toi, Dunja ? Comment…

comment es-tu devenue, je ne sais pas, tout ça ? demandai-je en désignant la voiture luxueuse, ces vêtements manifestement coûteux.

– Ah, ça ? Eh bien, petite Ana, figure-toi que tu as devant toi la comtesse Dunja Borskaja, princesse de Pavlacic et douairière des anciens duchés de Skopje !

– C'est vrai ?

– Non mais ça fait toujours bien sur une carte de visite ! Et ça ouvre beaucoup plus de portes qu'un jeu complet de rossignols...

– Tu n'es pas comtesse, alors ?

– Pas plus que toi, ma jolie. Ou, plutôt, beaucoup beaucoup moins.

– Que veux-tu dire ?

– C'est précisément là le but de ma visite. Sais-tu bien comment tu t'appelles, Ana ?

– Eh bien, Horvath, non ? Ana Horvath. Ou Ana Roland, bien sûr, depuis que...

– Ni l'un ni l'autre. Tu t'appelles en réalité Anne-Charlotte von Tannheim-Nesbovic, dix-septième princesse de Draïna, ses forêts, ses mines et ses lacs.

La surprise, à nouveau, me laissa sans voix. Elle rit. Ses dents brillèrent à la lueur du quinquet qui éclairait l'intérieur de la voiture. Ce léger chevauchement d'une incisive sur l'autre. Je croyais l'avoir oublié quand, toute entière, elle était contenue dans cette imperceptible dissymétrie. C'était son sourire. C'était elle. Belle. Mystérieuse. Surprenante...

– Tu... tu me racontes des histoires.

– Pas du tout. Tu as toujours ta marque de naissance à l'épaule ?

– Bien sûr, mais...

– Montre-la moi.

– Là, maintenant ?

– Ultime vérification d'une hypothèse que j'estime juste à 99 %.

Sans un mot, je me tournai sur le siège et fis tomber mon manteau de mes épaules. Elle se chargea elle-même de déboutonner le haut de ma robe. Quant à moi, j'étais revenue dix ans en arrière, un matin, sur cette galerie de bois qui nous servait de refuge pour nos leçons. Je frissonnais, sans bien savoir si le froid était en cause ou bien l'émotion de ce souvenir... Comme l'autre fois, je sentis ses doigts passer doucement sur mon épaule, suivre à nouveau le contour de cette marque détestée que j'avais cru pouvoir oublier depuis dix ans.

– C'est bien ce que je pensais. J'avais raison... Tu peux te rhabiller, petite Ana.

– Mais de quoi s'agit-il, à la fin ? Je n'y comprends rien !

– Cette vilaine tache, Ana, ce n'est pas une marque de naissance. C'est un tatouage.

– Un tatouage ?

– Un mauvais tatouage, fait à la hâte par quelqu'un d'inexpérimenté, pâli et déformé par les années et la croissance, mais un tatouage tout de même où, avec un petit effort, l'on reconnaît un renard courant. Le même qui, précisément, figure sur les armes des Tannheim-Nesbovic. Ta famille, petite Ana.

– Je… je n'arrive pas à te croire. Grand-mère m'a toujours dit…

– De ne le montrer à personne, n'est-ce pas ? Elle avait raison, sauf en ce qui me concerne, naturellement. Voyons, Ana, la principauté de Draïna, ça te dit quelque chose ?

Je repassai en vain mes souvenirs de la géographie de Reclus.

– Euh… non. Peut-être. Enfin je ne sais pas…

– C'est normal. C'est tout petit, tout perdu dans la montagne. Mais c'est aussi très riche, relativement à sa taille. Draïna est assise, à proprement parler, sur une montagne d'or, dont quelques mines apparemment inépuisables fournissent aux princes de Draïna une prospérité qui ne s'est jamais démentie depuis la Renaissance. Et qui leur a valu, entre autres choses, d'avoir toujours su préserver leur indépendance. L'or est un excellent ambassadeur…

– Mais qu'est-ce que j'ai à voir avec ça, moi ?

– J'y viens. Depuis une vingtaine d'années, Draïna est gouvernée par le prince Augustus-Adolf, premier du nom. Depuis une vingtaine d'années ou, plus exactement, depuis que le souverain légitime, le prince Erik, s'est tué avec toute sa famille dans un mystérieux accident. Alors qu'il revenait d'une visite chez un parent, sa voiture, où se trouvait également son épouse, la princesse Illona, leur fille, la petite Anne-Charlotte, âgée d'un an à l'époque, ainsi que la nourrice de celle-ci, madame Kostazič. Sa voiture, donc, aurait versé dans un ravin du fond duquel les hommes de l'escorte, malgré tous leurs efforts, n'auraient malheureusement pu remonter que leurs corps sans vie. Dès le lendemain, l'inconsolable Augustus-Adolf, demi-frère du prince, voulut bien assumer la lourde tâche du pouvoir, tâche à laquelle il s'habitua étonnamment bien. Si bien, d'ailleurs, qu'il rompit très vite avec une Constitution jusque-là plutôt bonhomme pour en établir une nouvelle, par laquelle il s'arrogeait à peu près tous les pouvoirs au détriment, notamment, de la petite noblesse locale et d'un certain nombre de bons bourgeois. Il se fit tout naturellement beaucoup d'ennemis, patriotes sincères ou prébendiers aigris dont les plus chanceux eurent le choix entre l'exil et le poteau d'exécution. La plupart choisirent l'exil, à Vienne et, pour beaucoup, à Paris, où ils passent encore l'essentiel de leur temps à comploter et à se disputer dans l'espoir d'une très hypothétique restauration de leurs droits et libertés. Et c'est là que j'interviens, et toi aussi…

– Attends… Je crois comprendre. Tu voudrais que je me fasse passer pour Anne-Charlotte, c'est ça ?

– Non. Pas te faire passer : tu *es* Anne-Charlotte. Laisse-moi t'expliquer. Le jour du fameux accident, l'escorte était bien entendu constituée d'hommes triés sur le volet. Et triés par qui ? Eh bien par cet excellent Augustus-Adolf en personne. Du premier officier au plus petit soldat, tous dévoués corps et âme au demi-frère du souverain qui lui, au moins, aimait les militaires et le faisait savoir. Bref, tu l'auras compris, Erik et Illona n'ont jamais eu d'accident, ils ont été assassinés. Mais pas Anne-Charlotte. Le prince se méfiait, il s'est défendu. Sur son ordre et profitant de la confusion, madame Kostazič s'enfuit en emportant l'enfant. Malgré toutes les recherches, les assassins furent incapables de les retrouver. Comment firent-elles pour leur échapper ? Ça, seule ta grand-mère aurait pu le dire, petite Ana.

– Mais alors… alors, Grand-mère…

– N'était pas ta grand-mère mais bel et bien ta nourrice, parvenue à s'enfuir et à vous mettre à l'abri des meurtriers de vos parents, Votre Altesse.

Elle me laissa le temps de digérer la nouvelle. J'avais déjà du mal à avaler ma salive…

– Comment… comment as-tu su tout cela ?

– Je ne l'ai pas su. Je l'ai deviné, reconstitué, pas à pas, depuis dix ans. Depuis que j'ai vu cette marque sur ton épaule. Je suis… j'étais déjà une bête de proie, Ana, habituée à ne pas laisser passer la moindre chance de survie. Cette marque m'avait intriguée. Je sais reconnaître un tatouage quand j'en vois un. Or, une petite fille tatouée, ce n'est pas commun, je m'en suis toujours souvenu. Un peu plus tard, et beaucoup plus loin, j'ai entendu parler de cette histoire et j'ai vu les armoiries de ta famille. J'ai repensé à cette marque, qui ressemblait si peu à une tache de naissance… J'ai cherché, j'ai trouvé un ancien soldat de l'escorte, un ivrogne qu'il m'a été facile de faire parler. Il m'a tout raconté, le guet-apens, votre fuite. J'ai remonté votre piste, une piste incertaine, très embrouillée, tortueuse. Ta grand-mère était une femme intelligente, Ana, et rusée. Plusieurs fois j'ai cru perdre le fil, pour le retrouver plus loin de façon parfois miraculeuse. Et puis il a fini par m'amener jusqu'à ton village… Et nous voilà, ce soir.

– Ça ne me dit pas ce que tu attends de moi…

– Tu n'as pas envie de retrouver ton titre ?

– Mais je ne veux rien de tout cela ! Ma vie est ici, maintenant, et je l'aime bien comme elle est ! Je… je vais me marier.

– Ah, tu vas te marier ?

Elle ne le savait donc pas. C'était étrange. Elle qui semblait tout connaître de moi.

– Oui. Avec monsieur – avec Anatole de Clerc, tu sais, celui qui…

– Ah oui, ton « sauveur ». Ça n'a pas l'air de beaucoup te réjouir.

– Nous nous sommes fiancés aujourd'hui…

– Ben, justement.

– Enfin bon, tout ça c'est pour te dire que, même si c'est vrai…

– *C'est* vrai.

– Même si c'est vrai, ça ne m'intéresse pas. Voilà.

– Ça ne t'intéresse peut-être pas, toi. Mais, vois-tu, ça intéresse beaucoup d'autres gens. À commencer par ce brave Augustus-Adolf.

– Je ne comprends pas…

– Crois-tu qu'il soit resté inactif, pendant ces vingt ans ? N'oublie pas que tu étais comme une épée de Damoclès au-dessus de sa tête. Tu avais échappé à ses tueurs, tu pouvais ressurgir à tout instant pour réclamer la couronne. Lui aussi t'a cherchée et, apparemment, il a fini par te retrouver…

– Que veux-tu dire ?

– Comment peut-on être aussi aveugle ? Crois-tu que la falaise se soit écroulée toute seule, l'autre fois ? Et l'autre jour, à Paris, penses-tu que ces deux malfrats en voulaient à ton porte-monnaie ? Et pourquoi crois-tu que, depuis des semaines, je passe mon temps à veiller sur toi ?

– Tu veux dire qu'on cherche à me tuer ? C'est ce que disait aussi Anatole…

– Vas-tu passer ton temps à fuir, Ana ?

– Je pourrais peut-être lui signer un papier comme quoi je renonce à la couronne...

– Ana, penses-tu qu'un tyran comme Augustus se contenterait d'un papier quand il peut avoir ta tête ? Et puis tu n'es pas seule en cause. Je te l'ai dit, il y a des opposants, des exilés. Il y a ton peuple, Ana.

– Mon peuple ?

– Eh oui, ton peuple. Toi seule peux le tirer des griffes d'Augustus. Il te suffit de réapparaître.

– Et de rester en vie... Mais, dis-moi, quel est ton rôle, à toi, dans cette histoire ? Pourquoi toute cette enquête, pourquoi veiller sur moi, comme tu le dis ? Après tout, ce n'est pas ton affaire...

– Ça l'est devenu. Je suis payée pour ce que je fais...

– Payée ? Par qui ?

– Par l'opposition en exil, bien sûr. Après avoir reconstitué ton histoire, je savais qu'elle intéresserait bien des gens.

– Tu l'as vendue au plus offrant, en fait.

– Le plus offrant aurait vraisemblablement été Augustus, petite Ana... Tu me prends pour qui ? Aurais-je oublié ma petite institutrice ? Aurais-je oublié ce que je te dois ?

– En attendant, tu as vendu mon histoire.

– À ceux qui ne veulent que ton bien, Ana.

– Mais, à moi, tu ne m'as rien demandé. Je te le répète : je me fiche de cette couronne !

– Eh bien, tu le leur diras à *eux*.

– Qui ça « eux » ?

– Ceux à qui je dois t'amener ce soir.

– Quoi ? Mais...

Elle frappa à la cloison de la voiture, qui se mit aussitôt en marche.

– Dunja, arrête cette voiture immédiatement ! Il n'est pas question que j'aille où que ce soit !

– Sois raisonnable, Ana. Je te ramènerai, ne crains rien...

– Mais je ne veux pas ! Arrête cette voiture ou je saute !

Elle posa la main sur la poignée de la portière.

– Tu n'en feras rien. Tu dois venir. Ce ne sera pas long.

Je tentai de lui faire lâcher prise.

– Laisse-moi ! Et si mes parents s'aperçoivent...

– Ils ne s'apercevront de rien. Je te ramènerai avant l'aube, n'aie pas peur...

Mes efforts maladroits la faisaient rire. Elle était bien plus forte que moi. Je renonçai et, boudeuse, me rencognai à l'autre bout de la banquette.

– Où allons-nous ? soupirai-je.

– À Paris. C'est important, Ana. Toute l'opposition sera là. Cela n'a pas été facile de les réunir...

– Je m'en fiche.

– Regarde : tu as déjà des caprices de princesse !

– Ce ne sont pas des caprices, je veux être tranquille, c'est tout !

– Tu ne le seras plus jamais. Ta vie est menacée, ne l'oublie pas. Et je ne serai pas toujours là.

Je ne trouvai rien à répondre. La voiture avait pris de la vitesse et les chevaux menaient un train d'enfer. Dunja continua :

– En gros, l'opposition en exil se divise en trois groupes. Le premier, le plus important, ce sont les légitimistes, tes fidèles sujets, en somme. Ils sont commandés par l'ancien ministre des finances de ton père, *Herr* Klaus Gerner. C'est lui que j'ai approché en premier, et qui est devenu mon employeur. Je crois que c'est quelqu'un de bien. Un peu retors, comme tous les politiciens, mais honnête, je crois, et sincèrement désireux de te remettre sur le trône. L'autre tendance, ce sont les républicains. Ceux-là ne t'aiment pas spécialement, voire pas du tout, c'est évident. Du reste, ils sont pour la plupart d'acharnés panslaves : pour eux, une famille à moitié autrichienne n'a rien à faire à la tête d'un peuple essentiellement slave. Draïna doit rejoindre la grande république des Slaves du sud dont ils rêvent. Ils complotaient déjà contre ton père, ils continuent à le faire contre ton oncle. Ils pourraient cependant envisager une alliance de circonstance avec les légitimistes, dans l'idée que ton irruption dans le jeu dynastique pourrait suffisamment déstabiliser le régime pour qu'ils puissent tenter un coup de force. Le poète Nikola Netsi est à leur tête. Je ne l'ai jamais rencontré mais il passe pour une sorte d'idéaliste romantique à l'ancienne, chevaleresque... Lui, s'il te combat, le fera à la loyale. Cependant, d'après mes renseignements, son autorité est de plus en plus contestée par la génération montante, de jeunes loups aux dents longues et au cœur froid qui ne te feront pas de cadeau s'ils estiment que la nécessité l'impose. Les troisièmes, enfin, ce sont les partisans du rattachement à l'Empire. Tu imagines bien que les Habsbourg n'ont jamais vu d'un très bon œil subsister une enclave telle que Draïna en plein cœur de l'Empire. Eux t'offriront une protection intéressée, à condition que le pays fasse acte d'allégeance à l'empereur, qui s'empressera de faire main basse sur ses richesses, évidemment. Tu ne les verras pas ce soir – officiellement, l'Empire Austro-Hongrois se refuse à toute ingérence dans la politique draïnienne – mais ce sont tes plus puissants ennemis et il est à parier que, parmi les plus ardents patriotes de notre petite sauterie de ce soir, se cachent quelques agents doubles qui, d'une façon ou d'une autre, te feront des offres que tu ne pourras pas refuser… Pour résumer, comme tu le vois, tu tombes en plein panier de crabes.

– *Tu* me fais tomber en plein panier de crabes.

– Je préfère te savoir là que morte, petite Ana.

Je restai longtemps songeuse. J'étais en colère et, malgré tout, quelque chose en moi s'amusait de cette histoire. Une princesse… j'étais donc une princesse ! Souveraine légitime d'une principauté d'opérette, pourchassée par un tyran… On se serait cru dans l'un de ces romans à deux sous que nous aimions tant, monsieur Roland et moi. Ne manquait pas même la belle aventurière. Dunja… Je n'avais pas de raison de ne pas la croire mais quel jeu jouait-elle ? Et puis il y avait Grand-mère… ma nourrice. Qu'importait ce qu'elle avait été en réalité. Elle resterait à jamais ma grand-mère adorée. Elle avait tout sacrifié. Sa vie. Pour moi. Qu'aurait-elle voulu que je fasse ? Dunja avait peut-être raison, au fond…

Nous entrâmes bientôt dans Paris. Le trajet nous avait pris presque une heure. La voiture cahotait à présent sur le pavé de rues que je ne reconnaissais pas.

– Où allons-nous exactement ? demandai-je à Dunja.

– Je ne peux pas te le dire. Le lieu de rendez-vous doit être gardé secret. Je vais d'ailleurs de demander de refermer ce rideau. Nous ne tarderons plus à arriver…

Je ne pus m'empêcher de sourire.

– Un rendez-vous secret, maintenant ! Au fond de quelque catacombe éclairée par des torches fumeuses, je suppose ?

– Comment l'as-tu deviné ?

La voiture s'arrêta. J'entendis qu'on ouvrait une porte cochère, qui se referma derrière nous. Dunja descendit la première et me prit la main pour m'aider. Les chevaux piaffaient au centre d'une petite cour obscure, à peine éclairée par une lampe-tempête suspendue au-dessus d'une porte basse aux planches mal jointes. Dunja y frappa quatre coups, très espacés. La porte s'ouvrit en silence, découpant dans le mur lépreux un rectangle noir d'où s'exhalait une odeur de cave. Dunja me poussa devant elle le long d'un interminable couloir, fermé par une nouvelle porte qui, cette fois, grinça dans la plus pure tradition romanesque. Un escalier s'enfonçait dans les entrailles du sol, éclairé de loin en loin par des chandelles piquées sur des crochets fixés dans la paroi. Je renonçai bientôt à compter les marches. Je savais Paris percé comme un gruyère de dizaines et de dizaines de kilomètres de galeries, de caves et d'anciennes carrières qui formaient sous la capitale un réseau serré et profond, dont les Catacombes ne représentaient qu'une partie infime. Il y eut des paliers, d'autres portes, des couloirs, puis de nouvelles volées de marches qui, toujours, descendaient. J'avais un peu peur, bien sûr, mais la présence de Dunja me rassurait. Inexplicablement, je lui vouais une confiance totale. Jamais elle ne m'aurait entraînée dans un traquenard, de cela j'étais bien certaine. Aussi m'amusais-je plutôt de la situation et de ce vieux fond de romantisme slave qui, décidément, s'accommoderait toujours bien mieux du décor un peu mélodramatique d'une grotte humide que d'un appartement bourgeoisement chauffé.

Nous franchîmes une dernière porte, gardée par deux gaillards aux allures de soldat et pénétrâmes enfin dans une grande salle violemment éclairée par de multiples torches, dont les murs blancs réfléchissaient la lumière. C'était sans doute une ancienne carrière de craie, nous devions être à vingt ou trente mètres sous le sol de Paris. Le plafond, assez haut et soutenu par d'épais piliers, se noyait dans l'ombre mouvante des flambeaux. Le centre de la salle était couvert de tapis. On y avait disposé des fauteuils et des chaises, comme pour un spectacle. Une grande table, recouverte d'une nappe immaculée, disparaissait sous une profusion de flacons, de carafes et de de cristaux étincelants, d'assiettes pleines de sandwiches et de petits fours. L'opposition en exil n'avait manifestement pas omis d'emporter les bijoux de famille. Une vingtaine de personnages s'agitait autour du buffet. L'un d'eux se détacha du groupe et vint au-devant de nous.

– Ah, *Cherr'*, *Cherr'* amie, vous voilà enfin ! dit-il avec un fort accent slave. Je commençais à m'inquiéter...

– Monsieur, enchaînait déjà Dunja, je n'ai qu'une parole : permettez-moi de vous présenter Son Altesse Anne-Charlotte, héritière légitime de la principauté de Draïna.

L'homme – je ne pouvais douter qu'il s'agît de *Herr* Klaus Gerner, fidèle ministre de feu mon père – me considéra de la tête aux pieds.

– Incrroyable, murmura-t-il pour lui-même, extrraorrdinairre... Votrre Altesse, continua-t-il en cassant en deux sa longue carcasse maigre de sexagénaire en forme. Votrre Altesse, je suis trrès ému... Vous êtes tout le portrait de votre défunte mère, la princesse Illona...

Il avait prononcé cette dernière phrase en serbo-croate. Un piège ? Dunja m'avait prévenue qu'il était retors. Heureusement, j'avais encore quelques notions...

– Vous m'en voyez moi-même plus surprise que ravie, *Herr* Gerner. Je n'ai aucun souvenir de ma mère et, il y a une heure à peine, j'ignorais encore tout d'elle.

Une étincelle brilla dans l'œil du vieux ministre. J'avais passé la première épreuve.

– Bien sûr, vous étiez trop petite quand... l'accident s'est produit. Je possède cependant plusieurs portraits de votre mère. Vous verrez, la ressemblance est frappante. Mais venez, venez vite, je vous prie. Je vais vous présenter. Ces messieurs s'impatientent...

Je ne retins pas le nom de tous ceux qui me furent présentés ce soir-là mais, grâce aux indications de Dunja, il me fut aisé de les classer dans l'une ou l'autre des catégories qu'elle m'avait énumérées. La figure la plus remarquable était évidemment celle de Nikola Netsi, grand vieillard à barbe blanche qui cultivait jusqu'à la caricature une ressemblance avec Garibaldi. Ce fut lui, néanmoins, qui me fut le plus sympathique – et de loin – dans ce qui m'apparut bien vite comme une assemblée d'aigris et d'ambitieux. Mes « fidèles sujets », en particulier, vinrent l'un après l'autre me lécher la main avec une obséquiosité si visqueuse que j'étais tentée de l'essuyer à ma robe après chacune de leurs courbettes. Netsi, au moins, n'avait pas de ces manières. Il me prévint d'emblée :

– Votre Altesse, vous le savez sans doute, je suis un vieux républicain. J'ai combattu votre père comme je continue à combattre son successeur. Je ne ferai cependant pas injure à la mémoire du prince Erik en les mettant tous deux dans le même sac. Votre père était un adversaire courageux et loyal. L'autre n'est qu'une brute et un assassin sans foi ni loi. C'est donc en toute honnêteté que je vous prêterai mon épée s'il s'agit d'abattre le tyran. Sachez toutefois que cela ne suffira nullement à faire de moi votre féal. La cause que je défends est au fond celle de tous les Slaves du sud et dépasse de loin toute l'estime personnelle que je pourrais porter par ailleurs à votre personne…

– Voilà qui est fort bien dit, Nikola. Comme toujours d'ailleurs…, intervint un nouveau venu sans me laisser le temps de répondre. L'ironie du ton me déplut. Je le toisai. C'était un homme jeune au visage entièrement rasé, dont la bouche en coup de lame affectait un sourire que démentaient des yeux froids, où brillait une inquiétante lueur fanatique. Celui-là était vraiment dangereux.

– Notre grand poète a très bien parlé, *mademoiselle…*, reprit-il en insistant fortement sur ce dernier mot. Vous nous trouverez bien sûr à vos côtés, dans la mesure et dans la mesure seulement où nous pourrons trouver un terrain d'entente. Une alliance tactique, en quelque sorte. Et forcément temporaire. Nos intérêts sont divergents, ne l'oubliez jamais.

– Monsieur ? répondis-je avec hauteur.

– Sloboda. Adam Sloboda, pour ne *pas* vous servir…

Sloboda… Liberté. Un faux nom, évidemment.

– Je ne risque pas d'oublier votre nom, monsieur, soyez-en certain, car il représente ce que j'estime le plus. Quant à me servir, la liberté ne saurait évidemment se mettre au service d'aucune cause, ni la mienne, ni la vôtre.

En temps normal, je leur aurais volontiers abandonné n'importe quel royaume et les aurais laissés se battre comme des chiens pour sa possession. Mais quelque chose me poussait, ce soir-là, à jouer le jeu, un sentiment que j'avais du mal à situer. Quelque part entre le désir de ne pas décevoir Dunja, qui m'avait pourtant jetée dans cette meute, et ma propre fierté, qui me poussait à montrer à ces gens qu'ils ne feraient peut-être pas qu'une seule bouchée de la petite princesse.

– Du moins la nôtre existe-t-elle, ricana encore Sloboda. Vous nous aviez promis des preuves, *Herr* Gerner. Où sont-elles ?

– J'y viens, mon cher Sloboda, j'y viens précisément, répondit l'interpellé.

Il frappa dans ses mains pour obtenir le silence.

– Messieurs, s'il vous plaît, je réclamerai maintenant toute votre attention !

– Comme vous le savez pour la plupart d'entre vous, reprit-il lorsque chacun se fut assis, il y a un an, environ, la comtesse Borskaja, ici présente, est venue me soumettre les preuves de la survie de la princesse Anne-Charlotte à l'odieux attentat qui coûta la vie à nos malheureux souverains. Son récit, étayé d'arguments solides, acheva de me convaincre d'une éventualité dont, pour ma part, je n'avais jamais complètement désespéré.

J'envoyai naturellement des gens de confiance vérifier les principaux détails de son histoire dont aucun ne fut pris en défaut. C'est donc avec une joie immense que j'ai l'honneur de vous présenter ce soir la fille de notre bien-aimé souverain, la princesse Anne-Charlotte, à qui nous devrons désormais jurer fidélité. D'aucuns, néanmoins, réclament des preuves. Permettez-moi de vous en offrir une, éclatante. Car après être parvenue à s'enfuir avec l'enfant, sa nourrice, l'admirable madame Kostazič, lui fit tatouer sur l'épaule l'emblème de sa famille, un renard courant. Je vous propose donc de venir constater l'authenticité de ce tatouage... Votre Altesse, s'il vous plaît, acheva-t-il en se tournant vers moi.

J'étais stupéfaite. Quoi ? J'allais donc devoir m'exhiber d'humiliante façon devant tous ces gens ? Devant tous ces hommes ?

– Ana, s'il te plaît, c'est important, me souffla Dunja, derrière moi.

Il le fallait donc. En silence, je lui laissai dégrafer une nouvelle fois ma robe et me dénuder l'épaule. Un à un, les conjurés défilèrent pour voir mon tatouage et en juger la signification. Certains n'y jetaient qu'un simple coup d'œil quand d'autres se penchaient longuement sur mon épaule, si près que je sentais leur souffle sur ma peau qui se hérissait de dégoût. L'un d'eux alla jusqu'à me toucher, provoquant une réaction immédiate de la part de Dunja. Elle se tenait très droite à mes côtés. Je la sentais tendue, prête à intervenir au moindre manquement à ma personne. Après tout, pouvait-on être sûr que mon oncle, Augustus-Adolph, n'eût point placé là quelque sbire en vue de m'assassiner ? Dunja, manifestement, entendait me protéger et, par un obscur instinct, je l'en savais tout à fait capable. Aussi n'avais-je au fond aucune crainte et parvins-je à me maîtriser. Je fis une très digne princesse, jusqu'à ce que le dernier des conjurés se fût assuré de ce que j'avais toujours pris pour une marque infamante.

Une voix s'éleva soudain par-dessus le brouhaha général qui avait succédé à mon exhibition.

– Tout cela est bien beau, *Herr* Gerner... Un très joli conte, en vérité. Mais nous prenez-vous donc pour des naïfs ? Une pseudo-comtesse vous sort une héritière de son chapeau et, sur la bonne mine d'une aventurière et d'un vague tatouage, nous devrions vous croire ? Nous attendons d'autres preuves, mon cher, et de plus substantielles !

Celui qui parlait ainsi était confortablement carré dans un fauteuil du dernier rang. Il ne me semblait pas qu'il m'eût été présenté. C'était un petit bonhomme chafouin, affublé d'une moustache en fil de fer à laquelle ne manquaient que des barbelés pour compléter son air aimable.

– Pour être clair, reprit-il, qu'en est-il du Proconsul ?

Le proconsul ? Quel proconsul ? Interloquée, je me tournai vers *Herr* Gerner, qui sembla soudain embarrassé.

– Il ne semble pas avoir été retrouvé. Mais peut-être Son Altesse pourra-t-elle nous en dire davantage...

– Moi ?

– Voyons, Votre Altesse, savez-vous où il se trouve ?

– Mais de qui parlez-vous, à la fin ? Qui est ce proconsul ?

– Il ne s'agit pas d'une personne, Votre Altesse, mais d'un diamant. Un très gros diamant qui manque à la couronne depuis la mort de vos parents et qui semble avoir disparu en même temps que vous.

– Je n'ai jamais rien su du moindre diamant !

– Bien sûr, bien sûr... Mais réfléchissez : madame Kostazič a-t-elle jamais fait allusion à quelque joyau, à quelque trésor qu'elle aurait pu cacher, dissimuler quelque part ?

– Mais... non. Autant qu'il m'en souvienne... non. De quoi s'agit-il, exactement ?

– Le Proconsul orne la couronne princière depuis sept générations. Il fut offert en présent à votre aïeul par le Grand Turc lui-même lors d'une visite protocolaire. La couronne doit être montrée au peuple tous les vingt-cinq ans. Or, le Proconsul semble avoir disparu du Trésor princier en même temps que mouraient vos parents. Pour l'usurpateur, qui doit très bientôt présenter la couronne, c'est un terrible manque de légitimité. Bien sûr, il aura fait confectionner un faux mais le Proconsul est un diamant très particulier, inimitable. Une contrefaçon ne tiendra pas trois secondes sous l'œil d'un expert. Quant à nous, vous devinez l'avantage que le retour du Proconsul donnerait à notre cause.

– Mais comment ce diamant peut-il avoir disparu ? Lorsque mes parents ont été assassinés, ils revenaient bien de visiter des cousins ? Je suppose qu'ils ne se déplaçaient pas avec un tel trésor, non ?

– Vraisemblablement pas, en effet. Mais le prince Erik se méfiait de son demi-frère. Aussi aura-t-il sans doute caché le joyau avant de partir. Mais où ? J'espérais que vous pourriez nous éclairer là-dessus...

– Je suis désolée. Je ne me souviens de rien.

– Pour l'instant. Mais peut-être plus tard, quelque souvenir, une phrase prononcée par votre nourrice...

– Je ne sais pas…

– C'est assez ! s'insurgea à nouveau le petit homme. Veuillez cesser cette comédie, *Herr* Gerner ! Quant à vous, mademoiselle, vous êtes certainement bonne actrice, mais vous n'abuserez personne une seconde de plus !

– Monsieur Dabo, je vous en prie, un peu de retenue ! Vous parlez à la princesse.

– Prouvez-le pour de bon et je suis prêt à faire amende honorable ! En attendant, je maintiens que tout ceci n'est qu'une mascarade ! Qu'en pensez-vous, messieurs ?

Le brouhaha reprit de plus belle. Chacun y allait de son opinion et ne manquait pas de la souligner avec force gestes. Seul, dans son coin, le vieux poète Nikola Netsi semblait réfléchir. Il se leva soudain, dépliant sa haute silhouette. Tout le monde se tut.

– Eh bien moi, Nikola Netsi, je vous crois, prononça-t-il d'une voix de stentor. Et je mets mon sabre à votre disposition, Votre Altesse !

Il tourna le dos à l'assemblée et sortit sans plus prononcer une parole. Peu à peu, les autres en firent autant, par petits groupes bruyants et nous restâmes seuls, *Herr* Gerner, Dunja et moi.

– Vous ne m'aviez pas parlé de ce diamant, *Herr* Gerner, fit Dunja d'un ton doucereux.

– Simple précaution, ma chère, simple précaution…

– Au cas où j'en aurais préféré les feux à mes émoluments ?

– Il est parfois des tentations dont il vaut mieux se garder, n'est-ce pas ?

– Hum… sans doute avez-vous raison… Quoi qu'il en soit, notre petite réunion de ce soir s'est bien mal terminée, non ?

– Pas du tout ! Je suis très content, au contraire. Nous avons franchi la première étape. Me prendriez-vous pour un perdreau de l'année ? Je savais bien que cette histoire de diamant serait mise sur le tapis. Si cet imbécile de Dabo ne s'en était pas chargé, je l'aurais fait moi-même.

– Je ne comprends pas, fis-je.

– Eh bien, il ne s'agissait au fond que de vous présenter à ces gens, Votre Altesse. Qu'ils nous croient ou non n'a au fond que peu d'importance.

– Dans la mesure où vous leur offrez un symbole, n'est-ce pas ? Une sorte d'étendard…

Les yeux du vieux ministre pétillèrent de plaisir.

– Vous êtes intelligente, Votre Altesse. Vous ne déméritez décidément pas de votre mère. Une sorte d'étendard, en effet. Dans lequel vient de se draper notre cher Netsi, qui sera désormais votre allié le plus fidèle. Allons, je ne vous retiendrai pas plus longtemps. La comtesse va vous raccompagner, je reste encore un peu pour donner quelques ordres. Je vous remercie infiniment, Votre Altesse. Et sachez bien que la bataille qui vient de commencer ne s'achèvera que par votre victoire.

– Il est parfois des victoires bien amères, monsieur le Ministre, ne pus-je m'empêcher de conclure, évasive. Une dernière chose, toutefois. Vous m'avez dit posséder plusieurs portraits de mes parents… Me serait-il possible de… J'aimerais beaucoup les voir, s'il vous plaît.

– Bien entendu, Votre Altesse. Vous les aurez. D'ailleurs, nous nous reverrons bientôt, n'est ce pas ? Nous avons encore beaucoup de détails à régler. Tout cela ne fait que commencer.

En attendant, toutefois... Je vais devoir vous demander de me promettre le secret sur la réunion de ce soir. Notre statut d'exilés ne nous autorise pas à faire de la politique sur le sol français, vous comprenez ? Si cela venait à se savoir, nous risquerions tous les plus graves ennuis.

– Je n'en parlerai à personne, je vous le jure.

Dans le couloir qui nous ramenait à la surface, Dunja me prit familièrement le bras.

– Tu as été parfaite ! Parfaite ! Je te félicite, petite Ana !

– Dis-moi, Dunja...

– Oui ?

– Tu ne me tromperais pas, n'est-ce pas ? Tu ne te servirais pas de moi ? Je suis vraiment princesse ?

– Oui, Ana. Tu es vraiment princesse de Draïna.

– Alors, c'est toute ma vie qui vient de basculer ce soir ?

– D'une certaine façon, oui. Mais tu ne retrouveras pas ton titre en un jour. Ce sera long, vous aurez le temps de vous y habituer, Votre Altesse.

– Ne m'appelle pas comme ça. Pas toi...

– Tu préfères « petite Ana » ?

– Mille fois, oui. De ta part, en tout cas. De celle de cet affreux petit bonhomme, ce... Dabo, je n'exigerai jamais assez de marques de respect. Qui est-ce ? Le sais-tu ?

– Un gros propriétaire, je crois, un maître de forges. Très riche, il se dit grand patriote mais il se murmure aussi qu'il sait ménager ses intérêts de tous les côtés à la fois. Je ne serais pas étonnée que ce soit lui, l'œil de François-Joseph...

– Possible, en effet.

J'étouffai un bâillement. Nous étions revenues dans la cour, où le fiacre nous attendait toujours. Il était presque quatre heures du matin. Si le cocher était toujours à son poste, le gamin, en revanche, avait disparu.

– Écoute, parlons d'autre chose, maintenant, veux-tu ? Je suis épuisée. Parle-moi de toi. Et des autres, là-bas. Qu'est-ce qu'ils sont devenus ? Je veux tout savoir.

– Tout, ça va faire beaucoup..., sourit Dunja.

– Alors j'ai une question, pour t'aider. C'est une question que je me suis toujours posée. Où étais-tu donc passée, ce fameux hiver, avant que je m'en aille ?

Malgré les années passées, je n'avais pu éviter de laisser filtrer un ton de reproche dont je fus la première surprise.

– Tu ne l'as jamais deviné, petite Ana ?

– Non. Et Iva n'a jamais rien voulu dire...

– C'est moi qui le lui avais demandé. Eh bien, j'étais en prison, petite Ana, tout simplement.

– En prison ?

Je tombais des nues. Je n'avais jamais envisagé une telle éventualité.

– Eh oui ! s'esclaffa Dunja. En prison ! Comment crois-tu que nous ramenions tout cet argent, Iva et moi ? En pillant les troncs dans les églises ? Toutes deux, nous étions déjà des cambrioleuses expertes. Mais, cette fois-là, nous nous sommes bêtement fait pincer..., finit-elle avec une grimace de dépit. Iva faisait le guet, elle n'a écopé que de quelques mois. Quant à moi, c'était plus grave, j'ai été condamnée à trois ans de travail forcé, à l'issue desquels je devais être déportée et placée comme bonniche dans une ferme au fin fond de la Carinthie. Autant te dire qu'à la première occasion, je me suis évadée...

– Mon Dieu, et moi qui pensais...

– Que je vous avais abandonnés ? Je sais, Iva me l'a dit. Non, petite Ana, je ne vous ai pas abandonnés. Je ne pouvais pas vous rejoindre, c'est tout. Tous les jours, je pensais à vous. À toi aussi, petite Ana, comme aux autres. C'était dur, là-bas, tu sais ? C'était dur mais, en même temps, j'en ai bien profité. D'abord, nous étions assez correctement nourries, je me suis un peu retapée. Tu te souviens comme j'étais maigre ? Ensuite, grâce à tes leçons, j'ai pu me perfectionner à la lecture et à l'écriture. La prison était plus ou moins tenue par des bonnes sœurs, un beau ramassis de vieilles garces, si tu veux mon avis, dont quelques vraies sadiques. Mais l'une d'elle m'avait à la bonne et, grâce à elle, j'ai pu fréquenter la petite bibliothèque de la maison de correction. Qu'est-ce que je me suis tapée comme bouquins de piété ! Il y avait quelques romans, aussi, pas beaucoup. Pour le reste, comme je te disais, j'en ai un peu bavé mais bon... je suis là, hein !

– Et Iva, qu'est-elle devenue ?

– Elle... elle est morte il y a quelques années. Phtisie. Tu sais, Ana... Je sais ce qu'elle t'a fait, les autres me l'on dit. Il ne faut pas lui en vouloir. Elle m'aimait. Peut-être trop. Sûrement. Mais c'était une brave fille, au fond.

– Oui... Je suis désolée.

– Eh ! C'est la vie, petite Ana ! On vit, on meurt, c'est comme ça. Bon, parlons de choses plus gaies, maintenant. Sais-tu que Patrizio est toujours avec moi ? C'est même l'un de mes plus fidèles... hum, assistants. Il a dix-huit ans, maintenant, c'est un très beau jeune homme, qui plaît beaucoup !

– Oh, comme j'aimerais le revoir ! À part toi, c'est lui qui m'a le plus manqué.

– Mais tu le reverras, petite Ana, tu le reverras sûrement. Et lui aussi sera heureux de te revoir.

Elle me donna encore des nouvelles des uns et des autres. Elle en avait perdu certains de vue, comme Veto, qui avait disparu à la suite d'une dispute. Quirino, lui, avait fini par trouver un emploi d'apprenti cuisinier qui l'avait conduit à épouser la fille de son patron. Dunja avait elle-même veillé à l'avenir de Hrvojka – la triste et courageuse petite Hrvojka, en la plaçant à la tête d'un petit domaine qu'elle avait, au Montenegro, avec les deux plus petits, Lucia et Božo, qui allaient désormais à l'école et poussaient drus comme de mauvaises herbes. Laticello, quant à lui, s'était engagé comme soldat et, tant que la soupe était bonne, en paraissait content. Goran, à dix-sept ans, s'était mis en ménage avec une femme plus âgée qui lui menait la vie dure, ce dont il semblait lui aussi s'accommoder le mieux du monde. Seul point noir, les deux sœurs, Cika et Zrinka, filaient un mauvais coton, entre alcool et prostitution. Mon cœur se serra à la pensée de la petite Zrinka, dont je m'étais tant occupée.

Le temps avait passé. L'aube pointait déjà à l'horizon. Nous étions presque arrivées.

– Et toi, Dunja ? Comment es-tu devenue « comtesse » ?

– Oh, moi ! C'est une longue, longue histoire, soupira-t-elle avec un sourire mystérieux.

– Tu es mariée ?

– Mariée ? Grand dieu, non ! Quelle drôle d'idée.

– Moi, je vais me marier...

– Oui, tu me l'as dit…

La conversation se mit à languir. Je la sentis soudain réticente à m'en dire davantage, tandis que nous arrivions devant la Héronnière.

– Et voilà, petite Ana ! Tu vois, je t'avais promis de te ramener avant le jour, comme dans les contes…

– Je… je suppose que je ne dois rien dire ? À mes parents, je veux dire…

– Non, pour l'instant, il vaudrait mieux éviter. C'est encore trop tôt.

– Nous nous reverrons ?

– Bien sûr. Je ne sais pas encore quand. Ne t'inquiète pas, je te ferai signe. D'ici quelques jours, sans doute.

– Alors, je te laisse…

– Oui. Va te coucher. Tu dois être épuisée.

– Bah… un peu, mais… Tu sais, je… je suis contente de t'avoir revue, Dunja. En dehors de tout ça, je veux dire, enfin…

Elle eut un sourire terriblement doux.

– Moi aussi, petite Ana.

J'étais déjà descendue, j'allais refermer la portière lorsqu'elle me retint.

– Ana, juste une dernière chose. Ça me fait de la peine de te dire ça mais… Ana, méfie-toi d'Anatole.

Comme une somnambule, je traversai le jardin humide. Tout était paisible, à cette heure-là de la nuit. Une chouette hulula, dans le bois. C'était comme un signal. Je fus tentée de lui répondre. La fatigue. Toutes mes pensées étaient en vrac. Me méfier d'Anatole ? Mais pourquoi avait-elle dit cela ? En même temps, qu'allait-il penser de tout cela ? Et si j'étais princesse, que devenait notre mariage ? Il n'était sûrement plus vraiment possible… Avec un certain étonnement, je m'en découvrais soulagée. Avais-je envisagé pour de bon de me marier ? Avec cet homme qui… Je frissonnai au souvenir de cette soirée, décidément un peu trop riche en coups de théâtre. Si l'on pouvait ainsi nommer ce qui s'était passé. Et Dunja… Dunja. Tous ces mystères qu'elle faisait toujours… Elle n'avait pas changé. Inutile de remonter par la fenêtre cette fois. J'avais ma clé. Princesse de Draïna. Il faudrait regarder sur l'atlas. Maintenant ? Non, il est trop tard. Ou trop tôt. Dormir. Pour le reste, on verrait demain matin. Tout à l'heure. Encore ne faudrait-il pas se lever trop tard, non plus, afin de ne pas inquiéter monsieur et madame Roland. Voyons, qu'est-ce que j'avais à faire, aujourd'hui ? Pas grand-chose. Si je me lève à huit heures, j'aurai dormi, voyons… La porte s'ouvrit en silence. Je la refermai et, à tâtons, grimpai l'escalier. Le tapis, par bonheur, étouffait mes pas. Je savais exactement où poser les pieds pour ne pas faire grincer les marches. Par jeu, je m'y étais souvent entraînée. Au salon, la pendule sonna cinq heures. Avais-je déjà veillé si tard ? J'avais la tête lourde. Longer le couloir. Ma chambre, tout au bout. L'air y était plus frais que dans le reste de la maison. La fenêtre était restée entrouverte après mon escapade. Je la refermai doucement, sans fermer les volets. Il faisait presque froid. Dans le poêle, le feu s'était éteint. Qu'importe, je n'en serais que mieux sous l'édredon… Je voulus tout de même allumer une bougie. Cela me fut impossible. L'allumette crachotait puis s'étouffait systématiquement. Bizarre, mais bon… Le sommeil me rendait maladroite, voilà tout. Et puis, je n'avais pas besoin d'y voir pour aller me coucher.

Peut-être avais-je pris froid, dans ces souterrains… J'avais toujours la tête si lourde, lourde… Tout se mélangeait : Anatole, Dunja, Draïna… Le ministre, comment s'appelait-il, déjà ? Ah oui ! *Herr* Gerner… Et l'autre, là, cet Adam Sloboda. Comme tout cela était ridicule, au fond. Un confetti. Se battre ainsi pour un confetti. Doré, certes, mais… L'évidence me frappa soudain : le poêle éteint, les allumettes… Je me précipitai à la fenêtre et l'ouvris en grand. Un souffle d'air froid me rendit d'un coup toute ma lucidité. Monoxyde de carbone ! Je l'avais échappé belle… Mon Dieu ! Et mes parents qui dormaient dans l'autre chambre ! En proie à un funeste pressentiment, je sortis dans le couloir. J'hésitai un instant devant leur porte. Pas un bruit. Monsieur Roland avait pourtant l'habitude de ronfler… C'était même un sujet de plaisanterie entre nous. Le cœur battant, je tournai la poignée. Un silence anormal régnait dans la pièce. Et toujours cette atmosphère lourde, oppressante, qui vous prenait les tempes dans son étau. Sans plus de précautions, je me jetai sur la fenêtre, repoussai les volets pour laisser entrer à grands flots l'air de la nuit. Ne voulant pas encore y croire, je courus à leur lit. Ils dormaient, ce n'était pas possible, ils dormaient !

– Monsieur Roland ! Réveillez-vous ! Oh, je vous en supplie, réveillez-vous ! Monsieur Roland ! Papa !

Je les secouai, les appelai, l'un après autre. Je criai, les giflai, cherchai leur pouls, guettai longuement le moindre souffle de vie.

En vain.

Ils étaient morts.

Tous les deux.

Chapitre 6

Mon premier mouvement fut de courir chercher de l'aide auprès de Dunja. C'était idiot, j'en conviens : derrière le mur, la route était bien entendu déserte, sa voiture était déjà repartie depuis longtemps. Hébétée, je revins à la maison, trébuchant dans l'herbe mouillée, espérant vaguement que tout cela n'était qu'un cauchemar, que je les retrouverais tous deux dormant paisiblement dans leur lit. Hélas, ce n'était que trop vrai. Dans la chambre que la fenêtre grande ouverte avait refroidie régnait un silence qui n'avait rien de naturel. Je pressai mon poing sur mes lèvres. Que faire ? Une idée me frappa soudain. C'était l'évidence, comment n'y avais-je pas pensé plus tôt ? Comment avais-je pu négliger ainsi le plus infime espoir ? Au risque de me rompre le cou, je dévalai l'escalier et décrochai le téléphone.

– Allô, mademoiselle ?

– Oui allô ? Je ne vous entends pas bien !

Je m'éclaircis la gorge.

– Je voudrais le docteur Louviers, s'il vous plaît, à Pontoise.

– Quel numéro ?

– Je... je ne sais pas !

– Je ne peux rien faire sans son numéro, madame.

– Mais c'est important ! Il... il en va de la vie de deux personnes !

– Allô ?

– Deux personnes. Mes parents. Ils sont peut-être morts !

– Qui demandez-vous ?

– Le docteur Louviers ! À Pontoise !

– Je vais voir ce que je peux faire...

Il y eut une série de déclics, une rumeur de voix lointaines. Puis, au bout d'un temps infini, l'opératrice reprit :

– Le docteur Louviers ne répond pas, madame...

– Oh ! Insistez, je vous en supplie ! Je m'en remets à votre miséricorde...

– Pardon ?

– Soyez-moi longanime, je vous en prie, mademoiselle, car, comprenez-vous, c'est un terrible coup du sort qui m'échoit...

– Excusez-moi, je ne comprends pas ce que vous dites.

Je maudis l'émotivité qui, chaque fois, me faisait parler comme une précieuse du Grand Siècle.

– Je voulais dire, c'est important..., repris-je d'une toute petite voix.

– Oui, bien sûr, je comprends, mais il ne rép...

Il y eut encore un silence, puis une voix masculine et vaguement irritée retentit dans l'écouteur :

– Oui ! Qu'est-ce que c'est ?

– Docteur Louviers ? Oh, mon Dieu ! Ils ont trépassé, je le crains fort.

– Hein ? Qui est à l'appareil ? Qui est mort ?

– Mes parents. C'est Ana. Ana Roland, à la Héronnière. Mes parents, ils… ils…

– Ana ? Vos parents ? Mais que s'est-il passé ?

– Oh, venez vite, monsieur le docteur, car je nourris les plus grandes craintes quant à leur salut !

– Calmez-vous, Ana. J'arrive. Je m'habille et j'arrive. Y a-t-il un voisin, quelqu'un avec vous qui puisse vous venir en aide ?

– Il n'y a personne. Je suis toute seule. Enfin, ils sont là-haut, mais…

Il avait déjà raccroché.

Je tombai dans le fauteuil près du téléphone, et me pris la tête entre les mains. Il fallait que je me reprenne, je ne pouvais pas continuer ainsi. Mais les pensées se bousculaient dans mon cerveau et je ne parvenais pas à en faire le tri. Il s'était passé trop de choses depuis hier. La réapparition soudaine de Dunja et ses révélations, cette improbable réunion de comploteurs d'opérette. Sans parler de mes fiançailles et de ce qui avait suivi… Anatole ! Lui saurait quoi faire. J'allai reprendre le téléphone, mais une hésitation me fit suspendre mon geste. « Méfie-toi d'Anatole ». Il me semblait encore entendre Dunja. Pourquoi m'avait-elle dit cela ? Qu'en savait-elle ? Que savait-elle de lui que j'ignorais ? Et ne pouvait-elle me prévenir avant mes « fiançailles » ? Avant que… Et s'il m'avait mise enceinte ? Tant pis, on verrait plus tard. En attendant, je n'avais personne d'autre vers qui me tourner. J'empoignai résolument le combiné.

– Allô mademoiselle ? Passez-moi Gutenberg 1525, je vous prie…

Elle ne me reconnut pas ou bien c'était une autre opératrice.

– Ce numéro n'est pas attribué, madame…

– Mais… ce n'est pas possible, voyons… Réessayez !

– Je ne peux pas réessayer, madame. Ce numéro n'est pas attribué.

M'étais-je trompée ? Non, j'en étais certaine. Certaine. Je sentis le sol se dérober sous mes pieds.

– Autre chose pour votre service, madame ?

– N… non, merci. Je… j'ai dû me tromper.

– Bonne journée, madame.

Mon carnet d'adresses était en haut, dans ma chambre. Je courus vérifier. Gutenberg 1525, c'était pourtant bien cela. Mais comment était-ce possible ? Soudain, il m'apparut que je ne lui avais jamais téléphoné. C'était toujours lui qui appelait. Il m'aurait donc délibérément trompée ? Le pressentiment d'un danger le disputait à un lâche et vague soulagement. Comment rester fiancée à un pareil menteur ? « Méfie-toi d'Anatole… » Mes parents, morts dans leur sommeil. Si j'avais été là, je serais probablement morte, moi aussi. Et si… « Méfie-toi d'Anatole… » Un brusque frisson de peur me hérissa la peau. « Il » était peut-être encore là ? L'assassin… Tapi dans le jardin, quelque part ? Affolée, je redescendis fermer la porte d'entrée. Mais s'il était déjà dans la maison ? Prudemment, j'entrouvris la porte du salon et allumai la lumière. Personne. Je m'emparai du tisonnier et entrepris de faire le tour de chaque pièce. Sans regarder à la dépense, j'illuminai la maison de haut en bas. J'étais à peine revenue au rez-de-chaussée qu'on sonna.

Mon arme bien en main, j'entrouvris avec méfiance.

– Ana ? C'est moi, c'est le docteur Louviers ! J'ai fait aussi vite que j'ai pu… mais, que faites-vous avec ce tisonnier, mon enfant ?

– Eh bien, je ne sais pas… Il faut…

Il me jeta un regard interloqué avant de poursuivre :

– Peu importe. Menez-moi auprès d'eux, vite. Et racontez-moi ce qu'il s'est passé…

Il ne lui fallut pas longtemps pour confirmer mes craintes. Ils étaient bel et bien morts, tous les deux. À cette nouvelle, j'eus un étrange petit rire qui acheva de l'intriguer et que je ne compris pas moi-même. J'étais incapable de pleurer. J'aurais dû le faire, m'écrouler en larmes comme n'importe quelle fille aimante l'aurait fait. J'en étais incapable. J'étais anéantie à un point indicible, mais il m'était absolument impossible de pleurer.

– Ana…

Le docteur m'avait prise par le bras, m'arrachant brusquement à ma rêverie.

– Ana, j'aimerais vous examiner. Vous avez respiré cet air vicié, vous aussi. Allons dans votre chambre.

– Ma chambre ?

– Eh bien oui, quoi de plus naturel ?

Il poussa la porte et découvrit ce que, sans bien m'en rendre compte, j'avais voulu lui cacher : mon lit, à la courtepointe impeccablement tirée… Et pour cause, puisque je n'y avais pas dormi. Nos yeux se rencontrèrent, puis je vis les siens descendre le long de ma robe, jusqu'à l'ourlet encore humide de rosée et mes bottines crottées par la terre du jardin. J'avais encore le tisonnier à la main. Il s'en avisa et pâlit quelque peu. Je m'empressai de le poser contre le mur mais cela ne suffit pas à le rassurer. À pas comptés, il reflua vers l'escalier.

– Hum… Puis-je me servir de votre téléphone, mon enfant ? Je dois prévenir les gendarmes. C'est… hum… la règle, disons, la procédure dans ce genre de cas.

– Je, euh… vous ne voulez plus m'ausculter ?

– Plus tard, plus tard. Après tout… hum… votre fenêtre était entrouverte, disiez-vous ? C'est probablement ce qui vous a sauvée. À ce sujet, vous devriez aérer le reste de la maison, on ne sait jamais. Et puis peut-être aussi éteindre toutes ces lumières ? Voyez, le jour va bientôt se lever…

Je fus soulagée de n'avoir plus à affronter son regard. Quelle heure était-il ? Sept heures vingt. Madame Mathilde ne tarderait pas à venir prendre son service. Comment lui annoncerais-je la mort de ses patrons ? Comme je passai par la cuisine, j'entendis le docteur Louviers téléphoner aux gendarmes. Et à ceux-là, qu'allais-je bien pouvoir leur raconter ? Pour la première fois, je m'avisai avec horreur que je ne pourrais *rien* leur dire. J'avais juré et j'étais liée par cette promesse. Si seulement j'avais eu la présence d'esprit de me changer, d'ouvrir mon lit et de froisser les draps, mon histoire eût pu paraître crédible. Au lieu de quoi, tout m'accusait. Du moins était-il clair que je n'avais pas passé la nuit à la maison. On me demanderait où et je ne pourrais pas répondre.

Le gravier de l'allée crissa. Des coups précipités contre la porte de la cuisine. J'ouvris et madame Mathilde, secouée de gros sanglots, me tomba dans les bras. Comment savait-elle ? Le docteur, sans doute. Peu désireux de rester en ma compagnie, il devait être parti attendre les gendarmes sur la route.

Je fis asseoir la brave femme, qui continuait à se lamenter.

– Je leur avais dit ! Je leur avais dit qu'il fallait les ramoner, ces maudites cheminées ! Et maintenant, maintenant...

Elle repartit de plus belle. J'étais d'autant plus gênée que, pour ma part, j'avais toujours les yeux secs. À vrai dire, la fatigue aidant, tout cela me paraissait de plus en plus irréel.

– Mon Dieu, mon Dieu, quelle histoire ! Ma pauvre petite, c'est affreux... Affreux !

Elle se moucha bruyamment.

– Et vous, ma pauvre mademoiselle, qu'est-ce que vous allez devenir, maintenant ? Et monsieur Anatole, est-ce qu'il est prévenu ?

– Je... je n'ai pas réussi à le joindre.

– Ah ? Ils sont à l'étage, n'est-ce pas ? Est-ce que... puis-je les voir ? demanda soudain madame Mathilde entre deux hoquets, d'un ton où elle ne put s'empêcher de mettre une certaine gourmandise.

– Oui... Oui, bien sûr.

Elle se leva pesamment.

– Vous m'accompagnez, n'est-ce pas ? Moi toute seule, je n'aurai pas le courage. Ah, mon vieux cœur... Jésus Marie Joseph ! Fallait-y que ça arrive, des choses pareilles ? Cette pauvre madame Roland. Et monsieur, toujours si gai...

Quel malheur ! Ma pauvre petite, ma pauvre petite ! Si vous avez besoin de quoi que ce soit, vous savez...

Par la fenêtre, j'aperçus le docteur qui remontait l'allée en compagnie de deux gendarmes poussant leur bicyclette. Un jeune et un plus âgé. Le docteur parlait avec animation, désignant l'étage. Me désignant peut-être... N'ayant aucune hâte à répondre à leurs questions, je pressai un peu madame Mathilde.

C'était la troisième fois que je rendais visite à mes parents dans leur chambre mortuaire. Leur corps, tels des mannequins, immobiles et d'une pâleur de cire, tout cela finissait par prendre une allure presque banale. Madame Mathilde se remit à sangloter dans son châle. Il faisait froid. J'allai fermer la fenêtre.

Les gendarmes s'annoncèrent à la suite du docteur. Il y eut soudain beaucoup trop de monde dans la pièce. J'aurais voulu m'enfuir, quitter la maison, m'en aller pour toujours. Où ? L'image de Dunja me traversa l'esprit. Si seulement elle était là. Elle, elle saurait que faire, que dire...

– Mademoiselle Roland ? Adjudant Berthier, gendarmerie nationale. Toutes mes condoléances, naturellement, n'est-ce pas ? bougonna-t-il

– Je vous remercie, monsieur, soufflai-je.

J'eus peine à retenir un sourire. C'était un vrai gendarme, une caricature de « sergot », moustachu et roulant les r, comme monsieur Roland aimait à les imiter, parfois, lui qui les détestait tant.

– Néanmoins, n'est-ce pas, pourrais-je vous poser quelques questions, afin d'éclairer les circonstances du drame ? Pas ici, bien entendu. Si nous pouvions passer à côté...

À côté. C'est-à-dire, dans ma chambre. Merci docteur...

Je m'assis au bord du lit, en m'efforçant de paraître naturelle. L'adjudant resta debout. Il n'avait pas l'air bien méchant, on aurait plutôt dit un bon vieux chien. Un berger des Pyrénées. Cette fois, je ne pus m'empêcher de sourire. Il tiqua.

– Hum... Pour commencer, mademoiselle, racontez-moi tout ce qui s'est passé, n'est-ce pas, sans rien omettre depuis hier soir.

Mon cœur se mit à battre trop fort. J'allais devoir mentir et je n'y avais jamais été de première force.

– Eh bien... mes parents et moi sommes allés nous coucher vers onze heures, comme tous les soirs. Enfin... quant à moi, je ne me suis pas couchée tout de suite, j'avais un travail à terminer.

– Un travail ?

– Enfin, pas vraiment un travail, je voulais prendre quelques notes dans un livre que j'étais en train de lire.

– De quel livre s'agit-il ?

Il était resté sur mon secrétaire. Il le prit et en examina la couverture avec une moue significative.

– *Par-delà bien et mal,* par F... « Friédriche Nietche ». C'est un Allemand, n'est-ce pas ?

– Un philosophe allemand, oui.

– Hum... bon. Continuez mademoiselle, je vous en prie.

– Eh bien, il n'y a pas grand-chose à dire de plus. Me sentant fatiguée, je suis allée me coucher avant d'avoir terminé. Sur le matin, je me suis réveillée la tête un peu lourde. Je me suis levée pour aller boire un verre d'eau et puis, euh...

j'ai voulu rallumer ma chandelle mais ça ne prenait pas, la flamme semblait s'étouffer à chaque fois. C'est alors que j'ai pensé au monoxyde de carbone. On en parle souvent dans les journaux, surtout depuis la mort de monsieur Zola. Sachant que la chambre de mes parents... Enfin, je veux dire, les conduits communiquent, ils aboutissent à la même cheminée, voyez-vous ? Aussi, inquiète, suis-je allée voir et... et...

Ma voix se brisa et je ne pus achever.

– Je comprends, je comprends...

Il se mit à faire les cent pas, examinant chaque détail de la pièce. J'étais inquiète. Il était certainement bien plus malin qu'il n'en avait l'air.

– Et... quant à vous, comment expliquez-vous ne pas avoir été plus gravement intoxiquée ?

– Je ne sais pas. J'ai l'habitude de laisser la fenêtre entrouverte la nuit, même en hiver. Je suppose que c'est ce qui m'a sauvée...

– Sans doute, en effet... Et après la découverte de... du drame, qu'avez-vous fait ?

– J'ai d'abord appelé le docteur Louviers et puis... je ne sais plus. Si ! J'ai eu peur et je suis allée faire le tour de la maison, au cas où quelqu'un s'y serait caché.

– Peur ? s'étonna-t-il. Aviez-vous des raisons de croire qu'on puisse vouloir attenter à votre vie ?

– N... non, bien sûr. Je ne sais pas, c'est absurde. J'ai eu peur, voilà tout. Ce doit être le choc, enfin j'imagine... C'est pour cela que le docteur m'a surprise un tisonnier en main. Il a dû vous en parler, non ?

– En effet, oui. L'hypothèse était d'autant plus absurde qu'un assassin qui se serait caché là aurait eu lui aussi quelques risques d'être intoxiqué, n'est-ce pas ?

– Oui, sans doute. Je n'y avais pas pensé…

– Mademoiselle Roland, vous n'avez pas passé la nuit dans votre chambre, n'est-ce pas ?

– Mais si…, fis-je d'une petite voix. Plus que jamais, je me faisais l'effet d'une petite souris. Une petite souris prise au piège.

– Et donc, la première chose que vous faites après avoir constaté la mort de vos parents, n'est-ce pas, c'est votre lit ?

– Non, je…

– Pourquoi mentir, alors ?

Ne sachant que répondre, je baissai la tête.

– Vous êtes sortie ce matin ?

Ma robe avait séché mais, à l'évidence, ce n'était pas une robe d'intérieur et puis le docteur avait dû parler.

– Non… Enfin, j'ai aussi fait le tour de la maison, pour voir s'il y avait quelqu'un…

– Toute seule ? En pleine nuit ? Vous êtes courageuse, mademoiselle Roland.

– Il n'y avait personne, répliquai-je comme si cela suffisait à expliquer mon soi-disant courage.

– Tout cela n'est pas très clair, mademoiselle, reprit l'adjudant Berthier. Vous ne voulez toujours pas me dire où vous avez passé la nuit ?

– Mais ici ! J'étais ici…

– Vous ne me facilitez pas la tâche, mademoiselle Roland. Je vais devoir en référer au Parquet, vous savez ? Et demander une enquête officielle.

– Mais… pourquoi ?

– C'est à vous de me le dire, mademoiselle. Mais vous vous entêtez.

– Je… je n'ai rien de plus à dire. C'est la vérité.

Il me considéra en silence, bras croisés.

– Vous l'aurez donc voulu. Je vous demanderai de ne pas quitter la maison et d'attendre l'arrivée du substitut du procureur. Ailleurs que dans cette chambre, n'est-ce pas ?

– Il… il y a la bibliothèque.

– Ce sera parfait. L'agent Magnin restera près de vous.

– S'il vous plaît… serait-il possible de prévenir mon fiancé ? Il habite à Paris, rue de Montmorency. Monsieur Anatole de Clerc.

– Il n'a pas le téléphone ?

– Si, mais je n'ai pas dû noter le bon numéro. On m'a répondu qu'il n'était pas attribué.

– Bon, donnez-moi son adresse exacte, la Préfecture enverra quelqu'un… Allons, ne vous inquiétez pas trop, mademoiselle Roland, n'est-ce pas ? Il s'agit simplement de lever certaines ambiguïtés.

L'attente, cette fois, fut interminable. Je n'avais pas dormi depuis plus de vingt-quatre heures et devais lutter pour garder les yeux ouverts. Le jeune agent préposé à ma garde trouvait le temps long, lui aussi. Son regard glissait sans cesse vers la pendule et, chaque fois, sa pomme d'Adam faisait un aller-retour le long de son cou trop maigre, à la peau rougie par le rasoir. Il n'était guère beaucoup plus vieux que moi. Comment eût-il réagi si, soudain, je m'étais présentée à lui comme dix-septième princesse de Draïna ? J'eusse été bonne pour Sainte-Anne, à coup sûr. J'avais la tête lourde et j'avais faim. Après tout, je n'avais rien avalé depuis la veille. Je m'en voulus vaguement de cette fringale au vu des circonstances. Vaguement, seulement, car j'avais eu trop faim dans ma vie pour m'attarder bien longtemps sur ce genre de scrupules. Mais le gendarme, qu'en penserait-il, si je réclamais un petit déjeuner ? Cela ne risquait-il pas de me desservir et de me rendre encore un peu plus suspecte ? Il me jetait des coups d'œil à la dérobée lorsque j'étouffais un bâillement. Mauvaise fille, qui ne pleure pas la mort de ses parents, mauvaise fille qui bâille d'ennui, mauvaise… Peut-être pensait-il aux siens, de parents ? Des gens modestes, travailleurs, qui lui avaient inculqué le goût de l'ordre et le sens du devoir. Ou bien était-il orphelin, comme moi, prince de quelque chose, qui peut jamais savoir ? Après tout, je n'avais moi-même vraiment rien d'une princesse. Machinalement, j'essuyai mes lunettes. L'agent Magnin se racla la gorge. Dehors, des moineaux piaillaient. On frappa. C'était madame Mathilde, les yeux rouges et les bras chargés d'un plateau abondamment garni.

– Je vous apporte votre café au lait, mademoiselle Ana… Vous n'y voyez pas d'inconvénient, monsieur l'agent, n'est-ce pas ?

Elle posa le plateau sur la table.

– En voulez-vous monsieur l'agent ? J'ai prévu une deuxième tasse…

Il tenta de se dérober poliment mais c'était méconnaître madame Mathilde. Avant qu'il pût esquisser le moindre refus, il se retrouva une tasse entre les mains.

– Je vous ai beurré quelques tartines, également. Il faut manger, malgré tout. Vous aussi, monsieur l'agent, servez-vous donc !

Le jeune gendarme était rouge jusqu'aux oreilles. Il trempa les lèvres dans sa tasse et j'en profitai pour avaler une bonne rasade, sans lait. Le liquide bouillant me fit du bien.

– Qu'est-ce que c'est-i-donc que vous reprochez à mademoiselle Ana, pour la garder comme une malfaisante ? Si toutes les jeunes filles étaient comme elles...

– Je ne sais pas, madame, ce sont les ordres...

– Les ordres, les ordres ! Ah, vous me la baillez belle, autant que vous êtes, avec vos ordres. En tout cas, moi je suis sûre que tout ça va s'arranger très vite, mademoiselle Ana. N'est-ce pas monsieur l'agent ?

– Certainement, madame.

– Ah ! vous voyez, monsieur l'agent dit que ça va s'arranger.

– Mais oui, tout ira bien, madame Mathilde. C'est un malentendu... Un simple malentendu.

– Mais qu'est-ce qu'on vous reproche donc ?

– Madame, s'il vous plaît..., intervint le gendarme.

– Eh bien quoi ! Mademoiselle n'est pas votre prisonnière, si ? Elle est encore chez elle, à ce qu'il paraît.

– Madame Mathilde, merci pour le café...

Je lui dédiai mon plus gentil sourire et elle se calma instantanément.

– Hum... vous n'avez rien mangé. Je vous laisse le plateau, je reviendrai le chercher plus tard.

Sitôt qu'elle fut sortie, je vidai la tasse d'un seul coup et retournai m'asseoir dans le fauteuil. Le jeune agent en profita pour poser la sienne, encore à moitié pleine.

– Ouf ! Merci, mademoiselle, souffla-t-il avec un sourire à mon adresse.

Celui-là non plus n'avait pas l'air bien méchant. Pour avoir été parfois poursuivie dans les rues de Spalato par les agents de police autrichiens, j'avais toujours gardé une certaine méfiance envers l'uniforme. « Les ordres, les ordres », comme disait madame Mathilde. Malgré sa bonne bouille, ce brave agent Magnin me conduirait au bagne sans le moindre état d'âme. Il n'avait pourtant pas l'air de me considérer comme coupable de quoi que ce fût. D'ailleurs, coupable, je ne l'étais pas. Mon silence n'avait rien à voir avec l'accident qui avait coûté la vie à mes parents. Ils finiraient bien par s'en rendre compte. D'ailleurs, au vrai, de quoi m'accusait-on ? De ne pas vouloir révéler où j'avais passé la nuit. Devais-je invoquer un amant imaginaire ? D'ailleurs, j'en avais un sous la main, tout prêt. Anatole aurait-il la présence d'esprit d'avouer qu'il m'avait enlevée pour la nuit ? Après tout, nous étions bel et bien fiancés et il me devait bien ça. Mais lui aussi voudrait savoir et je ne pourrais rien lui dire. Peut-être romprait-il de lui même les fiançailles ? espérai-je soudain. Tout s'arrangerait alors à merveille… À merveille, si ce n'est que monsieur Roland était mort, et sa femme aussi. Pourquoi ne parvenais-je pas à verser une larme ? Étais-je donc anormale ? Je ne me souvenais pas avoir pleuré depuis la mort de Grand-mère… qui n'était pas ma grand-mère. Comment s'appelait-elle déjà ? J'eus un instant de panique. J'avais oublié son nom ! Ah oui ! Madame Kostazič, ma nourrice… Un nom bien de chez nous. Ma grand-mère tout de même, tout comme monsieur Roland resterait à jamais mon seul vrai père…

– Mademoiselle ?

Je me réveillai en sursaut et mis quelques secondes à reprendre mes esprits. Qui était cet homme ?

– Félix-Édouard Péladan, substitut du procureur, se présenta-t-il. Vous dormiez, mademoiselle.

Je sus d'instinct que celui-là me serait hostile. Grand et maigre, il me dominait de toute sa hauteur, m'examinant d'un œil froid par-dessous son lorgnon.

– Je... oui, je m'étais endormie, balbutiai-je.

Un bref coup d'œil à la pendule : une heure, j'avais dormi près d'une heure !

Monsieur le substitut eut un grognement qui voulait tout dire et son contraire et s'assit en face de moi en faisant craquer ses genoux.

– Passons, dit-il. Je suis ici pour enquêter sur la mort de vos parents, dont certains éléments ont paru suffisamment suspects à l'adjudant Berthier, ici présent, pour provoquer l'intervention du Parquet, que je représente.

Il ouvrit une serviette pour y prendre des papiers. Assis à la grande table, un secrétaire, que je n'avais pas remarqué, trempa sa plume dans l'encrier et s'apprêta à noter.

– Bien. Mademoiselle, veuillez décliner vos nom et prénoms et me raconter votre version des faits tels que vous en avez connaissance depuis la veille du drame.

Je dus répéter tout ce que j'avais déjà dit à l'adjudant Berthier. Ils m'écoutaient en silence, silence seulement troublé par le grattement de la plume du greffier. J'en eus rapidement terminé. Le substitut me fixa sans ciller.

– Je crois savoir que vous n'êtes pas tout à fait la fille des époux Roland, mademoiselle ?

– Je suis… j'étais leur fille adoptive, en effet. Je suis arrivée en France à l'âge de onze ans.

– Et d'où veniez vous ?

– De Dalmatie… Je suis dalmate.

– Hum… C'est du côté de la Turquie, n'est-ce pas ?

– De l'Italie, plutôt. De l'autre côté de l'Adriatique…

– Bien sûr, bien sûr. Vous aviez onze ans, disiez-vous ? C'est assez tard pour une adoption, non ? Dans quelles circonstances avez-vous rencontré monsieur Roland ?

Je me sentis rougir jusqu'aux oreilles. Je n'allais évidemment pas lui révéler les véritables circonstances de notre rencontre. Se méprit-il sur ma confusion ? Il enchaîna, avec un petit sourire narquois :

– Voyons… Aviez-vous avec monsieur Roland des rapports de nature, disons… illicites ?

– Monsieur ! Je ne vous permets pas.

– Mes excuses, mademoiselle. Je cherche simplement à comprendre pourquoi un homme de l'âge et de la position de monsieur Roland s'enticherait d'une jeune… Dalmate, au point de la ramener en France et d'en faire sa fille.

– Il se trouve, monsieur, que j'avais quelque vernis d'éducation française qui sut plaire à monsieur Roland ou, tout au moins, l'intriguer suffisamment pour qu'il s'intéresse à moi.

– Une éducation française, dites-vous ? Acquise dans quelles conditions ?

– Ma grand-mère m'enseigna le français dès mon plus jeune âge, monsieur. Entre nous, nous ne parlions que cette seule langue.

– Votre grand-mère ? Était-elle donc Française ?

– Non monsieur. Mais elle révérait votre patrie…

– Noble sentiment, assurément. Vous aviez donc votre grand-mère... Et elle vous a laissé partir ?

– Elle était déjà morte, lorsque j'ai rencontré monsieur Roland.

– Ah. Vous étiez donc orpheline ? Et où viviez-vous ? Dans un orphelinat ?

– Je... je n'avais pas alors de domicile.

– Mon Dieu... Une enfant de votre âge, livrée à elle-même ? Et... de quoi viviez-vous ?

– Je me... débrouillais. On me donnait à manger, parfois. Je... je mendiais.

– Hum... Et vous voliez aussi, sans doute ! Vous étiez donc ce qu'on appelle « une gosse des rues » ! Très pittoresque en vérité, mais la réalité l'est souvent beaucoup moins que les dessins de monsieur Poulbot, n'est-ce pas, mademoiselle ? Vous étiez bien placée pour le savoir, j'imagine. Vous avez eu de la chance de tomber sur monsieur Roland.

– J'en suis très consciente, monsieur.

– Vous n'avez pourtant pas l'air de beaucoup regretter vos parents adoptifs...

– Je les regrette cependant, monsieur. Infiniment. Que vous le croyiez ou non.

– Mon rôle n'est pas de croire, mademoiselle. Il est d'observer. Et de comprendre. Voyons : d'après l'adjudant Berthier, il semble que contrairement à vos allégations, vous n'ayez pas passé la nuit dans votre chambre. Pouvez-vous vous expliquer sur ce point ?

– Je ne le puis, monsieur... Du moins, en l'absence de mon fiancé.

– Ah ! Votre fiancé… Parlons-en, justement. Monsieur… de Clerc, c'est cela.

– Oui… Anatole de Clerc. Il est ingénieur.

– 17, rue de Montmorency, Paris 3e, n'est-ce pas ?

– Oui, oui, c'est bien cela.

– Nous avons vérifié, il n'y a personne de ce nom à cette adresse. Plus personne, devrais-je dire… D'après le concierge, ce monsieur est parti sans laisser d'adresse depuis pas moins d'une semaine.

La maison se serait brusquement écroulée sur moi que je n'aurais pu être plus anéantie.

– P… parti ? balbutiai-je.

– Parti, confirma mon tourmenteur d'un air de triomphe. Comment expliquez-vous cela ?

– Mais enfin, ce n'est pas possible ! Nous nous sommes fiancés hier… Il nous a même fait visiter le domaine voisin, dont il venait d'hériter !

– Hum… Ou bien vous inventez, ou bien vous ne connaissiez pas assez bien votre fiancé, mademoiselle, ricana-t-il.

– Mais non, je n'invente rien ! Demandez donc à madame Mathilde. Elle le connaît bien ! Elle l'a rencontré plusieurs fois ici-même !

– Calmez-vous, mademoiselle. Nous vérifierons naturellement tout cela, ainsi que cette affaire d'héritage. À ce propos, mademoiselle, vous héritez, je suppose ?

– Pardon ?

– Eh bien, il me semble que vous êtes l'héritière la plus directe des époux Roland, n'est-ce pas ?

– Euh… Peut-être. Je n'y avais pas pensé…

– Ah bon ? Il faudra naturellement attendre l'ouverture officielle du testament, mais a priori... Autre chose : aviez-vous parfois des disputes avec vos parents ?

– Mais non, jamais ! Je les adorais...

– Ah ? Tiens... Pourtant, d'après la femme de charge, la fameuse madame Mathilde, il y avait parfois des tensions avec Mme Roland.

– Elle vous a dit cela ? Je ne dirais pas des tensions, non... J'étais plus proche de monsieur Roland, voilà tout. Intellectuellement parlant, précisai-je en le regardant dans les yeux.

Il ne les baissa pas. Il avait joint les mains et se tapotait la lèvre supérieure de ses index réunis. Il me fixa un long moment, songeur. On frappa, une tête apparut par la porte entrebâillée.

– Monsieur le substitut...

– Oui ? Du nouveau, Chirol ?

L'autre jeta un regard significatif dans ma direction. Le substitut se leva en soupirant et passa dans le couloir. Il y eut un bref conciliabule puis il revint, un paquet à la main.

– Vous peignez, je crois, mademoiselle ?

– Oui, mais...

– Reconnaissez-vous ceci ?

Il me mit sous le nez une masse noire, qu'il portait enveloppée dans du papier journal. C'était des chiffons couverts de suie, où l'on distinguait encore, çà et là, des taches de couleur passées.

– Ceci vous appartient-il, mademoiselle Roland ? insista le substitut.

– O... oui, sans doute, mais...

– Un ramoneur vient de les extraire du conduit de la cheminée, qu'ils bouchaient presque entièrement. Avez-vous une explication à fournir à ce sujet ?

– Non... je n'en ai pas, non, soufflai-je.

L'aquarelle, décidément, ne me valait vraiment rien.

Il remballa les chiffons et les posa sur la table.

– Mademoiselle Roland, au vu des éléments de l'enquête et en vertu des pouvoirs qui me sont conférés, je me vois contraint de vous signifier votre arrestation.

Chapitre 7

Ce fut le timide, le rougissant agent Magnin qui me passa les menottes. Trop abasourdie pour protester, je me laissai faire, me contentant de bégayer :

– M… mais, mes parents ? Qui va s'occuper d'eux à présent ? Et quel soin prendra-t-on de leur dépouille ?

Sans violence, on me poussa hors de la pièce. Dans le vestibule, je croisai madame Mathilde.

– Mademoiselle ! Mademoiselle… Ah, mon Dieu ! Je n'aurais jamais cru ça possible. Vous… vous n'êtes qu'un monstre ! Un monstre !

L'autorité l'ayant décrété, la malheureuse n'avait manifestement déjà plus d'autre choix que de me croire coupable.

– Madame Mathilde…

Je voulais lui demander de prendre soin de mes parents. Elle recula comme si je l'avais brûlée d'un quelconque venin. Plus que tout le reste, cela me fendit le cœur. Mais, déjà, on m'entraînait sur le perron.

– Mam'zelle Ana ! Qu'est-ce que vous faites à mam'zelle Ana, bande d'Ostrogoths ? Je vous défends de la toucher. Elle a rien fait, vous m'entendez ? Elle a rien fait !

C'était Fernand, ce même Fernand, si rude et taciturne, qui m'impressionnait tant. Trois gendarmes peinaient à le retenir de se jeter sur mes gardiens.

– Saligauds ! continuait-il. J'vas m'occuper d'vot'cas, moi ! Lâchez-moi ou j'fais un malheur, bande de salauds ! Mort aux vaches !

– Qui est cet énergumène ? demanda le substitut.

– Le jardinier, ou bien le cocher, je ne sais plus, répondit l'adjudant Berthier. Un repris de justice, passé par Cayenne...

– Bon. S'il continue à s'agiter, collez-le au trou, ça le calmera. Et la voiture cellulaire, où reste-t-elle, nom de dieu ?

– La voilà, monsieur le substitut.

Une longue et étroite voiture noire tirée par deux chevaux s'arrêta devant le perron. Un agent y monta avec moi et le fourgon se mit en branle. Une petite foule sortie d'on ne sait où s'était amassée devant le portail. Une sourde rumeur accompagna notre sortie, parmi laquelle je distinguai quelques phrases :

– Paraît que c'est la fille de la maison qui a fait le coup.

– Une dégénérée qui faisait la bringue tous les soirs !

– Ah, elle cachait bien son jeu, celle-là...

– Coupez-lui le cou !

Je fus menée directement à Saint-Lazare, sans passer par le Dépôt.

Après un voyage interminable, la voiture cellulaire s'arrêta et l'on me fit descendre dans une grande cour pavée, bordée des quatre côtés par de hauts bâtiments gris aux fenêtres grillagées. D'autres voitures y stationnaient déjà, arrivaient et repartaient, dans un incessant et bruyant va-et-vient de roues cerclées de fer. Il n'en sortait que des femmes ou des jeunes filles, la tête basse, honteuses, ou bien affichant au contraire un air de narquoise désinvolture. L'on me débarrassa des menottes et l'on me poussa vers le fond de la cour, où s'ouvrait le guichet central. Un gardien-chef, à l'abri d'un bureau grillagé, examina le papier qu'on lui tendait, le tamponna après m'avoir jeté un bref coup d'œil et, d'un signe de tête, nous envoya au greffe.

Deux jeunes femmes habillées de façon provocante y attendaient déjà, assises sur un banc, papotant en habituées des lieux. Elles m'accueillirent avec entrain :

– Tiens, une nouvelle tête. Bienvenue à Saint-Lago, ma mignonne !

– C'est copurchic, tu vas voir ça. Un vrai palace !

– Vos gueules, les mouettes ! leur intima mon gardien, ce qui n'eut pour seul effet que de les faire pouffer davantage. Il me fit asseoir à côté d'elles. Je gardais les yeux baissés, n'osant rien regarder, m'y refusant même. Leur parfum bon marché me donnait la nausée. Elles n'étaient pas méchantes, cependant. La plus proche me tapota le genou.

– Allez, ça va s'arranger, mon bébé. C't'un mauvais moment à passer, c'est tout...

Une bonne sœur se présenta bientôt. Vêtue de voiles bleus et noirs, l'air revêche, elle interrogea mon gardien :

– Une arrivée ? Quelle section ?

– Première section, ma sœur. Une « assassine »...

– Oh, très bien. Je m'en occupe, vous pouvez disposer.

– Une assassine…

Les deux filles, manifestement impressionnées, s'étaient tues et me regardaient avec une commisération mêlée de crainte.

– Par ici, mon petit…

La sœur me fit passer dans un bureau où, après avoir à nouveau décliné mon identité et signé divers papiers, je fus mesurée et photographiée, de face et de profil. Dans une pièce attenante, je dus me déshabiller et, après une fouille humiliante, on me donna de nouveaux vêtements : une robe et une chemise de grosse toile, des bas de laine grise et des chaussons de lisière. On me mit également dans les bras une chemise de nuit, une paire de draps et une lourde couverture marron, puis une autre sœur, munie d'un énorme porte-clés, me guida à travers un labyrinthe de corridors et d'escaliers fermés de nombreuses et effrayantes grilles.

– Vous serez à la première section, celle des prévenues et des condamnées. Je vais vous mettre au dortoir 23, il y a une place qui s'est libérée hier. Vous verrez, ici, ça va et ça vient tout le temps. Tout se passera bien si vous êtes sage. L'essentiel est d'avoir de la tenue et du respect envers vos surveillantes. Mais vous avez l'air bien gentille et raisonnable, je suis sûre que tout ira bien. Vous savez, nous sommes un peu une grande famille, ici. Il y a même des enfants ! Vous ne les verrez pas souvent, parce qu'ils sont dans une section à part, mais les femmes qui accouchent en prison peuvent les garder ici jusqu'à l'âge de quatre ans. Cela met de la gaieté. Et puis il y a de tout, ici, même des femmes du monde, vous savez ! Beaucoup de pauvresses, évidemment, mais tout de même, vous seriez surprise de la variété de celles que nous voyons passer. Il y a de tout, sans même parler des « filles » qui sont, elles, regroupées dans la deuxième section. Au fait, comment vous appelez-vous, déjà ?

– Ana, Ana Roland.

– Ana. Je m'en souviendrai. Et pourquoi êtes-vous arrivée là ? Laissez-moi deviner : vous vous serez laissée tenter dans un grand magasin… Je me trompe ?

– Je n'ai rien fait…

La sœur me lança un coup d'œil teinté d'ironie et préféra ne pas approfondir.

– Quoi qu'il en soit, répéta-t-elle, tout se passera très bien si vous faites ce qu'on vous demande. Sinon… eh bien, il y a la ménagerie.

– La ménagerie ?

Elle me fit signe de regarder vers le haut. Une galerie courait sous le toit, où s'ouvrait, sur deux niveaux, une série d'étroites cages grillagées.

– On appelle aussi cela la Correction. Ce sont des cellules individuelles. Elles ne comportent qu'une couchette et un seau de toilette. Silence absolu et obligation de rester couchée, quelle que soit l'heure. J'aime mieux vous dire que celles qui en ont goûté n'aspirent qu'à regagner leur dortoir.

Elle s'arrêta au bout d'un long couloir silencieux.

– Le 23. C'est là. Vous avez de la chance, c'est un dortoir de cinq places seulement. Bon, évidemment, pour l'instant, les filles sont à l'atelier. Elles ne rentreront que tout à l'heure, après le dîner. Au fait, avez-vous mangé ?

– N... non. Mais je n'ai pas faim...

– Je vous ferai apporter quelque chose. En attendant, vous allez vous coucher.

– Me coucher ? Mais il n'est...

– Oui, oui, je sais, mais c'est le règlement. Il est trop tôt pour le réfectoire et trop tard pour l'atelier. Alors, en attendant, il faut se coucher. Voilà. Votre lit est ici. Vous pouvez y déposer vos affaires. Installez-vous, je repasserai vous voir tout à l'heure.

La porte du dortoir se referma sur elle et j'entendis tourner le verrou.

Je restai un long moment debout, hésitant sur la conduite à tenir.

Lentement, je fis le tour de la cellule.

C'était une pièce de quatre mètres sur trois, cnviron, aux murs blancs badigeonnés jusqu'à mi-hauteur d'une épaisse couche de coaltar. De très nombreux graffitis, griffés à même la peinture, s'y détachaient en blanc sur le noir sale. Quand il ne s'agissait pas de simples signatures, la plupart étaient obscènes ou menaçants, des appels à la vengeance, bien souvent. Le dortoir n'était pas chauffé, il y régnait un froid glacial. Faute d'aération suffisante, il devait y faire une chaleur de four à la belle saison. Serais-je encore là pour le vérifier par moi-même ? Une vague de désespoir me scia les jambes, je tombai sur ma couchette. Les quatre autres lits, aux couvertures impeccablement tirées, formaient autour du mien une sorte de carré qui m'enfermait encore un petit peu plus. Rien ne les distinguait les uns des autres, pas le moindre linge de couleur, pas le plus petit signe de propriété qui leur eût donné un semblant de personnalité, qui pût permettre de deviner qui dormait là, et comment. J'avais le sentiment d'être tombée dans un trou, profond et sans air, où je me consumerais petit à petit jusqu'à ne plus faire qu'une avec ces murs, ces grilles, ce silence.

Mieux valait encore se coucher, en effet. Je me servis d'un des draps pour couvrir la paillasse, semée d'auréoles et de taches douteuses, puis bordai la couverture avant d'enfiler en frissonnant la chemise, raide et rêche, qui répandait une forte odeur de désinfectant. Ne sachant où poser mes vêtements, je les rangeai soigneusement au pied du lit, comptant qu'ils me procureraient un peu de chaleur supplémentaire. Quant à mes lunettes, je les cachai sous le lit, le plus loin possible, afin d'éviter tout accident. Je me recroquevillai en boule pour conserver le plus possible ma propre chaleur en attendant le sommeil. Une piqûre à la cheville ne tarda pas à me faire savoir que le matelas était habité. Cela ne m'étonna pas outre mesure et ne me dégoûta même pas. J'avais connu bien pire à Spalato. Lorsque j'avais sommeil, rien ni personne ne saurait m'empêcher de dormir. J'avais sommeil. Je m'endormis.

– Une nouvelle ! Regarde, c'est une nouvelle ! Tu vois, je te l'avais bien dit.

– Comment elle est ? Non mais vas-y, soulève la couvrante, elle va pas te bouffer...

– Attends, mais c't'une gamine ! Elle a quoi ? Quatorze ans ? Y a gourance, là, elle devrait être aux Filles Mineures !

Un concert de chuchotements me réveilla. Prudente, je ne bougeai pas et n'ouvris pas les yeux. Elles étaient trois, surexcitées, qui se bousculaient pour mieux m'examiner dans la demi-pénombre du dortoir. L'une d'elle s'enhardit à me souffler dans les cheveux.

– T'as vu ces nouilles qu'elle a ? On dirait la chanson des blés d'or ! souffla-t-elle.

– *Mignonne, quand le soir descendra sur la terre...* chantonna une autre.

– On n'a qu'à l'appeler Boucle d'or, suggéra le troisième ours.

– Boucle d'or ? Tu débloques, oui ! Elle frise à plat, la p'tite fée. C'est dommage, quoi. Moi j'aurais des crayons comme ceux-là, y a belle lurette que je les aurais passés au fer !

– Ouais, en attendant, la gamine, j'm'en vas d'abord vous la mettre au pas, moi. Faudrait pas qu'y en ait qu'oublient leurs devoirs envers les aînées...

Avant que j'eusse pu réagir, une main arracha ma couverture et l'envoya dinguer au pied du lit avec mes vêtements.

– Dis-donc, frangine, faudrait voir à pas se gourer, hein ! C'est *mon* lit, çui-là.

Une grande femme brune et maigre d'une quarantaine d'années me faisait face, m'envoyant à la figure une haleine empestée. Je pris quelques seconde pour me frotter les yeux.

– Mais, c'est la sœur qui m'a dit...

– C'est la sœur qui m'a diiiit..., singea la mégère. J'm'en fous de c'qu'elle t'a dit, l'hirondelle. C'qui compte c'est c'que moi j'te dis. Et moi j'te dit que maint'nant, c'est mon pieu. C'est compris, la pucelle ?

– Non.

– Comment ça, non ?

Elle m'empoigna par le col et m'attira à elle. Les deux autres gloussèrent.

– La fessée, Grille d'égout !

– Ouais, la fessée ! Cul nu !

Je sus d'instinct que mon avenir se jouerait dans les secondes à venir. Soit je me laissais faire et je serais leur esclave, soit je me défendais et…

Le coup partit tout seul. J'avais tout de même appris quelques trucs pendant mon année de stage à Spalato. Le coup de boule en faisait partie. Grille d'égout poussa un cri et partit en arrière en se tenant le nez.

– Corbleu, ribaude, crachai-je, en y mettant toute la conviction d'un authentique chat de gouttière, je te défends de me toucher, sans quoi sache qu'il pourrait bien t'en cuire, maudite friponne ! Lève-toi, que je te rosse selon ton mérite ! À main plate ou à la dague, je te laisse le choix des armes, carogne !

Grille d'égout, toujours se protégeant le nez, recula sur les fesses, moins effrayée par ma carrure que par mon vocabulaire.

– Mince ! Une étrangère, dirent les deux autres en se tenant prudemment sur la réserve. Prête à en découdre, je ne me contenais plus. Je devais vraiment ressembler à un chat en colère, car la grande bringue finit par tendre une main devant elle en murmurant :

– Non, non, c'est bon, te fâche pas. C'était pour rigoler, quoi…

Il en fallait davantage pour me détendre. Je fis un pas vers elle.

– Ouais… Rigolade ou pas, tu l'as bien mérité, Grille d'égout.

Une autre fille, que je n'avais pas vue, se tenait debout dans l'entrée. Je lui fis face, prête à l'affronter si nécessaire.

– Là, là... calme-toi. Y a pas non plus de quoi se cailler le lait pour cette histoire, hein ? rigola-t-elle. Je la regardai mieux. C'était une jeune femme d'environ vingt-cinq ans, jolie et bien bâtie, ses cheveux blond-roux tirés en arrière en un chignon impeccable. Une bouche large lui donnait un air spirituel que confirmait l'expression rieuse de ses yeux.

– Donc c'est toi la nouvelle, hein ? Salut ! Moi, c'est Marion. Et toi ?

– Ana.

– Eh ben voilà, les présentations sont faites. Tu connais déjà Grille d'égout, et les deux autres gigolettes, là, c'est la Fernande et Mon Pourliche.

– Ton pourliche ?

– Non « Mon Pourliche », comme ça se prononce. Ouais, bon, cherche pas. Mettons que c'est une vraie Parisienne...

Les deux filles – une grosse et une moins grosse – minaudèrent un vague salut.

– La sœur Jésus-Marie m'a donné ça pour toi. Comme tu dormais, tu as raté la soupe...

Marion me tendit une boule de pain et un pichet.

– Je n'en veux pas.

– T'as tort, il faut manger.

– Je n'ai pas faim.

– Bah... comme tu veux. Ça viendra, tu verras. Ah, mince... 22 ! Voilà la sœurette !

Un bruit de porte-clés se rapprochait dans le couloir.

– Eh bien, mesdemoiselles, vous n'êtes pas encore couchées ? Qu'est-ce que cela signifie ?

– On faisait les présentations, ma sœur...

– Ah oui, c'est vrai que nous avons une nouvelle pensionnaire. Ana, c'est cela ? J'espère que vous aurez à cœur de lui montrer le bon exemple, mes filles.

– Pour sûr, ma sœur, vous nous connaissez...

– Oui, eh bien justement ! Pour l'heure, assez de discussions. Allons, tout le monde au lit, et en silence !

Elle sortit en refermant à clé derrière elle. Les filles se déshabillèrent sans pudeur particulière, revêtirent leur chemise et, pestant contre le froid, se glissèrent dans leur lit. Encore méfiante, j'en fis autant, après avoir refait le mien. Je n'avais plus du tout sommeil. J'écoutais les bruits de la prison. Une plainte dans une cellule lointaine. Un robinet qui fuyait. La respiration de mes compagnes. Un bruit de verrou. J'étais en prison... Je ne parvenais pas à le croire.

– Psst, Boucle d'or !

C'était Fernande ou Mon Pourliche, l'une ou l'autre.

– Oui ? répondis-je en chuchotant de même.

– Ton pain, là, tu le veux vraiment pas ?

– Non.

– Tu me le donnes ?

– Si tu veux...

– Oh ! Merci... Si tu savais comme j'ai les crocs !

Le silence retomba. Je me tournais et me retournais dans mon lit. Une main se posa sur mon épaule.

– T'arrives pas à dormir, hein ? souffla Marion.

– T'inquiète pas, va, tu vas t'habituer, reprit-elle comme je ne répondais pas.

– Je ne veux pas m'habituer.

– Ha ha, touché ! T'as raison, au fond, on ne devrait jamais s'habituer. Mais bon... t'inquiète pas quand même.

Sa main chercha la mienne sous la couverture et la serra doucement.

– Allez, dors... je suis là.

*

Je m'habituai, pourtant, et le dus en grande partie à l'amitié de Marion. Car Marion devint tout de suite une amie, la première que j'eus vraiment, je crois, en tout cas la meilleure. Et elle fit tout pour me faciliter la tâche.

En premier lieu, elle me recommanda pour la lingerie, où elle travaillait aussi. Le travail, dans la prison, était réparti en plusieurs ateliers, dont l'ouvrage fournissait l'ensemble des prisons parisiennes. Ainsi, à la boulangerie, pétrissait-on le pain de toutes les prisons de Paris, de même qu'à la blanchisserie on recevait le linge des différents établissements. Si l'atelier de matelasserie – le plus dur, était réservé aux jugées, les deux premiers ateliers de couture recevaient les prévenues comme moi. Pour cinquante centimes par jour, on y cousait des chemises, des jupons et des draps mais aussi – je ne tardai pas à le découvrir, des linceuls et les odieuses camisoles de force que l'on imposait alors aux détenus récalcitrants.

Je passai donc ma première journée de prison assise, penchée sur mon aiguille, sous la surveillance à la fois rêche et relâchée d'une bonne sœur un rien dépassée par cette vingtaine de femmes jeunes ou vieilles qui, si éloignées fussent-elles les unes des autres, ne pouvaient se résoudre à travailler en silence. C'était un chuchotis permanent, à peine interrompu par les peu convaincants « Silence, Mesdames, s'il vous plaît » que lâchait de temps à autre la sœur résignée. Certaines n'hésitaient pas à se lever sans autorisation pour aller chercher du fil ou tout simplement pour se détendre le dos et ne consentaient à se rasseoir, en soufflant et en maugréant que lorsqu'on leur en donnait l'ordre.

Marion était près de moi et n'était pas la dernière à se dissiper de la sorte. Pour ma part, en ce premier jour, je ne l'aurais jamais osé. Je fus toute la journée d'une discrétion de violette, au point même de n'oser toucher à la bouteille de tisane dont nous disposions chacune près de notre tabouret. J'observais, cependant, et me rendis rapidement compte que Marion, parmi nos camarades, jouissait d'une grande popularité. Elle était enjouée, d'humeur facile et toujours prête à aider les autres, tout en ne s'en laissant imposer par personne. Elle m'avait manifestement prise sous son aile et ne le cachait pas : cela m'épargna, j'en suis convaincue, bon nombre de difficultés.

– Tu couds drôlement bien, dis-donc ! me glissa-t-elle lors d'une de ses « pauses ».

Craignant une réprimande, je n'osai pas répondre. Elle se tenait derrière moi et je sentais peser sur nous le regard en-dessous des autres détenues. Avec douceur, elle repoussa une mèche qui me pendait devant les yeux et me la ramena derrière l'oreille. Sa main s'attarda un instant sur ma nuque. Il y eut quelques ricanements et, je ne sais pourquoi, je me sentis rougir. Tranquillement, Marion revint à sa place et reprit son ouvrage.

À midi, la cloche sonna pour le réfectoire. Nous nous y rendîmes de façon échelonnée, section par section. Le réfectoire était une grande salle parquetée, soutenue par une forêt de piliers. Deux poêles, au milieu, ne suffisaient pas à la chauffer. Au fond, un grand Christ en croix régnait sur trois longues rangées de tables qui pouvaient, au bas mot, recevoir cinq à six cents personnes.

À l'entrée, on nous distribuait une cuillère, qu'il s'agissait de rendre à la fin du repas, sous peine de punition. Là encore, Marion me fit asseoir à côté d'elle. Je n'avais pas faim, et me sentais incapable d'avaler le vague ragoût de légumes qu'on nous servit dans des écuelles.

– Ça fait ça à tout le monde, au début, me rassura Marion. Quand je suis arrivée, je n'ai rien mangé pendant trois jours. C'est le choc, l'idée qu'on est en prison, tout ça... Maintenant, je boufferais un bœuf entier, peut-être même sur pied ! Tu verras, l'appétit reviendra vite.

– Tu sais, reprit-elle en dévorant goulûment sa potée, tu as bien fait de remettre Grille d'égout à sa place, hier soir. C'est pas forcément le mauvais cheval, d'ailleurs, elle est plus bête que méchante. Mais elle t'aurait pourri la vie si tu avais cédé.

– Elle... elle va m'en vouloir, n'est ce pas ?

– Elle ? Penses-tu ! Elle t'admire, au contraire. Ou, au moins, elle te craint. Ce qui revient à peu près au même, ici. C'est déjà ça. En tout cas, ne te laisse jamais faire si on te cherche noise. Jamais. Même si tu dois prendre des coups. Pour le reste... eh bien, je m'en charge.

– Le reste ?

Elle me dévisagea curieusement.

– Je t'expliquerai, conclut-elle. Tiens, dis-moi plutôt pourquoi tu es là.

– Je n'ai rien fait...

– Comme nous toutes !

– Non, c'est vrai, je te jure ! C'est une erreur. On m'accuse d'avoir tué mes parents...

Levant un sourcil étonné, Marion siffIota entre ses dents.

– Parricide ? Mazette, c'est pas rien ! Et... ce n'est pas vrai ?

– Mais non, j'adore mes parents ! Je les adorais... C'est un complot.

Me crut-elle ? Ne me crut-elle pas ? Elle se tut. Je n'insistai pas, crainte qu'elle me prît pour une folle.

– Et... et toi ? relançai-je timidement. Tu es là pour quoi ?

– Ha ha ! Tu as devant toi la fine fleur de l'anarchie. Et la reine des pommes, accessoirement. Pour fêter la révolution en Russie, avec les copains, on a allumé quelques pétards sous la voiture d'un ministre en exercice. Pas de victimes à déplorer, comme disent les journaux, mais un beau feu d'artifice tout de même... On s'est fait pincer comme des bleus dès le lendemain, dénoncés par un des nôtres, en plus ! Le beau Julien Brézard... Celui-là, une belle ordure, oui ! Un agent provocateur à la solde de la maison poulaga. À l'entendre, c'était lui le plus révolutionnaire de tous, un vrai petit Bakounine ! Et nous autres, bonnes poires, on l'avait accueilli comme le messie. Tu parles ! Il fournissait même la dynamite. Bref, d'après mon avocat, je risque d'en prendre pour dix ans, acheva-t-elle avec un pauvre sourire.

Elle s'ébroua et reprit :

– À propos d'avocat, tu en as un toi, de baveux ?

– Non. Je... je n'ai pas d'argent à moi.

– Dans ce cas, ils t'en commettront un d'office. J'espère pour toi que ce ne sera pas le mien, c'est un vrai bourricot. Écoute, on reparlera de tout ça, tu veux bien ? Là, ça va sonner d'une seconde à l'autre, faut qu'on retourne au turbin...

Parler de mon affaire avec Marion m'avait en quelque façon libéré l'esprit, de sorte que l'après-midi, tout en tirant l'aiguille, je pus enfin réfléchir à l'imbroglio qui m'avait menée là et à ses possibles suites. D'une façon générale, j'étais plutôt optimiste. J'étais innocente, il n'était tout simplement pas possible qu'on ne s'en rendît pas compte à un moment ou un autre. Quel intérêt avais-je à supprimer mes parents ? Et la disparition d'Anatole, n'était-elle pas suffisamment louche et ne le désignait-elle pas comme suspect principal ? Surtout, je ne pouvais pas croire que *Herr* Gerner, mis au courant par les journaux, ne fît pas tout ce qui était en son pouvoir pour récupérer sa prétendante enfin retrouvée au prix de tant d'années et de peine. Je serais bientôt blanchie et libérée, c'était certain. Quant à Anatole... Je ne parvenais pas à le comprendre. Si c'était lui, l'assassin, pourquoi n'avait-il pas profité des nombreuses occasions qu'il aurait eues de me tuer, à commencer par la première fois, lorsque je gisais, inconsciente, au bord de l'étang ? Et pourquoi tout le reste ? Pourquoi me courtiser, se ruiner en fleurs, me demander en mariage ? Cela ne tenait pas debout. Et s'il n'avait été qu'un simple coureur de dot, il ne ne serait pas enfui avant de conclure l'affaire. Encore que, d'une certaine façon, il était bien parvenu à « conclure l'affaire », songeai-je avec amertume en évoquant notre dernière rencontre. N'était-ce que cela ? « Séduite et abandonnée », comme dans les romans de madame Roland ? Quelle idiote j'avais été. Mais je n'avais pas le droit de me plaindre. On avait assassiné mes parents, peut-être en croyant me tuer, moi. Cela n'aurait-il pas mieux valu, au fond ? Ils étaient morts et, d'une certaine façon, c'était ma faute. Pendant qu'ils agonisaient, j'étais dans la voiture, avec Dunja…

Quoi qu'il en soit, ce que les journalistes appelaient désormais « le Crime de Pontoise» fut bientôt connu à Saint-Lazare et, du jour au lendemain, je devins une vedette. Les trafics étaient nombreux dans la prison et les journaux, qui y entraient sans grande difficulté, passaient de main en main pour quelques centimes. Certaines détenues se passionnaient pour le procès de leurs compagnes, avec une préférence marquée pour les crimes passionnels et les beaux meurtres bien sanglants. Pour peu qu'il y entrât du mystère, le succès était garanti. À toute heure du jour, à l'atelier, à la promenade, au réfectoire et même au bain, j'étais regardée comme une bête curieuse. Mon côté « petite fille sage » n'y était pas pour rien et si, parmi les nombreux « biftons » que je reçus, certains n'étaient qu'un ramassis d'injures ordurières et de rodomontades vengeresses adressées à la parricide, d'autres contenaient de véritables déclarations d'amour, assorties de propositions si explicites que je ne pouvais les lire sans rougir aussitôt jusqu'aux oreilles. Marion, qui les lisait par-dessus mon épaule, ne faisait qu'en rire.

– Faut les comprendre, Ana. Une meurtrière, c'est toujours fascinant et il faut quand même bien avouer que tu es à croquer. Certaines de ces femmes sont là depuis des années ou enchaînent les séjours en prison. Bref, au cas où tu ne t'en serais pas rendue compte, ici, c'est une succursale de Lesbos.

Comment ne pas s'en rendre compte ? Certaines se livraient devant tout le monde aux caresses les plus osées, même devant les sœurs qui, parfois, en riaient avec les détenues. Ces histoires, avec leur lot de passion et de jalousie, occupaient d'ailleurs la majeure partie du temps et de l'esprit des filles, qu'elles soient prévenues ou jugées. Je le savais, mais je n'eusse jamais cru en devenir moi-même l'objet.

– Toi comme les autres, Ana. C'est ce que je voulais dire, l'autre jour, quand je te parlais de me charger du reste... On ne t'embêtera pas trop, je pense. Ou si on t'embête, on aura affaire à moi. Après tout, tu es ma petite femme.

– Hein, moi ?

– C'est du moins le bruit que je fais courir depuis le début. Eh oui ! Tu es à moi. Chasse gardée de la grande Marion. Tu ne t'en doutais pas ?

– Mais non, pas du tout...

Tout s'expliquait, maintenant. Ces câlineries, toutes ces petites attentions, la façon dont elle me prenait le bras à la promenade, ces baisers, parfois, qui m'embarrassaient tant, tout ce que je prenais pour l'expression spontanée d'une affection sincère, c'était pour la montre. Et pour me protéger.

– Mais tu... enfin, je veux dire, je... tu ne penses pas que, réellement, je sois... je doive être...

– Mon amante ? Ne t'inquiète pas, Ana, ça ne fait que six mois que je suis là et j'aime trop les gars pour sacrifier si vite à Sappho. L'essentiel, c'est qu'elles y croient. Et avec ce que j'ai consenti à leur lâcher, je peux t'assurer qu'elles y croient dur comme fer. Ha ha, tu es si jolie quand tu rougis !

Elle conclut d'un baiser qui me frôla dangereusement les lèvres.

Quoi qu'elle eût pu dire, j'en restai troublée, un peu vexée et, je peux bien le confesser aujourd'hui, obscurément déçue.

Il se passa quelques jours avant que je parvinsse à mettre la main sur le journal qui m'avait valu tant de popularité. Il m'arriva passablement délabré, mais entier. L'article en question était un tissu de mensonges à sensation. J'y étais plus ou moins présentée comme une fille dénaturée, une jeune gitane ramassée par monsieur Roland dans quelque caniveau exotique et dont les excentricités étaient célèbres dans les environs, où l'on me croisait souvent, rôdant pieds nus autour des fermes. Tout juste si l'on ne m'accusait pas de jeter des sorts et d'empoisonner les puits. J'essayai de ne pas attacher trop d'importance à ce fatras tout en démêlant le vrai du faux. Ainsi, on était sans nouvelles de l'amant, un certain Anatole de C***, probablement complice, qui s'était évanoui dans la nature. On y parlait également de « l'émouvante cérémonie », qui avait vu une assistance nombreuse et recueillie rendre un dernier hommage à un savant de valeur et à son épouse. Tous deux étaient inhumés au cimetière de Pontoise, dans le caveau familial des Roland. Mon cœur se serra à la lecture de ces quelques mots. Quand je serais libre, me promis-je, ma première visite serait pour eux.

Libre… La perspective, déjà bien assez lointaine, ne devait pas tarder à s'estomper encore davantage. Car le journal ne parlait pas seulement de mon affaire. En le parcourant, je tombai sur un entrefilet qui ne laissa pas de me faire passer un frisson dans le dos.

Un certain K. Gerner, originaire d'une petite principauté des Balkans, chef en exil d'un parti d'opposition, venait d'être expulsé de France vers la Suisse, suite à une dénonciation anonyme qui le désignait comme meneur d'activités factieuses.

– Ben qu'est-ce que tu as ? demanda Marion. Tu es toute pâle.

– Non, rien, ce n'est rien…

Ce n'était pas rien. Mes ennemis étaient puissants et venaient de le démontrer. Je venais de perdre mon atout maître. Je m'efforçai cependant de me composer une physionomie et de ne rien laisser paraître. S'il restait une chance que *Herr* Gerner, même depuis l'étranger, pût organiser ma défense, je ne devais pas l'éventer.

Hélas ! je n'allais pas tarder à déchanter de nouveau, car un autre coup du sort m'attendait.

Une dizaine de jours ne s'était pas écoulée depuis mon incarcération lorsque je fus enfin appelée au parloir des avocats. C'était une pièce étroite et mal éclairée, qui jouxtait le greffe. Deux rangées de chaises encadraient une longue table noire semée de porte-plumes et d'encriers d'étain. De part et d'autre de la pièce, au mur, un panonceau stipulait « côté des prévenues » et « côté de M.M. les avocats ». Il y en avait déjà plusieurs lorsque j'arrivai, conduite par une auxiliaire, et la salle bourdonnait de conversations menées de façon plus ou moins discrète. Assis tout au bout de la table, un jeune homme en robe noire me fit signe. Bouche bée, je restai sans réaction. Ce nez… C'était celui d'Antoine. Celui-là même que j'avais si bien boxé lors de notre première rencontre, lorsque madame Roland et moi avions rendu visite à la marquise de C***.

Antoine, mon avocat ?

J'étais définitivement perdue.

Chapitre 8

– Bonjour, mademoiselle Roland. Veuillez vous asseoir, je vous en prie. Je ne sais pas si vous me remettez… Nous nous connaissons depuis longtemps, n'est-ce pas, ha ha ?

– En effet, monsieur…

Comment ne pas le reconnaître ? Autour du nez, rien n'avait changé. Même teint de cave, même menton fuyant, mêmes cheveux filasse. Seul, l'œil était peut-être un peu plus inquiet, qui ne restait jamais en place et virevoltait sans cesse d'un point à un autre de la pièce.

– Mais je ne comprends pas bien, repris-je. Vous seriez donc mon avocat ?

– J'avoue que j'aurais préféré vous revoir dans de moins fâcheuses circonstances, mademoiselle Roland, mais puisqu'il m'est donné de vous défendre, ha ha, je suis bien heureux de pouvoir vous rendre ce petit service.

– Un service que je vous ai bien mal payé d'avance, monsieur.

– Pardon ? Ah oui ! Ha ha ! N'y pensons plus, voyons, c'est une vieille histoire... Mon nez s'en est d'ailleurs assez bien remis, comme vous le voyez, je crois. Ha ha ! En tout cas, soyez sûre que la nature de nos premières, euh... relations n'entachera en rien les efforts que je pourrai faire pour votre défense. Juste une chose, si vous le voulez bien, il conviendrait plutôt de m'appeler maître, ha ha.

– Ma défense, monsieur, parlons-en. Mon cas est-il si mal engagé que l'insinuent les journaux ?

– Oh, mais non, pas du tout, voyons ! Si l'on écoutait les journaux, ha ha ! Évidemment, je n'ai pas encore eu accès à votre dossier mais n'ayez aucune inquiétude, je ferai tout mon possible pour sauver une si jolie tête, ha ha !

– Pardon ?

J'avais dû pâlir, il s'alarma :

– Euh... Mademoiselle Roland ?

– Ma... ma tête est donc en jeu ?

– Dame, il y a eu meurtre ! Et même double meurtre ! Parricide, qui plus est. De nos jours, on fait tomber une tête pour moins que ça, ha ha ! Mais encore une fois, ne vous inquiétez pas, je...

– Mais je n'ai rien fait ! Et vous, qui parlez de parricide...

– Ah oui, bien sûr ! Excusez-moi, je voulais simplement dire, euh... confidentiellement, continua-t-il en baissant soudain la voix, vous savez, à moi, vous pouvez tout me dire, n'est-ce pas ? Et même, il *faut* tout me dire, ha ha. Un avocat, c'est un peu comme un prêtre ou un médecin, n'est-ce pas, ha ha, il peut tout entendre ! Confidentiellement, de vous à moi, vous n'y êtes vraiment pour rien ?

– Monsieur ! Vous me croyez donc coupable, vous, mon avocat ?

– Eh bien, euh… Je n'ai pas d'idées préconçues, n'est-ce pas ? Coupable ou non, je suis là pour vous défendre, ha ha !

– Je n'ai rien fait. Je n'ai pas tué monsieur et madame Roland, ni contribué en quelque façon que ce soit à leur mort, martelai-je.

– Bien sûr, bien sûr… Je ne me permettrais pas d'insinuer, ha ha. Mais ce ne sera peut-être pas suffisant pour convaincre les jurés, n'est-ce pas ? Il faudra peut-être, euh… Quoi qu'il en soit, n'est-ce pas, il ne s'agit aujourd'hui que d'une simple prise de contact. Je venais me présenter, c'est tout. Vous savez…, poursuivit-il d'un ton naïvement satisfait, vous êtes ma première grosse affaire. Et quelle affaire, hein ! Ha ha ! Ce sera retentissant, vous verrez !

– Mais… n'y a-t-il donc pas moyen, justement, d'éviter tout ce bruit ? Je veux dire, faut-il vraiment aller jusqu'au procès ?

– À ce stade, cela me paraît assez inévitable, ha ha !

– Vous ne pouvez simplement me faire libérer ?

– Vous faire libérer ? Je ne suis pas Dieu le Père, mademoiselle Roland, ha ha ! Ce sera déjà bien beau si j'obtiens la perpétuité.

– Mais…

– Vous voulez que je vous dise ? J'y ai beaucoup réfléchi et j'ai déjà mon plan tout tracé, du moins dans les grandes lignes. Les circonstances atténuantes, tout est là, ha ha ! Selon moi, vous pouvez en bénéficier à plusieurs titres. Tout d'abord de par vos, euh… origines, n'est-ce pas ? Ha ha !

Les mœurs, du côté du Danube… Et puis, bien entendu certaines dispositions personnelles à la violence, n'est-ce pas, qui font que vous ne mesurez pas toujours la portée de vos actes. Vous ne pensiez pas tuer, évidemment…

– Monsieur !

– Appelez-moi maître, s'il vous plaît.

– Monsieur !

– À moins que, bien sûr, hum… Une jeune fille sans défense, l'inévitable tentation… enfin, vous me comprenez. Acculée dans les derniers retranchements d'une pudeur offensée, un geste de désespoir… Il faudra peut-être donner quelques détails pénibles, mais nous essaierons d'obtenir le huis-clos, n'est-ce pas ?

– Monsieur ! m'exclamai-je, horrifiée.

– Appelez-moi maître.

– Monsieur, je ne sais ce que vous voulez sous-entendre mais je vous avertis que n'en écouterai pas davantage. Je vais demander à être ramenée à ma cellule.

– Mais… Mais, enfin mademoiselle Roland, je ne cherche qu'à vous aider, je…

Le pire, c'est qu'il semblait sincèrement surpris de ma réaction. J'eus soudain la tentation de lui aplatir de nouveau le nez devant tout le monde mais, l'espace d'un instant, je croisai enfin son regard et, stupéfiée, j'y lus que c'était précisément ce qu'au fond de lui, il espérait.

– Je… je m'en vais. Je ne veux plus jamais vous revoir, quoi qu'il m'en coûte. Vous… vous êtes…

Je me levai, incapable d'endurer davantage.

– Mais enfin, mademoiselle Roland, vous vous méprenez sur mes intentions, je vous assure…

Ivre de colère et de dégoût, je fus reconduite à ma section. À peine avais-je regagné ma place à l'atelier que Marion s'inquiétait :

– Ça ne va pas ? souffla-t-elle.

Non, fis-je de la tête. Non, décidément, cela n'allait pas. Marion le comprit et me laissa quelque temps pour digérer ma déconvenue. De tous les avocats de Paris, il fallait que je tombe sur celui-là ! J'avais cru pouvoir m'en tirer à trop bon compte et je devais déchanter. Ce soir-là, nerveuse et irritable, je frôlai la correction. Qu'importe ! Mon destin n'était-il pas de finir en cage ? Autant commencer tout de suite.

L'entregent de Marion me sauva de la Ménagerie. Comme pas une, elle savait se mettre les bonnes sœurs dans la poche, elle qui, à l'encontre de la plupart de nos compagnes, ne mettait pourtant jamais les pieds à la messe. Je me calmai peu à peu. Après tout, je n'avais pas encore été déférée au juge d'instruction, peut-être les choses pouvaient-elles encore s'arranger à ce niveau ? Et si l'on retrouvait Anatole ?

Les jours suivants, je fis tout pour ne pas me faire remarquer mais, sans le vouloir, j'observais les jugées avec plus d'attention. Ces infortunées créatures, auxquelles étaient réservés les travaux les plus durs et à qui l'on refusait les visites... Je me vis revêtue comme elles de la robe brune, de ce petit béguin marron et du fichu à carreaux bleus-blancs. Et pour combien d'années ? Si l'on ne me faisait pas plutôt les honneurs de la cellule 13, celle des condamnées à mort...

La rencontre avec le juge n'apporta malheureusement rien de nouveau. C'était un fonctionnaire terne et machinal, qui semblait ennuyé d'avoir à me recevoir. Je ne pus que lui répéter ce que j'avais déjà dit et il n'insista pas. Il ne voulut pas répondre à mes questions et me renvoya aussi vite qu'il le put, sans fixer de délai à la fin de son instruction.

Je revins à Saint-Lazare sans plus aucune illusion mais sans colère non plus. Ne pouvant plus rien pour mon destin, je me résignai à cette vie carcérale qui avait au moins pour elle l'avantage de sa monotonie. Si la tutelle des sœurs s'avérait parfois un peu rêche, elle n'était point malveillante et, pourvu qu'on ne fît pas de trop grosses vagues, on nous laissait en paix. En ce qui concernait les autres détenues, la « protection » de Marion s'avérait efficace et nulle ne m'abordait qu'avec respect. Peu à peu, à force de travail à l'atelier de couture, je parvins à mettre de côté quelques sous, dont je me servais pour améliorer l'ordinaire du réfectoire. Entre les deux sections, en effet, s'ouvrait un guichet où l'on pouvait, pour une somme modique, se procurer un supplément de ragoût, des œufs, de la charcuterie, du chocolat… et même du café au lait, dont je fis mon plaisir quotidien. Seul ce genre de petits détails nous permettaient de supporter une vie qui, sans cela se serait avérée d'une épouvantable tristesse. Sous des allures parfois presque familiales, Saint-Lago était en réalité l'une des pires prisons de Paris, l'une des plus vieilles et des plus sales. La promiscuité y était totale et vous forçait à côtoyer une misère que je n'avais plus connue depuis dix ans. Dix ans de bonheur que je me refusais cependant à oublier si vite. Aussi, dans les semaines qui suivirent, fis-je tout mon possible pour éviter de me laisser aller.

Pour commencer, je fréquentai la bibliothèque. Elle comptait environ mille cinq cents volumes, ce qui n'était pas rien.

Même s'il ne s'agissait, pour la plupart, que de romans édifiants et d'ouvrages de piété, la lecture était une consolation que j'aurais eu tort de me refuser. On pouvait garder les livres du samedi midi au lundi matin. Le dimanche devint donc pour moi un moment sacré, où nulle n'aurait eu l'imprudence de me déranger. Mieux, je pris l'habitude de lire à haute voix pour mes compagnes, dont bon nombre ne savaient pas lire. J'eus ainsi la surprise de voir ces femmes, dont certaines avaient vécu les pires turpitudes et auraient égorgé sans sourciller père et mère, se passionner, la larme à l'œil, pour le destin de quelque fade orpheline qu'attendait à coup sûr un beau mariage. Qu'eussent-elles donné pour écouter ma propre histoire !

J'avais ainsi organisé mon existence en attendant l'issue du procès, lorsque je fus à nouveau appelée au parloir. J'en fus évidemment très étonnée car il ne s'agissait pas, cette fois, du parloir des avocats, mais du parloir ordinaire, consacré aux visites des familles et connaissances. De famille, je n'en avais plus, et bien peu de connaissances.

Le parloir était une longue pièce pouvant contenir une quarantaine de personnes. Elle était coupée par une double grille, de part et d'autre de laquelle les familles et les détenues prenaient place, de sorte que, séparées de plus d'un mètre, elles devaient crier pour se faire entendre. Autant dire que le vacarme était épouvantable et toute intimité rendue impossible à moins, bien sûr, de bénéficier d'un parloir de faveur. En ce cas, l'administration pouvait autoriser le visiteur à pénétrer dans le couloir entre les deux grilles, afin qu'il ne fût séparé de la visitée que par une seule rangée de barreaux.

Je fus doublement surprise de bénéficier d'un tel régime et de découvrir que mon visiteur n'était autre que Fernand, le cocher de monsieur Roland, celui-là même qui, seul, avait pris ma défense lors de mon arrestation.

Boudiné dans un costume trop petit pour lui, il tripotait sa casquette d'un air gêné.

– Vous ici, Fernand ?

Il se frotta les yeux de sa grosse main calleuse.

– Faites esscuse, mam'zelle Ana. Ça m'fiche la cerise de vous voir comme ça, derrière les grilles... J'ai connu, vous savez ?

– Je sais, Fernand... Je suis contente que vous soyez venu. Vous êtes le premier.

– Quelle misère ! Quand je pense... quelle bande de chacals ! Ça vous fait des lècheries, pis au moindre coup de Trafalgar, ça rentre dans son trou comme des rats et ça connaît plus personne... quand ça vous mord pas la main ! J'aime mieux vous dire que j'en ai remis quelques-uns en place, au pays.

– N'allez pas vous attirer des ennuis pour moi, Fernand.

– Oh ! moi, les ennuis... J'suis comme qui dirait né dedans, hein ! Sauf depuis que j'travaillais pour vot'papa. C'était une crème, cet homme-là, vous le savez comme moi...

– Oui...

– Et puis je vous ai toujours bien appréciée, vous savez ? Je m'rappelle encore quand vous êtes arrivée, toute petiote, avec cette drôle de façon marrante que vous aviez de parler... Enfin bref, je sais pas trop raconter tout ça, mais faut m'croire, hein, mam'zelle Ana. J'vous laisserai pas tomber.

– Hélas ! Fernand, il n'y a rien à faire, je le crains...

– Dites pas ça, mam'zelle Ana. Il y a d'autres gens qui veulent vous aider... C'est d'ailleurs aussi pour ça que j'suis là.

Il baissa la voix.

– Quelqu'un est v'nu m'voir. Une jeune dame. Elle dit qu'elle vous connaît...

– Dunja ?

– C'est ça. Une vraie comtesse avec un drôle de nom de par chez vous. Moi, au début, je m'suis un peu méfié quand même, hein ! Moi, les aristos... Et puis je l'avais jamais vue, cette dame, faut pas m'en vouloir...

– Continuez, Fernand ! le pressai-je.

– Oui, bref, ben j'ai vite revu ma copie. Je m'y connais un peu en hommes et, croyez-moi, mam'zelle Ana, cette gamine-là, elle a du poil au cœur. Y en a pas beaucoup des comme ça. Avec elle, vous êtes tombée sur le bon ch'val. Approchez vot'main, mine de rien...

Je laissai pendre ma main près de la grille. Avec habileté, il y glissa un petit carré de papier plié, que je m'empressai de faire disparaître dans ma manche.

– Voilà. J'vas vous laisser, maintenant, mam'zelle Ana. Si jamais vous avez besoin de quèque chose...

– Non, Fernand, je vous remercie. J'ai tout ce qu'il me faut, maintenant. Grâce à vous...

– Oh, moi... En tout cas, ne vous inquiétez pas, je veille sur la maison. Ces saligauds de poulets ont mis les scellés dessus, mais on sait jamais. Allez, je me sauve. Au r'voir, mam'zelle Ana.

Il prit congé en promettant de revenir me voir. Mon cœur battait à grands coups pendant qu'on me raccompagnait à l'atelier. Le message de Dunja me brûlait le poignet. J'attendis cependant d'être seule aux latrines pour le déplier. Je reconnus avec émotion les grandes lettres encore un peu malhabiles de mon élève.

Salut, petite Ana !

J'espère que tu ne t'ennui pas trop. Tu trouveras de quoi t'occupé derrière la troisième baignoire de ton palace. Tu te souvient des leçons de Patrizio ? S'est le moment de t'en servir, ma jolie...

À bientôt pour la suite,

Ta Dunja.

Du mystère, encore du mystère et des fautes de grammaire ! C'était Dunja tout craché.

En attendant, tout cela n'était pas très clair. Manifestement, elle avait trouvé le moyen de cacher ou de faire cacher quelque chose pour moi dans la salle de bain. Nous n'y avions accès qu'une seule fois par semaine et mon tour était pour le surlendemain, il faudrait donc encore patienter jusque-là. Pour le reste, « les leçons de Patrizio », il ne pouvait s'agir que des cours de vol à la tire que m'avait donnés mon joli détrousseur. Je ne voyais pas encore très bien en quoi ils pourraient m'être utiles en l'occurrence mais, d'ores et déjà, je ne regrettais plus les heures passées à entretenir mon petit talent pour le seul amour de l'art.

Les bains de la première section donnaient sur le préau, à côté du réfectoire. À l'heure dite, j'étais la première à faire la queue devant la porte, de façon à pouvoir choisir ma baignoire. Elles n'étaient séparées que par un simple rideau. Marion, que j'avais mise dans la confidence, fit le guet tandis que, presque couchée sous la grande bassine de zinc, je tâtonnais à la recherche de mon « cadeau ».

Mes doigts finirent par toucher un petit paquet enveloppé de papier huilé. Il était très lourd pour sa taille. L'ayant ramené à moi, je défis rapidement l'emballage pour découvrir, perplexe, qu'il ne contenait qu'un simple lingot de plomb.

Je ne m'étonnai pas que Dunja eût pu le faire cacher là. Via les auxiliaires et les filles de service, on pouvait faire entrer à peu près n'importe quoi à Saint-Lago. Je pestai en revanche devant ce goût du mystère qu'entretenait décidément ma belle comtesse : j'avais l'air fin avec mon morceau de plomb… N'aurait-il pas été plus simple de me faire passer… je ne sais pas, moi… un revolver ?

Marion, qui avait plus de cervelle que moi – ou plus d'expérience de ces choses – éclaira ma lanterne :

– Mais non, Ana, ta copine ne se moque pas de toi… On peut faire plein de trucs rigolos avec du plomb, tu sais ? Ici, un morceau pareil, ça vaut plus cher qu'un lingot d'or.

Je commençais à percevoir les intentions de Dunja.

– Tu veux dire qu'on pourrait fabriquer… une clé, par exemple ?

– Par exemple. Mais là, faut avoir un moule et pour avoir le moule, il faut…

– Le modèle ?

– Tout juste, Auguste. Et pour avoir le modèle ?

– Il faut se le procurer.

– Voilà. Et c'est là que le bât blesse. Parce que le modèle, il se trouve solidement arrimé au porte-clé de Sœur Marie-Sucette du Sacré-cœur de l'Enfant de P...

– Ça, ça peut peut-être s'arranger.

Marion me regarda, sans comprendre.

– Eh bien, par exemple... Il est à toi ce médaillon ?

– Hein ? Mais oui ! Comment tu l'as eu, je l'avais perdu ?

– Et ce mouchoir aussi, il est à toi ?

– Quoi ? Mais comment as-tu fait ? C'est de la sorcellerie !

– Allez, je te rends aussi cette épingle. Et ta boucle d'oreille.

– Ah, mais arrête ! Si ça continue, je vais finir à poil. Comment tu fais ça ?

– J'ai appris.

– Vache ! Tu m'étonneras toujours. On te donnerait le bon Dieu sans confession et tu... tu...

– Je te déçois ? demandai-je, inquiète.

– Non, tu m'épates. Tu ne cesses pas de m'épater, depuis que je te connais. Mais qui es-tu donc à la fin ? Une petite fille sage ou une sacrée voleuse ?

Une princesse, fus-je tentée de répondre. Je me contentai de marmonner un vague :

– Si je le savais moi-même...

Chapitre 9

Dunja se proposait donc de me faire évader... Mais comment ? À supposer même que je parvinsse à fabriquer une clé de la cellule, je n'en serais pas sortie d'affaire pour autant. Notre section comportait encore quantité de portes opiniâtres et de gros verrous à convaincre. Dunja y avait sans doute songé, qui annonçait une suite, mais pouvais-je lui faire confiance ? Après tout, c'était une aventurière et moi pas : ne surestimait-elle pas quelque peu mes capacités ? Je ne me sentais en rien les facultés ni l'âme d'un Houdini. Que se proposait-elle donc de faire ? D'attaquer la prison ?

Et puis, il y avait Marion. Avais-je eu tort de la mettre si loin dans la confidence ? Je ne la connaissais que depuis quelques semaines et si, depuis le début, j'éprouvais pour elle une sympathie qui semblait partagée, n'était-il pas risqué de m'y fier davantage ? La prison – et l'espoir d'en sortir – pouvait avoir d'étranges effets sur les individus. Si elle allait me dénoncer ? Je n'y pouvais évidemment croire, mais sait-on jamais ?

Toutes ces questions et bien d'autres alourdissaient encore un peu ce petit morceau de métal à peine large de deux doigts qui pesait si fort dans ma main. Comme je le considérais, pensive, Marion me demanda :

– Qu'est-ce que tu comptes faire ?

Je sortis de ma rêverie.

– Tu ferais quoi, toi ?

– Je ne sais pas, je ne suis pas à ta place.

– Si tes amis se proposaient de te faire évader ?

– Holà, tout dépend quels amis ! Mes poteaux, c'est pas qu'ils ne soient pas de bonne volonté mais, sortis de leurs bouquins et de leurs grandes théories, c'est quand même une belle bande de branquignolles, faut avouer. Ta Dounia, là, elle est comment ?

– Disons qu'elle n'a rien d'une branquignolle. Mais je ne la connais pas si bien que ça, tu sais. Les gens changent… Autre chose : tu en serais ?

Elle parut surprise.

– Attends un peu Ana, deux petits trucs : primo, il n'est sûrement pas question de moi dans les plans de ta copine et on sait pas comment elle le prendrait. Deuzio, tu n'es pas obligée de me faire confiance… Non ! m'interrompit-elle comme j'allais protester. Tu ne me dois rien. Tu n'es pas obligée.

Belle, franche et généreuse… Pourquoi des gens comme elle finissaient-ils en prison ? J'eus envie de l'embrasser, ce qui n'eût pas nui à notre réputation sans pour autant régler mon dilemme.

– Écoute… Dunja pourra dire ce qu'elle voudra, je ne partirai pas sans toi.

Marion sourit, secoua la tête et soupira :

– Tu es têtue, Ana. Tu mériterais d'être bretonne, tiens. Bon... j'accepte. Tu m'aurais manqué, de toute façon. Maintenant, la question , c'est « comment ? »

– Eh bien, la première chose, c'est de se procurer cette fameuse clé, non ?

– Tu crois pouvoir y arriver ?

– À la faucher ? Non... Ce qu'il faudrait, c'est en prendre l'empreinte. Et, pour ça, il faut d'abord la repérer à coup sûr dans le trousseau.

– Mais il y en a un nombre incalculable ! Et elles se ressemblent toutes...

– Non, elles sont différentes, forcément. Le tout, c'est de percevoir cette différence. C'est une question d'observation. Et j'ai déjà commencé à regarder, sans en avoir l'air. La clé de notre cellule fait partie des plus longues du trousseau et le panneton est découpé en deux râteaux. Il y en a plusieurs de ce type mais je me fais fort de parvenir à repérer la bonne.

– Et ensuite ?

– Ensuite, il faut obtenir une empreinte correcte. Avec quoi, à ton avis ?

– Du savon. Un morceau de savon, coupé en deux. C'est l'idéal.

– Ce n'est pas trop dur ?

– Il faut le garder mou. Mais pas trop, juste assez. À un moment, des copains à moi fabriquaient de fausses pièces, comme ça. Je saurais faire, je crois.

– Bon, du savon, alors. J'en achèterai à la cantine et...

– Ana ?

– Hein, oui ?

Elle avait posé la main sur la mienne et me souriait.

– Rien. Je suis contente, c'est tout. Tu es belle quand tu parles d'évasion… La liberté te va bien.

Comme prévu, je n'eus guère de difficultés à reconnaître à coup sûr la bonne clé dans le trousseau de la geôlière. Mais une chose était de la repérer, une autre de parvenir à s'en approcher d'assez près pour la prendre en sandwich entre mes deux morceaux de savon. Cette opération requérait un entraînement spécial. Le plus difficile fut de nous y livrer en cachette de nos compagnes de cellule, en qui nous n'avions qu'une confiance mitigée. Ce fut long et particulièrement épuisant. Nous avions convenu avec Marion qu'elle porterait une chaînette à la ceinture et que je devrais parvenir à en prendre l'empreinte sans qu'elle s'en aperçût, aussi prévenue fût-elle, et sans que les autres en sussent rien. Je dus apprendre à tenir mes deux morceaux de savon à l'intérieur de ma paume, à les ouvrir très vite et d'une seule main pour les refermer aussitôt comme une gueule vorace, les presser l'un contre l'autre, les séparer et me retirer vivement pour les faire disparaître dans les plis de mon tablier. Malgré toute ma science de pickpocket, il me fallut plusieurs jours avant d'y parvenir et encore dus-je répéter l'opération plusieurs fois afin d'être bien sûre qu'il ne s'agissait pas d'un heureux hasard.

Lorsque, enfin, je fus prête, il fallut encore guetter l'occasion la plus favorable. Les sœurs étaient trois à se partager par roulements la garde de notre coursive. La plus vulnérable était certainement Sœur Suzanne, une nonne encore jeune et d'une naïveté parfois confondante quand on songe au spectacle qu'elle avait quotidiennement sous les yeux. Son service dans le couloir durait quatre jours, desquels j'entendais bien profiter au mieux. Le meilleur moment, c'était le matin, lorsqu'elle venait nous chercher pour nous conduire au réfectoire, avant de gagner l'atelier. Comme les cellules n'étaient jamais fermées lorsque nous n'y étions pas, elle ne laissait pas la clé dans la serrure, mais tenait le trousseau à bout de bras, tandis que nous passions devant elle pour sortir de la la cellule. Sachant que l'occasion ne se présenterait pas deux fois, je ne m'y risquai pas dès le premier jour, ni le second, que je mis à profit pour observer et graver dans ma mémoire le moindre détail de la scène. Le soir du deuxième jour, je rapprochai un peu mon lit de celui de la grosse Henriette, de façon à ce qu'il se trouvât sur mon chemin lorsque je sortirais le lendemain. Au matin du troisième jour, le cœur battant, j'attendais l'arrivée de la sœur. Marion évitait soigneusement de me regarder. Elle savait que ce serait pour aujourd'hui et, certainement, était aussi anxieuse que moi. Enfin, la clé tourna dans la serrure. Louée soit la force de l'habitude ! Eût-elle répété son rôle que Sœur Suzanne n'eût pu se montrer plus parfaite. Elle eut exactement les même gestes et se plaça de la même façon que les deux jours précédents. Flageolant sur mes jambes, j'eus à peine à faire semblant de trébucher contre le pied du lit. Je tombai en avant et me raccrochai à la manche de la bonne sœur, qui me soutint en riant :

– Eh bien, on ne tient plus debout ?

Je marmottai une vague excuse et me mis dans le rang avec les autres, l'air abruti de sommeil. Dans la poche de mon tablier pesait un petit bout de savonnette dont le parfum de fille de l'air embaumait soudain tout le couloir.

Fabriquer la clé fut une tâche aisée, dont Marion s'acquitta avec bonheur. Le plomb est un métal mou qui ne demande qu'à fondre, nous eûmes bientôt en main une clé qui, pour paraître grossière, n'en était pas moins une très suffisante réplique de sa version officielle. Quelques coups de lime à ongles eurent raison des dernières barbelures de coulée, il ne restait plus qu'à l'essayer. Nous n'osâmes cependant nous y risquer, de crainte de la tordre ou de la casser si la serrure s'avisait de résister. Notre clé était destinée à ne servir qu'une seule fois, ce devrait être la bonne. Aussi la cachâmes-nous soigneusement, en attendant la suite promise par Dunja.

Les nouvelles ne se firent pas attendre. Deux jours ne s'étaient pas écoulés qu'un nouveau billet me fut transmis. Je le trouvai cette fois sous mon oreiller, sans doute posé là par quelque fille de service, ignorante du croate et grassement payée.

« *Bravo, tu a la clé ! Se sera pour la nuit de dimanche. Tiens-toi prêtte à 2 heures à la tonnellerie.* »

À la tonnellerie ? Mais c'était au rez-de-chaussée, derrière les bains, tout à côté du réfectoire ! Il y avait au moins trois portes à passer, dont nous n'aurions pas les clés ! Elle était donc folle ?

– Écoute, me dit Marion, ta copine n'a pas l'air d'une évaporée. Elle est plus que bien renseignée : comment aurait-elle su, autrement, qu'on avait la clé ? Il faut lui faire confiance. De toute façon, ça ne coûte pas grand-chose d'essayer. Si on est bloquées au bout du couloir, on n'aura qu'à rentrer et refermer derrière nous.

Nulle attente chez le dentiste ne fut jamais comparable à ce que nous endurâmes jusqu'au dimanche suivant. En apparence, nous étions des modèles de détenues, dociles et silencieuses, complaisantes et concentrées sur leur aiguille. En dedans, nous étions une paire de volcans prêts à cracher feu et flammes à la première chatouille et ne cessions de nous piquer les doigts, tachant sans vergogne jupons et chemises d'un beau sang rouge vif proche de l'ébullition.

Inutile de dire que nous ne dormîmes pas cette nuit-là. Allongée sur ma paillasse, je comptais les heures qu'égrenait la cloche de la chapelle. Onze heures, minuit, une heure... Une heure et demie... Se lever, en silence, s'habiller. Les deux autres entendaient-elles ? Elles ne bougeaient pas. Je redoutais surtout la grosse Henriette. Et si elle allait vouloir venir, si elle allait menacer de faire du scandale ? Mais non, elle ronflait comme une chaudière. Presque trop, c'en était louche...

Qu'importe. Nous nous étions donné dix minutes pour rejoindre la tonnellerie. Elle se trouvait du bon côté de la cour, c'était déjà ça. Mais il fallait tout d'abord ouvrir la cellule. La clé, graissée au beurre, entra dans la serrure sans faire de manières. Mes doigts de pickpocket m'avaient fait désigner pour la tourner. J'opérai en douceur. Le mécanisme servait souvent, il ne se fit pas prier. Une légère résistance, dont vint à bout une pesée subtile, un claquement étouffé, la porte était ouverte. Je retirai la clé, à peine tordue, et nous sortîmes dans le couloir. Il était désert, comme il se doit, seulement éclairé par une veilleuse à chaque extrémité. Je refermai soigneusement (le règlement, c'est le règlement) et, sur la pointe des chaussons, nous nous dirigeâmes vers l'escalier d'accès au réfectoire. Il était fermé par une lourde porte d'allure médiévale.

Elle n'était que poussée. Nous nous regardâmes, entre inquiétude et jubilation. Le sort en était jeté…

Au bas de l'escalier, dont les marches eurent le bon goût de ne pas trop grincer, la seconde grille était également ouverte. N'osant croire à notre chance, nous traversâmes à pas de loup l'immense réfectoire où flottaient de vieilles odeurs de soupe et, sous le regard compréhensif du grand Christ en croix, débouchâmes dans un couloir où, d'un côté, s'ouvraient les bains, de l'autre la tonnellerie.

Une belle souricière, cette fameuse tonnellerie, entre nous soit-dit. Une pièce carrée de cinq mètres de côté, encombrée de barils, de pipes et de tonneaux divers, qui sentait la vinasse et la saumure et où, à moins de se changer en souris, il n'était certes pas question de se cacher. Deux fenêtres fermées de barreaux, qui s'ouvraient sur les pavés du chemin de ronde, éclairé *a giorno* par la lune. Un cul-de-sac. Ni l'une ni l'autre n'avions aucune idée des gardes nocturnes et des rondes. Si nous étions prises, il y avait de quoi passer le reste de sa vie au cachot.

– On aura essayé, au moins, souffla Marion. Qu'est-ce qu'on fait, maintenant ?

– Attendons. Il n'est pas deux heures… Elle ne va pas tarder, répondis-je, plus pour me convaincre moi-même que pour la convaincre, elle.

Osant à peine respirer, nous nous rencognâmes dans l'ombre d'une pile de barriques. Quelques interminables minutes, et la cloche de la chapelle piqua enfin ses deux notes aigrelettes. Elles n'avaient pas fini de sonner que des pas leur succédèrent. Difficile de les situer, ils pouvaient aussi bien provenir des bains que du réfectoire. Et ils se rapprochaient. Une bonne sœur ?

Un gardien faisant sa ronde ? En tout cas, ça ne pouvait pas être Dunja : le mystérieux promeneur ne prenait aucune précaution, frappant joyeusement du talon le vieux plancher grinçant. La porte du couloir s'ouvrit et nous retînmes notre souffle. Devant la tonnellerie, les pas hésitèrent et se turent. La porte, que nous n'avions que repoussée, tourna doucement sur ses gonds. Le battant était de notre côté. Si le gardien n'entrait pas, il ne nous verrait pas. Vérification de routine, on ne va tout de même pas regarder sous les meubles tous les soirs... Un voile de bonne sœur se découpa en silhouette sur le mur chaulé du magasin. Contre mon épaule, je sentis Marion se tendre, prête à bondir. Je lui attrapai la main, la serrai de toutes mes forces. La nonne avait-elle entendu quelque chose ? Elle se tourna de notre côté.

– Bouh !

Je jure que pour la seule et unique fois de ma vie, je fus à deux doigts de m'évanouir.

– Alors, petite Ana, comment tu me trouves, en bonne sœur ?

N'osant encore y croire, encore tremblante, je balbutiai, la voix étranglée.

– Dunja, est-ce toi ? Est-ce bien toi ? Par le sang du Christ, de telles alarmes ne saurais souffrir une seconde fois sans trépasser !

– Je ne comprends rien à ce que tu racontes, petite Ana, mais je suis bien contente de te voir ! fit-elle joyeusement.

Prudemment, ma compagne sortit de l'ombre à son tour.

– Ah... Et voilà la fameuse Marion !

Elle prononça « marionn' », en roulant puissamment le r.

– On dit Marion, corrigeai-je d'une petite voix. Comment sort-on d'ici ?

Dunja sourit de toutes ses dents et consulta un chronomètre.

– Par la porte, voyons. Ah, encore huit secondes… Sept, six, cinq, quatre, trois, deux…

Une énorme explosion secoua le bâtiment.

– Qu'est-ce que c'était ?

– Simple diversion. Et maintenant, on y va ! Sans courir.

Comme nous hésitions, encore hébétée, elle nous attrapa chacune par un bras et nous entraîna dans le couloir. Des hurlements, des cris d'alarme, des piétinements retentissaient dans toute la prison. Des coups de feu, maintenant. Nous enquillâmes le réfectoire au pas de charge.

– Mais qu'est-ce que c'est ? Qu'est-ce que tu as fait ? m'écriai-je sans cesser de courir.

– Bah, rien ! Un peu de poudre, c'est tout, rien de méchant. Allez, marche !

Une nouvelle grille, dont elle avait la clé. Un long couloir, faisant un coude à son extrémité. Mon cœur cessa de battre : un gardien venait à notre rencontre, armé d'un fusil.

Dunja ne se démonta pas et prit les devants :

– Ah, vous tombez bien, vous ! Qu'est-ce que c'est que ce bazar, là-bas ? Et j'ai trouvé ces deux-là hors de leur cellule. Vous allez m'aider à les y ramener !

Ni l'accent pour le moins exotique de la geôlière, ni l'incongruité de la situation n'alarmèrent le garde-chiourme. Habitué à obéir sans discuter aux bonnes sœurs, il porta deux doigts à son képi et entreprit de nous ouvrir la marche. Dunja fouilla dans son tablier, sa main vola, il y eut un coup sourd et le garde s'écroula.

– Mon Dieu ! Tu l'as…

– Meuh non ! Il dort. Allez, aidez-moi à le rentrer là-dedans.

Elle poussa la porte d'un bureau dans lequel deux autres gardiens dormaient déjà, étroitement saucissonnés. Le troisième alla les rejoindre et nous reprîmes notre marche à travers les couloirs déserts, du greffe au parloir et jusqu'au guichet principal, à côté duquel s'ouvrait le cabinet du directeur. Une grande silhouette voûtée en jaillit soudain, armée d'un revolver.

– Halte !

Épouvantées, nous stoppâmes net.

– Vous ne reconnaissez pas votre suzeraine, mon cher Nikola ?

– Bien sûr que si, comtesse ! Mais nous n'avons guère de temps pour les mondanités. Je dois d'abord m'assurer que le passage est libre. Attendez ici.

Il s'engagea dans l'étroit couloir qui faisait face au guichet et ouvrit une petite porte avec précaution.

– C'est Nikola Netsi ? Mais qu'est-ce qu'il fait là ?

– Il tenait absolument à en être. Et encore, si je l'avais écouté, il prenait la prison d'assaut à la tête d'une troupe de mercenaires, à l'ancienne, avec sabres et grappins...

– C'est bon, la voie est libre, annonça le poète, en revenant. Combien de temps, comtesse ?

– Cinq secondes... quatr...

Une seconde explosion, plus violente encore, fit voler les carreaux des pièces attenantes dans un fracas de verre brisé.

– Ah, bravo ! Quatre secondes d'avance. Qu'est-ce que c'est que ce travail ? Enfin bon... On y va !

En file indienne, nous nous engouffrâmes à travers l'ouverture. L'explosion avait soulevé un énorme nuage de poussière qui nous dissimulait à la vue d'éventuels gardiens, s'il en restait autre chose que des fragments. Quelques pas et nous jaillîmes sur le trottoir. Le trottoir ? Mais alors... Ils avaient carrément fait sauter la porte extérieure !

– Vite !

Une puissante automobile nous attendait, moteur tournant. Dunja nous poussa à l'intérieur et Nikola Netsi monta près du chauffeur. Celui-ci connaissait son affaire. Il y eut bien encore quelques coups de feu mais, déjà, la voiture s'engageait en rugissant dans le boulevard de Magenta, en direction du nord. Dunja, elle aussi, avait produit un revolver. Par la lucarne arrière, elle guettait d'éventuels poursuivants, prête à faire feu si cela s'avérait nécessaire.

Tassée contre la portière, Marion respirait fort. Pourvu qu'elle ne craque pas, pensai-je. Car, en ce cas, je n'étais pas sûre de ne pas craquer moi-même.

Boulevard Barbès, boulevard d'Ornano... La voiture menait un train d'enfer à travers les grandes avenues désertes. Nous franchîmes les *fortifs* à la Porte de Clignancourt et, enfin, Dunja se détendit. Elle se tourna vers nous.

– Ouf, on étouffe, là-dessous ! dit-elle en arrachant son voile et en ébouriffant ses cheveux courts. Dis-donc, Ana, tu savais que les bonnes sœurs portaient des dessous à fleurs ?

– Qu'est-ce que tu as donc fait ? Tu as assommé une bonne sœur pour lui prendre ses vêtements ?

– Assommé ? Même pas... Elle a bien volontiers consenti à me prêter ses nippes pour la soirée.

– Mais où est-elle, maintenant ?

– Entre de bonnes mains, ne t'en fais pas, sainte Ana. Elle ne manque de rien. Ranko est un fervent catholique... Alors, qu'as-tu pensé de cette petite excursion ?

– À vrai dire, j'imaginais quelque chose de moins, euh… balkanique.

– Ha ha, ce serait faire injure au génie de notre vieille race ! N'est-ce pas, mon cher Nikola ?

– Tout à fait, comtesse, admit le vieux poète en se tournant vers nous. Je dois vous remercier, Votre Altesse, grâce à vous, j'ai rajeuni de vingt ans.

– C'est à moi de vous remercier, monsieur. Rien ne vous obligeait à supporter ainsi ma cause…

– Ne vous avais-je pas promis de mettre mon sabre à votre disposition ? Et puis, princesse ou pas, je n'ai jamais pu supporter de voir embastiller une innocente.

– Vous me croyez donc innocente ?

– Je n'en ai jamais douté. Quitte à me créer quelques ennemis dans mon propre camp…

– Adam Sloboda, par exemple ?

– Et d'autres. Qui voyaient dans votre condamnation une sorte d'aubaine historique. Personnellement, je n'aime pas du tout cette façon de faire de l'Histoire. Qui veut la fin ne veut pas n'importe quel moyen.

Marion, qui ne comprenait goutte à cette conversation, demanda soudain :

– Où allons-nous ?

– Dans un endroit sûr. Et confortable. Nous y serons bientôt, la rassura Dunja.

L'automobile, depuis un bon moment déjà, s'était engagée dans des voies secondaires, suivant un itinéraire compliqué. La banlieue, petit à petit, avait fait place à une demi-campagne semée de fermes et de grosses villas. Nous traversâmes une nouvelle fois la Seine. Nous devions être aux environs d'Argenteuil, estimai-je.

– Qu'allons-nous faire ?

– Vous faire oublier quelque temps, déjà. La police va être sur le pied de guerre, avec tout ce raffut.

La voiture avait ralenti. Nous roulions maintenant sur un chemin de terre bordé de grands arbres dénudés par l'hiver. Nous stoppâmes devant une grille, entre deux hauts pilastres surmontés d'urnes de pierre. Le chauffeur corna. Sorti de nulle part, un gardien armé vint nous ouvrir. Nous continuâmes le long d'une allée de chênes, au bout de la laquelle se dressait une haute maison solitaire, presque un petit château me parut-il, bien qu'on ne la distinguât pas bien.

– Mazette ! ne put s'empêcher de souffler Marion. Tu en connais, du beau monde, Ana...

– Et encore, si tu savais...

– Eh bien je ne demande qu'à savoir, répondit-elle, non sans acrimonie.

Il était plus de trois heures du matin, le froid nous saisit en sortant de l'automobile.

– Avez-vous faim ? demanda Dunja. Je peux vous faire servir une collation, si vous voulez...

– Sommeil, plutôt, bâilla Marion.

– Alors allez dormir, votre chambre vous attend. Chacune la vôtre, je veux dire...

Une chambre chacune... Je n'avais pas connu telle intimité depuis des semaines. La mienne n'était pas très grande mais claire et bien chauffée. J'avais mon propre cabinet de toilette, avec toutes les commodités, et une chemise de nuit à ma taille m'attendait sur la courtepointe. Laissant de côté un bon millier de questions, je ne traînai pas pour l'enfiler et sombrai bientôt dans un sommeil peuplé de courses folles et d'explosions.

Il n'était pas loin de midi à la pendule de la cheminée lorsque je m'éveillai le lendemain. Il me fallut quelques instants pour réaliser que je n'allais pas être en retard à l'atelier. Il n'y avait plus d'atelier, il n'y en aurait jamais plus.

Mes hardes de détenue, cependant, gisaient au pied du lit. Fallait-il les remettre ? J'avisai une penderie : elle était pleine à craquer de vêtements de toutes sortes, que je ne tardai pas à reconnaître. C'était les miens. Dunja avait donc une nouvelle fois bravé la Justice et ses scellés pour défendre ma cause.

J'ouvris les volets. C'était une belle matinée de fin d'hiver, fraîche et ensoleillée. Ma chambre était au premier étage. Elle donnait sur un parc, dont les grands arbres déjà piquetés de bourgeons me cachaient l'horizon. L'air vif acheva de me réveiller. La chambre de Marion était attenante à la mienne. J'y frappai, elle me cria d'entrer.

Je la trouvai dans la baignoire, riant comme une enfant, enfouie sous une avalanche de mousse.

– Un bain, tu te rends compte, Ana ? Un vrai bain parfumé, comme j'en avais toujours rêvé ! Je me fais l'effet d'une grosse bourge. On s'habitue vite à péter dans la soie, hein ?

Sans mot dire, je m'assis sur un tabouret.

– Ben, qu'est-ce qu'il y a, ma poulette ? me demanda-t-elle.

– Je... je crois que je te dois quelques explications, non ?

– Bah, excuse-moi, pour hier soir. J'étais crevée. Quant aux explications, tu ne me dois rien, après tout. Je suis déjà bien contente d'être dehors... Enfin, là-dedans, je veux dire, ajouta-t-elle en sortant un pied rose de la mousse blanche.

– À vrai dire, continua-t-elle en agitant les orteils, je commence à m'habituer à tes mystères. En général, ce sont des mystères plutôt agréables et ils font une grande partie de ton charme. Aussi ai-je décidé que je ne voulais rien savoir.

Je ne pus m'empêcher de rire.

– Il le faudra peut-être, pourtant. Je ne connais pas encore la suite du programme, moi non plus...

– Moi, je parierais sur un bon petit déj', ronronna-t-elle en se laissant aller encore un peu plus loin dans la baignoire.

Elle avait raison. Considérant l'heure tardive, Dunja avait marié « petit déj' » et déjeuner. Dans la grande salle à manger illuminée de soleil, c'était un amoncellement de théière, de cafetière, de brioches, de confitures et de croissants, auquel répondaient charcuteries, volailles, légumes, fromages et desserts de toutes formes, origines et textures.

Dunja, vêtue en homme, comme d'habitude, ne tarda pas à nous rejoindre.

– Vous m'excuserez si je ne vous accompagne pas. J'ai déjà déjeuné. Je me suis levée tôt, ce matin, pour aller rendre sœur Marie-Bidule à ses divins devoirs, avec un petit quelque chose pour ses œuvres...

– La pauvre, elle n'était pas trop choquée ?

– Penses-tu ! Ces vieilles carnes en ont vu d'autres… Ses frusques avaient beau sentir la cordite à plein nez, ça n'a pas eu l'air de l'émouvoir.

– Et si jamais elle te reconnaît ?

– Aucun risque.

– Et le chauffeur ? La voiture ? Si la police interroge des témoins ?

– Aucun risque, je te dis. D'ailleurs, la police a d'autres chats à fouetter : ce matin, tous les journaux titraient sur une « spectaculaire évasion » menée par une mystérieuse bande anarchiste…

– Une bande anarchiste ? s'exclama Marion.

– Eh oui ! Te voilà devenue l'égérie de la Main noire ! Dans le *Petit journal*, on ne t'appelle plus que « la Muse noire » de l'Internationale Anarchiste… Tu t'es évadée, entraînant Ana à ta suite. Je n'en espérais pas tant. Finalement, tu as bien fait de venir, *Marionn'*…

– On dit Marion…

– Laisse, Ana, coupa Marion. *Marionn'*, c'est mignon, ça sonne un peu comme marionnette. En tous cas, maintenant, c'est fichu pour la cavale. Comment je vais faire pour me planquer, moi, avec toutes les polices de France aux fesses ?

Dunja la considéra avec une certaine dureté.

– Te planquer ? Tu ne te trouves pas assez bien cachée, ici ?

– Je ne voudrais pas abuser…

– Tu n'abuses pas. Je préfère te savoir ici, à vrai dire.

– Tu veux dire, des fois que j'irais moucharder ? C'est pas le genre de la famille.

– Deux précautions valent mieux qu'une…

– Donc, si je comprends bien, je suis ta prisonnière…

– Si tu préférais Saint-Lago, il fallait rester. Je ne t'ai pas obligée à venir.

– Et monsieur Netsi, il n'est pas là ? intervins-je pour calmer le jeu.

– Non, il est rentré à Paris. Je lui avais offert l'hospitalité mais il préfère son galetas, sourit Dunja. Ça doit faire plus poète, je suppose…

Marion, butée, insista.

– Je peux te poser une question ?

– Vas-y.

– Comment se fait-il que tu étais toujours si bien renseignée ? Je veux dire pour la clé, tout ? Et comment se fait-il que l'évasion ait été aussi facile ? Les grilles ouvertes, l'absence de gardiens… Ça ne te paraît pas bizarre, à toi, Ana ?

– Si, un peu, c'est vrai…

Dunja s'était rejetée en arrière sur sa chaise et souriait d'un air narquois.

– D'abord, votre évasion n'a pas été « facile » : elle a été bien préparée et minutée, c'est tout. Quelques pattes à graisser, pas mal d'autres à forcer, cinq ou six hommes décidés… Le coup de la diversion, ça a beau être éculé, avec l'effet de surprise, ça marche toujours ! Quant à mon omniscience… vous vous rappelez cette petite bonne femme insignifiante, récemment arrivée dans votre cellule ?

– Elle ?

– Eh oui ! Un excellent agent, efficace et discret. Et qui a bien voulu prendre un mois ferme par pur amour du métier… Elle m'a tenue au courant jour après jour. C'est également elle qui s'est chargée de droguer la grosse Henriette, le soir de votre départ.

– Mais la clé ? insista encore Marion, faiblement. Pourquoi toute cette histoire, avec la clé ? Puisque tu avais si bien tout préparé, pourquoi ne pas aller jusqu'au bout et venir directement nous… je veux dire, chercher Ana, tout simplement ?

Dunja éclata de rire.

– Pour le sport, pardi ! Vous n'auriez tout de même pas voulu que je me tape tout le boulot. À ce propos, je vois que tu n'as pas perdu la main, petite Ana… Bravo !

– Tu es folle, soupirais-je. Et si on s'était fait prendre ?

– C'était le jeu. Vous ne vous êtes pas fait prendre et, maintenant, vous êtes là, voilà.

– Oui, mais pour combien de temps ? demanda Marion.

– Quelques jours. Une semaine, deux au maximum… Le temps de préparer notre départ.

– Notre départ ? m'exclamai-je.

– Dame ! Vous ne comptiez pas passer ici tout le reste de votre vie, non ? Dès que possible, on rentre à la maison.

– Hein ? Où donc ?

– Dans ton royaume, pardi ! Croyais-tu que *Herr* Gerner t'avait oubliée ?

– Mais…

– Pas de mais ! C'est l'option la plus sûre et puis les choses sont en train de bouger, là-bas. Il aura besoin de t'avoir sous la main. En attendant, mangez, dormez, promenez-vous dans le parc… vous êtes chez vous, acheva-t-elle, redevenue désinvolte.

Lorsqu'elle eut quitté la pièce, Marion et moi nous regardâmes, un rien atterrées.

– Excuse-moi, Ana, mais je crois que, finalement, tu vas devoir m'expliquer deux ou trois trucs. Si je dois faire partie du voyage...

Pensive, je considérai la porte par laquelle Dunja avait disparu.

– Je t'expliquerai tout... Tout ce que je sais, en tout cas.

Pour l'heure, ce que je savais de plus certain, c'était que ma deuxième vie était bel et bien terminée et qu'allait commencer ma troisième.

PARTIE III

Chapitre 1

Le jour commençait à baisser. Non qu'il fût très tard : il était à peine trois heures. Mais la grande ferme fortifiée, construite à flanc de paroi, se trouvait exposée au nord dans sa plus grande partie et le nord, dans ce recoin de montagne slovène, cela voulait dire quelque chose. De grandes plaques de neige dure changeaient la lande en puzzle inachevé, oublié d'un printemps parti voir ailleurs. Des îlots de pins noirs émergeaient çà et là de l'herbe brûlée par le gel. Ils se regroupaient ensuite, de plus en plus nombreux, jusqu'à former une véritable mer, figée et menaçante, hérissée de rochers abrupts, tels de terrifiants écueils. Encore au-delà, l'horizon se fermait de hauts sommets enneigés, drapés d'effilochures arrachées au ciel plombé. Très haut, un couple d'aigles tournoyait lentement, guettant en vain l'apparition d'un introuvable soleil.

– Bref, j'ai froid et je m'emmerde.

Marion quitta l'appui de l'étroite fenêtre et revint se blottir près de la cheminée, au coin de laquelle je me tenais déjà.

– Moi aussi, je m'ennuie un peu, avouai-je en posant mon livre.

– Toi, encore, tu as tes bouquins, mais moi, ce Balzac, qu'est-ce que tu veux, il me tombe des mains. Toutes ces descriptions à n'en plus finir… Il aurait dû venir ici, tiens, il nous aurait bien torché une douzaine de pages rien qu'avec la vue. Dans le genre sinistre et grandiose, on fait pas mieux.

– Je suis désolée. Tu veux mon Laforgue ? C'est de la poésie…

– Beurk, ne me parle pas de poésie, s'il te plaît, j'ai encore des renvois de Lamartine. Ta copine aurait quand même pu nous laisser des brèmes ou un jeu de petits chevaux. C'est presque pire qu'à Saint-Lago. Au moins, là-bas, on savait comment occuper les journées en attendant la soupe.

– Quand même, ici, on peut sortir quand on veut…

– Tu parles ! Pour faire trois pas sur la lande, flanquées de mastards armés jusqu'aux dents qui ne baragouinent pas un mot de français. Quand ils consentent à causer.

– C'est pour nous protéger…

– Je sais… je sais. Pour notre sé-cu-ri-té. La belle Dunja nous l'a assez répété. La tienne, je ne dis pas, en tant qu'héritière et tout, mais la mienne, faites-z-excuse, elle s'en tape. Je pourrais aussi bien me faire boulotter par un ours, vu comme elle peut me blairer. Ça l'arrangerait, plutôt.

– Tu exagères, Marion. Elle fait des efforts, je trouve.

– Ouais, c'est vrai que, ces derniers temps, elle est devenue presque aimable.

– De toutes façons, nous ne resterons sûrement plus très longtemps. Dunja attend des nouvelles d'un jour à l'autre.

Il n'en restait pas moins que, depuis près d'une dizaine de jours que nous étions ici, le temps passait avec une lenteur exaspérante et nous avions beau traîner au lit le plus longtemps possible et faire durer les repas, chaque minute semblait une heure et chaque heure un jour entier.

Je me passai la main dans les cheveux. Ils auraient mérité un bon shampoing, pensai-je, mais rien que l'idée de me mouiller la tête me hérissait de frissons. Nous n'avions pas gagné en confort en quittant la France. On prend vite des habitudes et il ne se passait pas un jour sans que Marion regrettât sa baignoire, l'eau courante et les cabinets à l'anglaise de notre petit manoir. Ici, nous couchions dans le même lit pour nous tenir chaud et, pour ce qui était de se laver, c'était dans une grande bassine, devant la cheminée. Matin, midi et soir, on nous servait à manger dans une immense et froide salle d'apparat, décorée de tentures fanées et de sinistres trophées de chasse. Hormis la cuisinière et deux ou trois vieilles servantes, la maison était exclusivement peuplée d'hommes d'allure farouche, mi-bergers mi-bandits, avec une assez nette prédilection pour le dernier état. Bardés de cartouchières, de revolvers, d'escopettes et de poignards, vêtus de peaux de mouton et de vastes culottes rouges ou bleues, ils mettaient un certain pittoresque coloré dans les couloirs sombres de la forteresse. Sans doute avaient-ils des ordres car ils faisaient montre envers nous d'une déférence que l'on eût guère attendue de pareils coupe-jarrets. J'ignorais, toutefois, s'ils étaient au courant de ma qualité princière ou si leur empressement, qu'ils étendaient d'ailleurs à Marion, n'était que l'effet magique de la seule protection de Dunja.

Car je n'en étais plus à m'étonner de l'effarante autorité de cette dernière. Notre évasion spectaculaire, les moyens illimités dont elle paraissait bénéficier, tout cela m'avait disposée à m'attendre à tout de sa part. À cet égard, la façon dont nous étions sorties de France était un modèle du genre : pendant que la police s'épuisait à passer à tabac de malheureux anarchistes pour leur faire avouer où nous nous cachions, nous, grimées, méconnaissables et nanties de passeports plus vrais que nature, nous avions pris l'Orient-Express, tout simplement, dans les bagages de l'extravagante comtesse Dunja Borskaja, princesse de Pavlacic et douairière des anciens duchés de Skopje. À Vienne, nouvelle transformation : Dunja devint la jeune épouse d'un quelconque fonctionnaire impérial en poste aux confins des Balkans et qu'elle courait rejoindre, éperdue d'amour conjugal, en compagnie de sa belle-sœur et de son neveu (car, entre-temps – cheveux courts, casquette et pantalons de velours – je m'étais changée en neveu). À Ptuj, nous prîmes la diligence, et la tangente à Ložina où, dans les bois, nous attendait un détachement de fiers haïdouks qui, ni une ni deux, firent une ovation à leur cheffe en déchargeant leurs tromblons. Quelques heures encore et, transies, courbatues, les fesses talées par le dos des mulets, nous étions enfin à pied d'œuvre. Au pied, en l'occurrence, d'une énorme bâtisse grise et couronnée d'ardoise que Dunja nous présenta sobrement comme sa chaumière.

C'était une ancienne ferme-forteresse, du temps où l'agriculteur avait plus à craindre des ours et des bandits que du mildiou. Nichée au creux de la falaise, ses murailles épaisses étaient percées sur trois étages de minuscules fenêtres par lesquelles on se serait bien vu verser de l'huile bouillante. Un unique portail aux lourds vantaux de bois clouté s'ouvrait tout au bout d'un chemin étroit bordé, à main droite, d'une lande découverte et, à main gauche, d'un véritable précipice au-dessus duquel donnait la façade principale, sans que l'on pût distinguer où finissait la roche et où commençait la pierre taillée. Si la chose n'était peut-être pas tout à fait imprenable pour une armée honnêtement outillée, encore fallait-il songer à venir la prendre : le plus proche village était à plusieurs kilomètres, de l'autre côté d'une inextricable forêt hantée de tout un tas de bestioles absolument dénuées d'humour. Autant dire qu'on recevait peu chez Dunja.

De quoi vivait-elle ? Je n'osais l'imaginer. J'espérais seulement qu'elle n'avait pas trop de sang sur les mains. À la voir sanglée dans son uniforme noir, bottée et coiffée de noir comme un messager de la mort, on pouvait en douter. Cela ne la rendait pas moins belle, au contraire, mais d'une beauté austère, qui contrastait singulièrement avec cet enjouement teinté de tranquille ironie dont elle faisait preuve à l'ordinaire. Sans doute fallait-il cela pour en imposer à ses hommes, qui la révéraient à l'égale d'une déesse inaccessible, mais je la préférais nettement au naturel, comme elle s'était révélée les quelques soirs où elle s'était jointe à nous, chaussée de bottes souples lacées sous le genou, simplement vêtue de pantalons et d'une chemise de lin blanc qui mettait en valeur le noir de ses cheveux. Elle y fourrageait sans cesse, d'une longue main nerveuse aux ongles rongés. Elle me troublait un peu, m'impressionnait davantage, sans que je pusse me défaire d'un léger agacement face au mystère dont elle ne savait que trop bien s'entourer. Sans doute eussé-je voulu – au nom de quelle vieille amitié ? – qu'elle me fît un peu plus confiance, qu'elle se défît un peu plus avec moi de ce quant-à-soi voilé de dérision dont elle faisait preuve à notre égard. Avec moi, elle était aimable et légèrement supérieure, ce que je ne détestais pas tout à fait puisque j'y retrouvais la Dunja de mon enfance, celle des cours et des ruelles de Spalato, à qui j'enseignais les rudiments de la lecture. À l'égard de Marion, en revanche, elle pouvait se montrer cassante et son ironie se charger de sarcasmes parfaitement immérités qui me mettaient mal à l'aise. Ce dont elle se rendait compte aussitôt et ne manquait jamais de s'excuser avant de nous quitter, l'humeur brusquement sombre.

Cette fois, nous ne l'avions pas revue de quatre jours entiers. Elle était partie un matin, sans un mot, avec une partie de sa troupe. C'était triste à dire, mais l'atmosphère s'en trouvait allégée, en particulier pour Marion. Je m'en voulais encore de l'avoir entraînée dans cette histoire où elle n'avait finalement pas grand-chose à gagner.

– Arrête tes bêtises, Ana, j'aurais eu quoi à gagner, en prison ? Tu m'en as sortie, je ne vois pas de quoi je me plaindrais. La bouffe est bonne et je suppose que quand tu seras redevenue princesse, y aura moyen de faire venir du calendos à la cour, non ? Je demande pas plus, moi. Un bon clacos pour me rappeler le pays... Ma famille ? Ma mère, y a longtemps qu'elle a calenché... Mon paternel, il était plus souvent rond qu'au turbin et j'ai reçu plus de mornifles que de câlins, alors adieu la Bretagne et vive la vie ! Non, tu sais ce qui me manque, au fond, c'est un gars. Un vrai beau gars bien balancé. J'ai bien repéré deux, trois spécimens assez corrects dans la bande, là, mais bon, entre nous, ils sentent quand même un peu le bouc, hein ? C'est pas que j'ai des goûts de luxe, mais le bifteck cuit sous la selle, c'est pas trop mon truc, tu vois... La vache, Ana, ça te manque jamais, toi, la chair fraîche ?

– Euh... je ne sais pas. Non, pas vraiment, hasardai-je en pensant à mon unique « nuit d'amour » avec Anatole.

– Ce doit être les bouquins. J'ai toujours pensé que ça faisait ça, les bouquins. D'un côté, tu as de la chance, moi, y a des fois...

J'aurais pu lui parler de certains livres rangés tout en haut dans la bibliothèque mais je n'eus pas le cœur de la détromper... Sincèrement, je la plaignais. Une grande et belle fille comme elle, si pleine de vie et d'entrain, méritait un garçon à sa mesure plutôt que la fréquentation journalière d'un bas-bleu de mon espèce. Elle était taillée pour le grand air, les travaux des champs et la force bienveillante d'une bonne paire de bras. La vraie vie, en somme, plutôt que de s'étioler entre quatre murs en ma compagnie.

On frappa. Une servante nous apportait le thé. Elle se retira sur une révérence et nous nous servîmes d'un beau breuvage rouge et parfaitement dosé, tout droit venu de l'une des meilleures boutiques de Vienne. Il était accompagné de rôties dégoulinantes de beurre fondu et d'un petit pot de crème.

– Sans compter qu'on s'empâte, à rien fiche comme ça. Je me fais l'effet d'une vache à l'engrais. Quand je pense qu'en zonzon, je pensais qu'à m'en foutre plein la lampe à force de becqueter de la lentille aux pucerons ! N'empêche, c'est rien bon, tout ça. Elle sait vivre, quand même, ta copine… Une tartine, ma chère ?

La soirée se poursuivit de la même manière un peu morne. Une vague tristesse tomba avec la nuit, menaçant d'avoir raison de mon optimisme. Je pensais à mes parents adoptifs, au tour étonnant que venait de prendre ma vie… Nous nous couchâmes sitôt après dîner, dans l'espoir de tromper l'ennui par un sommeil qui, cependant, tarda à venir. Je restai éveillée longtemps, attentive au moindre grattement dans les plinthes, au souffle du vent dans la cheminée où, de temps à autre, une bûche éclatait en jetant une gerbe d'étincelles. Il n'y manquait que le hurlement lointain d'un loup pour que l'on se crût en plein roman d'épouvante. Il s'éleva soudain, presque sous nos fenêtres, en tout cas beaucoup plus près que je m'y attendais. D'instinct, je m'enfonçai un peu plus loin sous les couvertures. J'avais beau me répéter qu'il ne s'agissait que d'un animal somme toute assez inoffensif, comme me l'avait enseigné monsieur Roland, je n'en fus pas moins parcourue des pieds à la tête d'un délicieux frisson.

– Marion, tu as entendu ?

Elle grogna quelques mots que je ne compris pas et se rapprocha de moi, m'attirant dans sa chaleur. Son bras m'entoura et elle me serra contre elle. Sa respiration redevint régulière. Elle dormait.

Un peu troublée par cette soudaine proximité, je ne bougeai pas. L'une de ses mains sur mon sein. Son souffle profond sur ma nuque. Mes fesses au creux de son ventre et sa poitrine contre mon dos.

J'étais bien.

Si bien que je finis par m'endormir.

– Hem...

Je m'éveillai en sursaut. Quelqu'un se tenait au-dessus de moi et m'éblouissait de sa lampe tempête.

– Qu... qui est là ? balbutiai-je, effrayée.

– C'est moi. Qui veux-tu que ce soit ? répondit Dunja d'un ton quelque peu excédé. Habille-toi en vitesse, on t'attend à côté.

– Il est quelle heure ? demanda Marion, qui s'était éveillée à son tour.

– Pas très tard. Mes excuses, je ne pensais pas vous réveiller. Vous avez dû vous coucher tôt, répliqua Dunja avec une acidité qui me déplut.

– Il y a du nouveau ? demandai-je.

– Oui, se contenta-t-elle de répondre avant de claquer la porte.

– Toujours aimable, commenta Marion. Je viens aussi ? Elle n'avait pas l'air d'y tenir tant que ça...

– Oui, tu viens. Il n'y a pas de raison.

La grande salle semblait avoir rapetissé, tout emplie d'hommes dont le manteau humide fumait dans la chaleur du foyer qu'ils avaient ranimé. Cela parlait fort, de chasse ou de politique, le teint rouge et animé par une course nocturne dont la plupart devaient avoir perdu l'habitude depuis bien des années. Un épais nuage de fumée de tabac voilait déjà la lumière des chandeliers et me fit venir les larmes aux yeux. Je cherchai Dunja. Elle se tenait près de la cheminée, aux côtés de *Herr* Gerner. Elle n'avait pas quitté cette espèce d'uniforme qui lui donnait l'air tellement sinistre – ni son fidèle Mauser, dans son étui de ceinture. Bien qu'elle nous eût vues, elle évita soigneusement mon regard et je m'en sentis blessée.

Une domestique entra, porteuse d'eau de vie et de vin chaud dont le parfum capiteux se répandit dans la pièce. Ce fut une ruée vers le plateau, *Herr* Gerner en tête. Je me plaçai sur le chemin de mon futur ministre.

– Bonsoir monsieur Gerner.

– Ah, Votre Altesse ! s'exclama-t-il sans se démonter. Je suis décidément impardonnable : il semble que je sois voué à vous priver de sommeil ! Nous autres conjurés avons des mœurs essentiellement nocturnes, n'est-ce pas ? Comment vous portez-vous ? Bien ? Tant mieux, tant mieux… J'ai de bonnes nouvelles. Les lignes commencent à bouger.

– Elles ont déjà quelque peu bougé en ce qui me concerne, *Herr* Gerner…

– Euh… hum, oui, bien sûr, pardonnez-moi. Vos parents adoptifs, la prison… Mais ils seront vengés, je vous le jure, ainsi que l'affront que vous avez dû essuyer. En attendant, tout cela nous montre la détermination criminelle de notre adversaire, mais démontre également sa faiblesse. Le tyran est aux abois. Il sait désormais que l'hallali ne tardera pas.

– Concernant mes parents, adoptifs ou non, je n'attends nulle vengeance, monsieur, seulement la justice.

– Elle sera faite, croyez-moi. Elle sera faite. Voulez-vous du vin chaud ? Ou bien autre chose… une infusion, peut-être ?

– Je prendrai du vin.

Je n'en avais nulle envie, mais le ton paternaliste dont il usait envers moi avait le don de m'exaspérer. Il m'avait peut-être fait sauter sur ses genoux mais je n'en étais pas moins sa suzeraine ! Si je le laissais faire, il me tapoterait bientôt la tête en me renvoyant à mes lectures… J'allais m'emparer d'un bol lorsqu'une main me devança et me le tendit, d'autorité.

– Monsieur Netsi, quel plaisir de vous revoir !

– Tout le plaisir est pour moi, croyez-le bien, Votre Altesse, répondit le vieux poète en inclinant le buste.

– Messieurs ! s'exclama-t-il sans me laisser le temps de répondre. J'aimerais porter un toast à notre princesse, ici présente, à qui j'ai personnellement juré fidélité, tout comme je vous propose de le faire à votre tour !

Tout le monde se tourna vers moi. Il me prit le bras et m'entraîna dans la lumière. Comme les autres, Marion leva son verre, avec un grand sourire narquois. Seule, Dunja ne broncha pas et resta bras croisés, fuyant mon regard encore une fois.

– À la princesse Anne-Charlotte ! s'écria le chœur de mes courtisans.

Combien d'entre eux ne considéraient en réalité que leur propre intérêt et n'hésiteraient pas une seconde à me trahir si celui-ci l'exigeait ? Je n'étais certes pas dupe et m'efforçais d'avoir l'air le plus princier possible au milieu de tous ces hommes dont, quelque fidélité pussent-ils me jurer, je sentais sur moi la condescendance et le mépris qu'ils avaient généralement pour les femmes.

Ce fut cependant à qui se ferait remarquer. L'un après l'autre, ils vinrent s'incliner devant moi et me baiser la main, soulignant avec quel zèle ils avaient toujours servi mon père et la couronne de Draïna. Dès que cela me fut enfin possible, je me mis hors de portée de leurs ronds de jambes dans un coin de la pièce.

– Une belle bande d'hypocrites, non ? me glissa Marion, comme ils me laissaient enfin souffler.

– À quelques exceptions près, sans doute, répondis-je, absente, en me demandant encore une fois quel rôle Dunja pouvait bien jouer dans tout cela.

– Exceptions parmi lesquelles tu me comptes, j'espère, fit une voix derrière nous.

Nous nous retournâmes. Un homme s'était tenu dans l'ombre, près de la fenêtre. Il s'avança et se découvrit.

– *Buonasera*, Ana...

Je le regardai sans comprendre. C'était un tout jeune homme, de taille moyenne, aux cheveux longs et bouclés. Une barbe blonde, encore peu fournie, dorait le bas de son visage aux traits fins d'adolescent. Il émanait de toute sa personne une grâce presque féline, à la fois souple et déterminée. La taille bien prise dans un élégant costume de voyage, il se soumettait à mon examen, les yeux pétillant d'un amusement non dissimulé.

– Patrizio !

– *Touché !* s'exclama-t-il en français et me soulevant sans effort pour poser sur mes joues deux gros baisers fraternels. Et toi, petite sœur, tu n'as pas changé du tout, je t'aurais reconnue entre mille ! Même en altesse.

– Repose-moi tout de suite, sans quoi tu vas voir si une altesse ne peut plus t'administrer la fessée que tu mérites, graine de bagne !

– Ha ha ha, sainte Ana ! La meilleure petite voleuse de Spalato. On n'a pas fait mieux depuis, je le jure sur chacun des cheveux d'or de la Madone de Saint-François-Xavier !

Il me fit faire un tour complet avant de me poser aux pieds d'une Marion ébahie. Comme elle le dominait d'une bonne tête, il dut lever les yeux pour lui rendre le regard effronté qu'elle lui lança.

– Euh... tu nous présentes ? demandèrent-ils en même temps.

Je n'en eus pas le loisir. *Herr* Gerner me faisait signe. Il voulait me parler en particulier.

– Pardonnez-moi cette petite mise en scène nocturne, Votre Altesse, mais il était de bonne politique que vous soyez présente parmi nous ce soir. Cependant, nous n'aborderons les sujets importants que demain, en comité plus... restreint. Tout le monde ici n'a pas à tout savoir. Aussi, rejoignez-nous à dix heures, dans les appartements de la comtesse et je vous mettrai au courant des derniers développements de notre affaire, ainsi que du rôle que vous serez amenée à y jouer. Pour l'heure, nous n'allons pas tarder à aller nous coucher. Quand il vous plaira de donner le signal du départ.

Il ne me plaisait plus qu'à moitié. Certes, j'avais sommeil mais Marion, manifestement, plus du tout. Je les retrouvai, elle et Patrizio, riant comme des bossus. Je n'en revenais pas. Patrizio était devenu tel que je n'aurais jamais rêvé qu'il devînt. Un enfant des rues, d'ailleurs que pouvait-il bien en sortir ? Un voleur, un misérable quelconque, poursuivi par un injuste destin, voguant de galère en prison jusqu'à ce que la mort le rattrape, plus souvent tôt que tard. À moins d'un miracle. Après tout pourquoi pas ? N'en étais-je pas un exemple moi-même ? Et Dunja ? Patrizio, le petit voleur des ruelles, le gamin famélique et voué au malheur était devant moi. Il riait, heureux, beau, aisé. À quoi cela tenait-il ? À qui ? De nouveau, je cherchai Dunja. J'aurais voulu l'embrasser. La remercier de ce qu'elle avait fait pour lui quand, moi, lâchement, je m'étais enfuie.

Mais Dunja m'évitait, et c'était peut-être la pire punition qu'elle pût me faire subir.

Tout le monde ayant gagné ses quartiers, nous nous repliâmes dans notre chambre en compagnie de Patrizio et d'un énorme samovar.

– Tu sais, Marion, je t'ai déjà parlé de lui mais c'est probablement grâce à ce garçon que nous sommes ici ce soir. S'il n'avait pas eu la drôle d'idée de me voler ma besace, je serais probablement fille de salle dans quelque auberge, ou bien morte de faim et de froid au fond d'une ruelle...

– Ou bien maîtresse d'école ou bien dompteuse de tigres ou bien princesse de Draïna, me coupa Patrizio. Ça ne sert à rien de spéculer sur des trucs pareils, Ana, tu le sais bien. Tout peut arriver, tout le temps. Tiens, je pourrais tomber d'un seul coup, là, frappé d'apoplexie, crac !

– Ah, mais parle pas de malheur, toi non plus ! intervint Marion. N'empêche que tu as raison : tout peut arriver tout le temps. Ce soir, par exemple, je ne m'attendais pas à ce que ça tourne comme ça, je dois dire. La soirée se termine mieux qu'elle a commencé, nom d'une miche ! Je me sens renaître.

– Moi, je m'y attendais un peu, j'avoue...

– Ah bon ?

– Dunja m'avait parlé de toi.

– En mal, sûrement.

– Non. Pas du tout. Au contraire.

– Divine surprise...

– Eh ! Elle est comme ça, *signorina*. C'est notre Dunja, voilà tout. Il ne faut pas toujours se fier aux apparences.

– À ce sujet, demandai-je, qu'est-ce qu'elle avait ce soir ? Elle ne nous a pratiquement pas adressé la parole...

Patrizio sourit avec tendresse.

– Il ne faut pas lui en vouloir. Elle est comme ça, tu sais bien. Elle était déjà comme ça autrefois, tu te souviens ? Toute en mystères et bien moins tranquille qu'elle veut bien s'en donner l'air. Quoi qu'il en soit, dites-vous que ce n'est pas votre faute.

– Et toi, mon Patrizio, tu es heureux ?

– Ai-je l'air malheureux ?

– Non ! Mais je veux tout savoir !

– Tout ? Il y a des choses, ma chère, que je réserve au seul curé.

– Ah bon ? Tu les fréquentes ? demanda Marion, mi-figue, mi-raisin.

– Non. Mais j'ai beaucoup fréquenté les églises, à une époque. Je les connaissais comme ma poche. J'aurais pu donner l'emplacement de chaque tronc de chaque église de Spalato. Et il y en a.

– Au point que tu devais avoir un peu tendance à confondre, non ?

– Un peu, un tout petit peu ! À ma décharge, *mia bella*, j'étais pauvre et comme c'était l'argent des pauvres, je me sentais quelque peu fondé à y puiser.

– Vilain garçon, tu ne le fais plus, j'espère !

– Je ne suis plus pauvre...

– Donc, tu fais pire ! s'esclaffa Marion.

– Sachez, *signorina*, que je ne travaille plus que dans l'intérêt de la Justice et du rétablissement des dynasties princières, répondit-il d'un air volontairement fat.

– Hum, je ne voudrais pas décevoir *Herr* Gerner, mais il s'avance peut-être un peu...

– Qui parle de Gerner ? Il y a Dunja, ne l'oublie pas. Et quand elle entreprend quelque chose...

– Elle n'échoue donc jamais ?

– Jamais ! Tu es entre de bonnes mains, Ana.

– J'ai un peu peur, tu sais... Ils ne reculent devant rien. Ils ont tué mes parents. Je veux dire non seulement mes vrais parents mais aussi mes parents adoptifs, ce vieux monsieur que tu avais aperçu, à Spalato. C'était l'homme le plus savant, le plus adorable...

– Je sais, Ana. J'aurais voulu être là. J'aurais bien su les en empêcher. *L'en* empêcher.

Il se tut, pour me laisser mesurer la portée de ses paroles. J'accusai le coup, puis soufflai :

– Lui ? C'était donc bien Anatole, tu en es sûr ?

Il hocha la tête.

– Absolument sûr, Ana. Je suis désolé...

– Tu n'as pas à l'être. Je préfère cela, au fond. Au moins...

Je fus incapable de continuer. Patrizio me prit les mains.

– Il paiera, Ana, pour tout. Je te le jure.

– Non... Ne t'approche pas de lui. Je ne voudrais pas qu'il t'arrive quelque chose. Il est fort et dangereux.

– Moi aussi, je suis dangereux.

– Pour le cœur des filles, oui, sûrement !

– Ah non, pour ça, je suis aussi démuni que l'oiseau qui vient de naître. Pauvre de moi ! Elles font de moi ce qu'elles veulent !

– Menteur ! Je suis sûre que non, fit Marion avec un sourire carnassier.

J'aurais aimé en savoir davantage au sujet d'Anatole, mais je ne voulais pas gâcher la joie des retrouvailles. Il serait temps plus tard. Patrizio avait enquêté, il était sûr de lui. Dunja lui confiait souvent de ces sortes de missions de détective, pour lesquelles il s'était révélé étonnamment doué, m'avait-elle dit. Je voulais bien le croire, tant il émanait de lui un air d'intelligence et de débrouillardise. Anatole était ainsi, lui aussi, ne pus-je m'empêcher de songer. Un peu plus vieux, plus expérimenté, sans doute, et sûrement moins scrupuleux. Du moins l'espérais-je…

La soirée se poursuivit jusque tard dans la nuit, plaisante et animée par les innombrables histoires de Patrizio. C'était incroyable. Combien de vies avait-il donc vécues, alors qu'il n'avait guère plus de dix-neuf ans ? Que mes vingt-et-un printemps paraissaient ternes, à côté… Il était près de trois heures quand il nous quitta pour gagner sa chambre. Épuisées et heureuses, nous nous remîmes au lit. Avant de dormir, Marion chercha ma main sous les draps et la serra dans les siennes.

– Tu sais quoi, Ton Altesse ? Ton Patrizio, là… eh ben il me plaît bien. Oui, il me plaît, ce garçon, beaucoup. On en fera quelque chose…

Marion dormait encore lorsque je me levai le lendemain matin. Je m'habillai sans bruit pour ne pas la réveiller et m'empressai de gagner « les appartements de la comtesse », à l'étage supérieur. Ils étaient gardés par deux hommes, armés de pied en cap. L'un d'eux frappa et m'introduisit aussitôt. Je n'étais jamais entrée chez Dunja et j'avoue que j'en étais largement aussi curieuse que de tout ce que pourrait bien me raconter l'ancien ministre de mon père. J'en fus cependant pour mes frais. La chambre de Dunja n'était ni grande ni luxueuse. D'un seul coup d'œil, j'embrassai les murs nus passés à la chaux, le plancher soigneusement lavé et balayé, dans un coin, un simple lit de camp, une malle fermée au cadenas… Près de la fenêtre, un minuscule cabinet de toilette, une cuvette, un broc. Au centre, une table de bois brut et quelques chaises. Seul luxe : une douzaine de livres alignés sur le manteau de la cheminée et un fauteuil à haut dossier. C'était là qu'elle était assise, me tournant le dos, les pieds reposant sur le bord de l'âtre où luisaient encore quelques braises.

– Tu es matinale, petite Ana. Entre donc, les autres ne vont pas tarder…

Je m'approchai. Machinalement, mes yeux se portèrent sur les livres. C'était principalement des ouvrages techniques, des manuels scolaires, toutes disciplines confondues.

– Tu surveilles mes lectures ? Comme tu vois, j'ai encore pas mal de retard à rattraper…

Je ne répondis pas. Elle avait les yeux cernés, comme si elle n'avait pas dormi, ou pas assez. Sa chemise lâche, entrouverte, révélait une épaule maigre et la naissance d'un sein d'une blancheur de lait. Ses lèvres, un peu gercées, s'étirèrent en un sourire indéfinissable et elle s'extirpa de son fauteuil avec un soupir, manquant de renverser une bouteille de vin. Une bouteille vide.

– Il va bien falloir que je m'habille, pourtant, on reçoit du beau monde, ce matin : une altesse, un ministre, un général...

S'étant passée la figure à l'eau froide, elle referma sa chemise et attrapa une courte jaquette grise de coupe militaire qui pendait au dossier du fauteuil.

– Et hop, en tenue de campagne ! Tu ne dis rien, petite Ana ? Tu n'es pas bien bavarde, ce matin...

– Je ne sais pas quoi dire...

– Hum... Moi non plus, au fond. C'est peut-être pour ça que je parle tant. Je vais commander le petit déjeuner, ça nous distraira.

– Excuse-moi.

– De quoi ? Tu n'as pas à t'excuser, petite Ana. Personne, en fait. C'est comme ça.

De quoi parlait-elle ? Je n'avais pas envie de le savoir. Depuis que j'étais entrée, une étrange langueur s'était emparée de moi, mêlée d'un peu de tristesse. J'aurais voulu me lover dans le fauteuil encore chaud qu'elle venait de quitter et me faire oublier de tous ces gens qui prétendaient décider pour moi.

L'irruption des autres invités vint dissiper cette impression. Comme d'habitude, *Herr* Gerner était sur la brèche. Il entra en coup de vent, un épais dossier sous le bras, suivi d'une caricature d'officier prussien, cheveux en brosse courte, la soixantaine empâtée derrière un énorme monocle, et que je reconnus pour l'un de mes principaux flagorneurs de la veille.

– Mes respects, Votre Altesse, et toutes mes excuses pour ce léger retard. Permettez-moi de vous présenter Son excellence le général Von Köln-Radunski, ministre de la Guerre de feu votre père, le prince Erik.

Le général rectifia la position, inclina le buste et me fit un baise-main dans la pure tradition de Potsdam.

– Votre Altesse.

– Général.

– Je tiens à assurer Votre Altesse de ma plus complète fidélité à la couronne ainsi qu'à sa personne. Je suis le très respectueux...

– Vous me l'avez déjà dit hier soir, général. Vous me l'avez déjà dit et je vous en sais infiniment gré, croyez-le bien.

De quelle opérette mon père avait-il tiré pareille baderne ? M'eût-il témoigné tant de respect s'il m'avait vue, il y a seulement quelques années, pieds nus et en haillons sur la place du marché d'une petite ville de la côte dalmate ? Je me retins à grand-peine de lui dérober le gros portefeuille qui gonflait ostensiblement sa poche, rien que pour voir sa tête. L'arrivée du petit déjeuner fit diversion, suivie de celle d'un Nikola Netsi hors d'haleine, cravaté de travers et tout dépeigné. Mon vieux poète... Voilà quelqu'un que j'aimais bien et avec qui je me sentais à l'aise. Je le fis asseoir à ma droite et lui servis moi-même une tasse de café, sous l'œil désapprobateur du ministre de la Guerre.

– Combien de sucres, monsieur Netsi ? Un croissant ? Eh bien, *Herr* Gerner, nous devions faire le point, je crois ?

– Votre Altesse, puisque vous souhaitez commencer sans attendre, je dois tout d'abord vous remettre ceci...

Il fouilla dans son cartable, et me tendit une enveloppe.

– Vous vous en souvenez, je vous avais promis des photographies de vos parents. Les malheureux événements qui ont suivi ne m'ont pas permis de m'en acquitter. Voilà… Cela est du reste assez important pour la suite, comme vous le verrez. Si vous voulez bien…

Dissimulant mon émotion, je déchirai l'enveloppe. Quatre photographies en tombèrent. Deux portraits de ma mère. Une autre de mes parents le jour de leur mariage. Une quatrième, enfin, avait été prise dans un jardin ensoleillé. Mon père était debout derrière ma mère, assise dans un fauteuil d'osier, un bébé sur les genoux. Ce bébé, c'était moi. Ce ne pouvait être que moi. Et pourtant… pourtant, c'était bien moins moi que celle qui le tenait. Mon cœur se serra. Comme les autres portraits l'attestaient, ma mère et moi étions si semblables qu'il était impossible de douter une seconde que je fusse sa fille. La coiffure était différente, bien entendu, elle était un peu moins menue que moi et ne portait pas de lunettes mais il n'y avait pas à s'y tromper. Cet air d'éternelle petite fille, cette allure de petite souris diligente pour livre d'enfants… c'était donc de famille. Était-ce ce qui avait séduit mon père, ce beau grand jeune homme au regard un peu rêveur ? Ou bien avait-il obéi à quelque conseil dynastique chargé de superviser les alliances de la principauté ?

Je me raclai la gorge.

– Dites-moi, *Herr* Gerner…

– Votre Altesse ?

– Mes parents… s'aimaient-ils ?

– Je puis vous l'assurer, Votre Altesse. Votre père a d'ailleurs épousé votre mère contre l'avis de son propre père, le vieux prince. Elle était roturière, comprenez-vous ? Préceptrice de l'une des petites cousines du prince héritier.

– Et… me reste-t-il de la famille du côté de ma mère ?

– J'ai fait des recherches en ce sens. Il n'y paraît pas, malheureusement. Votre mère était orpheline et avait été élevée par sa propre grand-mère, décédée depuis.

– Comme moi, en somme…

– Hum… si vous voulez. D'une certaine façon, oui.

– Était-elle bonne ?

– La princesse Illona était adorée du peuple, Votre Altesse, répondit-il avec une certaine émotion dans la voix. Plus encore que votre père. Et c'est d'ailleurs à cela que je voulais en venir…

– Ah oui, excusez-moi. Vous deviez m'exposer votre plan.

– Hum… Comme vous le savez, les fêtes de la 25e année sont proches et Augustus-Adolf ne pourra pas, comme il le devrait, exhiber la couronne, à laquelle manque le Proconsul, ce fameux diamant qui semble avoir disparu en même temps que vos parents. Nous ne l'avons pas non plus, malheureusement. Mais nous avons quelque chose d'encore plus précieux à lui opposer…

– Ah ? Et quoi donc ?

– Vous, Votre Altesse.

– Moi ?

– Comme vous avez pu le constater, vous ressemblez beaucoup à votre mère. Vous en êtes même le portrait « craché » comme disent les Français. Or, je vous l'ai dit, le peuple l'adorait. Au point que, depuis sa mort, s'est développé une sorte de culte autour de sa personne. Il n'est guère de maison où l'on ne trouve son portrait au mur, il n'est guère de livre de messe ou de Bible qui ne mêle son image à celles de la Vierge et des Saints. Elle était très simple, d'abord facile... Et généreuse, d'humeur toujours gracieuse et gaie.

Il parlait d'elle avec tant de chaleur que je le soupçonnai un instant d'en avoir été quelque peu amoureux lui-même. Ce qui ne le rendait d'ailleurs que plus humain à mes yeux.

– Tout le monde l'aimait. À la Cour comme ailleurs. Partout dans le pays. Elle avait ce don d'attirer immédiatement la sympathie de son vis-à-vis...

– À l'exception d'Augustus-Adolf.

– Même pas. Il se murmure qu'il l'avait lui-même courtisée quelque temps avant ses fiançailles officielles avec le prince Erik. Elle aurait même dû, certain soir, l'éconduire assez vivement tant il se faisait pressant. Cet insuccès pourrait d'ailleurs bien ne pas être pour rien dans la haine qu'Augustus-Adolf ne cessa dès lors de vouer à votre père... Bref, votre apparition, j'en suis convaincu, agirait sur le peuple comme le catalyseur d'une révolte qui gronde déjà depuis plusieurs mois.

– Qu'en savez-vous ?

– J'ai gardé de nombreux contacts en Draïna, et même tout un réseau d'agents qui ne sont pas restés inactifs au cours de ces années. Et qui se sont employés, dans les dernières semaines, à répandre parmi le peuple le bruit d'un possible retour de la princesse.

– Vous voulez que je me fasse passer pour ma mère ?

– Non, bien entendu, il n'en est pas question. Il ne s'agit pas de masquer la vérité, mais de la sublimer, si j'ose dire.

Votre légitimité est assurée d'avance, en tant que princesse héritière. Mais votre étonnante ressemblance avec la princesse Illona viendra la confirmer de manière bien plus éclatante. Votre retour n'en deviendra que plus évident, si vous voulez. Votre apparition devrait suffire, à mon avis, à gagner à notre cause le cœur d'un peuple et d'une opinion habilement travaillée depuis des jours au moyen de rumeurs, de chansons, de placards...

– Et il me suffirait d'arriver, comme cela, le bec enfariné, et de m'exhiber un jour de foire ou de marché ?

– Évidemment non. Et c'est là que nous intervenons, la comtesse Borskaja et moi-même, ainsi que ces messieurs. Nous allons vous organiser une sorte de tournée triomphale, si vous voulez bien me passer l'expression. Mener une expédition qui nous mènera de village en village, de manière à peu à peu faire grossir une vague qui, à la fin seulement, déferlera sur la capitale.

– Et vous croyez qu'Augustus-Adolf laissera faire ?

– Non, bien sûr. Mais nous ne serons pas seuls. Nous aurons avec nous les gens que vous avez vus hier soir et, surtout, ceux que la comtesse ici présente voudra bien mettre à notre disposition, équipés d'armes modernes, fusils et pistolets, fournies par nos soins. Nous avons même une mitrailleuse. Tous ces gens sont des combattants aguerris et...

– Mais nous courons au massacre !

– Si nous nous y prenons bien, nous n'aurons pas à combattre. Pas avant, du moins, d'atteindre la capitale, évidemment. Il est certain qu'Augustus-Adolf ne se laissera pas faire. Mais nous pouvons également compter sur certains éléments républicains entraînés par monsieur Netsi, et prêts à répondre à son appel.

– Je réponds d'eux comme de moi-même, affirma le vieux poète. Ceux-là me suivraient en enfer. Il va sans dire, cependant, que j'agis en dehors de l'Organisation. Adam Sloboda est furieux... Ce qui m'importe assez peu, je l'avoue. Et même, me réjouirait assez.

– Quoi qu'il en soit, si nous nous y prenons bien, il ne devrait pas y avoir de problèmes. Le fruit est mûr, et ne tardera pas à tomber.

– Permettez-moi de ne pas être d'accord, mon cher Gerner, intervint brusquement le général qui, jusqu'ici, n'avait pas ouvert la bouche. Je vous l'ai déjà dit, mais je tiens à le répéter devant la princesse : si j'approuve globalement votre plan, je trouve de la dernière imprudence d'en faire reposer la réussite *in fine* sur l'action d'une bande mercenaire – pour ne pas dire de brigands – qui, l'Histoire le prouve à satiété, feront défection à la première anicroche !

Il se tut, l'air buté, dans une atmosphère brusquement chargée d'électricité. Tout le monde se tourna vers Dunja. Renversée sur sa chaise, jambes croisées, elle jouait nonchalamment avec un canif.

– De brigands, général, de brigands bien plus que de mercenaires. N'ayez pas peur de le dire... Et qui plus est dirigée par une femme, précisa-t-elle avec un demi-sourire.

– Eh bien, puisque vous en parlez, laissez-moi vous dire, comtesse... la place d'une femme...

Nikola Netsi donna soudain du poing sur la table, faisant sauter tasses et soucoupes.

– Suffit, général ! Je vous interdis de parler ainsi de la comtesse. Où étiez-vous lorsqu'il s'est agi de libérer la princesse ? Je donnerais volontiers dix fantoches de votre espèce contre…

– Messieurs, messieurs, allons ! le coupa *Herr* Gerner. L'heure n'est pas aux disputes, voyons ! Nous devons être soudés, plus que jamais ! Général, depuis qu'elle travaille avec nous, la comtesse Borskaja a fourni maintes et maintes preuves de son courage et de son efficacité, me semble-t-il. Et n'oubliez pas que nous sommes ici chez elle. Mais je ne chercherai pas à vous convaincre, général. Je connais votre opinion, et je vous connais suffisamment pour savoir que je ne vous ferai pas changer d'avis. J'en appellerai donc à vous pour nous départager, Votre Altesse. Vous connaissez la comtesse depuis longtemps, je crois…

– En effet, *Herr* Gerner, depuis mon enfance. Et je puis vous assurer que s'il y a une personne au monde en qui j'ai toute confiance, c'est bien la comtesse Dunja Borskaja.

– Mais…

– Il n'y a pas de « mais », général ! le coupai-je de mon air le plus princier. Le plan tel qu'exposé par monsieur Gerner me semble viable et sera appliqué point par point, sans discussion. Je vous laisse toutefois libre d'y participer ou non, à titre personnel.

– Votre Altesse, naturellement, je ne songeais pas…

– Tant mieux. L'incident est donc clos, et j'aimerais maintenant que l'on passe aux détails pratiques de l'expédition, conclus-je en me retournant vers Gerner.

D'où me venait donc une si belle assurance ? Fallait-il encore croire à ces histoires de sang bleu ? Non, sans doute, mais je n'avais d'autre choix que de jouer le jeu : en m'évadant, j'avais brûlé mes vaisseaux, il n'était plus question de reculer. Je devais donc jouer le rôle que l'on m'avait assigné, sans trop y croire, certes, mais jusqu'au bout.

Manifestement soulagé, *Herr* Gerner reprit :

– Merci, Votre Altesse. Il s'agira donc, dans un premier temps, d'opérer vers certains villages frontaliers une série d'incursions « de reconnaissance » pourrait-on dire. Un groupe bien armé, le soir, investira le village et le sécurisera. La population sera ensuite réunie afin que lui soit présentée la princesse, qui écoutera ses doléances en vue de son rétablissement. Nous disparaîtrons ensuite comme nous sommes apparus, pour réapparaître ailleurs le lendemain, puis encore ailleurs et ainsi de suite pendant une dizaine de jours, pendant lesquels la rumeur du retour de la princesse continuera d'enfler... La mission de la comtesse, général, sera donc essentiellement une mission d'escorte et de protection, et nullement de combat. Ses hommes seront d'ailleurs tenus à la plus grande correction envers la population, à laquelle tout ravitaillement sera dûment et très correctement payé. Nous sommes d'accord, ma chère comtesse ?

– Tout à fait, *Herr* Gerner. Je réponds de mes hommes.

– Bien. C'est dans un second temps seulement que nous lèverons une armée populaire, composée de volontaires qui marcheront sur la capitale, à la rencontre éventuelle des troupes « régulières », dont nous pouvons d'ailleurs compter sur le ralliement, au moins partiel. Armée populaire dont *vous*, général, aurez le commandement.

Köln-Radunski se rengorgea. Gerner enchaîna sans lui donner le temps de parler.

– Voilà, Votre Altesse. Ce sera tout pour le moment. Nous nous chargerons naturellement de tous les détails d'intendance. Je ne vous cache pas que les premiers jours, surtout, risquent d'être quelque peu éprouvants. Il faudra beaucoup marcher, dormir à la dure… Mais je sais que ce genre de situation ne vous effraie pas. Nous ferons cependant en sorte de vous assurer les conditions de voyage les plus confortables possibles.

– Je ne suis pas en sucre, *Herr* Gerner. Ce que les autres feront, je le ferai moi-même. Une précision, seulement : ma compagne, Marion Le Gac, viendra-t-elle avec nous ?

Herr Gerner se tourna vers Dunja, qui s'empressa de répondre :

– Elle peut rester ici aussi longtemps qu'elle le souhaite, bien sûr…

– Elle voudra venir, et tu le sais bien.

Je soutins le regard de Dunja, qui finit par le détourner.

– Comme tu voudras…

– Et Patrizio ?

– Pour lui, j'ai d'autres missions. Il doit gagner prochainement la capitale pour coordonner le travail de propagande.

La réunion étant terminée, je regagnai mes quartiers, quelque peu éberluée : deux heures durant, j'avais entendu parler de révolution, d'armée populaire, de ralliement, de fusils, d'un pays – *mon* pays – dont je n'étais même pas bien sûre de l'existence ! Après tout, je n'avais jamais eu le temps de vérifier sur l'atlas…

Marion se levait à peine. Je la trouvai assise en peignoir devant la glace, arrangeant ses cheveux.

– Tu ne devineras jamais qui sort d'ici... Ça commence par un P.

– Qui ça ? Patrizio ? Qu'est-ce qu'il voulait ?

Marion eut un petit rire sans équivoque.

– Ce qu'il voulait ? Dame, il voulait ce qu'il a trouvé ! Quand on cherche au bon endroit...

– Tu veux dire que tu... vous avez... ?

– Concrétisé ? Ce fut effectivement tout ce qu'il y a de plus concret. Oh, Ana, C'est un amant merveilleux ! Et ça tombe bien, minauda-t-elle, parce que moi aussi, je suis merveilleuse...

– C'est lui qui te l'a dit ?

Marion, riant, me prit par l'épaule et me serra sur sa poitrine généreuse.

– Ana, ma petite Ana ! Ma chère, chère petite oie blanche... Mais, voyons, ils me l'ont *tous* dit !

Chapitre 2

Nettoyer ses lunettes avec un mouchoir trempé est un exercice un peu désespérant. Je m'y employai cependant, pour la centième fois de la journée. La brume ne se levait toujours pas, une brume épaisse, qui rendait la respiration difficile et surchargeait les vêtements d'humidité. Au moins le brouillard nous dissimulait-il aux yeux de curieux éventuels. Nous avions avant tout besoin de discrétion : la Draïna n'était pas loin et nous n'attendions plus désormais que nos guides pour pénétrer dans ce chaos de roches et de forêts que j'étais bien forcée d'appeler mon pays.

Dunja était partie à leur rencontre et je ne pouvais m'empêcher d'être un peu inquiète. Que fabriquait-elle donc ? Cela faisait près d'une heure que nous stationnions avec armes et bagages dans ce fond de clairière où l'on ne voyait pas à dix mètres. *Herr* Gerner et sa petite troupe de patriotes se tenaient au centre avec les mulets et, ne pouvant faire de feu, se réchauffaient à leurs pipes en battant la semelle. Leurs élégants costumes de chasse contrastaient avec les oripeaux chatoyants des bandits de Dunja mais, à choisir, j'aurais plutôt parié sur ces derniers pour l'efficacité : ceux-là savaient marcher vite et sans bruit, aguerris par une vie d'embuscades et de fuites rapides. À peine nous étions-nous arrêtés qu'ils avaient disparu pour se poster tout autour, invisibles et attentifs au moindre signe de danger.

Marion et moi nous tenions un peu à l'écart, serrées dans nos manteaux de voyage. Elle avait un peu de vague à l'âme. Il faut comprendre : elle était amoureuse. Les quatre derniers jours ou, plutôt, les quatre dernières nuits, avaient passé si vite qu'elle n'était pas encore tout à fait retombée de son septième ciel. J'avais dormi seule. À peine tout le monde était-il couché que Marion courait rejoindre Patrizio dans sa chambre pour ne reparaître qu'à l'aube et se glisser dans notre lit, toute chaude encore et parfumée par l'amour. Elle s'endormait aussitôt, pour ne s'éveiller que très tard dans la matinée.

Au début, je l'avoue, j'en avais été contrariée. Non que je fusse jalouse ou quoi que ce soit de ce genre mais, de façon plus ou moins confuse, je m'inquiétais pour mon amie. Au point de m'en ouvrir à Patrizio.

– Jeune homme, vous n'êtes pas très sérieux.

Il me fit son regard le plus innocent.

– Sérieux ? Je suis toujours sérieux, moi, petite Ana. On ne peut pas être plus sérieux que moi. J'incarne le sérieux !

– Ne fais pas le malin, tu sais très bien de quoi je parle, Patrizio.

– Tu parles de Marion. Où est le problème ? Je l'aime, et elle m'aime. Et alors ?

– Mais elle a cinq ou six ans de plus que toi !

Il me regarda, les yeux ronds, puis éclata de rire.

– Quoi ? Ha ha ha ! C'est toi qui parles, petite Ana ? Je ne te reconnais plus, là ! Ce que tu peux être vieux jeu, parfois... Tiens, aurais-tu quelque chose à redire si c'était l'inverse ? Si, moi, j'étais plus âgé qu'elle ?

Mouchée, je rougis violemment.

– N... non, bien sûr. Tu as raison, je suis ridicule. Mais je ne sais pas, c'est que... J'ai peur que...

– Tu crains que ce ne soit qu'une passade, c'est ça ? Tu redoutes en moi le joli-cœur à l'italienne, le Casanova qui sommeille...

– Je ne veux pas que Marion ait de la peine, c'est tout.

Il redevint brusquement sérieux et me répondit en pesant ses mots.

– Écoute, Ana. Marion est une fille merveilleuse et je suis *très* amoureux. Des filles, j'en ai déjà connu mais je peux te dire que, là, ça n'a rien à voir. C'est la femme de ma vie, Ana.

Il en paraissait sincèrement convaincu.

– Alors, jure-moi que tu ne la feras jamais souffrir.

Sur quoi Patrizio m'avait pris les mains et, les yeux dans les yeux :

– Je te le jure, Ana.

Du moins étais-je rassurée de ce côté-là. Mais il avait bien fallu se séparer et Patrizio était parti pour la capitale, chargé de messages pour l'opposition clandestine. Marion, si elle n'en montrait rien, en était affectée. Les garçons l'avaient souvent déçue et sans doute redoutait-elle de voir disparaître celui qu'une fois de plus elle estimait être le bon. Je m'efforçais de mon mieux de lui remonter le moral mais sans doute n'avais-je pas moi-même assez d'expérience pour être crédible. Elle souriait gentiment de mes efforts et redoublait à son tour de prévenances à mon égard, comme on ferait d'une petite fille pleine de bonne volonté mais ignorante de ces affaires de grandes. Elle n'avait pas tout à fait tort. Toute princesse que je fusse, jamais je ne m'étais sentie aussi désarmée, le cœur gonflé d'une étrange nostalgie pour quelque chose que je n'avais jamais vraiment connu et dont je pouvais lire les traces, chaque matin, sur le visage et dans les yeux de Marion. L'amour... Moi aussi, je m'y sentais prête, pourtant. Mais il n'y avait personne. Oh ! bien sûr, si je redevenais princesse un jour, il y aurait forcément des prétendants... Mais je ne rêvais pas de ceux de ma caste. Je ne les aimais pas, d'instinct. Après tout, mon propre père n'avait-il pas épousé une roturière, une simple préceptrice ? Comme j'aurais aimé la connaître... Depuis que j'avais vu sa photographie, je rêvais de me serrer contre elle et de lui confier... quoi ? Quel doux secret ? Il n'y en avait aucun. Il n'y avait personne et sans doute n'y aurait-il jamais personne.

Le retour de Dunja me sortit de ces ruminations inutiles. Deux hommes l'accompagnaient. Trapus, fusil de chasse à l'épaule et vêtus de vastes houppelandes de berger, il devait s'agir de nos guides. L'un d'eux, profil d'aigle et cheveux gris fer, était déjà assez âgé. L'autre, beaucoup plus jeune, était peut-être son fils. *Herr* Gerner et les siens allèrent à leur rencontre. Je me levai pour mettre un peu d'ordre dans ma tenue. Pour plus de commodité, Marion et moi étions vêtues en hommes, tout comme Dunja. J'avais dû insister auprès de *Herr* Gerner, qui craignait que cette apparence masculine eût un effet négatif sur les populations profondément conservatrices de la montagne. Il avait donc été convenu que je voyagerais à mon aise, quitte à enfiler une robe avant d'entrer dans les villages, afin de ne point trop effaroucher mon bon peuple. Nous étions donc chaussées de confortables bottes de feutre, culottées de drap bleu et, par-dessus chemise, veste et gilet, couvertes d'un épais et long manteau de peau retournée. Nous nous rapprochâmes du groupe. Le plus âgé me jeta un regard perçant et dit quelque chose que je ne compris pas. Il se découvrit et, avant que j'eusse pu esquisser un geste, mit un genou en terre, chef courbé dans une posture d'humble soumission. On ne m'avait encore jamais fait ce coup-là, j'en restai stupéfaite. Après une légère hésitation, le plus jeune en fit autant. Il y eut un instant de flottement, pendant lequel je surpris le regard de Dunja. Un regard, sous l'habituelle façade d'ironie, plein d'une attente que, sur le moment, je ne sus guère interpréter. Me mettait-elle au défi ? Je me penchai sur le vieil homme et lui pris la main doucement :

– Relevez-vous, brave homme, nul ne mérite qu'on s'agenouille ainsi, et surtout pas moi…

– Votre Altesse… Vous lui ressemblez tellement.

– L'aimiez-vous, monsieur ? L'aimiez-vous bien ?

– Ah, Votre Altesse, c'était la plus aimable des souveraines ! Tout le monde l'aimait.

– Alors je vous aime également. Comment vous appelez-vous, monsieur ?

– Dagmar, Votre Altesse, et voici mon neveu, Jadro.

Le jeune garçon était rouge jusqu'aux oreilles.

– Je ne connais pas mon pays, Dagmar. Accepterez-vous d'être mon guide ?

– Jusqu'en enfer s'il le faut, Votre Altesse.

– Je n'en demande pas tant, monsieur. Votre village me suffira pour l'instant.

– Ils seront heureux, Votre Altesse. Je puis vous le jurer, ils seront fous de joie.

– Alors, je vous suis. Messieurs, en route !

Cette rencontre m'avait profondément émue, et je tremblais légèrement lorsque je fus à nouveau seule avec Marion.

– Vache ! Tu es une vraie reine, Ana. On dirait que tu as fait ça toute ta vie ! Ce doit être ça, ce qu'on appelle le sang bleu.

– Arrête, Marion. C'était affreux, tu ne te rends pas compte. Voir un homme de son âge s'humilier de cette façon devant... J'ai honte !

– Il ne s'humiliait pas, Ana, au contraire. Franchement, il n'a pas une tête à ça. Il te rendait hommage.

– Mais je ne mérite rien de tout ça !

– Qu'est-ce que tu en sais ? En tout cas, tu t'en es très bien tirée.

– C'est presque le pire, j'ai l'impression de jouer un rôle...

– Après tout, c'est tout ce qu'on te demande, non ?

Nous nous étions remis en route, guidés par les deux montagnards. La brume s'épaississait encore, on n'y voyait guère à plus de trois ou quatre mètres. Nos guides avançaient rapidement et nous peinions à les suivre. Personne ne parlait plus. Je finis par tomber dans une sorte d'agréable hébétude, seulement interrompue, de loin en loin, par les difficultés du terrain. Nous suivions un étroit sentier muletier et il devait être heureux, parfois, qu'il y eût tant de brouillard pour nous dissimuler les abîmes ouverts sous nos pas. Je me guidais sur le dos de celui qui marchait devant moi. Qui était-ce ? Et où était Marion ? En arrière ? En avant ? Je n'en savais rien, sans toutefois m'en inquiéter outre mesure. Pour peu que le chemin s'élargît, nous ne cessions de nous croiser, de nous dépasser. En bonne marcheuse, je veillais seulement à ne pas trop rester en arrière et à ne pas perdre le cap.

– Ça va, petite Ana ?

Je sursautai. Dunja venait de se matérialiser à côté de moi.

– Ça va, et toi ?

Banal à pleurer. Elle me fit l'aumône de ne pas répondre.

– On y sera bientôt ?

– On arrive au col, d'après Dagmar. Ce sera plus facile, après. Félicitations, au fait, tu n'es pas trop pleurnicharde, pour une princesse.

– Ne te moque pas de moi. Je ne suis pas plus princesse, au fond, que toi tu n'es comtesse.

– Hum… Tu as peut-être raison. Il y a des fois, je me demande ce que je suis vraiment, tu sais.

– Toi, tu te poses ce genre de questions ?

– Eh, même les bandits se regardent parfois dans la glace !

– C'est curieux, je ne te vois pas comme un… une bandite ? Comment dit-on ?

– « Une mystérieuse aventurière », comme disent les journaux. Et tu me vois comment, alors, petite Ana ?

Elle parlait à mi-voix, pour ne pas être entendue des autres. Le brouillard était si épais que nous aurions pu être seules au monde. J'étais un peu mal à l'aise. Dunja ne m'avait pas habituée à ce genre de confidences. J'étais mal à l'aise et, pourtant, inexplicablement heureuse.

– Je ne sais pas. Pas comme ceci ou cela, en tout cas. Tu es surprenante. J'ai l'impression... Tu pourrais être n'importe quoi, tu serais toujours toi-même. C'est une banalité, non ?

– Je ne sais pas non plus. En tout cas, c'est peut être un genre de malédiction, d'être toujours soi-même.

– Mais c'est peut-être ce qui nous fait agir, au fond.

– Tu veux dire, pour échapper à nous-même ?

– Ou savoir ce que nous sommes, vraiment. Savoir ce que nous valons. C'est peut-être ça vivre : c'est apprendre à vivre.

– Hum... Je ne sais toujours pas. Je ne réfléchis pas autant que toi, j'en ai peur.

– Dis-moi... Comment en es-tu arrivée là ? Je veux dire, ça ne fait qu'une dizaine d'années, après tout. Comment as-tu pu accomplir autant de choses en si peu de temps ?

– Ça s'est enchaîné assez vite, en fait. Je n'ai pas eu trop le temps de m'ennuyer.

– Par exemple, comment diable t'es-tu retrouvée à la tête de ces hommes ? Ils t'obéissent au doigt et à l'œil.

– Ça c'est facile : j'ai vaincu leur chef, tout simplement. En combat singulier.

– Hein ? Tu l'as...

– Tué ? Non. Il est encore en vie et, d'ailleurs, tu le connais : c'est Ranko. Il a suffi que je le mette par terre pour qu'il me soit dévoué corps et âme. Être vaincu par une fille, pour des gens comme lui, c'est soit le déshonneur le plus absolu soit le signe d'une élection quasi divine : bref, il donnerait sa vie pour moi... D'autres questions petite Ana ?

– Oui. Des milliers, je veux tout savoir !

– Hum... C'est un interrogatoire en règle, alors ! Tu sais, je n'aime pas trop parler de moi.

– Il le faudra bien, ma chère comtesse. Je ne te lâcherai pas avant que tu ne m'aies déroulé ta carrière et raconté tes aventures.

– Ça risque d'être long, s'amusa-t-elle.

– Tu m'as dit que tu t'étais évadée de prison. Qu'est-ce que tu as fait, ensuite ?

– J'ai rejoint les autres, à Spalato. Mais pas très longtemps. C'est tout petit, Spalato, j'étais trop exposée. Je me suis cachée un temps, mais c'était déjà terminé, il fallait partir. Tiens, tu sais, à propos, j'étais là quand tu es revenue déposer ton couteau sur mon lit.

– Tu étais là !

– Oui. J'ai entendu du bruit. Je me suis cachée, ne sachant à qui j'avais affaire...

– Et tu n'as rien dit, tu ne t'es pas montrée ?

– Pour quoi faire ? T'empêcher de partir ?

– N... non, bien sûr. Je ne regrette pas d'être partie. Et pourtant... J'aurais bien aimé te voir une dernière fois. Dis-moi... Tu m'aurais emmenée avec toi, si j'étais restée ?

– Évidemment : on a toujours besoin d'une petite souris couturière.

– Non, sérieusement.

– Tous ceux qui ont voulu partir avec moi l'ont fait...

– Où êtes-vous allés ?

– Un peu partout dans le pays, en voyageant par étapes plus ou moins longues. Mais pas comme une bande. Il a fallu s'organiser de façon plus efficace. J'étais désormais une grande sœur méritante, lestée d'une tripotée d'orphelins. On avait un peu d'argent de côté. L'argent qui t'a manqué, Ana... Bref, j'ai acheté des habits décents pour tout le monde, on a pas mal fréquenté les églises et les couvents à cette époque. Une fois, j'ai même servi la messe à la place de l'enfant de chœur !

– Toi, la messe ?

– Sans la moindre sincérité, je te rassure. Mais avec un talent certain pour distinguer au premier coup d'œil le calice en argent massif de la coupette en toc. On était reçus partout, dans la meilleure société. Les orphelins à la mode... C'est fou comme les gens sont naïfs quand ils veulent se convaincre qu'ils sont bons. Je savais comment m'y prendre avec ces gens-là, j'avais acquis des manières, en prison. Nous sommes allés en Istrie. À Pola, il y a beaucoup d'Autrichiens. C'est une base navale importante et les femmes d'officiers s'ennuient... Nous étions très courus, ma petite famille et moi. J'ai même été courtisée par un jeune lieutenant. Il était fou de moi, ce qui m'a pas mal servi. J'ai dû m'en défaire en douceur, avant qu'il se brûle la cervelle.

– Comment tu as fait ?

– Je lui ai trouvé une petite femme, bien mieux douée que moi pour faire son bonheur. Et surtout, plus riche. Le réalisme finit toujours par l'emporter, même chez le plus romantique de ces messieurs.

– Tu « trouves » toujours ce dont tu as besoin, hein ? Vous viviez donc d'aumônes ?

– La journée, seulement. La nuit, nous vivions plutôt, euh... de visites domiciliaires. Mais pas du travail d'amateur comme avant ! Là encore, comme je te disais, j'ai appris pas mal de choses en prison. Du reste, j'avais sévèrement défendu tout chapardage à mes troupes. Nous nous devions d'offrir une façade exemplaire.

– Tu n'as jamais eu de remords ?

– Jamais. L'argent est fait pour rouler, comme on dit, et ces gens-là en avaient beaucoup trop pour eux tout seuls. Et comme on n'est jamais riche sans l'être sur le dos de quelqu'un...

– Marion dit ça, elle aussi. Elle appelle ça la « reprise individuelle ».

– Si elle le dit, souligna-t-elle avec un peu d'acrimonie.

Je coupai court :

– Et vous n'avez jamais été soupçonnés ?

– Non, qui donc aurait soupçonné des petits orphelins tout en noir ?

– Et après ?

– D'étape en étape, on a fini par gagner Vienne. Mais là, c'était autre chose. Le niveau au-dessus. Il a fallu se montrer prudents, nous n'étions plus seuls sur la place. Et puis, Iva... est morte. Ça, ça m'a fichu un coup. Et ça m'a fait réfléchir. J'ai décidé de mettre fin, provisoirement, à nos petites activités. On avait amassé pas mal d'argent, assez pour faire une pause. Il nous fallait parfaire notre éducation : j'ai loué un appartement et engagé des précepteurs, pour les petits. Pas un ne te valait, petite Ana.

– Il restait qui, de la bande ?

– Nous n'étions plus que six : Patrizio, bien sûr, qui s'est vite révélé le plus doué de tous… Hrvojka, qui devenait une très belle jeune fille. Et puis les plus petits, Lucia, Božo et Goran. J'avais perdu les autres en route, ou bien ils s'étaient établis, comme je te l'ai dit. Ça devenait un peu difficile de travailler à trois, seulement, sans Iva. Et puis, cambrioleurs, ce n'était pas l'avenir dont je rêvais pour eux.

– Et pour toi ?

– C'était tout ce que je savais faire, Ana, et je le faisais assez bien, je crois. Mais j'avais besoin d'air. Moi aussi, j'ai pris des cours. D'escrime, de tir, d'équitation… et même de boxe ! Au bout de deux ou trois ans, on a recommencé à voyager, Patrizio, Hrvojka et moi. On a fait les palaces, les villes d'eau…

– Vous ne vous êtes jamais fait prendre ?

– Jamais. Enfin si : une fois. Un certain Raoul d'Andrésy, à Marienbad. Ce n'était pas un policier. Je suis même quasi certaine qu'il était de la partie… En tout cas, un type bien, un vrai gentleman. Après tout, j'étais à sa merci. S'il avait voulu, il m'envoyait en cabane pour un moment ! On a eu beaucoup de chance, ce jour-là. Bref, je te passe les détails. Ensuite… eh bien, Hrvojka est tombée enceinte. Je ne m'y attendais pas. Elle avait seize ans. Elle n'a jamais voulu me dire qui était le père. On s'est disputées.

– La pauvre… Pourquoi lui en vouloir ?

– Je ne sais pas. De ne m'avoir rien dit, surtout. Moi, je m'en fichais, qu'elle couche à droite à gauche, mais elle aurait pu nous trahir, sans le vouloir… De son côté, je crois qu'elle avait peur que je me serve d'elle. Je veux dire, elle était mineure. Alors, pour séduire de riches « clients », des hommes mariés, les faire chanter... Et je ne dis pas qu'elle avait tort, j'étais prête à tout à l'époque. Bref, il y a eu quelques scènes pénibles. Et puis le bébé est né. C'était une petite fille, ça l'a complètement changée. J'avais peur qu'elle le rejette, mais ça a été le contraire. Elle s'est apaisée, il n'y en avait plus que pour la petite. Mais nous ne pouvions pas nous permettre de nous encombrer d'un poupon. Hrvojka, elle aussi, aspirait à une autre vie. Elle avait très peur de la prison, que nous soyons arrêtés, qu'on lui enlève sa fille... Avec « le fruit de nos rapines », j'ai acheté une jolie villa sur la côte adriatique, avec un petit domaine attenant, et elle s'y est installée. Elle le gère pour moi et s'en tire plutôt bien.

– Et la petite ?

– Elle grandit. Elle est très mignonne, tu verras... Patrizio est son parrain. Il en est fou.

– Que s'est-il passé ensuite ?

– On a continué à deux, lui et moi. Et puis on a « rencontré » Ranko et ses hommes...

– Comment ça, « rencontré » ?

– C'étaient des bandits de grand chemin. On voyageait à cheval du côté des Carpates. Ils nous ont arrêtés, s'imaginant sans doute tirer rançon de nous. Et puis...

– Et puis ?

– J'étais habillée en homme. À un moment, ils se sont rendu compte que j'étais une fille et Ranko s'est imaginé qu'il pourrait... m'avoir. Bref, il a essayé et mes leçons de boxe française ont fait le reste. Du coup, je me suis retrouvée à la tête de la bande, ce qui nous ouvrait de nouvelles perspectives.

– De quel genre, les perspectives ?

– Trains postaux, banques, grands domaines… Mon petit patrimoine s'est considérablement accru.

– Mon Dieu, mais j'ai affaire à une véritable brigande !

– De la pire espèce.

J'hésitai un instant, puis demandai :

– Dunja, dis-moi, sincèrement… Est-ce que tu as beaucoup de sang sur les mains ?

– Le moins possible. Ces garçons ne sont pas forcément sanguinaires, tu sais… Bien moins, souvent, que les argousins qui les pourchassent. La plupart étaient des paysans qui n'ont pas eu de chance, c'est tout, et se sont faits bandits pour avoir été spoliés par de gros propriétaires sans scrupules. Propriétaires auxquels nous avons consciencieusement rendu visite depuis.

– Et moi, dans tout ça ?

– Mes « affaires » m'ont conduite à entendre parler de la Draïna, d'Augustus-Adolphe et de l'histoire de son accession controversée à la couronne. J'ai de la mémoire : le renard courant, l'emblème de ta famille, m'a rappelé quelque chose que j'avais vu, il y a bien longtemps, sur l'épaule d'une drôle de petite fille… J'ai enquêté, contacté Gerner, comme je te l'ai déjà raconté. Il ne pouvait s'appuyer sur aucune force officielle. Je lui offrais une petite armée de mercenaires… Et voilà.

Je me tus un moment, le temps de digérer un tant soit peu de tout ce gros roman, puis je repris :

– Qu'est-ce que tu feras, après ?

– Après ? Après quoi ? Quand tu auras retrouvé ta couronne ?

– Oui, tu feras quoi ?

– Eh bien je continuerai, je suppose. Comme avant, je veux dire. Que veux-tu que je fasse ?

– Je ne sais pas. Je me demandais, c'est tout. Je n'y ai pas réfléchi.

– Moi non plus, à vrai dire… Allons, on en reparlera le moment venu, petite Ana. Tu ne l'as pas encore sur la tête, cette couronne. Même si on y travaille. Et d'ailleurs…

Insensiblement, la brume s'était levée, nous étions arrivés au col. Nos guides s'étaient arrêtés et attendaient pendant que nous nous regroupions. Les derniers nuages s'accrochaient aux plus hauts sommets, au-dessus de nos têtes. En bas, le temps était clair. Nous découvrîmes une étroite vallée, déjà cousue de toutes les nuances de vert en ce début de printemps. Une rivière la traversait, scintillante. Dagmar balaya la vallée d'un geste du bras :

– La Draïna, Votre Altesse. Votre pays, annonça-t-il avec fierté.

Je ne pus m'empêcher d'être émue. Même si l'on n'en voyait pas grand-chose – un bout de vallée encaissée entre deux montagnes – j'étais née dans ce petit pays, et j'allais y régner. Dagmar prévoyait encore une grosse heure de marche avant d'arriver au village, là-bas, blotti tout au fond de la vallée, autour de son église. Encore attendrions-nous ici pour n'y arriver que le soir, de crainte d'être aperçus trop tôt. Nul ne devrait savoir d'où nous venions, ni par où nous repartirions. À cet effet, nous nous séparâmes en deux groupes : sous la direction du fidèle Ranko, une dizaine d'hommes, guidés par Jadro, furent chargés d'établir le camp dans un endroit discret, prévu à l'avance, où nous passerions la nuit après notre « visite » au village.

Nous avions encore deux grosses heures à tuer, que nous occupâmes à sécher aux rayons bienfaisants d'un soleil qui tenait tout de même à faire ses preuves avant de disparaître pour la nuit. *Herr* Gerner était sur des charbons ardents et, je dois l'avouer, à le voir ainsi s'agiter, sa nervosité me gagnait. Comment allais-je être reçue ? Ils avaient beau dire, tous, les bonnes gens de Draïna attendaient une princesse, pas un campagnol à lunettes.

– Je te parie qu'ils croiront que c'est toi, dis-je à Marion.

– Moi quoi ?

– La princesse. Tu en as bien plus l'allure que moi.

– Pff... Moi, je suis ta camériste, je reste trois pas en arrière. Tu as entendu monsieur le ministre.

– Je suis désolée de te faire jouer les bonniches.

– Boh, mieux vaut bonniche que potiche, ça me va. Et toi, pas trop le trac ?

– Si, c'est affreux ! C'est comme si on me poussait sur scène sans avoir répété.

– Tout va bien se passer, j'en suis sûre. Enfin, si les sbires à ton tonton ne nous attendent pas déjà sur place...

– Oh, pour ça, je ne crois pas. *Herr* Gerner est trop prudent pour ne pas l'avoir prévu. Et puis, nous sommes bien escortées.

– La belle Dunja et ses enfants de chœur ! C'est vrai qu'ils sont impressionnants. Regarde un peu celui-là, là-bas, avec ses bacchantes et ses cartouchières...

– Tu sais qu'elle a vaincu leur chef en combat singulier ?

– Ah ? Remarque, ça ne m'étonne pas ! Elle a dû viser les c… En tout cas, c'est ce que j'aurais fait à sa place. N'empêche, ils feraient peur au coin d'un bois. C'est des coups à effaroucher le populaire, non ? Ce soir, je connais plus d'un paysan qui recomptera ses poules avant d'aller se coucher !

– Il est convenu qu'ils resteraient discrets. J'ai confiance en Dunja.

– Tu peux. Je râle comme ça, pour la forme, mais entre ce que tu m'en as dit et ce que j'ai pu constater par moi-même, c'est vrai qu'elle réunit pas mal de qualités, la demoiselle. Elle a de la classe, y a pas. Et pas seulement dans le genre tigresse. Au fond, son seul défaut, c'est qu'elle ne peut pas me piffer.

– Ça s'arrangera, il n'y a pas de raisons.

– Ouais… En attendant, si elle savait que je fricote avec son bras droit…

– Cela dit, elle le saura bien, tôt ou tard.

– Ce jour-là, je ne donne pas cher de ma peau.

– Allons donc ! Et tu crois que je la laisserais faire, si elle voulait s'attaquer à toi ?

– C'est vrai qu'elle a un faible pour toi.

– Un faible pour moi ?

– Allons, Ana, tu ne vas pas me dire que tu ne t'en es pas aperçue ? Tu serais bien la seule. C'est évident, voyons !

Nous fûmes interrompues par *Herr* Gerner, venu presser les préparatifs de départ, et je n'eus pas l'occasion de répondre. Mais qu'aurais-je bien pu répondre ? Dunja ? Un faible pour moi ? C'était ridicule. Ridicule et, pourtant, je ne pus m'enlever cette idée de la tête. Je repassais chacune de nos rencontres, chacune de nos conversations, et j'étais bien forcée d'avouer que rien n'interdisait de le penser, même si jamais elle n'avait eu le moindre mot, le moindre geste... Allons ! Tout cela n'était qu'imagination et faux-semblants, il n'y avait rien... rien. Et pourtant, cette pensée me flattait. Dunja m'était tellement supérieure en tout. Je l'admirais, c'était certain. Sa force, son aisance, sa beauté... Si quelqu'un méritait d'être reine, c'était elle. Quant à moi, à part tenir la bibliothèque...

Nous entrâmes dans le village à la nuit tombante. Les habitants avaient été discrètement prévenus et s'étaient rassemblés pour nous accueillir. Dagmar allait en tête, et je le suivais immédiatement, encadrée par Dunja et deux porteurs de torches. Mon cœur battait à tout rompre. C'était le moment critique. Ainsi éclairée par les flammes, je faisais une cible parfaite. Qu'il y eût le moindre tireur embusqué, c'en était fini des espoirs dynastiques de ce brave Gerner. Celui-ci semblait confiant, cependant, et marchait d'un bon pas suivi de ses patriotes en armes. Les « bandits » de Dunja venaient enfin, pittoresques, baroques, et terriblement impressionnants. Sous leurs allures nonchalantes, ils avaient l'œil à tout et se tenaient prêts à répliquer à la moindre attaque. Avec eux, je me sentais plus en sécurité que sous la protection de tout un régiment de l'armée d'Autriche.

Mais il n'y eut pas à faire le coup de feu. À peine m'aperçut-on dans la lumière des torches qu'il se fit des murmures, une rumeur qui, enflant peu à peu, se transforma vite en un seul cri :

– C'est elle ! C'est elle ! La bonne dame est revenue !

Une vieille femme se jeta à mes pieds en se signant. Je la relevai avec douceur. Elle pleurait. Ce fut le signal de la ruée. Tous se précipitèrent. C'était à qui s'approcherait le plus près, me toucherait pour obtenir une bénédiction, le moindre signe de ma part. Dunja et Marion, accourues en renfort, eurent du mal à contenir la foule. On me présentait des enfants, des malades… C'était ridicule. J'étais d'autant plus mal à l'aise que je m'efforçais de sourire à tout le monde, attentive et naturellement bienveillante, comme avait dû l'être ma mère. Et comme je ne l'étais pas… Depuis toujours, j'avais une crainte instinctive des mouvements de foule. Gagnée par la peur et le dégoût, je n'avais qu'une pensée, en finir au plus vite avec cette mascarade. Pour accentuer la ressemblance, on m'avait affublée d'une robe gris perle, très simple, copiée sur une tenue qu'affectionnait particulièrement ma mère. La tête coiffée d'un petit bonnet à la mode du pays, j'avais cependant insisté pour garder mes lunettes : pour une première rencontre avec mon peuple, je tenais à ne pas le voir flou… Je le regrettais un peu.

L'arrivée du maire mit provisoirement fin à l'élan populaire. Il fut poussé devant moi plus qu'il ne vint de son plein gré. Comme tous les officiels du pays, celui-ci, un bonhomme qui, pour le moment, n'en menait pas aussi large que sa bedaine, devait plus ou moins son poste au bon vouloir de mon oncle. Comme tel, lui seul n'avait pas été prévenu de notre visite, il tombait de la lune.

– Vo… Votre Altesse, bredouilla-t-il, je… je suis votre dévoué…

J'avais mal pour lui. *Herr* Gerner abrégea ses souffrances.

– Je n'en doute pas, mon brave, proclama-t-il haut et fort. Vous n'en êtes pas moins d'ores et déjà démis de vos fonctions. De nouvelles élections se tiendront dans les meilleurs délais, sitôt rétablie la succession légitime du prince Erik, lâchement assassiné par l'usurpateur !

Une ovation répondit à ses paroles. *Herr* Gerner fit taire la foule.

– Gens de Tölja, l'Histoire se souviendra de vous pour avoir été les premiers à accueillir la princesse Anne-Charlotte à son retour d'exil !

Nouvelle ovation, plus longue encore que la première.

– Le sang d'Erik est de retour ! Proclamez-le, braves gens, faites-le savoir à travers monts et vallées, et que la rumeur en parvienne aux oreilles du tyran ! Qu'il sache bien que ses jours sont comptés, et que s'ouvre aujourd'hui pour Draïna une nouvelle ère de prospérité et de liberté !

Applaudissements nourris.

– Pour l'heure, nous allons disparaître. Pour réapparaître ailleurs demain, puis ailleurs encore après-demain, jusqu'à la capitale et jusqu'au bout ! En avant, mes amis, pour la Liberté ! Vive la princesse Anne-Charlotte et vive la Draïna !

Sur un signal convenu, une salve générale ponctua ces dernières paroles. L'enthousiasme de la foule ne connut plus de bornes. Il s'en fallut de peu que le gros maire ne se fît écharper. J'avais la nausée. Ç'allait être mon tour...

Herr Gerner, à nouveau, réclama le silence.

– Mes amis, un peu de silence, s'il vous plaît ! Je cède maintenant la parole à la princesse Anne-Charlotte, qui va vous adresser quelques mots.

Le silence se fit instantanément, seulement troublé par des pleurs d'enfant.

Je m'éclaircis la voix. Mon discours. J'avais tout oublié de mon discours !

– Gens de Tölja ! commençai-je d'une voix mal assurée. Pour la première fois depuis bien des années, je reviens dans mon pays. J'ai vécu ces années loin de vous, dans des contrées étrangères, auprès de gens qui m'ont aimée et protégée, sans savoir qui j'étais ni ce que je vous devais. Le tyran, lui, l'a su, il a tenté de me tuer, sans y parvenir, comme il avait déjà échoué autrefois. Aujourd'hui, je suis de retour parmi vous, pour implorer votre amitié et votre protection contre l'assassin de mes parents. Gens de Tölja, me protégerez-vous ? M'accompagnerez-vous ?

Ce fut du délire.

J'avais improvisé. Je n'avais rien dit de ce qui était prévu. *Herr* Gerner serait furieux. Je me tournai vers lui. Il était aux anges.

– C'était bien ? fis-je d'une petite voix.

– Votre Altesse, c'était parfait !

En arrivant au camp, j'étais épuisée. Deux nouvelles heures de marche dans la nuit noire avaient eu raison de mes dernières forces. Je dînai en somnambule, sans même savoir ce que j'avalais, puis titubai vers ma tente, soutenue par une Marion à peu près dans le même état. Dire qu'il faudrait recommencer le lendemain, et le lendemain, jusqu'à ce que...

Je dormais déjà.

Le même accueil fervent, les mêmes scènes de liesse se répétèrent les jours suivants. Après une brève conférence sur les objectifs de la journée, nous quittions le camp en fin de matinée et nos guides nous menaient vers de nouveaux villages, parfois fort éloignés du précédent afin de déjouer une embuscade toujours possible. Nous surgissions à l'improviste, *Herr* Gerner débitait son laïus et moi le mien, puis nous disparaissions sous les applaudissements pour gagner un nouveau bivouac. La surprise et la mobilité étaient notre plus grande force, nous devions sembler être partout à la fois, quitte à battre chaque jour un nouveau record de marche à pied.

Je ne détestais pas cette vie. Marion et moi, jeunes et en bonne santé, commencions même à nous faire à cette saine vie de plein air. Les premières plaintes vinrent de nos vaillants patriotes, plus habitués à fouler les tapis moelleux des maisons de commerce que les arêtes tranchantes de la caillasse draïnienne. La plupart n'étaient d'ailleurs plus de première jeunesse et ne voyaient pas sans inquiétude fondre une brioche durement acquise à travers les vicissitudes de l'exil.

Köln-Radunski se révéla le plus douillet de tous. Paradoxalement, sous des allures de doberman se cachait le plus délicat des chiens de manchon. Du matin au soir, notre brave général n'était que soupirs et récriminations. Qu'il fît trop chaud ou trop froid, que la soupe fût tiède ou son matelas trop mince, il trouvait toujours motif à se plaindre. À l'étape, il avait pour ses petons meurtris des tendresses de jeune accouchée et trimballait dans ses affaires tout un attirail de bassines, de baumes, de crèmes et de talc qui encombrait le dos des mules.

Aussi, lorsqu'il sut que nous allions à Doronitza, chef-lieu du canton et seconde « ville » du pays, il insista pour dormir à l'auberge.

– C'est de la folie, général ! protesta *Herr* Gerner.

– Folie ou pas, je refuse de faire un pas de plus ! Ce genre d'escapade n'est plus de notre âge, Gerner. Et puis que risquons-nous ? La garnison est loin et nous sommes bien armés. Nous avons besoin de repos. De plus, il faudra bien, un jour ou l'autre, cesser de fuir...

– Nous ne fuyons pas !

–... cesser de fuir et marcher sur la capitale. Où est-elle, cette armée que je devais conduire ? Dois-je vous rappeler vos promesses, Gerner ?

– Ce n'est pas encore le moment. Nous en avons déjà parlé, général ! Remettriez-vous nos accords en cause ? La phase insurrectionnelle n'est pas encore commencée. Nous préparons le terrain.

– Dites plutôt que nous nous y enlisons !

– Vous déraisonnez, général !

– Dans ce cas, je ne suis pas le seul. Nous en avons discuté entre nous et nombre de ces messieurs sont d'accord avec moi. Nous exigeons de dormir à l'auberge, Gerner !

Le vieil homme avait pâli. Il toisa ses gens et demanda, d'un ton sifflant.

– Est-ce vrai, messieurs ?

Les patriotes se consultèrent du regard.

– Eh bien...

– Comtesse ?

Dunja prit le temps de répondre.

– Pure folie, monsieur.

Köln-Radunski donna du poing sur la table.

– Il suffit, Gerner ! Je ne me laisserai pas dicter ma conduite par une femme, et encore moins par une…

– Aventurière ? Criminelle ? Gourgandine ? Vous avez le choix, général. Mais sachez que je ne dicte rien du tout. En ce qui me concerne, votre peau n'a pas beaucoup d'importance et vous pouvez bien prendre pension où bon vous semble. Seulement, ma loyauté va à mon employeur et, au-delà, à la princesse Anne-Charlotte. On me demande mon avis, je le donne. Et je répète qu'il serait de la dernière imprudence de dormir à l'auberge. Croyez-vous que notre activité des derniers jours soit passée inaperçue d'Augustus-Adolf ? Et croyez-vous qu'il va nous laisser faire encore longtemps ? Je m'étonne seulement que nous n'ayons pas encore eu à en découdre.

– Eh bien, auriez-vous peur ?

– Peur ? Peut-être, après tout, si je ne devais compter que sur vous…

– Impertinente ! rugit Köln-Radunski en renversant sa chaise. Je vais t'apprendre ! J'en ai fessé de plus coriaces que toi, sais-tu ?

– Dans les « maisons » de Vienne, je n'en doute pas, général… Du reste, cela vous coûte assez cher.

Le général vira au rouge rubis. Dunja avait manifestement fait sa petite enquête. *Herr* Gerner crut bon d'intervenir.

– Taisez-vous, tous les deux ! trancha-t-il. Sur le fond, je suis d'accord avec la comtesse Borskaja, général. J'entends toutefois ce que vous me dites, les uns et les autres et je ne suis pas un tyran. Il est parfois bon de savoir s'adapter et l'on pèche quelquefois par excès de prudence. À titre exceptionnel, comtesse, nous pourrions envisager cette nuit comme une sorte de test, ou de démonstration de force, comme vous voulez, afin de rassurer la population. À condition, bien sûr, de nous entourer des précautions nécessaires…

Dunja ne broncha pas, et se contenta de me jeter un coup d'œil. Nul n'avait daigné me demander mon avis et j'en étais bien aise, au fond. Car si je donnais volontiers raison à Dunja, la perspective de dormir dans un vrai lit et de pouvoir enfin prendre un bain avait néanmoins ses séductions, à condition que le général nous laisse de l'eau chaude.

Lâchement, j'acquiesçai à la proposition de Gerner.

Tout sembla d'abord aller pour le mieux. Nous avions déjà visité de nombreux villages alentours et Doronitza se tenait prête à nous accueillir. C'était un bourg de moyenne importance, presque une petite ville, avec sa mine de fer et ses fabriques. Les rues, les maisons, les boutiques avaient un air prospère que j'avais rarement trouvé dans les villages. Le bourgmestre lui-même, *gospod* Lavrič, vint à notre rencontre, à la tête du conseil municipal et d'une délégation des principaux corps de métier. *Herr* Gerner le connaissait, ils tombèrent dans les bras l'un de l'autre. Au prix de quels renoncements avait-il conservé son poste durant toutes ces années ? Qu'importe, ils étaient oubliés. C'était un vieil homme et il parut sincèrement ému – ça en devenait agaçant – en reconnaissant ma mère à travers moi. La place principale était noire de monde. Il nous invita à la mairie – un bel édifice ancien à la façade blanche et au toit de tuiles vernissées – et je dus paraître au balcon. Ce fut du haut de ce dernier que je lançai ma harangue habituelle, morte de trac, d'une voix rendue tremblante par l'émotion. Dunja elle aussi était tendue. Au préalable, elle avait placé ses hommes avec soin, de façon qu'ils fussent prêts à couvrir un éventuel repli. Il y avait une gendarmerie à Doronitza, mais les quelques soldats présents sur la place ne semblaient pas hostiles, au contraire. D'après Gerner, il ne faisait guère de doute que la police et l'armée rallieraient notre cause pourvu que s'instaure un rapport de force suffisamment significatif. Augustus-Adolf ne pouvait réellement compter que sur sa Garde noire, une troupe d'élite rendue tristement célèbre par son arbitraire et ses exactions. Bien qu'elle fût cantonnée à la capitale, il pouvait cependant paraître étonnant que mon oncle ne l'eût pas plus tôt déployée dans le secteur que nous arpentions depuis une douzaine de jours, au risque de le laisser gagner par la sédition.

À ce que je pus constater ce soir-là, c'était chose faite. Le plan de Gerner portait ses fruits, ma réputation me précédait désormais où que j'aille. La surprise était passée, on connaissait mon histoire, colportée par des dizaines de libelles et de chansons. Sur la place, il fusait autant de « Vive la princesse Anne-Charlotte » que de « À bas l'assassin » et de « Mort au tyran ».

C'était encourageant.

L'euphorie générale nous fit oublier toute prudence. Comme convenu, nous réquisitionnâmes l'auberge, un établissement cossu qui donnait sur la place, face à l'hôtel de ville.

C'était une haute et très ancienne demeure à pans de bois, posée sur une rangée d'arcades. Rendez-vous quotidien de la bourgeoisie de la ville, elle était en outre connue dans tout le pays pour son confort et la qualité de sa cuisine. Nous retraversâmes la grand-place sous les ovations. L'aubergiste en personne se tenait sur le pas de la porte pour nous accueillir. C'était un bonhomme suant et ventru, à la barbe graisseuse. Ni une ni deux, il se planta devant Marion pour lui faire une fastueuse révérence.

– Tu vois, je te l'avais dit qu'on te prendrait pour moi ! m'écriai-je.

L'aubergiste réalisa sa méprise et devint aussi rouge que la dernière écrevisse qu'il avait mise au court-bouillon.

– Votre Altesse, je suis confus, je...

Je l'interrompis. Au fond, pour une fois que l'on ne me confondait pas avec ma mère... Il nous conduisit à notre table avec force ronds de jambe et nous nous assîmes enfin. La foule, dehors, se collait aux carreaux et ne semblait pas décidée à se disperser. Beaucoup sollicitaient une audience particulière et je passai la majeure partie du repas à recevoir les compliments et les doléances de gens souvent modestes et impressionnés de leur propre témérité. Au début, je notais moi-même leur nom dans un petit carnet, avant de comprendre que cette bien peu princière attitude les déconcertait et les décevait plus qu'autre chose.

On m'avait assise entre *Herr* Gerner et son ami bourgmestre. Ce dernier était aux petits soins pour moi, comme s'il avait quelque chose à se faire pardonner. Il ne tarda d'ailleurs pas à m'ouvrir son cœur :

– Votre Altesse, veuillez voir en moi votre plus fidèle serviteur. J'étais déjà maire de cette ville du temps de votre père, savez-vous ? Je l'ai reçu, ainsi que votre mère, à cette même table. Je les aimais tous deux beaucoup. Si j'ai continué à servir votre oncle, c'est que… Ma naïveté me confond aujourd'hui, mais j'ai cru, sincèrement cru, à cette fable de l'accident. Si j'avais su…

– Vous ne saviez pas, *gospod* Lavrič, et ne pouviez pas savoir, à moins d'avoir été du complot, ce que je ne saurais croire, évidemment.

– Je pense, du reste, avoir été plus utile au pays en me maintenant à mon poste plutôt que dans l'exil, ajouta-t-il en balayant du regard notre équipe de vaillants patriotes occupés à bâfrer. Doronitza se trouve dans une excellente situation économique et, sans fausse modestie, je dois avouer que je n'y suis pas pour rien. Mon action à la tête de…

Je ne l'écoutais déjà plus. J'observais Dunja, au coin de la table. Elle jetait de fréquents coups d'œil à sa montre et à l'extérieur, où la nuit était maintenant tout à fait tombée. Elle croisa soudain mon regard et me fit un clin d'œil. Je lui souris. *Gospod* Lavrič s'en aperçut et le prit pour lui :

– Vous souriez, Votre Altesse ? Je vous assure, pourtant, qu'au prix du quintal, notre minerai…

Je sombrai à nouveau. Serait-ce désormais là ma vie ? Écouter des barbons me débiter des statistiques ? Et toute cette déférence, autour de moi, était-ce bien la vie dont j'avais rêvé ?

À la première occasion, je quittai la table et me rapprochai de Dunja.

– Inquiète, comtesse ?
– Un peu...
– Courons-nous des risques ?
– Énormes.
– Tu parlais de « précautions d'usage », ce matin, avec Gerner... Quel genre de précautions ?
– Hum... Les fils du télégraphe, tout ça...
– Tu les as fait couper ?
– Oui. Tu mettras ça sur ma note...
– C'est offert par la maison. Détends-toi, tout se passera bien et on partira tôt demain matin. Je ne serai tout de même pas mécontente de dormir dans un vrai lit, tu sais ? Et toi, où dors-tu ?
Elle eut un sourire ambigu.
– Dormir ? Tu plaisantes...

L'aubergiste m'avait donné sa meilleure chambre, pourvue de l'eau courante et de tous les raffinements de l'hygiène à l'anglaise. Une toute jeune servante achevait de me faire couler un bain, qu'elle additionna de sels parfumés. Je n'aurais pas eu besoin d'elle, mais elle semblait si imbue de sa mission que je n'eus pas le cœur de la congédier. Elle m'aida à me déshabiller et j'entrai avec volupté dans l'eau brûlante.
– Comment t'appelles-tu ? Et quel âge as-tu ? questionnai-je tandis qu'elle me savonnait le dos.
– Svanka, Votre Altesse, j'ai treize ans.
Elle était jolie et rougissait facilement, fût-ce à cause de la chaleur ou bien de contempler sa souveraine dans le plus simple appareil.

– Tu ne vas pas à l'école, Svanka ? À quel âge as-tu arrêté ?

– À neuf ans, Votre Altesse. Mais je sais lire et écrire, précisa-t-elle avec fierté. Et puis compter, bien sûr.

– Tu aurais aimé continuer ?

– Je ne sais pas, Votre Altesse. La question ne s'est pas posée… Mais j'aimais bien l'école, quand j'étais petite.

– Et comment est ta vie, ici, à l'auberge ?

– Je… je ne sais pas, Votre Altesse.

– Tu peux parler sans crainte. Ça ne sortira pas d'ici.

– Le maître n'est pas toujours très gentil, avoua-t-elle en baissant les yeux.

– Il te maltraite ?

– Oh non ! ce n'est pas ça, mais…

Elle se tut, rougissante. Je ne voulus pas l'embarrasser davantage. Je me revis, à dix ans, cherchant du travail dans les auberges d'Almissa. J'aurais pu finir comme elle, ou pire. La pourriture était partout, comment faire pour l'extirper ? C'était une tâche surhumaine, même pour une princesse de conte de fées.

– Es-tu déjà allée à la capitale ?

– Oh non, Votre Altesse ! C'est beaucoup trop loin !

– Tu aimerais ?

– Oh oui ! Il paraît qu'il y a plein de belles dames, là-bas, avec de belles robes et des chevaux, et… Et puis il y a le palais, bien sûr…

– Et le prince, tu l'as déjà vu ?

– C'est… votre oncle, n'est-ce pas ?

– Le demi-frère de mon père, oui. Tu l'as déjà vu ?

– Il est venu ici, une fois, il y a deux ans. C'est un très bel homme, mais…

– Mais ?

– On dit qu'il est très cruel.

– Tu le crois ?

– Ma mère avait un cousin, ici. Un jour des soldats sont venus et l'ont emmené. Il n'est jamais revenu.

– Qu'est-ce qu'il avait fait ?

– Je ne sais pas. Il écrivait dans un journal, je crois.

Elle tendit une grande serviette et je sortis de l'eau.

– Je... je suis contente, me confia-t-elle en m'essuyant énergiquement. Que vous soyez revenue, je veux dire... Vous êtes gentille, et puis vous êtes belle. J'aimerais bien vous ressembler.

Que répondre à cela ? Elle me passa ma chemise de nuit et prit congé sur une révérence.

Je restai longtemps sans dormir. Cette rencontre, si brève qu'elle eût été, m'avait touchée et ébranlée. Pour la première fois, je mesurai l'ampleur de la tâche qui m'attendait pour peu que je parvinsse à rentrer dans mon héritage. Et, pour la première fois, l'on me traitait en princesse, en vraie princesse et non comme une sorte de fantôme de ma propre mère, tout juste bonne à servir les intérêts d'une clique de notables. Des gens comptaient sur moi, en Draïna. Je ne pouvais pas les décevoir. Je tournai et retournai tout cela dans ma tête, jusqu'à ce que le sommeil eût raison de moi.

Je dormais donc lorsque les premiers coups de feu éclatèrent.

Je me dressai dans mon lit.

Je n'avais pas rêvé. On tirait sur la grand-place. Des cris, des appels. Encore des coups de feu.

Je repoussai les couvertures, attrapai mes lunettes et, prudemment, me mis à la croisée. On ne voyait rien, que les lueurs sporadiques des coups de fusil, un peu partout. On tira juste sous ma fenêtre. Je reculai, d'instinct. Une seconde plus tard, la vitre volait en éclats. Réfugiée entre le mur et le lit, je fis voler ma chemise, m'empêtrai dans mes habits, enfilai mes bottes. L'auberge résonnait de cris, de courses précipitées dans les couloirs, les escaliers. Une mitrailleuse balaya la façade, volatilisant ce qui restait des fenêtres. Je me rencognai à la tête du lit, ne sachant que faire, ramper vers la sortie ou bien attendre et ne pas bouger ? Les tirs de rapprochaient, on se battait dans la maison, maintenant...

– Ana ! Ana, c'est moi ! Ouvre vite !

C'était la voix de Dunja. Elle n'attendit pas la réponse. Elle enfonça la porte d'un coup d'épaule et se jeta dans la chambre.

– Ana, où es-tu ? C'est moi !

– Là, fis-je d'une petite voix.

– Viens, il faut partir, c'est trop dangereux, on se tire !

Je contournai le lit à quatre pattes, consciente d'être ridicule.

– Viens, viens vite !

Je la suivis hors de la chambre. Ramassées sur nous-mêmes, nous longeâmes le couloir obscurci de fumée et puant la cordite. Des cris éclatèrent à l'étage. Dunja ne s'en occupa pas. Nous atteignîmes l'escalier. Un corps en barrait le passage. Il fallut l'enjamber. Je n'eus pas le temps de voir s'il s'agissait d'un des nôtres. Plaquée au mur, Dunja me fit signe d'attendre. Mauser en main, elle écoutait. Je ne pus retenir un cri lorsqu'elle tira, brusquement, sur un adversaire invisible. Une silhouette s'écroula.

– Suis-moi, il faut sortir d'ici… vite !

– Mais… Marion !

– Pas le temps !

– Je ne pars pas sans Marion !

Elle me prit le poignet dans une étreinte de fer.

– Ranko s'en occupe. Viens ! Où sont ces satanées cuisines ? Ah, là !

Elle ouvrit la porte d'un coup de pied. La grande pièce baignait dans la lueur chaude des feux mourants. Nous rampâmes le long du plan de travail, jusqu'à un vestibule au font duquel on distinguait une porte à double battant.

– C'est l'entrée des cuisines. Elle ne s'ouvre que de l'intérieur, pour les fournisseurs. Mais ça m'étonnerait qu'ils n'y aient pas pensé. Accroche-toi, ça va chauffer.

Elle se tourna vers moi.

– Ça ira, petite Ana ?

– O… oui. Oui, ça ira. Où va-t-on ?

– Dans la montagne. Si on y arrive. De là, on se regroupera. Tu penses bien que je n'ai pas laissé ce général de mes fesses nous mettre dans le pétrin sans prévoir une solution de repli. Mais bon, va falloir courir, hein ! Tu me suis, tu ne me lâches pas d'un pouce, compris ?

Une épaisse barre d'acier fermait la porte. Dunja la fit basculer sans bruit.

– À trois, on y va, souffla-t-elle.

– Un, deux… trois !

Elle ouvrit à la volée et se jeta dans la rue. Une salve éclata sur notre gauche.

– Par là ! cria-t-elle en ripostant.

Je la précédai dans une ruelle malodorante. Les balles sifflaient à nos oreilles. Tout en courant, Dunja tirait au jugé, sans discontinuer. Il y eut des cris, des piétinements. Nous changeâmes de direction, obliquâmes à nouveau, encore une fois, puis une autre. Dunja semblait se repérer dans ce lacis de petites rues qui entouraient la grand-place. Peu à peu, les maisons se faisaient plus rares, entrecoupées de jardins et de prairies. Nous ralentîmes. Nous progressions désormais dans l'ombre des façades, de maison en maison, ne courant plus qu'en terrain dégagé. Bientôt, nous aperçûmes la barrière d'octroi. Il était probable qu'ils eussent bloqué les accès de la ville.

– On ne passera pas !

Dunja haletait un peu.

– Par là, répondit-elle. Le chemin, là...

Nous le suivîmes sur deux cents mètres environ. Il débouchait dans des jardins privés. Nous piétinâmes quelques plates-bandes, franchîmes quelques clôtures, dispersâmes des moutons avant de dénicher un chemin, enfin, un vrai, qui filait tout droit vers les montagnes toutes proches. La voie du salut. Nous courûmes de toutes nos forces. Dunja boitait.

– Ça va ?

– Ça va, un point de côté... Fonce !

Le chemin se mit à grimper, serpentant entre les rochers. Une aube grise commençait à poindre, il allait falloir trouver un abri, très vite. Des buissons de hauts genêts mêlés de chênes verts s'accrochaient à la pente, ils nous dissimuleraient dans un premier temps. Nous quittâmes le sentier. Notre progression en serait moins rapide mais beaucoup plus sûre. Nous montâmes encore une grosse demi-heure, en restant à couvert. Derrière moi, Dunja haletait toujours. Je me retournai. Adossée à un arbre, elle respirait difficilement, les traits tirés. Une large tache sombre noircissait le côté de sa veste.

– Tu es blessée !

Chapitre 3

– Ce n'est… rien.

– Laisse-moi voir !

– Ce n'est rien… je… te dis. Il faut avancer, avant…

– Le point de ralliement, il est encore loin ?

Elle se redressa, tenta de faire quelques pas, vacilla. Je la retins juste à temps.

– Je… n'y arriverai… pas, souffla-t-elle. Dois… me reposer.

Elle ferma les yeux. Son corps se fit plus lourd entre mes bras.

– En t'appuyant sur moi, est-ce que tu pourras marcher ?

– Laisse-moi ici… Vas-y, toi.

– Pas question. Est-ce que tu pourras marcher ?

– Je… crois.

– Alors on y va. Peux-tu m'indiquer le chemin ?

– Connais pas… Il faut monter encore. S'il y a des chiens… fichues…

– Ils ne savent pas dans quelle direction nous sommes parties. Ni que tu es blessée.

Des coups de feu sporadiques claquaient encore du côté de la ville.

– Écoute, la bataille n'est pas terminée. Ça nous laisse un répit. Profitons-en pour trouver un abri. C'est un vrai gruyère, cette montagne. On va bien trouver une grotte ou quelque chose…

Elle ne répondit pas. Je passai son bras autour de mon épaule et nous reprîmes notre ascension. Nous grimpâmes ainsi, à petits pas, durant un temps infini. La pente était raide, il fallait fréquemment escalader des rochers. Dunja souffrait énormément. Elle m'aidait de son mieux mais faiblissait de minute en minute. Je n'avais toujours pas idée de la gravité de sa blessure mais elle ne tiendrait plus très longtemps, c'était certain. Moi non plus : elle était plus grande et plus lourde que moi. Mes reins, mon dos, mes jambes me faisaient mal à crier. De plus, le soleil ne tarderait plus à se lever pour de bon, nous serions alors dangereusement exposées. Il fallait s'arrêter.

Un bruit d'eau attira mon attention. Un torrent ? Un ruisseau, plutôt. Qu'importe : de l'eau, c'était toujours bon à prendre. Me dirigeant à l'oreille, j'infléchis notre progression jusqu'à trouver un filet d'eau claire qui dévalait la colline en serpentant parmi les arbres et les rochers.

– Soif…

J'assis Dunja entre deux pierres et pris de l'eau dans mes mains en coupe. Elle but longuement et à plusieurs reprises, avant de se laisser retomber en arrière. Elle était encore plus pâle qu'à l'ordinaire. Dans l'ombre, son visage faisait une tache effrayante de blancheur. Sans le sifflement de sa respiration oppressée, on eût pu la croire morte.

– Dunja… Dunja, tu m'entends ? Ça va aller, tu vas voir. Tu m'entends ?

Elle grogna, trop faible pour parler.

– Ne bouge pas. Je vais aller voir là-haut, comment ça se présente. J'en ai pour une minute, je reviens tout de suite. Ne bouge pas, hein ?

Délestée de son poids, je volai de rocher en rocher. Je n'eus pas à aller loin. Une dizaine de mètres plus haut, la pente se changeait en replat, à la façon d'une terrasse parfaitement masquée par les arbres en rideau. Le ruisseau y formait un bassin, dont le trop-plein dévalait à travers les rochers. Plus haut, il s'écoulait à pic de la falaise, en une mince chute d'eau qui rebondissait sur la roche en surplomb. Au pied de la cascade, la paroi, creusée sur une profondeur d'environ deux mètres, offrait un abri idéal.

Au risque de me rompre le cou, je dévalai la pente en courant pour annoncer la bonne nouvelle à Dunja.

– J'ai trouvé ! Il y a une sorte d'abri sous roche, là-haut. Tu y seras bien, tu verras…

Elle parvint à sourire.

– B… bien ?

– Il faut juste grimper jusque-là. Tu y arriveras ? Attends, je vais t'aider.

En poussant sur mes jambes, je parvins à la relever. Il nous fallut longtemps, très longtemps pour arriver là-haut mais, en nous aidant des mains et des genoux, nous y parvînmes enfin, alors que le soleil, pénétrant à travers les branches déjà couvertes de feuilles vert tendre, faisait luire la cascade et donnait à notre refuge des allures de grotte de conte de fées.

J'étais en nage. Je retirai mon manteau et en fis un matelas où j'allongeai Dunja le plus confortablement possible. Les narines pincées, les lèvres presque invisibles à force d'être blanches, elle respirait très fort, à petits coups pressés. Avec mon mouchoir, j'épongeai la sueur de son front.

– Dunja... Tu m'entends ?

Elle eut un signe de tête imperceptible.

– Je vais regarder ta blessure. Je ne te ferai pas mal.

Je détachai son ceinturon, alourdi par l'étui du Mauser, et ouvris sa veste. Prudemment, j'en écartai les pans. Dessous, elle portait une chemise de lin et un gilet d'homme, littéralement rouges de sang sur tout un côté. Combien en avait-elle perdu ? Épouvantée, je chassai toute autre idée pour me concentrer sur ma tâche. Je déboutonnai sa chemise, mais n'essayai pas de l'ouvrir. Le sang avait coagulé et l'étoffe adhérait à la plaie. En tirant dessus, je la ferais souffrir et risquais d'aggraver la blessure. Plusieurs fois de suite, j'allai tremper mon mouchoir à la cascade et l'essorai au-dessus du vêtement. Dunja tressaillit un peu au contact de l'eau glacée mais n'émit aucune plainte. Lorsque j'estimai le tissu assez détrempé, je le décollai doucement de sa peau. Elle avait les seins bandés, comprimés par une large écharpe blanche. Juste au-dessous, à hauteur des dernières côtes, la chair était tuméfiée, presque noire, sur une surface de quelques centimètres autour d'un petit trou sanglant, aux bords déchiquetés.

– C... combien de trous ? souffla Dunja.

– Comment ça ?

– Regarde derrière... deuxième...

Je la fis basculer sur le côté. En effet, dans un axe légèrement de biais par rapport au premier, un second trou, plus petit, plus net, marquait presque le milieu du dos.

– Deux. C'est... bien, reprit Dunja.

Je compris enfin où elle voulait en venir. La balle avait pénétré dans le dos, pour ressortir par le côté, la traversant de part en part. Sans rien pour l'extraire, il valait mieux, assurément, qu'elle ne fût pas restée à l'intérieur. Restait à savoir quels dégâts elle avait commis au passage. Je ne connaissais pas grand-chose à la médecine, mais tout de même assez pour avoir entendu parler d'hémorragie interne. Que la balle fût ressortie ne prouvait rien, elle pouvait avoir perforé un poumon ou touché un organe vital.

– Sacoche, fit-elle en désignant son ceinturon.

Une giberne de cuir y était accrochée. J'y trouvai plusieurs paquets de cartouches, du savon, un briquet, de la gaze emballée dans du papier ainsi qu'un petit flacon contenant une poudre violette. Du permanganate de potassium, destiné à désinfecter et assécher les plaies. Dans la même pochette, du fil noir et une aiguille courbe.

Dunja grimaça un sourire.

– J'espère que tu sais toujours... aussi bien coudre, petite Ana.

Un frisson me parcourut des pieds à la tête et ma vue se brouilla. Ce n'était pourtant pas le moment de flancher. Je secouai la tête et répondis, téméraire :

– Je te fais une reprise ou un ourlet ?

Elle posa sa main sur la mienne.

– Je te fais... confiance.

Eh bien tant mieux car, en ce qui me concernait, j'aurais volontiers tout donné pour voir poindre une croix rouge à l'horizon quelque peu bouché de mes capacités chirurgicales. Sans rien en laisser paraître, je me préparai à l'opération. Il fallait tout prévoir, surtout ne rien laisser au hasard. Voyons... Il y aurait besoin de bande, pour faire tenir le pansement final. Sous le bras de Dunja, je trouvai l'épingle qui tenait serré le bandage entourant sa poitrine. Je le défis, en la soulevant le moins possible. Ses seins apparurent, pâles et émouvants. Elle respira tout de suite plus librement. Pourquoi s'imposait-elle cela ? J'enroulai soigneusement l'étoffe et la posai à côté du reste, puis, quittant ma veste, je la glissai sous la tête de Dunja en guise d'oreiller. Je la soulevai et, à l'aide d'une grosse pierre que je déplaçai à grand-peine, lui calai le dos afin qu'elle reposât sur le côté gauche. Avec mon mouchoir, je lui liai solidement les poignets derrière la nuque, faute d'assistant pour les lui tenir pendant que j'opérerais. Enfin, je lui tendis à mordre son propre ceinturon, délesté de sa giberne et du lourd pistolet.

– Désolée, ce sera sans anesthésie...

Sans répondre, le souffle oppressé, elle serra les dents sur le cuir épais.

Je retroussai mes manches et, à l'aide du savon, me lavai longuement les mains à la cascade, en m'efforçant de maîtriser leur tremblement. Ayant soin de ne plus rien toucher, je revins m'accroupir près de Dunja.

– Je vais faire le plus vite possible.

Sans plus la regarder, la bouche sèche, j'enfilai une bonne longueur de fil sur l'aiguille, préalablement passée à la flamme puis, sans façons, je l'enfourchai de façon à bloquer du mieux possible ses cuisses entre les miennes, prête à la cavalcade qui n'allait pas manquer de suivre.

Je commençai par la blessure du dos, la plus petite et la plus propre. La moins sensible aussi, sans doute. Trois ou quatre points suffiraient, me figurai-je. La fatigue, l'émotion provoquaient une étrange réduction de mon champ visuel, comme il arrive parfois lorsqu'on a lu trop longtemps. Le petit trou qu'avait laissé le projectile m'apparaissait gigantesque, je ne voyais que lui, comme à travers une loupe puissante, et rien autour. C'était peut-être mieux. Je pris une bonne inspiration et enfonçai résolument mon aiguille en pleine peau.

Comme prévu, Dunja fit un saut de carpe, mais je tins bon et me contentai d'affermir ma prise, sourde aux pitoyables plaintes qu'elle ne pouvait retenir entre ses dents serrées. Si elle n'avait pas eu les mains liées, j'aurais pris son poing en pleine figure. Sans attendre, je repassai l'aiguille, deux fois, trois fois, quatre fois, balancée comme sur une mer furieuse. Je stoppai le fil, relevai l'aiguille.

– Et d'une. À l'autre, maintenant.

Nouveau fil. La chose était cette fois-ci plus délicate, la plaie plus béante, les lèvres moins nettes. Nouveau coup d'estoc. Le sang jaillit. Nouvelle embardée de ma blessée. Je ne lui laissai cependant pas le moindre répit, insensible à ses cris étouffés. Je me concentrai sur ma tâche. Du point de croix, rien de plus. Une sorte de point de croix. Pas la tapisserie de Bayeux mais de la belle ouvrage tout de même. Madame Roland serait fière de moi. Concentrée. Tellement que je ne songeai même pas à tourner de l'œil.

– Et voilà, fini !

Je respirai un bon coup. Sans m'en rendre compte, j'avais retenu ma respiration pendant toute la fin de l'opération. Mes mains se remirent à trembler, de manière incoercible.

– Dunja, tu m'entends ? C'est fini.

Elle s'était évanouie. Sans attendre, je lui déliai les poignets et pris son pouls. Il était un peu rapide, mais régulier. Rassurée, je profitai de sa pâmoison pour terminer le travail. Avec mon canif, je commençai par couper l'excédent de fil puis partageai la gaze en trois morceaux égaux. Je me servis du premier pour nettoyer les blessures du sang qui n'avait pas manqué de couler à nouveau. Des deux autres, je fis des pansements, que je saupoudrai copieusement de permanganate. Le plus difficile fut de les faire tenir. Toujours inconsciente, Dunja ne m'aidait pas et la soulever à plusieurs reprises pour faire passer la bande fut une épreuve dont je m'acquittai cependant tant bien que mal. C'était terminé. Je la remis doucement à plat dos et rabattis sur son torse nu les pans de ses vêtements et de mon manteau. Quant à moi, j'étais en nage. Je retournai me laver le visage et les mains à la cascade. L'eau froide me rendit les idées plus claires. Je retournai m'asseoir au chevet de Dunja. Elle respirait déjà de façon plus paisible. S'il n'y avait pas de complications, elle était tirée d'affaire, au moins provisoirement. Mais nous n'étions pas sauvées pour autant. Si nous avions de l'eau plus qu'en suffisance, il faudrait bien manger. Nous n'avions pas une miette de pain. Où trouver à manger dans la montagne au printemps ? Ce n'était pas encore la saison des baies et des champignons et je me voyais mal poser des collets. Pas question de faire du feu, évidemment. Nous étions encore bien trop près de la ville. Il y aurait des patrouilles et la moindre lueur pourrait nous trahir, malgré la discrétion de notre cachette. Et les ours ? Y en avait-il dans cette partie de la montagne ? Je n'avais pas repéré de traces autour du bassin ni dans la grotte mais cela ne signifiait pas qu'il n'en vînt jamais. Attirés par l'odeur du sang… Bien sûr, il y avait le pistolet de Dunja… Mais je n'avais jamais tenu d'arme à feu et je les considérais avec méfiance. Je le sortis malgré tout de son étui. Mauser C96, m'avait-elle dit, semi-automatique, le dernier cri de l'industrie armurière allemande, que son étui-crosse permettait de changer si besoin en petite carabine. C'était astucieux, lourd et un peu effrayant. Non dénué d'élégance, cependant, il fallait bien le reconnaître. Surtout entre les mains de Dunja. Les belles mains fines de Dunja. Un flot d'images me revint en mémoire. Nos leçons à Spalato. Ce petit bout de langue qu'elle tirait pour écrire… La caresse de ses doigts sur mon épaule nue… Et l'autre matin, dans sa chambre. Comme elle était belle… Belle et fatiguée : elle n'avait pas dormi de la nuit…

L'évidence me frappa soudain en plein cœur.

Comment avais-je pu être aveugle à ce point ?

J'aimais Dunja.

Pas comme une amie, pas comme une grande sœur.

J'étais amoureuse de Dunja.

Depuis le début. Depuis toujours. Je n'avais jamais cessé de l'aimer. Même pendant ces dix années de séparation, son absence même avait été une présence. Et j'avais cru aimer Anatole. C'était faux. Je ne l'avais jamais aimé, jamais. Lui non plus : il s'était servi de moi, c'était tout. Je ne l'avais pas aimé.

J'aimais Dunja.
C'était bien ma veine.

Parce que… Comment imaginer qu'elle pût m'aimer un jour ? Elle avait tout, elle était tout ce que je n'étais pas. Même dans les pommes, avec ses traits tirés, ses yeux cernés, ses lèvres gercées, elle restait infiniment belle. Par sa bouche entrouverte, on apercevait cette incisive un peu de travers. Son charme… Et maintenant que je savais, comment l'oublier ?

D'un doigt hésitant, je parcourus son visage, de la tempe aux lèvres, en suivant la courbe de la joue. Le désir et le regret se firent presque douloureux. Ce fut une impulsion : sans vergogne, je me penchai sur elle et posai sur ses lèvres un baiser. Léger, furtif, impalpable, à l'image de ce que serait à jamais mon amour… Notre premier et, vraisemblablement, notre dernier baiser.

Je relevai la tête. Elle me regardait, les yeux grands ouverts, étonnée.

Flûte.

Et reflûte. C'était moi la princesse, dans tout ça, et je n'avais rien de bien charmant. De quel droit inversais-je ainsi les rôles ? J'allais me retirer, balbutier une excuse quand une main ferme m'empoigna la nuque et me plaqua la bouche contre ses lèvres qui s'ouvrirent pour un long, long, long baiser.

Elle se détacha soudain, détourna la tête.

– Non ! Il ne faut pas, souffla-t-elle.

– Mais pourquoi ? répondis-je, sur un ton presque implorant.

– Marion…

– Marion ? Quoi, Marion ? Qu'est-ce qu'elle vient faire là-dedans ?

– Eh bien... tu l'aimes, non ?

– Hein ?

– Mon agent, à Saint-Lazare...

La lumière se fit soudain en moi. Tout s'expliquait enfin ! La mauvaise humeur de Dunja, son agressivité envers Marion... Elle était jalouse. Tout simplement jalouse !

– Eh bien laisse-moi te dire que ton agent ne t'a pas si bien renseignée que ça. À Saint-Lazare, si Marion a fait courir le bruit que nous étions amantes, c'était pour qu'on me fiche la paix !

– Quoi ? Alors, tu n'es... vous n'êtes pas ensemble ?

– Non, on n'est pas ensemble, non ! m'écriai-je, en colère. Tu n'avais donc pas besoin d'être si méchante avec elle, tu vois ! Marion m'a aidée, elle m'a protégée. Et, en plus, figure-toi qu'elle n'aime que les garçons ! D'ailleurs, elle couche avec Patrizio.

– Hein ?

– Zut, il ne fallait pas le dire...

– Patrizio, hein ! Ce petit drôle... Il va m'entendre !

– Il n'entendra rien du tout. Tu vas leur ficher la paix, à eux aussi ! Ils vont très bien ensemble, ils seront très heureux.

– Tu es encore plus jolie quand tu es en colère, petite Ana...

– Je ne suis pas jolie !

– Si. Et tu es bien la seule à ne pas t'en rendre compte...

– J'ai une tête de souris !

– C'est joli, une souris.

– Flûte !

– Je t'aime.

Ma colère tomba d'un seul coup.

– Hein ? Tu m'aimes ? Moi ?

– Depuis toujours, Ana.

– Attends, tu… tu veux dire que tu es *amoureuse* de moi ?

– Oui. À la folie. C'est bête, hein ?

– Bête ? Non… Pourquoi ce serait bête ?

– Tu ne m'en veux pas ?

– T'en vouloir ? Pourquoi t'en voudrais-je ?

– Tu vas continuer longtemps à répéter tout ce que je dis ?

– Répéter ? Pourquoi… euh, pardon. Dunja ?

– Oui ?

– Je peux t'embrasser encore une fois ?

– Oui.

– Euh… Dunja ?

– Oui ?

– Je t'aime.

Nous restâmes un long moment allongées l'une contre l'autre. J'avais le nez dans son cou, picoté par les courts cheveux de sa nuque, tout empli d'un parfum dont je savais déjà ne jamais pouvoir me rassasier. Notre second baiser avait été si passionné que sa chemise avait glissé, découvrant sa poitrine. Ma main s'était posée sur l'un de ses seins, dont je sentais la pointe dure érigée sous ma paume, comme la promesse informulée de bien d'autres délices.

– Et maintenant ? murmurai-je.

– Rien. Il faut attendre, répondit-elle sur le même ton.

– Tu n'as pas trop mal ?

– Un mal de chien… mais ça ira. Je crois. Merci, petite Ana, tu t'es bien débrouillée.

Je lui touchai le front.

– Tu es brûlante.

– Normal… Le contrecoup. Ça va passer. On partira… demain.

– C'est trop tôt. Tu dois encore te reposer…

– On n'a rien à manger, n'oublie pas… Et puis les autres doivent nous chercher. Il faut…

Elle n'acheva pas. Elle dormait déjà.

Je remis ses vêtements en ordre et allai tordre mon mouchoir à la cascade pour le lui poser sur le front. Malgré toute la précarité de notre position, je ne m'étais pas sentie aussi légère depuis des mois. J'aurais pu danser sur place, battre des mains, hululer à tous les échos de la montagne, me livrer à mille folies. Je me contentai de m'étendre à nouveau auprès d'elle et de m'endormir à mon tour.

La fraîcheur me réveilla. La fraîcheur et la faim. Il ne faisait pas encore nuit mais le soleil était passé de l'autre côté de la montagne et nous étions dans son ombre. Je ne redoutais pas tant la faim que de passer une nuit sans feu. La belle saison était encore loin et les aubes encore humides à cette altitude. Dunja reposait paisiblement. Je renouvelai la compresse sur son front et, n'ayant plus rien à faire, pris le parti de veiller.

La nuit se déroula sans incident. Je l'employai à geler sur place et à savourer l'extraordinaire diversité sonore de la vie nocturne de nos belles montagnes. Au lever du jour, je dénouai un par un mes doigts de la crosse du Mauser et j'éveillai doucement Dunja. Un baiser n'y suffisant pas cette fois, je dus la secouer un peu.

– Ça va ?

– *Hmgr...* Je te dirai ça quand cette maudite montagne arrêtera de tourner...

– Tu pourras marcher ?

– Faudra bien...

– On va y aller en douceur.

C'était bien sûr un euphémisme. Dunja tenait à peine debout. Il fallut une bonne demi-heure pour descendre de notre perchoir. Continuer à travers bois était impossible dans ces conditions, nous dûmes rejoindre le sentier. Brûlante de fièvre, elle boitillait, presque couchée sur mon épaule, malgré le bâton que je lui avais taillé. Nous n'irions pas bien loin ainsi. À tout moment, nous pouvions tomber sur une patrouille. Les combats s'étaient tus, en bas, et je m'inquiétais pour les autres. Pour Marion, surtout. Avait-elle réussi à s'échapper ? Je l'espérais de tout mon cœur. Je ne me voyais pas expliquer à Patrizio qu'il l'avait perdue faute au caprice d'un général aux pieds sensibles. D'ailleurs, si elle était en vie, sans doute s'inquiétait-elle pour moi, elle aussi. J'aurais aimé la rassurer. Non seulement la rassurer, mais surtout lui raconter le grand bonheur qui m'arrivait. Jamais je ne m'étais sentie si heureuse et légère, malgré toute la précarité de notre situation.

Nous faisions des pauses fréquentes. De plus en plus fréquentes, et de plus en plus longues à mesure que Dunja s'affaiblissait. À midi, au plus haut du soleil, nous tombâmes à l'ombre d'un pin. Nous n'avions pas retrouvé d'eau, j'avais déjà la gorge sèche comme de l'étoupe, une grosse boule de coton qu'un pauvre restant de salive ne suffisait pas à faire passer. Ce devait être bien pire pour Dunja. Depuis quelque temps, son souffle s'était fait rauque, elle ne cessait de trébucher. À peine fûmes-nous à terre qu'elle sombra dans une sorte de torpeur dont rien ne put la sortir. Il devenait impossible de continuer. Que faire ? La laisser pour aller chercher du secours ? Il pouvait arriver n'importe quoi. Attendre avec elle qu'elle aille mieux ? Mais par quel miracle irait-elle mieux ? Il lui fallait des soins, de la nourriture, un lit...

J'en étais là de mes réflexions lorsque un buisson remua soudain, à quelques pas à peine. Un ours ? Un chien ? Pire : un homme ? Le cœur battant la chamade, je dégrafai l'étui du pistolet. L'arme était lourde entre mes mains tremblantes. J'assurai cependant ma prise et, la sueur me dégoulinant dans les yeux, j'attendis. Si c'était un ours, je n'aurais pas droit à l'erreur. À moins que la seule détonation ne le fasse fuir. Avant d'alerter tout ce que la montagne comptait certainement de soldats. Si c'était un homme... Eh bien, il faudrait bien le tenir en respect, jusqu'à ce que... Le buisson bougea plus fort, comme agité par une tempête minuscule. Je levai le pistolet dans sa direction, le doigt sur la détente. Les branches s'agitèrent encore une fois puis, dans un joli bruit de sonnaille, une chèvre déboucha sur le sentier.

Une chèvre. Qui dit chèvre dit lait de chèvre. J'avais suffisamment fréquenté de biquettes dans ma prime jeunesse pour savoir comment les prendre. Celle-ci ne m'échapperait pas. Je me levai sans faire de mouvement brusque. Aussi étonnée que moi, elle me regardait avec curiosité et même, m'imaginais-je, avec une certaine sympathie.

– Ne bouge pas, biquette... Ne bouge surtout pas...

Elle ne bougea pas. La traire serait un jeu d'enfant. Restait la question du récipient. Nous n'en n'avions pas. Pas même un chapeau.

Tant pis, d'abord boire. Ensuite en garder dans ma bouche, assez pour Dunja. Du lait de chèvre, c'était encore mieux que de l'eau pour la requinquer.

J'approchai de la chèvre et lui flattai l'encolure.

– C'est bien, ma jolie, c'est bien... Laisse-toi faire...

Je me tordis la tête sous sa mamelle et m'emparai d'un des deux pis. Elle n'avait pas encore été traite. Parfait. Le liquide chaud, un peu fort, me coula sur le menton, dans le cou mais j'en attrapai suffisamment pour pouvoir boire. Un peu. Il en fallait pour Dunja, maintenant...

– C'est ma chèvre.

Je sortis précipitamment la tête de dessous l'animal, la main sur la crosse du pistolet.

– C'est ma chèvre, répéta une voix jeune. Celle d'un petit garçon d'une dizaine d'années qui venait à son tour de prendre pied sur le chemin.

– Excuse-moi, j'avais très soif. Et mon amie, là-bas, est malade...

– Qu'est-ce qu'elle a ?

– Elle est blessée. Est-ce que je peux prendre du lait, pour elle ? Je peux te le payer...

Il sortit une timbale de la besace qu'il portait en bandoulière et me la tendit. Je me remis à traire, retrouvant les gestes de mon enfance.

– À ton âge, j'avais des chèvres, moi aussi.

– Vous êtes la princesse ?

La question me désarçonna.

– Oui… tu m'a reconnue ?

– Il y a votre image, à la maison. Ma maman m'a dit que vous alliez revenir. C'est vrai ?

Merci maman, une fois de plus.

– C'est vrai. D'ailleurs, tu vois, je suis là… Viens, tu vas m'aider à faire boire mon amie.

Il la soutint tandis que je versais le liquide entre ses lèvres desséchées. Elle commença par le rejeter puis, peut-être par réflexe, se mit à boire avec avidité. Ses yeux s'entrouvrirent, sans qu'elle parût me reconnaître. Lorsqu'elle eut vidé la timbale, j'aidai le petit pâtre à la rallonger.

– Comment t'appelles-tu ?

– Tomo, madame.

– Elle habite loin, ta maman ?

– Non, le village est tout près. Par là…

– Il y a des soldats ?

– Non.

– Écoute, Tomo, tu voudrais bien aller prévenir ta maman que nous sommes là ? Je ne veux pas laisser mon amie toute seule, tu comprends ?

– Oui.

– Tu ne le diras à personne d'autre, n'est-ce pas ?

– Non.

– Fais vite, alors. Tu peux laisser ta chèvre ici, je m'en occuperai, ne crains rien.

Il ne lui fallut pas longtemps pour revenir, accompagné d'une petite femme vive, aux traits prématurément creusés par le travail et le grand air. J'étais assise au pied du pin, la tête de Dunja sur les genoux. Elle s'accroupit devant moi et me dévisagea, éberluée, n'en pouvant manifestement pas croire les magnifiques yeux bleus qui éclairaient son visage tanné.

– Votre Altesse...

– J'aurais besoin de votre aide, madame... Pouvez-vous nous accueillir sans danger ?

Sa décision fut vite prise, et sans calcul.

– Ma maison est la première du village. Nous passerons par derrière. Personne n'en saura rien.

Elle était forte, malgré sa petite taille. À nous deux, nous pûmes remettre Dunja debout et, moitié la portant, moitié la traînant, ne mîmes pas longtemps à parvenir en vue d'une chaumière qui, effectivement, masquait une poignée de maisons aux murs blanchis à la chaux. Par mesure de précaution, la femme envoya cependant le petit Tomo s'assurer que la voie était libre, avant de pénétrer dans la maison par une porte basse qui menait au potager et à un minuscule poulailler. La femme coucha Dunja dans son propre lit, un lit-placard encastré dans une cloison de bois décorée de couleurs vives. Deux ou trois enfants, pauvrement mais proprement mis, nous regardaient depuis la porte. La femme ordonna à l'aînée d'apporter de l'eau chaude et des linges propres. Sans attendre et sans chichis, elle déshabilla Dunja, défit le pansement et examina sa blessure. Elle ne commenta pas mes talents de couturière, se contentant d'apprécier l'état de la plaie et les progrès de la cicatrisation. Elle avait un air de compétence qui me rassurait un peu.

– Vous avez l'air de vous y connaître.

Elle sourit brièvement.

– J'avais entamé des études d'infirmière, avant de revenir me marier au village… Et puis, à la campagne, il faut savoir tout faire.

– Votre mari…

– Je n'ai plus de mari. Le tyran me l'a pris.

Cela dit simplement, sans apitoiement.

– Vous êtes donc seule avec…

– Avec quatre enfants, oui.

Elle souleva l'une des paupières de Dunja et lui prit le pouls.

– Cette jeune femme est solide. Elle s'en sortira. Il lui faut simplement du repos et l'aider un peu contre cette fièvre.

L'adolescente était revenue avec un broc d'eau chaude et une paire de torchons. Par dessus l'épaule de sa mère, elle jetait des regards curieux à la blessure de Dunja. La femme lava de nouveau la plaie, avec beaucoup de soin.

– Je vais préparer un emplâtre qui hâtera la cicatrisation.

Posément, elle rassembla un bouquet d'herbes odorantes qu'elle broya dans un mortier mélangées à de l'huile. Puis elle étala la mixture sur deux carrés de tissu repliés qu'elle appliqua sur les cicatrices. Je l'aidai à refaire le bandage. Il fallut ensuite faire boire à Dunja une grande quantité d'une décoction vert pâle à l'odeur douceâtre.

– C'est à base d'écorce de bouleau. Ce n'est pas forcément très bon, mais ce sera efficace contre la fièvre. Nous lui en redonnerons autant qu'il faudra. Venez, maintenant, laissons-la se reposer.

Je la suivis dans la cuisine, talonnée par la troupe enfantine. Tout comme la chambre, la pièce était pauvrement meublée mais d'une propreté irréprochable. Dans un coin, sur le mur, des images pieuses voisinaient avec un chromo où je n'eus aucun mal à reconnaître ma mère. Ma mère au même rang que la Vierge, voilà qui en disait long sur la ferveur des habitants pour cet autre moi-même qui, par avance et sans le savoir, m'avait ouvert bien des cœurs.

– Vous n'avez sûrement pas mangé, Votre Altesse. Je vous prépare quelque chose.

Ce n'était pas de refus. Deux larges tranches de pain tartinées de caillé complétèrent un grand bol de soupe que les enfants me regardèrent avaler en ouvrant de grands yeux tandis que leur mère, assise en face de moi, le plus petit sur les genoux, se présentait enfin.

– Mon nom est Sunčana, Votre Altesse, Sunčana Dolovna. Et voici ma petite famille : Zora, Dražan, Divna et Tomo, que vous connaissez déjà. Nous sommes très honorés de vous recevoir. Je le dis sincèrement. Bien entendu, vous resterez le temps qu'il faudra...

– C'est moi qui vous remercie, madame. Je ne sais pas ce que nous serions devenues sans vous. Mais... je ne voudrais pas vous causer d'ennuis.

– Nul n'en saura rien, Votre Altesse. Personne ne vous a vues et les enfants ne parleront pas.

– Vous... savez ce qui s'est passé l'autre soir ?

– Nous avons entendu tirer toute la nuit, en bas. Au matin, un garçon du village est allé aux nouvelles. C'était difficile. Toute la ville était occupée par la Garde noire.

– Avez-vous su pour les autres ? Pour les gens qui m'accompagnaient ?

– On dit que les « bandits » ont été chassés de la ville et se sont enfuis dans la montagne. On n'en sait pas beaucoup plus long, sinon qu'il y a sûrement eu des morts, de part et d'autre. Le garçon a vu une dizaine de corps, alignés sur la place, mais n'a pas su dire de quel bord ils étaient. Mais rien n'est sûr, il y a des bruits de toutes sortes. On dit que le maire a disparu, que sa famille a été arrêtée… On dit que les traîtres seront châtiés. Les gens ont peur.

– Pas vous ?

– Oh ! moi…

Son regard se perdit un instant au-delà des murs de sa maison, puis elle reprit :

– Je n'ai pas toujours été telle que vous me voyez, Votre Altesse. Je vous l'ai dit, j'avais fait quelques études et mon mari était instituteur, là, en bas. C'était un homme bon, à la fois estimé et respecté. Mais il se mêlait de politique et ne faisait pas mystère de ses opinions. Un matin, à l'aube, ils sont venus le chercher… Je ne l'ai plus jamais revu. Et puis il a fallu partir, faute d'argent. Cette maison me venait de la famille de ma mère. Nous nous y sommes réfugiés.

Elle se tut. Je ne savais que répondre. Elle ne quémandait manifestement aucune commisération. Son courage et sa dignité m'en imposaient et me déterminaient à aller jusqu'au bout, quoi qu'il m'en coûtât. C'était pour des gens comme elle, comme la petite Svanka de l'auberge, qu'il me fallait redevenir princesse. Pas pour Gerner et ses « patriotes ». Ces gens souffraient. Ils comptaient sur moi, il n'était pas question de les décevoir.

– Vous tombez de sommeil, Votre Altesse… Allez vous reposer, je vous en prie. Par contre, vous serez obligée de dormir avec votre amie. Je n'ai pas d'autre lit à vous offrir.

– C'est le vôtre, en vérité. Et vous ? Où dormirez-vous ?

– Dans l'autre chambre, avec les enfants. Ne vous inquiétez pas.

Je me glissai près de Dunja et m'endormis aussitôt. Je dormis jusqu'au soir. À mon réveil, je trouvai Sunčana à notre chevet. Il faisait noir. Une chandelle était posée sur la table.

– Je vais vous apporter à manger. Mieux vaut pour l'instant que vous ne sortiez pas de cette pièce, mais vous pouvez garder la lumière, j'ai calfeutré la fenêtre, personne ne vous verra.

Elle posa sa main sur le front de Dunja et reprit son pouls.

– Comment va-t-elle ?

– Pas plus mal, je dirais… Pas beaucoup mieux. Il faut du temps. Nous allons lui redonner de l'écorce de bouleau, je pense que nous devrions commencer à avoir des résultats demain matin.

Sunčana ne s'était pas trompée. Le lendemain, Dunja allait en effet un peu mieux. Elle était consciente et parvint même à s'alimenter un peu. Je tuai le temps en lavant sa chemise et son gilet, avant de les raccommoder. Il n'y avait certes pas de quoi occuper toute une journée, d'autant qu'il m'était impossible de sortir, personne ne devant soupçonner que nous étions dans la maison. Je pris néanmoins mon mal en patience et me consacrai avec dévouement à mes nouvelles fonctions de garde-malade.

Il en fut ainsi pendant trois jours, au terme desquels Dunja, s'il n'était pas question qu'elle se levât, récupéra toutefois suffisamment pour soutenir une conversation.

– Comment te sens-tu ?

– Moulue. Grain fin.

– Quelle idée, aussi, de se faire tirer dessus...

– Je ne le ferai plus. Où sommes-nous ?

– Chez quelqu'un de bien. Elle s'appelle Sunčana. Je n'aimerais pas lui attirer des ennuis.

– Compris. On partira dès que possible. J'y travaille.

– Sommes-nous loin du point de rendez-vous ?

– Je ne sais pas exactement. J'ai perdu le fil, à un moment. Cette femme, Sunčana, peut-être le sait-elle ?

Je l'appelai.

– La Dent du Loup ? C'est à environ une lieue d'ici, un peu plus, vers l'est.

– Pensez-vous pouvoir nous trouver un messager ? Je dois joindre mon lieutenant. Il enverra une escorte armée.

– Tomo. Tomo pourrait y aller.

– Le petit garçon ?

– Il est débrouillard et il connaît bien la montagne. Il peut faire l'aller-retour dans la journée et guider vos hommes.

Dunja pesa le pour et le contre, puis se décida.

– Auriez-vous du papier et de l'encre, madame ? Ana, tu vas écrire un petit mot pour Gerner. S'il est encore vivant...

Je pris quelques lignes sous sa dictée puis sa mère fit venir le jeune garçon. Tout fier d'être promu courrier officiel de la princesse, il s'apprêta à partir sans délai, sitôt que nous eûmes cousu le message dans la doublure de sa veste.

– Sois discret, lui recommanda Sunčana. Et si tu rencontres quelqu'un, des soldats ou qui que ce soit qui t'interroges, tu vas voir ta tante à Bišla. Je vais te donner un pain et des œufs, pour elle.

Il était encore tôt dans la journée, Tomo partit immédiatement.

Il en avait bien pour deux ou trois heures par les sentiers de montagne et il ne reviendrait certainement pas avant la nuit. Dunja se rendormit. Quant à moi, je ravaudai encore un peu de linge, c'était bien le moins que je pusse faire pour notre hôtesse.

L'après-midi était calme, seulement marqué, çà et là, par une cloche lointaine, le meuglement d'une vache, le babil des petits devant la porte ou le bourdonnement d'une mouche contre le carreau. Peu à peu, l'inquiétude s'était tue et je me laissai aller à une douce torpeur quand celle-ci fut brusquement interrompue par l'irruption de Sunčana.

– Les soldats ! Ils sont dans le village, ils viennent par ici ! Il faut vous cacher !

Je me dressai sur mes pieds.

– Nous cacher ? Mais où ?

– Je ne sais pas ! Mon Dieu, ils arrivent !

– Sunčana, sortez, retenez-les un instant ! Je dois...

Idiotes que nous étions ! Nous n'avions même pas prévu de solution de repli ! Je m'emparai du Mauser, posé sur chaise. Dunja s'était réveillée.

– Ana, qu'est-ce que tu fais ? Ne fais pas l'idiote ! C'est toi qu'ils cherchent, sauve-toi !

– Sans toi ? Pas question !

Elle voulut se lever. Retomba.

– Fous le camp, je te dis !

– Zut, je reste !

Je me postai devant le lit, l'arme braquée, tenue des deux mains. Il y eut soudain du bruit dans la maison. La porte enfoncée à coups de crosse. Un piétinement de bottes. Sunčana cria, un petit se mit à pleurer.

La porte de la chambre s'ouvrit à la volée. Je tirai au jugé. La détonation fut assourdissante et le recul faillit me casser le poignet. La balle alla se perdre dans le chambranle.

– Attention, elle est armée !

Un géant moustachu, tout vêtu de noir, se précipita pour me désarmer.

Les autres braquèrent leurs fusils.

Nous étions prisonnières.

Chapitre 4

Quatre jours.

Cela faisait quatre jours que j'étais enfermée dans cette chambre.

Quatre jours à marcher de long en large, de la porte à la fenêtre, de la fenêtre à la porte.

Quatre jours à en secouer en vain les verrous et les grilles.

Quatre jours que j'étais séparée de Dunja.

Quatre jours à envisager les pires hypothèses…

Ils l'avaient tuée, jetée sans la soigner dans un cul de basse-fosse…

Torturée, peut-être…

Quatre jours et quatre nuits sans dormir, sinon d'un bref sommeil hanté de cauchemars.

Le jour allait se lever. Roulée en boule sur le lit, j'essayais de réfléchir. En vain. Telle une lourde meule, mes pensées roulaient sans fin sur elles-mêmes, pour toujours en revenir au même point : qu'avaient-ils fait de Dunja ?

C'était une idée fixe, une obsession. Au point d'en négliger mon propre sort.

J'étais pourtant bel et bien à la merci de mon adversaire. De mon pire ennemi.

À la merci de mon oncle.

Nous n'avions pas été malmenées. Les soldats devaient avoir des ordres. S'étant assurés que nous n'avions pas d'armes cachées, ils avaient chargé Dunja sur un brancard et nous avaient ramenées à Doronitza. La petite ville était déserte et silencieuse, la population consignée chez elle. Nos gardiens devinrent cependant nerveux en arrivant sur la grand-place. Une contre-attaque restait envisageable. Mais il ne se passa rien. Pas trace de Gerner ni de ses patriotes, non plus que des hommes de Dunja. Où étaient-ils ? Étaient-ils parvenus à s'enfuir ? On nous avait fait monter dans un lourd fourgon à quatre chevaux stationné devant l'hôtel de ville. J'avais demandé à voir le maire. On ne m'avait pas répondu et la voiture s'était mise en route.

Dunja somnolait. Elle avait à nouveau de la fièvre. De temps à autre, un cahot de la route lui arrachait un grognement. À l'autre bout du fourgon, un soldat nous guettait du coin de l'œil, le fusil entre les jambes, d'un air indifférent de brute au repos.

Le trajet, interminable, monotone.

Et puis à nouveau, à la tombée de la nuit, le bruit des pavés sous les roues, une ville. Par l'étroite fenêtre grillagée, je n'avais aperçu que peu de choses de la capitale. De hautes maisons à colombages, des fragments de rues tortueuses, des arcades, le glouglou d'une fontaine… Et puis le château. *Mon* château, en définitive, même si ma position actuelle n'encourageait guère au possessif. Une haute et blanche bâtisse qui dominait la ville de ses multiples tours, tourelles et lanternons. Une folie à la Louis II de Bavière, un vrai château de conte de fées mais aussi, malgré les apparences, une authentique forteresse, à laquelle ne manquaient ni meurtrières ni mâchicoulis ni douves ni pont-levis. Une lourde herse s'était levée à notre approche et refermée en grinçant derrière nous. La voiture s'était arrêtée dans la cour d'honneur, au centre d'une vaste esplanade gravillonnée encadrée de bassins. Une grande femme sèche attendait sur le perron, entourée de soldats en tenue de parade. On nous avait fait descendre et la femme m'avait toisée de la tête aux pieds, sans dissimuler son mépris. D'un ton revêche, *Frau* Gerda s'était présentée comme ma gouvernante. Elle était chargée de me conduire à mes appartements et de veiller à ce que je ne manque de rien. J'avais protesté, refusé que l'on nous sépare. En vain. J'avais été conduite ici sous bonne escorte, tandis qu'on emportait Dunja je ne sais où.

Et cela faisait maintenant quatre jours.

Je n'avais vu personne d'autre que *Frau* Gerda, sinon une petite bonne silencieuse qui dressait puis desservait la table et retapait le lit que je n'avais pas ouvert. *Frau* Gerda assistait à mes repas. Elle ne m'adressait la parole que pour me donner des ordres, d'un ton sec de sous-maîtresse de pensionnat. J'avais d'abord refusé de manger. La même assiette m'était revenue, encore et encore, froide et figée, jusqu'à ce que je me décide à l'avaler en contenant mes nausées.

Le soleil se levait, à présent. Comme chaque matin, il vint frapper le mur, en face de l'unique fenêtre que comportait la petite chambre. Étroite et munie d'épais barreaux, elle donnait sur de larges douves pleines d'une eau noire, encombrée de roseaux. Au-delà, c'était les toits de la ville, des toits d'ardoises vernissées, étagés suivant la pente qui menait au château et puis, plus loin, les montagnes. Les montagnes où se terraient peut-être encore mes compagnons, s'ils n'avaient pas été exterminés. J'étais trop loin, trop haut pour appeler au secours. Du reste, qui m'entendrait ?

J'avais renoncé à la fenêtre.

Le bruit des verrous que l'on poussait me réveilla. Je m'étais donc endormie ?

Quelle heure était-il ? *Frau* Gerda entra dans la pièce. Elle portait sur le bras un vêtement jaune paille qu'elle jeta sur la courtepointe d'un air de dégoût.

– Levez-vous immédiatement. Son Altesse veut vous voir. Auparavant, vous enfilerez cette robe.

– Et si je refuse ?

Elle désigna, pressées dans l'entrée, trois grosses matrones aux allures de gardes-chiourme.

– Si vous préférez faire des manières, ces dames se chargeront bien de vous habiller. Vous avez le choix. Allons, pressez-vous, mon petit, Son Altesse n'aime pas attendre.

Je jugeai plus sage d'obtempérer. Au moins, il se passait enfin quelque chose ! Je me changeai derrière le paravent. La robe de soie, d'une coupe élégante bien qu'un peu désuète, sentait la naphtaline, comme si elle n'avait pas été portée depuis longtemps. *Frau* Gerda tira ici ou là pour l'ajuster, piqua une ou deux épingles et prit du recul pour juger de l'ensemble.

– Hum... Ça ira comme ça, je suppose. Maintenant, asseyez-vous, nous allons essayer d'arranger ces cheveux, fit-elle, réprobatrice.

Je les portais encore assez courts, il lui fut impossible de les rassembler en chignon. Elle dut se contenter de me les tirer en arrière et de les attacher pour les dissimuler sous un bonnet de dentelle à la mode du pays.

– Ah ! j'oubliais... Vous retirerez également vos lunettes, bien entendu.

Ces préparatifs achevés, elle me tourna, me retourna, m'examinant sous tous les angles.

– Bien. Son Altesse ne tardera pas. Vous allez l'attendre ici. Je vous recommande vivement la plus grande réserve en sa présence.

Je l'aurais volontiers envoyée promener, elle, sa réserve et ses habits de poupée, si je n'avais été mue par la curiosité de rencontrer enfin l'assassin de mes parents.

Je n'eus pas à attendre bien longtemps.

La porte s'ouvrit doucement et un homme entra, hésitant, presque avec timidité. Je me tenais près de la fenêtre et, sans lunettes, je n'y voyais pratiquement rien. Mais il s'approcha et je découvris un homme d'une quarantaine d'années, très grand, sanglé dans un uniforme bleu ciel qui faisait saillir de larges épaules de lutteur. Ses longs cheveux blonds, rejetés en arrière, dégageaient un front haut et pâle au-dessus du visage un peu bouffi, où saillaient des yeux très clairs, à fleur de tête. Une courte barbe encadrait la bouche, petite, aux lèvres sensuelles et vermeilles. Il me dévisageait en silence, les paupières et le coin de la bouche agités d'un tic nerveux. Malgré moi, j'étais impressionnée et, ne sachant quelle contenance prendre, je détournai la tête.

Enfin, il parla, d'une voix de basse, chaude et bien timbrée :

– C'est incroyable… Vous lui ressemblez *vraiment*. Malgré tout ce qu'on m'en avait dit, je ne voulais pas le croire. J'ai attendu, tergiversé… J'ai repoussé cet instant aussi longtemps que possible, de peur d'être déçu. Combien j'avais tort : vous êtes son portrait, son vivant portrait.

Il me prit doucement le menton et me força à le regarder en face.

– Tout y est. Ces yeux, ce visage… Un miracle, c'est un miracle.

– Un miracle d'avoir échappé à vos tueurs, monsieur, ne pus-je m'empêcher de lancer, hargneuse.

Il eut un haut-le-corps.

– Mes tueurs, Anne-Charlotte ? Que voulez-vous dire ?

– Vous avez tué ou fait tuer mes parents, monsieur. Et il s'en est fallu de peu que je tombe sous les coups de vos sbires !

Il parut sincèrement peiné de mon éclat.

– Encore cette histoire ! Ma pauvre enfant, ils auront donc réussi à vous tromper, vous aussi. C'est cet infâme Gerner, n'est-ce pas ? Ce traître assoiffé d'intrigues, il vous aura conté ses mensonges. Comment vous convaincre, après cela ? Écoutez : j'aimais votre mère, Anne-Charlotte. Je l'aimais d'un amour sincère et parfaitement désintéressé. C'était la femme la plus merveilleuse, la plus… Comment aurais-je pu prêter la main à son assassinat ?

Décontenancée, je ne sus que me taire. Il y vit un encouragement et continua :

– Quant à vous… vous ! Si j'avais su, bien entendu, jamais… Mais tout est bien qui finit bien, je vous ai retrouvée. Anne-Charlotte, je vous ai connue toute petite, savez-vous ? Déjà, tout bébé, vous étiez jolie comme un cœur, mais si j'avais pu prévoir… une telle ressemblance ! Anne-Charlotte… laissez-moi vous regarder, à nouveau.

Il me caressa le visage d'une grande main molle et un peu moite.

– Je vous ai retrouvée. Nous ne serons plus séparés, maintenant. Vous vivrez ici, avec moi, au château. Ma pauvre, ma malheureuse enfant… Quand je pense à tout ce que vous avez dû endurer, à l'enfance que vous n'avez pas eue, je voudrais pouvoir remonter le cours du temps. Ah, comme vous auriez été gâtée ! Ma pauvre petite orpheline. J'aurais été un père, pour vous. Si seulement…

Ses yeux s'embuèrent. Il me prit les mains et les porta à ses lèvres, deux grosses larmes courant sur ses joues. J'étais éberluée. Je m'attendais à tout sauf à cela.

Je tentai de me ressaisir :

– S'il en est ainsi, monsieur, pourquoi me tenez-vous prisonnière depuis des jours et des jours ?

– Sais-tu ce qui me ferait plaisir, ma petite Anne-Charlotte ? Ce serait que tu m'appelles « mon oncle ».

– Vous n'avez pas répondu à ma question.

– Mais, voyons, tu n'es pas prisonnière ! Bien sûr que non ! Je suis vraiment désolé que tu aies pu avoir cette impression. Mais comprends un peu ma position. On me dit qu'une aventurière se faisant passer pour ma nièce s'est mise à la tête d'une bande de factieux et tente de soulever le pays. Le moins que je pouvais faire était de m'assurer de sa personne, n'est-ce pas ? Et de me rendre compte par moi-même. Mais je n'ai plus aucun doute, à présent. Comment pourrais-je encore en avoir ? Tu es ici chez toi, ma petite Anne-Charlotte.

Il ne croyait pas si bien dire. Je jugeai cependant plus sage de ne pas déjà lui parler succession.

– Et mon amie ? La jeune femme qui était avec moi... Où est-elle ?

Il se rembrunit.

– Ton amie, Anne-Charlotte ? Permets-moi de te dire que tu devrais choisir un peu mieux tes fréquentations. Cette... Dunja, ou quel que soit son véritable nom, est une aventurière de la pire espèce ! Sa tête est mise à prix des deux côtés de la frontière. Elle et ses bandits ont commis bien des exactions dans le pays...

– Comment va-t-elle ?

– Mais bien, très bien ! Me prendrais-tu pour un barbare ? Dès votre arrivée, elle a été prise en charge par mon médecin personnel, qui l'a examinée et soignée. Elle est sortie d'affaire, à présent.

– Je voudrais la voir.

– Bien sûr, bien sûr ! Aujourd'hui même, tout de suite, si tu veux. Allons-y !

Il me prit affectueusement le bras et se dirigea vers la porte.

– Je ne saurais rien refuser à ma petite nièce adorée...

Nous parcourûmes ainsi d'interminables couloirs jusqu'à une tour où, à mi-chemin d'un escalier à vis, s'ouvrait une porte gardée par deux soldats. À la vue du prince, ils présentèrent les armes. Augustus-Adolf ouvrit un guichet et s'effaça.

– Voyez vous-même, ma chère...

Dunja était debout à la fenêtre. Au bruit que fit le judas, elle se retourna et sourit :

– Eh ! Salut, petite Ana.

– Dunja ! Comment vas-tu ? Ils t'ont bien traitée ?

– Comme un coq en pâte. Comme tu vois, je suis parfaitement remise. Ou presque, fit-elle avec une petite grimace en se tenant le côté. D'après le toubib, tu as fait du bon boulot, tu sais ? Bref, encore quelques jours et il n'y paraîtra plus.

Je me tournai vers mon oncle.

– Laissez-moi entrer, je veux lui parler seule à seule.

– Ah, ma chère Anne-Charlotte, pour le coup je ne puis accéder à ta demande, tu le comprendras. Cette jeune femme est une ennemie de l'État, un danger public avec lequel tu t'es malheureusement fourvoyée. Il est de mon devoir de t'en interdire la fréquentation, afin qu'elle n'exerce encore sur toi quelque maligne influence.

– C'est mon amie ! Je réponds d'elle comme de moi-même.

– Cela suffit, mon enfant. Tout ce que je puis t'assurer, c'est qu'elle sera jugée équitablement, selon tous les principes du droit.

Il referma le guichet.

– Et maintenant, ma chérie, tu m'excuseras, mais quelque agrément que m'apporte ta compagnie, le devoir m'appelle. L'un de ces hommes va te raccompagner à tes appartements. Mais nous nous reverrons ! Je reviendrai te voir, dès que possible. Ce soir, même...

Il claqua des talons, me baisa le bout des doigts et je fus ramenée à ma chambre. *Frau* Gerda m'y attendait, flanquée de deux servantes qui se confondirent en révérences.

– Votre Altesse, ces demoiselles et moi-même sommes toutes à vos ordres, minauda la duègne avec aplomb.

– Vous voilà soudain bien aimable, ne pus-je m'empêcher de remarquer.

– Je serais désolée d'avoir déplu à Votre Altesse !

– C'est bon, c'est bon. Aidez-moi plutôt à me débarrasser de cette robe. Je veux reprendre mes anciens vêtements.

– C'est que… Votre Altesse, ils ont été détruits.

– Quoi ? Et de quel droit…

– Ce sont les ordres du prince, Votre Altesse. Il tient infiniment à ce que vous portiez les vêtements qu'il vous a choisis.

– Ah, ce sont les ordres du prince ? Puisque il en est ainsi… laissez-moi, je vous prie.

Elles se retirèrent sur de nouvelles courbettes et *Frau* Gerda ferma la porte derrière elle. Sans la verrouiller.

Restée seule, je me jetai dans une bergère. J'étais perplexe et j'avais besoin de réfléchir.

Ainsi je n'étais plus prisonnière…

Mais à quel jeu jouait donc Augustus-Adolf ? Espérait-il vraiment que je le crusse lorsqu'il affirmait n'être pour rien dans la mort de mes parents ?

Et pourtant, ces larmes, cet accueil ?

Et si tout cela était vrai ? Et si Gerner avait vraiment tout machiné, à l'insu même de Dunja ? Je n'y croyais guère, mais je me forçai à l'imaginer.

Après tout, quelles preuves avait-il fournies ? Je n'étais peut-être que son jouet, depuis le début...

Mais non. Dunja s'en serait rendu compte, elle avait enquêté...

Et si Dunja elle-même...

Cette pensée me fit mal et je la chassai immédiatement. Comment osais-je douter de Dunja ? C'était une limite que je ne devais pas, que je ne pouvais pas franchir. Dunja m'aimait. Elle ne m'aurait pas trahie, jamais. Du reste, j'avais eu d'autres preuves de la félonie d'Augustus-Adolphe : la petite Svanka, à l'auberge, son oncle ou le cousin de sa mère avait disparu. Et le mari de Sunčana, disparu lui aussi. Non, je devais rester ferme. En m'accueillant de la sorte, le prince jouait un double jeu. Mais dans quel but ?

Quoi qu'il en soit, j'étais à sa merci, et Dunja plus encore. Il fallait jouer serré.

Mon oncle tint parole et revint me voir le soir même, pour m'inviter à dîner.

– Ce soir, je tenais à t'avoir pour moi tout seul.

Nous dînâmes en tête-à-tête dans une petite salle à manger arrangée dans le goût baroque, servis par une armée de domestiques. Je suspectai un instant qu'il pût chercher à m'empoisonner mais je me raisonnai : après tout, s'il avait eu l'intention de me tuer, il eût aussi bien pu me faire discrètement égorger dans mon lit. Au reste, la nourriture était exquise et, si je chipotai quelque peu, c'était de penser à Dunja, seule dans sa cellule.

Mon oncle fit mine de ne pas s'en rendre compte. Il mangeait et buvait quant à lui avec beaucoup d'appétit, sans rien perdre de ses manières onctueuses.

– Vois-tu, Anne-Charlotte, si je tenais à t'avoir seule avec moi, c'était aussi pour te donner quelques explications. Tu es prévenue contre moi et, d'une certaine façon, c'est bien compréhensible. Tu n'as entendu qu'un seul son de cloche, comme on dit…

Il goba proprement son huître et reprit :

– Tu auras certainement entendu dire beaucoup de mal de moi. Le peuple ne m'aime pas, c'est vrai. Et, crois-moi, je ne fais rien pour qu'il m'aime. Il me craint et cela me convient parfaitement. Je ne suis pas un démocrate : je le reconnais et je l'assume. Ce pays a besoin d'être tenu d'une main de fer et c'est ce que j'ai toujours dit à mon frère, en son temps. À ton père, donc. Lui était de ces princes si débonnaires et familiers avec le peuple que le moindre savetier finit par leur taper sur l'épaule. J'ai toujours jugé ce genre d'attitude avec sévérité, comme faisant injure à nos ancêtres, qui étaient des guerriers et ne s'en sont jamais laissé imposer par quiconque. Bref, nous n'étions pas d'accord, il gouvernait à sa manière et je gouverne à la mienne, qui peut paraître dure, je l'admets. Mais je te jure – tu m'entends, Anne-Charlotte ? – je te jure sur tout ce que j'ai de plus sacré que je ne suis pour rien dans l'attentat qui lui a coûté la vie, ainsi qu'à ta mère.

Il se tut, la fourchette en l'air. Ses yeux pâles étaient curieusement fixes. Je n'osai soutenir son regard et baissai le nez vers mon assiette.

– Car c'était bien un attentat, je ne le nie pas. À l'époque, j'ai dû accréditer la thèse de l'accident, pour des raisons politiques, essentiellement, mais je n'ai jamais été dupe. Gerner, le lâche Gerner était derrière tout cela ! Depuis des années, il ne cessait d'intriguer pour faire tomber la Draïna dans l'escarcelle des Habsbourg. Ton père ne voulait rien entendre, il l'a tué. J'ignore ce qu'il t'a raconté, ma petite Anne-Charlotte, mais je le devine : le ministre fidèle, réduit à l'exil par le prince félon, etc. Quoi qu'il ait pu dire, ce sont des mensonges. L'assassin de tes parents, c'est lui.

Une série de tics secoua son visage. Il s'ébroua et se remit à manger.

– Mais, intervins-je d'une petite voix, il savait que le pouvoir vous reviendrait, non ? En ce cas, pourquoi…

– Le pouvoir ne devait pas me revenir. Ce qu'il n'avait pas prévu, c'est ta disparition. Les assassins de tes parents avaient ordre de te prendre vivante. Tu n'avais qu'un an, à l'époque. Selon les coutumes de la principauté, un conseil nommé par le Premier ministre devait alors assurer la régence jusqu'à ta majorité. Jc sais, de source absolument sûre, qu'il projetait de t'envoyer à Vienne où l'on t'aurait mariée au plus vite à quelque duc ou baron dont la Draïna serait venue grossir les domaines. Quoi qu'il en soit, en s'enfuyant avec toi, ta nourrice l'a pris de vitesse. Tu avais disparu, il ne pouvait rien faire, que m'accuser de ce crime. Tu connais la suite…

– Dans ce cas, pourquoi me faire rechercher, pourquoi cette mise en scène ?

– Crois-tu qu'il ait renoncé à ses plans ? Tu es majeure, désormais. Tu peux régner. Te produire, c'est m'obliger à céder la place.

– La céderiez-vous ?

– Non. Honnêtement, non. Tu n'as aucune expérience du pouvoir, tu serais un jouet entre ses mains. C'est un rusé renard, il ferait de toi ce qu'il voudrait. Non. Je me battrai s'il faut me battre, je contesterai ta légitimité. Après tout, ce ne serait pas la première fois dans l'Histoire que, sur la foi d'une vague ressemblance, on veuille imposer un usurpateur…

D'un geste, il prévint ma protestation.

– Je sais que tu es réellement la princesse héritière. Une telle ressemblance ne trompe pas et j'aimais trop ta mère pour ne pas la reconnaître en toi. Mais je nierai néanmoins, pour le bien de la Draïna. Tu comprends ?

– Alors que ferez-vous de moi ?

– Je ne sais pas. C'est un problème. Je n'ai rien contre toi… même si, politiquement parlant, je devrais t'éliminer. Mais tu es la fille de celle que j'aimais et je ne puis m'y résoudre. Tu vois, je suis franc avec toi, Anne-Charlotte.

– Je vois…

– Je n'ai encore pris aucune décision à ton sujet. En attendant, tu es ici chez toi. Le château t'est entièrement ouvert, à condition que tu ne cherches pas à en sortir. J'ai ta parole ?

Il se resservit un plein verre de vin et le but d'un trait. J'avais observé qu'il buvait beaucoup.

– J'ai ta parole ? répéta-t-il.

– Vous l'avez… pour l'instant. Et Dunja ?

Il eut un rictus déplaisant.

– Ton « amie », hein… Je te l'ai dit, elle sera jugée. En attendant, elle restera où elle est. D'une part, c'est une jeune personne assez dangereuse et, d'autre part, j'ai idée que cela t'aidera à tenir ta promesse. Il ne lui sera fait aucun mal, elle bénéficiera même d'un vrai traitement de faveur… tant que tu seras sage.

J'hésitai un peu avant de poser la question qui me brûlait les lèvres.

– Si ce que vous m'avez raconté est vrai, quel rôle y joue-t-elle ?

– Ha ha ! C'est à toi de voir, ma petite Anne-Charlotte, selon l'estime que tu lui accordes. Au mieux, elle aura joué les idiots utiles et tiré les marrons du feu pour ce vieux filou de Gerner, en te servant à lui sur un plateau.

– On a essayé de m'assassiner, par trois fois. Qui était derrière ces tentatives ?

– Ça, c'est facile : c'était moi, bien entendu.

– Vous ?

– Bien sûr ! J'ai ma petite police, moi aussi, y compris parmi nos chers comploteurs ! On m'informe que Gerner a tiré une héritière de son chapeau : je me renseigne et j'agis, évidemment. C'est de bonne guerre. À ma décharge, je ne te connaissais pas. Si j'avais su...

– Vous avez tué mes parents adoptifs !

– Je sais, et j'en suis bien désolé. Ce brave Anatole a outrepassé mes ordres. Je n'y suis pour rien.

– Vous êtes d'un cynisme...

– Écœurant ? Révoltant ? Allons, ma petite Anne-Charlotte, si tu es destinée à persister dans la politique, tu t'apercevras vite qu'on ne fait pas d'omelette sans casser des œufs, comme disent les Français.

Sa diction s'était faite hésitante. Je m'aperçus qu'il était ivre.

– Je... je vais me retirer.

– Je te fais raccompagner à tes appartements... Moi, j'ai encore à faire, grogna-t-il en louchant subrepticement vers le flacon de vin. Dors bien, ma petite Anne-Charlotte, je te reverrai bientôt...

Il n'était évidemment pas question de dormir. Si ce qu'il m'avait dit était vrai – et il avait un tel aplomb, une telle absence de remords, qu'il n'y avait aucune raison d'en douter – si ce qu'il m'avait dit était vrai, cela changeait tout. J'étais tombée en plein panier de crabes, un simple jouet dans des luttes de pouvoir qui me dépassaient. Désormais, mon seul but devait être de me sortir de là. De nous sortir de là, corrigeai-je en pensant à Dunja. Nous étions vivantes, c'était l'essentiel, et mon oncle paraissait plutôt bien disposé à mon égard.

Dès le lendemain, je décidai d'explorer le château. Sans être démesuré, il était fort vaste et, surtout, c'était un vrai labyrinthe : un tel entrelacs de corridors et d'escaliers, un tel empilement d'étages et de demi-étages qu'il donnait le tournis. Une porte monumentale ne donnait sur rien, une autre, basse et d'apparence ordinaire, s'ouvrait sur une enfilade de pièces d'apparat, ornées de grands miroirs et de portraits sévères. Il était encore tôt. Une nuée de servantes s'affairait dans les couloirs, qui portant de l'eau chaude et des serviettes, qui des plateaux lourdement chargés d'argenterie. Je les gênais dans leur tâche et devais sans cesse m'effacer pour les laisser passer. La plupart étaient jeunes et jolies et prenaient en me croisant un petit air d'impertinence auquel je ne savais répondre que d'un sourire confus. L'atmosphère de cette partie du château tenait davantage du Grand Hôtel de la Gare que des Tuileries. Une porte en s'ouvrant laissait échapper un parfum entêtant de poudre de riz, le rire un peu trop fort d'une femme chatouillée ou bien les récriminations grasseyantes de quelque mauvais coucheur fâché d'être éveillé trop tôt. Dans la bibliothèque, je dérangeai trois hommes âgés en pleine tabagie. Il me jetèrent un œil atone avant de revenir à leurs journaux. Pour me donner une contenance, je parcourus les titres sur les rayons. C'était pour la plupart des ouvrages anciens. Beaucoup étaient en allemand, langue que je connaissais mal. Mais il y avait aussi tous les classiques français, que j'avais appris à aimer chez monsieur Roland. Ils étaient couverts de poussière. Ni mon oncle ni ses gens n'étaient manifestement de grands lecteurs. Je me promis d'y revenir plus tard, lorsque ces messieurs n'y seraient plus. J'allais refermer la porte lorsque j'entendis l'un d'eux s'exclamer :

– Dites-moi messieurs, aurait-on mêlé à mon tabac quelque herbe de Turquie ? Il me semble avoir vu passer un fantôme...

– Je jurerais moi-même avoir entrevu la petite princesse, répondit le second.

– Avec des lunettes, toutefois, compléta le troisième.

– On vieillit tous, acheva le premier.

Je regagnai ma chambre et passai le reste de la journée à réfléchir en vain en faisant semblant de lire. La nuit tombait déjà lorsque mon oncle se fit annoncer.

– Voyons, que lis-tu ? Ah, La Fontaine ! C'est vrai que tu es un peu française. *Par la force des choses*, ha ha ! ajouta-t-il avec un fort accent. J'ai dû apprendre l'une de ses fables, dans ma jeunesse. *Le corbeau et le fromage*, ou quelque chose comme ça. Il ne m'en reste plus grand-chose, je le crains...

Il se tut soudain et resta un long moment à me regarder sans mot dire.

– Mon oncle ? l'interrogeai-je avec timidité.

Il parut revenir à la réalité et s'ébroua.

– Tu *lui* ressembles… C'est incroyable comme tu *lui* ressembles. Je venais parfois la voir, comme ça, le soir. À te contempler ce soir, j'aurais juré que c'était elle qui était assise là, dans ce fauteuil.

– Vous me flattez…

– Non. Je ne crois pas, non, fit-il, rêveur.

Il le resta tout au long du repas, au cours duquel j'eus bien du mal à lui arracher une parole. Comme la veille, il but jusqu'à l'ivresse mais, ce soir, le vin ne le rendait pas volubile. Je me forçais à lui poser des questions auxquelles il répondait par monosyllabes. Les yeux hors de la tête, il me regardait avec une telle fixité que je n'osai bientôt plus lever les miens de mon assiette et le repas s'enlisa dans un silence gêné dont il finit lui-même par prendre conscience :

– Hum, s'ébroua-t-il. Je fais un piètre compagnon de table, ce soir, je crois… Je vais te laisser, Anne-Charlotte. Tu ne me reverras pas d'une dizaine de jours. Des affaires m'appellent à Vienne. Pardonne-moi, je pars très tôt, demain, je vais me coucher. Si tu as besoin de quelque chose, *Frau* Gerda y pourvoira.

Désarçonnée par cette attitude si différente de celle de la veille, je remerciai le ciel de son prochain départ. Mon oncle me mettait mal à l'aise, je devais mettre à profit son absence pour me tracer une ligne de conduite et m'y tenir de façon à nous sortir de là.

Il n'avait cependant pas fini de me surprendre…

Dix jours plus tard, alors que je me préparais à aller au lit, il se fit annoncer par la femme de chambre. Il était encore en costume de voyage et titubait un peu. Il devait avoir déjà pas mal bu en route.

– Pardonne-moi, ma petite Anne-Charlotte, je sais qu'il est tard mais j'arrive à l'instant et je n'ai pas pu résister. Te voir encore une fois avant… C'est un miracle, comprends-tu ? Je devais m'assurer que tu es bien… réelle.

Il termina dans un souffle et s'effondra dans le plus proche fauteuil. J'étais déjà en chemise et, un peu gênée de son intrusion, m'étais empressée d'enfiler un peignoir dont je peinais à trouver la ceinture.

Il me contemplait, en extase. N'était son souffle bref et sonore, on eût pu le croire endormi. La lueur ténue de l'unique veilleuse donnait à ce tête-à-tête un air d'intimité qui m'inquiétait un peu.

– Mon… mon oncle ? fis-je prudemment.

– Oui, mon enfant ? Je songeais…

Il se leva brusquement et se mit à marcher de long en large à travers la pièce.

– Je songeais… Enfin, j'y ai beaucoup pensé tous ces derniers jours, pendant mon voyage. À vrai dire, je n'ai pu penser à rien d'autre. Tout cela tourne sans fin dans ma tête. Sans fin, sans fin…

Il s'arrêta et se tourna vers moi.

– Ce n'était pas une décision facile à prendre, tu sais ? Mais, enfin, je l'ai prise. Et bien prise. Je ne reviendrai pas en arrière.

– Je… je ne comprends pas.

– C'est la seule solution. La meilleure. Comment n'y avais-je pas pensé avant, d'ailleurs ? On est aveugle, parfois…

Il se rassit et se tut à nouveau, abîmé dans ses réflexions.

– Je ne comprends pas, mon oncle.

Il sortit brusquement de sa rêverie.

– Pardon ? Ah, oui ! Je vais t'épouser, mon enfant. C'est décidé. Je ferai de toi ma princesse. Tu es celle que j'ai attendue tant d'années. Je n'ai pu avoir ta mère, c'est donc que le destin me réservait pour toi, sa fille. Quel étrange tour de la Providence, quand on y songe...

– Mais, m'écriai-je, horrifiée, vous êtes mon oncle ! Je suis votre nièce !

Il balaya l'argument d'un geste.

– J'y ai songé, bien sûr. Mais après tout, je ne suis que le demi-frère de ton père et puis ce ne serait pas la première fois dans l'Histoire qu'un prince épouserait l'une des ses parentes. L'aristocratie est au-dessus de ces contingences, n'est-ce pas ? On a même vu des papes...

– Mais je refuse ! Il n'en est pas question !

– Bien sûr, bien sûr... J'avais prévu cette réponse. Tu es un peu surprise, c'est normal. Prends le temps d'y réfléchir. Je reviendrai te voir. Je viendrai te voir tous les jours, s'il le faut. Tu ne manqueras de rien. Et tu finiras par m'aimer, tu verras.

– Jamais ! Votre proposition est monstrueuse !

Il se leva, plus gigantesque que jamais et s'approcha en titubant. Effrayée, je reculai jusqu'au bord du lit. Il tomba à mes genoux.

– Mon enfant, ma petite fille adorée... Je ne te veux aucun mal, voyons. Je te rendrai heureuse, tu verras, et nous aurons de beaux enfants. Tous les deux...

Il embrassa mes jambes à travers peignoir et chemise.

– Laissez-moi, monsieur !

– Tu verras, continua-t-il, tu verras comme nous serons heureux, cette fois. Tu n'as qu'un mot à dire, un seul mot… et je serai ton esclave à jamais.

– Arrêtez, vous me faites mal !

– Ton esclave, ma reine !

D'une poussée, il me fit tomber sur le lit.

– Un seul mot de toi, un seul mot…

De ses grosses lèvres mouillées, il baisait mes pieds nus, tentait de remonter le long de la jambe. Je le repoussai de toutes mes forces.

– Arrêtez !

Il bascula en arrière et tomba sur les fesses. Une expression furieuse lui traversa le visage, je crus qu'il allait me frapper. Mais il se reprit, se releva et, s'époussetant :

– Hum, bien sûr, bien sûr, tu n'es pas prête. Pardonnez-moi, fit-il, en se frottant les yeux.

– Je ne serai jamais prête, sortez !

– Oui, je… je vais vous laisser. Je reviendrai demain. Tu auras réfléchi, vous verrez. La nuit porte conseil, dit-on. Demain…

Il se dirigea vers la porte.

– Je reviendrai.

Autant dire que je ne dormis pas bien cette nuit-là. Je calai une chaise contre la poignée de la porte, crainte qu'un soudain revirement ne l'amène à me surprendre dans mon sommeil. Si j'avais pu éprouver quelque ébauche de sympathie à son égard, elle m'avait définitivement quittée. Je n'éprouvais plus qu'aversion envers cet oncle dénaturé qui prétendait faire de moi sa femme. Il était fou, voilà tout. Définitivement et dangereusement fou.

Le matin même, j'en eus une nouvelle preuve.

Sans préavis, on me transféra avec armes et bagages dans un vaste et lumineux appartement qui, à en juger par les portraits ornant les murs et les consoles, avait appartenu à ma mère. Toujours cette ressemblance, toujours cette même folie… Cette folie à laquelle je devais cependant mon salut, au moins provisoire.

Je fis longuement le tour de la chambre. Rien n'avait été touché, ni les vêtements dans les garde-robes, ni les parfums éventés sur la psyché, une multitude de flacons multicolores dans lesquels un dépôt brunâtre achevait de se dessécher. Je m'assis face au miroir rond et tentai d'imaginer ma mère à ma place. Je portais encore une de ses robes, celle-là même qui figurait sur plusieurs photographies, où elle se tenait en compagnie de mon père, où elle me tenait sur ses genoux. Je ne ressentis qu'un grand vide. Cette mère, dont j'aurais dû chérir le souvenir, à laquelle je ressemblais tant, cette mère m'était étrangère.

Le battant du secrétaire était ouvert. Une lettre commencée y jaunissait près d'un encrier vide. La réponse à jamais ajournée à quelque œuvre de bienfaisance. Ma mère était bonne. Ma mère était aimable, diligente, active. Intelligente, certainement. Jolie, à sa façon, qui devait être aussi la mienne, puisque tout le monde s'accordait là-dessus. Elle avait en tout cas su plaire à mon père. Et à mon oncle…

Je regardai le lit, sans oser m'y étendre. La courtepointe sentait l'humidité et la poussière. Était-ce dans ce lit que j'étais née ? Où j'avais été conçue, peut-être… Mes parents s'aimaient, ils avaient sûrement pris du plaisir à me faire. Rougissante, je ne pus m'empêcher de m'imaginer, à mon tour… J'aimais une fille. Qu'en auraient dit mes parents ? M'auraient-ils forcée à épouser quelque héritier, pour la façade, au moins, et la préservation de la lignée ? Pouvait-on encore exiger cela de moi ? Faudrait-il que nous nous cachions, Dunja et moi ? Qu'elle me quitte avant l'aube pour n'être pas surprise par quelque domestique ? Tout mon être s'y refusait. Nous nous aimions et, dussé-je renoncer à la couronne, jamais je ne renierais cet amour.

Voilà ce qui s'appelait dresser des plans sur la comète. Nous étions prisonnières d'un fou qui voulait m'épouser et n'aurait que faire de la moindre rivale et j'en étais encore à bâtir des châteaux en Espagne ! Restait d'abord à sortir de cette prison… J'avais beau réfléchir, je n'entrevoyais pas la moindre solution. Mon seul levier restait l'affection morbide que me portait ce misérable dément ; l'idée même d'en user me donnait la nausée.

Il revint me voir pour déjeuner. Je me tenais sur mes gardes. Certes, il était dégrisé et avait repris des façons plus raisonnables, mais il n'abandonnait pas pour autant ses projets.

– Es-tu bien installée, ma petite Anne-Charlotte ? interrogea-t-il en déployant sa serviette. Comme tu t'en doutes, c'est à dessein que je t'ai fait transporter dans ces appartements, qui furent ceux de ta mère. Tu y resteras jusqu'à ce que tu aies pris ta décision. Je veux que tu t'imprègnes de son esprit. C'était la plus douce, la plus obéissante créature qui fut jamais. Je veux que tu t'inspires de son exemple. Quelle autre solution vois-tu, mon enfant ? Je te l'ai dit, je ne laisserai pas le pouvoir. Mais je peux le partager avec toi. Sois mon épouse et tout ira bien. Tu seras libre, respectée, riche. Que peux-tu vouloir de plus ? Je ne te demande même pas de m'aimer : cela viendra tout seul, en son temps, j'en suis persuadé. Car, moi, je t'aime. Je ferai tout pour toi, tu verras. Tu auras les plus belles toilettes, tout le personnel domestique que tu voudras… Et les gens d'ici t'aimeront. D'ailleurs, ils t'aiment déjà. Quelle alliance plus merveilleuse pourrait-on imaginer ? Et puis, si Dieu le veut, tu me donneras un héritier. Un beau petit prince. Ce sera le couronnement de notre union… le joyau disparu de la couronne enfin retrouvé ! Je commence à vieillir, il est temps, grand temps d'y songer. Avec qui d'autre pourrais-je l'envisager ? Tu es jeune, en bonne santé, tu me feras de beaux enfants.

Il s'exaltait tellement à cette évocation que je n'osai l'affronter.

– Je… je ne suis pas prête.

– Bien sûr, bien sûr. Mais tu es une petite fille raisonnable. Tu verras bien qu'il n'y a pas d'autre solution. Tu t'y feras. D'autant que pour… le reste, hum, ne t'inquiète pas, je crois avoir encore largement de quoi te satisfaire.

Il mit tant d'égrillarde forfanterie dans cette dernière phrase que je ne pus dissimuler une grimace de dégoût.

– Allons, je t'ai choquée. Pardonne-moi, pardonne à un vieux militaire. Tu es pure, je le sais bien… Et c'est bien comme cela que je t'aime et que je te veux. Innocente, innocente et pure.

Il me prit le menton.

– Allons, dis-moi que tu me pardonnes.

– Je... vous pardonne, lâchai-je avec réticence.

Il se pencha par-dessus la table et me baisa le front. Sa main s'attarda sur ma nuque avec un peu trop d'insistance et je dus faire un effort pour me dégager. Il le sentit, et me lança un regard peiné.

– Je te laisse, mais je reviendrai. Je reviendrai souvent. Tous les jours. Jusqu'à ce que tu...

Il n'alla pas plus loin. Se redressant, il tira d'un doigt sur le col de son uniforme et sortit précipitamment.

De ce jour, mon oncle ne me laissa plus en paix. Il m'obsédait de sa présence jusqu'à trois, quatre fois par jour, sous les prétextes les plus futiles. Il me couvrait de bouquets, de bijoux et de babioles dont je n'avais que faire. Selon son caprice, il exigeait de me voir vêtue de telle ou telle façon et se mit bien vite en tête de faire faire mon portrait. Il fit venir un peintre local et régla lui-même la pose, en amateur prétendument averti. Il voulut assister à toutes les séances et s'extasia sans fin sur la croûte qui en résulta et dont il orna sur-le-champ sa chambre à coucher.

Ma résistance ne faisait qu'aiguillonner son désir. La moindre de mes réticences lui était un prétexte à m'étouffer de nouveaux cadeaux, de nouvelles prévenances. Il surgissait dans mes appartements sans prévenir. D'ailleurs, j'avais ordre de n'en plus bouger, afin qu'il pût me visiter à toute heure du jour ou de la nuit, selon sa fantaisie. J'avais beau lui représenter ce que tout cela avait d'inconvenant, il feignait de ne pas comprendre, arguant du fait qu'il m'avait connue toute petite ou de notre future intimité pour venir me surprendre au bain ou en chemise. Il riait si je m'offusquais, pleurait si je me fâchais, se fâchait lorsque je ne lui opposais que de la froideur. Son instabilité m'effrayait chaque fois davantage. Il buvait de plus en plus, il ne se passait de jour qu'il vînt me voir en un état d'ivresse plus ou moins avancé. En dépit de ses humeurs changeantes et de sa versatilité, il persistait néanmoins dans ses projets, ne cessait d'en faire de nouveaux, d'élaborer tout un calendrier, de la très prochaine date de notre mariage à la naissance escomptée d'un héritier mâle.

De même se montrait-il de plus en plus familier : c'était sans arrêt de nouvelles caresses, des frôlements, des câlineries, des cajoleries de moins en moins « paternelles », des baisers de plus en plus appuyés...

Ma position devenait intenable. Le temps passait, Gerner et les autres n'avaient pas donné signe de vie depuis des semaines et je n'avais plus aucune nouvelle de Dunja, mon oncle me refusant toute visite. Tout semblait bel et bien perdu. Peu à peu, j'en vins presque à envisager d'accéder aux désirs d'Augustus-Adolf en échange de la libération de Dunja. Dans l'état d'inquiétude et d'isolement où je me trouvais, la tentation se faisait de plus en plus forte, mais c'était ma dernière carte et j'hésitais encore à la jouer.

Je n'eus pas à le faire. Son instinct de chasseur l'instruisit-il de ma faiblesse ? Il voulut pousser son avantage et sonner enfin l'hallali.

– Ma chérie, je voudrais te faire un cadeau, annonça-t-il un matin, avec cet enthousiasme fébrile qui, chez lui, ne présageait jamais rien de bon.

– Un cadeau ? répétai-je, prudente.

– Mais pas un cadeau comme les autres, hein ! Un cadeau qui te fera très plaisir, j'en suis sûr. Il se frotta les mains. J'y pensais depuis longtemps bien sûr mais, tu sais ce que c'est, pris dans le tourbillon des affaires… Ha ha !

Il prit un manteau dans une penderie et, tendrement, m'en couvrit les épaules.

– Habille-toi, là où je te mène, il fait un peu frais. Oui, je vais te montrer quelque chose. C'est mon cadeau. Il te fera plaisir, tu verras…

Il jubilait visiblement. Je n'osai le contredire. Il me prit le bras et, aussi fier que s'il me conduisait enfin à l'autel, me fit à nouveau suivre des escaliers et des couloirs, de plus en plus sombres, jusqu'au dernier, en pente assez forte et éclairé de torches, qui semblait s'enfoncer dans les entrailles de la terre. J'eus un mouvement de recul. Il me rassura.

– Ne crains rien, ma petite Anne-Charlotte. Je ne te prépare aucune mauvaise surprise, bien au contraire…

Il me fit descendre devant lui. Relevant le bas de ma robe, le cœur battant, je m'enfonçai avec réticence dans cet obscur boyau qui empestait la pourriture et l'humidité.

Au bas des marches, un bonhomme hideux, bossu et vêtu de loques puantes se leva d'une petite table où il était assis et vint à notre rencontre, toute bassesse dehors.

– Votre Altesse, rauqua-t-il avec servilité. Si j'avais su…

– Inutile, inutile, mon bon Rudi. Simple visite de courtoisie, pour aujourd'hui. Nous venons faire un petit coucou à notre ami, là, tu sais bien, fit-il avec un geste entendu.

– Ah ! pour sûr qu'il sera ravi. C'est pas si souvent qu'il voit du monde, ces temps-ci…

– J'ai eu à faire. Conduis-nous.

Le gnome fit encore une courbette, s'empara d'un gros porte-clés pendu à la muraille et nous précéda dans le souterrain.

Nous passâmes une rangée de grilles derrière lesquelles se tenaient des formes prostrées, dont certaines n'avaient plus rien d'humain. Des amas de guenilles, des êtres hagards, n'ayant plus que la peau sur les os, hommes ou femmes, il n'était même plus possible de le dire.

Mon oncle s'arrêta devant l'une des portes et me désigna son contenu d'un air de triomphe.

Surmontant ma crainte et mon dégoût, je scrutai les ténèbres du cachot.

Un homme se tenait accroupi dans un coin. Ses loques ne dissimulaient qu'à peine un corps décharné, aux chairs tuméfiées, couturées et marquées de brûlures. Il leva la tête et nous jeta un regard fiévreux. Malgré son visage déformé par les coups, je le reconnus immédiatement.

C'était Anatole.

Lui aussi m'avait reconnue.

– Tiens, tiens, parvint-il encore à ricaner malgré ses dents cassées. Ma petite fiancée a retrouvé son cher oncle…

– Mon Dieu, que lui avez-vous fait ? demandai-je, horrifiée, à ce dernier.

– Oh, trois fois rien ! Quelques bourrades amicales… il s'en remettra vite ! Ce cher Anatole…

– Mais pourquoi ?

– Eh bien, n'a-t-il pas tenté de t'assassiner ? N'a-t-il pas causé la mort de tes parents adoptifs ?

– Sur ton ordre, fumier ! grinça Anatole.

– Mon ordre, voyez-vous cela ! Je détiens sa confession complète, ma petite Anne-Charlotte. Elle t'innocente complètement. Tu pourras rentrer en France la tête haute. Peut-être même y ferons-nous notre voyage de noces, tiens ! Il y a bien longtemps que je n'ai revu Paris. Tu m'indiqueras les bons coins, Anatole ?

Pour toute réponse, celui-ci se jeta sur la grille et tenta d'agripper mon oncle à travers les barreaux. Le prenant de vitesse, le geôlier lui assena sur la main un terrible coup de trique qui le fit hurler et reculer précipitamment.

– Votre Altesse ? fit le cerbère en lui tendant le nerf de bœuf.

Augustus-Adolf s'en empara et l'autre lui ouvrit la grille. Anatole s'était recroquevillé tout au fond du cachot et geignait doucement en berçant sa main blessée. Mon oncle se jeta sur lui et, avant que j'eusse pu réagir, fit tomber une pluie de coups sur la misérable loque.

– Ah ! tu as cru m'avoir, ce coup-ci, hein, saloperie ! Tiens, et tiens, espèce d'ordure ! Tiens, le voilà, ton dû !

Il s'arrêta soudain et considéra froidement sa victime.

– Mais comment l'as-tu appelée ? « Ma petite fiancée » ?

Il se tourna vers moi.

– Il t'a touchée ? Parle ! Il t'a touchée ?

Paralysée d'horreur, je restai muette.

– Je suis sûr qu'il t'a touchée ! hurla-t-il, furieux, avec cette terrible lucidité des fous.

– Ordure, misérable chien ! Je vais t'arracher les yeux, tu m'entends ? Je vais t'arracher les yeux moi-même et te les faire bouffer, je te ferai pendre avec tes propres tripes.

Les coups se remirent à pleuvoir avec une sauvagerie redoublée.

– Arrêtez ! criai-je enfin. Arrêtez, il ne m'a pas touchée ! Il ne m'a pas touchée, je vous le jure.

Il s'arrêta, indécis, grogna encore quelques insultes et, sur un ultime coup de pied, sortit de la cellule. Sans lâcher la trique, il me prit par les épaules et me força à le regarder.

– Tu es pure, n'est-ce pas, tu peux me le jurer, hein ? C'est que je ne veux pas d'une gourgandine, moi, tu comprends ? Tu es vierge, n'est-ce pas ?

– Lâchez-moi, vous me faites mal...

– Je te ferai beaucoup plus mal si tu ne me réponds pas. Tu es vierge ?

– Arrêtez, vous êtes odieux !

– Tu ne réponds pas. C'est égal, je te ferai examiner par mon médecin...

– Laissez-moi. Je veux m'en aller d'ici. Vous êtes un monstre !

Il accusa le coup. Ricana.

– Un monstre, hein ? Parce que je veux te préserver, je suis un monstre. Ta mère, déjà, me l'avait dit... Telle mère, telle fille, il faut croire. Mais je ne recommencerai pas deux fois la même erreur. Cette fois, tu ne m'échapperas pas. Tu seras à moi, corps et âme. Que tu le veuilles ou non. À moi !

Il assena sur les barreaux d'acier un coup qui me fit sursauter.

– Je te fais peur, hein ? Je pourrais te forcer. Ici même, je pourrais te forcer, sur la paille d'un de ces cachots... Et ce serait fini. Mais je veux te donner une dernière chance, ma petite Anne-Charlotte. Une toute, toute dernière chance.

Ma patience est à bout, tu comprends ? Alors je t'ai préparé une autre petite surprise... J'ai voulu te faire plaisir avec celle-ci, mais c'est raté, je le vois bien. Tu es difficile. Difficile et exigeante. Nous allons voir comment tu apprécieras celle que je te réserve à présent.

Chapitre 5

La cour formait un hexagone, fermé sur deux côtés par de lourdes grilles de bois clouté. On avait recouvert les pavés d'une épaisse couche de sciure afin de la transformer en arène. Aux fenêtres des deux étages se pressait une foule hétéroclite de courtisans, de soldats et de filles trop apprêtées, au rire trop haut perché. Le vin aidant, une excitation malsaine avait déjà gagné l'assistance, impatiente d'assister à un spectacle dont elle semblait avoir l'habitude. Lorsque le prince fit son apparition à l'une des fenêtres du premier étage, il fut salué par les acclamations flatteuses des invités. Il me poussa devant lui et, la foule des ribauds croyant sans doute à quelque bonne fortune de leur amphitryon, les vivats redoublèrent, égrillards et humiliants.

– Eh bien, Anne-Charlotte, tu ne salues pas ton bon peuple ? Ce sont pourtant de braves gens, tous serviteurs zélés de la couronne...

Je restai de glace et il n'insista pas.

– Comme tu dois déjà t'en douter, je vais t'offrir un petit spectacle. Une coutume charmante héritée des Romains qui, comme tu le sais, furent nos maîtres en matière de raffinement. Hé hé, mes gens en raffolent ! Regarde-les, comme ils se réjouissent d'avance. Il faut dire qu'aujourd'hui, c'est un peu exceptionnel, aussi. Nous n'avons pas tous les jours des invités d'aussi belle tenue…

À son signal, l'une des grilles s'ouvrit et Dunja fut poussée dans l'arène.

Le cœur me manqua. Je ne pus retenir une exclamation d'effroi. Mon oncle me prit par les épaules et les serra à me faire mal.

– Tu n'as qu'un mot à dire, un seul, et tout s'arrête, grinça-t-il.

Ce mot, je l'avoue, je fus bien près de le prononcer. Mais, à ce moment, je croisai le regard de Dunja et ce regard, crâne et tranquille, mieux que n'importe quel discours, m'ordonna de ne rien céder. Elle me fit un large sourire. Ce qu'elle me dit fut couvert par les lazzi de la foule. De toutes façons, j'avais la gorge trop nouée pour répondre. Que lui réservait-on ? Elle semblait si vulnérable, seule dans cette arène, pieds nus dans la sciure, simplement vêtue d'une chemise et d'un pantalon court serré aux genoux.

On lui lança quelque chose. Un poignard. Elle le ramassa, en éprouva le tranchant. Son regard fit le tour de l'assemblée, posément. Elle fixa tour à tour chaque courtisan, chacun des officiers avec leurs catins, comme pour en graver les traits dans sa mémoire. Peu à peu, les rires et les quolibets se turent, il n'y eut plus que quelques toux gênées, des grasseyements d'ivrognes déjà trop saouls pour avoir peur.

Furieux de voir sa clique ainsi domptée, mon oncle fit un nouveau signe et la seconde grille s'ouvrit.

– Oh non ! Non, pas ça ! m'écriai-je d'une voix étranglée.

Un ours. C'était un ours !

Mon oncle resserra encore son étreinte sur mes épaules.

– Un mot, un seul mot, et mes hommes abattent la bête..., haleta-t-il à mon oreille.

Je ne l'écoutais pas. Fascinée, paralysée d'horreur, je contemplais le spectacle de l'arène. Dunja se dressait immobile au centre, le poignard fermement tenu dans la main gauche. L'ours feignait ne pas l'avoir vue. Lentement, en se dandinant, il longeait la muraille. Il se levait de temps en temps, pour l'éprouver de ses griffes. Debout, il était gigantesque, plus grand que Dunja qui, sans trembler, ne le quittait pas des yeux. La foule avait repris son tintamarre. L'animal, trop placide à son goût, avait besoin d'être excité. On lui jeta des mouchoirs, du vin, des verres même. L'ours rugissait, lançait ses griffes dans le vide, frustré de ne pouvoir atteindre ses persécuteurs.

Il finit par se tourner vers Dunja et, sans prévenir, il fondit sur elle.

Elle s'était tenue prête. D'un saut de côté, elle esquiva la première attaque. Emporté par son élan, l'ours alla bouler dans la sciure, soulevant une épaisse poussière. Il se releva, se retourna et, dérouté, chercha un instant Dunja de ses petits yeux myopes. La foule hurlante eut beau la lui désigner, il sembla de nouveau se désintéresser d'elle pour, comme la première fois, tenter de l'atteindre par surprise. Alors commença une danse mortelle, faite d'assauts et d'évitements, de feintes et de brusques écarts. Malgré sa blessure récente,

Dunja était d'une agilité confondante. Souple et puissante à la fois, elle s'envolait littéralement devant l'ours aux babines écumantes, rendu furieux par cette proie trop indocile. Dunja, cependant, tout en s'efforçant de rester hors de portée des terribles griffes, ne se contentait pas de fatiguer l'animal, mais tentait de le tourner de façon à se trouver derrière lui. En attendant, elle se gardait bien de lui porter aucun coup qui ne fût mortel, de manière à ne pas l'enrager davantage. Cependant, elle s'épuisait elle aussi. Il fallait faire vite, elle ne tiendrait pas longtemps ainsi. Lorsque sa manche rougit brusquement au niveau de l'avant-bras, ce fut du délire dans l'assistance. Soudards et putains hurlèrent leurs encouragements à la bête excédée, déchaînée par ce premier sang.

Mon oncle m'avait plaquée contre lui. Il ne se possédait plus. Je sentais contre mon dos sa respiration effrénée tandis qu'il me soufflait d'une voix entrecoupée :

– Petite garce... Vois comme c'est beau ! Comme elle se défend bien, ta copine. Si elle meurt, ce sera ta faute. Ta faute. Un mot, un seul mot !

– Non ! Non, geignis-je en tentant de lui échapper.

– Alors elle mourra et je t'aurai quand même, petite traînée, je t'aurai, tu m'entends ? Et quand j'en aurai assez de toi, je te livrerai à mes soldats. Tous, jusqu'au dernier !

Il me mordit soudain le cou jusqu'au sang, tout en tirant sur le haut de ma robe. Je me débattis, m'interdisant de crier pour ne pas risquer de déconcentrer Dunja. Ma résistance ne fit que l'exciter davantage. D'une main, il me plaqua contre son ventre. De l'autre, il me pétrissait les seins avec fureur, tout en cherchant mes lèvres pour les mordre.

Une soudaine clameur vint l'interrompre. Toute la bande hurlait, penchée à tomber des fenêtres, prise de frénésie meurtrière. Mes lunettes avaient glissé dans la lutte, je n'y voyais rien. Profitant de sa distraction, je glissai à terre, les récupérai à tâtons. Il me rattrapa par les cheveux, me releva et m'écrasa contre l'appui de la fenêtre.

– Regarde, nom de dieu, regarde !

Alors je vis. Dunja, couverte de sang, les jambes nouées autour de l'ours dressé, hurlant, lui enfonçait son poignard dans la gorge, encore et encore, jusqu'à ce qu'il s'écroulât sur le ventre, agité de soubresauts d'agonie. Elle roula dans la sciure sans parvenir à se dégager, l'une de ses jambes coincée sous le corps de l'animal. La foule, délirante, acclamait Dunja, réclamait sa libération immédiate, insultait le cadavre de l'ours.

Mon oncle écumait. Il me tenait toujours par les cheveux, me forçant à tenir la tête en arrière. Aussi fus-je peut-être la seule à voir se profiler ces silhouettes sur les toits qui surplombaient la cour... À l'instant même où je les aperçus, les premiers coups de fusils retentirent.

Chapitre 6

– Par l'enfer ! Toi, là-bas, ramène-la chez elle !

Mon oncle n'avait pas tardé à réagir. Dès les premiers coups de feu, il m'avait lancée dans les bras du planton de service et s'était accroupi dans l'angle de la fenêtre, revolver au poing. Malgré ma résistance, le garde m'avait traînée *manu militari* à travers le château et jetée dans ma chambre, dont il avait tiré le verrou.

Cette fois, j'étais résolue à ne pas rester enfermée. Sans égard pour le précieux mobilier maternel, je lançai tout ce que je pus contre la porte dans l'espoir de l'enfoncer. Hélas ! elle avait été doublée de fer et mes faibles forces ne purent en avoir raison. Furieuse, je renversai un dernier guéridon et courus à la fenêtre. On ne voyait rien ! Pas le moindre incendie, pas la moindre fumée ! Le peu qu'on apercevait de la ville était aussi paisible et endormi qu'à l'accoutumée. C'était donc ça, une révolution ? Je n'avais pourtant pas rêvé ! Et Dunja ? Était-elle encore en vie ? Une bouffée d'orgueil me gonfla la poitrine : elle avait tué un ours ! *Ma* Dunja ! Une bouffée d'angoisse me la vida : et s'ils avaient profité de sa chute pour la tuer ? Non. Elle était vivante. Mon instinct me le criait sur tous les tons. Elle était vivante et elle allait venir me chercher. Il me fallait me tenir prête.

J'étais encore toute dépoitraillée. Ce dément avait déchiré tout le haut de ma robe. Et il m'avait mordue ! J'allai devant la glace : la marque de ses dents s'était profondément imprimée dans la chair en petites marques rouges d'où perlait un peu de sang. De lointaines légendes de vampires me revinrent en mémoire. C'était loin, les Carpates ? Je me désinfectai soigneusement à l'eau de Cologne, crainte de je ne sais quelle contagion, puis je changeai de robe. Ma mère n'était pas une grande sportive et sa garde-robe s'en ressentait. Une fois de plus, je regrettais mes habits masculins et prenais conscience de la sujétion dans laquelle nous maintenaient nos vêtements, ces modernes carcans conçus pour le seul agrément des hommes ! Je finis par élire une simple cotonnade qui semblait un peu égarée parmi tout ce luxe et, à l'aide de quelques épingles, en remontai le bas entre mes jambes, de façon à former une sorte d'ample pantalon qui m'éviterait au moins de trébucher dans les escaliers en cas de fuite précipitée. Une veste de cheviotte grise compléta ma tenue, puis je rassemblai quelques affaires de première nécessité. Des sous-vêtements de rechange, une brosse à dents, des aiguilles et du fil pour recoudre Dunja, un morceau de savon, un briquet… Une coupe de porcelaine avait échappé à ma fureur dévastatrice : elle contenait des fruits secs, je les versai dans un sachet, avec une ou deux pommes que je retrouvai sous une commode. Ma vieille musette voulut bien contenir ces *impedimenta*. Elle ne m'avait jamais quittée depuis mon départ d'Almissa. Mon livre s'y trouvait d'ailleurs encore. Mon livre... Il y avait bien longtemps que je ne l'avais pas ouvert, ce vieil ami trompeur. Mais je ne lui en voulais pas : même s'il m'avait appris une langue déjà désuète, caduque même, je lui devais, en somme, une bonne partie du bonheur que j'avais pu connaître par la suite.

Quoi qu'il en soit, j'étais prête.

Et maintenant ?

Rien.

Ma fébrilité retomba d'un seul coup. On n'entendait toujours rien... J'avais beau tendre l'oreille, nul coup de feu, même lointain, nulle cavalcade dans le couloir... C'était comme si toute vie avait soudain déserté le château. L'insurrection avait-elle échoué ? Allait-on m'oublier à jamais dans cette chambre ?

Le découragement me coupa les jambes. Je redressai une ottomane et m'y assis, près de la cheminée sans feu.

Un instant, j'eus l'idée de m'évader par là. Après tout, menue comme j'étais... J'allai même jusqu'à glisser la tête dans le conduit. Mais la peur d'y rester coincée et d'étouffer là, seule dans le noir, me fit bien vite reculer. Nous étions dans la vraie vie, pas dans un roman et, dans la vraie vie, on ne s'évade pas par la cheminée.

Au fond du foyer, la plaque de fonte était recouverte d'une épaisse croûte de suie. Ici comme ailleurs, rien n'avait été touché ni nettoyé. Désœuvrée, j'attrapai le tisonnier et entrepris de la gratter. Un gros morceau de suie brune tomba sur les chenets. Encouragée par ce résultat, je continuai machinalement mon petit ménage, jusqu'à dégager la presque intégralité de la plaque.

Elle était historiée, comme c'est souvent le cas. J'eus tout d'abord des difficultés à identifier le motif, tant il semblait embrouillé. Des barbus en robes longues et sandalettes s'y livraient à des activités mystérieuses… Un épisode mythologique, peut-être ? L'un des personnages était représenté plusieurs fois : ici, il recevait de l'argent… là, il en embrassait un autre d'un air « faux-derche », comme dirait le vieux Nestor… La suite était nettement plus sinistre. On le retrouvait pendu, puis cuisant dans un grand chaudron, sur des flammes attisées par d'affreux petits démons. L'ensemble des épisodes se passait au bord d'une rivière, d'un cours d'eau qui serpentait au milieu de la plaque pour aboutir au chaudron, ou bien en sortir… Tout cela me rappelait quelque chose, mais je n'aurais su dire quoi. Du reste, mes préoccupations du moment excédaient quelque peu l'étude iconographique des plaques de cheminées draïniennes. Une révolution était en cours et elle se passait sans moi. Ou bien ne se passait pas… Et en plus, je commençais à avoir faim.

Bien improbable fringale qui surgit en pareil moment : un oncle pervers menace de me livrer à la soldatesque après m'avoir fait subir les derniers outrages et moi, tiens ! je me ferais bien une petite tartine ! C'était pourtant bien ainsi. Même le guerrier le plus farouche doit entretenir ses forces. À défaut de tartine, j'avais deux pommes : en croquer une ne prêterait guère à conséquence. Je me trompais.

Car la pomme une fois croquée, je jetai le trognon dans la cheminée.

Paf ! Pile sur la tête à Judas.

Judas ? Mais oui ! Cette histoire c'était celle de Judas trahissant le Christ pour trente deniers avant de connaître un juste châtiment ! À ma décharge, j'étais assez novice en matière de religion, ni Grand-mère ni monsieur Roland n'ayant jamais beaucoup donné dans le surnaturel.

Donc, Judas.

Cela me rappelait autre chose, mais quoi ?

Judas… Judas, le cours d'eau, les flammes, le feu…

Le feu de Judas…

Je manquai m'étrangler avec le dernier morceau de pomme. Ces mots ! Toussant, crachant, je me jetai sur mon livre, en tournai les pages avec fébrilité. Je les retrouvai, ces mots, tracés d'une main malhabile, à demi-effacés mais lisibles encore :

« *Dans le feu de Judas, où se retirent les eaux, un astre trouveras…* »

Les derniers mots de Grand-mère. Je les avais crus dictés par le délire : ils prenaient à présent un tout autre sens. Les appartements de ma mère… cette cheminée… Et si…

Le feu de Judas… c'était évidemment cette scène. *Où se retirent les eaux…* le chaudron ! Un astre ? Mais lequel ?

Fiévreuse, je tâtai le relief de la plaque, m'attardant sur le chaudron. Je poussai, je pressai, je tirai en tous sens, sans crainte de me salir. Enfin, après je ne sais combien de tentatives, un mécanisme joua, un déclic, et le chaudron – contenant et contenu – pivota tout entier vers l'extérieur, révélant une étroite cavité dans laquelle était enchâssée une boîte de métal noir. Je la pris et, le cœur battant, en fis sauter le crochet. À l'intérieur, un écrin tendu de soie rouge sur laquelle… Un diamant. Le… comment donc ? Le Commodore ? Le Régent ? Non, ça c'était déjà pris, je l'avais vu au Louvre. L'Amiral ? Zut ! impossible de me souvenir… Le Concierge ? Tant pis : *le* diamant, énorme, rivalisait de rayons avec le soleil de midi. Sa lumière, trop longtemps contenue, semblait exulter dans ma main tremblante. Le Truc ! J'avais retrouvé le Bidule, ce diamant mythique qui manquait à la couronne et sans lequel Augustus-Adolf ne pouvait prétendre asseoir sa légitimité. Je n'y connaissais rien en joyaux mais c'était lui, forcément, pas un vulgaire bouchon de carafe ! J'avais enfin de quoi peser sur mon oncle et même, peut-être, infléchir le cours de la bataille…

À condition, toutefois de ne pas aller le perdre bêtement.

J'allais le remettre en sûreté dans sa cachette lorsque, enfin, des pas résonnèrent dans le couloir. La serrure de ma prison claqua. Je n'eus que le temps de glisser le diamant dans ma poche et de m'éloigner de la cheminée, tisonnier en main.

La porte s'ouvrit et mon oncle en jaillit tel un diable de sa boîte, sabre au clair, noir de poudre et de fumée.

– Les maudits, haleta-t-il. Ils croient me tenir… Mais ils ne connaissent pas Augustus, ces chiens ! J'ai de quoi les calmer, moi. Tu vas venir avec moi, quand ils te verront sur les remparts…

Il tendit la main vers moi. Je me mis en garde, flamberge en avant.

– Je n'irai nulle part, ne vous avisez pas de me toucher, vous entendez ?

– Ha ha ha, voyez-vous la péronnelle ! Petite idiote, crois-tu pouvoir me résister ? Lâche cette brindille immédiatement !

– Non !

Il ricana de nouveau et s'approcha à pas comptés. De la pointe de son sabre, il lançait de petites feintes qui, peu à peu, m'obligèrent à reculer vers la fenêtre. Je n'avais pas la moindre notion d'escrime. Face à lui, mon tisonnier semblait dérisoire. Je le tenais néanmoins toujours fermement devant moi.

– Oh là là ! se moqua-t-il. Un vrai petit soldat ! Tiens, voyons si tu sais te battre...

Il s'amusa à faire sonner le métal, à petits coups du plat de sa lame sur mon arme improvisée.

– Hop, hop ! Allons, en défense, petite fille !

Acculée à l'appui de la fenêtre ouverte, je parais comme je pouvais.

– Hop, dis-donc, j'espère que tu défends mieux au lit, ma chère petite nièce. Hop ! Ah , touché !

Une douleur fulgurante. Il m'avait entaillé la main. Le tisonnier sonna sur le parquet.

– Ha ha, te voilà pris, petit oiseau ! Allez, assez joué, viens maintenant. Viens voir Tonton... Han !

Il m'attrapa le bras et me tira à lui. Je voulus le mordre, il me gifla.

– Assez, assez, petite garce, tu vas me suivre, maintenant ! hurla-t-il.

– Moins fort, Augustus, on n'entend que toi, ici ! fit soudain une voix narquoise. Dunja, cheveux en bataille, vêtements lacérés, à demi-nue, se tenait tranquillement appuyée au chambranle.

– Dunja ! m'écriai-je. Attention, il est armé !

– Je le vois bien, petite Ana, je le vois bien. Mais moi aussi je suis armée.

Elle tenait encore le poignard avec lequel elle avait combattu la bête sauvage.

– Hum, revoilà donc notre « reine des bandits », hein... Il est donc dit que je ne serai jamais débarrassé de toi, maudite catin ! Mais ne te méprends pas, je ne suis pas un ours, moi.

Dans un grognement contradictoire, il me lâcha et bondit sur mon amie. Dunja para le coup et se jeta de côté. Sans lui laisser de répit, le prince lui portait botte sur botte. Dunja se battait bien, mais elle était blessée et épuisée par son combat précédent. Surtout, avec son seul poignard, elle avait beaucoup moins d'allonge que son adversaire, qui la réduisait ainsi à la défensive, sans lui offrir la moindre ouverture. Vint le moment que je redoutais : Dunja, en reculant, trébucha et tomba en arrière. Mon oncle, triomphant, leva son sabre et...

– Arrêtez !

Surpris, il suspendit son geste.

J'étais à la fenêtre, bras tendu au-dessus du vide.

– J'ai le diamant, si vous la touchez, je le jette !

Tout en tenant Dunja en respect, Augustus-Adolf me lança un regard affolé.

– Anne-Charlotte, ne fais pas ça ! Tu ne peux pas faire ça !

– Laissez-la ! Laissez-la se relever et s'en aller.

– Ana ! cria Dunja, je ne te laisserai pas.

– Tant que j'ai le diamant, je ne risque rien.

– Et tant que tu l'as, ricana mon oncle, tu ne peux pas bouger de cette fenêtre... Il me semble que nous sommes en présence d'un assez joli pat, non ? Alors, qu'est-ce qu'on fait, mainte...

Une détonation assourdissante. Mon oncle eut un regard étonné, se retourna à demi et s'écroula, le front étoilé de rouge. Anatole, pistolet encore fumant à la main, entra en boitillant. Il s'approcha du cadavre du prince et le retourna du pied.

– Échec et mat, vieille ordure ! Alors, tu ne t'attendais pas à celle-là, hein, mon prince ? Je regrette seulement de ne pas t'en avoir fait baver un peu plus, comme toi tu m'en as fait baver, charogne.

Il parut alors seulement nous remarquer.

– Mesdemoiselles, ravi d'avoir pu vous être de quelque utilité... Figurez-vous que le premier mouvement de ces pittoresques et sympathiques insurgés a été d'ouvrir les prisons de feu Son Altesse. Le reste – se procurer une arme, arriver jusqu'ici – ne fut qu'un jeu d'enfant. Inutile de vous dire que le moindre geste un peu vif de votre part sera considéré comme hostile et propre à mettre en action le joujou que voici. Cependant, je ne vous veux aucun mal, rassurez-vous. Je n'ai pas l'honneur de vous connaître, mademoiselle, fit-il à l'adresse de Dunja, qu'il salua de la tête. Je ne vous connais pas mais je devine en vous cette impétueuse comtesse Borskaja qui se mit plusieurs fois en travers de mon chemin. Je ne vous en veux pas, c'était de bonne guerre et vous êtes du reste très jolie ainsi romanesquement répandue à terre. Si jolie que je vous recommande d'y rester. Quant à toi, ma chère Ana, j'aimerais te convaincre que je n'ai jamais nourri contre toi quoi que ce fût de personnel... bien au contraire, souligna-t-il avec un soupçon de nostalgie, réelle ou bien feinte. Je n'oublie d'ailleurs pas qu'il y a quelques heures à peine, tu m'as très obligeamment protégé des violences de cet égorgeur. Après tout, tu n'avais qu'un mot à dire pour me faire empaler bien proprement. Revanche somme toute assez légitime considérant notre petit contentieux. Mais je parle, je parle et je vois bien que tu fatigues, ma petite Ana, le bras tendu comme cela au-dessus du vide. Tu vas donc très gentiment me remettre ce fameux diamant – dont je me tiendrai satisfait en compensation des gages que ne m'aura donc jamais versé ton vieil avare de tonton. En suite de quoi nous nous quitterons en toute bonne amitié, vous avez ma parole. Alors ?

J'étais trop stupéfaite pour réagir. Je serrais le diamant dans ma paume. Malgré son visage marqué par les coups, Anatole restait le même, séducteur, insinuant, persuasif. Je ne m'étonnais plus d'être un jour tombée dans ses filets. Le diable savait y faire…

– Ne lui donne pas, Ana, il n'a aucun droit !

Anatole se retourna vers Dunja.

– Ma chère comtesse, je vous soupçonne d'un rien de partialité à mon encontre. C'est un tort. D'autant que cette brave petite Ana a l'air de tenir bien fort à votre jolie personne. Aussi vais-je quelque peu préciser ma pensée…

Il braqua son pistolet sur Dunja.

– Ana, tu me donnes cette pierre, sans quoi je lui loge une balle dans le genou. D'abord celui-ci, puis l'autre, puis le ventre. Compris ? Je compte jusqu'à trois…

Posément, il la mit en joue et compta :

– Un, deux…

Je lui tendis le diamant.

– À la bonne heure ! Voilà une petite fille raisonnable, persifla-t-il en l'empochant.

– Eh bien, chose promise, chose due, je vous laisse. Ana, dépêche-toi de faire panser cette vilaine coupure… Ah, et puis je te souhaite évidemment un très heureux et long règne, ma chère petite princesse. Tu me pardonneras de ne pouvoir rester pour le couronnement… Allez, *arrivederci* !

Il recula, sortit posément et tourna la clé dans la serrure.

Je me jetai dans les bras de Dunja, trop émue pour prononcer une parole.

– Tu lui as donné ton diamant, me reprocha-t-elle en me serrant tendrement contre elle.

– Tes genoux valent mieux que n'importe quel caillou, nasillai-je, le nez dans sa poitrine.

– En attendant, il faut le retrouver et l'arrêter.

– Mais comment ? Nous sommes bouclées ici…

– Ignores-tu encore à qui tu as affaire ?

Elle alla vers la psyché et revint avec une épingle à cheveux qu'elle tordit d'une certaine façon. Anatole s'était contenté de fermer à clé, sans pousser les verrous supplémentaires : Dunja eut tôt fait de faire céder la serrure. Pendant ce temps, je nettoyai en hâte ma blessure, pour tout dire assez superficielle, et me fis un pansement improvisé d'un mouchoir de ma mère.

La porte était ouverte. Dunja me fit signe de reculer.

– Non, reste ici, toi. Les combats ne sont pas terminés. C'est dangereux.

– Quoi ? Pas question ! J'en ai assez d'être enfermée comme un vulgaire bibelot ! Je viens avec toi.

– Tu vas me gêner…

– Je ne te gênerai pas ! En plus, je connais le palais comme ma poche.

L'argument porta. Dunja s'arma du sabre de mon oncle et nous nous engageâmes prudemment dans le couloir. Il était vide.

– Tu es sûre qu'on se bat, là-dedans ?

– Tu rigoles ? Ça pète de partout, la ville est à feu et à sang ! Et c'est pour ça que tu vas rester derrière moi.

– C'est quoi, ton plan ?

– Récupérer un flingue, te mettre en lieu sûr, retrouver mes hommes, rattraper Anatole, lui faire cracher le diamant, faire triompher la révolution, te replacer sur le trône, faire l'amour avec toi pendant des heures.

– Tout ça ? Dans l'ordre ?

– J'aurais bien commencé par la fin, mais bon, l'urgence commande… d'abord un flingue.

– Et ça se trouve où, ça, un flingue ?

– Où on peut. En attendant, tu saurais sortir du palais ?

– Euh, oui, je crois. Enfin… peut-être. Je ne suis jamais sortie, en fait.

– D'après le plan initial, Gerner devrait être à la mairie. Je vais te remettre entre ses mains…

Elle s'engagea dans le corridor. Je la retins par ce qui lui restait de manche.

– Euh… attends. Il y a du nouveau. D'après mon oncle, c'est Gerner qui aurait fait assassiner mes parents.

– Ton oncle était fou. Il t'aura menti.

– Peut-être. Mais peut-être pas. Il n'a jamais fait mystère de ses autres crimes. Pourquoi vouloir se dédouaner de celui-là ?

– Je sais pas, moi. Pour gagner ta confiance ?

– Tu sais qu'il voulait m'épouser ?

– Hein ? Quel fêlé. Et tu voudrais croire un mec pareil ?

– Je ne sais pas. Il avait l'air sincère, là-dessus… Il aimait ma mère. Je ne le vois pas l'assassiner.

Dunja se frotta les yeux, l'air las.

– Bon. Ben on fait quoi, du coup ?

– Je préférerais rester avec toi et tes hommes. Je n'ai pas confiance en Gerner.

– Ça change pas mal de choses… Mais bon, pour l'instant, ça me va. Donc, on ne se quitte plus. Il faut juste que je retrouve mes garçons. C'étaient eux, tout à l'heure sur les toits. Ils les tiennent toujours, je pense, ainsi qu'une partie de l'aile ouest, à partir du poste de garde. D'où l'accès aux prisons et Anatole… Bref, on va les rejoindre. On va essayer, en tout cas. Ces types de la Garde noire sont coriaces.

– L'aile ouest, tu dis… Pas facile. On est à l'opposé, ici. Mais il y a bien un chemin, je crois. En passant par la bibliothèque…

– La bibliothèque, rigola Dunja. Ça m'aurait étonnée !

Je la guidai rapidement à travers les couloirs déserts. Çà et là, des traces de batailles commençaient à apparaître. La plupart des vitres avaient volé en éclats, le sol était jonché de morceaux de verre et de plâtras arrachés aux murs par les balles. Des tirs sporadiques se faisaient entendre de temps en temps. Il fallut parfois ramper mais nous parvînmes sans encombres à la bibliothèque. Les trois vieux messieurs s'y tenaient toujours. Sans lâcher ni pipes ni journaux, ils s'étaient simplement abrités derrière une grande table renversée et criblée d'impacts.

Ils nous saluèrent poliment et continuèrent leur lecture.

Au fond, une petite porte donnait sur un couloir étroit et seulement éclairé par une vague lueur à son extrémité. Nous nous y risquâmes avec prudence et bien nous en prit. Il faisait un coude à son extrémité, et s'achevait par quelques marches. En contrebas, un garde veillait à une meurtrière. Nous étions toutes deux pieds nus, il ne nous avait pas entendues venir. Dunja me fit signe d'attendre et de reculer. Elle me tendit le sabre et reprit son poignard. Un bref élan et elle bondit. Le soldat tourna la tête. Trop tard, le pied de Dunja l'atteignit à la mâchoire. Il lâcha son fusil et bascula en arrière. Aussitôt, Dunja fut sur lui, le poignard levé.

– Ne le tue pas !

Dunja suspendit son geste. Le soldat était groggy, il ne résista pas lorsque qu'elle lui posa la lame sur la gorge.

– Tu sais qui je suis ? demandai-je.

– Oui, grogna-t-il.

– Alors tu vas aller dire aux autres que le prince est mort. Tu entends ? Augustus-Adolf est mort. Toute résistance est inutile, vous êtes fichus.

– Ce n'est pas vrai.

– C'est vrai. Si tu ne me crois pas, va jeter un coup d'œil dans les anciens appartements de ma mère. Je suis désormais la nouvelle princesse, la seule autorité légitime en Draïna.

Le soldat me regarda, hagard.

– Laisse-le se relever, Dunja…

Elle le délesta de son revolver d'ordonnance, de son fusil et de sa cartouchière et lui ordonna de filer par où nous étions venues.

– Malin, ça, petite Ana… Mais pas prudent. S'il prévient ses petits copains, on les aura sur le dos d'ici pas longtemps.

– Là-bas, il y a un escalier de service qui descend droit vers une réserve. De là, on accède à une grande cour où donne un escalier qui mène aux chemins de ronde. Il y a aussi une porte cochère, pour les livraisons, que surmonte une barbacane. Je ne sais pas par quel camp elle est tenue mais, quoi qu'il en soit, elle fait face au corps de garde. Il y a environ une cinquantaine de mètres à parcourir entre les deux.

J'avais tout débité d'une traite. Dunja siffla, admirative :

– Eh ben ! Je vois que tu n'as pas perdu ton temps, petite Ana.

C'était un escalier à vis, étroit et raide, dans lequel il était impossible de se croiser. Nous fîmes halte au bas des marches. Un bourdonnement de voix nous parvenait à travers la porte de bois grossier. Elle n'était fermée qu'au loquet. Nous le soulevâmes avec prudence, et jetâmes un coup d'œil à travers la fente. Il y avait foule à l'intérieur, une quinzaine de personnes, au moins. La réserve était en sous-sol, isolée du gros de la bataille par des murs épais. Les soupiraux avaient étaient obstrués par des sacs dont certains, percés par les balles, laissaient échapper leur contenu. Une poignée de domestiques, terrorisés, s'étaient rassemblés là pour attendre la suite des événements. Aucun ne semblait armé et l'on n'apercevait pas de gardes.

Dunja, toujours prête à foncer, me fit signe de rester en arrière. Je l'arrêtai et poussai doucement la porte. Sans bruit, à petits pas, plus petite souris que jamais, je pénétrai dans la pièce sombre.

On ne me remarqua pas tout de suite. Je toussotai. Toutes les têtes se tournèrent vers moi. Une femme étouffa un cri.

Je lui souris et fis « chut » avec mon doigt. Les autres, sidérés, me regardaient bouche bée.

– Vous aussi, vous savez qui je suis ?

Dunja entra sur mes talons. Armée jusqu'aux dents, les vêtements lacérés, couverte de sang, elle faisait son petit effet. Terrifiée, une jeune servante se jeta soudain à mes pieds.

– Pitié, mademoiselle, ne nous faites pas de mal, s'il vous plaît !

La fille s'accrochait à ma robe. Dunja lui mit le pistolet sur la tempe et ordonna d'une voix glaciale :

– Lâche-la, toi.

D'autres commencèrent à crier. Je fis signe à Dunja de laisser faire et m'accroupis face à la domestique. C'était l'une de ces trop jeunes et trop jolies filles qui, quelques heures auparavant, me bousculaient d'un air dédaigneux dans les couloirs. Elle était en larmes et ses cheveux dénoués lui tombaient dans la figure. Je la pris dans mes bras.

– Allons... Ne pleure plus. Personne ne te fera de mal. Je suis là... Tu es en sécurité.

La leçon valait pour les autres. J'insistai :

– Le prince Augustus-Adolf est mort. Je suis votre nouvelle princesse. Il ne vous sera fait aucun mal.

Murmure prolongé de l'assistance. Je relevai la jeune fille :

– Va rejoindre les autres. Vous n'y êtes pour rien, on ne vous fera pas de mal, je vous le promets.

Éperdue, elle me baisa les mains. Les autres, conquis, voulurent à toute force en faire autant. Je les leur laissai un moment, avant de reprendre :

– Mais vous devez m'aider. Il faut faire cesser les combats au plus vite. Comment se présentent les choses, au niveau de la cour ? Quelqu'un le sait-il ?

Il y eut un flottement, puis un gros homme en tablier de cuir s'avança.

– La Garde tient les remparts et la barbacane, Votre Altesse, les band… euh, je veux dire, vos gens ont pris la tour de l'ouest, du haut de laquelle ils tirent. Nous avons dû nous barricader, acheva-t-il en désignant les soupiraux.

Dunja déplaça légèrement le sac qui masquait l'un d'entre eux.

– Je vois la tour. Une meurtrière donne de ce côté, ce doit être de là qu'ils tirent…

– Les hommes de la Garde, reprit-elle en s'adressant au bonhomme, combien sont-ils ?

– Je ne sais pas… Au total, environ cent cinquante, je crois. Mais ils ne sont pas tous là. On se bat en ville. Autour de la gare, surtout, à ce qu'on dit. Je ne sais rien de plus. Nous sommes bloqués ici depuis plus d'une heure. Impossible de fuir par la cour sans se faire canarder.

– Il n'y a pas d'autre issue ? demandai-je.

– Aucune, sinon celle par où vous êtes venues.

– Et pourquoi ne pas passer par-là, justement ?

L'autre eut un haut-le-corps.

– Le passage mène aux appartements, Votre Altesse ! protesta-t-il, horrifié. Nous n'avons pas le droit.

– Je vois, soupirai-je.

– Et si je vous le donnais, moi, ce droit ? repris-je à l'attention de la petite troupe. Allons ! Montez dans les étages et répandez la nouvelle : le prince est mort, la princesse Anne-Charlotte promet l'amnistie à tous ceux qui se rendront.

La cuisine se vida en un clin d'œil. Restées seules, nous barricadâmes la porte à l'aide d'un lourd bahut et Dunja revint à son poste d'observation.

Je regardai par-dessus son épaule. La fameuse barbacane était une sorte de pont couvert enjambant le passage qui menait du corps de garde à la cour. Un mur en chicane rendait le chemin plus étroit, à peine suffisant pour un chariot. Les deux étroites meurtrières ouvertes sur la cour devaient avoir leur pendant de l'autre côté.

– Si près du but ! ragea-t-elle. Mes hommes sont juste derrière mais tant qu'ils n'auront pas enlevé cette barbacane, ils n'avanceront pas. Après, en passant par ici, ce serait un jeu d'enfant d'investir le reste du palais pour prendre la Garde à revers. Ce serait…

Une série de coups sourds et précipités couvrit presque sa voix.

– Écoute, ils ont une mitrailleuse ! Ça explique tout.

Elle réfléchit rapidement.

– Je dois y aller, Ana ! reprit-elle. Ils ne vont pas éternellement se contenter de se défendre : leur seule chance de tenir pour de bon, c'est de reprendre le poste de garde. Une mitrailleuse comme celle-ci peut suffire à couvrir un commando décidé. S'ils parviennent à chasser les insurgés, nous serons définitivement coincées là. Il n'y a pas une minute à perdre !

– Tu ne peux pas y aller toute seule ! Je viens avec toi.

Elle n'écoutait pas.

– Une bouteille, trouve-moi une bouteille vide !

Il y en avait tout un tas dans un coin de la pièce. Elle en choisit une de petite taille, mais compacte et massive. Une partie de la réserve servait également d'atelier. Un gros établi en occupait tout le fond, garni d'outils de toutes sortes. Dunja en fit rapidement l'inventaire et brandit un gros marteau d'un air satisfait.

– Aide-moi, Ana. Il faudra aussi un entonnoir...

Elle avait débouclé sa cartouchière et, à toute vitesse, en extrayait les munitions.

– Il faut les dessertir. Ranko serait là, il ferait ça avec les dents, mais bon, ça marche aussi bien avec un bon vieux marteau à inertie...

La tête du marteau était creuse et prévue à cet effet : une à une, elle y glissait les cartouches, ogive en avant, frappait d'un coup sec sur l'établi et la force d'inertie faisait le reste. La balle tombait de l'autre côté et il n'y avait plus qu'à récupérer la poudre. Nous remplîmes une bonne partie de la bouteille et la tassâmes à l'aide de lambeaux de chiffons imbibés d'huile. Puis Dunja perça un bouchon de liège et y fit passer l'extrémité d'un des chiffons.

– Et voilà, à consommer sans modération ! s'exclama-t-elle, satisfaite.

Elle revint au soupirail.

– Ah, juste à temps. Viens voir, les voilà...

Une quinzaine de gardes armés de fusils se glissaient le long du mur opposé. Ils se regroupèrent à l'abri de la barbacane, attendant les ordres. Un officier regardait sa montre. Il leva la main, attendit quelques secondes et l'abaissa brusquement.

Ses hommes s'élancèrent. Aussitôt, la mitrailleuse entra en action, déclenchant en réaction un intense feu de salve depuis le poste de garde.

Dunja glissa le revolver dans sa ceinture et empoigna la grenade.

– Reste là, petite Ana... Je reviens tout de suite.

Elle ouvrit la porte et franchit d'un bond les quelques mètres qui la séparaient de l'ouvrage fortifié. Celui-ci n'avait qu'une seule issue, une volée de marches usées se tordant sur elle-même, qui menaient à l'étage et s'ouvraient sous le porche. Dunja les gravit prudemment, tous les sens tendus et se plaqua dans un renfoncement du mur.

Je l'avais suivie. Je me plaquai contre elle.

Elle sursauta, se retourna, me fit les gros yeux.

Je lui rendis mon meilleur regard de petite fille grondée. À vrai dire, je n'en menais réellement pas bien large. Le sifflement des balles, le bruit des coups de feu, le staccato infernal de la mitrailleuse me mettaient la tête à l'envers. Une peur animale, irrépressible, s'était emparée de moi. J'aurais tout donné pour que ce bruit cesse, ou bien pour être ailleurs, ou bien me recroqueviller dans un coin et disparaître mais je n'étais plus maîtresse de mon propre corps. Une force supérieure, inconnue, me portait en avant et m'empêchait de reculer.

Dunja secoua la tête, fataliste. Elle souleva la grenade et s'apprêtait à la lancer quand, soudain, ses traits se décomposèrent.

La mèche. Dans sa précipitation, elle avait oublié d'allumer la mèche !

Je lui tendis mon briquet.

Sa bouche s'arrondit, puis se fendit en un large sourire. Elle battit le briquet, alluma posément la mèche et, m'attirant à elle, m'embrassa avec passion tout en lançant, désinvolte, son engin de mort de l'autre côté du mur.

La déflagration fut assourdissante. Un énorme nuage de fumée jaillit de l'ouverture, dans laquelle Dunja se jeta en roulant sur elle-même, revolver en main. Je la suivis à quatre pattes, toussant et éternuant.

La grenade avait fait son petit effet. Trois gardes gisaient sur le sol, plus ou moins criblés d'éclats de verre. Sans doute n'étaient-ils qu'étourdis : anticipant sur les futures conventions internationales sur les armes à sous-munitions, nous n'avions mêlé ni clous rouillés ni billes de métal à la poudre. Pendant que Dunja redressait la mitrailleuse et la situation, je me chargeai de les désarmer et de leur lier pieds et poings à l'aide de la grosse bobine de ficelle et des ciseaux de cuisine dont je n'avais également pas manqué de me munir.

Un œil sur mes patients, je suivais les événements de l'autre. Dunja avait replacé la Maxim dans l'axe de la meurtrière et, sans pitié, arrosait abondamment les assaillants. Soudain pris entre deux feux, les soldats de la Garde voulurent refluer. Ceux qui ne tombèrent pas sous les balles durent vite se rendre aux insurgés qui, s'avisant du changement, tentaient une sortie.

– Ranko ! Par ici, vite. La voie est libre ! cria Dunja, faisant taire la mitraille.

Une énorme ovation lui répondit. En un clin d'œil, une horde de farouches guerriers se répandit dans le passage et envahit notre réduit. Le géant chauve qui était à leur tête enleva familièrement Dunja dans ses bras et la pressa sur sa vaste poitrine avec un rire tonitruant.

– Allons mon gros, protesta-t-elle en riant elle aussi, à plus tard, les effusions ! Il n'y a pas une minute à perdre.

La mitrailleuse fut immédiatement tournée côté cour et pointée vers les remparts et nous guidâmes le gros des troupes vers le miraculeux petit escalier qui, peu ou prou, commandait l'accès à tout le palais.

Nous suivîmes l'assaut depuis la barbacane. Ce ne fut l'affaire que d'une grosse demi-heure. Mon petit travail de démoralisation avait porté ses fruits : la nouvelle de la mort du prince s'était répandue comme une traînée de poudre et les soldats, peu soucieux d'héroïsme inutile, n'opposèrent pas de vraie résistance. Tandis qu'on les regroupait dans les anciennes prisons, les hommes de Dunja s'emparaient des remparts et ralliaient le reste des insurgés, qui pénétrèrent en masse dans l'enceinte du palais.

– Zut, Anatole ! s'écria Dunja.

– Quoi, Anatole ?

– Tu ne comprends pas ? Il va profiter de la presse pour s'échapper. Viens !

Je n'avais plus du tout pensé à lui et, en ce qui me concernait, il pouvait bien aller se faire pendre où il voulait mais Dunja avait l'air d'y tenir : je la suivis donc.

Il était d'ores et déjà impossible de contrôler les entrées et les sorties. La cour, le passage étaient noirs de monde. Nous dûmes nous frayer un chemin à travers une foule compacte d'hommes et de femmes, de bourgeois et d'ouvriers armés de bric et de broc, de fusils de chasse, de cognées ou de fourches, mais unis dans une même liesse. On nous reconnaissait et l'on nous acclamait. Je dus serrer d'innombrables mains tandis que Dunja, impatiente, m'entraînait vers le poste de garde, toujours tenu par ses hommes. Tout ce qui sortait du palais étant suspect, ceux-ci avaient bien arrêté quelques fuyards mais Anatole ne figurait pas parmi eux. Où était-il passé ? Il était assez malin pour ne pas s'être fait remarquer, ou bien attendait-il une occasion plus propice ? À tout hasard, Dunja donna son signalement aux sentinelles et distribua des ordres en conséquence.

– Bon, de toute façon, pour l'instant, on ne peut rien faire de plus. Attends-moi ici une minute, je vais aux nouvelles...

De fait, une minute s'était à peine écoulée qu'elle revint. La bataille était presque terminée. On se battait encore à la gare, où les républicains de Nikola Netsi affrontaient les derniers éléments de la Garde, encore ignorants de la mort de leur chef. Le vieux poète avait était blessé, mais ses jours n'étaient pas en danger, il avait été évacué. Gerner, quant à lui, siégeait en effet à la mairie, reconquise dès le début de l'insurrection et d'où il coordonnait les opérations en ville. Je demandai des nouvelles de Patrizio et de Marion. Elle n'en avait pas.

– Mais tu sais quoi, petite Ana ? On va lui faire une surprise, à ce bon vieux Gerner. Il sera sûrement ravi de te voir... Mais ne t'inquiète pas, on va y aller en force.

Je ne sais comment elle parvint à rassembler aussi vite les plus impressionnants de ses hommes mais, un instant plus tard, je remontais la rue principale de la capitale, entourée d'une douzaine de terribles géants barbus et précédée d'une Dunja en loques, très *Liberté guidant le peuple*. Le peuple, en l'occurrence, était une petite princesse aux pieds nus qui se répandait en coucous intimidés à la foule massée sur son passage ou penchée aux fenêtres d'où bannières et drapeaux trompettaient leur or et leur pervenche aux quatre vents de la Révolution.

La capitale n'est pas bien vaste. À peine eus-je le temps de composer cette phrase un rien alambiquée que nous parvenions à la mairie sous les acclamations de la multitude. Je saisissais à présent l'intention de mon amie. Même si cela restait symbolique, je devais paraître comme la seule vraie maîtresse de la situation, la gracile et fraîche héroïne de ce jour historique et renvoyer Gerner à ses machinations : il ne me rendait pas ma couronne, je l'avais déjà reprise de haute lutte avec mes petites mains. Aussi, pas question de lui laisser tirer les marrons du feu, il fallait battre le fer tant qu'il était chaud et autres proverbes bien de chez nous.

Gerner, il faut l'avouer, prit assez bien la chose. Il vint m'accueillir sur le perron, encadré par tout un état-major de redingotes et d'uniformes tout frais sortis du placard. Son baise-main fut impeccable, irréprochable son sang-froid quand, du haut de mon mètre cinquante, je lui repris des mains le contrôle de la situation.

Il ne put s'empêcher, en revanche de fusiller du regard une Dunja goguenarde. Il savait bien, au fond, qui était le véritable artisan de ma victoire et lui voyait déjà toutes les caractéristiques de la dangereuse rivale. C'était une idée... Et si je la prenais comme cheffe du gouvernement, tiens ? Après tout, nul pacte formel ne me liait à Gerner. Quelle tête ferait-il ? Que mon oncle m'eût menti ou pas, je ne pouvais à présent m'empêcher de voir affleurer le ver de la traîtrise sous cette belle tête blanchie dans les travaux.

Derrière lui, toute une nuée de patriotes d'apparat se poussaient déjà du coude pour se mettre les premiers dans mes bonnes grâces. Mes gardes du corps les repoussèrent sans ménagement dans l'obscurité de l'anonymat et je fis face à la foule :

– Peuple de Draïna, le tyran est mort ! Nous sommes libres !

Dunja me prit la main et la leva bien haut. Ce fut un triomphe. Une gigantesque ovation jaillit de la foule. Un premier bouquet de fleurs atterrit à nos pieds sales et d'autres suivirent, confectionnés à la hâte et sortis on ne sait d'où. Je ramassai un humble bouquet de pervenches, emblème de mon pays, et le posai sur mon cœur. Cette fois, ce fut du délire. Les hommes de Dunja n'eurent pas trop de toute leur vigueur pour contenir mes sujets et les empêcher de s'arracher les reliques de leur princesse toute neuve.

Un remue-ménage à l'entrée de la place vint heureusement les distraire. Une petite troupe hérissée de baïonnettes cherchait à se frayer un passage en direction de la mairie. Elle finit par y parvenir et je reconnus Marion, radieuse, carabine à l'épaule, agitant sa casquette pour attirer mon attention.

Sans souci de l'étiquette et des mastards qui cherchaient à la retenir, elle se jeta sur moi et m'embrassa à m'étouffer. Les joues rouges, pleurant de joie et plus belle que jamais, elle répétait :

– Ana, j'étais tellement inquiète. Tu ne peux pas savoir, j'étais tellement inquiète !

Je redressai mes lunettes pour découvrir Patrizio, qui la suivait parmi d'autres jeunes gens armés et couverts de poussière. Ils poussaient devant eux un individu loqueteux que je n'eus aucun mal à reconnaître.

C'était Anatole.

– Mon Dieu ! Vous... vous l'avez retrouvé ? Mais comment ? balbutiai-je sans comprendre.

– Retrouvé ? s'étonna Marion. Lui ? Mais tu le connais donc, Ana ?

– Mais oui, bien sûr que je le connais. C'est Anatole !

– « Ton » Anatole ? Ça alors ! Moi aussi, je le connais ! Mais c'est « mon » Julien. Julien Brézard, tu te rappelles ?

Bien sûr, je me souvenais très bien de ce Julien, cet agent provocateur dont Marion m'avait parlé, celui-là même qui avait trahi ses amis anarchistes après les avoir poussés à commettre un attentat. Mais jamais je n'eusse imaginé qu'Anatole de Clerc et Julien Brézard ne faisaient qu'un ! L'histoire de Marion était simple, c'était celle d'un gros coup de malchance pour Julien-Anatole. Des insurgés l'avaient reconnu dans la rue pour l'un des prisonniers sortis des geôles de mon oncle. Ils l'avaient crié aux autres et la foule, en l'honneur du martyr, l'avait porté en triomphe, au grand dam d'Anatole qui, justement, avait quelques raisons d'incliner à une certaine discrétion. Marion passait par là, en compagnie de Patrizio et, bien qu'il eût « pris cher », comme elle disait, l'avait immédiatement reconnu pour celui qui les avait livrés à la police, elle et ses amis. Patrizio avait rameuté quelques camarades et s'était occupé du reste.

– Vous... vous l'avez fouillé ?

– On lui a pris son revolver, c'est tout. On l'amenait ici pour l'interroger...

Je me jetai sur Anatole, que retenaient quelques solides paires de bras. Je n'eus pas à chercher longtemps. Il avait la pierre dans la poche, tout simplement. Beau joueur, il me fit un sourire résigné. J'élevai le diamant dans la lumière et, comme un miracle n'arrive jamais seul, annonçai avec fierté :

– Messieurs... le Proconsul !

Chapitre 7

L'histoire aurait pu s'arrêter là si l'autre, la grande ou soi-disant telle, n'en avait décidé autrement. La nouvelle tomba par câble, une heure à peine après ce qui vient d'être relaté : arguant d'une « intolérable agitation nationaliste à ses frontières », l'armée autrichienne venait d'entrer en Draïna et marchait sur la capitale.

Il était évidemment inutile de résister, sous peine de provoquer un bain de sang. Je fis aussitôt une proclamation du haut du balcon de l'hôtel de ville, pour appeler la population au calme et lui enjoindre de garder son sang-froid en attendant la suite des événements. Les quelques têtes brûlées qui voulaient encore en découdre furent rapidement mises au pas et désarmées. Le couvre-feu fut décrété mais personne ne dormit beaucoup cette nuit-là. Les premières unités de l'Empire arrivèrent aux environs de vingt-deux heures et prirent aussitôt possession de la poste, de la gare et des différents points stratégiques de la ville. Un gros général soufflé comme une gênoise descendit prestement de sa belle auto, rebondit sur les marches de la mairie et, après m'avoir poliment baisé le bout des doigts, me signifia, guilleret, que toute autorité légale était suspendue jusqu'à plus ample informé, l'armée autrichienne suppléant désormais aux tâches de police et de maintien de l'ordre. Envoyé plénipotentiaire de Sa Majesté l'empereur, il me transmettait enfin les plus aimables salutations de mon bon cousin, avec ordre de se mettre à mon entière disposition pour tout ce qui ne concernait pas directement le programme qui précède.

Ma réception, je l'avoue, fut assez froide.

D'autant plus froide que Gerner, de son côté, n'avait l'air ni très surpris ni particulièrement outré de ce qui se passait. Dès le début, il n'avait cessé de prêcher la prudence et ce qu'il nommait le « réalisme » : à l'entendre, l'intervention de l'empereur était inéluctable, il fallait s'y attendre, le tout était de se ménager suffisamment de cartes en main pour négocier de façon honorable la solution la plus avantageuse pour toutes les parties. Ce discours lénifiant maintes fois répété acheva de me convaincre que mon oncle n'avait peut-être en effet pas menti lorsqu'il accusait Gerner de trahison. Tout cela prenait décidément une allure combinée d'avance qui me plaisait de moins en moins. Un quart d'heure plus tard, nous étions tous assis à la grande table du conseil municipal. Avec le général, Gerner parlait en allemand, langue que je n'entendais guère. Je le rappelai sèchement à l'ordre.

– Mais, Votre Altesse, le général Retnich ne comprend pas le serbo-croate et...

– Peut-être comprend-il le français, en ce cas, dis-je dans ma langue d'adoption. Je vous prierai de n'avoir quant à vous aucun conciliabule privé avec l'ennemi.

Gerner, maté, baissa le nez. Le général qui, en bon Viennois, parlait en effet un très passable français, intervint à son tour :

– Ennemi, Votre Altesse ? Mais nous ne sommes pas ennemis, bien au contraire ! fit-il, ses petits yeux en boutons de bottine tout pétillants d'allégresse. Le destin de la Draïna et du Saint Empire ne sont-ils pas liés depuis toujours ? Sa Majesté l'empereur François-Joseph, sachant vos difficultés, veut vous venir en aide tout en évitant de déstabiliser un peu plus une région déjà fort agitée. Elle se réjouit, croyez-le, de la destitution d'un tyran dont elle a toujours dénoncé la politique sanguinaire et veut profiter de ce changement de régime pour mettre à jour nos relations avec un pays, certes petit par la taille mais grand par le cœur, dont elle a toujours estimé le courage et l'esprit d'indépendance. Elle m'envoie vous proposer son aide, voilà tout...

– Me la proposer ou bien me l'imposer ?

– Vous la proposer, Votre Altesse, en toute sincérité. L'exemple de vos parents devrait suffire à vous convaincre du danger d'un trop grand isolement politique, vous laissant à la merci de toutes sortes d'aventuriers...

Son regard, à cet instant, pesa sur Dunja. Aussi bien faite que fût sa police, il ne soupçonnait certainement pas la nature de nos relations. Je me sentis pâlir de colère.

– Si c'est à la comtesse Borskaja que vous faites allusion, général, sachez qu'elle m'a sauvé plusieurs fois la vie et que notre amitié ne saurait être mise en doute.

Dunja, discrètement, m'allongea un coup de pied sous la table.

– Je ne faisais allusion à personne, Votre Altesse. Je soulignais simplement combien la Draïna avait besoin d'alliances et combien elle aurait tort de se priver de celle de l'Empire que je représente. Je ne viens pas les mains vides, Votre Altesse, nous avons des offres à vous faire...

– Des offres, général ? Que pourrait nous offrir l'empereur, sinon de nous laisser vivre en paix ?

– En paix, tout est là, Votre Altesse. Sa Majesté vous offre avant tout son amitié, ce qui inclut bien entendu sa protection. En clair, la Draïna aurait tout à gagner à rejoindre l'Empire, selon des modalités qui restent naturellement à définir. Nous ne souhaitons pas brusquer les choses.

– Il me semble que vous les avez déjà quelque peu brusquées, ce soir, général.

– La sécurité avant tout, Votre Altesse... Mais je suis d'abord là pour discuter.

– Bref, vous me proposez de prêter la main à l'annexion de la Draïna. C'est non.

– Votre Altesse ! intervint Gerner. Voyons, vous ne comprenez...

– Taisez-vous, Gerner. Je comprends fort bien, au contraire, et bien mieux que vous le pensez.

– Réfléchissez, Votre Altesse, reprit le général sans se départir de son sourire bonhomme, et considérez avant tout l'intérêt de votre pays. Regardez la carte de l'Europe. L'heure n'est plus aux confettis...

– L'heure sera-t-elle toujours aux empires ?

– L'Allemagne, l'Italie ont fait leur unité depuis longtemps. L'Angleterre et la France sont en pleine expansion coloniale… La Draïna n'est qu'une enclave, un nain entouré de géants, à la merci du moindre blocus. Soyez raisonnable et sachez faire honneur au souvenir de votre père. Sa Majesté l'empereur l'estimait énormément. Elle aimerait d'ailleurs beaucoup vous voir à la cour. Vous y feriez fureur, on ne parle que de vous, ces derniers temps, et de votre aventure pour le moins extraordinaire.

– Aventure à laquelle vous venez cependant mettre un terme.

– Mais non, mais non. Réfléchissez : l'empereur ne vous propose rien moins qu'un traité d'association privilégié, avec tous les avantages que cela comporte. Il vous ouvre les portes de l'Europe ! Votre pays a tout à y gagner…

– Si ce n'est qu'un état souverain, comme par magie, se changerait en lointaine province. Je n'entends pas trahir un peuple qui a toujours fait la preuve de son esprit d'indépendance.

– Voilà qui serait tout à votre honneur, Votre Altesse, s'il s'agissait de le trahir. Au contraire, la Draïna, encore une fois, n'aurait rien à perdre à rejoindre l'Empire. Songez-y : en termes de commerce, d'industrie… Nous avons tout à gagner à développer nos relations.

– Je ne m'y oppose pas, général, mais sur un pied d'égalité. Je refuse d'être la princesse fantoche qui aura livré son pays pieds et poings liés.

– Écoutez, Votre Altesse, il est tard et nous sommes tous fatigués. Je vous propose donc de clore cet entretien pour aujourd'hui. La nuit porte conseil, nous y verrons certainement plus clair demain matin.

Je me levai avec toute la majesté disponible.

– Nous verrons, en effet, général. En attendant, je vous prierai de donner des ordres pour que la légalité soit respectée dans mon pays. Je ne souffrirai aucun manquement, aucune exaction de la part de vos hommes ni la moindre atteinte à la liberté de mes sujets.

Le général daigna ne pas sourire de ma présomption et acquiesça :

– Naturellement, Votre Altesse, naturellement. Nous ne sommes pas des barbares. Il ne me reste qu'à vous souhaiter une excellente nuit.

Il prit enfin congé sur un impeccable baise-main.

On nous avait réservé des chambres dans la meilleure auberge de la ville. Dès que possible, j'allai rejoindre Dunja dans la sienne. Elle ne dormait pas. Elle avait déniché je ne sais où une bouteille de vin hongrois et lui faisait un brin de conduite assise sur le rebord de la fenêtre ouverte sur la nuit.

Elle trouva un second verre et m'en versa malgré mes protestations.

– Nous n'avons même pas fêté ta victoire, petite Ana... Pas même nos retrouvailles.

Elle choqua son verre contre le mien.

– J'espère que tu ne le trouveras pas trop amer, fit-elle, ambiguë.

Je trempai mes lèvres dans le breuvage sombre.

– Qu'en penses-tu, toi ? demandai-je en les posant sur les siennes.

– Hum… il me paraît excellent. J'en reprendrais bien un peu, même.

– Autant que tu voudras…

J'étais un peu ivre lorsque nous nous séparâmes enfin, ivre d'amour ou de vin, je ne m'en souciais guère. Nous étions assises sur le lit, à présent. Je reposais le dos contre la poitrine de Dunja, elle me tenait dans ses bras, sa joue contre la mienne.

– Que dois-je faire, Dunja ?

Elle ne répondit pas immédiatement.

– Que dois-je faire ?

– Te méfier, tout d'abord. Un accident est vite arrivé…

– Tu crois ? Ce général d'opérette a l'air bien inoffensif…

– Il n'y a pas de généraux inoffensifs. Sous ses allures paternes, ce Retnich n'est pas un troisième couteau, crois-moi. Si François-Joseph en a fait son plénipotentiaire, c'est qu'il pense que l'affaire en vaut la peine.

– Je n'ai que faire de ses propositions. J'aurais l'impression de trahir.

– Alors, je devrai toujours te protéger.

– Hum… Ce ne serait pas pour me déplaire.

– Mais je n'y arriverai peut-être pas toujours. Je ne veux pas te perdre, petite Ana…

Je ne répondis pas. Au point où en étaient les choses, il était en effet probable qu'un ancien suppôt de mon oncle, un militant nationaliste, un fanatique quelconque, surgît à point nommé pour en finir avec la gênante petite princesse. Pire, il pourrait bien s'en prendre à Dunja elle-même, dont nul n'ignorait l'importance qu'elle avait pour moi.

– Moi non plus, je ne veux pas te perdre, murmurai-je. Et je ne veux pas non plus vivre en regardant sans cesse derrière moi. Je ne veux pas avoir à me méfier de tout et de tout le monde. Et puis tout cela ne m'intéresse pas beaucoup, au fond. Depuis le début de cette affaire, j'ai perdu mes parents, mon pays d'adoption, ma tranquillité… Et pourtant, c'est étrange, je n'arrive pas à regretter. Parce que… parce que je t'ai trouvée, toi. Tu sais, je ne comprends pas comment j'ai pu faire si longtemps, sans toi.

Elle resta silencieuse un moment. Elle me serrait un peu plus fort, à présent. Sa respiration s'était faite un peu plus rapide.

– Moi non plus, souffla-t-elle.

Doucement, je lui ouvris les bras et la forçai à s'allonger sur le dos. Le cœur battant, je dégrafai ma robe. Elle tomba à mes pieds et le reste suivit, pièce à pièce. J'enjambai le petit tas de vêtements. Pour la première fois depuis notre enfance, j'étais nue devant Dunja. Elle me regardait, sans un mot. Il n'y avait plus trace d'ironie sur son visage. À mon tour, je grimpai sur le lit et m'agenouillai près d'elle. Que faire ensuite ? Je ne savais pas. Je ne savais rien. Dunja vint à mon aide. Avec délicatesse, sa main se posa sur mon épaule, effleura du bout des doigts mon tatouage et glissa jusqu'à mes seins, qui répondirent à sa caresse. L'autre pesait doucement sur mes reins. Malgré la chaleur lourde de la nuit, je frissonnai. Quelque chose s'ouvrit, quelque part en moi. Je me laissai aller en avant et nos lèvres se joignirent…

– Dunja, il faut que je t'avoue quelque chose, murmurai-je entre deux baisers.

– Hum, quoi donc ?

– Tu pues le fauve, c'est affreux...

Elle gloussa.

– Ah, je sonne pour qu'on nous prépare un bain ?

– Trop tard. On ne va déranger personne. Je ferai avec.

– Et tu feras quoi, on peut savoir ?

– Hum... je ne sais pas, moi. Tiens, par exemple, est-ce que tu crois à l'influence régénératrice des baisers sur les tissus cicatriciels ?

– Je ne sais pas, je n'ai jamais essayé.

– Essayons, alors. Il est grand temps de faire avancer la science, répliquai-je en déboutonnant le peu qui restait de sa chemise.

– Tu en as pour un moment, je suis griffée de partout.

– Raison de plus pour ne pas perdre de temps, conclus-je en amorçant la cure.

À l'aube, je regagnai ma chambre sur la pointe des pieds. J'étais épuisée mais ne me couchai pas : je sonnai et mandai une couturière. À la femme qui se présenta, plus encore intimidée qu'ensommeillée, je commandai une garde-robe complète, plus à la mode et, surtout, plus pratique que les robes de bal de ma mère. Je fis également porter des vêtements convenables à Dunja, en attendant qu'elle pût remettre la main sur ses effets personnels.

En attendant que tout fût prêt, je pris un bain, me lavai les cheveux et m'apprêtai pour le mieux en prévision des épreuves que me réservait la journée. Le souvenir des caresses de la nuit me faisait courir sur la peau des frissons de bonheur. Je me vis nue dans la grande glace et, pour la première fois, me trouvai presque belle. Cela, je le devais à Dunja. Son amour me rendait belle. Le reste faisait pâle figure en comparaison. Ce Retnich, ce Gerner n'avaient qu'à bien se tenir !

Je fis ensuite servir un copieux petit déjeuner dans ma chambre et demander à mes amis de s'y joindre. Marion se présenta la première. En amoureuse consommée, elle vit tout de suite à mes cernes que je n'avais pas beaucoup dormi et sut à mon sourire que mes ennuis dynastiques n'y étaient pour rien.

– Oh, toi, tu as fait des folies, cette nuit ! observa-t-elle en m'embrassant tendrement. Je présume que c'est la belle Dunja ?

Je me contentai de hocher la tête, radieuse. Elle me serra dans ses bras :

– Enfin ! Je me demandais quand vous alliez concrétiser, toutes les deux. Vous en creviez d'envie, ça se voyait comme le nez au milieu de la figure !

– Tant que ça ? Et elle qui croyait que tu m'aimais...

– Moi ? Amoureuse d'une crevette pareille ? Allons donc !

– Et toi, Patrizio ?

– Rien à voir : la passion pure, le torrent de lave, le Vésuve et l'Etna réunis, l'explosion de la Montagne Pelée ! Tu sais, Ana ? Je crois bien que je suis heureuse..., reprit-elle après un petit temps de silence.

Nous nous regardâmes et éclatâmes de rire en même temps. Avions-nous l'air bête avec notre air de ravi de la crèche !

– On parle de moi ? demanda Patrizio, qui entrait à cet instant.

– On discute entre filles, bougre d'asticot ! Tu crois qu'on n'a que toi comme sujet de conversation, dis ?

– Je ne vois pas bien qui d'autre… Dis donc, tu as une mine superbe, Ana, fit-il en s'attablant. Alors, la patronne a fini par craquer pour sa petite fée blonde ?

Finalement, la moins à l'aise de nous toutes fut encore Dunja elle-même. Elle apparut la dernière, impeccablement vêtue à la hongroise, marmonna une vague excuse et glissa, les yeux baissés, jusqu'à la dernière chaise vide. Elle se versa du café et fit mine de se beurrer une biscotte. La biscotte cassa, elle n'y tint plus et s'écria, amusée malgré elle :

– Qu'est-ce que vous avez à me regarder comme ça, bande d'idiots ?

Ses joues pâles avaient rosi. Je ne l'avais jamais vue rougir ! Elle souriait de son sourire magique et rougissait ! Je n'y résistai pas, me jetai dans ses bras et nous nous embrassâmes longuement sous les bravos de nos amis.

Cela fait, nous abordâmes l'ordre du jour. Il se résumait à quelques mots : moi contre l'Empire.

– J'ai besoin de votre avis. Quelle attitude dois-je adopter ? Ils vont vouloir me forcer la main, c'est évident…

– C'est sûr qu'ils y ont mis les grands moyens ! répondit Marion. C'est ce qui s'appelle te mettre un fusil dans le dos. Si j'ai bien compris l'affaire, hier au soir, tu laisses faire les deux comiques, là, et la Draïna tombe tout droit dans l'escarcelle à François-Joseph, qui se débarrasse de toi en te mariant dans les dix jours à un hobereau quelconque, avec grand bal à la cour, valses de Vienne et tout le tralala. C'est ça ?

– C'est assez bien résumé, en effet. Et j'aimerais l'éviter, si possible. Des idées ? J'écarte d'emblée celle de reprendre les armes… Dunja, qu'en penses-tu ?

– Ce serait courir au massacre ou à l'annexion pure et simple. Inutile et dangereux…

– Bon. Quelle marge me reste-t-il entre les deux ? Patrizio, à ton avis, comment la population va-t-elle réagir ?

– Elle ne bougera pas. Sauf si tu le lui ordonnes. Elle est à ta dévotion, Ana…

– J'ai du mal à m'y faire.

– Disons que j'y ai un peu travaillé.

Je ne pus m'empêcher de soupirer.

– Quand je pense qu'à un moment je rêvais de devenir libraire… Enfin, je suis censée revoir Gerner et Retnich, ce matin. Ils vont me bouffer toute crue !

– Tu as été très bien, hier soir, petite Ana. Très « princesse »…

– Il faut que les gens comprennent que tu es de leur côté, continua Patrizio. Du côté de la Draïna, même si tu as les mains liées. Tu vois le topo ? La force est de leur côté mais tu ne cèdes rien, etc. Par exemple, aujourd'hui, tiens ! Si j'ai un conseil à te donner, grille la politesse à Retnich, pose-lui un lapin. Tu n'as pas à répondre à ses convocations, tu es la souveraine légitime d'un état souverain. Par contre, montre-toi beaucoup en ville. Visite les blessés, les hôpitaux, les écoles… tout ce que tu peux. Serre des mains, embrasse des bébés… Mais évite les officiels. Fais-toi d'abord connaître du peuple, il ne t'en aimera que davantage.

– Mon Patrizio, tu sais quoi ? Tu es d'ores et déjà bombardé ministre de l'Information ! Donc, résistance passive, c'est ça ?

– Ça me paraît le plus sage, pour l'instant. Si nous devons établir un rapport de forces, il lui faut des bases solides.

– Hum... Quoi qu'il en soit, ça ne me déplaît pas de laisser un peu mariner ces messieurs.

– Ce n'est pas tout. Il faut tout de suite prévenir le prochain coup. Gerner est un malin. Tu ne l'intéresses que tant que tu es docile. S'il se rend compte que tu te désolidarises de son projet – et il s'en rendra très vite compte – il cherchera à te déconsidérer.

– Comment ça ?

– Des insinuations, des rumeurs... Sur ta légitimité, par exemple, tes relations avec ton oncle. Peut-être même avec Dunja. La population est très catholique, très conservatrice. Vous devez rester prudentes, ne pas trop vous afficher ensemble... Bref, il faut prendre les devants, convoquer la presse, donner à cette histoire le plus de publicité possible.

– La presse, mais laquelle ?

– Pas la presse autrichienne, évidemment. La presse française. Tu es Française, Ana. Les Français sont chauvins et, pour eux, les Autrichiens, d'une façon ou d'une autre, ça reste quand même des Boches, l'ennemi héréditaire, la revanche, tout ça... La France est une grande puissance : avec un peu de chance, on arrive même à créer un incident diplomatique.

– Tu oublies qu'en France, je reste une meurtrière. Une évadée, qui plus est, et avec pertes et fracas !

– C'est encore mieux : de l'action, du romanesque, de l'erreur judiciaire ! Tu feras pleurer dans les chaumières !

– Oui… Encore faut-il en faire la preuve, de l'erreur judiciaire. Mais, j'y pense : Anatole ! Mon oncle m'a révélé détenir une confession complète, qui me disculpe entièrement ! Il faut la retrouver.

– Elle doit être dans les affaires de ton oncle, intervint Dunja. Il y a sûrement un coffre-fort ou quelque chose… Je m'en occupe.

– D'ailleurs, au sujet d'Anatole, où est-il passé, celui-là ?

– On l'a remis dans son cachot. La paille était encore chaude.

– Il faut en profiter pour lui soutirer d'autres aveux. Au sujet de l'affaire de Marion, je veux dire…

Marion eut un sourire carnassier :

– Ça, c'est moi qui m'en occupe. Et il va se mettre à table, fais-moi confiance. Je vais lui faire bouffer ses roubignolles, à cette ordure.

– Euh, je voyais cela d'une façon plus… humaniste, disons.

– Quoi, humaniste ? Tu voudrais prendre des pincettes avec ce saligaud ? Tu oublies ce qu'il t'a fait ?

– Je n'oublie pas, mais le torturer ne fera revenir personne. Il a déjà été passablement puni, je crois, et puis, qu'on le veuille ou non, il nous a probablement sauvé la vie… Je pensais plutôt lui proposer un marché.

– Quel genre de marché ?

– Eh bien, avec ce que nous détenons sur lui, nous avons déjà largement de quoi l'envoyer à la guillotine, en France. Je pensais échanger sa liberté contre des aveux te concernant.

– Tu vas le relâcher dans la nature, ce fumier ? Mon affaire n'en vaut pas le coup, Ana, après tout, on l'a vraiment posée cette bombe, nous autres, il nous a pas obligés !

– Il n'y a pas que ça... Monsieur Roland était contre la peine de mort. Résolument. Et ce n'était pas non plus un grand pourvoyeur de bagne.

– Bon... En même temps, c'est pas moi qui vais te donner tort là-dessus.

– Et je préférerais que ce soit Patrizio qui se charge de l'interroger, aussi. Ce n'est pas notre rôle, ni à toi, ni à moi. Et il saura mieux s'y prendre, je crois.

– Hum... T'as peut-être raison. Il serait encore fichu de m'embobiner, avec ses beaux discours et ses yeux de merlan frit. N'empêche, faudra qu'on m'explique comment il se retrouve comme ça dans nos deux affaires, celui-là. C'est quand même une drôle de coïncidence, non ?

– Une drôle de coïncidence pour un drôle de personnage, oui... Quant à toi, Marion, en fait, j'aurais une autre mission à te confier. Je voudrais réintégrer le palais le plus tôt possible. Il faudrait s'occuper de le remettre en état. Au moins les pièces d'apparat et quelques appartements. S'assurer du ravitaillement... Il y a le corps de mon oncle, aussi, il faudra s'en occuper. Tu réembaucheras le personnel, c'est plus simple et il n'y est pour rien. Appuie-toi sur une certaine *Frau* Gerda. C'est une peste, mais elle est efficace et elle parle français. Ah, et puis, dans la bibliothèque, tu trouveras trois vieux messieurs. Inutile de les déranger, ils sont inoffensifs. Et puis...

Marion éclata de rire.

– Princesse Ana, la petite fée du logis. T'inquiète, ma mignonne, je m'occupe de tout ! Tu me feras juste une petite liste ?

Les rôles ainsi répartis, nous nous séparâmes. Mes amis prirent le chemin du palais et, quant à moi, je me préparai à jouer mon rôle avec le plus de conviction possible. De nombreux solliciteurs m'attendaient déjà dans la salle d'auberge. Je les laissai se présenter, puis en fis le tri rapide, entre ceux dont l'affaire était effectivement pressante et les simples fâcheux. Parmi les premiers se trouvait le directeur de l'hôpital, un vieil homme affable qui venait réclamer ma présence au nom de ses patients et du triste état de ses locaux. Je sautai évidemment sur l'occasion et m'empressai de le suivre. Il faisait beau : nous nous y rendîmes à pied, entourés de toute une petite foule. Une fois de plus, je pus mesurer l'efficacité du travail de Patrizio. Si l'intervention autrichienne avait terni la joie de la population, elle n'avait en rien diminué la ferveur dont on m'entourait, bien au contraire. Les hommes ôtaient leur chapeau, les femmes me faisaient la révérence. J'avais refusé les gardes du corps dont Dunja voulait me flanquer. Je m'en félicitais maintenant : toute distance abolie avec le peuple, je parlais à chacun en m'efforçant à la plus grande simplicité et avec toute la sollicitude dont j'étais capable. Le directeur supporta tout cela patiemment, comme il supporta que ma première visite fût évidemment pour monsieur Netsi. Sa chambre était gardée par deux hommes armés. Elle était claire, aérée et bien meublée. Je le trouvai au lit, le bras en écharpe et le torse bandé. Sa blessure était légère : une balle avait ricoché sur les côtes, en brisant deux ou trois au passage. Une forêt de poils blancs jaillissait du haut du pansement, sur sa large poitrine bronzée. S'il eut l'air touché de ma visite, il ne s'en récria pas moins :

– Ainsi, tout cela n'aura donc servi à rien !

– Ils ne tiennent pas encore la Draïna. Et puis le pays est débarrassé de son tyran, n'est-ce pas l'essentiel ?

– Peuh ! Qu'importe qu'il perde un oppresseur si c'est pour en gagner un nouveau. Cette vieille canaille de François-Joseph ne vaut pas beaucoup mieux que l'autre.

– Au moins est-il plus loin et sa mainmise un peu moins pesante.

– Hum... Vous êtes jeune, et encore un peu naïve, je le crains.

– Quoi qu'il en soit, pour l'instant, nous n'avons pas vraiment le choix, malheureusement. On me convoque à Vienne, figurez-vous... Un petit rôle dans la maison de poupée.

– Dame, l'empereur veut avoir l'œil sur sa petite cousine.

– Je n'irai pas. Ces gens me répugnent et le gotha m'indiffère.

Il éclata de rire.

– Il est certain, ma chère, que vous faites une drôle de princesse ! Si tous les aristocrates étaient comme vous...

– C'est sans doute une question d'éducation. Après tout, si mes parents n'étaient pas morts, je serais peut-être la plus insupportable des pimbêches.

– Hum... J'en doute, malgré tout. Vous êtes ce que vous êtes et, quoi qu'il advienne, je reste fier d'avoir combattu à vos côtés, Votre Altesse.

– Pas d'altesse entre nous, voyons ! Vous me feriez plaisir en m'appelant Ana.

– Alors vous m'appellerez Nikola. J'y tiens.

– Quoi qu'il en soit, je tenais à vous remercier pour la part essentielle que vous avez prise à cette affaire depuis le début. Et jusqu'à cette blessure... Vous ne souffrez pas trop ?

– Peuh, j'en ai vu d'autres ! Il n'y paraîtra plus d'ici deux à trois jours. Mais parlons plutôt de vous. Qu'allez-vous faire ?

– Pour l'instant, rien. J'en veux beaucoup à Gerner. Manifestement, depuis le début, il tente de se servir de moi pour satisfaire ses ambitions. Ça ne me plaît pas du tout. Saviez-vous que, d'après mon oncle, c'est lui qui aurait fait assassiner mes parents ?

Il hésita une seconde, avant de grogner :

– Cela s'est dit, en effet, à l'époque. Je n'y ai jamais vraiment cru mais... rien n'est impossible. Quoi qu'il en soit, méfiez-vous de lui, Ana.

– Je m'en méfie déjà. Et, quoi qu'il arrive, je m'arrangerai pour que le pouvoir ne lui revienne pas. Je suis bien entourée, vous savez ?

– J'ai pu le constater. J'apprécie beaucoup la « comtesse » Borskaja... C'est une jeune femme pleine de courage et de ressources.

J'en aurais ronronné de plaisir. J'adorais qu'on me dise du bien de Dunja.

– Je vais vous laisser vous reposer, à présent. Le directeur m'attend pour la visite. Si vous avez besoin de quoi que ce soit, n'hésitez pas à me le faire savoir.

– Je serai bientôt sur pied, ne vous inquiétez pas. Et, malheureusement, ce sera pour mieux vous affronter. Théoriquement, nous sommes ennemis, ne l'oubliez pas. Je ne renie pas mes idéaux. Au moins puis-je vous assurer de toute ma loyauté à votre égard...

– Je n'en doute pas une seconde, Nikola. Et je ne vous considérerai jamais comme un ennemi.

Je me levai pour prendre congé et, à sa grande confusion, ne pus m'empêcher de piquer deux gros bécots sur ses joues envahies de barbe.

J'employai le reste de la journée en bonne souveraine, à visiter les blessés et les héros de l'insurrection, félicitant les uns, réconfortant les autres avec toute la bonne volonté nécessaire. Sans douter un instant que Retnich ne fût tenu au courant de mes démarches minute par minute, j'ignorai délibérément les troupes autrichiennes postées un peu partout, derrière leurs sacs de sable et leurs mitrailleuses.

Le soir venu, épuisée, je regagnai le palais où, selon mes instructions, Marion avait déjà fait tout le nécessaire. Elle m'attendait dans le bureau d'Augustus-Adolf, en compagnie de Patrizio et d'une grosse théière.

– En réalité, je n'ai pas fait grand-chose... Ta Gerda s'est occupée de tout. Un vrai dragon ! Le corps de ton oncle a été transporté dans sa chambre. Elle s'est chargée de toutes les démarches. Un médecin est venu constater le décès et tout le toutim. Au fait, tu voudras voir le cadavre ?

– N... non. Je n'en ai pas très envie, non. Il faudra l'enterrer rapidement, et sans cérémonie particulière. Je suppose qu'il y a un caveau familial...

– Les fossoyeurs sont d'ores et déjà à pied d'œuvre. On l'enterre demain matin. La mère Gerda a prévenu le curé. Du coup, comme je n'avais pas grand-chose à faire, j'en ai profité pour visiter et j'ai fait une découverte, figure-toi. En fouillant un peu du côté des combles, j'ai trouvé un drôle de petit bonhomme qui se cachait dans une armoire. Il m'a fait de la peine ! Il était tout fripé, tout gris… et complètement terrorisé, je dois dire. Bref, il s'est avéré que c'était le secrétaire de ton oncle, ou son comptable, enfin un truc du genre. Du coup, je lui ai un peu secoué les puces, histoire d'en savoir plus long sur ta fortune, puisque, maintenant, tout ça t'appartient… Tu es riche, Ana. Immensément riche !

– Mais… je n'en veux pas, moi ! Je ne veux pas être riche.

– Ah, moi, ce que j'en dis… Tu feras ce que tu voudras mais, pour l'instant, te voilà à l'abri du besoin pour un joli moment, ma mignonne. Ah tiens, sinon, Gerner a demandé après toi, comme prévu. Il a téléphoné plusieurs fois. Je l'ai fait lanterner.

J'imaginais sa tête et cela me fit rire.

– Et puis aussi, reprit Marion, Dunja m'a donné ça, pour toi…

C'était une enveloppe ordinaire de papier gris. Elle contenait trois feuillets dactylographiés, signés de la main d'Anatole. Il y confessait les tentatives d'assassinat dont j'avais été l'objet, et jusqu'à la dernière, qui avait coûté la vie à mes parents adoptifs. Mes mains tremblaient un peu en lisant. Ces aveux, à la fois précis et cyniques, neutres comme un rapport de gendarmerie, c'était pourtant bien ma vie qu'ils mettaient en balance. Ma vie et, surtout, celle de gens que j'avais aimés.

– Sans être de la partie, à mon avis, tu seras blanchie sans problème devant n'importe quel tribunal, Ana, reprit doucement Marion.

– J'espère… On verra. Et toi, Patrizio, as-tu obtenu quelque chose ? répondis-je en tentant de raffermir ma voix.

– Sans problème. Il n'a pas fait la moindre difficulté. C'est vraiment un drôle de type, tu sais ? Intelligent, brillant même, mais totalement dénué de scrupules. Très narcissique, aussi. Bien sûr, il a tout de suite vu l'intérêt du marché et il a tout écrit de sa main. Tout est là, jusqu'au nom du commissaire qui l'a contacté pour infiltrer le petit groupe d'anarchistes avec lesquels traînait Marion. Ils les surveillaient depuis longtemps, apparemment, et ils avaient besoin d'une action un peu spectaculaire qui puisse servir de prétexte à une opération « préventive », dans le contexte de l'agitation révolutionnaire en Russie. Il m'a même spontanément fourni les moyens d'accéder à certains documents accablants pour la police. À mon avis, on s'achemine vers un non-lieu pur et simple : la provocation est évidente et le ministère n'aimerait certainement pas voir évoquées publiquement certaines pratiques dont la police est apparemment coutumière. Quant au rapport qu'il pourrait y avoir entre vos deux affaires… là, franchement, je penche pour le hasard. Un hasard qui l'a perdu, d'ailleurs, mais un hasard quand même. D'après ce que j'ai cru comprendre, il ne s'appelle vraiment ni Anatole ni Julien, mais c'est un bourge authentique, peut-être même un aristo. Après, c'est le parcours classique du fils de famille dévoyé : jeunesse dorée, bonne éducation, le pognon qui coule à flot, le jeu… et puis le premier faux-pas, les dettes, la dégringolade, les expédients… Dans son cas, il faut y ajouter un vrai goût de la mascarade, une espèce de talent d'acteur, ou d'escroc, comme on voudra. Il a des entrées partout et il fait feu de tout bois. En tout cas, un type assez fascinant, comme les gouffres peuvent l'être… Enfin bref, il a joué le jeu. Si tu es d'accord, il quitte le pays demain par le premier train. À moins que tu veuilles le revoir avant ?

– Non ! m'écriai-je. Non... je ne veux surtout pas le revoir, qu'il s'en aille.

Je songeais aux Roland, à ce qu'il m'avait fait, ce soir-là, juste avant de perpétrer son crime. C'était un assassin. Il m'avait trahie, violée. Car c'était bien un viol, ce soir-là. Il s'en tirait bien. Trop bien. Mais j'avais promis. Et Marion serait libre, cela seul comptait.

– Qu'il aille au diable, soufflai-je.

L'arrivée de Dunja vint heureusement faire diversion à mes états d'âme. Elle revenait d'inspecter les remparts en compagnie de Ranko, auquel elle avait confié la garde. De sa propre initiative, elle avait pris en main l'aspect militaire de la question : après avoir battu le rappel de ses troupes, elle avait fini d'évacuer du palais tout ce qui n'avait rien à y faire – insurgés attardés, parasites ou simples curieux – et avait disposé ses hommes de façon à parer à toute éventualité.

– Des fois qu'il viendrait à Retnich l'envie de bousculer les événements... Je n'y crois guère, mais il vaut mieux être prudent, la situation pourrait se tendre brusquement. En tout cas, on est parés : ton oncle entretenait un véritable arsenal. Rien que dans la poudrière, il y a de quoi faire sauter deux ou trois fois le château !

Léger frisson dans l'assistance. Dunja, tout sourire, buvait du petit lait. Je me levai, un brin nerveuse.

– Bon, eh bien en attendant, moi, je vais m'occuper du dîner.

– Ana ! s'écria Marion. Tu veux pas mettre le couvert et plier les serviettes, tant que tu y es ? Tu es une princesse, à présent, il y a du personnel, pour ça. La Gerda s'est déjà chargée du dîner : elle nous fera envoyer chercher. On n'aura qu'à se mettre les arpions sous la table, comme des gros bourges.

Nous dînâmes dans le petit salon où j'avais déjà mangé avec mon oncle. Il ne restait plus une trace de la bataille de la veille. Les lambris de bois précieux luisaient doucement sous les pampilles du lustre en cristal de Bohême ; quelques ancêtres, dans leur cadre doré, se demandaient, anxieux ou amusés, ce que leur réservait encore cette héritière par trop imprévisible.

Ils allaient être servis.

Patrizio avait prévenu la presse. Il m'avait demandé deux jours, le temps que les envoyés spéciaux du *Petit Journal* et du *Matin* trouvent la Draïna sur la carte et sautent dans le premier Orient-Express. Comme prévu, les journaux s'étaient montrés plus qu'enthousiastes à l'idée de se mettre une petite princesse orpheline sous la dent. Mon histoire était de celles qui font tripler les tirages, cela valait la peine de se mettre en frais.

En attendant, je devais donc tenir encore deux jours. Deux jours à passer de laiterie modèle en orphelinat, de patronage en élevage de poulets. Deux jours à faire enrager mon cher ministre, qui ne cessait d'appeler à toute heure du jour ou de la nuit, pour se voir opposer à chaque fois une fin de non-recevoir.

Il finit par me rattraper sur le marchepied de l'omnibus dont j'inaugurais une nouvelle ligne, en compagnie de Marion et Patrizio.

– Votre Altesse, c'est intolérable ! grinça-t-il en aparté tout en saluant la foule agglutinée sur notre passage. Nous avons des choses urgentes à régler... La question de la succession, toujours pendante. Et la date du couronnement, sans compter le général ! Vous ne pouvez faire attendre plus longtemps le général.

– Oh, mais je n'ai pas l'intention de le faire attendre, mon cher Gerner. En ce qui me concerne, il peut repartir dès aujourd'hui, en emportant tous ses soldats.

– Vous plaisantez ? Vous devez entendre ses propositions. La Draïna ne peut se permettre...

– Vous me permettrez à moi, mon cher Gerner, de faire un peu connaissance avec mon peuple auparavant. Déciderai-je de son avenir, non seulement sans l'avoir consulté, mais sans même le connaître ? Il est vrai que cela vous arrangerait sans doute.

– Votre Altesse, je sens depuis quelque temps une certaine hostilité à mon égard. Si je vous ai déplu en quelque manière, je suis prêt à vous remettre ma démission !

– Votre démission, Gerner ? soulignai-je sans cesser de saluer ni de sourire. Je ne souviens pas vous avoir missionné en quoi que ce soit.

L'été s'était définitivement installé en Draïna et il faisait très chaud lorsque les journalistes débarquèrent du train. Il arrivèrent à l'heure dite, alors que je terminais d'user la patience de ce brave Gerner. Ils étaient deux : un tout jeune homme à la drôle de tête ronde, envoyé par le *Matin* et un gros bonhomme rougeaud, représentant le *Petit journal*. Patrizio était allé les attendre à la gare et me les ramena sans tarder. Rien dans leur allure n'avait de quoi éveiller la curiosité des autorités autrichiennes. De simples touristes, que j'accueillis à la bonne franquette, avec toute la simplicité d'une compatriote.

– Naturellement, messieurs, vous logerez au palais : je vous ai fait préparer des chambres. Si vous voulez vous y rafraîchir quelques instants, on va vous y conduire. Je vous verrai ensuite avec plaisir et pendant tout le temps nécessaire.

Il ne se passa pas un quart d'heure qu'ils ne redescendissent. Je les reçus en compagnie de mes amis qui, tous, avaient leur rôle à jouer dans l'histoire. L'entretien dura tout l'après-midi et se prolongea après dîner, entre cigares et liqueurs dont mon oncle avait possédé une ample provision. En bons professionnels, les deux reporters ne cessaient de prendre des notes. Ils avaient toujours de nouvelles questions, et allaient droit à l'essentiel. Le jeune homme, en particulier, un certain Joseph Joséphin, que l'on surnommait plaisamment Rouletabille, faisait preuve d'une intelligence et d'un bon sens peu communs chez un garçon de son âge et se préparait, à mon avis, un bel avenir. Il appartint cependant à l'autre de conclure, en s'épongeant le front, tandis que nous nous apprêtions à nous retirer pour la nuit.

– Votre Altesse, je ne vous le cache pas, votre histoire est sensationnelle et passionnera nos lecteurs. Le *Crime de Pontoise* ! Quand j'y pense… Saviez-vous que je l'avais personnellement couvert pour mon journal ? J'ai honte, à présent, de ce que j'avais été capable d'écrire à l'époque. Imaginez, j'aurais pu vous envoyer à la guillotine ! J'en frémis encore. Mais, croyez-moi, je saurai me racheter. Vous ne trouverez pas désormais défenseur plus acharné que votre serviteur. Car cette histoire, à l'évidence, n'en restera pas là : comment envisagez-vous la suite ?

– La suite, messieurs ? Je puis bien vous l'annoncer maintenant. C'est un scoop, comme on dit, je crois, dans votre profession. Seuls mes amis, ici présents, sont au courant : j'ai l'intention de proclamer la République !

Chapitre 8

Le palais disposait de son propre poste télégraphique et les Autrichiens, loin de soupçonner ce qui se tramait, n'en avaient pas encore sectionné les fils. Nos deux reporters avaient passé une bonne partie de la nuit à dicter leur article à l'opérateur harassé. Au matin, pendant qu'ils se reposaient, j'invitai monsieur Netsi à passer me voir et lui annonçai la nouvelle. Il venait de sortir de l'hôpital et s'appuyait encore sur une canne. Sans rien me cacher des difficultés auxquelles je m'exposais en faisant un tel choix, il prit les choses avec une telle émotion contenue, une telle gravité, que si j'avais eu le moindre regret, il se fût aussitôt envolé. Il ne me remercia pas, il n'y avait pas lieu de le faire. J'avais beaucoup réfléchi et, hors de toute considération d'ordre idéologique, c'était évidemment la décision la plus sage : d'une part, je n'avais pas la moindre envie de régner et, au fond, je n'en avais jamais eu l'intention ; d'autre part, c'était la meilleure façon de couper l'herbe sous le pied de l'empereur. Quoi qu'il en soit, j'étais résolue. Je demandai son aide à monsieur Netsi. Il me la promit sans compter.

– Mais les Autrichiens seront furieux, Ana, sans même parler de Gerner. Nous devons jouer serré, très serré...

– Voilà pourquoi je compte sur votre appui, Nikola. Les républicains doivent parler d'une seule voix et faire taire leurs dissensions, au moins provisoirement. Je vous crois le plus à même de rassembler le mouvement sous votre nom. D'après Patrizio, s'il reste minoritaire dans l'opinion, il n'en est pas moins la seule opposition réellement structurée en Draïna, malgré la féroce répression exercée par les nervis de mon oncle.

– Votre ami a raison. Les Gerner et assimilés ne parlent guère qu'en leur propre nom et celui d'une petite caste d'affairistes. Le peuple ne les aime pas et ne leur accorde aucun crédit. En faisant le choix d'un exil doré à l'étranger, ils ont abandonné la population et celle-ci ne leur pardonnera pas. Pour l'instant, la véritable maîtresse du jeu, c'est vous et personne d'autre.

– C'est pourquoi je vous demanderai comme un service supplémentaire de ne rien divulguer pour le moment, pas même aux vôtres. On n'est jamais à l'abri d'une indiscrétion et nous devons absolument rester maîtres du calendrier, presque à la minute près.

Nous convînmes donc de ne plus nous revoir avant toute déclaration officielle de ma part, de façon à ne pas provoquer les soupçons de nos adversaires qui, à coup sûr, avaient placé le vieux révolutionnaire sous surveillance. Les reportages ne devaient paraître en France que le lendemain matin. Les autorités autrichiennes en seraient aussitôt avisées, via leur ambassade à Paris. Il s'agissait donc de les prendre de vitesse, sans leur laisser le temps de réagir. À cet effet, je convoquai le soir même au Palais le directeur de l'unique journal de Draïna, *Le Courrier*, feuille de chou sans consistance et déshabituée depuis si longtemps à toute idée de liberté que même la chute du tyran n'avait pas fait souffler plus de vent dans ses ternes colonnes que l'annonce du prochain comice agricole. Monsieur Gašperšič, vieil échalas voûté par des années de courbettes, était reparti tout tremblant, serrant sur sa poitrine creuse la serviette contenant le texte que nous avions rédigé, Patrizio et moi. Celui-ci l'avait d'ailleurs accompagné, afin de veiller à ce que pas un mot, pas une lettre de ma proclamation ne soit caviardée. Elle fut composée devant lui, relue et imprimée dans la foulée, en première page, sans que les typographes ou le personnel du quotidien ne pussent rien en divulguer à l'avance. Les lecteurs du journal en eurent donc l'exclusivité au petit déjeuner, entre deux tranches de mortadelle. Elle était courte et sans appel :

AU PEUPLE DE DRAÏNA

Considérant, d'une part, la situation révolutionnaire dans laquelle se trouve le pays après le renversement de la tyrannie par le peuple en armes,

Considérant d'autre part l'odieux chantage auquel se livre la double monarchie austro-hongroise via l'occupation illégale de la capitale par ses armées,

Considérant enfin que nous n'y saurions céder sans mettre fin à une indépendance multiséculaire,

Nous, Anne-Charlotte von Tannheim-Nesbovic, dix-septième princesse de Draïna, avons choisi de nous retirer du pouvoir, totalement et définitivement.

En conséquence de quoi nous appelons solennellement à la proclamation de la République et à la formation d'un gouvernement du Peuple par et pour le Peuple.

Dès aujourd'hui, une Assemblée constituante sera convoquée, à laquelle nous remettrons le pouvoir à la fin de ses travaux.

En Draïna, le 13 juillet 19…

VIVE LA DRAÏNA LIBRE ET INDÉPENDANTE !
VIVE LA RÉPUBLIQUE !

Autant dire qu'elle fit l'effet d'une bombe. La nouvelle se propagea rapidement. En quelques heures, toute la capitale était au courant. Le *Courrier* fut aussitôt assiégé par une foule turbulente, en quête de détails supplémentaires. Dépassés par les événements, les Autrichiens durent employer la force pour disperser l'attroupement, causant un début d'émeute que les partisans de Nikola Netsi surent heureusement contenir. Monsieur Gašperšič fut arrêté et emmené à fin d'interrogatoire. Bien vite relâché, il sortit tout auréolé de la gloire du martyre et fut porté en triomphe jusqu'au siège de son journal qu'il rebaptisa sur-le-champ *La Liberté*. Pendant ce temps, un peu partout, dans les fabriques, les bureaux, on cessait le travail pour commenter l'événement. Personne ne s'y attendait et les disputes étaient nombreuses. Quelques bagarres éclatèrent, ici ou là, entre partisans et opposants de la République. La grande majorité des Draïniens ne s'étaient même jamais posé la question : la monarchie leur était aussi naturelle que l'air qu'ils respiraient. Certains n'applaudissaient si bruyamment à la nouvelle idée que parce qu'elle émanait de leur souveraine. C'était une innovation pour le moins risquée, je le savais d'avance, mais elle prit les Autrichiens de court et c'était l'essentiel. De nouveaux rassemblements se formaient sans cesse autour d'orateurs improvisés, la plupart favorables à la Constituante. Les forces d'occupation durent plusieurs fois se retirer piteusement devant le nombre, ayant manifestement reçu l'ordre de ne pas tirer. Cet ordre venait de Retnich en personne et je lui sus gré de son sang-froid. Il en fut tout autrement de Gerner. Dès l'aube, le téléphone sonnait furieusement dans le bureau de mon oncle. C'était mon ex-futur ministre, et il n'était pas content :

– Votre Altesse ! s'étouffa-t-il d'entrée de jeu, Vous… vous ne pouvez pas faire cela ! C'est… On n'a jamais vu ça ! Vous…

– Remettez-vous, mon cher Gerner. On dirait que vous avez vu le diable. Auriez-vous trouvé quelque chose à redire à ma petite proclamation ? J'en suis pourtant assez fière.

– Cessez de vous moquer ! explosa-t-il soudain. Vous vous rendez compte de ce que vous êtes en train de faire ? Je ne vous laisserai pas interrompre ainsi une lignée qui… que…

– Pardon, mais de quoi parlez-vous ? Vous comptiez peut-être me faire un enfant, de surcroît ?

– Votre Altesse, je ne vous permets pas. C'est intolérable ! Vous n'avez pas le droit : le pouvoir appartient à votre famille depuis des générations, vous ne pouvez prétendre y renoncer ainsi ! Je ne vous laisserai pas faire.

– Vous préféreriez peut-être le remettre entre les mains de l'empereur ? Je n'ai manifestement pas d'autre choix et vous le savez très bien. Du reste, celui-ci me convient assez bien, je l'avoue.

– Votre Altesse, laissez-moi vous convaincre… Je vous adjure de renoncer ! Il est encore temps.

– Ma décision est la seule propre à garantir l'indépendance du pays et vous le savez fort bien. Qu'importe les dynasties et les lignées. N'est-ce pas selon vous l'intérêt supérieur de la Nation qui doit primer ?

– Que savez-vous de l'intérêt supérieur de la Nation ? Vous n'êtes qu'une novice en politique. Ne pouvez-vous donc me faire confiance ? Sans moi, vous ne seriez rien. L'oubliez-vous donc ?

– Ah, nous y voilà, donc. Mais je ne vous ai rien demandé, moi, *Herr* Gerner. Rien du tout. Peut-être espériez-vous me voir fondre de reconnaissance, mais laissez-moi vous dire que vous vous trompez. Quoi qu'il en soit, ma décision est sans appel, tenez-le vous pour dit. Je ne reviendrai pas sur ma proclamation.

– Alors j'aurai donc travaillé pour rien à votre rétablissement ? Très bien. Je ne peux vous obliger à régner si vous ne le voulez pas. Mais alors nous nous passerons de vous. Dès aujourd'hui je convoquerai la diète et vous serez destituée. Un conseil de régence sera désigné à votre place et…

– *Herr* Gerner ! Oubliez-vous à qui vous parlez ? Jusqu'au jour de mon abdication, je reste l'héritière légale et légitime de la couronne de Draïna. Un conseil de régence ne peut être désigné qu'en cas d'empêchement manifeste. Je ne me sens pas particulièrement empêchée, il me semble, bien au contraire… C'est vous qui l'êtes dans vos intrigues avec l'Empire. Je ne crois pas que la diète ait prévu le cas.

– Vous trahissez votre sang !

– Vous trahissez votre pays.

Il y eut un silence puis, d'une voix soudain plus froide :

– Bon, je ne vous convaincrai pas, je le sais. Mais sachez que ce que vous venez de faire est très grave. Très grave. Nous devons en discuter. Et en présence du général Retnich. Vous ne pouvez pas nous refuser une conférence.

– Je ne refuse rien, *Herr* Gerner. Simplement, la convocation d'une Constituante est un préalable à toute discussion, c'est tout.

– Retnich n'acceptera jamais !

– À nous de le convaincre, en ce cas. J'ai pris, du reste, certaines précautions…

– Des précautions ? Que voulez-vous dire ?

– Vous verrez. Ou bien Retnich vous en parlera. À l'heure qu'il est, il a déjà dû recevoir un télégramme.

Je raccrochai sur cet intéressant mystère et tombai dans les bras de Dunja, qui avait suivi toute la conversation.

– Ouf, vivement que tout cela soit fini, je ne suis pas certaine d'avoir la carrure, avouai-je, la voix légèrement tremblante.

– Tu as été très bien, une fois encore ! « Vous trahissez votre pays… » Celle-là, il ne l'a pas volée… Brrr ! Le jour où tu deviens bibliothécaire, moi, je ne rends plus jamais mes livres en retard.

Le téléphone sonna de nouveau. C'était le secrétaire du général. Ce dernier sollicitait une audience. Je la lui accordai, à condition qu'il vînt seul, sans Gerner.

Un quart d'heure plus tard, sa voiture s'arrêtait dans la cour d'honneur. Nous le reçûmes dans le grand salon d'apparat.

– Votre Altesse, vous avez décidément le don de me surprendre. Je m'attendais à tout sauf à cela.

– Surprise pour surprise, général, je ne m'attendais pas non plus à voir mon pays envahi par l'armée autrichienne…

– Envahi est un bien grand mot, Votre Altesse. Je vous l'ai déjà dit : simple question de sécurité. Et très provisoire.

– Nous maîtrisons pourtant assez bien la situation, comme vous le voyez.

– Je vois surtout que vous venez de créer un dangereux foyer d'infection dans une région qui n'en a pas besoin. Le royaume de Serbie suffisait à flatter l'irrédentisme des Slaves du sud. Si, en plus, vous leur offrez une république… L'empereur ne laissera pas faire.

– Et la France pourrait bien ne pas laisser faire l'empereur.

– C'est un pari risqué, Votre Altesse. Un pari très risqué. Vous avez fort bien manœuvré jusque-là, en convoquant la presse étrangère, mais rien n'est plus versatile que l'opinion et rien n'assure qu'elle morde à l'hameçon.

– Simple question de sécurité, général, comme vous le dites vous-même.

– En attendant, vous me voyez contraint de prendre quelques mesures, vous le comprendrez. D'une part, tout rassemblement de plus de trois personnes est désormais interdit dans la capitale. D'autre part, la liberté de la presse est suspendue jusqu'à nouvel ordre. Ce qui, je vous l'accorde, considérant ce… Gašperšič, ne change pas grand-chose. Enfin, tout passage aux frontières sera sévèrement contrôlé, afin qu'aucun nouveau journaliste étranger ne s'avise d'aller calomnier Sa Majesté l'empereur. L'ordonnance sera publiée et placardée dans la journée. Je vous demande d'user de votre influence pour la faire respecter et nous éviter à tous deux de nouveaux ennuis.

– Je ne vous promets rien, général.

– Et vous avez raison. Considérez simplement votre propre intérêt et celui de la Draïna.

Il se leva pour prendre congé.

– Je ne vous dérangerai pas plus longtemps, Votre Altesse. Mais nous nous reverrons et, je l'espère, dans des circonstances plus agréables. Mesdames, monsieur…

Pendant la visite du général, plusieurs télégrammes étaient tombés. De nombreux journaux étrangers, justement, demandaient une interview. Les correspondants viennois du *New York World* et du *New York American* me faisaient chacun de leur côté une offre mirobolante pour en obtenir l'exclusivité. Celui du *Times*, de Londres, m'annonçait tout simplement son arrivée, malgré les obstacles, avec un flegme tout britannique. D'autres provenaient d'Italie, de Suisse, d'Allemagne ou de Serbie. L'un d'eux, celui du *Temps*, de Paris, retint spécialement l'attention de Patrizio : le *Temps* était le journal presque officiel de la diplomatie française, l'annexe, pour ainsi dire, du ministère des Affaires étrangères. Le gouvernement s'intéressait donc à mon avenir, comme nous l'avions espéré. C'était un pas important. Les « mesures » du général n'inquiétaient guère Patrizio : les Autrichiens auraient beau surveiller les postes-frontière, nous disposions de suffisamment de relais dans la montagne pour organiser une filière clandestine.

Un autre télégramme, enfin, nous intéressait directement, Marion et moi : un célèbre avocat parisien, un ténor du barreau, comme on dit, se mettait spontanément à notre service et se proposait de débrouiller notre affaire pourvu que nous lui fournissions copie des aveux d'Anatole. Marion voulut bien s'en charger, dans les meilleurs délais : il était impératif, pour la suite de notre plan, que je fusse au plus vite lavée de tout soupçon de parricide.

De folles journées suivirent, au cours desquelles reporters et journalistes ne cessèrent d'affluer au château au nez et à la barbe des gabelous autrichiens. Le palais princier devint bientôt le refuge de toute une joyeuse communauté de gens de plume, que l'accueil que nous leur réservions eut tôt fait de nous rendre éminemment favorables. Il en vint même de Vienne, où « l'affaire de la Draïna » commençait d'agiter les journaux d'opposition. Sans barguigner, je me livrais au jeu incessant des interviews et des conférences de presse et me laissais photographier et croquer sous tous les angles. Quand ce n'était pas mon tour, c'était celui de Marion ou de Dunja – la première avec toute la gouaille bien parisienne que l'on attendait d'elle, la seconde, fidèle à son personnage de « belle et mystérieuse comtesse » dont la presse à sensation ne manqua pas de s'emparer avec avidité.

Les « mesures » du général s'avéraient donc résolument contre-productives : en forçant les journalistes à la clandestinité, il se privait lui-même de les recevoir et de nous contredire. Les quelques articles parus dans la presse acquise à l'Empire ne suffisaient pas à contrebalancer notre son de cloche, dont la résonance ne cessait de s'amplifier à travers l'Europe. Grâce à la publicité que nous avions su donner à cette affaire, en moins de dix jours, nous étions parvenus à changer une position de faiblesse en *statu quo*. Mais ce n'était pas suffisant : comme l'avait souligné le général Retnich, la foule est versatile. Qu'un nouvel événement survienne ailleurs dans le monde et le destin de la Draïna n'intéresserait bientôt plus personne. Sans doute l'Empire jouait-il à dessein le pourrissement, il nous fallait agir et marquer de nouveaux points avant que les regards ne se détournent de nous.

La visite de l'ambassadeur de France devait en être l'occasion.

Toujours frileux quand il s'agissait des Balkans, le Quai d'Orsay s'était d'abord cantonné dans une prudente expectative. Les premiers articles avaient paru sans qu'il parût s'émouvoir du destin princier d'une jeune Française à l'autre bout de l'Europe. Il dut pourtant bien sortir de son silence lorsque son retentissement dans l'opinion causa une interpellation à la Chambre. Le ministère fut alors forcé de prendre position. Il le fit en termes mesurés, promit un complément d'enquête et, en attendant, convoqua l'ambassadeur d'Autriche afin de lui signifier toute la préoccupation du gouvernement français dans une affaire qui touchait à l'équilibre des nations européennes. C'était l'époque où se mettait en place le périlleux jeu d'alliances qui, d'ici quelques années, devait mener à la Grande guerre : la Triple-Entente venait d'être signée entre la France, l'Angleterre et la Russie, pour faire front à la Triple-Alliance réunissant l'Allemagne, l'Autriche-Hongrie et l'Italie. L'affaire de la Draïna ne cessant d'enfler dans la presse, la France ne pouvait sans déchoir se désintéresser du sort de la courageuse petite république naissante. Elle nous envoya son ambassadeur.

La venue de monsieur de Reverseaux de Rouvray, alors en poste à Vienne, fut annoncée tout à fait officiellement aux autorités d'occupation.

Prétextant des raisons de sécurité, celles-ci donnèrent un avis défavorable.

L'ambassadeur passa outre.

Il était évident que les Autrichiens ne le laisseraient pas passer et qu'il serait bloqué à la frontière. Aussi voulut-il bien la passer clandestinement, guidé par Patrizio, au moyen de l'une de nos filières. Mais sa visite se devant d'être officielle, il n'était cependant pas question d'entrer en catimini. Nous convînmes donc qu'il prendrait le train juste avant d'entrer dans la capitale, à partir d'une petite station seulement fréquentée les jours de foire par quelques paysans endimanchés.

Ce n'était pas un jour de foire, mais nous avions fait en sorte qu'il y ait du monde.

L'ambassadeur devait arriver aux alentours de midi. Dès dix heures, la place de l'hôtel de ville commença de se remplir. Les gens arrivaient individuellement ou par groupes de deux ou trois. Rien d'illégal, en somme, et nulle agitation qui pût justifier l'intervention de la troupe. L'un déployait un journal, l'autre lisait sur un banc, d'autres encore bayaient aux corneilles. La place était déjà noire de monde quand les « autorités » finirent enfin par s'affoler. Il était trop tard. L'ambassadeur était annoncé et le cortège se mit en branle.

Je m'étais placée en tête et donnais le bras à monsieur Netsi, appuyé sur sa canne. Derrière venaient les républicains les plus résolus, suivis d'une foule de plus en plus nombreuse au fur et à mesure que nous avancions vers la gare. Dunja, pour une fois, n'était pas à mes côtés. Pour les raisons que l'on a dites, il avait été convenu qu'elle resterait au château, prête à toute éventualité. Elle avait pesté, protesté, mais avait bien dû finir par se ranger à l'avis général : seules Marion et moi, en qualité de Françaises, devions aller au devant de l'ambassadeur, la jolie brigande qu'elle demeurait peu ou prou ferait mauvais genre.

Jusqu'ici soigneusement dissimulés, des drapeaux, des banderoles furent déployés. Le défilé se hérissa bientôt de bleu-blanc-rouge et de pervenche, aux couleurs de la toute nouvelle amitié franco-draïnienne.

Les Autrichiens ne pouvaient évidemment laisser faire. En toute hâte, ils déployèrent un important cordon de soldats autour de la gare. À chaque coin, une mitrailleuse entourée de sacs de sable prenait l'avenue en enfilade.

De notre côté, nous n'étions pas armés, persuadés que Retnich ne pouvait se permettre de perpétrer un massacre sous les yeux de la presse internationale. Il dirigeait personnellement les opérations. Debout devant le barrage, entouré de quelques officiers, il nous observait aux jumelles.

Près de lui, agenouillés derrière des chevaux de frise hâtivement disposés, les soldats se tenaient prêts à tirer.

À une centaine de mètres de la gare, une première rangée de barbelés fut renversée et piétinée par les manifestants. Retnich nous fit signe de stopper. L'un de ses officiers lui tendit un porte-voix :

– Arrêtez-vous immédiatement ! ordonna-t-il en allemand. Cette manifestation est illégale et interdite. Je vous ordonne de vous arrêter et de vous disperser !

L'un des officiers lança un ordre aux soldats, qui nous mirent ostensiblement en joue.

Je fis signe d'arrêter. Le temps que la consigne parvienne à l'arrière, nous avançâmes encore d'une bonne vingtaine de mètres. Nous nous trouvions maintenant à peine à cinquante pas du barrage. Un sifflement se fit entendre : le train entrait en gare et la tension monta d'un cran supplémentaire. Un sourd brouhaha montait du cortège. Ceux de l'arrière voulaient savoir ce qui se passait et poussaient vers l'avant, malgré le service d'ordre qui s'efforçait de les contenir.

Retnich, courageusement, s'avança vers la foule, armé de son seul porte-voix. Il réitéra ses ordres en nous faisant signe de reculer. J'allai au-devant de lui.

Dressée de toute ma hauteur, je lui arrivais encore sous le menton. Cela ne m'empêcha pas de lui agiter mon index sous le nez.

– Général, je suis citoyenne draïnienne *et* française. Vous n'avez pas le droit de me refuser de recevoir l'ambassadeur de la République !

– Votre Altesse, répondit-il sur le même ton. Le territoire de la Draïna est provisoirement sous administration autrichienne. Je suis mandaté par Sa Majesté l'empereur en personne, dont les décisions ont force de loi.

– Général, l'empereur n'a aucune autorité sur la Draïna et vous le savez fort bien. Peut-être la force est-elle provisoirement de votre côté, mais cela ne vous donne aucun droit de m'ordonner quoi que ce soit. En tant que souveraine légitime de la Draïna, je vous ordonne de me laisser passer !

– Votre Altesse, je vous avais avertie. Vous ne passerez pas !

– Je passerai !

– Vous ne passerez pas !

Je me retournai brièvement pour estimer notre avantage. Juste à temps pour apercevoir un homme, au premier rang, plonger la main dans son veston et en tirer un revolver.

– Attention !

De toutes mes forces, je me jetai sur le général. Un coup de feu claqua, accompagné d'un cri :

– Vive la Draïna ! Vive la grande république de tous les Slaves du sud !

L'instant d'après la confusion était totale. Le général, hébété, assis sur son derrière, se tenait le bras, la manche ensanglantée. Soudain, je ne sais qui donna l'ordre de tirer. Les soldats firent feu, puis les mitrailleuses entrèrent dans la danse. La foule, hurlant, commença à refluer. Il y eut une bousculade. Des gens tombèrent, sans que l'on sache s'ils étaient touchés.

– Au château ! Au château !

J'étais tombée sur le général. Des bras vigoureux me relevèrent. Marion !

– Vite, au château !

– Monsieur Netsi, où est-il ?

– Je suis là, Ana ! Vous n'avez rien ?

Nous prîmes tous trois nos jambes à notre cou. Le général, relevé par son ordonnance, agitait son bras valide, hurlait des ordres indistincts, que répercutaient ses officiers. Presque aussitôt, le feu cessa. C'était trop tard. La foule, paniquée, refluait en désordre. Qui tombait était impitoyablement piétiné par les suivants. Des femmes, des hommes et des enfants restaient étendus sur le pavé. Horrifiée, je voulais m'arrêter. Marion et monsieur Netsi me poussèrent en avant.

– Ils arrivent, Ana ! Au château, vite !

Sortis de leurs retranchements, les soldats avançaient, baïonnette au canon, prêts à repousser les traînards. Nous étions parmi les derniers. En courant, nous remontâmes l'avenue en direction de la ville haute. Monsieur Netsi eut une défaillance. Je m'arrêtai pour le soutenir. Marion le prit sous un bras, moi sous un autre et nous reprîmes notre course. Soudain, de nouveaux coups de feu éclatèrent. Dunja ! Elle venait à notre secours ! Embusqués sous les portes cochères de l'avenue, ses hommes prenaient à présent la troupe sous leur feu. Quelques soldats tombèrent. Les autres ripostèrent et le combat fit bientôt rage.

– Ana, tout va bien ?

– Dunja, arrête ça ! Ce n'est pas possible !

– Filez, on vous couvre !

Le château n'était plus très loin. Une partie de la foule s'engouffra par le pont-levis. Les autres s'étaient déjà dispersés aux quatre coins de la ville. Nous y parvînmes parmi les derniers. Dunja et ses hommes suivaient. Ils combattaient en se repliant, contenant avec efficacité l'avancée des Autrichiens. Dunja, la dernière, franchit le pont, qui fut aussitôt relevé derrière elle.

La plus grande confusion régnait dans la cour. Des dizaines et des dizaines de manifestants y avaient trouvé refuge. Certains étaient blessés, d'autres, passé le danger immédiat, s'effondraient nerveusement. Une femme, qui avait perdu son enfant dans la bousculade, le cherchait partout en hurlant. Monsieur Netsi, épuisé, respirait avec peine. Marion l'entraîna à l'intérieur pour qu'il se repose. Les journalistes étaient tous là. N'ayant pas d'autre endroit où aller, ils avaient nécessairement reflué vers le château. L'un d'eux était assez sérieusement blessé. C'était le correspondant autrichien d'un journal de Berne. On l'emporta vers l'infirmerie. Les autres me furent d'une grande aide, surtout l'envoyé du *Times*, au calme imperturbable, et le jeune Rouletabille, efficace et débrouillard.

Une doctoresse et deux infirmiers de l'hôpital se présentèrent spontanément et s'offrirent à prendre en charge les blessés légers, assez nombreux, ainsi que les plus choqués des manifestants. Je mobilisai le personnel du palais pour trouver des lits supplémentaires, qu'on installa un peu partout, jusque dans le grand salon d'apparat.

À la fin, il resta une soixantaine de femmes et d'hommes, tous valides, que nous regroupâmes au centre de la cour. J'allais de l'un à l'autre avec des paroles rassurantes. On me reconnaissait. Certains me baisaient les mains, d'autres faisaient bonne figure et me saluaient gravement. Une femme m'insulta. Je laissai dire. Je cherchai en vain le tireur. S'il n'était pas tombé sous les balles, il n'avait pas tardé à s'échapper, sans doute par quelque rue latérale. Qui était-il ? Au moment de tirer, il avait lancé un slogan nationaliste. Était-ce un authentique militant panslaviste ou bien un agent provocateur ? L'enquête le dirait. Peut-être. S'il y avait une enquête. En attendant, il faisait très chaud sous le soleil de midi. Je fis mettre les gens à l'abri et distribuer de l'eau et de la nourriture. Peu à peu, les plus agités finirent par se calmer et une sorte d'abattement gagna la plupart. Je pus enfin souffler et rejoindre Dunja sur le rempart.

– Comment ça se présente ? lui demandai-je.

– Comme un beau merdier. Les Autrichiens ont pris position autour du palais. Personne ne peut plus entrer ni sortir.

– Mon Dieu, Dunja, comment en est-on arrivé là ? Un tel bain de sang… Je suis responsable…

– Tu n'y es pour rien, Ana.

– Si je n'avais pas organisé tout ça…

– Nous l'avons organisé ensemble. Et nous avons eu raison. Quoi qu'il en soit, les soldats n'avaient pas à tirer. Ce sont eux, les coupables. Cesse de t'en vouloir.

– Qu'est-ce qu'il nous reste ? Le télégraphe ?

– Coupé, j'ai vérifié. Le téléphone fonctionne encore, mais vu qu'ils occupent le central, ça ne sert pas à grand-chose. Pour le reste… on a assez de munitions pour soutenir un siège et les murs sont solides, mais s'ils font venir un canon, je ne donne pas cher de la porte !

– Ils vont le faire, tu crois ?

– Pas la moindre idée. Pas sans ordres supérieurs, je ne pense pas.

– Et l'ambassadeur ?

– Regarde là-bas. La fumée, là. Le train est encore en gare. Je n'en sais pas plus. Patrizio est avec lui. C'est un bon point.

– Pas de nouvelles de Retnich ?

– Pas encore. Que s'est-il passé, exactement ?

Je lui racontai succinctement. Elle siffla entre ses dents.

– Pas bon pour la cause, ça... En même temps, tu lui as probablement sauvé la vie.

– Pas sûre qu'il en tienne compte. Géopolitique et reconnaissance ne font pas toujours bon ménage...

– Mouais... *Wait and see*, comme dirait notre ami du *Times*.

À force d'attendre, nous finîmes en effet par voir. Vers la fin de l'après-midi, un messager se présenta devant la porte. Les autorités autrichiennes, en la personne du général Retnich, ordonnaient l'arrestation immédiate de Nikola Netsi ainsi que des principaux dirigeants républicains. Elles déploraient par ailleurs les incidents qui avaient conduit à la fusillade et s'offraient à évacuer les blessés, s'il y en avait, dans les meilleurs délais, avec l'assurance qu'aucune poursuite ne serait ordonnée contre eux.

En réponse, je protestai solennellement contre l'inqualifiable violence des troupes d'occupation, qui avaient tiré sur une foule désarmée, faisant plusieurs morts et de nombreux blessés, dont j'exigeais que l'on publiât la liste sans délai. Je protestai encore contre l'arbitraire exercé à l'encontre du parti républicain, dont rien ne prouvait qu'il était réellement impliqué dans l'incident qui avait déclenché la fusillade. Monsieur Netsi resterait donc sous notre protection, ainsi que tout autre, jusqu'aux conclusions de l'enquête objective qui devait être menée dans les plus brefs délais. Je protestai enfin contre le sabotage de notre ligne télégraphique et exigeai son rétablissement immédiat. J'exigeai encore de pouvoir rencontrer l'ambassadeur de France, s'il était encore présent dans la capitale. Pour finir, j'acceptai l'évacuation des blessés et proposai celle de tout autre civil qui le souhaiterait, selon les mêmes conditions.

Le général ne répondit que sur ce dernier point : il acceptait l'évacuation des civils.

Celle-ci commença vers 19 heures et se fit dans le calme. Un glacis fut établi devant le pont-levis. Les blessés le traversèrent pour être aussitôt pris en charge par des ambulances autrichiennes qui les menèrent à l'hôpital. Le reste des civils fut dirigé vers un poste de contrôle où, après vérification d'identité, ils purent rentrer sans être inquiétés. À l'exception de monsieur Gašperšič – qui avait une édition à faire paraître, prétexta-t-il, l'ensemble des journalistes avaient décidé de rester, à la fois par éthique professionnelle et par solidarité. Au total, seuls une dizaine de manifestants – dont trois femmes – demandèrent à rester au palais pour se joindre à nos forces.

Le lendemain, à l'aube, tombait un nouvel ultimatum autrichien. Nous avions désormais 48 heures pour livrer « les meneurs de la subversion nationaliste », au terme desquelles l'assaut serait donné à la forteresse. En milieu de matinée, ce que craignait Dunja se réalisa : un canon de campagne fut mis en batterie face au pont-levis. Un autre, à plus longue portée, fut installé sur une colline proche, d'où ses obus pouvaient atteindre l'intérieur même du château. De plus, au cours de la journée, de forts mouvements de troupe furent observés sur la route frontalière. L'Empire faisait tomber un poing de fer sur le pays : la loi martiale s'appliquait désormais sur l'ensemble du territoire, toutes les libertés étaient suspendues jusqu'à nouvel ordre.

Dunja ne quittait plus les remparts. Elle avait posté ses hommes au mieux des possibilités de défense qu'offrait la forteresse, mais nous ne disposions que d'une soixantaine de combattants quand les Autrichiens semblaient affluer à chaque instant plus nombreux. Certes, nous pouvions compter sur quelques-uns des journalistes présents, mais la plupart étaient astreints à une stricte neutralité et ne pourraient agir qu'en temps que témoins.

Je mentirais en disant que je n'avais pas peur. En vérité, j'étais pétrifiée d'angoisse. La perspective de se faire canonner, pilonner, mitrailler, fusiller et passer au fil de la baïonnette n'avait de quoi réjouir personne et j'avais vu de quoi les soldats étaient capables. Peut-être m'épargnerait-on, en tant que princesse, mais le soulagement un peu lâche que j'éprouvais à cette idée n'avait rien pour me rassurer et je me promettais aussitôt de mourir la première, s'il le fallait, et les armes à la main.

Le deuxième jour, le soleil se leva bien avant nous. Personne, du reste, n'était bien pressé d'affronter ce qui serait peut-être notre dernière journée. Le petit déjeuner fut servi tard et la grande salle à manger bruissait encore comme une ruche lorsque nous y descendîmes, sur les coups de dix heures. Les journalistes affûtaient leur crayon, échangeaient leurs impressions et mettaient déjà leurs lecteurs dans l'ambiance d'une forteresse avant l'assaut. Monsieur Netsi et ses amis républicains conféraient gravement dans un coin, au-dessus des tasses vides et des miettes de brioche. Marion, un peu pâle, vint nous rejoindre, son éternel sourire aux lèvres.

– Mal dormi. Pour une fois que je pouvais dormir, c'est bien ma veine ! plaisanta-t-elle en s'asseyant. En tout cas, on ne s'ennuie jamais en votre compagnie, vous deux, ça, on peut pas dire. Quand je raconterai ça dans mes mémoires… Si jamais j'ai encore l'occase de le faire !

– Tu le raconteras, Marion, et bien d'autres choses.

– Bah, au fond, tu sais, ça n'a pas grande importance. Moi, les bouquins… Et puis, faut pas vivre dans le passé, c'est ce que ma grand-mère disait toujours. Même qu'elle le disait en breton. Je ne sais plus trop ce que ça donne, mais ça sonnait bien.

– J'aimerais bien visiter la Bretagne, moi. Tous ensemble, tous les quatre, avec Patrizio. Ça te dirait ?

– D'accord mais, celui-là, pas question que je le présente à mes cousines ! Et puis, faut encore que je remette la main dessus…

Nous montâmes sur les remparts. Dunja n'y avait laissé qu'une garde restreinte, limitée aux postes de vigie. Nous les inspectâmes ensemble. Lorsqu'ils reconnaissaient leur cheffe, un large sourire éclairait la face tannée de ces hommes frustes. La guerre ne leur faisait pas peur, habitués qu'ils étaient depuis l'enfance à ne pas attendre de lendemains. Ils étaient dans leur élément : ils aimaient la bataille et ils aimaient Dunja. Une louve. C'était une louve, à la tête d'une meute de loups. Je ne pouvais trouver d'image plus juste. J'étais amoureuse d'une louve.

Chaque homme disposait d'eau et de vivres, d'un revolver, d'une carabine moderne et d'un stock considérable de munitions. Deux mitrailleuses, soigneusement révisées et graissées, avaient été mises en batterie devant les meurtrières du poste de garde, dirigées sur le canon qui menaçait la porte de son mufle court, encore masqué par un manchon protecteur. C'était la place la plus dangereuse, celle que le premier coup mordrait de plein fouet au moment de l'assaut. Les hommes s'étaient disputé le poste, il avait fallu tirer à la courte paille. Pour l'heure, il était laissé à la garde de Reza, le doyen de la bande, un vieux dur-à-cuire borgne et couturé, vrai brigand pour roman d'aventure, qui ne cessait de tirer sur son brûle-gueule que pour sourire de toute sa bouche édentée.

La tournée d'inspection dura jusqu'aux environs de midi, après quoi une certaine torpeur s'abattit sur le château. La ville entière s'était d'ailleurs figée : plus une fabrique ne fonctionnait, plus un omnibus ne roulait dans la rue principale. La loi martiale avait vidé la capitale de toute vie.

Les Autrichiens non plus ne bougeaient pas. À l'abri de leurs sacs de sable, ils jouaient aux cartes ou lisaient leur courrier, indifférents. Après tout, qu'eussent-ils pu faire de plus ? Tout était en place pour le dernier acte, qui ne se jouerait pas avant le lendemain, à l'aube.

L'après-midi passa, le soir tomba et la nuit vint. Notre dernier repas fut sobre et solennel. Il n'y eut pas de cette fausse et bruyante gaieté qui prétend prévenir les désastres : tout le monde était ému et personne ne s'en cachait. Sitôt terminé leur service, les domestiques se réfugièrent dans les caves, où l'on avait installé des matelas.

Pour les autres, des quarts furent institués et j'exigeai d'en être. Je devais prendre le premier, sur un point peu exposé des remparts. La nuit était douce et lumineuse, mieux faite pour l'amour que pour l'attente angoissée d'un massacre. J'en vins à espérer que le temps s'arrête et que le jour ne se lève jamais. La vie continuerait aussi bien dans ce silence, à peine troué de l'aboiement lointain d'un chien, du chant de ce grillon...

À deux heures, on vint me relever. C'était monsieur Rouletabille, qui n'avait pas hésité une seconde à se ranger à nos côtés.

– Allez vous reposer, Votre Altesse... Avec un peu de chance, vous pourrez même faire la grasse matinée !

– Vous voilà bien optimiste, monsieur.

– C'est de naissance ! Voyez-vous cette étoile, là-bas ? La petite, près des trois autres, là. C'est la mienne. Et elle est bonne, c'est la plus vieille et la plus laide des sorcières de la Zone qui me l'a certifié. Je mourrai centenaire !

– Vous, peut-être.

– Nous tous, Votre Altesse. Ayez confiance : tout peut encore basculer, croyez-moi.

– Le ciel vous entende, monsieur. Et particulièrement votre petite étoile. Ne manquez pas de lui glisser un mot en notre faveur. J'ose vous souhaiter bonne nuit, monsieur, et... je vous remercie pour votre aide. De tout mon cœur.

Je rentrai me coucher, mais je me contentai de m'étendre sur le lit. Pas question de me déshabiller, bien entendu. Il fallait être prête à tout moment... J'étais d'ailleurs bien persuadée de ne pas dormir.

Je dormais pourtant bel et bien lorsque l'on me secoua doucement l'épaule.

Je sursautai. C'était Dunja. Il faisait encore nuit.

– C'est moi. Lève-toi, Ana, viens voir. Ils s'en vont.

Chapitre 9

Ils s'en allaient.

Ils s'en allaient pour de bon.

De puissantes lampes à arc éclairaient d'une lumière féerique une scène à laquelle nous n'osions croire : les soldats autrichiens avaient attelé leur canon à un véhicule tracteur et quittaient la place, tandis que d'autres chargeaient les sacs de sable et le reste du matériel dans des camions.

– Que s'est-il passé ?

– Je ne sais pas. Vers quatre heures, il y a eu de l'agitation, on a entendu gueuler des ordres. Je te jure, petite Ana, j'ai failli ordonner de tirer ! J'ai bien fait d'attendre : d'un coup, ils ont allumé leurs gamelles et on a pu les voir, comme ça, ramasser leur billes et mettre les bouts. C'est partout pareil en ville, j'ai l'impression. Regarde là-bas, du côté de la gare.

Un halo de lumière illuminait le bâtiment, derrière lequel on devinait la fumée d'une locomotive sous pression. Une chenille de soldats marchant au pas traversait le centre en direction de la ville basse, où les attendait le convoi qui les ramènerait dans leurs casernes.

Au petit jour, à l'heure où devait tonner le premier coup de canon, on n'apercevait plus l'ombre d'un soldat. Un homme seul traversait d'un pas tranquille la place déserte et venait se planter devant le pont-levis.

– Eh bien ? On ne reconnaît plus les amis ? s'écria-t-il.

C'était Patrizio.

Le pont n'était pas plus tôt baissé qu'une tornade en jaillit, souleva le jeune homme à bout de bras et le fit tournoyer follement.

– Qu'est-ce que j'avais dit, hein ! exultait Marion. Je l'avais pas dit que cet asticot-là allait nous sortir de la mouise, hein ?

Patrizio riait et l'embrassait, la suppliait de le lâcher eu égard à sa dignité de héros.

– Nan, je te tiens, je ne te lâche plus, mon bonhomme ! Plus question de s'en aller je ne sais où faire le zouave !

– Jamais, je te le jure, Marion, plus jamais, répétait-il entre deux baisers. Mais là, je crois bien qu'on attend mon rapport...

La meute de journalistes qui les entourait n'eût en effet pas souffert qu'il différât davantage.

Cinq minutes plus tard, Patrizio racontait, assis devant un gigantesque bol de café noir :

– Je n'ai pas eu grand-chose à faire, en réalité. Quand les militaires lui ont interdit de descendre du train, monsieur de Reverseaux de Rouvray s'est mis dans une colère bleue. Il a fait tout un foin, refusé de repartir, exigé qu'on le laisse voir la princesse au nom de la République française, etc. Bref, il a fait ce qu'on attendait de lui, dans la mesure où il prévoyait bien que ça ne se passerait pas autrement. C'était simplement pour marquer le coup, afin de pouvoir élever une protestation solennelle auprès du gouvernement de l'Empire. Et puis, très vite, ça s'est mis à tirer et là on a compris que tout ne marchait pas comme prévu. Il est devenu tout pâle et, pour le coup, sa colère n'était plus du tout feinte. Les policiers autrichiens nous ont empêchés d'aller voir ce qu'il se passait. Nous entendions les coups de feu et nous étions impuissants, c'était terrible ! Et puis un commissionnaire de la gare a réussi à se faufiler et nous avons eu des nouvelles. On a su qu'il y avait des morts, nombreux, mais impossible de savoir qui, bien sûr. L'ambassadeur a encore essayé de parlementer. En vain : l'officier ne voulait rien savoir, une vraie tête de cochon. Les soldats ont fini par obliger toute la délégation à remonter dans le wagon et ont fait repartir le train. Je suis monté avec eux jusqu'à la frontière, afin de mettre au point une stratégie commune. D'après monsieur de Reverseaux de Rouvray, les choses étaient claires, on allait droit vers l'incident diplomatique : la France n'accepterait pas que son ambassadeur soit renvoyé d'un pays ami pendant que des espèces d'Allemands assassinaient ses hôtes. Les relations étaient déjà bien assez tendues avec l'Empire sans qu'on y ajoute un bain de sang. D'une certaine façon, pour le dire de manière un peu cynique, ce massacre arrangeait nos affaires. Sauf que je ne savais pas qui était tombé et que, quelques heures plus tard, en revenant vers la capitale par des voies détournées, je me faisais un sang d'encre. Pour Marion, pour toi, Ana, pour tout le monde. Je suis arrivé en ville à la nuit tombée. J'ai vite vu que le siège était mis sous le château et, du coup, je n'ai pas cherché à vous joindre. Au lieu de ça, je suis allé voir monsieur Gašperšič, à son journal. Et là, une bonne, une excellente surprise m'attendait. Deux articles, l'un en anglais, l'autre en français, deux relations complètes du massacre de la place de la gare ! Monsieur Gašperšič m'a tout expliqué : ils lui avaient été confiés par nos amis du *Times* et du *Matin*, que voilà...

Un brouhaha de voix, des exclamations... On se tourne vers les deux journalistes. Celui du *Times* reste imperturbable. Les yeux de monsieur Rouletabille pétillent de malice.

– Vous ne le saviez donc pas ? reprit Patrizio. Bref, ces deux-là avaient profité de l'après-midi pour rédiger leur papier, se doutant bien qu'il y aurait des négociations. Monsieur Gašperšič voulait rester, naturellement, son rôle étant auprès des insurgés (rires incrédules dans l'assistance) mais ces messieurs l'avaient convaincu qu'il leur serait beaucoup plus utile dehors que dedans. Et c'était vrai ! Ces deux articles étaient une aubaine, je les fis immédiatement partir par notre filière clandestine, en priorité immédiate. Ils devaient parvenir à leur destinataire le plus tôt possible.

Bref, les deux articles ont paru hier matin, dans tous les journaux. Pour une fois, les rédactions n'ont pas joué perso et ont largement diffusé le texte, à condition qu'il soit signé. Les articles ont paru en même temps dans une douzaine des plus grands journaux de France et d'Angleterre. Leur retentissement a été, paraît-il, inouï. Des manifestations spontanées ont eu lieu à Paris, devant l'ambassade d'Autriche, dont certaines ont failli mal tourner. D'autant que, de son côté, l'ambassadeur de France n'était pas resté inactif : l'incident diplomatique était avéré, c'est allé très, très loin.

Le Gouvernement français a élevé une protestation solennelle, menacé de renvoyer l'ambassadeur d'Autriche et demandé des explications ainsi que des excuses officielles. Bon, il ne faut pas se faire d'illusions, hein ! Tout ça, ce n'est pas pour nos beaux yeux. Disons que l'affaire tombait à pic pour titiller un petit peu l'Alliance et la tester. Ça a marché. Le télégraphe et le téléphone ont chauffé dur toute la journée d'hier et, pour finir, une décision a été prise : le jeu n'en valait pas la chandelle, on n'allait pas risquer une guerre avec la France et l'Angleterre pour si peu, on abandonnait la Draïna. L'ordre définitif est arrivé ce matin très tôt. Une demi-heure plus tard, les Autrichiens pliaient les gaules et me voilà.

Une véritable ovation suivit ces dernières paroles. Tout le monde se tomba dans les bras, princesse ou pas. Le reporter du *Times* et Rouletabille furent portés en triomphe. On en eût fait autant de monsieur Gašperšič, si une sévère colique (qui n'était peut-être pas feinte) ne l'avait cloué au lit ce matin-là.

Mais ce n'était pas tout à fait fini. Vers huit heures, le téléphone sonna. Le général, qui s'apprêtait à quitter le pays, demandait à me rencontrer en particulier. Quelques minutes plus tard, il descendait de voiture, le visage grave et le bras en écharpe.

– Votre Altesse, commença-t-il lorsque nous fûmes seuls, je tiens tout d'abord à vous exprimer mon profond regret pour tout ce qui s'est passé depuis le début de cette malheureuse affaire. Il n'était pas prévu qu'elle fît des victimes et, d'ores et déjà, je vous promets de faire tout mon possible pour l'indemnisation des familles... Je suis responsable, même si – vous en êtes témoin – je n'ai jamais donné l'ordre de tirer. De plus, vous m'avez probablement sauvé la vie, au péril de la vôtre, et je tenais à vous en remercier personnellement. Sachez enfin que j'éprouverai toujours le plus grand respect à votre égard, pour votre honnêteté, votre courage et votre détermination. J'avoue, ajouta-t-il sans me laisser le temps de répondre, j'avoue m'être quelque peu mépris sur votre compte, Votre Altesse, et je tenais également à m'en excuser.

Désarçonnée par cette tirade à laquelle je ne m'attendais guère, je balbutiai :

– Je... j'accepte vos excuses, général. Je les accepte bien volontiers. Mais vous disiez vous être mépris sur mon compte. De quelle façon ?

– Je le reconnais, je pensais ne faire qu'une seule bouchée de la petite princesse sans expérience... Et ce n'est pas le cas je suis bien obligé de le reconnaître.

Je ne pus m'empêcher de sourire.

– Me serais-je donc avérée plus coriace que prévu ?

– Coriace n'est pas le mot, Votre Altesse. Intelligente, si vous voulez. Habile. Et surtout, je le répète, honnête et courageuse. Plus je vous ai connue et plus j'ai appris à vous apprécier...

Je me tus. Il continua.

– Tout à fait entre nous, vous avez fait le meilleur choix possible, Votre Altesse. Je le dis à titre tout à fait personnel. J'étais contre cette intervention en Draïna, et je l'ai dit à Sa Majesté l'empereur. Seulement, je reste un soldat et un soldat ne discute pas les ordres qu'il reçoit.

– Vous vous apprêtiez pourtant à nous tuer, général.

– Je suis très heureux et soulagé de n'avoir pas eu à le faire. Vous et vos amis avez manœuvré de main de maître, jamais je n'ai autant apprécié une défaite ! Finalement, mon seul regret, c'est de vous voir abdiquer. Vous auriez fait une excellente souveraine.

– Oh, je ne regrette rien, en ce qui me concerne. Je ne suis pas faite pour cela, je pense.

– Qui peut prétendre être taillé pour régner ? Je crois malgré tout que vous y seriez parvenue bien mieux que d'autres, qui ont pourtant plus d'ambition que vous. Hum…

Il s'éclaircit la gorge.

– Bref, vous avez des amis fidèles, j'ai pu le constater et… je serais très honoré si vous vouliez bien me compter désormais parmi eux.

Il regardait dans le vide, son visage poupin soudain tout empourpré.

– Cela ne me paraît pas impossible, général, répondis-je doucement.

– Merci, souffla-t-il Vous savez, je suis un vieux militaire et je n'ai pas l'habitude de telles avances mais… on ne sait jamais de quoi l'avenir sera fait. Si vous avez besoin de quoi que ce soit, sachez que vous pourrez toujours compter sur moi.

Il se leva sur ces mots, reprit sa casquette, claqua des talons et se cassa en deux pour me saluer. Sa voiture attendait dans la cour, avec son chauffeur et son secrétaire. Il me désigna ce dernier, un bel officier d'une trentaine d'années.

– Et puis, vous savez, je crois que nous avons plus en commun que vous le pensez…

Je levai les sourcils, interrogative.

– Je souhaite que vous n'enduriez jamais ce que j'endure, souffla-t-il. Je souhaite que vous soyez heureuse avec votre amie. Et pour ce que j'ai pu savoir de cette étonnante jeune personne, je crois que vous le serez.

Je n'eus guère le temps de beaucoup repenser à tout cela au cours de la journée. La nouvelle du départ des Autrichiens s'était répandue comme une traînée de poudre, une foule en liesse jaillit bientôt des maisons, envahit les rues et les places et se massa au pied du château. Je dus paraître au balcon et faire une brève allocution dans laquelle je rendais hommage aux victimes et m'engageais à poursuivre le processus démocratique. La Constituante allait enfin pouvoir se réunir et, comme prévu, je rendrais le pouvoir à la fin de ses travaux. Monsieur Netsi et les siens furent longuement acclamés. Au bas de la tribune, Gerner grinçait des dents, entouré des plus chamarrés de ses ministrables, dont les actions dans l'opinion venaient de subir une effroyable décote.

Les télégrammes affluèrent toute la matinée. La ligne, rapidement rétablie, crépitait comme une averse de grêle sur un toit. Il en venait de partout, de France en premier lieu. Le président du Conseil, monsieur Clémenceau, m'adressait en personne ses plus sincères félicitations. D'autres membres du gouvernement faisaient de même, ainsi que de nombreuses figures de l'opposition. Les plus grands journaux me réclamaient en France où, promettaient-ils, « la petite princesse républicaine » était attendue comme une véritable héroïne. Des organisations républicaines de toute l'Europe, des Socialistes

Suédois à l'Union des Travailleurs d'Andalousie m'envoyaient leurs encouragements. Il n'était jusqu'aux habituels farfelus qui s'offraient à faire bénéficier la jeune république de leurs improbables inventions, indispensables, disaient-ils, à tout régime démocratique un tant soit peu moderne : gaz lacrymogène, canons à eau, matraques téléscopiques…

Plus intéressant, nous reçûmes des nouvelles de notre avocat. Elles étaient bonnes : les récents événements avaient accéléré la procédure, mon procès se tiendrait dans les quinze jours, il n'avait aucun doute sur l'issue. Marion et ses amis bénéficiaient d'ores et déjà d'un non-lieu : elle était libre de rentrer en France quand elle le voudrait. Quant à notre évasion spectaculaire, l'État consentait à la passer aux profits et pertes, au nom des bonnes relations entre pays alliés.

Le reste tient en quelques lignes.

En premier lieu, une émouvante cérémonie vint honorer les victimes de la fusillade, dont la date serait désormais commémorée chaque année comme un jour de deuil national.

Notre ami du *Times* et monsieur Rouletabille furent décorés de l'Ordre du Renard Courant, la plus haute distinction draïnienne.

La Constituante se réunit dès le lendemain dans la salle du Théâtre municipal, pour une déclaration préliminaire qui servirait de base à ses travaux. Les débats houleux qui s'ensuivirent auguraient bien de la toute jeune vitalité démocratique d'une nation depuis longtemps déshabituée à penser par elle-même. L'Assemblée se donnait deux mois pour rédiger un projet de Constitution qui serait ensuite soumis à référendum, au terme duquel – s'il était positif – je déposerais la couronne aux mains des délégués, tandis que les premières élections libres auraient lieu.

En attendant, on ne sait jamais, je conservais le pouvoir, de manière à m'en servir le moins possible. Je consacrai plutôt ce délai à régler mes propres affaires.

Comme prévu, je fus jugée et acquittée en mon absence. Mon innocence ne faisait plus aucun doute, j'étais désormais lavée de tout soupçon. Avec l'aide du secrétaire de mon oncle, je mis un peu d'ordre dans mes affaires. Comme l'avait annoncé Marion, j'étais riche. Outre l'héritage de mes parents adoptifs, qui me revenait de plein droit, j'héritais de mes vrais parents et de mon oncle une fortune colossale. Mais je n'en voulais pas : elle était le fruit des rapines sans nombre du tyran, il n'était pas question que j'en bénéficie, la totalité en serait reversée au Trésor public, en réparation des exactions de mon oncle. Pour moi, je me contenterais de l'héritage personnel de mes parents. Il était déjà fort considérable et suffisant pour vivre dans une aisance que je ne méritais pas. La comtesse Borskaja n'étant pas démunie de son côté, nous avions très largement de quoi voir venir. Il fut convenu que Marion et Patrizio vivraient avec nous sur un pied d'égalité. Ce qui était à l'une était aux autres et il n'était pas question d'y revenir. Dunja, Patrizio et moi-même avions suffisamment payé dans notre enfance pour savoir le prix du partage et de la solidarité. Le vieux pacte que nous avions scellé un soir dans une ruine de Spalato tenait encore, et devait tenir toute notre vie.

De son côté, Dunja donna congé à ses hommes. Le brigandage avait fait son temps, elle avait désormais de nouvelles priorités, au nombre desquelles j'occupais une place prépondérante.

Elle les renvoya donc, nanti chacun d'un pécule suffisant pour s'établir comme ils l'entendraient et commencer une nouvelle vie. Certains choisirent de rester et l'un d'eux annonça même son prochain mariage avec l'une des servantes du palais, à l'issue d'une idylle dont nous n'avions jamais rien su. Seul Ranko demeurerait auprès de Dunja, en qualité de factotum, chauffeur et garde du corps. Il me témoignait par rebond une très grande déférence et une affection pataude de gros chien fidèle : je n'en avais presque plus peur. Je me promettais de le présenter un jour à Fernand, le jardinier-forçat de monsieur Roland. Ils avaient tout pour s'entendre.

Les jours passaient. Il ne me restait plus grand-chose à faire mais je pris encore deux initiatives, auxquelles je tenais particulièrement. Pour commencer, en compagnie de Dunja, je revins à Doronitza. Nous n'eûmes guère de difficultés à retrouver le hameau montagnard où Sunčana nous avait recueillies et soignées. Je lui proposai d'achever ses études d'infirmière, aux frais de l'État, avec l'assurance de pouvoir travailler à l'hôpital, à l'issue de ses examens.

Puis je me rendis à l'auberge et demandai à voir la petite Svanka. L'aubergiste, d'une répugnante servilité, la fit venir en la poussant devant lui, tout en vantant ses mérites d'un air goulu qui me mit le cœur au bord des lèvres.

– C'est une excellente petite, très docile.

Y avait-il des mines de sel en Draïna ? Il faudrait que je me renseigne : ce porc y avait toute sa place…

– Cela suffit, laissez-nous, fis-je d'un ton glacial. Il sortit à reculons, multipliant les courbettes et Dunja se mit en travers de la porte pour éviter toute indiscrétion.

La petite baissait les yeux, rouge comme une pivoine. Je la pris doucement par les épaules :

– Tu te souviens de moi, Svanka ?

– Oh oui, Votre Altesse !

– Je ne suis plus princesse pour bien longtemps, tu sais ? Je vais bientôt partir. Et je voulais te proposer de partir avec moi. Est-ce que ça te plairait ? Je te prendrais à mon service. Tu serais ma femme de chambre...

– M... moi, Votre Altesse ?

– Oui, bien sûr. Tu me suivras partout dans mes voyages et, si ça te plaît, tu pourras retourner à l'école.

– À l'école ? s'écria la petite Svanka, les traits brusquement illuminés.

Le gros aubergiste fit quelques difficultés à la laisser partir, arguant du manque de personnel qualifié en une époque troublée, etc. Quelques pièces d'or eurent cependant raison de ses réticences et nous nous quittâmes bons amis.

– Tout de même, il s'en tire bien, ce fumier, non ? me fit observer Dunja lorsque nous nous fûmes remises en route.

– Pas si bien que ça, je le crains...

Rougissante, je tirai de ma poche les cinq écus que je venais de lui donner, suivis d'un épais portefeuille et d'une grosse montre en or.

Octobre arriva et l'Assemblée constituante conclut enfin ses travaux. À l'issue d'interminables débats, elle avait accouché d'un projet de constitution fort avancé pour l'époque. Dans un souci d'impartialité, je n'y avais bien sûr pris aucune part, sauf sur un seul point. J'avais vigoureusement insisté auprès de monsieur Netsi pour qu'elle accorde le droit de vote et d'éligibilité aux femmes. Il n'avait pas besoin d'être convaincu à cet égard et pesa de tout son poids pour faire voter l'article. Pour le reste, la Constitution s'inspirait de celle des principaux États démocratiques, avec leurs qualités et leurs défauts. Gerner et sa clique étaient systématiquement intervenus dans un sens favorable aux grands propriétaires et à l'oligarchie. Ils avaient parfois eu gain de cause : je le déplorais, mais je n'y pouvais rien.

Le référendum eut lieu, la Constitution fut approuvée par une très large majorité. C'était l'une des toutes premières au monde à accorder aux femmes une place aussi franche et j'en étais très fière. Elle prévoyait des élections législatives dans les deux mois. Les candidats se déclarèrent rapidement. Les femmes furent encore peu nombreuses à oser se présenter, mais il y en eut, c'était l'essentiel.

Quant à moi, dès le lendemain du référendum, je remis solennellement la Couronne entre les mains de monsieur Netsi qui, en tant que président élu de l'Assemblée constituante, exercerait l'autorité en attendant le résultat des élections. La passation de pouvoir fut à la fois courte et sobre. Un énorme bouquet me fut offert par l'ensemble des délégués, suivi d'une gigantesque ovation à laquelle je ne m'attendait nullement. En bas de la scène, au premier rang, Dunja, resplendissante, applaudissait avec les autres. Très émue, j'aurais voulu courir me réfugier dans ses bras et partager ce succès avec elle. Je ne pouvais le faire en public : il faudrait faire voter bien d'autres Constitutions avant d'en acquérir le droit.

Un vin d'honneur suivait la cérémonie. Je serrai d'innombrables mains, accordai à chacun un petit moment d'attention, répondis avec docilité aux questions des nombreux journalistes, avec une considération toute spéciale pour monsieur Gašperšič, définitivement remis de ses ennuis gastriques et dont *La Liberté* adoptait désormais les accents pompeux d'un Danton de fête foraine. Qu'importe : il avait joué son rôle à sa manière et nous avait peut-être sauvé la vie. La naïve gloriole qu'il en retirait ne faisait de mal à personne, pas plus que ses éditoriaux, auxquels personne, de toute façon, ne comprenait rien.

De bien plus redoutables personnages hantaient la soirée, que je ne pus malheureusement éviter. Ainsi, Gerner vint à moi, tout sourire, entouré de personnages ventrus, au nombre desquels je reconnus Von Köln-Radunski, le général aux pieds sensibles.

– Eh bien, Votre Altesse, il semble que notre parcours commun s'achève ici… Dommage : vos qualités personnelles vous désignaient pour de grandes choses. Quoi qu'il en soit, soyez convaincue que je n'ai jamais nourri envers vous le moindre grief personnel.

– D'autant, monsieur, que vous ne vous en tirez pas si mal. J'ai appris que vous vous portiez candidat. Vous vous adaptez donc à la démocratie ? Je m'en réjouis. Vous ne montriez guère de prédispositions, ce me semble.

Il eut un désagréable petit rire jaune.

– La politique, Votre Altesse, la politique est la même en tous lieux et tous régimes : elle a ses exigences et ses cruautés. Ne vous faites pas trop d'illusions sur la démocratie.

– Elle a souvent bon dos, j'en suis consciente. Suffisamment bon pour vous supporter, vous et vos semblables. Ça ne sera peut-être pas toujours le cas. Sur ce, monsieur, je vous laisse à vos petites affaires. Adieu, monsieur.

Je me détournai ostensiblement. Ce fut pour tomber sur Adam Sloboda. Lui aussi était candidat, j'avais lu son nom sur la liste de Nikola Netsi. Il n'avait pourtant guère brillé par sa présence aux jours de danger. J'étais en verve, j'attaquai bille en tête :

– Tiens, monsieur Liberté ! J'ai failli ne pas vous reconnaître. Vous portez un nom bien commun ces temps-ci, où la liberté est mise à toutes les sauces. Où étiez-vous donc passé ?

– J'étais à l'étranger, mademoiselle, où je travaillais à l'alliance que les peuples slaves appellent de leurs vœux. Mais j'ai suivi de loin votre intéressante petite opération. Je suppose que nous devons vous remercier ? fit-il avec un sourire froid.

– Vous ne me devez rien, c'était de bon cœur et je ne l'ai pas fait pour vous. Comment va la dialectique ?

– Elle se porte à merveille, mademoiselle et, que vous le vouliez ou non, vous en êtes l'incarnation, tout comme moi : le nouveau succède à l'ancien selon un mécanisme nécessaire sur lequel le hasard n'a pas de prise. Le matérialisme historique nous l'enseigne de façon scientifique. Je ne vous remercierai donc pas, puisque je ne vous dois rien.

Sloboda était pressenti pour le poste de ministre de l'Intérieur. Le rôle était taillé pour lui : il avait tout du serpent. Ses yeux fixes avaient l'éclat pâle et la dureté du silex et l'on ne se fût pas étonné de voir surgir une langue bifide de sa bouche sans lèvres.

– C'est qui ce croquemitaine ? me demanda Marion lorsqu'il m'eut tourné le dos. Il a une tête à faire geler l'eau bouillante…

– C'est ce qu'on appelle la raison d'État, répondis-je en réprimant un frisson.

*

Nos affaires étant ainsi réglées, nous étions prêtes à partir, sans attendre le résultat des élections. Cependant, ni Marion ni moi n'étions très pressées de revenir en France où trop de mauvais souvenirs nous attendaient. Plus férue de son Patrizio que nostalgique du camembert, Marion n'envisageait pas dans l'immédiat de revoir Paname et entendait bien achever de se former la jeunesse en voyageant un peu à nos côtés. Quelques jours auparavant, elle et Patrizio nous avaient précédées à Venise, où ils avaient loué pour nous tous un vieux et confortable *palazzo* sur le Grand Canal. Cependant, il me restait une dernière chose à faire avant de les rejoindre, peut-être la plus importante.

Nous prîmes, Dunja et moi, la route d'Almissa.

Derrière la ville, dans la montagne, m'attendait un petit cimetière écrasé de soleil…

Notre automobile stationnait en bas, sur le chemin, plus large que dans mon souvenir et bien empierré. Nous surveillions les ouvriers qui achevaient de poser sur la tombe de Grand-mère la pierre que nous avions commandée en bas. C'était une simple pierre blanche, toute neuve, éblouissante dans la lumière de midi. Bien vite, les années la couvriraient de lichens et de mousses, elle se fondrait parmi les autres, ni plus riche ni plus pauvre, comme Grand-mère l'aurait sans doute voulu. Mais le temps ne pourrait rien contre l'inscription que j'avais fait graver, profondément et en français :

Ici repose
Mila Kostazič,
en éternelle reconnaissance
de sa petite-fille
Ana

Ils eurent bientôt terminé et remballèrent pioches et truelles, nous laissant seules entre les murs de pierre sèche, au-dessus du village silencieux. Je n'avais pas voulu y retourner. La vieille Rosina était morte depuis plus de six ans, comme en attestait sa propre sépulture, non loin de celle de Grand-mère. Revenir ici avait été suffisamment difficile. C'était comme remonter le temps, comme enrouler le fil de ma vie pour en faire une pelote dont je ne savais plus bien quoi faire, à présent. J'avais dix ans lorsque j'avais parcouru ce chemin pour la dernière fois, cheminant pieds nus vers un destin que je n'aurais pas même osé imaginer. J'en avais aujourd'hui seulement vingt-et-un, mais où était passée la petite fille qui suivait ses chèvres sur ces sentiers ? J'avais déjà vécu mille vies, j'avais été tour à tour mendiante et princesse, tire-laine, conspiratrice, évadée… l'héroïne involontaire de tout un feuilleton dont chacune des plus folles péripéties avait désormais bien moins de réalité que cette main que je tenais dans la mienne. La main de celle que j'amenais aujourd'hui à ma grand-mère, pour lui dire qu'elle pouvait à présent dormir en paix, qu'elle n'avait plus à s'inquiéter pour moi, que j'étais bien arrivée. Cette main, la main de celle que j'aimais, je la serrais bien fort, debout devant la tombe de Grand-mère. Un filet de vent faisait frémir les vieux cyprès le long du mur. Une cigale solitaire se mit à crisser et, soudain, je sentis monter les larmes.

Je n'avais pas pleuré depuis la mort de Grand-mère, j'avais du retard à rattraper. Dunja m'accueillit dans ses bras et, secouée d'irrépressibles sanglots, je trempai sans vergogne sa belle chemise neuve. Elle me laissa faire, m'encouragea, même, en m'embrassant et en berçant contre sa poitrine la petite fille éplorée que je m'autorisais enfin à redevenir. Au bout d'un long moment, mes pleurs finirent cependant par se tarir et je relevai la tête, hoquetant, les lunettes de travers et le nez dégoulinant de morve.

– Je... je suis ridicule, hein ?

Elle se contenta de sourire en me tendant son mouchoir.

Je me tamponnai les yeux, me mouchai bruyamment et avouai en reniflant :

– Tu sais, je... je n'arrive pas à croire que tout cela soit terminé.

Les lèvres de Dunja effleurèrent les miennes, encore toutes salées par les larmes.

– Terminé, Ana ? Qu'est-ce qui est terminé ? Au contraire, ça ne fait que commencer.

Achevé d'imprimer en Bulgarie par Printcorp.